D1426888

ZERUYA SHALEV
MANN UND FRAU

Roman
Aus dem Hebräischen
von Mirjam Pressler

Büchergilde Gutenberg

Lizenzausgabe für die Büchergilde Gutenberg,
Frankfurt am Main, Wien, Zürich,
mit freundlicher Genehmigung
des Berlin Verlags, Berlin

www.buechergilde.de

Die Originalausgabe erschien 2000 unter dem Titel
Ba'al we-ischa
bei Keshet Publishers, Jerusalem
© 2000 Zeruya Shalev
Für die deutsche Ausgabe
© 2001 Berlin Verlag, Berlin
Alle Rechte vorbehalten
Gesetzt aus der Stempel Garamond
durch psb, Berlin
Druck und Bindung:
Franz Spiegel Buch GmbH
Printed in Germany 2001
ISBN 3-7632-5187-1

Gedruckt auf chlor- und säurefreiem Papier

FÜR MEINE ELTERN,
RIVKA UND MORDECHAI SHALEV

1 Im ersten Augenblick des Tages, noch bevor ich weiß, ob es kalt oder warm ist, gut oder schlecht, sehe ich die Arava vor mir, die Wüste zwischen dem Toten Meer und Eilat, mit ihren blassen Staubsträuchern, krumm wie verlassene Zelte. Nicht daß ich in der letzten Zeit dort gewesen wäre, aber er war es, erst gestern abend ist er von dort zurückgekommen, und jetzt macht er ein schmales, sandfarbenes Auge auf und sagt, sogar im Schlafsack in der Arava habe ich besser geschlafen als hier, mit dir.

Sein Atem riecht wie ein alter Schuh, und ich drehe den Kopf zur anderen Seite, zu dem platten Gesicht des Weckers, der gerade anfängt zu rasseln, und er faucht, wie oft habe ich dir schon gesagt, du sollst den Wecker in Nogas Zimmer stellen, und ich richte mich mit einem Ruck auf, Sonnenflecken tanzen mir vor den Augen, wieso denn, Udi, sie ist doch noch ein Kind, wir müssen sie wecken, nicht sie uns. Wieso bist du dir immer so sicher, daß du weißt, wie etwas gemacht werden soll, sagt er gereizt, wann verstehst du endlich, daß keiner immer alles wissen kann, und da ist auch schon ihre Stimme zu hören, zögernd, sie springt über die Hefte, die auf dem Teppich liegen, über die Bücherstapel, Papa?

Er beugt sich über mich, bringt wild den Wecker zum Schweigen, und ich flüstere zu seiner Schulter, sie ruft dich, Udi, steh auf, sie hat dich fast eine Woche lang nicht gesehen. In diesem Haus kann man noch nicht mal richtig ausschlafen, er reibt sich widerwillig die Augen, eine Zehnjährige, die man verhätschelt wie ein Baby, gut, daß du sie nicht noch wickelst, und schon taucht ihr Gesicht in unserer Tür auf, den Hals schräg gelegt, den Körper noch verborgen hinter der Wand. Ich habe keine Ahnung, was sie von unserem Gespräch mitbekommen hat, ihre hungrigen Augen verschlingen die Bewegung unserer Lippen und verdauen nichts, und jetzt wendet sie sich an ihn, von vornherein gequält, Papa, wir haben dich vermißt, und er schickt ihr ein verzerrtes Lächeln, wirklich? Und sie sagt, klar, fast eine Woche.

Für was braucht ihr mich überhaupt, er spitzt die Lippen, ohne mich geht es euch besser, und sie weicht zurück, die Augen zusammengekniffen, und ich steige aus dem Bett, Süße, er macht nur Spaß, geh und zieh dich an. Gereizt zerre ich den Rolladen hoch, das grelle Licht überfällt mit einem Schlag das Zimmer, als wäre ein starker himmlischer Scheinwerfer auf uns gerichtet, der unser Tun verfolgt. Na'ama, ich sterbe vor Durst, sagt er, bring mir ein Glas Wasser, und ich keife, ich habe keine Zeit, mich jetzt auch noch um dich zu kümmern, sonst kommt Noga noch zu spät und ich auch, und er versucht, sich aufzusetzen, und ich sehe ihn mit müden Bewegungen über das Bett tasten, die gebräunten Arme zitternd, das Gesicht rot vor Anstrengung und Gekränktsein, als er flüstert, Na'ama, ich kann nicht aufstehen.

Das hört sie sofort, gleich ist sie neben dem Bett, die Haarbürste in der einen Hand, und hält ihm die andere hin, komm, Papa, ich helf dir, sie versucht, ihn hochzuziehen, mit krummem Rücken und vorgewölbten Lippen, die feinen Nasenflügel gespannt, bis sie über ihm zusammenbricht, rot, hilflos, Mama, er kann wirklich nicht aufstehen. Was heißt das, sage ich erschrocken, tut dir etwas weh? Und er stottert, mir tut nichts weh, aber ich spüre meine Beine nicht, ich kann sie nicht bewegen, und seine Stimme wird zum erschrockenen Wimmern eines jungen Hundes, ich kann nicht.

Ich ziehe die Decke von ihm, seine langen, mit weichem Flaum bedeckten Beine liegen bewegungslos nebeneinander, die harten Muskeln gespannt wie Saiten. Schon immer war ich neidisch auf diese Beine, die nie müde werden und Touristen durch die Arava und die judäische Wüste und durch den unteren und oberen Galil führen, während ich immer zu Hause bleibe, weil mir das Gehen schwerfällt. Alles Ausreden, sagt er oft, und der Rucksack strahlt schon auf seinem Rücken wie ein glückliches Baby, du möchtest einfach ohne mich sein, und ich stehe dann verwirrt vor ihm, deute traurig auf meine ewig schmerzenden Plattfüße, die uns trennen.

Wo hast du kein Gefühl, ich streiche mit zitternden Fingern über seinen Oberschenkel, kneife in das feste Fleisch, fühlst du das? Und Noga, die immer übertreibt, fährt mit ihrer Haarbürste auf seinen Beinen hin und her und zieht rote Striemen in die Haut, spürst du das, Papa?

Genug, hört auf, er platzt, ihr könnt einen ja komplett verrückt machen! Und sie drückt die Borsten ihrer Haarbürste in ihre Handfläche, wir wollten doch nur prüfen, ob du was spürst, und ihm tut es schon leid, er sagt, ich spüre etwas Dumpfes, aber ich kann mich nicht bewegen, als wären meine Füße eingeschlafen und ich würde es nicht schaffen, sie aufzuwecken. Mit geschlossenen Augen tastet er nach der Decke, und ich breite sie mit langsamen Bewegungen über seinen Körper, nachdem ich sie vor ihm geschüttelt habe, wie meine Mutter es immer liebevoll tat, wenn ich krank war und sie mir mit dem Luftzug die Stirn kühlte. Seine dünnen Haare wehen auf und sinken wieder auf den Kopf zurück, mit der Decke, aber er stöhnt unter ihr wie geschlagen, was ist mit der Decke, sie ist so schwer, und ich sage, Udi, das ist deine ganz normale Decke, und er ächzt, sie erstickt mich, ich bekomme keine Luft.

Mama, es ist schon halb acht, jammert Noga aus der Küche, und ich habe noch nichts gegessen, und ich werde nervös, was willst du von mir, nimm dir selbst was, du bist kein Baby mehr, und sofort tut es mir leid und ich laufe zu ihr, kippe Cornflakes in eine Schüssel und hole Milch aus dem Kühlschrank, aber sie steht auf, die Lippen gekränkt verzogen, ich habe keinen Hunger, sie setzt den Ranzen auf und geht zur Tür, ich sehe ihr nach, etwas Seltsames blitzt mir zwischen den Schulterriemen entgegen, bunte Kinderbilder, Bärchen und Hasen hüpfen fröhlich auf und ab, als sie die Treppe hinuntergeht, und dann merke ich es plötzlich. Noga, du hast noch deinen Pyjama an, du hast vergessen, dich anzuziehen!

Sie kommt wieder herauf, mit gesenktem Blick, die Augen fast geschlossen, ich höre, wie der Ranzen auf den Boden fällt und die Bettfedern knarren. Ich laufe in ihr Zimmer und da liegt sie, auf den Bauch gedreht in ihrem Bett, Bärchen und Häschen zugedeckt, was machst du, schimpfe ich, es ist schon Viertel vor acht, und sie bricht in Tränen aus, ich will nicht in die Schule, ich fühle mich nicht wohl. Ihre Augen fixieren mich mit einem vorwurfsvollen Blick, sie sieht, wie sich mein Herz gegen sie verhärtet, wie mich der Rückstoß an die Wand preßt. Ein aggressives Weinen läßt jede einzelne ihrer Locken erzittern, und ich schreie, warum machst du es mir noch schwerer, ich halte es nicht aus mit dir, und sie schreit, und ich halte es nicht aus mit dir. Wütend springt sie auf, und ich habe das Gefühl, gleich reißt sie den Mund auf und beschimpft mich, aber sie knallt mir die Tür vor der Nase zu.

Ich mache ein paar langsame Schritte rückwärts, starre die eine zugeknallte Tür an und die andere, schweigende, Schritt für Schritt weiche ich zurück, bis ich mit dem Rücken an die Wohnungstür stoße, ich mache sie auf und gehe hinaus, unten auf der Treppe setze ich mich, im Nachthemd, auf eine kühle Stufe und betrachte den schönen Tag, der sich mit goldener Luft schmückt, ein leichter Wind führt einen Haufen Blätter spazieren, sammelt hinter sich die Reste bunter Blumen, Honigwolken schmeicheln sich sehnsüchtig ein. Schon immer habe ich solche Tage gehaßt, bin durch sie hindurchspaziert wie ein unerwünschter Gast, denn an solch einem Tag tritt die Trauer noch stärker hervor, sie findet in diesem großen Glanz keinen Ort, an dem sie sich verstecken könnte, sie flieht wie ein erschrockenes Kaninchen vor dem plötzlichen Licht und prallt wieder und wieder gegen die glitzernden Wellen des Glücks.

Hinter mir geht die Tür auf, schwere Turnschuhe stapfen die Treppe hinunter, über ihnen Noga, angezogen und gekämmt, und ich wende ihr ein erstauntes Gesicht zu, wie erwachsen sie plötzlich geworden ist, sie beugt sich zu mir und küßt mich auf die Stirn, ohne ein Wort zu sagen, und ich schweige auch und starre mit brennenden Augen dem sich entfernenden Ranzen hinterher. Eine riesige, überreife Navelorange fällt plötzlich auf den Gehweg, knapp an ihrem Kopf vorbei, und zerplatzt zu einer orangefarbenen Pfütze, wer hat ihr den letzten Schlag versetzt, nicht dieser Wind, den man kaum spürt, ein Nach-Pessach-Wind. Bald werden Kinder in die Pfütze treten, und ihre Schritte werden klebrig feuchte Spuren hinterlassen, faulig geworden, bis sie am Nachmittag zurückkommen, und auch Noga wird zurückkommen, erschöpft, die blassen Locken schlaff herunterhängend, einen Satz auf den Lippen, einen Satz, der schon auf der Treppe beginnt, so daß ich nur das Ende hören werde, Papa, Papa, Papa.

Schwerfällig stehe ich auf, mir kommt es vor, als wäre der Tag schon zu Ende, so müde bin ich, aber zu viele Stunden trennen mich noch von der Nacht. Auf Zehenspitzen gehe ich zurück ins Schlafzimmer, stelle mich ruhig neben das Bett und betrachte den schönen Körper, der vollkommen offen darauf ausgestreckt liegt, ein Körper, der nichts zu verbergen hat. Ich kenne diesen Körper seit unserer Kindheit, als er noch kleiner war als meiner und verschlossen wie eine Knospe, ich ging immer neben ihm auf der Straße, wenn er auf dem Gehweg ging, nur damit ich mich nicht wegen unseres gemeinsamen Schattens schämen mußte, ich lief gebückt vor Aufmerksamkeit, den Blick auf die graue Trennlinie zwischen Straße und Gehweg gerichtet. Vor meinen Augen hatte sich dieser Körper gestreckt und war reif geworden, bis er mich eines Abends zu sich auf den Gehweg zog und mir den Arm um die Schulter legte und ich sah, daß unser Schatten ein vollendetes Bild bot, ich war so stolz, als hätte ich durch Glauben und Hartnäckigkeit die Tatsachen des Lebens besiegt.

Enttäuscht betrachte ich ihn, suche eine Bewegung seiner Glieder, die leichte Decke liegt zerknüllt neben ihm, und die Leselampe über ihm senkt unschuldig den Kopf, als hätten wir nicht Nacht um Nacht wegen ihr gestritten. Mach schon aus, bat ich, ich kann so nicht schlafen, und er reagierte gereizt, aber ich lese noch, ich kann nicht einschlafen, ohne zu lesen, und ich verfluchte insgeheim die Lampe und wünschte ihr einen Kurzschluß, und oft genug verließ ich widerwillig das Zimmer, das Kissen und die Decke unterm Arm, und sank wie eine Ausgestoßene auf das Sofa im Wohnzimmer, und morgens schaffte er es immer, mir mit seinen Vorwürfen zuvorzukommen, wieder bist du vor mir geflohen, jede Kleinigkeit bringt dich dazu, vor mir zu fliehen.

Seine schlanken Beine liegen bewegungslos da, aber sein Mund ist zu einem Seufzer geöffnet, die gespannten Lippen eines gealterten Jünglings verlieren sich in dem welken Gesicht, werden verschluckt von den Vertiefungen seiner Wangen, unter den klaren Augenbrauen, die voller Trauer an den Furchen der Gesichtszüge hinabblicken, deren Schönheit in einer Nacht verschwunden ist, alles von derselben Farbe, einer changierenden Sandfarbe, grau und golden, wie eine Uniform, die man nicht ausziehen kann, eine Uniform aus Sonne und Staub, und ich versuche, ihn mit meinem Blick zu heilen, der Schrecken kriecht in mir hoch wie eine kleine Raupe, ich frage mich, ob das der Moment ist, dem ich, wie ich schon immer gewußt habe, nicht entkomme, der Moment, der das Leben in zwei Teile bricht, so daß danach nichts mehr dem gleicht, was es vorher gegeben hat, sondern nur noch ein verzerrtes, lächerliches Spiegelbild des Vergangenen wird, ich frage mich, ob dies der Moment ist, ob das seine Gerüche und seine Farben sind, die unser voriges Leben strotzend vor Glück erscheinen lassen, im Gegensatz zu dieser verkrüppelten, beschämenden, für immer ans Bett gefesselten Einsamkeit.

Eine eingebildete Hand, lang und warm, wird mir aus dem Bett entgegengestreckt, eine riesige, mütterliche Hand, die mich lockt, mich neben ihn zu legen und mich von seiner Lähmung anstecken zu lassen, und ich fange an zu zittern, da ist das Leben, es läuft tropfenweise aus mir heraus und sammelt sich zu einer Pfütze außerhalb dieses Zimmers, und ich bleibe ohne Leben zurück, luftig, schwerelos, versuche, mich am offenen Fenster festzuhalten, und betrachte mit prüfendem Blick das Zimmer, als wäre ich ein Frühlingsvogel, der zufällig hier hereingeraten ist. Da, an der Wand, ist der große Kleiderschrank, gestern erst bin ich auf die Leiter gestiegen, habe die Sommersachen heruntergeholt und die Wintersachen weggeräumt, ich stieß sie tief hinein, als würde der Winter nie wiederkommen, und Noga stürzte aus ihrem Zimmer, wie immer mitten im Satz, wann kommt Papa zurück, fragte sie, und sofort danach, wann gibt es Essen, und ich sagte, er kommt heute nacht zurück, wenn du schon schläfst, du wirst ihn morgen früh sehen. Und bringt er mich in die Schule, fragte sie, ihre Nüstern blähten sich, und ich sagte, warum nicht, nach einigen Tagen der Trennung kommt es uns immer vor, als wäre sein Fehlen das einzige, was zwischen uns steht, und er brauchte nur zurückzukommen und die Kluft zwischen uns hätte sich geschlossen.

Da ist der rote Teppich, der Teppich meiner Kindheit, mit den kleinen, verblichenen Herzen, und da ist das Bett, das wir vor Jahren zögernd einem Paar abkauften, das sich scheiden ließ, daneben sein Rucksack, staubig und leer, und an der Wand das Bild unseres alten Hauses mit dem Ziegeldach, über das kleine Wolken ziehen, und ich suche Rettung in diesen stummen Gegenständen, nichts ist verschwunden, nichts hat sich geändert, und deshalb wird sich auch mein Leben nicht ändern. Gleich wird er aufwachen und versuchen, mich auf seine herrschsüchtige Art ins Bett zu ziehen, ich weiß genau, was du brauchst, wird er verkünden, warum willst du nicht das von mir annehmen, was ich geben will, und diesmal werde ich nicht anfangen zu streiten, wie ich es sonst immer tue, ich werde ihm nicht mit der naiven Ernsthaftigkeit einer Gefangenen den Katalog meiner Enttäuschungen vorhalten, sondern das Nachthemd ausziehen und ins Bett springen, wie man in ein Schwimmbecken springt, kurzentschlossen, ohne zu prüfen, wie kalt das Wasser ist, warum eigentlich nicht, schließlich sind wir Mann und Frau, und das da ist ein Stück unseres einzigen Lebens.

2 Verschluckt von einem fast kochendheißen Wasserfall, meine ich, das Wimmern eines Babys zu hören, ein Ton, der nicht über das Ohr ins Bewußtsein dringt, sondern zwischen den Rippen hindurch direkt ins Herz. Die kleine Noga ist aufgewacht, ihre weiße Stirn glüht, ihre Augen glänzen vor Fieber, und ich drehe bedauernd den Wasserhahn zu, trenne mich von dem beruhigenden Strahl und lausche angespannt, und dann denke ich erleichtert, Noga ist doch schon weggegangen, sie ist auch kein Säugling mehr, sie bedroht mich nicht mehr mit ihrer Hilflosigkeit, und ich drehe den Hahn wieder auf, früher hat mir meine Mutter die Uhr hingestellt, nur sieben Minuten, hat sie gemahnt, damit noch Wasser für die anderen übrigblieb, und ich beobachtete feindselig die Zeiger, diese sieben Minuten waren so kurz, ich sehnte mich schon danach, groß zu sein und das Haus zu verlassen, nur damit ich ohne Uhr duschen konnte, und jetzt bin ich bereit, gleich noch einmal mit dem Duschen anzufangen, ich lasse mich vom Wasser liebkosen, aber wieder stört mich ein Wimmern, schwach und fordernd, und naß, wie ich bin, renne ich zu ihm und finde ihn weinend im Bett, mit geschlossenen Augen, aus seinen Nasenlöchern rinnt eine durchsichtige Flüssigkeit. Udi, beruhige dich, alles ist in Ordnung, ich greife nach seinen Schultern und schüttle ihn, Wasser tropft aus meinen Haaren auf sein sonnengebräuntes Gesicht, sogar seine Tränen haben die Farbe des Sandes, als wäre er dazu verurteilt, sich in der Wüste zu tarnen, damit ihn niemand entdeckt, und ich setze mich neben ihn und versuche, seinen Kopf auf

meine Knie zu legen, aber sein Kopf ist schwer und kalt wie ein Marmorblock, und plötzlich kommt ein Schrei aus seiner Kehle, umgeben von rotem Feuer wie eine Kugel, die aus einem Gewehr abgeschossen wird, faß mich nicht an, du tust mir weh!

Sofort springe ich vom Bett auf und stehe nackt vor ihm. Es ist nicht die herausfordernde Nacktheit, wie ich sie einmal hatte, so natürlich und selbstsicher wie die Nacktheit von Tieren, sondern eine menschliche Nacktheit, eine entschuldigende, eine, in der ein liebendes Auge eine gewisse Schönheit entdecken kann, aber es ist kein liebendes Auge, das mich jetzt anblickt und mir Sand ins Gesicht spuckt. Ich habe gedacht, du magst es, wenn ich dich anfasse, murmele ich und versuche, frühere Gewißheiten zu Hilfe zu rufen, aber wieder schießt ein roter Blitz aus seiner Kehle, du verstehst einfach nicht, daß es mir weh tut!

Vorhin hast du gesagt, es tut dir nicht weh, widerspreche ich, unfähig, mich mit dem Durcheinander dieses Morgens abzufinden, noch immer hoffe ich, daß im nächsten Moment alles wieder so ist, wie es einmal war, und daß man schon im Imperfekt darüber spricht, was tat dir weh, werde ich fragen, und er wird sagen, was spielt das jetzt noch für eine Rolle, Hauptsache, es ist vorbei, er wird mich angrinsen und sagen, nur mein Schwanz tut noch weh, er möchte einen Kuß, und mit entschlossenem Griff wird er meinem nassen Kopf helfen, den Weg von seinen Lippen zu seinem Glied zu finden, ein Weg, der immer länger zu sein scheint, als er tatsächlich ist.

Ich möchte Wasser, murmelt er, schon seit Stunden bitte ich dich um Wasser, und ich laufe los und fülle ein Glas und halte es ihm hin, aber er streckt die Hand nicht aus, seine Hände liegen schmal und trocken neben seinem Körper. Trink, sage ich, und er fragt, wie?

Was heißt da, wie, nimm das Glas, sage ich feindselig, und er seufzt, das kann ich nicht, ich kann meine Hände nicht bewegen. Das ist unmöglich, fahre ich ihn gereizt an, vor einer Stunde haben diese Hände noch den Wecker ausgemacht, keine Krankheit entwickelt sich mit dieser Geschwindigkeit, was ist los hier, er verstellt sich, und Wut, Mitleid und Mißtrauen streiten in mir wie kleine Mädchen, von denen eine die andere beschimpft. Wie kannst du nur so mißtrauisch sein, schau nur, wie er leidet, aber es kann doch gar nicht sein, vielleicht verstellt er sich ja, aber auch Verstellung ist eine besorgniserregende Krankheit, wie werde ich das alles schaffen, doch dann gewinnt das Mitleid die Oberhand und übertönt die anderen Stimmen, die sich beschämt davonschleichen, und in der Wohnung hallt es, er ist krank, er ist krank, eine Krankheit kommt und packt ihn, zieht ihn in die Tiefe.

Ich schlüpfe in meinen Bademantel und setze mich neben ihn, versuche, ihm mit einem Löffel Wasser einzuflößen, das Wasser fließt über seine glänzendrote Zunge und bringt seinen Adamsapfel zum Tanzen. Mach den Rolladen zu, flüstert er, und ich vertreibe mit Gewalt die Sonne und ihre Farben und lege mich in der Dämmerung neben ihn, ich streichle die Sandhügel auf seiner schmalen Brust, was ist mit dir, Udi, wann hat das angefangen?

Keine Ahnung, sagt er zitternd, als ich heute nacht nach Hause gekommen bin, war ich wie erschlagen, ich bin kaum die Treppen hochgekommen, ich habe gedacht, ich wäre einfach müde, aber jetzt kapiere ich erst, daß es sich um etwas ganz anderes handelt, ich habe sogar Angst, darüber nachzudenken, was es sein könnte. Was tut dir weh, frage ich, und er flüstert, alles, alles tut mir weh, sogar das Atmen tut mir weh, und ich streichle über sein Gesicht und seine Gliedmaßen, die in der Dämmerung zart zu leuchten scheinen, eine vergessene Schönheit, und das monotone Streicheln wirkt beruhigend und einschläfernd, schon läßt mir eine angenehme Schwäche die Augen zufallen, schon lange haben wir uns nicht mehr morgens im Bett gewälzt, vielleicht versüßen wir uns so den ganzen Tag, vielleicht werde ich ihn wie ein entführtes Kind verstecken, und er wird für immer zu Hause bleiben, er wird nicht mehr zu seinen langen Ausflügen aufbrechen, er wird im Bett liegen, vollkommen abhängig von unserem Mitleid, er wird Noga dafür entschädigen, daß er so oft nicht da war, er wird sich anhören, was in der Schule los war, die Lehrerin hat sie angeschrien, dabei hat sie gar nichts gemacht, überhaupt nichts, sie hat sich nur mal kurz umgedreht, um sich einen Radiergummi zu borgen, warum fallen alle immer über sie her, und ich werde die Arbeit im Stich lassen, ich kann mich nicht mehr um andere kümmern, werde ich sagen, ich werde Schwangerschaftsurlaub ohne Schwangerschaft nehmen, aber seine Krankheit werde ich geheimhalten, damit man mich nicht zwingt, ihn zu Ärzten zu bringen, nur wir werden ihn pflegen, ein verwöhnter Gefangener wird er sein, ein Riesenbaby, das sich noch nicht auf den Bauch drehen und krabbeln kann, so behalten wir ihn für uns, er soll weder gesund werden noch sterben, das Baby, das ich mir gewünscht habe, das Baby, das uns zu einer Familie machen wird.

Aber da zerschneidet ein Jammern die dunkle Stille und reißt mich aus dem Schlummer. Na'ama, ich habe Angst, hilf mir, und ich schüttle mich, was ist mit mir, was habe ich für Phantasien, und ich verkünde mit einer Stimme, deren entschiedener Ton sogar mir in den Ohren brennt, du mußt ins Krankenhaus, und er weicht zurück, seine Schultern ziehen sich zusammen, schon immer hat er Ärzte noch mehr gehaßt als Krankheiten, ich will nicht, ich will zu

18

Hause bleiben, aber sein Protest ist schwach und ergibt sich mit Leichtigkeit meiner entschiedenen Stimme.

Ich fordere ihn auf, die Hände zu bewegen, vielleicht ist der Zauber inzwischen verflogen, aber sie bewegen sich nicht, weder seine Hände noch seine Beine, keinerlei Bewegung ist an seinem Körper zu entdecken, nur seine Lippen verzerren sich, und seine Augen flitzen erschrocken im Zimmer hin und her. Es bleibt uns nichts anderes übrig, Udigi, flüstere ich, du mußt untersucht werden, behandelt, ich weiß nicht, was ich tun soll, und er sagt, vielleicht warten wir noch einen Tag, doch ich widerspreche energisch, als hätte ich vor einem Moment nicht selbst überlegt, ihn für immer hier zu verstecken, kommt nicht in Frage, das ist unverantwortlich. Aber wie sollen wir fahren, ich kann nicht laufen, wimmert er, und ich, selbst erschrocken darüber, sage, uns bleibt nichts anderes übrig, wir bestellen einen Krankenwagen.

Sein Weinen begleitet mich, während ich Kleidungsstücke aus dem Schrank hole, schon seit Jahren habe ich ihn nicht mehr weinen gehört, seit Nogas Sturz damals, und jetzt hallt es mir in den Ohren, scharf und erschreckend, ich ziehe die ausgeblichene Jeans an, überlege es mir sofort anders und entscheide mich für einen Anzug, den ich erst kürzlich gekauft habe, einen grauen, dünnen Hosenanzug, ich mache mich sorgfältig zurecht, kämme mir die Haare, als könnte ich die Krankheit um so eher vertreiben, je gepflegter ich aussehe. Strahlend und selbstsicher werde ich in der armseligen Anonymität der Ambulanz auftauchen, und alle Ärzte werden überzeugt sein, daß ich nur zufällig dort bin, und werden uns sofort aus der Menge herausholen, und plötzlich packt mich eine seltsame Erregung angesichts dieses Abenteuers, wir haben heute morgen etwas vor, gemeinsam, nicht die übliche Arbeit, die jeder für sich erledigt.

Ich spüre seine erstaunten und feindseligen Blicke auf meinem Rücken, bist du verrückt geworden, wohin, glaubst du, gehen wir, und ich wende ihm mein zurechtgemachtes Gesicht zu, was spielt das für eine Rolle, Udi, das gibt mir Sicherheit, ich entschuldige mich sofort, als handle es sich um einen Betrug, meine ergebene Stimme macht ihn munter, und er fährt fort, wieso gibt dir das Sicherheit, wenn du dich lächerlich machst, du gehst doch nicht auf eine Party, sondern ins Krankenhaus, kapierst du, weil ich mich nicht bewegen kann, aber du fängst schon an zu feiern, weil du glaubst, daß du mich auf diese Art los wirst.

Mit schweren Händen bedecke ich mein Gesicht, es ist, als würfe er von seinem Bett aus Steine auf mich, dreckige Wortfetzen, er wagt es, in mein Inneres zu dringen und dort seinen Müll abzuladen, wie kriege ich ihn aus mir heraus, wie beweise ich ihm, daß er sich in mir irrt, warum muß ich ihm überhaupt etwas beweisen, warum muß ich mich immer rechtfertigen, als wäre meine Schuld grenzenlos. Pfeif auf ihn, hat Annat immer gesagt, pfeif auf ihn, er hört nicht, was du zu ihm sagst, er hört nur sich selbst, er stellt sich gegen dich, aber ich blieb stur, warum nicht, schließlich liebt er mich. Gerade weil er dich liebt, erklärte sie mir wie eine ungeduldige Lehrerin, und ich flehte sie an, als hinge alles davon ab, aber warum soll es unmöglich sein, sich einfach zu lieben, Freunde zu sein, warum ist das so schwer, und sie sagte entschieden, so ist die Realität, Na'ama, und nun habe ich Lust, zum Telefon zu gehen und ihr alles zu erzählen, wie ich es früher immer getan habe, er hat gesagt und ich habe gesagt, er hat mich gekränkt und ich war gekränkt, aber sofort fällt mir ein, daß er nur den Mund bewegen kann, er hat keine Macht über mich, er kann nicht aufstehen und weggehen, er ist vollkommen abhängig von mir. Seine Worte sind verloren ohne meine Ohren, sie sind lächerlich und bedeutungslos, sie werden sich vergeblich bemühen, zu mir zu gelangen, ich verlasse das Zimmer, gehe zum Telefon, um bei meiner Arbeit anzurufen, aber da sehe ich den Kühlschrank vor mir, auf der Tür hängt unter einem bunten Magneten, den Noga mir mal zum Muttertag geschenkt hat, ein Zettel mit der Nummer vom Roten Davidsstern, ich starre verblüfft die Nummer an, seit wann hängt sie hier, wer hat gewußt, daß wir sie jetzt brauchen?

So selbstverständlich, als handelte es sich um ein Taxi, bestelle ich einen Krankenwagen und kehre mit energischen, fast provozierenden Schritten ins Schlafzimmer zurück. Vor seinen zusammengekniffenen Augen bleibe ich stehen, sogar wenn sie offen sind, sehen sie geschlossen aus, und teile ihm in sachlichem Ton mit, du mußt etwas anziehen, Udi, du wirst bald abgeholt, und er zuckt zurück, dreht sein Gesicht von mir weg, sein Blick bleibt am Kleiderschrank hängen, an den geschlossenen Fensterläden, am Bild mit dem alten Haus, was ist das dort über dem Dach, Wolken oder der Schatten von Wolken. Ein dumpfes Hupen ist zu hören, ich nehme ein weißes T-Shirt und Turnhosen heraus, Sachen, die leicht anzuziehen sind, zerre ihm das Hemd über den Kopf, sein Hals ist weicher geworden, überhaupt ist es, als würde die Aussicht, das Haus zu verlassen, seinen Zustand verbessern, auch seine Arme bewegen sich, nur die Beine sind hart und bewegungslos, ich zerre die Hose nach oben, unter den Hintern, und siehe da, er ist angezogen und sieht aus, als würde er gleich für einen Dauerlauf das Haus verlassen. So war er manchmal abends zu mir gekommen, er sagte zu seinen Eltern, er wolle laufen, und kam zu mir, und meine Mutter musterte ihn verächtlich, als wäre er schlechter als ihre Kavaliere, sie bot ihm ein Glas Milch an, setzte sich steif vor den Fernseher und wartete auf alte Filme mit einer Hauptdarstellerin, die ihr verblüffend ähnlich sah. Ich war überzeugt, daß sie wirklich die Schauspielerin war, die gleichen hohen Wangenknochen, die gleichen klaren Lippen, die gleiche glatte, bräunliche Haut, ich war sicher, daß sie sich nachts, wenn ich allein zurückblieb, heimlich filmen ließ, diese Filme waren schließlich schwarzweiß, weil sie nur nachts aufgenommen wurden, und deshalb stand sie morgens nicht für uns auf, und ich mußte meinen kleinen Bruder wecken und anziehen und uns Brote schmieren. Erst Jahre später erfuhr ich, daß sie die Nächte in Bars verbracht hatte, wo sie mit ihren Freunden saß und trank, und auf dem Heimweg ließ sie sich manchmal an einem alten Haus mit Ziegeldach absetzen, sie weckte meinen Vater und weinte in seinen Armen, und sie versprach ihm, daß sie am nächsten Morgen die Kinder nehmen und zu ihm zurückkehren würde, und er hörte ihr traurig zu und sagte, ja, Ella, ich glaube dir, daß es das ist, was du jetzt willst, aber morgen früh wirst du etwas ganz anderes wollen. Manchmal weckte sie auch mich, wenn sie nach Hause kam, und flüsterte mir ins Ohr, wenn ich ein braves Mädchen wäre, würden wir vielleicht zu Papa zurückkehren und bei ihm wohnen, und ich stand dann früh auf, ging einkaufen, spülte das Geschirr und räumte die Küche auf, bis ich verstand, daß ich die einzige war, die diesen alkoholgetränkten nächtlichen Versprechungen glaubte.

Es wird an die Tür geklopft, laut und ungeduldig, wie die Polizei an die Tür einer Wohnung klopft, in der sich ein Verbrecher versteckt. Wo ist der Kranke, fragen zwei starke, weißgekleidete Kerle, und ich winde mich unbehaglich in meinem neuen, lächerlichen Hosenanzug, rechtfertige mich, er liegt im Bett, und führe sie hinein zu seinem strahlenden, jungenhaften Lächeln, das ich schon lange nicht mehr gesehen habe, zu diesem Lächeln, das er für Fremde reserviert hat, für seine Kunden, die auf den Ausflügen zielstrebig hinter ihm herlaufen. Was ist das Problem, fragen sie, und er sagt ruhig, als habe er sich innerlich damit abgefunden, ich fühle meine Beine nicht, sie lassen sich nicht bewegen, und auch meine Arme bewegen sich kaum, und sie schauen ihn ungläubig an, so sportlich sieht er aus in seinen kurzen Turnhosen. Wann hat das angefangen, wollen sie wissen, ist Ihnen das früher schon mal passiert, und er sagt, nein, nie, erst heute morgen, da konnte ich nicht aufstehen. Tut Ihnen etwas weh, fragen sie, und er schielt entschuldigend zu mir, alles tut mir weh, sogar die Glieder, die ich nicht spüre, tun mir weh, und die beiden, nicht irritiert von diesem Widerspruch, strecken die Hände aus, greifen nach seinem pochenden Handgelenk, legen ihm die Manschette um den Arm und lauschen interessiert dem Rhythmus seines Lebens, und dann verkünden sie, man muß Sie gründlicher untersuchen, wir nehmen Sie mit zur Ambulanz. Soll ich was einpacken, frage ich mit erstickter Stimme, noch etwas zum Anziehen, eine Zahnbürste? Und sie sagen, das wäre wohl besser, warum nicht, der ältere der beiden schaut mich mitleidig an, und ich antworte ihm mit einem gequälten Lächeln. Ihre Anwesenheit beruhigt mich ein bißchen, nur nicht allein mit ihm bleiben, ich renne herum, stopfe Unterhosen und Strümpfe in meine alte Tasche und einen Morgenrock, genau wie ich damals meine Tasche zur Entbindung gepackt hatte, gebückt von den Wehen, die meinen Körper in der Mitte spalteten, dann noch eine Haarbürste und einen Büstenhalter, und plötzlich schaue ich erstaunt in die Tasche, was tue ich da, ich packe ja für mich, nicht für ihn, ich kippe alles auf das Bett und stürze mich auf seine Fächer im Schrank, und er sagt, packe auch ein Buch ein, damit ich was zu lesen habe, und ich frage, was für ein Buch, und er liegt schon auf der Trage, und seine Füße schaukeln in der Luft. Meinen Tanach, sagt er, er ist in meinem Rucksack.

23

Als traurige Karawane verlassen wir das Haus, Udi lang und schwach auf seiner Trage, einen Ausdruck vollkommenen Zutrauens im Gesicht, wie ein Baby, das von seinen Eltern im Wagen die Treppe hinuntergetragen wird, ich schließe aufgeregt die Tür und lehne mich zum Abschied an sie, wer weiß, wann ich sie wiedersehen werde. Um den Krankenwagen versammeln sich ein paar neugierige Nachbarn, was ist passiert, fragen sie erstaunt, und er, der sich normalerweise kaum die Mühe macht, auch nur zu grüßen, antwortet ihnen freundlich und beteiligt sie an den Ereignissen des Vormittags, und die Tochter der Nachbarn unter uns, eine Frau, die gerade erst aus Indien zurückgekommen ist, erzählt ihm von erstaunlichen natürlichen Heilkünsten. Wenn sie dir im Krankenhaus nicht helfen können, sagt sie, dann gib mir Bescheid, und er nickt dankbar, er sieht aus, als würde er gerne weitere Einzelheiten hören, aber die Männer in ihren strahlenden weißen Jacken unterbrechen ungeduldig diese neue Intimität und schieben ihn hinten in den Wagen, mit geübten Bewegungen wie Müllmänner, und ich schließe mich ihm an, setze mich auf die Bank, die für erschrockene Angehörige reserviert ist, von denen man durch die Vorhänge nur das Profil sieht, wenn das Auto mit eingeschalteter Sirene an einem vorbeifährt, man hebt den Blick, sieht das Profil und weiß, daß das Leben der Leute im Auto zerbrochen ist, ihr Schicksal durchschnitten.

3 Durch die weißen Vorhänge, diese Zeugen des Leids, sehe ich, wie meine vertraute Welt mir zuwinkt, mit großzügigen Bewegungen, und sich für immer von mir verabschiedet. Da ist der Gemüseladen, wild und bunt wie die Palette eines Malers, da ist das neue Café mit seinen immer gleichen Vormittagsgästen, plötzlich sehe ich sie genau vor mir, kann erkennen, was sie auf dem Teller haben, gleich werden wir an dem alten Café vorbeikommen, dort habe ich immer gern gesessen, als Noga noch ein Baby war, die Kellnerin gab ihr mürbe Zitronenplätzchen, die sie im Mund zergehen ließ, so daß ihr säuerlich-süße Spucke übers Kinn lief, sie schickte ein Lächeln aus ihrem Kinderwagen, ein Lächeln, das zu strahlend war, um persönlich gemeint zu sein, und ich schaute nur sie an, die Spucke, die an ihrem Hals entlangrann, und achtete nicht auf die Augen, die auf mich gerichtet waren und mit unverhohlenem Interesse jede meiner Bewegung beobachteten, ich achtete auch nicht auf die Hand, die unaufhörlich etwas Sinnloses notierte. Ich versuchte, ihn zu ignorieren, schaute nur sie an, doch dann kam er zu mir, mit aufgeschlagenem Heft, ich habe dich gemalt, sagte er und hielt mir mein mit Kohle gezeichnetes Gesicht hin, ich war erstaunt, das bin ich doch gar nicht, ich bin nicht so schön. Er widersprach, du bist viel schöner, die Leute sagen immer, daß ich alle Gesichter häßlicher mache, und meine Freunde sind schon nicht mehr bereit, mir Modell zu sitzen, weil ich sie so häßlich male. Aber mich hast du schöner gemacht, sagte ich und lachte, und er betrachtete aufmerksam mein Gesicht, dann die Zeichnung in dem Heft,

das zwischen uns lag, und sagte entschieden, nein, du weißt gar nicht, wie schön du bist, warte nur, bis du dich in Farbe siehst, die Kohle reicht nicht für deine Farben, und plötzlich war er still und kehrte zu seinem Tisch zurück, und wieder glitt seine Hand über das Papier, während seine Augen auf mich gerichtet waren.

Der Krankenwagen hält vor einer Ampel, und da, auf der linken Seite, ist es, das alte Café, meine gestohlenen Vormittage, nicht ihn liebte ich dort, sondern mich selbst in seinen Zeichnungen, aber wo sind die runden, einladenden Tische, wo die Schälchen mit den mürben Zitronenplätzchen, aus den Öffnungen dringt das Feuer von Lötkolben, ein grelles Licht, in das man nicht schauen darf, weil einem sonst die Augen flimmern, aber ich schaue trotzdem hin, das kann nicht sein, sie reißen das Café ab, zerstören das letzte Denkmal, und ich schaue Udi erregt an, sie reißen das Café ab, sage ich und offenbare leichtsinnig meinen inneren Aufruhr, und er zeigt ein flüchtiges, verzerrtes Lächeln, geheimnisvoll, als wäre er es, der hinter dem weißen Feuer steht. Vielleicht verdient das Café es, abgerissen zu werden, denn ein paar Monate nach diesem Treffen fiel Noga vom Balkon, mit all ihren Locken, mit ihren dicken Bäckchen und ihren Grübchen, ihrem weichen Bauch und ihren kleinen Beinen, sie segelte wie eine Stoffpuppe aus Udis Händen, und ich schrie, rannte die Treppe hinunter, als gäbe es eine Chance, vor ihr anzukommen und sie aufzufangen, Stockwerk um Stockwerk, Gelübde um Gelübde, nie wieder werde ich mich verlieben, nie wieder froh sein, nie wieder das Haus verlassen, du sollst nur laufen können, Nogi, mein Schatz, du sollst sprechen, du sollst unversehrt sein, und schon waren wir in einem Krankenwagen, wie jetzt, nur damals heulte die Sirene, und das Auto hielt nicht an den Ampeln, sie war bewußtlos, eine weiße Wachspuppe, das Gesicht furcht-

sam angespannt unter der Sauerstoffmaske, als würde man
ihr in diesem Moment eine spannende Geschichte erzählen,
von der noch unklar wäre, wie sie aufhört, und auf ihrem
Gesicht der bekannte Ausdruck, ein gutes Ende, Mama,
bitte laß die Geschichte gut aufhören, und Udi weinte mit
ausgetrockneter Kehle, es ist deinetwegen passiert, schrie er,
wegen deinem Maler, nächtelang kann ich nicht schlafen, ich
trinke und rauche die ganze Zeit, ich habe sie hochgehoben,
und plötzlich ist sie mir von den Armen gesprungen, meine
Arme sind schwach, ich kann kaum ein Buch halten, wie
sollte ich da ein Kind halten. Ich sehe, wie er sich entfernt,
wie er immer kleiner wird, ein winziges Häufchen Knochen
bleibt von ihm übrig, vor meinen Augen tanzen Dutzende
kleiner Nogas wie Sterne am Himmel, sie tanzen in Ballett-
trikots, Keile glitzern zwischen ihren Beinen, warum bewegen sie die Beine nicht, das sind keine Keile, mir wird
schwindlig, das sind kleine Rollstühle, der Himmel ist voller Rollstühle, die auf den steilen Hängen miteinander konkurrieren wie Autos im Lunapark, aber statt des ausge-
lassenen, erschrockenen und provozierenden Lachens der
Kinder ist schreckliches Weinen zu hören, Mama, was hast
du mir angetan, und ich schreie, Noga, mein Kleines, ich
verzichte auf alles, nimm meine Beine, es gibt keinen Ort
mehr, zu dem ich gehen müßte, nimm mein Herz, es gibt
niemanden mehr, den ich lieben könnte, nimm meine Gesundheit, ich brauche sie nicht, nimm mein Leben, und
mein Weinen stößt gegen das seine, wir weinen nicht zusammen, sondern gegeneinander, als wäre das die Fortset-
zung unserer unaufhörlichen Streitereien.

Da öffnet sie die Augen einen Spaltbreit, aus ihrem Mund
kommt eine trübe Welle Erbrochenes, was bedeutet das, das
Buch meines Lebens wird aufgeschlagen, vor meinen Augen
wird mein Schicksal geschrieben, in einer Geheimschrift,

die ich nicht lesen kann. Das ist ein gutes Zeichen, nicht wahr, flehe ich den Arzt an, sie kommt wieder in Ordnung, stimmt's?, und er betrachtet sie zweifelnd, ihre Augen schließen sich wieder, und ich bettle, wach auf, meine Tochter. Ich weiß noch nicht, daß sie uns immer wieder in die Irre führen wird, Tag um Tag, schau, sie läuft schon, schau, sie ißt, wir haben es geschafft, uns ist ein Wunder passiert, es sieht aus, als würde sie sich erholen, wir sitzen mit ihr auf dem Rasen des Krankenhauses, sie will ein Eis, und ich renne glücklich zur Cafeteria, ich stoße unterwegs gegen Leute und bleibe nicht stehen, um mich zu entschuldigen, meine Tochter will ein Eis, und ich werde alles tun, um es ihr zu geben und zuzuschauen, wie sie es schleckt. Wir sitzen auf dem schäbigen Rasen und verfolgen gespannt die Bewegungen ihres Mundes, konzentrieren uns auf das Eis, das ihr in den Händen schmilzt, als würde, wenn sie es vertilgt, auch die Gefahr verschwinden, wir wagen kaum zu atmen vor lauter Hoffnung, und da ist sie fertig mit dem Eis, sie ist gesund, vielleicht holen wir sie morgen heim. Am Eingang zur Station treffen wir den Arzt, sie ist schon in Ordnung, verkünde ich ihm, sie hat ein Eis gegessen, und da kommt auch schon die wohlbekannte Welle Erbrochenes aus ihrem Mund, Vanille schwappt auf den Fußboden, und erneut verliert sie das Bewußtsein, und wir sind wieder armselige, gedemütigte, den Schicksalsschlägen ausgesetzte Geschöpfe. Unsere Gesichter senken sich ergeben, unsere Mundwinkel ziehen sich nach unten, und jeder Satz von ihr weckt Weinen, Mama, ich werde wachsen, sagt sie plötzlich, ich werde größer sein als du, und ich fange schon an zu schluchzen, natürlich wirst du wachsen, und in meinem Inneren kocht die Angst, vielleicht wird sie nicht wachsen, wer weiß schon, was in ihrem Gehirn passiert ist, das wieder und wieder in dem kleinen Schädel erschüttert wurde, eine Plastikwanne hat ihr Leben gerettet, eine Plastikwanne voll Wasser, die das Hausmädchen der Nachbarn draußen vergessen hatte, und diese drohende Gefahr hing weiter über uns, auch als die eigentliche Gefahr schon vorbei war, auch als wir endlich nach Hause zurückgekehrt waren. Alles Ungewohnte erschreckte mich, und ich war so in Noga versunken, daß ich nicht merkte, wie ich Udi in einem unbemerkten Augenblick auf dem Weg zwischen dem Unglück des Falls und dem Wunder der Genesung verlor, und was noch schlimmer war, sie verlor ihn auch.

Wir sind da, sagt er, und ich schüttle mich, einen Moment lang überrascht, ihn auf der Liege zu sehen und nicht Noga, der Krankenwagen hält vor der Notaufnahme, genau wie damals, aber jetzt kommen die Ärzte nicht mit fahrbaren Pritschen und Geräten auf uns zu, um uns sofort zum Behandlungsraum zu bringen, sondern sie laufen langsam, gemessen, als besäßen unser Leben und unser Leiden keine besondere Bedeutung. Von vornherein überflüssig, warten wir darauf, daß die Tür aufgeht, Udi wirft mir einen tapferen Blick zu, seine Finger bewegen sich auf mein Knie zu, und ich beobachte gleichgültig seine Bemühungen, was versucht er da zu spielen, eine unhörbare Melodie, und erst dann verstehe ich, er will mich mit seinen schuldigen Händen berühren, er murmelt, es tut mir leid, und ich frage noch nicht mal, was er meint, das, was heute morgen war, oder das, was damals war, vor fast acht Jahren, so sehr freue ich mich über seine ungewohnte Entschuldigung, eine schnelle Freude, ohne Selbstachtung, und ich strecke die Hand aus und verflechte meine Finger mit seinen, und so, Hand in Hand, finden uns die Pfleger, vor deren strahlenden weißen Jacken sich die Türen öffnen, und sie rollen die Pritsche vor sich her, so leicht, als wäre sie leer.

Ein summender Bienenkorb aus Krankheit und Schmerz

eröffnet sich uns, während wir uns, er auf dem fahrbaren
Bett und ich auf zitternden Beinen, unseren Weg durch die
Menschenmenge bahnen, die sich vor den Türen zusam-
menscharen, als würden hier Raritäten verschenkt, wie selten ist doch die Gesundheit, sie streunt frei auf den Straßen
herum, und diesen Ort hier meidet sie, und wieder schäme
ich mich für meinen neuen Hosenanzug, Udi hat recht, ich
beleidige den Kranken mit meiner zur Schau gestellten Gesundheit, ich provoziere mein Schicksal, provoziere ihn, seinen Körper, der von der Pritsche aufs Bett rutscht, und dort
liegt er nun, ein alter Jugendlicher in Sportkleidung mit
einem vollkommenen, makellosen Körper, ganz anders als
die Frau gegenüber, deren eines Bein geschwollen und blu-
tig ist, oder die Frau hinter dem Vorhang, durch deren
durchsichtige Haut man alle Knochen sehen kann und über
deren Mund ein weißer Verband liegt, als gäbe es irgend etwas auf der Welt, das sie noch mehr gefährdet als der Satan
in ihr selbst. Warum habe ich es so eilig gehabt, ihn hierher-
zubringen, das ist nicht der passende Ort für ihn, schließlich war er noch nie krank, und ich habe Lust, mich zu ihm
hinabzubeugen und ihm ins Ohr zu flüstern, komm, Udigi,
komm, fliehen wir von hier, komm, gehen wir heim. Plötzlich wird die enge, angespannte Wohnung, die wir gerade
verlassen haben, zu einem Königreich des Glücks und der
Gnade, das dämmrige Schlafzimmer sieht anziehend und
verlockend aus, los, bewege schon deine Beine, es kann
doch nicht sein, daß sie wirklich gelähmt sind, das ist ja, als
würde der Erdball eines Morgens aufhören, sich zu drehen.
Ich streiche seine Haare zurück, lege seine hohe Stirn frei,
die gekrümmten Falten, die darauf gezeichnet sind, Udigi,
weißt du noch, wie du immer in der Zehn-Uhr-Pause zu
mir in die Klasse gekommen bist und gesagt hast, komm,
fliehen wir, gehen wir heim, und dann sind wir abgehauen,

haben uns unterwegs ein mit weißen Salzkristallen bestreutes Bejgele gekauft, das ich mir wie einen Armreif über das Handgelenk schob, und dann gingen wir entweder zu dir oder zu mir nach Hause, je nachdem, welche Wohnung an diesem Morgen leer war, und Udi seufzt und sagt, ich wäre froh, wenn ich jetzt mit dir irgendwohin fliehen könnte, No'am, so nannte er mich damals, aus einer Mischung von Zuneigung und Stichelei, denn ich war noch vollkommen flach und hatte kurze Haare, von weitem sahen wir aus wie zwei Jungen. Ich lasse nicht locker, wenn du willst, kannst du es, Udi, konzentriere dich, gib dir Mühe, und er schaut mich fast mitleidig an und sagt, du bist einfach nicht bereit, das zu akzeptieren, was dir nicht in den Kram paßt, kapierst du nicht, daß ich nicht kann, es ist, als hätte es in mir einen Kurzschluß gegeben, wie soll ich dir das klarmachen, und ich senke den Kopf, es fällt mir schwer, zu sehen, mit welchem Appetit seine Lippen die Wörter abbeißen, meine Augen sind auf den Fußboden gerichtet, das Verständnis ist wie ein Eichhörnchen, da huscht es auf einen zu, und schon ist es verschwunden, nur die Spitze seines prächtigen Schwanzes blitzt noch zwischen den Betten auf, den ganzen Morgen versuche ich schon zu verstehen und nicht zu verstehen, ihm näher zu kommen oder mich zu entfernen, die widersprüchlichen Anstrengungen verbrauchen Kraft, meine Hände gleiten über seinen Kopf, von außen sieht alles heil aus, keine Beule, nichts Entstelltes, und in dem Moment, als ich glaube, ich hätte das Eichhörnchen mit Nüssen angelockt und könnte es fangen, wird grob der Vorhang aufgerissen, und eine junge Schwester mit einem schönen, energischen Gesicht fragt, was das Problem ist.

Ich kann die Beine nicht bewegen, verkündet er freundlich, und meine Hände sind ebenfalls schwach. Sie schaut seine Hände an, die eine ist noch mit meiner verschränkt, und ein Hauch von Spott zeigt sich auf ihrem Gesicht bei diesem Anblick, ihr glaubt wohl, das hilft was, sagt ihr schönes Gesicht, ihr glaubt wohl, zu zweit ist man stark, aber Krankheiten lassen sich von solchen Gesten nicht beeindrucken, Krankheiten lieben es, Paare zu trennen. Wann hat das angefangen, fragt sie gleichmütig, und er sagt, heute morgen, ich bin heute morgen aufgewacht und konnte nicht aufstehen, das Erstaunen in seiner Stimme ist noch frisch, er ist bereit, jeden daran teilhaben zu lassen, sogar die stöhnende Bettnachbarin ist für einen Moment still und schaut ihn mit roten Augen an, macht seiner vollkommenen Verwunderung über die Kapriolen der Schöpfung Platz, und es scheint, als füllte sich das ganze Weltall mit der Verwunderung des Neuman, Ehud, Sohn Israels, wie bald auf dem Schild an seinem Bett geschrieben sein wird, beliebter Reiseleiter, fast vierzig Jahre alt, verheiratet, eine Tochter, dessen Glieder ihm nicht mehr gehorchen.

Als gäbe sie eine Art unpassender Antwort, die nichts mit der Frage zu tun hat, wühlt sie in der Tasche ihres Kittels, zieht ein Fieberthermometer hervor und hält es ihm hin, ich nehme es ihr schnell aus der Hand, um zu vermeiden, daß seine Finger wieder so seltsam anfangen zu flattern, und sie fragt, was ist mit den Papieren, und ich schaue mich um, mit welchen Papieren? Sie müssen ihn anmelden, sagt sie und verzieht das Gesicht, als hätte sie uns dabei erwischt, daß wir uns ins Kino eingeschmuggelt haben, ich verlasse sie widerwillig und schließe mich ungeordneten Reihen an, Kopf an Kopf und Schulter an Schulter, und über allen schwebt dieses naive erste Staunen von Menschen, die sich plötzlich in einem anderen Land wiederfinden, einem häßlichen Land, und die nicht wissen, ob sie je wieder den Weg nach draußen finden werden. In ein paar Tagen werden sie sich daran gewöhnt haben, sie werden in bitterer Ergebenheit neben ihren Lieben in den verschiedenen Abteilungen sitzen, und das Erstaunen wird ihnen wie eine Erinnerung an ein verschwommenes Bild aus der Kindheit vorkommen, ohne große Bedeutung und grundlos geliebt.

Als ich ohne ihn bin, weit weg von seinen bewegungslosen Beinen, von seinen geschlossenen Augen, jenen Augen, die mich betrachtet haben, seit ich zwölf war, weit weg von seiner Existenz, die mich mehr definiert als sich selbst, einen Moment, bevor ich an der Reihe bin und ich mich vor dem Schalter aufstelle, einen Moment bevor ich ihn anmelde und dafür die leeren Formulare bekomme, die sich bald mit besorgniserregenden Details füllen werden, trifft mich schlagartig die Erkenntnis, daß sich die Bewegungsfähigkeit von ihm entfernt hat, so wie sich die Gegenwart Gottes aus dem Tempel entfernt hat, bevor er zerstört wurde, und die Wucht der Erkenntnis macht mich klein, so daß mir alle Menschen um mich herum wie Riesen vorkommen und ich mich darüber wundere, daß mich überhaupt jemand zur Kenntnis nimmt, wie diese Angestellte mit den Sommersprossen, die ungeduldig zu mir sagt, nun, was kann ich für Sie tun? Schließlich existiere ich nicht mehr, das Leid dieses Morgens hat meine Existenz ausradiert, du beendest deine Schicht und gehst nach Hause und glaubst, du weißt, was du dort vorfindest, während bei mir alles Selbstverständliche, alles Vertraute an einem einzigen Morgen zerrissen worden ist, denn mein Udi ist krank, mein Udi ist gelähmt, er wird nicht mehr von mir weggehen und nicht mehr zu mir zurückkehren.

Auf dem Rückweg zu ihm, die Hände voller Papiere und Unterlagen, auf denen alle Details richtig sind und trotzdem kränkend, auf dem Rückweg zu Neuman, Ehud, Sohn Israels, ängstlich wie eine Mutter, die ihr Kind einer unbekannten Pflegerin überlassen hat, habe ich plötzlich vergessen, wo er genau liegt, ich schiebe einen Vorhang nach dem anderen weg, dringe in die Privatsphäre von Kranken ein, die auf ihre Einweisung in eine Station warten, und einen Moment lang habe ich das Gefühl, ihn nie mehr identifizieren zu können, alle hier tragen die grünliche Farbe der Vorhänge, sind bis zum Hals mit den schäbigen Decken zugedeckt, und nur bei meinem Kranken ist der Vorhang offen, und er liegt entblößt da wie ein Junge, der keine Scham kennt, mißt gehorsam seine Temperatur und nickt mir freudlos zu, ein durchsichtiger Schlauch führt bereits von einer Infusion zu seinem Arm, und es ist, als wäre ich stundenlang weggewesen, so groß ist schon die Veränderung, die ihm widerfahren ist. Jetzt gehört er hierher, trotz seines jungenhaften Aussehens, trotz seiner Sportkleidung, und ich betrachte feindselig die Schwester, die sich gelassen zwischen den Kranken bewegt, als habe sie mich im Kampf um sein Herz besiegt. Los, nimm schon das Thermometer heraus, fauche ich, es ist genügend Zeit vergangen, aber er schüttelt den Kopf, erst wenn es die Schwester sagt, zischt er, und ich werde gereizt, ich glaube das nicht, Udi, du brauchst dafür eine Erlaubnis, und er sagt, ja, sie hat gesagt, ich soll es im Mund lassen, und er zuckt hilflos mit den Schultern. Er ist immer so aufsässig gewesen, nie hat er jemandem gehorcht, weder den Lehrern in der Schule noch seinen Vorgesetzten in der Armee, und immer hat man ihm am Schluß verziehen, wie ist es möglich, sich an einem einzigen Morgen so zu verändern, als habe das Versagen seiner Beine seine innere Struktur umgewandelt.

Ich sehe, wie sein Blick hypnotisiert den Bewegungen der Schwester folgt, Bewegungen, die grob sind vor lauter Effektivität, das Thermometer in seinem Mund befreit ihn von der Pflicht, mit mir zu reden, noch nie habe ich ihn eine Frau auf diese Art anschauen gesehen, andere Frauen interessierten ihn nicht, jedenfalls behauptete er das, und ich glaubte ihm, immer hat er mir gegenüber seine Treue betont, eine beruhigende weiße Fahne in einem Meer von Drohungen, aber diese demonstrative Treue hat sich im Laufe der Jahre zu einer Waffe gegen mich verwandelt, eine weitere Art, gegen mich anzugehen und seine Überlegenheit zu beweisen. Schau, er konzentriert sich nur auf mich, nur auf mich zielen die Giftpfeile seines Klagens, seines Fanatismus, seiner inneren Kämpfe, seines unendlichen Verlangens, aber nun, da ich seine sehnsüchtig auf die Schwester gerichteten Blicke sehe, lege ich mir vor Gekränktheit die Arme um den Körper, die Kälte der Einsamkeit läßt mich erschauern, als habe man mich in diesem Moment aus dem Haus geworfen, sogar ohne daß ich mich anziehen durfte.

Nun geht sie zu ihm, und er läßt sich mit dem demütigen Lächeln eines Kindes von ihr das Thermometer aus dem Mund ziehen, aber obwohl es fast in seinem Mund festklebt, stellt sich heraus, daß es keine gestiegene Temperatur anzeigt, sechsunddreißig sieben, trägt sie verächtlich auf der Fieberkurve ein, die an seinem Bett hängt, dann hebt sie kurz seine Decke, und ich sehe erstaunt, daß ein dünner Schlauch aus seinem Glied kommt und zu einem unter dem Bett versteckten Säckchen führt, das sich mit orangefarbener Flüssigkeit füllt. Alles, was der Körper sich zu verbergen bemüht, wird hier mit Leichtigkeit aufgedeckt, wann hat sie es geschafft, ihm den Schlauch einzuführen, vielleicht ist da ja Intimität zwischen ihnen entstanden, und jetzt hält sie seine Hand und mißt ihm den Blutdruck und den Puls und achtet darauf, ihn nicht loszulassen, doch nun ist alles vorbei, sie löst sich von ihm, schreibt die Ergebnisse auf und dreht ihm den Rücken zu, der Arzt wird gleich zu Ihnen kommen, sagt sie und entfernt sich schon, sie sieht nicht das unterwürfige Lächeln, das er ihr nachschickt, aber ich sehe es genau.

Dann kommt der Arzt, ein auf eine kränkende Art junger Mann, ein richtiger Bubi, so daß wir kaum zugeben können, wie sehr wir auf ihn gewartet haben, energisch und ungeduldig hört er sich mit unbewegtem Gesicht an, was wir von den Ereignissen dieses Morgens zu berichten haben, was kann man schon groß erzählen von Beinen, die den Dienst verweigern, Udi wird es nicht langweilig, nur dem Arzt, seine ohnehin geringe Höflichkeit schmilzt, ungeduldig wie ein Junge, der die ermüdenden Ausführungen seines Vaters unterbricht, unterbricht er Udi, betastet die berühmten Beine, die Helden dieses Morgens, dann zieht er eine Nadel aus seiner Kitteltasche und fängt an, in die Beine zu stechen. Erstaunt beobachte ich, wie die Nadel im Fleisch versinkt und Udi keinen Ton von sich gibt, ich sehe, wie die Nadel das ganze Bein entlangwandert, ein kleiner Hammer gesellt sich zu ihr und schlägt auf die Knie, die reglos wie Holzstücke daliegen, während Udi noch immer heuchlerisch lächelt, stolz wie ein Fakir, bis der Arzt die Gegenstände wieder einsteckt, die Fieberkurve betrachtet, die am Bett hängt, und rasch die Untersuchung abschließt, wir müssen zuerst eine Röntgenaufnahme machen, um zu sehen, ob eine Verletzung der Wirbelsäule vorliegt, dann schauen wir weiter, und damit ist er auch schon verschwunden.

Ich ziehe das Bett durch die vollen Gänge, Glasscheiben werfen für einen Moment unser Bild zurück, da sind wir, Udi und ich, die Infusion, der Katheter, zwei Menschen, die auf den Flur eines Krankenhauses gegangen sind, um sich miteinander zu unterhalten. Wo ist die Röntgenabteilung, frage ich, wo ist hier ein Aufzug, wie sollen wir alle in eine einzige Kabine passen, ein Aufzug nach dem anderen kommt überfüllt an, ich versuche nicht einmal, uns hineinzuzwängen, aber da macht man mir Platz, die Leute drücken sich an die Metallwand, ziehen den Bauch ein, atmen kaum, nur damit wir mitfahren können, Udi und ich und die Infusion mit der durchsichtigen Flüssigkeit und der Katheter mit der orangefarbenen Flüssigkeit, und so fahren wir hinunter in die Röntgenabteilung, die von einem kranken Neonlicht erhellt wird, doch am Ende des Flurs entdecken wir im Schein einer flackernden Lampe einen kahlköpfigen Jungen, der mit seinen schmalen Schultern an einem Schalter lehnt und ihn an- und ausmacht, ich sehe, wie Udi die Augen zusammenkneift und versucht, sich aufzurichten, laß den Schalter in Ruhe, brüllt er, hast du nichts Besseres zu tun, so sieht man doch gar nichts, das macht mir die Augen kaputt. Was ist heute mit dir, flüstere ich, was schreist du ihn an, siehst du nicht, daß er krank ist, und Udi bekommt ein verschlossenes Gesicht, wie immer, wenn man mit ihm schimpft, ich bin auch krank, zischt er, und ich gehe zu dem Jungen, berühre zögernd seinen Arm und sage, achte nicht auf ihn, das ist sein Problem, es hat nichts mit dir zu tun, und der Junge zuckt mit den Schultern, ihm ist es wirklich egal, nur für mich war diese Unterscheidung notwendig, wie oft hat Annat mir schon zugeflüstert, das ist er, nicht du, das sind seine Probleme, nicht deine, und ich sagte dann, aber wenn wir zusammen sind, ist jedes seiner Probleme auch mein Problem und man kann es nicht trennen, und sie beharrte, tief innen kann man es.

Mir scheint, als murmele er etwas, und ich beuge mich zu der gelblichen Glatze und frage, was hast du gesagt, Junge, und er sagt, ich bin kein Junge, ich bin ein Mädchen, für mich klingt das wie ein bedeutungsloses Mantra, doch dann richtet er sich auf, und ich sehe winzige Brüste, die sich an dem kranken Körper abzeichnen, was für ein Kampf der Kräfte spielt sich in seinem Inneren ab, man kann fast die beiden Hände unter dem Hemd miteinander ringen sehen, wie sie versuchen, sich gegenseitig unterzukriegen. Er ist ein

Mädchen, kein Junge, als würde das etwas an dem Bild ändern, er ist ein Mädchen, und er ist ungefähr so alt wie Noga, mir wird schwindlig bei der Vorstellung einer Noga, die all ihre Locken verliert, ihren süßen Babyspeck, und an der Wand lehnt und an einem Lichtschalter herumspielt, mir wird so schwindlig, daß ich mich selbst an die Wand lehnen muß, und wie auf einer Röntgenaufnahme verwandeln sich die Farben, die Glatze des Jungen, der ein Mädchen ist, gleitet grau wie ein Wasserfall bei Nacht an mir vorbei, und die hohlen, tiefen Lichter sehen aus wie die hohlen Augen eines Skeletts, vor meinen Augen wird Udi auf seinem rollenden Bett schwarz, ich sehe seine Wirbelsäule, jeden einzelnen Wirbel, ich sehe die Galle, die in seinem Blut kocht, die kaulquappenartigen Samen der Katastrophe, und ich mache die Augen zu, versuche Ruhe zu finden in den durchsichtigen Flecken, die sich in der Dunkelheit hinter meinen Lidern gegenseitig verschlingen.

Als ich die Augen wieder aufmache, ist Udi nicht mehr da, schuldbewußt und besorgt schaue ich mich um, wo ist er, ich habe ihn im Stich gelassen, und der Junge, der ein Mädchen ist, schaut mich mit hervorquellenden Augen an und deutet auf eine geschlossene Tür gegenüber und sagt, sie haben ihn zum Röntgen gebracht. Ich erschrecke, als erwarte ihn dort, hinter der Tür, eine gefährliche Operation, statt ihm meine Hingabe zu zeigen, lasse ich ihn im Stich, genau in dem Moment, in dem er mich braucht. Hör schon auf mit deinen Beweisen, würde Annat sagen, siehst du nicht, wie verdächtig das ist, was hast du denn getan, daß du dich die ganze Zeit rechtfertigen mußt, das macht ihn doch nur unruhig, und ich versuche tief zu atmen, lehne mich an die Wand und dehne mich, und meine Schulter drückt aus Versehen auf den Schalter, wieder geht das Licht aus, genau in dem Moment, als die Tür aufgeht und Udis Bett herausgerollt wird, ein Pfleger in grüner Kleidung hält in der einen Hand einen großen Umschlag, mit der anderen schiebt er das Bett, ich laufe hinter ihm her und bin plötzlich überflüssig.

Was war, frage ich ihn, und er zischt feindselig, was kann schon sein, und ich versuche es noch einmal, was haben sie gesagt, und er sagt, nichts, hier sagt keiner was, aber in seiner Stimme liegt kein bitterer Ton, sondern nur kindliche Ergebenheit, und als wir zum Untersuchungsraum zurückkehren, sieht er zufrieden aus, als wäre er wieder zu Hause, er begutachtet seine vertraute Ecke, und ich setze mich neben ihn und lege meine Hand auf das Bündel Röntgenaufnahmen, eine Geheimschrift, die Licht in das Rätsel bringen wird, das uns bedroht. Komm, schauen wir uns die Bilder an, schlage ich vor, versuche, meiner Stimme den Ton fröhlicher Abenteuerlust zu verleihen, aber er sagt mit diesem neuen Gehorsam, sie sind nicht für uns bestimmt, als handle es sich um eine Privatsache zwischen Arzt und Krankenschwester und wir wären nur die Kuriere. Ich halte es nicht länger aus, ich nehme ihm den Umschlag ab, in dem unser Schicksal besiegelt ist, drücke ihn an die Brust und gehe hinaus, um einen Arzt zu suchen.

Jetzt würde es mir sogar gefallen, die Schritte der Schwester zu hören, aber es scheint, als wären wir von allen verlassen, wie Kinder, die ohne die Aufsicht eines Erwachsenen zurückgeblieben sind, ich gehe zu dem leeren Stationszimmer, aus dem Raum daneben dringen Geräusche und der Duft frischen Kaffees, ich nähere mich der fast geschlossenen Tür, um ihrer Pflicht zu genügen, haben sie einen schmalen Spalt offengelassen, durch den ich nun spähe, der junge Arzt kaut begeistert an einem Brötchen, betrachtet es manchmal, um zu sehen, wieviel ihm noch geblieben ist, die Schwester begnügt sich mit Kaffee, einige andere Mitglieder des Pflegepersonals essen oder kichern, und ich betrachte das alles wie eine Szene auf der Leinwand, ich sehe sie, und sie sehen mich nicht, eine durchsichtige Trennwand befindet sich zwischen ihnen und mir, sie sind die Herrscher, sie sind die Hausherren und ich bin die letzte der Untertanen. In diesem Zimmer findet die Zehn-Uhr-Pause statt, aber bei mir ist es schon mitten in der Nacht, ich habe es heute morgen noch nicht einmal geschafft, Kaffee zu trinken, mir wird schwindlig bei dem Geruch, aber es fällt mir nicht ein, hinzugehen und mir einen Kaffee einzugießen, so wie ich auch nicht an einer Mahlzeit teilnehme, die auf einer Kinoleinwand stattfindet, ich stehe da und schaue zu, Udis Wirbelsäule an mich gedrückt, bis der Arzt mich bemerkt und aufhört zu kauen, ist was passiert, fragt er, und ich halte ihm den Umschlag hin, die Augen flehend auf ihn gerichtet, und um die Erniedrigung noch zu erhöhen, spüre ich, wie meine Lippen gegen meinen Willen beben, und ich fange an zu weinen.

Er blickt mich verstört an, sein Blick wechselt zwischen mir und seinem Brötchen, alle sind jetzt still und schauen mich an, sie versuchen noch nicht einmal, ihren Abscheu zu verbergen, auch ich empfinde Abscheu vor mir selbst, ich wünschte, ich könnte meine Tränen beherrschen, aber sie beherrschen mich, sie beschämen mich in der Öffentlichkeit, was für ein Glück, daß Udi mich jetzt nicht sieht, er haßt es, wenn ich weine. Ich brauche gar nicht in den Spiegel zu schauen, um zu wissen, daß mein Gesicht rot geworden ist, daß unter meinen Augen die Schminke des Morgens in schwarzen Tränen zerfließt, ich weiche zurück, versuche, meine Schande hinter dem Umschlag zu verstecken, aber der Arzt steht auf und wirft mit einem gut gezielten Schwung den Rest seines Brötchens in den Papierkorb, sein bubenhaftes Gesicht wird weicher, als er auf mich zukommt, er zieht drei Aufnahmen aus dem Umschlag und hält sie prüfend vor das Licht, ich habe Angst zu atmen, meine Augen hängen an seinem Gesicht, ich versuche, seinen Ausdruck zu deuten, den Schicksalsspruch zu erraten, dann geht er in ein anderes Zimmer, ich trotte hinterher, er klemmt die Aufnahmen an eine beleuchtete Tafel, erforscht mit ernstem Gesicht Udis Inneres, ich kann nichts entdecken, sagt er, an seiner Wirbelsäule ist nichts festzustellen.

Das ist doch gut, nicht wahr, murmele ich, und er sagt, ich weiß nicht, ob das gut ist, man muß immer an die Alternative denken, er kann die Beine nicht bewegen, und das ist nicht gut. Zu einer Schwester, die in der Türöffnung steht, sagt er, wir müssen ihn zur Beobachtung dabehalten, und er zählt rasch die Untersuchungen auf, die gemacht werden sollen, fast das ganze Abc, und ich will ihn fragen, was sie bei all diesen Untersuchungen suchen, aber da ist er schon in einem der Zimmer verschwunden, und mir bleibt nichts anderes übrig, als hinter der Schwester herzurennen, die direkt zu Udis Bett läuft und einen Schritt vor mir ankommt.

Hast du geweint, fragt er feindselig, und ich murmele, wieso denn, ich bin erkältet, und die Schwester verschluckt ein Lächeln, ihr entgeht nichts, Sie kommen hinauf auf die Station, verkündet sie ihm, er ist erstaunt, aber so etwas wie Stolz blitzt in seinen Augen auf, wie bei einem Schüler, der in eine höhere Klasse versetzt wird, und schon füllt sie blaue Zeilen in seinen Unterlagen aus und schickt mich los, die Formulare bestätigen zu lassen, und ich beeile mich, folgsam wie eine alternde Botin, alles zu erledigen, und ich verpasse ihren Weggang, denn als ich zurückkomme, ist sein Bett schon in die Mitte des Zimmers geschoben, sein Körper ist bedeckt mit Unterlagen und Formularen, als wäre er eine Art Geburtstagskind, zärtlich bedacht mit Geschenken der Familie, und unter dem allen sein fein geschnittenes Gesicht, und vielleicht irre ich mich, aber mir scheint, daß ich um seine Mundwinkel den Hauch eines heimlich triumphierenden Lächelns sehe.

4 Als wir unsere Fahrt zur Inneren Abteilung beginnen, erreichen uns die Sirenen eines Krankenwagens, sie jaulen uns in die Ohren wie fordernde Babys, und in kürzester Zeit werden wir allein gelassen, alle Aufmerksamkeit wendet sich dem neuen Gast zu. Mit beschämender Neugier drehe ich mich um und schaue zurück, wer ist der neue König, und da sehe ich sie, auf einer Trage, rot von Blut, schon seit Jahren habe ich sie nicht mehr gesehen, nur in meinen Alpträumen, aber es ist Ge'ula, ohne Zweifel. Ich schiebe das Bett schneller, fange an zu rennen, nur damit sie mich nicht erkennt, bis ich verstehe, daß sie halb tot ist, sie würde jetzt noch nicht mal ihr eigenes Kind erkennen, ihre Adern sind aufgeschnitten, und das Blut läuft heraus, wie sollte sie ihr Kind erkennen, wenn eine andere Mutter es an ihrer Stelle aufzieht, den kleinen Daniel mit dem spitzen Gesicht, und alles meinetwegen. Etliche Male hatte sie uns gedroht, wenn ihr ihn mir wegnehmt, bringe ich mich um, ich schneide mir alle Adern auf, alle, aber wir sahen, wie das Kind durchdrehte, es war dünn wie die Luft und mit blauen Flecken übersät. Sie war eifersüchtig auf ihren Sohn wie auf einen Geliebten, sie ließ ihn nicht in den Kindergarten gehen, damit er sich nicht in die Kindergärtnerin verliebte, sie schlug ihn, wenn er eine andere Frau anlächelte, nicht, daß ich ihn je lächeln gesehen hätte, sie stellte ihn auf einen Stuhl und küßte ihn, schob ihre schwarze Nikotinzunge in seine Mundhöhle. Wir mußten ihn retten, wir sagten zu ihr, schicken Sie ihn in den Kindergarten, kochen Sie für ihn, schaffen Sie ihm ein gesundes Umfeld, und sie tobte, ihr

43

habt mir nicht zu sagen, wie ich meinen Sohn erziehen soll, sie drückte ihn an sich wie ein Pfand und schrie mich an, wenn ich dein Gesicht noch einmal sehe, bringe ich das Kind um und dann mich selbst. Am Ende haben wir einen Gerichtsbeschluß erwirkt, wir haben ihn von ihrem Körper gerissen wie bei einer gefährlichen Geburt, sie schrie mir nach, du glaubst wohl, du kannst in Ruhe deine Tochter aufziehen, während ich ohne Daniel zurückbleibe, du wirst keine Minute Glück erleben. Ich quälte mich lange und beschloß dann, diese Arbeit aufzugeben, bei der jede Entscheidung sowohl richtig als auch falsch war, jedenfalls immer grausam, deshalb wechselte ich zum Heim für schwangere Mädchen, später hörte ich noch, daß Ge'ula Einspruch erhoben hatte, aber kein Gericht gab ihr ihren Daniel zurück, dann versuchte sie, sich umzubringen, doch auch das gelang ihr nicht, und jetzt ist sie hier, nach einem weiteren Versuch, sie verfolgt mich, die vergessenen Flüche werden wieder lebendig.

Du weinst ja schon wieder, sagt Udi und öffnet ein feindseliges Auge, ich kann mich nicht beherrschen, erinnerst du dich an Ge'ula, der wir den Sohn weggenommen und zur Adoption gegeben haben, man hat sie gerade hergebracht, vermutlich nach einem Selbstmordversuch, und alles wegen mir, und er macht das zweite Auge auf, ich habe ja immer gesagt, daß ihr bei eurem Sozialdienst übertreibt, wer seid ihr, Gott, Herr der Welt? Kämpfer gegen die Natur? Wie kann man ein Kind von seiner Mutter wegnehmen? Ich stelle wütend das Bett am Rand des Flurs ab, wir sind schon weit genug entfernt, seine Reaktion bringt mich auf, aber jedenfalls ist sie normal, vertraut, nicht wie sein neues unterwürfiges Lächeln. Was redest du für einen Quatsch, du und deine Natur, die Natur kann furchtbar sein, die Natur ist ein Unglück, diese Mutter hat ihren Sohn kaputtgemacht, sie hat ihn gequält, du hättest seinen Körper sehen sollen, voller blauer Flecken und keinen Zahn im Mund.

Aber sie hat ihn geliebt, verkündet er herausfordernd, er stellt sich immer auf die Seite des Angegriffenen, und ich sage, na und, kranke Liebe ist nichts wert, sie hat ihn mit ihrer Liebe zerstört, und er sagt böse, das hast du mal zu mir gesagt, daß meine Liebe krank ist, weißt du noch? Kein Thema interessiert ihn, wenn er nicht direkt davon betroffen ist. Ich versuche, einen Hauch Sympathie zu wecken, Udi, was bedeutet es, daß sie hier ist, das macht mir angst, es ist ein böses Omen, und er stößt mich weg, ist nicht bereit, mich auch nur einen Moment zu stützen, und was bedeutet es, daß ich hier bin, darüber denke ich nach, das beschäftigt mich, dich aber nicht, du hast dich immer für deine armen Typen eingesetzt, sie waren dir immer wichtiger als ich. Wie kannst du das sagen, protestiere ich, das stimmt überhaupt nicht, und schon treffen uns erstaunte Blicke, wie kann man sich im Schatten einer tropfenden Infusion streiten, ausgerechnet an einem Ort, an dem man zusammenhalten muß, ich schweige, lasse Ge'ula hinter mir, schaue mich nicht um, aber ich kann mir vorstellen, welche Versuche man macht, sie am Leben zu erhalten, der junge Arzt beugt sich über ihren dunklen Körper, der nur aus Kummer und Rauch besteht, und als ich an ihre gefährliche Liebe denke, an ihr Leben, das so bitter wie Gift ist, weiß ich schon nicht mehr, was ich ihr wünschen soll.

Wenn ich sie aufsuchte, versteckte Daniel sich vor mir wie ein erschrecktes Tier, den ganzen Tag war er in der dunklen Einzimmerwohnung mit dem leeren Kühlschrank und den vollen Aschenbechern eingesperrt, einmal brachte ich ihm Farbstifte mit, und er wußte nicht, was er damit anfangen sollte, schließlich schob er sich einen Stift in den Mund und fing an, daran zu saugen, und sie machte mir eine ihrer Szenen, wieso bringen Sie ihm Geschenke, wollen Sie, daß er sich in Sie verliebt, daß er Sie mehr liebt als mich, er gehört mir, kapieren Sie das, er gehört nicht dem beschissenen Staat und nicht dem beschissenen Sozialdienst, und ich versuchte ihr zu erklären, Sie haben recht, Ge'ula, er gehört Ihnen, aber wenn Sie ihn nicht versorgen, wie es sich gehört, müssen wir uns um ihn kümmern, wir stehen auf der Seite des Kindes, nicht auf Ihrer, und sie starrte mich mit roten Augen an, ich und mein Kind sind auf derselben Seite, wir sind ein Körper, ein Körper sind wir, und sofort drückte sie ihn an sich, an ihre knochigen Glieder, ihr habt mir nicht zu sagen, wie ich mein Kind behandeln soll, und ich ging hilflos wieder weg, zwei Möglichkeiten sah ich, als ich im Treppenhaus stand, und beide waren gleich erschreckend, ihn ihr wegnehmen oder ihn bei ihr lassen, und als ich mich am Schluß dazu durchrang, eine Adoption zu empfehlen, wunderte sich der Richter, warum ich so lange gezögert hatte. Sie liebt ihn so sehr, sagte ich in dem Versuch, sie zu verteidigen, mich selbst zu verteidigen, und er sagte, die Frage ist nicht, ob man ihn liebt oder nicht, sondern wie man ihn liebt, und ich verkroch mich tief in meinem Innersten, als spräche er über mich, über mich und Udi, so viele Jahre lang hatte ich mir gesagt, er liebt mich, statt mich zu fragen, wie er mich liebte und ob mir die Art seiner Liebe gefiel.

Vielleicht war die Tatsache, daß ich die Antwort wußte, der Grund dafür, daß ich es nicht wagte, mich dieser Frage zu stellen, ich brachte mich immer mit dem Satz zum Schweigen, sei froh, daß du einen Mann hast, der dich liebt, lieber so eine Liebe als gar keine, aber jetzt, auf dem Weg zur Inneren Abteilung, wehre ich mich, warum denn gar keine Liebe, warum dieser Defätismus, vielleicht gab es noch etwas für mich, vielleicht wartete etwas darauf, daß ich es erkenne. Du hast es einmal probiert und erfahren, wie es endet, sage ich mir, um die kleine Flamme zu ersticken, denn jetzt ist mein Schicksal entschieden, jetzt findet unsere wirkliche Hochzeit statt, im Schatten der tropfenden Infusion. Wenn ich es bis heute nicht geschafft habe, ihn zu verlassen, als er noch gesund war, werde ich es jetzt erst recht nicht können, der Rest meines Lebens ist beschlossen, nichts Altes hört auf, nichts Neues kommt hinzu, und als ich mich im Spiegel des Aufzugs betrachte, eine Gestalt, die sich über ein schmales Bett beugt, mit wirren Haaren und besorgten Augen, die mit dem verschmierten Lidschatten aussehen, als wäre ich geschlagen worden, weiß ich, wie vorhin bei Ge'ula, nicht, was ich mir wünschen soll.

Auf der Station werden wir gelassen empfangen, die Unterlagen, die wir gesammelt haben, sprechen für uns, eine hübsche Schwester bringt uns zu einem Zimmer, ihr Gesicht hat den gleichgültigen Ausdruck eines Zimmermädchens in einem Hotel, und ich bin erstaunt, an der Tür des Zimmers einen schläfrigen Polizisten vorzufinden, der ununterbrochen gähnt. Mißtrauisch blicke ich mich um, welche hochgestellte Persönlichkeit wird hier bewacht, und zu meiner Verblüffung entdecke ich im Bett gegenüber einen gutaussehenden jungen Mann mit langen blonden Haaren, der mit Handschellen am Bett befestigt ist, er ist fast nackt, nur sein eines Bein steckt in einem Verband. Ich frage die Schwester, wer er ist, und sie sagt, er ist bei einem Streit im Gefängnis verwundet worden, aber machen Sie sich keine Sorgen, er ist gefesselt, und ich frage, gibt es kein anderes Zimmer, sie sagt, das ist das einzige freie Bett, wollen Sie etwa auf dem Flur liegen? Ich korrigiere sie schnell, nicht ich bin es, die krank ist, sondern er, ich deute auf Udi, der bewegungslos daliegt, die Augen auf einen Punkt an der Decke gerichtet, und sie wiederholt hartnäckig, es ist wohl besser, Sie liegen hier als auf dem Flur.

Vorsichtig, als wäre er ein neugeborenes Kind, halten wir
Udi fest, ziehen ihm das T-Shirt aus und helfen ihm in eine
ausgeblichene Pyjamajacke, an der die meisten Knöpfe fehlen. Die Hände der Schwester sind schmal und glatt, ihre
Fingernägel gepflegt, und einen Moment lang sehe ich meine Hände neben ihren und schwanke, Sommersprossen, die
sehr früh gekommen sind, Haut, die ihren Glanz verloren
hat, Falten, von der Zeit auf meine Hände gemalt und nicht
mehr wegzuradieren, ich versuche, meine Hände zu verstecken, überlasse es ihr, Udi die Pyjamahose anzuziehen,
der Katheter versteckt sich bescheiden in einer Ecke, seltsam gleichgültig schaue ich zu, wie ihre schönen Finger sich
mit ihm beschäftigen, mit diesem Körper, der mir gehört hat
und sich plötzlich seiner eigenen Herrschaft und auch meiner entzogen hat, schon liegt sein Kopf auf einem Kissen,
seine Augen schauen zur Decke, er ignoriert mich böse, was
habe ich getan, ich kann mich schon nicht mehr erinnern.

Ich ziehe mir einen Stuhl heran und setze mich neben ihn,
meine Fähigkeit, mich zu bewegen, erstaunt mich, wir sind
zu dritt im Zimmer, und nur ich kann mich bewegen, ich
kann mir einen Stuhl holen, ich kann mir selbst helfen, ausgerechnet ich, entgegen allen Erwartungen, vielleicht ist es
ja das, was ihn ärgert, vielleicht ist er neidisch auf die Kluft,
die sich plötzlich zwischen uns aufgetan hat, ganz unerwartet, fast lächerlich, brennend wie das Gelächter des Schicksals, und ich versuche, seinen Arm zu streicheln, aber der
Anblick meiner Hände stört mich, ich verstecke sie unter
meinen Oberschenkeln, bis an mein Lebensende werde ich
keine anderen Hände mehr haben, auch keinen anderen Ehemann. Willst du, daß ich dir was zu trinken bringe, frage
ich, und er sagt, ich habe keinen Durst, und deutet mit dem
Kopf auf die Infusion, die ihm Flüssigkeit zuführt, und ich
fahre fort, vielleicht etwas zu essen? Ich möchte nur schla-

fen, No'am, ich habe keine Kraft, und ich werde gleich ganz weich, er ist nicht böse auf mich, er ist bloß müde, ich lege meinen Kopf an seine Schulter, mein Udi, schlaf, ich bin hier bei dir, und schon decken seine Atemzüge die Worte zu. Ein schreckliches Jammern ist zu hören, das Jammern einer kleinen verlassenen Katze in einer Regennacht, aber nicht aus seinem Mund kommt das Jammern, sondern von den schönen Lippen des Gefangenen, beide schlafen in einem gemeinsamen Zimmer, wie Brüder, nachdem sie gestritten haben.

Leise, auf Zehenspitzen, schleiche ich hinaus, sogar der Polizist hat seinen Posten verlassen, also darf ich es auch, ich renne zum Aufzug, genieße die Leichtigkeit, mit der ich mich bewege, nur ich allein, ohne Kinderwagen, ohne Krankenbett, ich fahre hinunter zur Cafeteria und kaufe mir einen Kaffee und ein Brötchen, setze mich mit einem erleichterten Seufzer ans Fenster, mir kommt es vor, als wäre dieses Brötchen genau dasselbe, das der Arzt vorhin gegessen hat, von weitem sehe ich ihn eintreten, ich schicke ihm ein verführerisches Lächeln zu, auch eine Frau, deren Mann gelähmt ist, darf sich eine kleine Freude gönnen, aber er ignoriert mich, ich würde ihn gerne fragen, was mit Ge'ula ist, aber vielleicht ist es besser, wenn ich es nicht weiß, vielleicht war sie es überhaupt nicht. Ich hätte gerne, daß er sieht, daß ich ebenfalls ein Brötchen in der Hand habe, daß ich ebenfalls ein Mensch bin, aber er hält sich nicht auf, er nimmt eine Flasche Cola und geht sofort wieder zum Ausgang, vielleicht ist er es ja gar nicht. Ich folge mit den Augen seinen kurzen Beinen, ein Fuß ist immer in der Luft, so leicht geht er, das Wunder des Gehens ist ihm vertraut, und nicht nur ihm, alle, die um mich herum sind, bewegen ihre Arme und Beine mit einer Leichtigkeit, als wären sie als Wanderer geboren, nur mein Udi, drei Stockwerke über uns, liegt bewegungslos im Bett, und wieder steigt die Angst in meiner Kehle auf, er ist krank, er ist krank, er ist krank, eine Krankheit hat ihn gepackt und zerrt ihn in die Tiefe.

Ich gieße mir den Rest des Kaffees in die Kehle und beeile mich zurückzugehen, schwer atmend erreiche ich die Station, Udi schläft noch, aber der Gefangene windet sich auf seinem Bett, komm, tu mir einen Gefallen und binde mich los, flüstert er mir heiser zu, und ich sage, das kann ich nicht, wie soll ich dich befreien, und er sagt, ich weiß, daß du es kannst, der Polizist hat dir die Schlüssel gegeben, und ich schwöre ihm, nein, wieso denn, wirklich nicht. Also was machst du dann hier, murrt er, und ich erkläre ihm, daß mein Mann hier liegt, und dann frage ich teilnahmsvoll, was mit seinem Bein passiert ist, und seltsamerweise wird er nun laut, was geht dich das an, schreit er, wieso redest du überhaupt mit mir, ich werde rot, so gekränkt bin ich, ich setze mich neben Udi, mit dem Rücken zu dem Gefangenen, ich höre, wie er die Schwester ruft, diese Verrückte da belästigt mich, schmeiß sie raus. Als die Schwester zu uns kommt, mit dem gleichen freundlichen Gesicht, verteidige ich mich sofort, als wäre sie eine Lehrerin, die uns auf dem Schulhof auseinanderzerrt, ich habe ihn nur gefragt, was mit ihm ist, sage ich, und sie lächelt mir zu, regen Sie sich nicht auf, er greift jeden an, der versucht, nett zu ihm zu sein, er kennt nur eine Sprache, stimmt's, Jirmejahu? Ich bin überrascht, wieso heißt er Jirmejahu, aber ich wage nichts zu sagen, ich wage kaum zu atmen, um seinen Zorn nicht zu erregen.

Es stellt sich heraus, daß mein Schweigen ihn nicht weniger provoziert als mein Reden, er fragt mit demonstrativer Höflichkeit, vielleicht hast du eine Zigarette, ich antworte, hier darf man nicht rauchen, und er schreit mich an, wer will denn rauchen, ich will eine Zigarette. Ich ziehe aus der Tasche eine alte Schachtel und halte sie ihm hin, und er sagt gereizt, wer braucht schon deine stinkigen Zigaretten, solche rühre ich nicht an, und ich gehe zurück zu meinem Platz, höre ihn schreien, Schwester, Schwester, ich brauche eine Zigarette, gleich mache ich meine Handschellen auf, und dann mache ich hier alle fertig. Und die Schwester schreit ihn vom Flur aus an, gleich kommt der Polizist zurück und macht dich fertig, er grinst und wendet sich wieder an mich, was hat dein Mann? Ich sage, er hat gar nichts, und er lacht, bestimmt will er dich ein bißchen los sein, aber du klebst auch hier an ihm, laß ihm doch Luft, sonst stirbt er dir unter den Händen, auch von nichts kann man sterben, ich habe viele Leute von nichts sterben sehen.

Ich betrachte ihn heimlich, was für ein schändlicher Streich Gottes, eine so üble Person mit so engelhafter Schönheit auszustatten, ich weiß, daß ich schweigen müßte, aber es fällt mir schwer, aufzugeben, es muß doch einen Weg geben, zu ihm durchzudringen. Schau, Jirmejahu, sage ich weich, das ist kein einfacher Tag für uns, mein Mann ist krank, er ist hier, um wieder gesund zu werden, ich bin beunruhigt, mach es mir nicht noch schwerer, er schweigt einen Moment, als erwäge er meine Worte, dann bricht er in ein häßliches Gelächter aus, ich mache es dir schwer? Ich habe hier ganz ruhig gelegen, und du bist gekommen und hast mich gestört mit deinen blöden Fragen, glaubst du, ich habe es leicht? Ich bin ans Bett gebunden wie ein Hund, wenn meine Mutter mich sehen könnte, würde sie sich im Grab umdrehen. Mir scheint, als liefe Strom durch seinen Körper, seine geschmeidigen Muskeln ziehen sich zusammen, versuchen, sich von den Fesseln zu befreien, und erst als der Polizist hereinkommt, den dicken Bauch vor sich herschiebend, hört er auf, sich zu bewegen, und liegt da wie ein gehorsamer Junge, nur ab und zu wirft er mir einen zornigen Blick zu.

51

Udi ist immer noch in seinen hartnäckigen Schlaf versunken, warum verdächtige ich ihn, daß er den Schlaf nur vortäuscht und es genießt, mich erniedrigt zu sehen, und insgeheim unseren alten Streit weiterführt, die Menschen sind nichts wert, hat er immer behauptet, du vergeudest dein Leben für Abschaum, für den letzten Bodensatz, nie wirst du jemanden bekehren, nie wirst du ein Kind retten. Du glaubst, wenn du ein Kind von seinen Eltern losreißt und es in andere Erde verpflanzt, ist es gerettet? Die Natur läßt sich nicht betrügen, eure Anmaßung ist dumm und ohne Vernunft, ihr müßt euch mit der Natur arrangieren, sie so nehmen, wie sie ist. Immer wieder brach er zu seinen Reisen auf, manchmal ganz allein, schlief an irgendwelchen abgelegenen Orten im Zelt, kam mit strahlenden Augen zurück, drei Tage habe ich keinen Menschen gesehen, erzählte er stolz, als habe er es geschafft, einem gefährlichen Feind zu entkommen. Nie beklagte er sich über Sandstürme, Überschwemmungen, Insektenstiche, all das akzeptierte er verständnisvoll, als handle es sich um eine intime Diskussion zwischen ihm und der Natur, während ich immer tiefer in Blut und Tränen versank, und jetzt habe ich das Gefühl, als lausche er diesem Gespräch mit einem innerlich triumphierenden Lachen. Ich lege meinen Kopf auf den Bettrand, eine plötzliche Müdigkeit überfällt mich, als hätte ich einen schweren Kampf hinter mir, und wie im Traum höre ich das Gespräch, das hinter meinem Rücken stattfindet, es hat die Logik eines Traums, eine widersprüchliche und bedrohliche Logik. Man muß seine Haft verlängern oder ihn freilassen, erklärt der Polizist der Krankenschwester, sie haben mich gerade angerufen, man muß einen Richter ins Krankenhaus bringen, um seine Haft zu verlängern, sonst ist sie ungesetzlich.

Was heißt das, ihn freilassen, fragt die Schwester erschrokken, ihn hierlassen, nicht angebunden? Das ist gefährlich, hier gibt es Kranke, und der Polizist sagt, wir können das Gesetz nicht übergehen, wenn bis zwei kein Richter kommt und eine Haftverlängerung beschließt, müssen wir ihn freilassen, und ich schaue auf die Uhr, es ist schon Mittag, Noga kommt gleich nach Hause, ich muß vor ihr dasein, ihr erklären, was passiert ist, aber wie kann ich ihn hier allein lassen, wieder bin ich zerrissen zwischen beiden, wer braucht mich mehr, als hätte ich zwei Herren. Warum sind wir überhaupt hergekommen, hier sind wir noch schutzloser als zu Hause, sind jeder Verletzung ausgesetzt, wieder sinkt mein Kopf auf den Bettrand, ich weiß, daß ich jetzt aufstehen und zu Noga fahren muß, oder sie wenigstens anrufen, aber mir kommt es vor, als verblasse jedes Gefühl in meinem Körper, und ohne Gefühl gibt es mich nicht mehr, da bin ich nur eine zufällige Ansammlung von Gliedmaßen, und ich erinnere mich an die Mütter, die zum Kinderheim kamen, um die Kinder zu besuchen, die man ihnen abgenommen hatte, ein starres Lächeln im Gesicht, denn sie wußten, daß der Moment des Abschieds bereits nahe war, und sie waren schon zu müde, um zu kämpfen, eigentlich wollten sie, daß alles schon vorbei wäre, sie sehnten sich nach der Freiheit, die in der vollkommenen Versteinerung des überschwappenden Gefühls liegt, nach dem schrecklichen Glück des Verzichts.

Ich weiß, daß sie genau in diesem Moment an die Tür klopft, dann sucht sie in ihrem Ranzen nach dem Schlüssel, zieht Hefte mit Eselsohren heraus, ihr Federmäppchen geht auf und rollt samt Inhalt die Treppen hinunter, all die Buntstifte, Bleistifte, Radiergummis, wo ist der Schlüssel, sie weint schon, klopft wieder an die Tür, Mama, Papa, wo seid ihr? Da glitzert er ganz unten, sie zieht den Schlüssel heraus, geht in die leere Wohnung, kein Zettel auf dem Küchentisch, im Kühlschrank steht kein Essen, aber ich beobachte sie ganz ruhig, ich bin gespannt, was sie jetzt tut, meine verwöhnte Tochter. Was ist mit mir los, ich bin wie versteinert, bei ihm sind die Beine gelähmt, bei mir das Herz, nun wacht er auf, sein Mund öffnet sich zu einem Gähnen, wie spät ist es, fragt er, er versucht, auf meine Uhr zu schauen, was ist mit Noga, du mußt sie anrufen, ausgerechnet dann, wenn ich gleichgültig bin, entdeckt er seine Verantwortung, ich sage, ich habe gerade daran gedacht, und plötzlich erschreckt mich ein fürchterlicher Schrei, Papa!

Ich schaue zu dem Gefangenen hinüber, aber sein Mund ist geschlossen, nur seine strahlenden Augen kontrollieren unruhig die Umgebung, und ich höre erschrockene Schritte, die von Zimmer zu Zimmer eilen, wen suchst du, Mädchen?, fragt jemand, und sie schreit, meinen Vater, und da taucht ihr Kopf in der Tür auf, ihr Gesicht ist offen, ihre grünen Traubenaugen blicken erregt, Papa, was ist mit dir los, schreit sie, stürzt sich auf den ausgestreckten Körper, ignoriert die Schläuche, die an ihm befestigt sind, ignoriert mich, und er versucht, sie zu umarmen, aber seine Hände bewegen sich kaum, es ist in Ordnung, Noga, ich bin nur zu einer Untersuchung hier, alles wird wieder gut. Ich ziehe sie zu mir und nehme sie auf meine Knie, Kleine, wie bist du hergekommen, wie hast du uns gefunden, gerade wollte ich dich anrufen, und sie schreit, die Nachbarin von unten hat mir gesagt, daß Papa von einem Krankenwagen abgeholt worden ist, sie hat mir ein Taxi bestellt, und ich bin allein hergefahren, ein Anflug von Stolz liegt in ihrer kindlichen Stimme, der Taxifahrer war sehr nett, er hat mich bis zur Information gebracht. Du hast sicher Hunger, sage ich, komm, gehen wir hinunter, ich kaufe dir was zu essen, und sie schüttelt den Kopf, nein, ich werde nichts essen, bis Papa wieder gesund ist, sie stellt mich in den Schatten mit ihrer absoluten Hingabe, sie hält seine Hand, und er betrachtet sie, als sähe er sie zum ersten Mal, seine Finger streicheln mühsam über ihre Hand, und plötzlich sind wir vereint, wie früher, eine Familie, die gespannt auf die Untersuchungen wartet, und die ganze Zeit liegt der spöttische Blick des Gefangenen auf uns, ich bete innerlich, daß er ruhig liegen bleibt und Noga nicht erschreckt, aber er kann sich nicht beherrschen.

Mach dir keine Sorgen, Kleine, deinem Vater fehlt nichts, sagt er mit einer überraschend weichen Stimme, und sie schaut unschuldig zu ihm hinüber, wirklich, sind Sie sicher, als wäre er die oberste medizinische Instanz, und er sagt, klar, verlaß dich auf mich, ich habe in meinem Leben schon alles gesehen, er hat nichts, er ist vollkommen in Ordnung, aber an deiner Stelle würde ich mir um deine Mutter Sorgen machen. Achte nicht auf ihn, Noga, flüstere ich ihr zu, er weiß nicht, was er sagt, aber er fährt fort, wer soll sterben, was möchtest du lieber, deine Mutter oder dein Vater? Sie erschrickt, sagt, keiner, weder meine Mutter noch mein Vater, und er sagt, wir leben in der Wirklichkeit, Mädchen, nicht in einem Märchen, und in der Wirklichkeit muß von jeder Familie einer sterben, damit die anderen am Leben bleiben, hast du das noch nie gehört? Sie betrachtet ihn entsetzt, protestiert zögernd, aber die Sicherheit, die er ausstrahlt, bezwingt sie. Wirklich, murmelt sie, und er sagt, klar, manchmal ist es sogar das Kind, wie bei uns in der Familie, ich habe mich für meine Mutter geopfert, und stolz fügt er hinzu, ich habe zugelassen, daß mein Vater mich umbringt. Sie rutscht von meinen Knien und geht langsam auf ihn zu, aber Sie leben doch, sagt sie erstaunt, und er bricht in Gelächter aus, als habe er einen Witz gehört, du glaubst nur, daß ich lebe, frage deine Mutter, sie wird dir sagen, daß ich tot bin, und ich flüstere Udi zu, tu was, bring ihn zum

Schweigen, er macht ihr angst. Stell mir das Bett höher, bittet er, und ich drehe die Kurbel, bis er fast sitzt, erstaunt betrachtet er den entzückenden jungen Mann, der ans Bett gefesselt ist, man muß ihn ignorieren, flüstert er, du regst dich zu sehr über ihn auf, und Noga schluchzt, stimmt das, was er gesagt hat, daß einer von uns sterben muß? Udi sagt, wieso denn, er will nur Aufmerksamkeit erregen, und der junge Mann widerspricht sofort, ich soll Aufmerksamkeit erregen wollen? Vielleicht bist du es, der Aufmerksamkeit erregen will, hast du schon mal darüber nachgedacht?

Ich stehe auf und ziehe den Vorhang um Udis Bett zu, warum habe ich das nicht vorhin schon getan, wir machen uns klein in den Falten, sein grobes Lachen dringt zu uns, das wird euch nichts helfen, kreischt er, ihr wißt, daß ich recht habe, ich habe immer recht, deshalb will mein Vater mich auch umbringen, ich wäre froh, wenn ich mich einmal irren würde. Wann bringt man ihn hier weg, fragt Udi, und ich antworte flüsternd, keine Ahnung, ich habe mitgekriegt, daß sie ihm gleich die Handschellen abnehmen müssen, es sei denn, ein Richter kommt hierher und verfügt eine Haftverlängerung. Dann tritt eine Schwester, die ich nicht kenne, in unser Zelt, man muß ein CT bei Ihnen machen, sagt sie streng, als hätte sie ihn dabei erwischt, daß er sich amüsiert, statt zur Untersuchung zu gehen, und er schaut sie verlegen an, ihm ist anzumerken, daß er einen Moment lang vergessen hat, wo er sich befindet, wohin ihn seine gelähmten Beine gebracht haben.

Sie sollten mit dem Mädchen lieber hierbleiben, sagt die Schwester, als ich mich aufrichte, er hat eine ganze Reihe Untersuchungen vor sich, ich werde mich schon darum kümmern, daß er abgeholt wird. Und da kommt auch schon ein leerer Rollstuhl, und ein junger, energischer Pfleger hebt Udi so leicht aus dem Bett, als wären seine Knochen hohl, und wir bleiben ohne ihn im Zimmer zurück, allein mit dem Gefangenen, fast hätte man meinen können, wir wären bei ihm zu Besuch, und in diesem Moment kehrt der Polizist zurück und verkündet, der Richter kann nicht kommen, wir müssen ihn freilassen. Macht doch, was ihr wollt, sagt die Schwester, die den Kopf durch die Tür steckt, Hauptsache, ihr bringt ihn von hier weg. Ich kann ihn nicht wegbringen, sagt der Polizist, ich habe von dem Moment, wenn er frei ist, nicht mehr über ihn zu bestimmen. Die Schwester fragt, wer hat dann über ihn zu bestimmen, wem gehört er, und der Polizist deutet mit seinem dicken Finger auf mich, wem gehört sie denn, er gehört sich selbst, genau wie sie auch. Hat er eine Familie, fragt sie hoffnungsvoll, man muß seine Familie anrufen, damit sie kommen und ihn holen, und zu unserer Verblüffung fängt er an zu weinen, ruft meine Eltern nicht an, nur nicht meine Eltern. Aber Jirmejahu, sagt die Schwester, deine Wunde ist schon in Ordnung, du wirst gleich von hier entlassen, jemand muß dir Kleider bringen, du bist doch ohne was aus dem Gefängnis hierhergekommen, erinnerst du dich nicht, du kannst doch nicht im Pyjama weggehen, und er sagt, warum soll ich überhaupt weggehen, meine Wunde ist noch nicht verheilt, ihr jagt mich absichtlich zu früh weg, wenn sie so eine Wunde hätte, er deutet mit einer Kinnbewegung zu mir, hättet ihr sie wochenlang hierbehalten.

Komm, Noga, gehen wir hinunter, sage ich, essen wir was, aber sie klammert sich an das leere Bett, ich bleibe hier, bis Papa zurückkommt, sie packt das Laken, wie sie früher ihre Babydecke gepackt hat, und ich flehe, Noga, ich ersticke hier, komm mit, ich brauche ein bißchen Luft, aber sie beharrt darauf, wir bleiben hier, damit Papa gesund wird, und ich werde gereizt, das hängt nicht von uns ab, es wäre schön, wenn es von uns abhinge.

Warum habe ich dann das Gefühl, daß es doch so ist, sagt sie, und ihre Sicherheit macht mir angst, ich gebe mich geschlagen, in Ordnung, wenn du es so fühlst, aber dann laß wenigstens zu, daß ich dir was bringe, du hast doch bestimmt Hunger, und sie sagt, ich werde erst dann etwas essen, wenn Papa wieder gesund ist, und ich schaue mich verzweifelt um, ich habe nichts mehr zu sagen, ich habe nichts mehr zu tun, ich kann nur hoffen, daß die Zeit schnell vorbeigeht, wieder warten wir auf ihn, daran sind wir gewöhnt, wir warten, daß er von seinen Ausflügen zurückkommt, staubig und müde, und sich in unseren Alltag einfügt, daß er mit uns spricht, daß er mit uns ißt, aber er hat immer eine Stunde vor der Mahlzeit Hunger, oder eine Stunde danach, und genau dann, wenn Noga aus der Schule heimkommt, schläft er ein, und wenn sie schlafen geht, wacht er auf, er bringt uns mit seiner verleugneten Anwesenheit durcheinander, die ihren Hunger nur noch steigert, und ich frage mich, ob er sich drückt, um nicht wieder zu versagen, oder ob es eine Strafe sein soll, für wen ist die Strafe bestimmt, straft er mich, sich selbst, und wofür, vielleicht dafür, was damals, vor fast acht Jahren, passiert ist. An das, was vorher war, kann ich mich kaum mehr erinnern, die Jahre davor sind zu einer Mischung aus Vergoldung und Versöhnung geworden, Noga als Baby auf seinem Arm, wie sie über seine Schulter schaut wie über einen weißen, schneebedeckten Berg, all seine Hemden hatten große weiße Flecken von ihrem Spucken, sie trinkt bei mir und spuckt bei ihm die Milch aus, sie vermischt uns, seine Lippen an ihrem Ohr, er plappert mit ihr in einer Babysprache, so daß sie auf seinem Arm tanzt, ein langer Tanz aus Milch und Honig waren ihre ersten Jahre mit uns.

Der erste Winter, zu dritt in einem Zimmer, in einem Bett, der Ofen die ganze Zeit an, und wenn ich für einen

Moment hinausging, war der Rest der Wohnung so kalt, als läge er in einem anderen Land, so daß ich sofort zum Bett zurückrannte, wo ich Noga auf seinem nackten Bauch fand, ein glückliches Lächeln auf dem Gesicht, dann legte ich meinen Kopf auf seine Arme und meine Hand auf ihre Windel über dem kleinen Po, beschützt von seiner Liebe zu ihr, versank in einem Gefühl der Wärme und Süße. Wie geschliffene Spiegel zeigten wir uns gegenseitig unsere Liebe zu ihr, verdoppelt und verdreifacht, und Funken dieser Liebe beleuchteten auch uns. Erstaunt und dankbar für diese warme, schützende Liebe, verließ ich mich vollkommen auf ihn, und wenn er aus dem Haus ging, blieb ich hilflos zurück, fast wurde ich selbst wieder zu einem Baby in ihren ersten Jahren, und er, glücklich und angeregt, murmelte mir Wiegenlieder in die Ohren und klopfte mir auf den Rücken. Wo hatte sich diese Fülle versteckt, die plötzlich über uns hereinbrach, über die kleine Familie, die wir waren, eng und abhängig, allein wie Eingeborene in der Wildnis, die ihr Glück verstecken, als wäre es gestohlen. Manchmal klopften Freunde mit verspäteten Geschenken an die Tür, und wir machten nicht auf, denn eine geheime Kraft lag in uns, zu vollkommen, als daß die Welt draußen ihr Schaden zufügen konnte, monatelang fehlte es mir an nichts, ich schmiegte mich an die beiden, als wären sie mein Vater und meine Mutter, die wieder zusammenleben wollten, weil ich ein braves Mädchen gewesen war.

Jahrelang habe ich nicht mehr gewagt, an diese Monate zu denken, jetzt ersticken sie mich mit ihrer konzentrierten Süße, Brechreiz steigt in meiner Kehle auf, wie konnte es passieren, daß seine Hände, die sie Abend für Abend in der Badewanne festhielten und ihren kleinen Körper einseiften, sie vom Balkon fallen ließen? Und dann, als sie wie durch ein Wunder genas, wollte ich nicht mehr, daß er sie anfaßte, ich wagte nicht, sie allein zu lassen, ein Abgrund der Finsternis trennte ihn von mir, sie war auf meiner Seite, ich preßte sie an mich, ihr kleiner weißer Körper gehörte mir. Erstaunlicherweise gab er gleich auf, er versuchte gar nicht, um sie zu kämpfen, ohne sich mit mir zu beraten, brach er sein Studium mitten in den Vorbereitungen zur Promotion ab und begann einen Kurs als Reiseleiter, verließ das Haus für lange Ausflüge und kam gleichmütig und fremd zurück, ohne mich auch nur zu umarmen. Als ich nun heimlich zu ihr hinschaue, sehe ich, daß ihre riesigen Augen starr auf das leere Bett geheftet sind, als sähe sie dort schreckliche Dinge, und ich frage mich, was sie von alldem weiß. Woran erinnert sie sich aus ihren ersten beiden Jahren, wir haben ihr nie von diesem Unfall erzählt, weiß sie, daß sie damals das Wichtigste verloren hat, sie kämpft die ganze Zeit um sein Herz wie eine Frau, die von ihrem Mann verlassen worden ist, weiß sie, daß ihr früher einmal seine ganze Liebe gehört hat?

Hör auf, dich dauernd selbst zu beschuldigen, sagt Annat, sie hat die Nase voll davon, sich immer und immer wieder meine Klagen anzuhören, hätte ich mich nicht in jenen Mann verliebt, wäre das nicht passiert, ich habe unser aller Leben mit dieser überflüssigen Geschichte kaputtgemacht, was für eine Unverschämtheit, was für ein Hochmut, sich zu verlieben, dann schimpft sie mit mir, was hast du schon getan, warum glaubst du, du hättest eine so harte Strafe verdient, und ich weiß, daß sie sich irrt, denn Udi war vollkommen erschüttert, und alles ging kaputt, deswegen hat Noga ihn verloren, deswegen haben wir keine weiteren Kinder. Du bist für seine Reaktion nicht verantwortlich, sagt Annat gereizt, was ist schon dabei, daß du dich ein bißchen verliebt hast, das darfst du doch, man lebt schließlich nur einmal, ihr habt noch nicht mal zusammen geschlafen. Aber ich wollte mit ihm schlafen, du hast keine Ahnung, wie sehr ich das wollte. An jenem Morgen, als ich das immer und immer wieder erzählt habe, seufzte sie schließlich und sagte, Wollen gilt nicht, nur für Wollen bezahlt man keinen solchen Preis.

Leicht, als wäre ich neu geboren, eile ich zu ihm, ich habe Noga bei meiner Mutter gelassen und laufe die lange Straße entlang, und direkt vor der Biegung wartet das düstere, ein wenig gebeugte Haus auf mich, ganz oben die Dachwohnung voller Farben und Leinwände und einem scharfen Terpentingeruch. Er macht mir die Tür auf, einen dünnen Pinsel in der Hand, die Augen zusammengekniffen wie ein Kurzsichtiger, der versucht, ein entferntes Verkehrsschild zu erkennen, und obwohl er nichts sagt, weiß ich, daß er sich freut, mich zu sehen, er deutet mit dem Pinsel zum Sessel hinüber, der auf mich wartet, und geht schnell in die Küche, der Kaffee in dem kleinen Finjan steigt auf und läuft über, als spielte ein Wind mit ihm, und die Wohnung füllt sich mit Kaffeeduft, schon habe ich die warme Tasse in der Hand, die meine Finger auftaut. Er stellt die Leinwand auf die Staffelei und beginnt, sich rhythmisch zu bewegen, tritt zurück, tritt vor, betrachtet mich mit offenen Augen, und dann kommt er zu mir, berührt meine Haare, hast du ein Gummiband, fragt er, und ich wühle in meiner Tasche und finde eine Spange, aber er ist nicht zufrieden, zieht aus einer der Schubladen ein breites rotes Band und wickelt es um meine Haare, jetzt sieht man deinen Hals, sagt er, warum versteckst du ihn, du hast den Hals eines Schwans, und ich richte mich unter seinem Blick auf, nie habe ich mich so schön gefühlt, und vielleicht geht es gar nicht um Schönheit, ich fühle mich vollkommen neu. Sein Pinsel löst Schichten von Enttäuschung, Qual und Angst von mir, erschafft mich neu, so wie ich immer sein wollte, ein ruhiger, edler Schwan, aufrecht und stolz, mein Körper kommt aus einem fernen Land zu mir zurück, segelt auf blauen kalten Flüssen, dieser Körper, der Udi gehörte und später Noga, kommt jetzt zurück und gehört mir.

Willst du es sehen, fragt er, und ich gehe zur Leinwand, wie schön, sage ich erstaunt, seine Farben sind klar und tief, das rote Band verschmilzt mit meinen Haaren, umgibt es wie eine Königskrone, und er steht hinter mir, ich spüre den Hauch seines Atems in meinem Nacken, willst du noch einen Kaffee? Es tut mir leid, nein, ich muß zu Noga zurück, ich nehme mir widerwillig die Krone vom Kopf, trenne mich von der Seelenruhe. Kommst du morgen, fragt er, und ich sage, mal sehen, und er lächelt, in Ordnung, ich bin hier, du mußt mir nicht vorher Bescheid geben, und ich weiß, daß er mir immer mit ruhiger Freude die Tür aufmachen wird, den Pinsel in der Hand und die Augen zusammengekniffen, daß er immer allein sein wird zwischen den Farben, und schon warte ich auf den nächsten Morgen, aber Noga wacht auf und glüht vor Fieber, ich drücke sie an meine Brust, schlucke meine Enttäuschung hinunter, sie brennt vor Fieber und ich vor Sehnsucht, und Udi kommt am Abend besorgt nach Hause, wie geht es meinem kleinen Liebling, fragt er, beugt sich über sie und küßt ihre Stirn. Der Arzt hat gesagt, es sei eine Grippe, berichte ich ungeduldig, und er zieht aus seiner Tasche eine Puppe, die er unterwegs für sie gekauft hat, und zusammen versinken sie in einem Spiel, die Puppe ist krank, sagt er, sie darf nicht hinausgehen, bis sie wieder gesund ist. Am nächsten Morgen sage ich zu ihm, bleibe ein bißchen bei ihr, ich habe etwas zu erledigen, dann renne ich zu seiner Straße und stehe vor dem Haus, wage aber nicht hinaufzugehen, ich betrachte das große Fenster, bilde mir fast ein, seine rhythmischen Schritte zu hören, zurück und vor, und dann gehe ich am

Lebensmittelgeschäft vorbei und kehre mit Orangen heim, sie braucht Vitamin C, sage ich und presse wütend eine Orange nach der anderen aus, sie deutet auf ihn und sagt, Papa bleibt bei uns, er küßt sie auf ihre orangefarbenen Lippen, ich würde ja gern bei dir bleiben, meine Süße, aber ich komme heute abend zurück, und ich möchte, daß die Puppe bis dahin gesund ist.

Nach ein paar Tagen sinkt das Fieber, ich ziehe sie warm an und verlasse mit ihr das Haus, obwohl Udi gesagt hat, sie solle besser noch ein, zwei Tage daheim bleiben. Meine Mutter schaut mich besorgt an, aber ich halte mich nicht bei ihr auf, in anderthalb Stunden hole ich sie wieder ab, sage ich und verschwinde, in meinem Körper tobt schon die Sehnsucht, ihn zu sehen. Ich stehe schwer atmend vor der Tür, die immer so schnell vor mir aufgegangen ist, aber er öffnet sie nicht. Enttäuscht lehne ich mich an das kalte Geländer, ich halte es nicht aus, daß er nicht da ist, da läßt mich ein Geräusch auffahren, weckt Hoffnung in mir, langsam geht die Tür auf, fast hätte ich ihn nicht erkannt, dunkle Bartstoppeln bedecken seine Wangen, seine Haare sind wirr, seine Hosen unter dem schwarzen Unterhemd stehen nachlässig offen, seine Brust ist breit, und die Oberarme sind voller, als ich sie mir vorgestellt habe. Ich habe dich geweckt, sage ich erschrocken, bist du krank? Er lächelt, jetzt geht es mir gut, schön, daß du gekommen bist, und ich versuche, es zu erklären, ich wollte früher kommen, aber Noga war krank, und er macht eine abwehrende Handbewegung, du mußt mir nichts erklären, ich bin froh, daß du gekommen bist, setz dich, ich ziehe mich schon an. Ich versinke im Sessel, die Rolläden sind heruntergelassen, aber sogar in der Dämmerung sehe ich plötzlich meine Augen, die mich von allen Seiten prüfend betrachten, sicher und klar. Dutzende grauer Augen nehmen mich gefangen, ich stehe auf und mache das Licht an, gehe von Leinwand zu Leinwand, Bilder bedecken die Wände, große und kleine und mittelgroße, und auf allen ist mein Gesicht mit den zusammengebundenen Haaren zu sehen, mit einem verschlossenen, königlichen Lächeln, und in einer Ecke des Zimmers entdecke ich mich nackt an die Wand gelehnt, schmal und lang, ich trete näher zu dem Bild und betrachtete es erregt, als könne ich von ihm etwas über mich selbst erfahren, etwas, was ich noch nicht gewußt habe.

Er hustet hinter mir, berührt zögernd meinen Hals, sagt, sei nicht böse, und ich weiche zurück, warum soll ich böse sein, du kannst doch malen, was du willst. Er lacht erleichtert, das ist es, was ich die ganze Woche gemacht habe, ich habe gemalt, was ich wollte, du bist nicht gekommen, also habe ich dich aus der Erinnerung gemalt, und schon ist er in der Küche und rührt im Finjan und streut den Zucker hinein, nie habe ich mich gefragt, was er tut, wenn ich nicht da bin, seine ganze Existenz besteht nur aus diesen erregenden Treffen mit mir, und jetzt läßt er mir keine Wahl, ich setze mich verwirrt in den Sessel, und er steht vor mir, ohne Pinsel in der Hand, entblößt ohne seine Waffen, und fragt heiser, willst du bleiben oder gehen?

Ist es dir nicht langweilig, immer nur mich zu malen, frage ich, und er sagt, im Gegenteil, je weiter man sich vertieft, um so spannender ist es, als ich Malerei studiert habe, haben wir jeden Tag dasselbe Modell gemalt, drei Jahre lang, von Jahr zu Jahr wurde es aufregender. Er nimmt einen Pinsel und betrachtet mich, betrachtet die Bilder um uns herum, aber die neue Leinwand bleibt leer, als störe ihn meine Anwesenheit, ich schaue hinaus auf die roten Dächer, Felder aus Dächern blühen unter uns, nicht sehr weit weg kann ich unten, am Hang, unser Haus sehen, ich schaue ihn an, er trägt einen löchrigen weißen Pullover über dem schwarzen

Unterhemd, und zum ersten Mal fällt mir auf, daß er ein
wenig gebeugt ist, wie sein Haus, und sein Nacken ist von
grauen Locken bedeckt, der Pinsel zittert in seiner Hand,
und ich höre mich fragen, willst du, daß ich mich ausziehe?

Er nickt schweigend und verläßt das Zimmer, ich ziehe
mich erregt aus, lege meine Kleidungsstücke ordentlich zusammen, wie beim Arzt, und als er zurückkommt, frage ich,
warum bist du hinausgegangen, und er sagt, ich schaue nicht
gern zu, wenn ein Geschenk ausgepackt wird, ich möchte
alles auf einmal sehen, und er betrachtet mich ernst, Glied
um Glied, er scheint enttäuscht zu sein, und ich entschuldige mich sofort und sage, auf deinem Bild ist mein Körper
schöner, er sagt, vielleicht, dafür aber weniger interessant,
ich suche keine Schönheit, und sofort nimmt er das Bild
und zerreißt es vor meinen Augen. Du brauchst nicht zu erschrecken, sagt er lachend, das mache ich mit den meisten
meiner Bilder, wenn ich ihre Flachheit erkenne, nun, da ich
dich sehe, merke ich erst, wie sehr ich mich geirrt habe. Er
dreht mir den Rücken zu und beginnt Farben zu mischen,
eine riesige Leinwand steht wartend auf der Staffelei, er
tritt näher, tritt zurück, vollkommen konzentriert, wechselt
fieberhaft die Pinsel, und ich mache es mir im Sessel bequem, langsam, ganz langsam verliere ich meine Scham, ich
betrachte meine Oberschenkel, weiß und fast durchsichtig
sehen sie aus, erschöpft, ich lächle sie nachsichtig an, gutmütige Großzügigkeit erfüllt mich, ich möchte der Zeit verzeihen, dem Turm von Jahren, die aufeinandergestapelt sind
wie Bausteine, bis der Turm anfängt zu wackeln, Noga ist
immer enttäuscht, warum ist er umgefallen, warum fällt jeder Turm am Schluß um?

Auf der Leinwand vor mir breitet sich eine schmerzhafte
Süße aus, Pupillen flimmern orangefarben, Brustwarzen, er
beißt in meine Brustwarzen, er kaut sie auf der Leinwand

mit zusammengepreßten Lippen, richtet sie mit seinem Pinsel auf, fährt mit weiten Bewegungen zum Becken, zündet die Schamhaare an, die Farben fließen meine Schenkel entlang, und ich werde schwer vor Lust, ich spreize die Beine auseinander, mache ihm Platz, er soll zu mir kommen, er soll seine Hose ausziehen und die Höhlung füllen, die sich quälend in mir auftut. Ich senke den Blick und sehe, wie seine Füße auf mich zukommen, zarte, weibliche Füße, er hebt mein Gesicht hoch, schwenkt den Pinsel durchs Wasser, wischt ihn an seinem weißen Pullover ab, zurück bleibt eine rote Spur, schon läßt der Pinsel meinen Hals erzittern, gleitet hinunter zu meinen Brüsten, dreht sich um die Warzen, malt durchsichtige, wilde Kreise darauf, schneller und immer schneller, mein ganzer nackter Körper ist ein einziger großer Kreis, als wäre ein Stein ins Wasser geworfen worden, ein kostbarer Edelstein, nie werde ich es schaffen, ihn aus den Tiefen heraufzuholen, und die weichen Haare des Pinsels streichen die Schamhaare, verschmelzen mit ihnen zu einer einzigen, starken und süßen Flamme, die flackert und atmet, und während der ganzen Zeit ist sein Gesicht konzentriert, er sucht eine einzigartige Farbe, die im Fleisch kaum zu erkennen ist, bis er sein Gesicht vor mir versteckt und es mit einem Seufzer auf meinen Schoß legt.

Widerspenstige Haare wachsen in seinem Nacken, grau unter der glatten Linie seiner Frisur, mir scheint, als flüstere er mir etwas in den Schoß, aber ich kann es nicht hören, ich lege meinen Finger auf seine Lippen, was hast du gesagt? Aber er steht schweigend auf und stellt sich an das große Fenster, zieht mich mit sich, daß ich neben ihm stehe, ich lehne meinen weichen Körper an ihn, durch das Fenster schauen wir hinunter auf die Dächer und die schmale, gewundene Straße, Menschen eilen sie entlang, in Mäntel gehüllt. Ein plötzlicher Regenguß beginnt, klatscht auf den

Asphalt, ein junger Mann bleibt stehen, schaut erstaunt hinauf zu der Wolke, die sich direkt über seinem Kopf geöffnet hat. Er trägt noch nicht einmal einen Mantel, nur einen Pullover mit bunten Streifen, wie Udi einen hat, er schaut hinauf zur Quelle des Regens, und sein erstaunter Blick gleitet über meine strahlende Nacktheit, wie eine Chanukkia flakkere ich in der Spitze des Hauses, ich erstarre unter dem Blick, als hätte mich der Blitz getroffen, eine armselige Figur auf dem Schießstand des Zufalls, dessen Hand das Ziel nie verfehlt. Es ist Udi, der nach Hause läuft, um ein wenig mit Noga zu spielen, es ist Udi mit einer Tüte Orangen in der Hand, Vitamin C für ihren roten Hals, und ich stürze mich blind auf die Kleider, die ihre Identität verloren haben, versuche, ein zitterndes Bein in den Ärmel des Pullovers zu schieben, er setzt mich in den Sessel, sein Gesicht wird weit vor Kummer, er zieht mich an wie ein kleines Kind, er kniet sich hin und schnürt mir die Schuhe zu, und dann hilft er mir aufzustehen und bringt mich die Treppe hinunter, bis mir draußen die kalte Luft entgegenschlägt und auf meinem nackten Gesicht brennt, wie flüchtig ist doch der Unterschied zwischen Kälte und Hitze, und der Regen klatscht mir auf den Kopf, während ich nach Hause renne, den Mund voller Erklärungen, Bitten und Schwüre, während ich hinfalle und aufstehe, aber er wird nicht dort sein.

Da ist Papa, ruft Noga, springt auf und läuft ihm entgegen, ich hebe den Kopf und sehe ihn in der Tür, wie er mit einem Rollstuhl zu uns gebracht wird, er hat den Kopf schräg gelegt, sein Gesicht ist grau, als habe ihn in der eben vergangenen Stunde plötzlich das Alter überfallen. Ich stehe schnell auf, beuge mich zu ihm wie zu einem Kind im Kinderwagen, wie war's, Udigi, und er murmelt, erst morgen früh gibt es die Ergebnisse, er ist zusammengesunken, als wäre er gedemütigt worden, ich frage mitleidig, tut es dir weh, und er sagt, nein, es ist einfach nicht angenehm, und Noga verkündet stolz, Papa, ich esse so lange nichts, bis du wieder gesund bist, und er lächelt mit verzerrten Lippen, nimmt ihr Opfer gleichgültig an.

Udi, sag ihr, daß sie essen soll, flehe ich, sag ihr, nur wenn sie ißt, kannst du wieder gesund werden, aber er betrachtet uns, als sei ihm unsere Logik fremd, als verstünde er unsere Sprache nicht. Ein Anfall von Einsamkeit läßt mich zurück-weichen, er ist nicht bei uns, er ist schon in einer anderen Welt, und ich sehe, wie er ins Bett gelegt wird, wie er zu-gedeckt wird, ich höre ihn sagen, Na'ama, geh nach Hause, ich möchte schlafen, und Noga widerspricht, aber Papa, wer wird dann bei dir sein, ich möchte hierbleiben, und er seufzt, ich will nur schlafen, ich brauche niemanden, wenn ich schlafe, wenn ich jemanden brauche, rufe ich an, und ich, die ich mich so danach gesehnt habe, wegzugehen, bin jetzt nicht bereit, das schlimme Urteil anzunehmen, sogar von seinem Krankenbett jagt er uns davon, bald werden wir allein sein. Udigi, versuche ich, vielleicht bleibt Noga nach-her bei meiner Mutter, und ich komme zu dir zurück, und er sagt, das ist nicht nötig, es fällt mir leichter, wenn ich jetzt allein bin, es geht nicht gegen dich. Ich seufze, aber auch nicht für mich. Noga küßt ihn zärtlich auf die Wange, Papa Udi, flüstert sie, wie früher, als sie klein war, ich möchte, daß du morgen früh aus deinem Bett aufstehst und wieder so läufst wie früher, in Ordnung? Und ich beuge mich zu ihm und küsse ihn auf seine schmalen Lippen, ich liebe dich, Udigi, du wirst schon sehen, wie gut es uns geht, wenn du erst wieder gesund bist, er nickt ungeduldig, und seine trockenen Haare knistern elektrisiert unter meiner Hand.

In der Tür lege ich meinen Arm auf ihre Schulter, und wir schauen noch einmal traurig zu ihm zurück, er scheint schon eingeschlafen zu sein, wir gehen den Flur entlang, neben dem Schwesternzimmer winkt uns Jirmejahu begeistert zu, hast du eine Zigarette, und ich sage, nein, ich habe keine, er kommt auf uns zu, noch immer fast nackt, ich bin frei, verkündet er, genau wie ihr, sie sind weggegangen, um für mich Anziehsachen und Schuhe aus einem Lager zu holen, aber ich weiß nicht, wo ich hingehen soll.

Was ist mit deiner Mutter? Gegen meinen Willen werde ich wieder in ein Gespräch mit ihm gezogen, er sagt, meine Mutter erlaubt nicht, daß ich zu ihr komme, und plötzlich fragt er, kann ich vielleicht mit euch gehen, solange dein Mann im Krankenhaus liegt, habt ihr doch bestimmt Platz zu Hause, seine Stimme wird flehend, nehmt mich mit, ich habe keinen Ort, wo ich hingehen kann, und Noga zieht mich am Ärmel, vielleicht sollen wir ihn wirklich mitnehmen, Mama, als ginge es da um eine Straßenkatze. Bist du verrückt geworden, zische ich ihr zu, der Junge da ist nicht in Ordnung, er braucht besondere Betreuung, siehst du das nicht? Und er läuft uns nach, ein schrecklicher Tarzan mit dem Gürtel eines zerrissenen Pyjamas um die Hüften, ihr werdet sehen, daß ich komme, schreit er uns nach, ich verfolge euch bis nach Hause, und ich sage, es tut mir leid, Jirmejahu, unsere Wohnung ist zu klein, wir haben nicht genug Platz für dich, und er brüllt, bald werdet ihr genug Platz in eurer Wohnung haben. Ich stoße Noga in den Aufzug, die Tür schließt sich vor seiner geballten Faust, aber sein Fluch dringt in den leeren Aufzugschacht, trudelt hinunter und schlägt gegen die Wände, bald werdet ihr genug Platz in eurer Wohnung haben.

5 Die ganze Nacht halte ich sie in dem großen Bett im Arm, wir schlafen beide kaum, wir dösen in einem fiebrigen Dämmerzustand ein und wachen wieder auf, hin- und hergerissen zwischen Angst und glücklicher Verzögerung, es passiert etwas, endlich passiert etwas in diesem Leben, von dem ich schon dachte, es würde sich nie mehr ändern, dann schlägt mir die Mißbilligung ihre Fäuste in die Rippen, und die Decke senkt sich wütend über mich, es fehlt nicht viel, und sie begräbt uns unter sich, legt sich über uns, eine riesige Betondecke, ich hebe die Hand, versuche, den Einsturz aufzuhalten, und Noga murmelt, was machst du, Mama, und ich schüttle mich, sehe erleichtert, wie die Decke sich wieder hebt, dann versinke ich sofort wieder, vor meinen Augen drehen sich die Ergebnisse seiner Untersuchungen, Details prasseln auf mich herab, die sich erst am Morgen zu einem Ergebnis zusammenfügen werden, zu einem gnädigen oder zu einem ungnädigen. Die roten Reagenzgläser mit seinem sprudelnden Blut, die blassen Schatten seiner Knochen, die Schnitte seines Rückens, das Mysterium seines Gehirns, die Schemen seiner Muskeln und Nerven, die ganze schicksalhafte Mischung, die sich jetzt gegen uns verbündet wie in einer grausamen Verschwörung. Hoffentlich finden sie nichts, hoffentlich finden sie etwas, was sich leicht heilen läßt, ich bin bereit zu neuen Gelübden, zu neuen Urteilssprüchen über mich, er soll bloß gesund werden, dann packt mich der Schlaf und führt mich auf eine Reise, quälend und wild wie ein Sandsturm, und läßt mich doppelt erschöpft auf meinem Bett zurück, vor

Nogas aufgerissenen Augen, Mama, schläfst du? Und ich murmele mit einem Mund voll Staub, nein, ich passe auf dich auf. Glaubst du, daß Papa jetzt schläft, fragt sie, und ich sage, ja, bestimmt schläft er, und jetzt schlaf du auch, mein Mädchen, und sie fragt, was passiert, wenn Papa nie mehr gehen kann, doch bevor ich ihr antworte, ist sie schon eingeschlafen, wacht aber gleich wieder auf, Mama, ich habe Hunger. Ich stehe schwerfällig auf, um ihr ein Brot zu machen, aber sie weigert sich zu essen, erst wenn Papa wieder gesund ist, werde ich essen.

Am Tor zur Schule, die eingezäunt ist wie ein Gefängnis, trenne ich mich von ihr, ihre wilden Locken scheinen schlaff zu sein vor Hunger und liegen weich um ihr Gesicht, aus ihren Augen strahlt das trockene Feuer der Sturheit und Schwäche, ich sehe, wie sie allein über den Hof geht, andere Kinder laufen in Grüppchen an ihr vorbei, sie lachen und erzählen sich Geheimnisse, aber niemand bleibt bei ihr stehen, niemand will seine Sorgen mit ihr teilen. Mit schwerem Herzen mache ich mich auf den Weg zum Krankenhaus, da, zu meiner Rechten, ist schon wieder das abgerissene Café, weißer Rauch steigt von ihm auf, dicht und kräuselnd, Arbeiter in hellen Overalls schweben wie Engel umher und tragen Werkzeuge in den Händen, um alles zu zerstören und keine Erinnerung zurückzulassen. Jahrelang war ich verwirrt an dem Haus vorbeigegangen, hielt Ausschau nach den kleinen Füßen, seinem weißen löchrigen Pullover mit dem roten Fleck, nach seinem Gesicht, an das ich mich schon kaum mehr erinnern konnte, ich suchte, aber nicht, um etwas zu finden, es war eher so, wie man einen Brief, den man niemals abschicken wird, trotzdem mit viel Gefühl und großer Sorgfalt schreibt. Ich habe ihn nie wiedergesehen, es ist, als hätte er seither das Haus nicht mehr verlassen, als hätte er immer nur jenes Bild erneuert, Monat um

Monat, Jahr um Jahr, und die Spuren der Jahre hinzugefügt, als hätte er Flecken auf die Hände gemalt, die Oberschenkel dicker und weicher gemacht, das Gesicht matter, die Augen weniger klar, ich gehe dort vorbei, schnell und flüchtig wie ein Schatten, mit gesenktem Gesicht, damit er mich ja nicht sieht, und nur heimlich schaue ich mal da-, mal dorthin, er ist es, er ist es nicht, wie sieht er überhaupt aus, im Moment sieht ihm jeder Mann ähnlich, im Moment bin ich sicher, daß ich ihn auch dann nicht erkennen würde, wenn er an mir vorbeiginge, schließlich habe ich ihn nie wirklich betrachtet, nie ließ ich zu, daß sich seine Gesichtszüge in mein Gedächtnis gruben, nie erlaubte ich seinen Worten, an mein Ohr zu dringen, was hat er damals in meinen Schoß geflüstert, der Hauch seines Atems läßt die süßen Silben schmelzen, sie laufen klebrig und warm an der weichen Haut herunter.

Die Ampel wechselt auf Grün, und ich betrachte immer noch den weißen Rauch, meine vergeblichen Phantasievorstellungen gehen in ihm auf, als wäre er für mich bestimmt, ein dicker Film auf meinen Augen, der mich von der Wirklichkeit trennt, ich warte auf ein Zeichen von den Autos neben mir, um sicher zu sein, daß ich jetzt weiterfahren muß, hin zu der Stelle, wo ich den Urteilsspruch hören werde, was für Gelübde gibt es, die ich damals, vor acht Jahren, nicht abgelegt habe, als Noga bewußtlos dalag. Ich schwor, ihn nie wiederzusehen, mich nie wieder zu verlieben, was kann ich jetzt noch schwören, damit Udi wieder gesund wird. Da höre ich Annats müdes Lachen, wer braucht deine Opferbereitschaft, wer hat was davon, wenn du leidest, und innerlich streite ich mit ihr, wenn es nichts nützt, so schadet es auch niemandem, und sie sagt, doch, es schadet jemandem, dir nämlich, siehst du das nicht? Ich sehe jetzt nichts, hänge mich hartnäckig an das Auto vor mir, als könne es mich retten, der weiße Rauch des Cafés begleitet mich den ganzen Weg wie eine Schleppe, die Böses verheißt, und stiftet Unruhe zwischen den Gelübden.

Im Schatten der Berge parke ich, weit weg vom Krankenhaus, als wäre ich auf dem Weg zu einem Picknick im Schoß der Natur, kurz bevor der Sommer mit geschliffenen Nägeln über die Berge herfällt, noch sind sie von einem unschuldigen Grün bedeckt, aber in einigen Tagen bereits werden sie sich in ihre gelbe Dornenuniform werfen, und in einer einzigen Nacht wird sich eine schwarze Branddecke über den Bergen ausbreiten. Ich atme die scharfe Morgenluft ein, versuche, die Bäume und Gräser zu beschwören, komme nur langsam vorwärts, Schritt für Schritt, schon tun mir die Beine weh, das ist keine Verweichlichung, immer habe ich zu dem mißtrauischen Udi gesagt, sie tun wirklich weh. Er rennt voraus, und ich falle zurück, bin gekränkt, rufe, warte doch, aber er rast weiter wie ein abgeschossener Pfeil, lang und schmal und unfähig innezuhalten. Was wird jetzt mit ihm sein, wie kann er ohne seine Beine leben, schließlich braucht er nichts dringender als sie, ich wäre bereit, für ihn auf meine Beine zu verzichten, sie sind ohnehin nicht viel wert, und schon stelle ich mir vor, wie ich still und edel im Rollstuhl sitze und mich mit traurigem Knarren von einem Zimmer ins andere bewege, und Tränen des Selbstmitleids treten mir in die Augen, genau in dem Augenblick, als ich die Station betrete. Es scheint überhaupt nicht dieselbe Abteilung zu sein, alle Gesichter haben sich geändert, oder vielleicht ist es auch nur ihr Ausdruck, so wie eine Landschaft im Sommer anders aussieht als im Winter. Da geht die Schwester mit den schönen Händen an mir vorbei, ich frage sie gespannt, was mit Udi ist, und sie sagt, er ist in Ordnung, aber ihr Blick ist distanziert, als wäre ihr gerade in diesem Moment ein unangenehmes Gerücht zu Ohren gekommen, das mich betrifft, ich versuche, diesen Blick zu ignorieren, haben die Ärzte schon ihre Visite gemacht, frage ich, und sie hält mich in der Tür zurück, Sie dürfen jetzt nicht hinein. Ich weiche zurück, der Vorhang ist um sein Bett gezogen, ein schwerer Schatten beugt sich über ihn, wird er gerade untersucht?

Ja, der Psychiater untersucht ihn, zischt sie fast widerwillig und spießt mich mit den Augen auf, und ich erschrecke, wieso, was macht er? Ihr Mißtrauen hüllt mich auf der Stelle in ein dumpfes Schuldgefühl, sie sagt, die Ärzte werden Ihnen alles erklären, ich weiß es nicht genau, und sofort wendet sie sich ab und verschwindet. Ich setze mich auf den Stuhl neben der Tür, und meine vorgestreckten Beine drohen, jede Bewegung im Flur zum Straucheln zu bringen. Wieso denn ein Psychiater, was haben sie bei ihm gefunden, zwischen meinen Fingern zerbröseln die letzten Reste von Gewißheit, die ich noch gehabt habe, Udi ist nie bereit gewesen, zu irgendeiner Art Therapie zu gehen, weder mit mir noch allein, warum sollte er jetzt nach einem Psychiater verlangen, und warum war ihr Blick so distanziert, gestern war sie doch so teilnahmsvoll, als wir ihn zusammen auszogen, und heute rückt sie von mir ab, als hätte ich ein Verbrechen begangen. Ich werfe wieder einen Blick ins Zimmer, auf Jirmejahus Bett liegt ein älterer, melancholischer Mann, der an Schläuchen hängt, sein Gesicht füllt sich vor meinen Augen mit Leben, weil er glaubt, eine Schwester komme zu ihm, wird dann aber sofort wieder leer und enttäuscht, was weiß er, was ich nicht weiß, mir ist alles verborgen, was in diesem Zimmer seit gestern nachmittag passiert ist, aber dieser Fremde weiß es.

Grollend werfe ich einen Blick auf den dünnen Vorhang, versuche, irgend etwas zu erkennen, welche geheimnisvollen Vorgänge spielen sich dort ab, wie kommt es, daß ich plötzlich von seiner Welt ausgeschlossen bin, jeder weiß mehr über ihn als ich, er gehört mir schon nicht mehr, er gehört der Station, und alle Leute, die Schwester, der Psychiater und sogar dieser alte Mann sind seine neuen Verwandten, die Familie der Braut, mit ihnen freundet er sich an, verrät ihnen seine tiefsten Geheimnisse, und ich kehre zu meinem Stuhl neben der Tür zurück, da hat gestern der Polizist gesessen, sein Verrat brennt mir im Rücken, als würde sich hinter dem Vorhang eine Orgie abspielen.

Der Arzt, der das Zimmer schließlich verläßt, schaut mich überhaupt nicht an, er ist groß und breit, ein richtiger Riese, dichte weiße Haare umrahmen seinen Kopf, er trägt eine dicke Brille, sein breiter, viereckiger Rücken sieht aus wie eine leere Tafel, die gleich verschwunden sein wird, was ist das bloß für eine Eigenschaft, die sie haben, all diese Angehörigen der Station, daß sie sich plötzlich auflösen und verschwinden und dabei einen ganzen Vorrat an Kränkungen hinterlassen? Ich trete ins Zimmer, der Alte gegenüber richtet sich wieder erwartungsvoll auf und sinkt dann enttäuscht in die Kissen zurück, aber von Udi ist keine Bewegung zu sehen, wie bei seinen Ausflügen ist er von einem Zelt umgeben, ich ziehe den Vorhang mit steifer Fröhlichkeit zurück, Udigi, wie geht's, und er antwortet mir mit einem traurigen Lächeln, sein Gesicht zeigt Entsetzen, wie Nogas. Was haben sie gefunden, frage ich, und die Frage kommt schreiend aus meinem Mund, so oft hatte ich sie in der Nacht geübt, daß ich die Beherrschung über sie verlor, und er sagt, bis jetzt noch nichts. Ich atme erleichtert auf, es kommt mir vor, als würde ich endlich, nach einer langen Durststrecke, Wasser trinken, das mir tröstend durch die Adern strömt, den ganzen Körper belebt. Prima, sage ich schnell, dann ist ja alles in Ordnung, nicht wahr, und er sagt, aber meine Beine sind nicht in Ordnung, und bricht in ein schreckliches Wimmern aus, sie wollen mich in die Psychiatrische Abteilung verlegen, jammert er, und ich umarme ihn erschrocken. Sein Körper unter dem Pyjama ist kalt und hart und fast fremd.

Warum, frage ich, wieso denn dorthin? Er stöhnt, weil sie nichts finden, verstehst du, weil alle Untersuchungen ergebnislos ausfallen und meine Beine trotzdem nicht in Ordnung sind, und ich erinnere mich an das stumme Viereck und die eiligen Schritte. Ich werde es nicht zulassen, ich werde ihn von hier wegholen, sein Mechanismus ist kompliziert, etwas ganz Besonderes, mein ganzes Leben lang habe ich es nicht geschafft, ihn zu entschlüsseln, wie soll es ihnen an einem Tag gelingen, ich muß ihn hier herausholen, bevor sie ihn mir kaputtmachen. Wie ist es mit den Händen, frage ich, und er bewegt langsam seine Finger, ein bißchen besser, und mich erfüllt eine glückliche Sicherheit, dann kommen die Beine auch in Ordnung, du wirst schon sehen, Hauptsache, sie haben kein ernsthaftes Problem gefunden, du brauchst einfach Ruhe, wir werden dich daheim verwöhnen, und in ein paar Tagen ist die Sache vorbei. Auf einmal ist mir alles klar, ein starkes Licht beleuchtet die drohenden Labors mit den Reagenzgläsern voll Blut und die Bakterienkulturen, Röntgenröhren drehen sich in den Höhlen des CT, bis zum Verlust der Sinne, und plötzlich zeigt sich eine Verbindung, Hauptsache, der Körper ist in Ordnung, für die Seele werde ich schon sorgen.

Vielleicht bringe ich dich ein bißchen hinaus, samt Bett, schlage ich vor, es ist so schön draußen, er zögert, ich weiß nicht, das Licht stört mich, und genau in dem Moment kommt die Schwester herein, gefolgt von ein paar Weißkitteln mit ernsten Gesichtern. Sie sagt zu mir, gehen Sie bitte hinaus, ich protestiere, ich möchte wissen, was hier passiert, warum erklärt es mir niemand, und zur Verstärkung füge ich hinzu, er ist mein Mann, ich bin seine Frau, die banalen Worte fallen mir aus dem Mund auf den Fußboden, zwitschern vor den Füßen der Ärzte herum wie schwache Küken und schaffen es nicht, sich zu erheben. Aber die Ärzte scharen sich um ihn, sie ignorieren mich, und nur der jüngste von ihnen, der als letzter hereingekommen ist, sagt, warten Sie bitte draußen, nach der Visite wird jemand mit Ihnen sprechen.

Ich räume nervös meinen Platz, ziehe mich zur Tür zurück, warum habe ich ihn hierhergebracht, das ist nichts für ihn, ich muß ihn befreien, ich überlege schon, wie ich ihn herausschmuggeln kann, ich werde ihn heimlich bis zum Auto rollen, weg von der Station, und da klingelt in der Tiefe meiner Tasche das Handy, ich höre Annats Stimme, wo bist du, fragt sie anklagend, wir brauchen dich, Galja hat vorgestern ihr Kind bekommen, sie weint die ganze Zeit, du mußt kommen und mit ihr sprechen, und ich sage, ich kann nicht kommen, Udi ist im Krankenhaus, ich habe Chawa gestern Bescheid gesagt. Sie ist nicht beeindruckt, sagt, laß ihn für eine halbe Stunde allein, ihm wird schon nichts passieren, du mußt mit ihr sprechen, sonst geht die Sache schlecht aus, und genau in dem Moment sehe ich die Ärzte aus dem Zimmer kommen, eine Delegation, verschlossen wie eine Geheimsekte, ich renne ihnen nach, nehme den letzten am Ärmel, sagen Sie mir, was passiert mit ihm, und er murmelt widerwillig, wir sind uns noch nicht sicher, vermutlich handelt es sich um eine konversive Lähmung. Was für eine Lähmung, frage ich, und er sagt, eine Konversionsneurose, wenn der Körper einen seelischen Druck auf ein körperliches Symptom verlagert, er schaut sich mißtrauisch um, als hätte er ein strenggehütetes Geheimnis verraten, und schließt sich der Delegation wieder an, mich mit einem neuen Wort zurücklassend. So heißt sie also, seine neue

Frau, Konversionsneurose, ich schmecke die Buchstaben, dunkle Gerüche steigen von ihnen auf, die Gerüche von Folterkellern aus vergangenen Zeiten, Schreie von Konvertierten, die man zwingt, ihre Religion zu verraten und die Herrschaft einer fremden Religion anzunehmen, aber was bedeutet das, wie lange dauert es und wie geht es vorbei, ich glaube, ich habe mal etwas über dieses Phänomen gelernt, aber ich erinnere mich kaum daran, und die ganze Zeit höre ich Annats Stimme, die in meiner Hand flattert, eingesperrt in meiner Faust, Na'ama, schreit sie, du mußt kommen, alles, was wir in sie investiert haben, geht den Bach runter, und ich schalte das Telefon ab und stopfe es in die Tasche, ich schließe die arme Galja ein, eine Fünfzehnjährige mit einem riesigen Bauch, und laufe schnell ins Zimmer zurück.

Was haben sie gesagt, frage ich ihn, vielleicht weiß er trotzdem mehr als ich, aber sein Interesse ist geringer als meins, sie haben kaum was gesagt, sie sind die Ergebnisse durchgegangen und haben sich noch einmal meine Beine angeschaut. Ich habe sie ein bißchen bewegen können, fügt er stolz hinzu, schau nur, und wirklich sehe ich eine leichte Bewegung an seinen Füßen, wie ein Windhauch zwischen den Zehen, und ich frage, also, was ist jetzt, auf was warten sie noch, und er flüstert, sie wollen sehen, ob sich in den nächsten Stunden eine Besserung einstellt, wenn nicht, werden sie mich auf die Psychiatrische Station verlegen. Ich halte seine Hand, Udi, du mußt dich anstrengen, konzentriere dich nur darauf, das mußt du unbedingt, und er sagt, ich weiß, ich strenge mich ja an, und endlich spüre ich, daß wir zusammen sind, daß wir ein gemeinsames Ziel haben, wir kämpfen Seite an Seite, nicht in gegnerischen Lagern.

Willst du ein bißchen hinunter, frage ich ihn wieder, und er schüttelt den Kopf, nein, ich will mich ausruhen, geh du doch hinunter, wenn du möchtest, und ich frage, soll ich dir eine Zeitung bringen, und er sagt, nein, keine Zeitung, hast du irgendein Buch dabei? Ich sage, nein, gar nichts, und dann fällt mir ein, gestern habe ich deinen Tanach in die Tasche gepackt, und er betrachtet freudig das schäbige Buch, das ihn auf allen Reisen begleitet, einmal schrie Noga, warum nimmst du das Ding immer mit und mich nie, und sie warf das Buch auf den Boden und trat darauf herum. Mit dem Gedanken an sie wacht meine Sorge wieder auf, sie ißt nichts, weißt du, ich habe sie heute morgen mit Mühe und Not dazu überreden können, eine Tasse Kakao zu trinken, aber er hat schon angefangen zu blättern, es wird gut gehen mit ihr, ein Tag Fasten schadet ihr wohl nichts, sein Gesicht wird ruhig beim Lesen der vertrauten Absätze. Ich gehe hinunter und trinke eine Tasse Kaffee, sage ich schnell und verlasse den Raum, aber ich laufe nicht zur Cafeteria, sondern zu meinem Auto, das weit weg im Schatten der Berge geparkt ist. Er wird hoffentlich gar nicht mitbekommen, daß ich zu meiner Arbeit fahre, und das ist auch gut so, denn obwohl er es ja ist, der tagelang verschwindet, erlaubt er sich immer noch, meiner Arbeit mit Feindseligkeit zu begegnen, als arbeitete ich auf seine Kosten, als wäre ich den traurigen, einsamen Frauen, denen ihr Geheimnis den Bauch aufschwellen läßt, stärker verpflichtet als ihm.

Von außen sieht unser Heim aus wie alle anderen Häuser, man kann sich nicht vorstellen, wie anders es ist. Ich eile hinein, Annat kommt mir aus einem Zimmer entgegen, wie üblich steckt ihr magerer Körper in Jeans und einem weißen Hemd, die kurzgeschnittenen, leicht ergrauten Haare umrahmen das saubere Gesicht, das immer aussieht, als hätte sie es gerade mit kaltem Wasser und Seife gewaschen, alles an ihr ist streng, sparsam, nicht so verschwenderisch wie bei mir, mit meinen langen Haaren, die so viel Platz einnehmen, den vollen Lippen und dem runden Gesicht. Sie sagt, schön, daß du gekommen bist, und fragt nicht, wie geht es Udi, und ich beherrsche mich und erzähle ihr nichts, denn wir sind schon keine Freundinnen mehr. Jedesmal wenn ich sie sehe, werde ich aufs neue von der Erkenntnis überrascht, daß die Freundschaft zwischen uns zu Ende gegangen ist, eines Morgens, vor einigen Monaten. Ich erschien mit rotgeweinten Augen im Heim, nach einem Streit mit Udi, und zog sie zur Seite, um ihr mit dem üblichen fieberhaften Eifer alles zu erzählen, er hat gesagt, und ich habe gesagt, er hat mich beleidigt, und ich war beleidigt, und sie unterbrach den Wortschwall mit ihrer sauberen Stimme und sagte, ich will es nicht mehr hören. Ich protestierte, was soll das heißen, warum nicht? Weil es sich nicht lohnt, sagte sie, du beklagst dich die ganze Zeit über ihn, aber du tust nichts, du läßt zu, daß er dein Leben beherrscht, du bist nicht fähig, ihn auszuhalten, und du bist nicht fähig, ihn zu verlassen, vielleicht hast du ja noch nicht die Nase voll davon, aber ich.

Entsetzt und gekränkt lief ich wochenlang herum und hatte nun niemanden, mit dem ich über mein Entsetzen reden konnte, und am Schluß war es ausgerechnet Udi, dem ich alles erzählte, er sagte, was regst du dich auf, sie ist doch bloß neidisch auf dich, weil du eine Familie hast und sie nicht, und es gelang ihm nicht, seine Zufriedenheit zu verbergen. Doch ich wußte, daß er sich irrte und daß sie recht hatte, und ich fuhr fort, innerlich Gespräche mit ihr zu führen, ich kannte sie so gut, daß ich ihren Part leicht übernehmen konnte, manchmal fand ich es sogar einfacher, zu wissen, was sie sagte, als meine Antwort darauf zu finden, und das war es, was von unserer Freundschaft geblieben ist, eigentlich ist das gar nicht so wenig, und seitdem sind wir einfach Arbeitskolleginnen, wie ein geschiedenes Paar, das sich wegen der Kinder bemüht, so bemühen wir uns wegen der Mädchen in unserem Heim. Ich versuche, meine Kränkung zu verbergen, und nur manchmal, im ersten Augenblick des Tages, scheint es mir, als wäre ich im Schlaf gestochen worden.

Was ist mit Galja, frage ich, und sie sagt, nicht gut, sie weigert sich, das Kind herzugeben, und streitet alles ab, was ausgemacht war. Ich renne hinauf in ihr Zimmer, sie sieht verloren aus ohne ihren schwangeren Bauch, als hätte man ihr die Hälfte des Körpers weggenommen, ihre Augen leuchten rot, und als sie mich sieht, fängt sie wieder an zu weinen, sie schluchzt in meinen ausgebreiteten Armen, ich gebe meine Kleine nicht her, sie gehört mir, ich habe schon einen Namen für sie, wer sie adoptieren will, soll mich auch adoptieren, ich umarme sie, wenn das ginge, flüstere ich, aber du weißt, daß es nicht geht, die Frage ist, ob du sie allein aufziehen kannst. Wie von einer weiteren Wehe wird sie von einem neuen Weinkrampf geschüttelt, ich kann sie nicht hergeben, und ich kann sie nicht aufziehen, schreit sie, und ich streichle ihre Haare, wir haben so viel darüber gesprochen, Galja, du weißt, daß es deine Entscheidung ist, du mußt dir überlegen, was gut für das Kind ist, und sie schreit, ich habe alles vergessen, was wir besprochen haben, als ich sie gesehen habe, ich hätte sie nicht sehen dürfen. Ich betrachte ihr Gesicht, das von den ersten Wunden des Erwachsenwerdens gezeichnet ist, ein Kind noch, kaum fünfzehn Jahre alt, ein Mädchen, das in die Falle getappt ist, und ich sage, du hast noch Zeit, dich zu entscheiden, du bist noch verwirrt von der Geburt, ruh dich ein bißchen aus, vielleicht werden die Dinge dann klarer, dann schaue ich auf die Uhr, sie hat vielleicht noch Zeit, aber ich nicht. Ich muß los, Galja, mein Mann ist im Krankenhaus, wir reden morgen weiter, sage ich und küsse sie auf die Stirn, laufe schnell aus dem Zimmer und stoße fast mit Chawa zusammen, der Heimleiterin, die an der Tür steht, als habe sie unser Gespräch belauscht, aber ihr ernsthaftes Gesicht zerstreut jeden Verdacht. Na'ama, sagt sie erstaunt, ich habe nicht erwartet, daß du heute herkommst, wie geht es deinem Mann? Er ist noch im Krankenhaus, sage ich, ich muß gleich zu ihm zurück, sie läßt mich mit leichten Ressentiments gehen, bei uns wird das, was mit der Familie zu tun hat, immer ein bißchen verachtet. Kommst du morgen, fragt sie, und ich antworte, das weiß ich noch nicht, es hängt davon ab, wie es ihm geht. Aber als ich das Haus verlasse, habe ich Angst, daß sie ausgerechnet diesmal hören wollte, ich würde morgen nicht kommen, daß sie Galja bedrängen möchte, ohne daß ich etwas davon weiß, daß sie sie dazu überreden will, die Verzichtserklärung zu unterzeichnen.

Zu meinem Glück schläft er, ich bin rot, als wäre ich von einem Liebhaber zurückgekommen, vermutlich habe ich mich im Lauf der Jahre zornig damit abgefunden, daß seinem Gefühl nach jede Beschäftigung, die nichts mit ihm zu tun hat, Betrug ist, schon seit Jahren komme ich mit Schuldgefühlen von der Arbeit nach Hause, und jetzt habe ich auf dem ganzen Weg innerlich mit mir gekämpft, ob ich ihm sagen soll, daß ich bei der Arbeit war, oder lieber, ich wäre in der Cafeteria eingenickt, was würde ihn weniger kränken, aber als ich in sein Zelt trete und ihn schlafen sehe, den Tanach mit dem roten Einband auf dem Gesicht, roter als ich, als hätte man ihm den Kopf abgeschlagen und statt dessen ein dickes Buch hingelegt, stoße ich einen Seufzer der Erleichterung aus und will das Zimmer verlassen, diesmal wirklich, um zur Cafeteria zu gehen, aber da hält mich eine schwache, feierliche Stimme aus dem Bett gegenüber zurück. Er ist gegangen, er ist gegangen, verkündet mir der Alte, als wäre ein Wunder geschehen, nimm dein Bett und gehe, deine Sünden werden dir vergeben, und ich frage, wer ist gegangen, und er sagt, Ihr Mann, drei Schritte, mit der

Gehhilfe, und tatsächlich steht neben seinem Bett ein großes Gestell wie ein treuer Hund, der auf seinen Herrn wartet. Ich frage, wann war das, und er berichtet mit dem Stolz
des einzigen Augenzeugen, sie haben einen wichtigen Pro-
fessor aus einer anderen Abteilung gebracht, damit er mit
ihm spricht, dann haben sie es mit der Gehhilfe probiert,
und es hat geklappt, drei Schritte, wiederholt er aufgeregt,
und da bewegt sich das Buch, bis es zur Seite fällt, und Udi
richtet sich mit erschrockenen Augen im Bett auf.

Alles kommt in Ordnung, verkünde ich, aber er schiebt
diese Aussage zur Seite, sie glauben nicht, daß ich nur mit
Mühe gehen kann, beklagt er sich, sie sind sicher, daß ich
mich verstelle. Ich streichle seinen Arm, kümmere dich nicht
um sie, Udi, sie sollen dich nur entlassen, Hauptsache, daß
ich dir glaube, aber auch in mir erhebt sich dieser Zweifel,
betrachtet spöttisch die Gehhilfe und den Rollstuhl, es ist
nur ein winziger Zweifel, der sich die meiste Zeit versteckt
wie eine Ratte, die man in den Tiefen des Vorratsschranks
nie sieht, aber das sichere Bewußtsein ihrer Existenz ist so
bedrückend, daß man am Schluß das Gefühl hat, das Haus
gehöre eher ihr als einem selbst.

6 Und schon liegt es hinter uns, das Krankenhaus, es wird immer kleiner, während wir bergauf fahren, voll ängstlicher Fröhlichkeit, wie Kinder, wenn sie die Schule schwänzen, sich im Moment freuen und doch genau wissen, daß die Sache nicht gut ausgehen wird. Udi sitzt neben mir, den Umschlag mit der Entlassungsbescheinigung fest in der Hand, stundenlang haben wir auf dieses Papier gewartet, während sie hinter unserem Rücken geheimnisvoll tuschelten, plötzlich verschwanden und wieder auftauchten, ohne eine Entscheidung zu treffen, und ich verströmte Sicherheit, lassen Sie ihn nach Hause gehen, ich weiß, was gut für ihn ist, und Udi beobachtete unschlüssig, was vor sich ging, er war sich nicht sicher, offensichtlich wollte er nicht dort bleiben, aber nach Hause zurückkehren wollte er auch nicht, mit gesenkten Lidern suchte er nach einer anderen Möglichkeit, aber ich sah, mit welchen Blikken sie ihn anschauten, und hatte keinen Zweifel, wenn er heute nicht entlassen würde, würden sie ihn in die Psychiatrische Abteilung verlegen, sie glaubten ihm nicht, sie attackierten ihn mit beleidigenden Fragen, sie jagten ihn aus ihrer Abteilung, hier lagen die wirklich Kranken, die ehrlichen, die ihre Aufmerksamkeit verdienten, während er schon nicht mehr dahin gehörte, nach all dem Glauben, den man ihm geschenkt hatte. Alle Untersuchungen hatten seine Täuschung bewiesen, jetzt war er zur Wanderung in dieser Grauzone zwischen Kranken und Gesunden verdammt, er gehörte weder zu den einen noch zu den anderen, das alles sah ich in den verlegenen Gesichtern, er selbst schämte sich

seines Körpers, der einen Makel aufweist, seiner Beine, die ihn betrügen, dieser armseligen Rückkehr nach Hause, die so überraschend ist wie sein Aufbruch nur einen Tag zuvor.

Seine Augen sind voller Angst, wie die Augen der kleinen Noga, als wir sie nach Hause brachten, ich saß auf dem Rücksitz und hielt sie auf den Knien, Udi fuhr schweigend, mit gebeugtem Rücken, wie die Scherben einer Vase waren wir damals, Scherben, die darauf warteten, zusammengeklebt zu werden, vielleicht wird es ausgerechnet jetzt geschehen, vielleicht werden wir jetzt, in seiner Krankheit, vereint. Ich streichle seine Hand, Udigi, mach dir keine Sorgen, Hauptsache, daß wir dort weg sind, du ruhst dich ein paar Tage aus, dann ist alles wieder in Ordnung, aber er tastet über seinen Entlassungsschein wie ein Junge, der ein schlechtes Zeugnis nach Hause bringt, ich weiß nicht, sagt er, solange ich nicht weiß, was es war, bin ich nicht sicher, daß es nicht zurückkommt, ich fühle mich schutzlos ausgeliefert, ich habe keine Ahnung, ob man von so was je geheilt wird, er seufzt, aber ich glaube noch an die tröstliche Vorstellung, daß es mir gelingen wird, mit allen Schwierigkeiten zurechtzukommen, die mit der Seele zusammenhängen. Übertreib mal nicht, das passiert jedem mal auf die eine oder andere Weise, Hauptsache, es ist vorbei, Hauptsache, wir sind zu Hause, sage ich erleichtert, als wir aus dem Auto steigen, ich beuge mich zu ihm, und er legt den Arm um meinen Hals und zieht sich hoch, er geht so langsam wie ein Greis, der mit letzter Kraft ein paar Schritte macht, er stützt sich auf mich, schwach, mit schamhaft gesenktem Gesicht, damit ihn niemand sieht. Der Held, der stolz auf der Trage abgeholt worden ist, der auf der geheimnisvollen Station gekämpft hat, kommt, mit Schimpf und Schande aus dem Krankenhaus gejagt, nach Hause zurück. Ich meine, die Bewegung eines Vorhangs zu sehen, die Tochter der Nachbarn im Stockwerk unter uns taucht kurz am Fenster auf, der Klang der Glöckchen in ihren Haaren begleitet unsere angestrengten Schritte zur Treppe, wir bleiben zum Ausruhen auf dem Absatz stehen, Udis Beine drohen unter ihm zusammenzubrechen, da geht unsere Tür auf, ein blauer Luftballon hängt an ihr, und Noga kommt heraus, einen orangefarbenen Ballon in der Hand, wir haben sie bei der festlichen Vorbereitung seiner Heimkehr überrascht, und vor lauter Staunen läßt sie den Ballon los, Wind ergreift ihn, er wird kleiner und kleiner, sieht schon aus wie eine Orange, bleibt im nahen Paternosterbaum hängen und verwandelt ihn in einen stolzen Orangenbaum. Nogas Blick wandert vom Ballon zu uns, sie schwankt zwischen dem Bedauern über den Verlust und der Freude über unsere Heimkehr, bis sie sich für die Freude entscheidet und sagt, Papa, du bist gesund, und dann betrachtet sie ihn und fügt hinzu, du bist doch gesund, oder, sonst hätten sie dich doch nicht aus dem Krankenhaus entlassen. Ihr Versuch, sich selbst zu überzeugen, bleibt ohne Erfolg, denn sein Gesicht ist leer, und in dem Moment brechen seine Streichholzbeine auf der Schwelle unter ihm zusammen.

Mit vier Händen zerren wir ihn zu seinem Bett, wie schwer er ist trotz seiner Magerkeit, es ist, als fülle die Bitterkeit seinen Körper und verdoppele sein Gewicht, und Noga streckt sich blaß und fast durchsichtig neben ihm aus. Hast du was gegessen, frage ich sie, und sie sagt, noch nicht, ich wollte erst sicher sein, daß Papa gesund ist, und ich sage, dann komm jetzt und iß was, so kannst du nicht weitermachen, schau, er ist in Ordnung, aber sie betrachtet ihn zweifelnd und sagt, noch nicht, und dann bricht es aus ihr heraus, ich habe in der Schule einen Apfel gegessen, ich habe vergessen, daß ich es nicht darf, ich habe in der Pause einen Apfel gegessen, deshalb ist Papa nicht gesund geworden.

Ich habe langsam genug von diesem Blödsinn, schimpfe ich, wann verstehst du endlich, daß es zwischen deinem Bauch und seinen Beinen keine Verbindung gibt, du kannst dich zu Tode hungern, und es ändert nichts. Ich knalle die Tür hinter den beiden zu und gehe in die Küche, zum Glück finden sich im Kühlschrank noch ein paar Putenschnitzel aus unserem früheren Leben, ich brate sie und suche die Zutaten für einen Salat, vor lauter Anspannung führe ich Selbstgespräche, wo sind die Tomaten, frage ich laut, vor einem Moment habe ich sie doch noch gesehen, ich suche im Kühlschrank, doch dann finde ich sie auf der Anrichte, etwas gequetscht umgeben sie die einzige, schrumplig gewordene Gurke, und schon ist die Schüssel voll. Ich öffne eine Flasche Wein, vielleicht werden wir uns mit seiner Hilfe davon überzeugen, daß das Übel vorbei ist, stelle alles auf das große Tablett, das wir zur Hochzeit bekommen haben, und wie eine unerfahrene Kellnerin stolpere ich ins Schlafzimmer, wo sie bewegungslos und traurig liegen. Ich stelle das Tablett auf das Bett und fordere sie auf zu essen, gieße Wein ein, zum Wohl, auf uns, und Noga hebt ein leeres Glas hoch, darauf, daß Papa gesund wird, sagt sie hartnäckig, als bliese sie eine Kerze auf einem eingebildeten Kuchen aus und müsse jetzt einen Wunsch äußern, dann fügt sie hinzu, auf uns alle, als wisse sie, daß sie zuviel verlangt, auf uns alle.

Wir drei zusammen in einem Zimmer, auf einem Bett, es ist, als herrsche Krieg draußen, außerhalb des Zimmers, und wir würden uns verstecken, Teller und Decken berühren einander, ich esse schnell wie immer, damit ich fertig bin, falls jemand etwas von mir will, ich trinke ein Glas Wein nach dem anderen, und einen Moment bevor ich mich auf dem Bettrand ausstrecke und einschlafe, sehe ich, wie das Putenschnitzel auf Nogas Teller immer größer wird, unangerührt und unangebissen erinnert es in der Form an ein fernes, fast menschenleeres Land, besetzt und gequält, und mir kommt es vor, als schritte ich über das riesige, glühendheiße Schnitzel, viele Tage lang, ohne eine Menschenseele zu sehen, bis ich einen Mönch in einer roten Kutte treffe, fliehe von hier, flüstert er mir mit seinen dünnen Lippen zu, rette dich, wer hier gefaßt wird, ist dazu verdammt, seine Religion zu verraten, und ich frage, wo bin ich, was für ein Land ist das, und er sagt, das ist somatisch, hast du noch nie etwas vom somatischen Land gehört?

Als ich aufwache, ist das Zimmer stickig und dunkel, Bratengeruch erfüllt es und drängt die kühle Frühlingsluft hinaus, neben mir entdecke ich einen fettigen Teller und weiche vor ihm zurück, als wäre er ein lebendes Wesen, Mama, hat sie früher oft gesagt, wenn ich sie ins Bett brachte, Mama, wenn ich eingeschlafen bin, lache ich heute nicht mehr, und damit hatte sie recht, ich betrachte das breite Bett, wir haben uns zu einem betrunkenen Familienschlaf hingelegt, mitten am Tag, und die ganze von mir angestrebte Festlichkeit schlägt mir nun ins Gesicht, was für ein Fest, schließlich war es vorher schon schlimm genug, ganz zu schweigen vom Zustand jetzt. Dieser hektische Wunsch, der mich seit dem vergangenen Morgen keinen Moment lang verlassen hat, der Wunsch, zu unserem Alltag zurückzukehren, in ihm Schutz zu suchen, wie ein Hund in einer regnerischen Nacht in seiner Hütte Schutz sucht, kommt mir auf einmal töricht vor, wer braucht denn das, was war?

Dann merke ich, daß der Platz neben mir leer ist, Noga ist nicht da, ich renne zu ihrem dunklen Zimmer, auch dort ist sie nicht, sie ist nirgendwo in der Wohnung, die von einem dämmrigen Licht erfüllt ist, und auf dem Küchentisch finde ich ein zerrissenes Stück Papier, ich bin bei Oma, steht da in ihrer plumpen Schrift, ich schlafe bei ihr, ich habe meinen Ranzen mitgenommen. Ich wundere mich, wieso ist sie freiwillig weggegangen, meine häusliche Tochter, die sich selten aus der Wohnung locken läßt, die ganze Zeit treibt sie sich im Haus herum wie ein Wachhund, vermutlich ist es kein Zufall, daß sie weggegangen ist, traurig und verwirrt denke ich an sie, ein kleines Mädchen mit einer großen Aufgabe, die ihr Leben ausfüllt, nämlich die Scherben zu kitten, schon seit acht Jahren ist sie damit beschäftigt, und je größer sie wird, desto größer wird auch ihre Aufgabe, besiegt ihre Kindheit und erfüllt ihr Leben.

Aus dem Schlafzimmer klingen schwere Schnarchtöne, aggressiv wie Beschimpfungen, und ich kehre gescholten zurück und strecke die Hand nach ihm aus, immer ist da zu Beginn einer Berührung ein Zurückweichen vor dem, was danach kommen wird, Lust oder Leidenschaft, fröhliche Zwillingsschwestern, die versuchen, das Zurückweichen durch energisches Reiben der Glieder zu besiegen, und manchmal wird es verjagt, verschwindet mit eingezogenem Schwanz, und die Lust feiert ihren Sieg, heiß und begeistert, und manchmal wird die Lust besiegt, sie scheint sich zu entzünden, doch nein, sie ist schon erloschen, wie schwer es ist, feuchtes Reisig zum Brennen zu bringen, zurück bleibt nur der dumpfe Geruch einer guten Absicht, die sich nicht erfüllt hat. So lagen wir dicht beieinander auf meinem schmalen Jugendbett, seine Knabenhände suchten Schätze an meinem Körper, und ich höre, wie mein Vater in seinen Gummihausschuhen hin und her geht, seine Einsamkeit hallt als Echo in den Weiten des Hauses, und eine Welle von Zurückweichen würgt mich fast bis zum Erbrechen. Ich setze mich auf, stoße seine Finger weg, wie ist es möglich, Udi, daß ich hier meinen Spaß habe, während es ihm schlecht geht, aber Udi gibt nicht auf, seine Glieder drängen sich an mich, sein Wille versucht, mein Zurückweichen zu überwinden, und einen Moment lang sieht es aus, als würde er es schaffen, doch es versteckt sich vor ihm tief in meiner Kehle, sogar seine lange Zunge wird es dort nicht finden, und ich ergebe mich, öffne ihm ein Tor nach dem anderen, süße Gefühle brechen unter seinen Händen auf, aber am Morgen erwache ich mit entzündetem Hals, kann nichts schlucken vor Schmerz, das Fieber steigt, mein Vater ruft meine Mutter an, sie ist schon wieder krank, wieder eine Halsentzündung, und dann bringen sie mich krank, im Pyjama und mit der Zudecke, von einem Haus zum anderen, damit der kleine Jotam sich nicht ansteckt, er ist sowieso nicht in Ordnung, und Udi kommt nach der Schule zu Besuch, drückt sich in das glühende Bett, und ich murmele, laß mich jetzt, ich bin krank, und er geht gekränkt weg, ohne Abschied, und ich höre das Schlurfen der Hausschuhe, und ich quäle mich, das ist es, was du dir wünschst, ein Leben in solcher Einsamkeit, das ist es, was dir passieren wird, wenn du ihn wegschickst.

Säuerlicher Geruch von Alkohol kommt aus seinem geöffneten Mund, ich schmiege mich unter der Decke an ihn, lege meine Hand um seine Schulter, die Illusion einer Umarmung, versuche, seinen Körper zu streicheln, seine Lust zu wecken. Wann wacht sie auf, woher wird sie kommen, manchmal schafft es ein einziges Wort, sie zum Leben zu erwecken, dann wieder ein aufstachelndes, herausforderndes Lächeln, aber so, wenn der Körper allein bleibt, ohne alle Ergänzungen, nur die schlafenden Glieder in ihrer geheimnisvollen Krankheit, woher soll sie da kommen?

Diesmal gebe ich nicht auf, ich muß versuchen, ihn auf die uralte Weise zu heilen, auch Lots Töchter begehrten nicht wirklich ihren alten, betrunkenen Vater, damals, in der Höhle des Berges über Zoar, nachdem das ganze Land vernichtet war, und trotzdem gaben sie ihm Wein zu trinken und legten sich zu ihm, um von ihm Nachkommenschaft zu bekommen, und er merkte nicht, wie sie sich niederlegten und ihn später wieder verließen. Ich lege meine Hand auf sein schlafendes Glied, sofort spannt es sich und erwacht wie ein neugieriges Kind, das nichts versäumen möchte, und ich beuge mich in plötzlicher Freude zu ihm, da ist das einzige Glied an seinem Körper, das nicht gelähmt ist, auf seinen Schwanz ist Verlaß, ein treuer Verbündeter in einem Land, das sich verwandelt hat, nie hätte ich vermutet, daß ich ihm gegenüber noch einmal eine solche Nähe spüren würde, es kommt mir vor, als gehöre er zu mir, wäre fast ein Teil meines Körpers, und ich setze mich vorsichtig auf seinen Bauch, der flach ist wie ein Korkbrett, und schaukele von einer Seite auf die andere. Da kommt sie, die dickflüssige Lust, ausgerechnet wenn ich auf sie verzichtet habe, taucht sie auf wie aus einem tiefen Brunnen, in einem schaukelnden Eimer, ich klemme seinen Körper zwischen meine Schenkel, es ist mir schon egal, ob er aus seinem alkoholisierten Schlaf erwacht, ich beuge mich über ihn, meine Brüste schieben sich in seinen offenen Mund, er leckt sie mit der Zunge, schlägt seine Zähne in die Brustwarzen, bindet mich mit einem Band aus Schmerz an sich, zieht meinen ganzen Körper in seinen Mund, mein müder Körper, vorzeitig abgenutzt, wird neu gebacken im Ofen seines warmen Mundes, bald wird er frisch und duftend aus ihm herauskommen, und ohne Anstrengung, ohne jede Absicht, ergießt sich über mich der Eimer, der gerade aus dem Brunnen hochgezogen wurde, überschwemmt mich mit einer warmen, angenehmen Flüssigkeit. Da schlängelt er sich schon wieder hinab in die Tiefen des Brunnens, seine Bewegungen sind meine Bewegungen, passiv, zufällig, und noch eine schwere Wolke ergießt sich, der Riß in der Wolke ist über meinem Kopf, ich erinnere mich an den alten Brunnen am Rand unseres Städtchens, mitten in den Pflanzungen von

Mango- und Avocadobäumen, die Füße versinken in der weichen Unterlage aus Blättern, oben sind sie trocken, unten feucht, Matratzen aus Blättern führen dorthin, und plötzlich schreit jemand, geht von dem Brunnen weg, einmal ist ein kleiner Junge hineingefallen, das Wasser hat seine Schreie verschluckt, er war der einzige Sohn, ein nachgeborener Sohn, und ich winde mich, ich will nicht in dieses Wasser, es ist verflucht, aber der Eimer gibt nicht nach, steigt auf und fällt in mir, mit Schritten, die immer lauter werden, bis sich meine Ohren plötzlich mit einem spöttischen, sorglosen Gelächter füllen.

Du nutzt meinen Zustand aus, beschwert er sich vergnügt, macht die Augen auf, und ich atme schwer auf ihm, verberge meinen schwindligen Kopf in seiner Achselhöhle. Konntest du nicht warten, bis ich aufwache, fährt er fort, erst mich mit Wein abfüllen und dann mich vergewaltigen, wenn ich schlafe, so ausgehungert bist du, wo war denn dieser Hunger die ganzen Jahre? Ich grinse, woher willst du das wissen, vielleicht vergewaltige ich dich jede Nacht, wenn du schläfst, und er gurgelt, schön wär's ja, und wieder dieses sorglose Lachen, immer nach sexuellen Vergnügungen ist er vollkommen anders, die Bitterkeit, die sonst in ihm steckt, schmilzt dahin, und er strömt über vor Liebe. Er streichelt meinen Rücken, meine No'am, meine Ärmste, du hast dir solche Sorgen um mich gemacht, und ich bin schon bereit, in erleichtertes Weinen auszubrechen, es war schlimm, dich so zu sehen, im Krankenhaus, an diesen Schläuchen hängend, und er fordert mich heraus, die Krankenschwester in der Notaufnahme war gar nicht so übel, und ich beiße ihm in die Schulter, ich habe gesehen, daß du auf sie abfährst, er lacht, Blödsinn, du weißt doch, ich will nur dich, und ich weiß, daß das stimmt, nur daß es sich nicht immer so gut anhört wie in diesem Moment, normalerweise klingt es wie eine Drohung, aber nun streicheln mich seine Worte von innen, beruhigend, die ganze Trennung zwischen innen und außen wird plötzlich verwischt. Ist diese Ruhe, die ich höre, innen oder außen, wieso fährt kein Auto unten auf der Straße vorbei, ich muß an die schreckliche Stille dort in der Höhle denken, da ging ein Rauch auf vom Lande wie der Rauch von einem Ofen, ich sehe die hingeschlachteten Leichen der rauchenden Städte, den zerstörten Garten Gottes, und da sagt er, weißt du, auf meinem Heimweg von der Arava bin ich auf den Berg Sodom gestiegen, hast du gewußt, daß er von innen hohl ist, daß er sowohl Berg als auch Höhle ist? Nein, antworte ich flüsternd, nein, das habe ich nicht gewußt. Es ist der traurigste Ort, den ich kenne, sagt er, denn er wird sich nie erholen, Tausende von Jahren sind schon vergangen, aber dort sieht es aus, als habe sich nichts geändert, die Sünde war so groß, daß die Erde nicht gesunden kann, sie ist für ewig bestraft. Ich bin daran gewöhnt, daß meine Gedanken ein offenes Buch für ihn sind, schon in seiner Jugend besaß er die Fähigkeit, in sie einzudringen, und auch wenn er sich ein paarmal geirrt hat, so erinnerte ich mich doch nur an die Male, bei welchen er recht hatte, an das unterdrückte Erstaunen, das ich empfand, wenn er einen Gedanken, den ich gedacht hatte, laut weiterführte oder eine Frage beantwortete, die ich nicht gestellt hatte.

Mach dir keine Sorgen, er lacht zufrieden, ich bin nicht der letzte Mann, Lots Töchter glaubten, daß alle Männer von der Erde vertilgt wären, aber hier ist die Lage umgekehrt, ich werde vielleicht bald vertilgt werden, aber die Erde ist voller Männer, und ich umarme ihn, wieso denn, du bist mein letzter Mann und auch der erste, füge ich scheinheilig hinzu, und er sagt, ja, aber dazwischen gab es noch einen, und seine Stimme wird kühl wie sein Körper, der sich plötzlich von mir entfernt, ich ziehe ihn zurück, Udi, hör auf, alles kaputtzumachen, und er zischt wütend, wieso mache ich etwas kaputt, du bist es doch, die es kaputtgemacht hat, ich drücke seine Schulter, genug, nimm dich zusammen, ich habe einmal etwas kaputtgemacht, aber du tust es unaufhörlich, Udigi, du mußt jetzt gesund werden, versuche, nur an gute Dinge zu denken, diese Bitterkeit vergiftet dich, du zerstörst das Leben von uns allen. Ich versuche, wieder auf ihn zu klettern, wie schön ist das vorhin gewesen, nur ich und sein angenehmes Glied, aber er krümmt sich unter mir, ich muß pinkeln, er steht schwerfällig auf, lehnt sich an die Wand, an den Türstock, kommt mit schwachen Schritten vorwärts, es scheint, als würde er nie die Kloschüssel erreichen, die mit offenem Maul auf ihn wartet, ich gehe in der Dunkelheit hinter ihm, ich habe keine Lust, Licht anzumachen und das Geschirr zu sehen, das im Haus verstreut ist, die Kleidungsstücke, die Schuhe, auch nicht die alten Möbel und all die Anzeichen der Vernachlässigung, die von unserem Leben Besitz ergriffen hat, ich betrachte seine schmale Silhouette, laß uns morgen früh von hier wegfahren, Udi, schon lange sind wir nicht mehr zusammen irgendwohin gefahren, wir könnten Noga bei meiner Mutter lassen und in den Norden fahren. Er lehnt sich an die Wand, das scheint mir keine gute Idee, sagt er, ich fühle mich noch nicht ganz gesund, aber ich gebe nicht auf, das ist jetzt mein Ziel, stark und plötzlich, ich will hier weg, ich will vor dieser Adresse fliehen, vor der gefährlichen Umarmung der alten Wände, als ob uns ein Erdbeben bevorstünde. Wenn wir fahren, wirst du dich besser fühlen, beharre ich, wir haben es verdient, uns ein bißchen auszuruhen, du wirst sehen, daß dich das gesund macht, ich stelle mich hinter ihn, meine Hände suchen die Zustimmung seines Körpers.

Aber er entzieht sich vor dem Spiegel, streicht sich über die neuen Bartstoppeln, sein dickköpfig vorgeschobener Kiefer verleiht ihm ein kindliches Aussehen, warum läßt er nicht locker, warum bewacht er so stur jene Kränkung, als sei sie der größte Schatz, den er in seinem Leben angesammelt hat? Was hast du schon getan, höre ich Annats ruhige, geliebte Stimme sagen, und ich antworte, auch wenn es in deinen Augen eine Kleinigkeit ist, in seinen Augen ist es etwas anderes, seine Verletzung ist groß, sie lacht und sagt, sie ist groß, weil er sie vergrößert, schau nur, wie er sie benutzt, er kocht dich die ganze Zeit auf dem Feuer deiner Schuld, dein ganzes Leben lang mußt du ihn versöhnen, man könnte glauben, er wäre ein Gerechter. Ich schütze ihn, er hat mich nie betrogen, du siehst einfach nicht, wie sensibel er ist, und sie sagt, ich sehe sehr wohl, wie sensibel er sich selbst gegenüber ist, aber wo ist er sensibel dir gegenüber, nie hat er sich bei dir sensibel gezeigt, er hat das Bedürfnis, Schuld zuzuweisen, und du hast das Bedürfnis, dich schuldig zu fühlen. Sie hat recht, sage ich innerlich zu mir, ich werde es nicht länger zulassen, daß er mir Schuldgefühle macht, ich werde ihn nicht um Verzeihung bitten. Ich ziehe die Hände zurück, wenn du nicht willst, dann eben nicht, sage ich und gehe ins Badezimmer, um mich zu waschen, wenn du nicht fahren willst, fahre ich eben später, wenn du dich erholt hast, dann fahre ich eben allein, ich schließe schnell das Fenster und er erstarrt vor dem Spiegel, Annat, die Kluge, immer muß ich ihre Stimme hören, und dann sagt er, in Ordnung, wenn du so dringend willst, dann werden wir fahren.

Am Morgen besiege ich meinen alten Feind, den Wecker, ich stopfe ihm den Mund, bevor er anfängt zu rasseln, und laufe in Nogas Zimmer, um sie zu wecken, aber das leere Bett verkündet ihre Abwesenheit. Erschrocken bleibe ich davor stehen, ein leeres Zimmer verwandelt sich blitzschnell

in ein Zimmer der Erinnerung, die Bilder an den Wänden
bekommen eine neue Bedeutung. Da ist sie eine Woche alt,
ihr Kopf lugt über Udis Schulter hervor, mit halb geschlossenen Augen, und da sind wir zu dritt auf der karierten
Decke, sie umarmen sich, und ich betrachte sie von der Seite, meine Haare sind zusammengebunden, mein Gesicht ist
schön, auf diesem Bild bin ich fast so schön wie meine Mutter, nur daß sie ihre Schönheit immer zur Schau gestellt hat
und ich meine verstecke, als wäre sie gestohlen, und dort
auf dem Tisch liegen ihre Hefte, ich blättere neugierig in
ihnen, suche nach einer unklaren Information, die plötzlich
an Bedeutung gewinnt, aber die Blätter sind fast leer, auf
den ersten Seiten stehen ein paar vereinzelte Sätze, danach
breitet sich eine weiße, besorgniserregende Leere aus.

Ich verfolge die leblosen Dinge, die in ihrer letzten Bewegung erstarrt sind, die Kleider, die auf den Teppich geworfen wurden, die Ärmel mit aufgerissenen Mäulern, als
bewahrten sie, gerade ausgezogen, ihre Bewegungen. Plötzlich packt mich eine wilde Sehnsucht, ich setze mich auf den
Teppich, was werde ich ohne sie anfangen, sie muß mit uns
kommen, sie macht ohnehin nichts in der Schule, wir werden zusammen wegfahren, doch dann fällt mir ein, was das
bedeutet, ich fühle die ganze Spannung, bin wieder zerrissen zwischen ihnen, sehe zu, wie sie sich bemüht, seine
Liebe zu wecken, bin böse auf ihn, weil er sie enttäuscht,
und dann auf mich, nein, dafür habe ich keine Kraft. Ich
rufe meine Mutter an, ihre Stimme ist traurig und leise, so
ganz anders als die Stimme, die sie früher hatte, sie sagt, in
der Nacht hat mich mein Ulkus ein paarmal aufgeweckt,
aber jetzt gibt er Ruhe. Schon seit einem Jahr bildet diese
Wunde im Magen ihre Welt, sie pflegt sie hingebungsvoll,
wie man ein Baby pflegt, es wäre schön gewesen, wenn sie
sich so fürsorglich um uns gekümmert hätte. Kühl frage ich,

wie geht es Noga, und sie seufzt, Noga ist in Ordnung, aber man muß etwas unternehmen wegen ihrer Situation in der Klasse, ich frage, was ist passiert? Sie sagt, was, hat sie es dir nicht erzählt, sie fühlt sich allein, die anderen Mädchen lachen sie aus, weil sie sich anzieht wie ein Junge, und die Jungen wollen nichts mit ihr zu tun haben, weil sie ein Mädchen ist. Ich umklammere bekümmert den Telefonhörer, warum erzählt sie mir nichts, schon kitzelt mich ein Weinen in der Kehle, und meine Mutter versucht noch nicht einmal, ihren Stolz zu verbergen, ich soll bloß keine Sekunde lang annehmen, ich wäre eine bessere Mutter, als sie es war, sie sagt, sie will dich nicht beunruhigen, verstehst du das nicht?

Gib sie mir, sage ich und versuche, meine Stimme fest klingen zu lassen, guten Morgen, Nogigi, und sie antwortet, guten Morgen, Mama, und diese drei formellen Wörter brennen in meinen Ohren, guten Morgen, Mama, und ich sage, ich fahre mit Papa für zwei Tage in den Norden, wir wollen uns ein bißchen ausruhen, und sie sagt, schön, Hauptsache, Papa wird gesund. Oma hat mir gesagt, daß es dir in der Klasse nicht besonders gut geht, sage ich ermunternd, aber sie zieht sich sofort zurück, das ist nicht wichtig, Mama, ich komme schon zurecht, Hauptsache, ihr fahrt und habt euren Spaß und Papa wird wieder gesund, und ich entschuldige mich, es ist nur für zwei Tage, übermorgen sehen wir uns schon wieder, und du erzählst mir alles, was los ist, und sie unterbricht mich, also dann bye, Mama, ich komme sonst zu spät, und sie läßt mich allein zwischen ihren Sachen. Was soll das heißen, wie ein Junge, protestiere ich, es stimmt, sie macht sich nicht zurecht, sie kämmt sich gerade mal, sie trägt meistens T-Shirts von Udi, die ihren Körper fast bis zu den Knien bedecken, aber was gibt es darüber zu lachen, und dann erinnere ich mich, daß wirklich schon sehr lange keine Freundin mehr zu ihr gekommen ist, auch aus dem Telefon sind schon lange keine zwitschernden Stimmen mehr gedrungen, niemand fragt mehr, kann ich Noga sprechen, und mir ist es noch nicht einmal aufgefallen, jetzt möchte ich eigentlich nirgendwohin fahren, ich möchte mich nur als Zehnjährige verkleiden und sofort zu ihrer Schule gehen und neben ihr sitzen und ihre beste Freundin sein, ich möchte ihre Geheimnisse erfahren und ihr sagen, daß sie von allen Mädchen die tollste ist.

Aus dem Badezimmer dringen duftende Dämpfe, ich trete ein, er liegt in der Badewanne, den jugendlichen Körper mit durchsichtigem Wasser bedeckt, die Haare nach hinten gekämmt, so daß die hellen Geheimratsecken freiliegen und das feingeschnittene Gesicht stärker hervortritt. Ich beschließe, ihm vorläufig nichts zu sagen, jedesmal wenn ich versuche, ihn an meinen Sorgen um Noga zu beteiligen, reagiert er, als würde ich ihn beschuldigen, und verteidigt sich heftig. Wie geht's, frage ich, und er lächelt, wenn ich es geschafft habe, aus eigener Kraft bis in die Wanne zu kommen, ist das schon ein Fortschritt, und ich betrachte ihn erstaunt, das alles gehört mir, auf eine seltsame Art, ein ganzer Mensch gehört mir, er ist mir neu geschenkt worden, ich habe es geschafft, ihn aus den verführerischen Armen der Krankheit zu stehlen, er zieht mich ihr trotzdem vor, und schon steigt ein dummer Triumph in mir auf, ich tauche die Hand ins Wasser und lasse zwei Finger über seinen Körper wandern, er versucht, mich in die Wanne zu ziehen, aber ich winde mich aus seinem Griff, warten wir doch, bis wir dort sind, und er lächelt, wir könnten doch jetzt und auch dann, wenn wir ankommen.

Die alte Tasche, die ich vor gerade mal zwei Tagen für das Krankenhaus gepackt habe, füllt sich wieder, gedankenlos stopfe ich Kleidungsstücke und Waschzeug hinein, mit

einer gespielten Fröhlichkeit, die langsam auch mich überzeugt, mir ist klar, daß fast alles davon abhängt, wofür man
sich entscheidet, Kummer und Freude, Feindseligkeit und
Nähe, sogar Gesundheit und Krankheit, und nur manchmal
trifft mich aus Nogas Zimmer eine dunkle Welle von Sorge.
Wieder schaue ich hinein, ich habe das Gefühl, als versteckten sich dort erstickte Seufzer, wie die Seufzer von Ver-
schütteten bei einem Erdbeben, gerade vorhin habe ich mit
ihr gesprochen, erinnere ich mich, sie ist überhaupt nicht
hier, aber auch als wir das Haus verlassen, nachdem wir die
Tür dreimal abgeschlossen haben, muß ich noch mal hinauf,
nur um sicher zu sein, daß ich den Boiler ausgestellt habe,
sage ich zu Udi, ich renne zu ihrem Zimmer, schaue mich
um und rufe ihren Namen, ihr Zimmer ist leer, und trotzdem kommt es mir vor, als würden wir in der abgeschlossenen Wohnung ein lebendes Wesen zurücklassen, wehrlos
und um Hilfe flehend.

7 Auf einer gewaltigen Asphaltrutsche gleiten wir hinunter in die Arme der Wüste, Udi fährt schnell, und ich drücke die Knie aneinander, die altbekannte Angst kneift mich schon in den Tiefen der Leistengegend, ich lege meine Hand auf seinen Oberschenkel, nicht so schnell, du übertreibst, und er beschwert sich, immer wenn mir etwas großen Spaß macht, sagst du, daß ich übertreibe, trotzdem fährt er etwas langsamer, damit ich sehen kann, wie die judäische Wüste ihr Zepter schwingt, ich staune, schau nur, diese Trockenheit, wirklich ein anderes Land, und er sagt, man bewässert hier einfach nichts, das ist alles. Aber vor zwei Minuten war noch alles grün, widerspreche ich, wieso passiert das so plötzlich, und er erklärt mir mit erstaunlicher Geduld, wie den Gruppen, die er führt, was es mit dem Zug der Regenwolken auf sich hat, die auf ihrem Weg vom Meer zu den Bergen danach streben, sich auszuregnen, die höher und höher steigen und immer dicker werden, bis sie zum höchsten Punkt kommen, zu der Stadt oben auf den Bergen, von wo aus die Luft anfängt, sich bergab zu senken, und nun passiert alles mit unglaublicher Geschwindigkeit, das Wasser verwandelt sich wieder in Dunst, der Dunst verwandelt sich in Gase, und ich frage, und wenn eine Wolke es nicht geschafft hat, bis Jerusalem zu regnen, trocknet sie dann einfach aus, und Udi nickt, ja, sie schrumpft, bis sie aufhört, eine Wolke zu sein. Was ist die Wolke dann, frage ich traurig, denn plötzlich fällt mir eine Geschichte ein, die er sich einmal für Noga ausgedacht hat, als sie noch ganz klein war, die Geschichte von der kleinen Wolke Chanan,

einer naiven, gutmütigen Wolke, die beschließt, ihren Regen unbedingt auf die Pflanzen der Wüste fallen zu lassen. Sie erhob sich über das Meer und wurde immer dicker, die Tropfen waren schon schwer und zerrissen fast den kleinen Bauch, aber als sie Jerusalem hinter sich gelassen hatte, löste sie sich plötzlich in Dunst auf, bevor sie es schaffte, Regen fallen zu lassen, und all die durstigen Pflanzen der Wüste hoben die Köpfe und schauten zu, wie sich die Wolke am Himmel auflöste, ihre guten Absichten wurden zu heißem, überflüssigem Dunst. Ich bat Udi immer wieder, das Ende der Geschichte zu ändern, so daß die Wolke im letzten Moment noch anfangen würde zu regnen, ich drängte ihn, er solle es doch wenigstens auf den Anfang der Wüste regnen lassen, was für eine Verschwendung von guten Absichten, ich regte mich viel mehr auf als Noga, die das Ausmaß des Versäumnisses gar nicht richtig verstand, und jetzt schaue ich hoffnungsvoll hinauf zum Himmel, vielleicht hat sie es heute geschafft, bis hierher zu kommen, die kleine, gutmütige Wolke Chanan, aber der Himmel ist klar und wolkenlos, nicht das kleinste Wolkenkind tollt in seinen Höfen, gleichmütig begleitet uns der Himmel wie eine Frau, die ohne Kinder alt geworden ist, traurige graue Fäden ziehen schon über ihren Bauch, aber der große Kummer liegt bereits hinter ihr.

Da ungefähr war die Grenze, sagt Udi, und ich frage verwundert, was für eine Grenze, die zu Jordanien? Nein, wieso denn, sagt Udi, die Grenze zwischen dem Königreich Juda und dem Königreich Israel, ich habe ganz vergessen, daß es einmal eine solche Trennung gegeben hat, erstaunt schaue ich mich um, suche die Spuren einer alten Mauer, aber die Erde sieht überall gleich aus, salzig und wüst. Warum haben sie sich getrennt, frage ich, und er sagt, die Frage ist, warum sie sich überhaupt einmal vereint haben, denn die Trennung zwischen ihnen war ein alter, natürlicher Zustand, die Vereinigung war von Anfang an schwach. Ich senke die Augen, warum kommt es mir vor, als spräche er über uns, ich spüre eine kalte Spannung am Rücken, kleine Eistierchen klettern an ihm hoch, erklimmen einen Wirbel nach dem anderen. Wie waren die Beziehungen zwischen ihnen, frage ich, und er antwortet, unbeständig, es gab Kriege, es gab Befriedungen und Bündnisse, und ich strenge mein Gedächtnis an, Israel war größer und stärker als Juda, nicht wahr, wie kommt es, daß ausgerechnet Israel zuerst vernichtet wurde? Er lächelt, weil das Land besonders unvorsichtig war, es beging das Wagnis, sich von Gott zu entfernen, Juda, das militärisch gesehen schwächer war, paßte besser auf sich auf, es hatte keine andere Wahl. Dann sollte man vielleicht lieber schwach sein, sage ich, und er nickt, aus der Sicht Gottes stimmt das wohl, aber auch das nur bis zu der bekannten Grenze, sonst ist es unmöglich, überhaupt zu existieren.

Bestimmt waren sie entsetzt, dort in Juda, nachdem das Volk verbannt war, sage ich, wie bei einem Paar, wenn ausgerechnet der Stärkere vor dem Schwächeren stirbt, und Udi sagt, die Wahrheit ist, daß Israel nur nach außen hin stärker war, innen war es krank und alles andere als stark, es gab falsche Propheten, die zum Aufstand ermutigten, es gab Blutvergießen, und ausgerechnet Juda war relativ stark, innerlich gefestigt, nie hat es die Hauptstadt gewechselt, nie das Königshaus. Aber das hat ihnen nicht besonders geholfen, schließlich wurden sie einige Generationen später ebenfalls vertrieben, sage ich, und er schüttelt den Kopf, du irrst dich, es hat ihnen sehr geholfen, auch nach der Vertreibung blieben sie ihrer Hauptstadt und ihrem Herrschergeschlecht treu, deshalb sind sie hierher zurückgekehrt und Israel nicht. Ich bin sicher, das war eine Katastrophe für sie, auf einmal allein im Land zu sein, insistiere ich, und Udi wirft mir einen erstaunten Blick zu, weißt du, daß du großartig bist? Du machst dich lustig über mich, sage ich bescheiden, und er streichelt über meine Hand, die neben ihm liegt, nein, ich meine es ernst, du siehst alles von einem menschlichen Standpunkt aus, einem sehr persönlichen, ich fahre pausenlos mit irgendwelchen Gruppen hier herum, und noch nie hat jemand so reagiert wie du, sagt er, ich habe mich nicht umsonst im Alter von zwölf Jahren in dich verliebt, ich habe schon damals gesehen, daß du eine besondere Seele hast, und säuerlich fügt er hinzu, ich habe nur nicht damit gerechnet, daß du sie an diese Versager vergeudest. Hör auf, du machst alles kaputt, ich schlage ihm auf die Hand, und er lächelt mich an, schau dich an, dein Gesicht hat sich fast nicht verändert, du siehst so jung aus, und verlegen wegen des Kompliments protestiere ich schnell, wieso denn, schau nur die Falten unter meinen Augen, und er beharrt, du siehst aus wie ein Mädchen, streite nicht mit mir. Ein süßes Gefühl steigt in mir auf, ich möchte mich in seinen Schmeicheleien ausstrecken und in seiner Liebe versinken, hier neben der Scheibe, die vom Frühlingswind gestreichelt wird, die Augen zumachen und darauf hoffen, daß alles gut wird.

Du wirst nicht glauben, was es in diesem Kloster dort gibt, er deutet auf ein kleines Gebäude, dessen Kuppel in der weißen Weite der Wüste von Jericho glitzert, die Schädel von Mönchen, die vor Hunderten von Jahren von den Persern umgebracht wurden. Möchtest du sie sehen? Er ist schon bereit, vom Weg abzuweichen, aber mir läuft ein Schauer über den Rücken, nein, wirklich nicht, und er verzichtet mit erstaunlicher Bereitwilligkeit, seine Laune wird immer besser, je weiter wir uns von zu Hause entfernen, seine Haare flattern im Wind, sein Gesicht ist erhitzt, unglaublich, daß dieser Mann noch gestern gelähmt im Krankenhaus lag, ich seufze erleichtert, es ist wirklich ein Wunder, was mit ihm passiert ist, kaum vorstellbar. Ich blicke mich neugierig um, Wunder sind nichts Ungewöhnliches an diesen glänzenden Abhängen, in den Bergen öffnen sich dunkle Löcher wie düstere Augenhöhlen. Diese Höhlen sind sehr alt, sagt Udi, möchtest du hinaufsteigen? Ich weiche zurück, was für eine Idee, aber ich starre weiter in diese leeren Augen, bestimmt haben sie schon wunderbare Dinge gesehen, ich erinnere mich kaum mehr, welche, irgend etwas mit dem Jordan, und ich frage, wo ist denn der Jordan, wir haben ihn noch nicht gesehen, und Udi lacht, das ist das Schöne am Jordan, er ist fast nicht zu sehen, und wem es gelingt, ihn zu sehen, der ist immer enttäuscht, er ist kärglich und bescheiden, und trotzdem habe ich das Gefühl, als liege er rechts von uns, begleite uns, sehnsüchtig erwartet, treu und beständig, mit graugrünen Schritten.

Was für Wunder sind hier in biblischen Zeiten passiert, frage ich, und er sagt, dieses Gebiet war voller Wunder, vor allem um den Jordan herum, hier gab es viele Propheten, die hungrig waren nach Wundern, hier fuhr Elijahu mit dem Sturm zum Himmel, hier hat Elischa das böse Wasser gesund gemacht, hier hat Na'aman, der Kriegsminister von König Aram, sein Fleisch siebenmal gewaschen und wurde vom Aussatz geheilt, ganz zu schweigen von dem Wunder der Überschreitung des Jordan, das Wasser blieb stehen, und ein ganzes Volk ging trockenen Fußes hinüber, aber von allen Wundern, die er aufzählt, kommt mir das, was uns passiert ist, als das größte und beeindruckendste vor, und nur ab und zu horche ich auf das ständige Gefühl in meinem Innern, leise wie das Wasser des Flusses, der sich verbirgt, vielleicht ist es überhaupt kein Wunder, vielleicht war es von Anfang an auch nur Augenwischerei.

Wenn einer nicht an Wunder glaubt, frage ich ihn, wie erklärt er dann diese Erscheinungen, gibt es auch eine andere Deutung? Er sagt, es gibt nichts, was sich nur auf eine wundersame Art erklären ließe, man kann immer eine rationale Begründung finden, zum Beispiel, daß es genau zu jenem Zeitpunkt, als die Kinder Israels den Jordan überquerten, zu einem Erdbeben kam und ganze Hügel in den Fluß stürzten und ihn trocken machten, aber ich höre schon nicht mehr zu, ich betrachte seine Lippen, sehe, wie sie die Worte formen. Bestimmt gibt es in jeder Gruppe eine Frau, die sich in dich verliebt, sage ich provozierend, und er lacht, warum nur eine, seine Hand tätschelt meine Oberschenkel, hält sich zwischen ihnen auf, und so mache ich es mit ihnen unterwegs, er öffnet die Knöpfe an meiner Hose, ich lasse mich verwöhnen, woher soll ich wissen, daß es nicht so ist, und er sagt, wenn du das innerlich nicht weißt, weißt du gar nichts. Ich war eigentlich überzeugt, es zu wissen, trotzdem, wer hat ihm beigebracht, während der Fahrt einhändig Knöpfe aufzumachen, aber im Moment kümmert mich das nicht besonders, nicht, wenn er mich so begehrt, mir kommt es vor, als wäre ich eine junge Touristin, begeistert vom Heiligen Land und begeistert von diesem Reiseleiter, der das Land so gut kennt.

Udi, paß auf, du brauchst zwei Hände zum Lenken, schreie ich, als ein entgegenkommendes Auto hupt, vermutlich waren wir von der Fahrbahn abgekommen, aber er hält mich fest und flüstert voller Verlangen, ich ziehe es vor, dein Lenkrad festzuhalten, das macht mir viel mehr Spaß, und gleich werde ich es dir drehen, ich protestiere mit schwacher Stimme, nicht jetzt, Udi, das ist gefährlich, aber seine Finger bringen mein Becken zum Zittern, hilflos fange ich an, mich zu winden, ich habe das Gefühl, als läge ich unten auf dem Boden eines früheren Meeres, salzig und rund, nahe der wilden Seele dieser Erde, nahe dem Puls der wilden Tiere, die vor Tausenden von Jahren hier herumliefen, und er packt mich mit einer plötzlichen aufreizenden Fremdheit, als wäre er nicht mein Mann, seit er zwölf Jahre alt war, seine Hand ist in mir, und seine Augen sind konzentriert auf die Straße gerichtet. Werde fertig, flüstert er, ich höre nicht auf, bis du kommst, und ich sage mit trockenem Mund, übertreibe nicht, das kann ein Jahr dauern, und er gibt keine Antwort, aber seine langen Finger bleiben stur, sammeln meinen ganzen Körper um sich, verstreuen Tausende von Schmetterlingen tief in mir, ihre kleinen Flügel breiten sich in mir aus, stoßen aneinander, streicheln und lecken, und meine Kehle wird trocken, ich versuche zu flüstern, vielleicht bleibst du am Straßenrand stehen, aber er nimmt mich nicht wahr, und auch ich nehme ihn schon nicht mehr wahr, Tausende von Flügeln lassen mich tief innen erzittern, sie lachen furchtsam, lösen Nektar in meinem Unterleib, und als ich die Augen aufmache, sehe ich zu meinem Erschrecken schwarze Wolken aus Schmetterlingen gegen die Windschutzscheibe schlagen, ich schreie, was ist das, und er sagt, beruhige dich, das passiert hier manchmal, da kann man nichts machen, ich versuche, langsam zu fahren, und sanft zieht er seine Hand aus mir, betrachtet sie mit dem Lächeln eines Siegers.

Ich schiebe den Sitz zurück, werfe einen schuldbewußten Blick zum Himmel, wie angenehm ist es, so zu fahren, als wäre diese wilde Landschaft zu Gast in meinem Bett, erstaunt schiele ich zu Udi, ja, man kann sich noch in ihn verlieben, sogar ich kann mich noch in ihn verlieben, Hunger kitzelt meinen Bauch, die angenehme Erwartung auf Essen, und dann richte ich mich plötzlich auf, was ist mit Noga, ich habe vergessen, meine Mutter zu fragen, ob Noga aufgehört hat zu fasten. Udi schaut mich erstaunt an, was ist los, ich habe gedacht, du wärst eingeschlafen. Ich muß unbedingt wissen, ob Noga heute morgen etwas gegessen hat, murmele ich nervös und greife nach dem Handy, aber bei meiner Mutter antwortet niemand, und in der Schule will ich nicht anrufen, Udi beklagt sich, jedesmal wenn es dir gut geht, gräbst du dir eine neue Sorge unter der Erde hervor, und ich werde gereizt, das muß ich wirklich nicht aus der Erde graben, das ist über der Erde, ungefähr anderthalb Meter über der Erde, ist das genügend hoch für dich? Er widerspricht, du hilfst ihr doch nicht dadurch, daß du dich selbst bestrafst, ich verspreche dir, daß sie gut ißt, nicht, daß deine Mutter fähig wäre, etwas zu kochen, er verzieht verächtlich den Mund, und ich kann mich nicht beherrschen, was, ist sie dir vielleicht egal?, und schon sind meine Augen nasse Gruben, er knurrt, natürlich ist sie mir nicht egal, sie ist meine Tochter, oder? Ich übertreibe nur nicht so wie du, das ist alles, und es geht mir auf die Nerven, daß du mich die ganze Zeit auf die Probe stellst.

Deprimiert betrachte ich den Himmel, je weiter nördlich wir kommen, desto bewölkter wird er, aber das tröstet mich schon nicht mehr, was ich auch tue, es ist nicht richtig, warum geht alles kaputt, wenn wir Noga erwähnen, es müßte doch genau umgekehrt sein, Eltern freuen sich doch gemeinsam über ihre Kinder, wir selbst haben uns doch wahnsinnig über sie gefreut, als sie noch ein Baby war, warum heilt diese Wunde nicht, und ich habe Lust, zu sagen, komm, fahren wir zurück nach Hause, diese Reise ist sinnlos, zu dieser Wunde paßt kein prächtiges Hotel, sie muß sich zu Hause verstecken, und bis sie nicht geheilt ist, wird es uns miteinander nicht gut gehen, geben wir auf. Die Luft wird kühler, die Farben nehmen einen grauen Ton an, als wären wir in einem anderen Königreich angekommen, bedrückender, aber realer und viel authentischer als das heiße, wilde Reich der Wunder mit den Palmen und den Bananen und der riesigen Wiege zwischen den Bergen von Judäa, und

auch sein Gesicht verdüstert sich, seine Wangen hängen un-
lustig über den Knochen, unter dem Kinn baumelt eine
weiche Hautfalte, schlechte Laune bedroht ihn, ich muß sie
verhindern, ich muß mich zurückhalten, nur nicht die Be-
stie der Konversionsneurose aufwecken, die uns begleitet
und ruhig und gefährlich hinten im Auto schläft.

Ich werfe ihm eine unschuldige Frage hin, wann kommen
wir an, und er antwortet kurz, noch ungefähr eine Stunde,
und ich schlage vor, vielleicht halten wir unterwegs an und
essen etwas, und er sagt, es wäre besser, zu warten, dort ist
das Essen am besten, und es scheint, als habe dieses belang-
lose Gespräch zwar seine Spannung gemildert, meine aber
nicht, da ist wieder diese Kälte an meinem Rückgrat, Eis-
würmer schmiegen sich um die müden Wirbel in einer er-
starrenden Umarmung.

Möchtest du einen Blick auf die Stadt der Toten werfen,
fragt er, und ich möchte nur an einem warmen Ort sitzen,
mit Kaffee und Kuchen, aber es ist mir nicht angenehm,
schon wieder abzulehnen, sonst wird er noch sagen, daß
nichts Ewiges mein Interesse wecken könne und ich keine
Beziehung zur Geschichte hätte. Schade, daß ich nicht bereit gewesen bin, das Kloster zu betreten, was ist schon ein
Haufen Schädel gegen eine ganze Stadt von Toten, ich versuche, mich selbst zu animieren, eine ganze Stadt von Toten?
Ja, sagt er, eine Begräbnisstadt, aus der ganzen jüdischen
Welt sind sie damals gekommen, um sich hier begraben zu
lassen, und ich frage, warum ausgerechnet hier, er erklärt es
gern, in Jerusalem war es schon verboten, sich begraben zu
lassen, es war auch verboten, nach dem Bar-Kochba-Auf-
stand in der Stadt zu wohnen, noch nicht einmal an einem
Ort, von dem aus man Jerusalem sehen konnte. Überhaupt
haben sich die Beerdigungszeremonien nach dem Exil geändert, erst danach hat man angefangen, an die Auferstehung

der Toten zu glauben. Ich folge ihm in die tiefen, kalten Höhlen, jedes Grab ist mit einem einzigen Licht erleuchtet, das die Dunkelheit drum herum nur noch betont, eine private Leselampe für jeden Verstorbenen. Gleich am Anfang gibt es das Grab eines Mädchens, das im Alter von neun Jahren und sechs Monaten gestorben ist, man erfährt nicht, woran, ich bleibe erschrocken an ihrem Grab stehen und frage, was glaubst du, woran sie gestorben ist, und er sagt, wozu willst du das wissen, gibt es nicht genug Gründe zu sterben? Aber dieses Alter bedrückt mich, sie war so alt wie Noga, plötzlich kommt mir dieses lange Jahr zwischen neun und zehn besonders gefährlich vor, ich muß wissen, wovor man sich in acht nehmen muß.

Stolz zeigt er mir die Symbole auf den Grabsteinen, den assyrischen Stier und den römischen Adler und den Pfau, der die Ewigkeit symbolisiert, und den siebenarmigen Leuchter und die Göttin Nikea, die römische Siegesgöttin, siehst du, was für eine Toleranz, sagt er staunend, sie haben sich nicht gescheut, auch fremde Symbole zu verwenden, aber ich bin starr und verängstigt, denn all diese Tiere sammeln sich um den Kopf meiner Noga und bedrohen ihr Leben, ich lausche seinen gelehrten Erklärungen nicht mehr, ich möchte nur hinaus, ich warte auf meine Auferstehung wie diese privilegierten Toten, und als wir hinausgehen, ist er so stolz und zufrieden, als wäre das sein Privatbesitz, die antike Grabstätte seiner Familie, und ich betrachte feindselig den gepflegten Rasen, was habe ich mit diesem Ort zu tun, von dem aus man Jerusalem nicht sehen kann?

Was hast du, du bist ja ganz grau, er betrachtet mich spöttisch, und ich will nur zum Auto und meine Mutter anrufen, ich bin müde, sage ich und wähle nervös die Nummer, da antwortet sie, ich war heute morgen beim Kassenarzt, er sagt, daß es nicht besser geworden ist, sagt sie dramatisch, und ich unterbreche sie, hat Noga heute morgen etwas gegessen? Natürlich hat sie was gegessen, sagt sie stolz, ich habe ihr einen Brei gemacht, wie sie ihn gern hat, mit Schokoladenstückchen, sie hat nichts übriggelassen. Ich seufze erleichtert, blitzschnell sieht alles weniger bedrohlich aus, sogar diese Grabhöhlen, vor lauter Dankbarkeit wäre ich bereit, noch einmal hineinzugehen, und Udi sagt, siehst du, wenn sie weit weg von dir ist, ist alles in Ordnung, nur mit dir stellt sie sich an, und ich lehne mich zurück und frage mit plötzlichem Interesse, das sogar mich überrascht, wie hat dieser Ort damals ausgesehen? Ungefähr wie heute, sagt er, es hat sich nicht viel geändert, nur daß statt dieser Zypressen hier Kiefern, Pistazienbäume und Johannisbrotbäume wuchsen, ich schaue mich um, das war es also, was die Eltern jenes Mädchens sahen, nachdem sie tagelang hierhergezogen waren, mit der Leiche ihrer kleinen Tochter, die ab und zu auf dem unebenen Weg so hin und her geschaukelt wurde, als wäre noch Leben in ihr, ein antikes Mädchen, auch wenn sie alt geworden wäre, wäre sie längst hier in diesen kalten Steinhöhlen begraben, gibt es nicht genug Gründe zu sterben, hat er gesagt, und gibt es nicht genug Gründe, sich Sorgen zu machen, ich versuche, mich mit den Worten zu ermutigen, die ich auf einem der Grabsteine gelesen habe, seid stark, fromme Eltern, kein Mensch ist unsterblich.

Je weiter wir nach Norden kommen, um so mehr zieht sich das Licht zurück, es sieht aus, als würde die Sonne noch vor dem Mittag untergehen, ein dichter Nebel versperrt uns den Weg, und wir winden uns mit der schmalen Straße in die Wolkenberge, die sich von nahem feindlich und fremd anfühlen, nicht weich, wie man erwarten würde. Udi fährt angestrengt, seine Stirn berührt fast die Windschutzscheibe, seine Augen sind zusammengekniffen, und seine Schultern wiegen sich mit rudernden Bewegungen von einer Seite zur anderen, ab und zu springen uns Warnlichter entgegen, unter uns eine schwer atmende, hungrige Schlucht. Schwarzer Regen prasselt plötzlich aus einer Wolke herab, die wie ein riesiger Bär auf dem Dach des Autos liegt, der Regen peitscht gegen die Scheibe, und ich bewege unruhig die Füße, mir scheint, als wären sie von Seilen umwickelt, die uns in den Abgrund zerren wollen, und über meinem Kopf zieht der Magnet des düsteren Himmels, ein einziger Atemzug kann das ewige Gleichgewicht zwischen Himmel und Erde zerstören, und ich hänge im Nichts wie zwischen meinem Vater und meiner Mutter.

Wenn wir angekommen sind, springe ich ins Schwimm-becken, sagt Udi, und ich werfe ihm einen erstaunten Blick zu, woher hat er diese Sicherheit, daß wir überhaupt an-kommen, die Straße ist so schmal, und wenn uns ein Auto entgegenkommt, gibt es einen kurzen Moment, in dem wir am Bergrand schaben, einen Moment, in dem es scheint, als gehe es um uns oder sie. Unsere Existenz steht auf dem Spiel, und Udi beschäftigt sich mit Überflüssigem, aber da biegt er in eine Seitenstraße ab, weg von der Schlucht, die enttäuscht ihr Maul zuklappt, und schon gehören wir zu einem anderen Ort, zu einem großzügigen, freundlichen Landhotel, das uns bereitwillig aufnimmt, wie Flüchtlinge, die endlich am Ziel sind. Die schmale Straße auf dem Rük-ken der Wolken wird zu einer dumpfen Erinnerung, nur der Gedanke an die Rückfahrt bedrückt mich, aber ich ignorie-re ihn, so fern kommt mir der Zeitpunkt unserer Rückkehr vor, als würden bis dahin neue Straßen durch das Land führen und als wären bis dahin alle Schluchten mit Sand gefüllt.

Glücklich strecke ich mich auf dem Bett aus, noch nie habe ich ein so großes Bett gesehen, es macht mich zu einer

Zwergin, meine ausgestreckten Arme und Beine reichen nicht bis zum Rand, ich dehne mich vergnügt, siehst du, es muß nicht immer das Schlimmste passieren, es gibt noch andere Möglichkeiten, Noga ist in Ordnung, Udi ist wieder gesund, wir sind heil angekommen und befinden uns in diesem Palast mit allem Luxus, die Gletscher auf meinem Rücken schmelzen zu einer warmen Flüssigkeit, Udi wühlt schon in der Tasche, er ruht sich keinen Moment aus, wo ist meine Badehose, bist du sicher, daß du sie nicht vergessen hast? Er wirft unsere Kleidungsstücke auf den Boden, genau wie Noga, bis er erleichtert das schwarze Stück Stoff herauszieht und sofort anzieht. Komm schon, drängt er, während ich noch auf dem Bett liege, ich komme gleich runter, ja? Er wickelt sich schnell in einen weißen Bademantel und verschwindet, und ich betrachte die Tür, die sich seinem Willen unterwirft, sein Wille wird zu meinem, ich stehe sofort auf, ziehe meinen Badeanzug an, prüfe mißtrauisch meinen armen Körper und bedecke ihn mit einem Bademantel, das hier ist etwas Ähnliches wie ein Krankenhaus, alle tragen weiße Kittel.

Glasscheiben umhüllen das Schwimmbad wie ein Regenmantel und schützen es vor jedem Sturm, es herrscht hier das angenehme Dämmerlicht eines Winternachmittags, das den Biß des Alters verdeckt, und da sind Udis Arme, die ins Wasser schlagen, wenn ich hier erzählte, daß sie gestern noch gelähmt waren, man würde mir ins Gesicht lachen, versunken in sein Wunder, fährt er fort, ohne mich zu bemerken. Wir schwimmen nebeneinander in den schmalen Bahnen, aber ich ignoriere ihn, seine Existenz verschwindet immer mehr, als hätten wir uns noch nie getroffen, als befände ich mich noch in einer anderen Zeit, in der Beschränkung, in der ich lebte, bis er die Herrschaft über meine Existenz übernahm. Ich schwimme wieder in dem Becken am

Rand unserer Moschawa, meine Tränen werden vom scharfen Chlorwasser geschluckt, gleich wird das Becken überlaufen, und nur ich werde den Grund wissen, und neben mir sehe ich die Augen meiner Mutter und meines Vaters, die mich begleiten wie zwei bunte Fischpaare, hin und her, gespannt verfolgen sie mich. Vorhin haben wir alle auf dem Rasen gesessen, meine Mutter schnitt eine große Wassermelone entzwei und sagte, sie würden sich scheiden lassen, ab sofort hätten wir zwei Wohnungen, denn Papa würde hierbleiben, in der Moschawa, und sie würde mit uns in die Stadt gehen, und mein Bruder hüpfte auf einem Bein herum und rief, ja, zwei Wohnungen, und ich betrachtete sie entsetzt und fing an zu rennen, um dieser Nachricht zu entkommen, versteckte mich tief in den Sträuchern, die um das Schwimmbecken wuchsen, und plötzlich spürte ich einen Stich in der nackten Fußsohle und schrie, Mama, ich habe einen Dorn im Fuß, und mein Vater rannte zu mir und hob mich hoch, obwohl er einen kaputten Rücken hatte und nichts tragen durfte, aber es war kein Dorn, an meinem weichen Fußballen klebte eine Biene, deren Los entschieden war, ihr Stachel steckte tief in mir, und sie bewegte sich noch kurz, bis sie tot war, und ich brüllte erschrocken los, zieh mir den Stachel raus, Papa, worauf wartest du.

Ich finde ihn nicht, murmelte er, er legte mich in das warme Gras und beugte sich über mich, sein Unterkiefer war vorgeschoben wie der eines Boxers, darüber die vollen, roten Wangen eines Babys, ich finde ihn nicht, und mein Bruder fragte, ob man mich operieren müsse, ob man meinen ganzen Körper aufschneiden müsse, um den Stachel zu finden, und ich lag da, zwischen ihnen, der Schmerz des Stichs strahlte in meinen ganzen Körper aus, die Sonne stürzte sich in meine Augen, hungrig und furchteinflößend wie ein gelber Adler, ich spürte, wie mich der Kummer verschlang, bis nichts mehr von mir übrigblieb, nur dieser Schmerz im Bein, der mir bewies, daß ich noch lebte, ohne ihn wäre ich schon tot, was mir aber in diesem Moment nicht so schlimm vorkam. Ich wäre lieber tot gewesen, als nun in die Wohnung umzuziehen, die meine Mutter in der Stadt gemietet hatte, ich wollte lieber tot sein, als anzufangen, zwischen ihnen hin- und herzuwandern, zu sehen, wie er sich in seiner Trauer wälzte, und sie mit ihrem angestrengt wilden Leben versuchte, ihr Verbrechen zu rechtfertigen, ich dachte, wenn ich sterbe, bleiben sie vielleicht zusammen, um das wenige zu bewahren, das ihnen geblieben war. Ich würde ihnen nicht erlauben, mir das anzutun, ich kniff mit Gewalt meine Augen zu, um das Pogrom gegen mich nicht zu sehen, es war ein Pogrom, nicht besser als die Pogrome gegen die Juden, wenn man in ihre Häuser einbrach und alles zerstörte, das hatten wir gerade in der Schule gelernt, voller Angst dachte ich an meine Klasse, was würden die Kinder sagen, bei uns gab es nur einen Jungen, dessen Eltern geschieden waren, er war ein Außenseiter, niemand wollte etwas mit ihm zu tun haben, und nun war ich also mit ihm in einer ekelhaften Schicksalsgemeinschaft verbunden, eine Welle von Haß schlug über mir zusammen und riß mich mit.

Meine Mutter beugte sich über mich, ihr Gesicht war besorgt, sie wollte nicht, daß ihre Pläne durchkreuzt würden, und ich drehte mich auf den Bauch, um ihre abscheuliche Schönheit nicht zu sehen, ich grub meine Finger ins Gras, und sie sagte, das ist nicht das Ende der Welt, es wird uns so besser gehen, und ich brüllte, dir wird es besser gehen, aber mir nicht, mir wird es schlecht gehen, wegen dir wird es mir immer schlecht gehen, du bist die Biene, die mich gestochen hat, und der Stachel wird für immer in meinem Körper bleiben, aber die Biene ist wenigstens gestorben, während du glaubst, daß du am Leben bleiben kannst, nachdem du mich gestochen hast, dann stand ich auf und hüpfte auf einem Bein fort, ich hielt mich an den Sträuchern fest, an den Klappstühlen, fiel in das Wasser und tauchte hinab, ich versuchte, die Luft anzuhalten, und sah vor meinem geistigen Auge, wie sie bald meine Leiche berühren würden, es war so einfach, ich brauchte bloß aufzuhören zu atmen, ich mußte nur diese ungehörige Angewohnheit zu atmen beherrschen, und nun, in diesem geschlossenen, geschützten Schwimmbad, gegen dessen Scheiben dünner Regen schlägt, versuche ich es wieder, aber nicht mit dem Ernst von damals, ich tauche unter Wasser und halte die Luft an, da streckt sich auch schon eine Hand nach mir aus, zieht mich hinauf, was ist mit dir, sagt er, ich rede schon die ganze Zeit mit dir, und du gibst keine Antwort, und ich betrachte ihn, einen Moment lang ist er ein Fremder, das Wasser hat seine Haare dunkler gemacht, seine Lippen sind vorgeschoben, ich lehne mich an den Beckenrand, schnappe nach Luft und entschuldige mich, ich habe dich nicht gehört, ich habe an etwas anderes gedacht.

Der Regen wird stärker, aber Udi zieht mich hinaus auf die Terrasse, zum Wasserbecken, wir springen hinein, das Wasser brennt auf der Haut, die Mischung von Hitze und Kälte weckt meine Lebensgeister, und mein Herz klopft stark und bewegt meinen Körper hin und her. Zwischen unseren Armen hängen violette Wolken, nehmen uns den Blick auf die Landschaft, da und dort glitzert ein bißchen Licht in der Ferne und gibt mir Zeichen, die ich nicht zu entschlüsseln vermag, und Udi zieht mich an den Haaren zu sich, küßt meinen Hals, meine Lippen, und ich murmele, hör auf, da kommt eine Frau, und er sagt, prima, soll sie sich uns anschließen, und sie streckt vorsichtig den Fuß aus und lächelt, sie hat lockige Haare und einen langen, braunen Körper, der sofort in dem dunklen Wasser verschwindet,

mir ist ihre Anwesenheit unangenehm, komm, gehen wir
ins Zimmer, flüstere ich ihm ins Ohr und lecke es, damit er
versteht, daß ich es ernst meine, er schaut die Frau kurz an,
folgt mir aber sofort, die Badehose zeigt sein erregtes Glied,
wir laufen durch Flure, völlig naß unter den weißen Bademänteln, im Aufzug halten wir uns wie verliebte Kinder an
den Händen, und ich denke, wie einfach ist es doch an diesem Ort, ganz anders als zu Hause, wo Noga schläft und all
unsere offenen Rechnungen herumliegen.

Regnerisches Licht schimmert durch das Fenster, umhüllt
seinen Körper mit einem dunklen Schimmer, als wäre ihm
ein Fell gewachsen, so wie damals am Rand der Moschawa
die Erde des Wäldchens nach dem ersten Regen wie mit
Wolle überzogen aussah, ich lief immer sehr vorsichtig über
das junge Gras, während ich die Straße beobachtete. Jede
Stunde kam ein halbleerer Autobus an und fuhr auch halb
leer wieder weg, oft hatte ich das Gefühl, die Leute, die
ausstiegen, seien auch diejenigen, die wieder wegfuhren, sie
weigerten sich, in der abgelegenen Moschawa zu bleiben,
und manchmal stieg Udi aus, klein und mager, seine glatten
Haare fielen ihm über die Augen wie die Mähne eines Pfer-
des, ich lehnte mich dann an einen Kiefernstamm und betrachtete ihn enttäuscht, fast beschämt, so sollte mein erster
Liebhaber nicht aussehen, aber er ging mir mit sicheren
Schritten entgegen, als wisse er, daß er einmal groß und
hübsch werden würde, und ich sagte mir, im Rhythmus seiner Schritte, paß auf ihn auf, er ist alles, was du jetzt noch
hast, denn das übrige um dich herum ist zerfallen. Meine
Mutter hatte uns eine Wohnung in der nahen Stadt gemietet, gegenüber der Schule, aber ich zog es vor, in die alte
Wohnung zurückzukehren, zu meinem Vater, der mich an-
sah, als wäre ich ein Geist, ich habe alles getan, was ich
konnte, um sie zufriedenzustellen, sagte sein Gesicht, kein

Sterblicher könnte mehr tun. Mittags öffnete ich den leeren
Kühlschrank und schloß ihn enttäuscht, dann lief ich zu den
Plantagen und pflückte mir im Winter Orangen und schälte
sie weinend, im Herbst pflückte ich fleischige Guaven, rote
und weiße, deren Geruch an meinen Fingern kleben blieb,
im Sommer Pflaumen, und wenn Udi zum Wäldchen kam,
mir begeistert zuwinkend, löste ich mich von der Kiefer, die
einen harzigen Kuß auf meinem Hemd hinterlassen hatte,
paßte meine Schritte den seinen an, bis wir in meinem Zimmer waren, dort stieß er mich auf das Bett und bestieg mich,
als wäre ich ein Pflaumenbaum, und ich hörte meinen Vater, der durch das leere Haus lief und hustete, ganze Sätze
hustete sein Mund aus, und mein Körper war gelähmt, wie
konnte es mir gut gehen, wenn er so litt, und manchmal
packte mich wütender Zorn, es sollte mir gutgehen, jetzt
erst recht, weil es ihm schlecht ging, dann zog ich den über-
raschten Udi an mich, legte seine Hand auf meine Brust
und seufzte laut, um das klagende Husten zu übertönen.
Manchmal hörte ich ihn weinen, über Udis Keuchen hinweg, sein Weinen begleitete das verschwitzte Reiben unserer
Glieder, das leise Weinen eines verlassenen Kindes, das weiß,
daß niemand kommen wird, und auch jetzt, während ich
mich auf dem Bett ausstrecke, schleicht sich dieses bekannte
Weinen in meine Ohren, und schon fällt es mir schwer,
mich zu konzentrieren, seine Lippen machen mich nervös,
wie schaffen sie es, meinen ganzen Körper in einem Augenblick zu berühren, ich stoße ihn von mir, dieses Weinen
macht mich ganz verrückt, warum muß immer, wenn es mir
gutgeht, ein anderer leiden?

Mit gekränktem Gesicht und vorgeschobenem Kinn steht
er vom Bett auf, vielleicht willst du einen Schluck trinken,
das wird dir helfen, lockerer zu werden, er macht die Weinflasche auf, die uns im Zimmer erwartet hat, schnell, als han-

delte es sich um eine wichtige Medizin, vielleicht brauchst
du einen neuen Mann, fügte er säuerlich hinzu, mit mir
kannst du dir selbst nicht entkommen, ich erinnere dich an
jede Minute deines Lebens. Ich beeile mich zu widerspre-
chen, wieso denn, obwohl ich das gerade gedacht habe, eine
neue Liebe besitzt die Kraft, alles andere zu verscheuchen,
wenigstens am Anfang, dort in der Dachwohnung, zwischen den Pinseln, hat mich nichts gestört, aber ich trinke
den Wein und versuche, Mut zu schöpfen, gib dir selbst dieses Geschenk, schenke es dir, es wird allen guttun. Ich fülle
die Badewanne, ein starker Wasserstrahl bedeckt meine Lügen, und Udi steigt hinter mir hinein, zufrieden, mir eine
neue Chance geben zu können, und schon bedeckt uns der
Schaum, rein wie frisch gefallener Schnee, er betrachtet mich
prüfend, mit einem niedergeschlagenen, fast hilflosen Blick,
in seinen braunen Augen blitzt ein grüner Fleck, eine kleine
Oase in jedem Auge. Wenn ich ein neuer Mann wäre, würdest du dich mehr anstrengen, beklagt er sich leise, es geht
mir auf die Nerven, für dich immer so selbstverständlich zu
sein, ich möchte, daß du dir auch Mühe gibst, und ich murmele, ich gebe mir genug Mühe, warum muß man sich bei
allem anstrengen, und er sagt, es verletzt mich, daß du mich
nicht wirklich willst, sondern mir nur einen Gefallen tust,
damit sich meine Laune bessert oder aus irgendeinem anderen Grund, der dir einfällt. Aber natürlich will ich dich
wirklich, sage ich, ich will keinen anderen, reicht dir das
nicht? Und er macht die Augen zu, dir würde das an meiner
Stelle auch nicht reichen, und ich habe schon Lust, den
Stöpsel aus der Wanne zu ziehen, soll er doch allein bleiben mit dem Rest Schaum, mit der ewigen, quälenden Last
der Benachteiligung, aber die heutige Fahrt bedrückt mich,
schließlich sind wir nicht hergekommen, um uns zu streiten, sondern um uns zu lieben und um das geschwächte

Tier unserer Liebe zu füttern, dessen Magen vor lauter Fasten schon geschrumpft ist.

Es wird dir noch leid tun, daß du mich provoziert hast, sage ich mit kindlicher Stimme, er lächelt, nun, laß sehen, er öffnet neugierig die Augen, und ich lausche der Regensalve, wieder ist eine Wolke über unserem Kopf zerplatzt, wie an jenem Morgen in der Dachwohnung, warum stand ich mit ihm am Fenster, statt ihn ins Bett zu ziehen, das aus dem hinteren Teil der Wohnung lockte, oder statt ihm den Pullover auszuziehen und mit den Fäusten gegen seine breite Brust in dem schwarzen Unterhemd zu schlagen, und dann alles zu hören, was er sonst nicht auszusprechen wagte, und dann zu sagen, ich auch, ich auch, wie lächerlich war das, solch einen Preis für die Selbstbeherrschung zu bezahlen, und in plötzlicher Wut nehme ich Udis glattes Glied zwischen meine Fußsohlen, als wäre es ein Fisch, das Maul voller Schaum, den ich mit meinem Netz einfangen müßte, und ich tauche zu ihm, überraschte Hände drücken meinen Kopf unter Wasser, bis ich fast ersticke, ich schaffe es kaum, sie wegzuschieben und Luft zu schnappen. Nimm noch ein bißchen Wein, sagt er und kippt mir, direkt aus der Flasche, den süßlichen Wasserfall in die Kehle, ich reiße den Mund auf, so haben wir immer versucht, die ersten Regentropfen aufzufangen, meine Zunge dürstet nach Wein, sie sucht seine Spuren auf dem harten Glied, das wie ein Betrunkener hin und her schwankt, zwischen den Hoden, und er drückt mich an sich, die leere Flasche drückt in meinen Nacken, die Oasen in seinen Augen werden größer, er stößt einen Seufzer aus, und seine Spannung löst sich mit einem Mal.

Komm ins Bett, flüstert er mit weicher Stimme, er hüllt mich in ein Handtuch und zieht mich hinter sich her, wie ein kleines Kind, das man nach dem Baden ins Bett bringt, und schon fallen mir die Augen zu, aber er lacht, das war erst der Anfang, du hast mir noch viele Überraschungen zu bieten, und ich murmele, wirklich? Klar, sagt er, du mußt mich in einer Nacht für jahrelange Gleichgültigkeit entschädigen, und ich drehe mich auf den Bauch, erst schlafen wir ein bißchen und essen was, aber er läßt nicht locker, ein kalter und glatter Gegenstand rollt über meinen Rücken, glättet mich wie ein Nudelholz. Glaubst du, du kannst dich einstweilen damit zufriedengeben, schnauft er mir ins Ohr, und ich sage, genug, Udi, es reicht, aber zwischen meinen Beinen drängt sich der runde Mund der Flasche schon vorwärts, zu einem tiefen, kalten, gläsernen Kuß.

Beim Abendessen strahlt er mich über seinen vollen Teller hinweg an, mir wird schwindlig bei dieser Fülle von Essen und Trinken, von Gerüchen und Lichtern, von der Fülle an Liebe, mit der er mich umgibt, erstaunt betrachte ich ihn, seine provozierende Bräune, seine Lippen, von denen eine leichte, aggressive Begierde ausgeht, er trägt ein Jeanshemd und helle Hosen, er kaut langsam und genüßlich, nicht wie ich, deren Teller schon leer ist, er schimpft mit mir, was hast du, du kannst nichts genießen. Ich stehe auf, um mir noch etwas zu holen, ziehe mir das schwarze Kleid über den Schenkeln glatt, ein Mann vom Nebentisch schaut zu mir herüber, aber ich beachte ihn nicht, so schlecht geht es uns doch gar nicht, wie schnell tun sich Klüfte auf, man klopft leicht auf die Erde, und plötzlich öffnet sich ein Loch, das aussieht, als würde es sich nie mehr schließen. Es ist richtig, daß ich es anfangs war, die ihn nicht aus ganzem Herzen begehrte, ich war neidisch auf meine Freundinnen, die ihre Partner wechselten, während ich noch immer den kleinen Freund aus der Parallelklasse hatte, und ich dachte, wenn ich stark genug wäre, würde ich versuchen, mich von ihm zu trennen, und mir einen neuen Freund suchen, einen, der mich mehr begeistern würde, aber ich traute mich nicht, und er hing so sehr an mir, daß es mich manchmal nervös machte, es war zu leicht. Laß sie doch ein bißchen wachsen, sagte meine Mutter oft zu ihm, gib ihr Luft, du erstickst sie ja mit deiner Liebe, sogar im Jemen heiratet man in diesem Alter noch nicht, aber er klebte an mir, meine Brüste wuchsen ihm unter den Händen, und wenn ab und zu irgendein Verehrer auftauchte, schaffte er es, ihn mit seiner kindischen Sturheit zu vertreiben. So war er, ein kleiner Junge, der mich beherrschte, nur ich liebe dich wirklich, hatte er mir gedroht, glaubst du etwa, jeder würde dich lieben? All die anderen werden dich verführen und dann fallenlassen, glaub mir, und ich saß neben ihm, gescholten, und bedachte, was er gesagt hatte, betrachtete enttäuscht seine geringe Körpergröße, den dummen Pony, der ihm in die Augen hing, und ich wußte, daß außerhalb seines erstickenden Hauses mit den mißmutigen alten Eltern eine ganze Welt wartete, wild und begeisternd, und daß nur ich es nicht schaffte, sie zu erlangen, aber ich schaffte es auch nicht, seinen kleinen Wuchs zu übersehen, bis er eines Abends sagte, mir geht es auf die Nerven, dein verbittertes Gesicht anzuschauen, ich brauche keine andere, aber wenn du meinst, daß irgendwo ein Besserer auf dich wartet, solltest du das ausprobieren. Ich schaute ihn erschrocken an, statt des Zaubers der Befreiung packte mich Angst, ich fühlte eine innerliche Leere, wie das Loch in einem Zahn, das immer größer wird und von einem Ohr bis zum anderen weh tut, weinend kam ich nach Hause, und meine Mutter sagte, endlich hat er etwas Richtiges getan, und du, vergeude nicht deine Zeit mit Klagen, geh und tob dich endlich aus. Ich war damals kaum siebzehn und hatte das Gefühl, mein Leben sei schon zu Ende, mein ganzes Interesse an der Welt da draußen war mit einem Mal verschwunden, in seinen Armen konnte ich von anderen Liebschaften träumen, aber als ich ohne ihn war, wollte ich ihn nur zurückgewinnen, und statt sich zu ärgern, wuchs er und wurde breiter, in den Pausen sah ich ihn mit anderen Mädchen herummachen, ich sah den Stolz auf ihren Gesichtern, den Widerstand auf seinem, und ich fühlte mich wie eine Mutter, deren Sohn sich eine andere Mutter aussucht. Mit hohlem Bauch flehte ich ihn an, zu mir zurückzukommen, ich wartete nach dem Unterricht auf ihn, überraschte ihn zu Hause, du hast mich doch geliebt, es kann doch nicht sein, daß du aufgehört hast, mich zu lieben, und am Schluß kam er zurück, einige Monate später, aber etwas zwischen uns war zerbrochen, ohne daß wir es erkannten, ein bitteres, forderndes Mißtrauen beherrschte alles, was vorher natürlich und selbstverständlich gewesen war, plötzlich fing ich an, ihn ununterbrochen zu besänftigen, ich versuchte mit allen Mitteln, ihn davon zu überzeugen, daß ich mich aus ganzem Herzen für ihn entschieden hatte, nicht weil ich keine andere Wahl hatte, und ohne daß ich es gewollt hatte, wurde das zu meiner Lebensaufgabe.

Mit zufriedenem Lächeln betrachtet er mich, als ich mich hinsetze, er gießt mir Wein ein, der runde, gläserne Mund der Flasche läßt mich erschauern, und er lacht, du hast das genossen, nicht wahr? Ich streiche seine Hand, es war wunderbar, und er sagt, ich habe noch ein paar Ideen für dich, und ich lächle, ich habe gar nicht gewußt, daß du so kreativ bist, und er sagt, was soll ich machen, einer von uns beiden muß es ja sein. Die Gräten des Fischs füllen meinen Mund, ich gebe keine Antwort, was macht es mir schon aus, wenn er mich ein bißchen provoziert, letzten Endes tut er mir einen Gefallen und beweist mir, daß der Körper mehr ist als eine langweilige Anhäufung von Gliedmaßen, deren Bewegungen zu etwas nütze sind, daß es jenseits der fleißigen, besorgten Existenz noch die Möglichkeit des Vergnügens gibt. In diesem Moment geht ein Paar an uns vorbei, das in unserem Alter zu sein scheint, gut angezogen, in ein lebhaftes Gespräch vertieft, hinter ihnen gehen ein Mädchen und ein Junge, das Mädchen etwa in Nogas Alter, der Junge klein, fast noch ein Baby. Ich folge ihnen mit neidischem Blick, warum haben wir Noga nicht mitgenommen, und warum haben wir kein kleines Kind, rund und rotznäsig wie dieser Teddybär? Udi sagt, fang jetzt nicht damit an, und ich verschlucke schweigend die dünnen Gräten, seit Nogas Unfall war er nicht bereit, mit mir über ein weiteres Kind nachzudenken, er wehrte immer ab, wenn ich darauf zu sprechen kam, doch diesmal haben seine Worte einen anderen Klang, einen versöhnlicheren, und ich hebe die Augen zum Fenster, mir scheint, daß zwei gute Hände auf dem Weg zu uns sind, die alten Hände eines Urvaters, die sich segnend über uns erheben und unsere Köpfe zueinanderziehen, und plötzlich ist es, als könnten wir alles bekommen, sogar einen süßen kleinen Jungen, herrschsüchtig und schlecht gelaunt wie der, der sich aus Versehen an unseren Tisch setzt und laut zu weinen anfängt, weil wir nicht sein Vater und seine Mutter sind.

8 Wir sind nicht ein Fleisch und ein Körper, sondern zwei Körper, die getauscht haben, ich habe seinen Körper angezogen und er meinen, jeder hat auf seinen verzichtet, und es scheint, als hätten wir damit unser ganzes Leben unterminiert, seit der Zeit, als wir Kinder in Schuluniform waren. Mit ungeheurer Erleichterung befreie ich mich von mir selbst, von meinem bohrenden, ruhelosen Bewußtsein, probiere seine festen Glieder, seinen starken Willen, ich bin es, die er will, es gibt nichts Besseres, herrschen will er, es gibt nichts Leichteres, aus den Tiefen meines Körpers lächelt er mir zu, und sein Lächeln ist mütterlich und warm, meine Liebe, sagt er, und ich lege die Arme um seinen Nacken, fast ohnmächtig vor Müdigkeit, vor Alkohol, vor Liebe, ich habe das Gefühl, in einer riesigen Wiege zu schaukeln, hin und her, und das Liebesspiel wird zu einer Art Zeremonie, die aussieht wie Sexualität, aber doch anders ist, was kann es sein, eine Geburt, bei der die Geschlechtsteile eine andere Aufgabe übernehmen, in einem anderen Feuer brennen, und dieses Feuer leckt wie eine kleine Zunge am Unterleib, das Feuer eines alten, schmerzenden Bundes, eines Bundes, den wir vor vielen Jahren hätten zerschneiden müssen, es verbrennt jedes Zögern, ängstigt und tröstet, wer ihm folgt, dem wird nichts Böses geschehen.

Die Kadaver unserer Zweifel werden vor unseren Augen auf dem Laken zerlegt, ich knie in dem riesigen Bett, wie ein Baumwollfeld erstreckt es sich um mich herum, weiß und großzügig, und ich kann über das Feld rennen, winken und die Welt mit offenen Händen umarmen, ich habe keine

Zweifel, der göttliche Geist war hier, wie ein Vogel ist er durch das Fenster gedrungen, um uns auf ewig zu heiligen, Udi wird an meinen Rücken gedrückt, in einem Moment ist er unter mir, im nächsten über mir, ein hungriger Junge, der sich über seine Lieblingssüßigkeit hermacht, ich drehe mich in glücklicher Schwäche, in dieser Nacht verstehe ich alles, wie angenehm ist es doch, sich von quälenden Konflikten zu befreien, ich verstehe, daß er für mich wie ein Sohn und wie ein Elternteil ist, daß es unmöglich ist, zu wählen, und daher auch unmöglich, sich zu befreien, das ist es, was uns verbindet und uns zu Mann und Frau macht. Eine Welle von Mitleid steigt in mir auf, während ich wieder und wieder sein Glied gebäre, in süßer Ergebenheit, als sei das meine Bestimmung, und als er schwach und weich neben mich sinkt, greife ich nach der Decke und ziehe sie über uns beide, es ist, als wäre sie voller warmer Baumwollküsse, noch nicht schlafen, flüstern sie und kitzeln mich, es ist verboten, zu schlafen, die Nacht ist voller geheimer Begierden, dies ist die Nacht aller Wünsche, bis zu deinem Tod wirst du eine solche Nacht nicht mehr erleben. Plötzlich richte ich mich auf und blicke mich um, wer flüstert hier, Udi schläft schon, wer bringt plötzlich Gift herein, in dem Moment, da er einschläft, taucht mein Bewußtsein wieder auf, um mich zu belästigen, schau ihn an, murmeln die weichen Lippen der Decke, weißt du nicht, daß man ein Kind nicht schlafen läßt, wenn es einen Schlag bekommen hat, denn vielleicht würde es nicht mehr aufwachen, im Schlaf verläßt er dich jetzt, er wird nicht zu dir zurückkommen, für immer wirst du dich nach dieser Nacht sehnen, und ich schmiege mich an ihn, verlaß mich nicht, Udi, seine Hand streichelt mich im Schlaf, verströmt Hitze wie der dünne starke Draht eines elektrischen Heizofens, das satanische Flüstern hört auf, und ich betrete die kleine Hütte des Schlafs, von der ich Noga immer erzählt habe, wenn sie nicht schlafen konnte, ich verschließe die Tür hinter mir, hier wird mich niemand stören, hier bin ich geschützt, je weiter die Nacht fortschreitet, um so mehr verändern sich heimlich die Farben in unserem Fenster, bis mich der Schrei erschreckt.

Ich sehe nichts, schreit er, seine ausgestreckten Hände fuchteln durch die stickige Luft wie die Fäuste eines Babys, Na'ama, ich sehe nichts, und ich bin mit einem Schlag wach, der Pulsschlag dämpft die Worte, was sagt er, was soll das heißen, was er da sagt, ich habe diese Sprache vergessen, und ich habe kein Interesse, mich an sie zu erinnern, sie ist schlecht, sie ist zu schlecht für mich, und ich murmele mit geschlossenem Mund, mach dir keine Sorgen, alles ist in Ordnung, und er brüllt, was heißt da in Ordnung, vielleicht ist bei dir alles in Ordnung, aber ich sehe nichts, und ich richte mich auf und umarme ihn, beruhige dich, es geht gleich vorbei, vor lauter Schreck kommt es mir vor, als würde auch ich nichts mehr sehen, ich schließe teilnahmsvoll die Augen, was wird Noga sagen, wenn wir beide blind zurückkommen und tastend in der Wohnung ihrer Stimme folgen. Er schüttelt meine Arme ab, laß mich in Ruhe, ich brauche deine Umarmungen nicht, und ich verlasse gekränkt das Bett, mein Körper ist noch von einer dünnen Schicht Liebe bedeckt, Samen, der schnell hart wird und sich abschälen läßt, wie eine unpassende Gebärde. Durch den Vorhang flimmert mir ein klarer Frühlingsmorgen entgegen, es ist, als wäre tief in der Sonne eine Glocke verborgen, die fröhlich klingelt und uns dazu aufruft, in die Welt zu gehen und ihre Schönheiten zu genießen, aber für ihn ist das alles zu spät, plötzlich ist es wieder zu spät.

Seine Augen rollen, sie fallen ihm fast aus den Höhlen vor Anstrengung, seine Hände tasten über das Bett, blitzschnell hat er sich die ungezielten Bewegungen der Blinden zu eigen gemacht, ich gehe zu ihm, mach dir keine Sorgen, es wird vorbeigehen, wie die Lähmung vorbeigegangen ist, die Untersuchungen haben nichts ergeben, und er zischt, ihre Untersuchungen interessieren mich nicht, sie irren sich ständig, ich bin sicher, ich habe eine Geschwulst, die immer wieder auf eine andere Stelle drückt, und ich sage, das kann nicht sein, genau das haben sie doch ausgeschlossen, vermutlich sind Verkrampfungen oder Streß daran schuld, du mußt darüber nachdenken, was dich bedrückt, er bewegt wild den Kopf von einer Seite zur anderen und brüllt dann plötzlich, du wagst es, zu fragen, was mich bedrückt, du bist es doch, die mich die ganze Zeit bedrückt, deinetwegen bin ich krank!

Eine Welle von Übelkeit steigt in mir auf, ich renne zum Bad und beuge mich über das Waschbecken, trinke Wasser aus dem Hahn, spritze mir Wasser in mein gequältes Gesicht, das Gesicht einer Gefangenen, die jede Hoffnung auf Freilassung verloren hat, was passiert da, was passiert mit ihm, nie war er so unbeständig, ich muß ihn zu sich selbst zurückführen, mein Geliebter, flüstere ich zu dem Spiegel, mein Geliebter, mein Mann, ich war es, die diese Nacht mit dir zusammen war, mach mich nicht zu deiner Feindin, trenne uns nicht, schließlich hast du immer solche Nächte gewollt, eine Schicht Liebe über die andere ziehen, wie Unterhemden im Winter, warum wendest du ausgerechnet jetzt dein Gesicht ab, und wieder beuge ich mich über den Hahn, trinke und trinke und fülle mich mit Zorn, als ströme giftiges Wasser aus seiner Öffnung, nichts wird helfen, keine Worte, er kann das Gute nicht ertragen, er ist wie ein Kind, das sein liebstes Spielzeug kaputtmacht, nur damit niemand es ihm wegnehmen kann, aber ich bin kein Spielzeug, das irgend jemandem gehört, schon juckt es mich, zurückzuschreien, wie kannst du es wagen, mir die Schuld an deinen Krankheiten zu geben, aber meine Stimme ist unhörbar, schau nur, du bist in dein Gekränktsein versunken, während er nichts sieht, das ist jetzt das Problem, alles andere ist überflüssig.

Na'ama, höre ich ihn im despotischen Ton eines Kranken rufen, Na'ama, wo bist du, ich brauche dich, und ich zwinge mich, das Badezimmer zu verlassen, was willst du, frage ich und betrachte mißtrauisch seine geschlossenen Augen, und er sagt, ich will, daß du mir zuhörst, ich versuche schon seit ein paar Tagen, das zu verstehen, was mit mir passiert, was nicht stimmt mit meinem Leben, und heute morgen wird mir klar, daß alles an dem vergeudeten Samen liegt, deshalb bin ich krank. Bist du verrückt geworden, rufe ich erschrocken, worüber redest du da? Er zischt mit sicherer Stimme, als handelte es sich um das Ergebnis einer wissenschaftlichen Forschung, darüber, daß ich mit dir schlafe, darüber rede ich, darüber, daß du mir meinen Samen herauspreßt, ich darf nicht mehr mit dir schlafen, mein Samen ist die Essenz meines Lebens, ich habe zugelassen, daß du mein Leben trinkst, mit allen Lippen deines Körpers.

Erschrocken setze ich mich auf das Bett, halte mir beide Hände vor den Mund, genau so hat man die Juden beschuldigt, das Blut eines christlichen Kindes getrunken zu haben, und jetzt ist alles ins Gegenteil verkehrt, er ist durch die Krankheit konvertiert und beschuldigt mich unverfroren. Wütend stelle ich fest, daß sein Gesicht ganz ruhig ist, es zeigt eine neue Sicherheit, eine verzerrte und entstellte Sicherheit, die mein Blut zum Kochen bringt. Ein abgerissener Schrei dringt aus meiner Kehle, der Schrei eines gefangenen Tieres, du bist es doch, der die ganze Zeit mit mir schlafen will, wie wagst du es also, mich zu beschuldigen? Ich kann es nicht mehr hören, daß ich es immer bin, der will, zischt er, du bist es doch, die mich dazu bringt, es zu wollen, wäre ich ohne dich, hätte ich es doch nicht gewollt, und ich schreie, na großartig, dann bleib doch allein, ich habe genug von deinen Beschuldigungen.

So schnell wirst du mich nicht los, nachdem du mich krank gemacht hast, knirscht er mit zusammengebissenen Zähnen, und ich zittere am ganzen Körper, ich habe dich krank gemacht, wie undankbar du doch bist, ich habe dich krank gemacht? Aber die Worte bleiben mir in der Kehle stecken, sie weigern sich, herauszukommen, wer hat uns eine so kurze Zeit der Gnade zugeteilt, wohin führt das, was wird mit Noga sein, und als ich an sie denke, springen mir Tränen in die Augen, sie wird enttäuscht sein, bestimmt wartet sie darauf, daß wir morgen ruhig und fröhlich zu ihr zurückkommen und sie in unsere Freude führen wie in einen prächtigen Palast.

Durch die Flure nähern sich schon die Staubsauger und beeilen sich, die Gäste aus ihren Zimmern zu vertreiben, damit sie sich von den für sie bestimmten Vergnügungen aufsaugen lassen, nur wir liegen im Zimmer wie düstere Basaltbrocken, wir sind uns fremd, und fremd sind wir den Resten unserer Liebe auf dem Laken, das bald gewechselt wird, fremd der schönen Umgebung. Ich jammere in das feuchte Handtuch, ich kann so nicht mehr weitermachen, ich kann nicht mehr, und er faucht, ich bin sie leid, deine Tränen, du denkst nur an dich, ich bin krank, und du hast Mitleid mit dir selbst! Ich schaue mich um, was soll ich tun, wenn ich mich anziehe und hinausgehe, wird er sagen, ich hätte ihn im Stich gelassen, und wenn ich bleibe, habe ich keinen Platz, mich vor ihm zu verstecken, bin gefangen in der Schußlinie eines Blinden, der aus Versehen töten kann. Wütend gehe ich ins Bad, stütze mich auf das Waschbecken und betrachte mich im Spiegel, meine Lider sind geschwollen über den roten Augen, die Lippen weich vom Weinen, so hätte ich heute morgen nicht aussehen sollen, und wir hätten diesen Morgen nicht im Zimmer verbringen sollen, sondern auf der Terrasse, von wo aus man den Hermon sieht, mit Kaffeetassen neben mit Köstlichkeiten beladenen Tellern, danach hätten wir spazierengehen und die Blütenpracht bewundern sollen, doch wir haben das Tal mit unserer Bitterkeit gefüllt, und ich versuche, mir zu sagen, was ich immer meinen Frauen in unserem Heim sage, du bist kein Opfer, du kannst immer wählen, du bist kein Opfer, aber welche Wahl habe ich jetzt, wenn er mich mit seinen Gebrechen an sich bindet? Wieder und wieder wasche ich mir das Gesicht mit fast kochendheißem Wasser, wie man einen Topf spült, an dem alter Schmutz klebt, schwarze, häßliche Fettflecken, du hast keine Wahl, sage ich mir, du mußt diese Haare kämmen, diesen Körper ankleiden, Strümpfe über diese Füße ziehen. Im Flur schlüpfe ich ungeschickt in meine Kleider, ermutige mich selbst, als beginge ich eine Heldentat, nur nicht in seinen toten Winkel geraten, und als ich fertig bin, sage ich schnell, ich gehe hinunter und trinke Kaffee, soll ich dir etwas bringen? Er antwortet nicht, vorsichtig werfe ich ihm einen Blick zu, er hat einen Arm über die Augen gelegt, sein Mund steht offen, bring mir eine Zitrone, murmelt er, mir ist furchtbar übel und der Kopf tut mir weh.

Dann ist es letzten Endes doch nur eine Migräne, ich atme erleichtert auf, Migräne ist meine alte Feindin, ich ziehe einen alten Feind einem fremden Eindringling vor, wie gut kenne ich das blendende Flimmern der Augen, die Übelkeit, die schwarzen, fettigen Kopfschmerzen, ganze Tage habe ich mit Migräne im Bett verbracht, sogar an unserem Hochzeitstag hat sie mir die Freude verdorben, bis mittags um eins lag ich mit geschlossenen Augen auf meinem Jugendbett, ein feuchtes Tuch auf der Stirn, in dem alten Haus, in dem mein Vater einsam lebte und aus dem er immer mehr Gegenstände entfernte. Hungrige Katzen schlugen ihre Krallen in die Korbsessel, bis sie auseinanderfielen wie Nester, die nicht mehr gebraucht wurden, und auch die Wände leerten sich allmählich, bis nur noch die hellen Rechtecke anstelle der verschwundenen Bilder zu sehen waren, nur das riesige Barometer meines Vaters war noch da und beherrschte stolz das große Zimmer, das Barometer mit dem durchsichtigen Röhrchen, an dessen Boden sich ein schwerer, dunkler Quecksilbersee befand, der wunderbarerweise durch Aufsteigen und Sinken das Wetter vorhersagte.

Nachdenklich stand mein Vater immer vor dem Barometer, eines seiner seltenen Lächeln auf den Lippen, das Lächeln eines siegreichen Generals, heute lohnt es sich nicht, Wäsche aufzuhängen, verkündete er meiner Mutter, als wir noch eine Familie waren, sie wird nicht trocknen, sie protestierte dann und sagte, aber der Mann von der Wettervorhersage hat behauptet, es würde heiß und trocken, widerspenstig ging sie mit der vollen Wanne hinaus, um einige Stunden später wieder zur Wäscheleine zu rennen, weil der Himmel dunkel geworden war und ihre kostbare Wäsche triefnaß. Diese Momente genoß er, vor ihren erstaunten Augen feierte er seinen Sieg über den Wetterpropheten, einen Sieg in dem geheimnisvollen Kampf, der ihn Tag für Tag forderte, als würden sie beide, er und der Mann von der Wettervorhersage, um die Liebe meiner Mutter buhlen, und diese Momente waren ihm so kostbar, daß er, auch nachdem sie weggegangen war, immer noch versuchte, sie mit solchen Auskünften zu beeindrucken. Ich fragte ihn jedesmal vor dem Schlafengehen, nun, wird das Wetter gut oder schlecht, und dann stellte er sich vor sein Barometer, betrachtete es ehrfürchtig und teilte mir seine genaue Vorhersage mit, die sich nie als falsch erwies. Vermutlich war seine Sicherheit die Essenz der Erfahrung, die er in seinem Leben gesammelt hatte, die Essenz seines Stolzes, alles gesammelt in dem Quecksilbersee, der in dem Röhrchen stieg oder fiel, und ich stolperte, das nasse Handtuch wie einen Brautschleier auf dem Kopf, mit fast blinden Augen in die Küche, um mir noch eine Zitrone zu holen, tastete mich weiter, bis mich ein Schwindelgefühl packte und meine inneren Organe umstülpte, ich versuchte, mich an der Wand festzuhalten, erwischte einen harten Gegenstand und fiel zusammen mit ihm zu Boden, beide knallten wir hin, ich und das riesige Weltthermometer.

Die geheimnisvolle Substanz zersprang plötzlich in Dutzende von grauen Silberkügelchen, die, fröhlich wie in die Freiheit entlassene Gefangene, unter die Betten rollten, innerhalb eines Augenblicks sahen sie nicht mehr ernst aus, sie wollten nur fröhlich sein und keine Vorhersagen mehr machen, und ich kroch unter das Bett, versuchte, sie zusammenzufügen, zwischen den Scherben des zerbrochenen Glasröhrchens, zerdrückte mit den Knien den Mythos, der seine Größe verloren hatte. Zu meinem Entsetzen hörte ich Schritte näherkommen, ich wagte nicht, den Blick zu heben, Papa, mach dir keine Sorgen, sagte ich weinend zwischen den Scherben, ich kaufe dir ein neues, morgen früh kaufe ich dir ein neues, mit dem Geld, das wir zur Hochzeit bekommen, und er sagte mit seiner leisen, tonlosen Stimme, solche gibt es nicht mehr, das ist ein altes, einzigartiges Barometer, aber ich blieb dabei, ich besorge dir eins, genau das gleiche, ich bekomme Geld zur Hochzeit, und mit dem ganzen Geld kaufe ich dir so eines, und die Migräne schloß sich wie ein Schraubstock um meinen Kopf, wie werde ich unter dem Hochzeitsbaldachin stehen können und wie wird er neben mir stehen, ausgerechnet an meinem Ehrentag um den Rest seiner Größe beraubt, und ab da versteckte ich

mich vor ihm im Lärm meines neuen Lebens, ich vergaß
mein Versprechen, und nur bei den wenigen Malen, die ich
ihn besuchte, störte mich der Schatten des Barometers an
der Wand, und ich versprach, morgen werde ich dir so eines
kaufen, und er nickte schweigend, niemand fragte ihn mehr,
ob es heiß oder kalt werden würde, und so, seiner Kraft beraubt, starb er eines Nachts leise im Schlaf an einem Herz-
schlag, während unter seinem Bett noch immer die aufsäs-
sigen Quecksilberkügelchen herumtobten.

Ich werde hinuntergehen und dir eine Zitrone bringen,
sage ich schnell, bevor er mich zurückhalten kann, und lehne mich von draußen an die verschlossene Tür, einen Moment lang bin ich frei, wenn es nur eine Migräne ist, ist es
wirklich nicht so schlimm, mit einer Migräne komme ich
zurecht, aber als ich den Speisesaal betrete und Gäste sehe,
die vergnügt kauen, gar nicht genug gesunde Nahrung in
sich hineinschlingen können, da wird mir klar, daß ich mich
bereits in einer völlig anderen Existenz befinde, denn das,
was mich heute erwartet, ist völlig anders als das, was sie erwartet, mich erwartet kein Ausflug mit einem Jeep, kein
Picknick inmitten des Frühlings, kein Pool, ich setze mich
an den kleinen Tisch, für zwei Personen, es gibt hier keine
Tische für einen einzigen Menschen, ich betrachte die strahlende Landschaft, die sich jetzt, nach dem Sturm, draußen
erstreckt, das Tal ist blau wie das Meer, Boote aus roten
Dachziegeln segeln ruhig durch das Blau, ausgerechnet an
einem so schönen Ort hört er auf zu sehen, denke ich, und
wieder kommen mir die Tränen, diese durchsichtigen Me-
dusen, sie brennen auf meinen Wangen, und ich senke den
Kopf, um die vergnügten Menschen um mich herum nicht
zu sehen und um nicht bei meiner Schande ertappt zu werden. Der Kellner gießt mir Kaffee ein, ich blicke ihn unter
Tränen an, als hätte er mir das Leben gerettet, wie armselig

bin ich in diesen wenigen Stunden geworden, und die ganze Zeit spüre ich über der mit kleinen Lampen wie mit Sternen übersäten Decke seine fordernde Anwesenheit, zwei Stockwerke über mir, wie er zornig und undankbar alles beobachtet, was ich tue, und mich unter sich erdrückt. Ich stehe auf und gehe zum Büffet, erschrecke vor dem ausgestellten Überfluß, kann mich nicht entscheiden, was ich essen soll, eine junge Frau neben mir belädt einen bunten Teller, ihr Körper bewegt sich gierig in ihrem Bademantel, sie kippt Karottensaft über mich und entschuldigt sich noch nicht einmal, und ich packe ein Brötchen, als würde ich es stehlen, und kehre zu meinem Tisch zurück, ich schaffe es kaum, zu essen, dieser ganze Überfluß provoziert mich, ärgert mich, und ich fliehe regelrecht zur Treppe, und erst an der Tür fällt mir ein, daß ich die Zitrone vergessen habe, alles hat es dort gegeben, außer dieser Kleinigkeit, der einzigen, die ich wirklich brauche. Zögernd gehe ich zur Küche, ein tadelnder Blick trifft mich, ganz anders als diese unendlich höflichen Blicke draußen, ich bitte um eine Zitrone. Hier, abseits des überbordenden Frühstücksbüffets, fühle ich mich schon wohler, und auch als ich die große, goldene Zitrone schon in der Hand habe, habe ich es nicht eilig, wieder zu gehen, ich streichle die Zitrone, als wäre sie ein Paradiesapfel für eine Sukka, die ich mit großer Mühe gebaut habe. Vorsichtig trage ich die Zitrone die Treppe hinauf, halte sie vor mich, als ich eintrete, wie ein Opfer, das niemand annimmt, denn das Zimmer ist leer, auch der breite Sessel, das Badezimmer, die Toilette, er ist nicht da, auch nicht sein Zorn, und ich setze mich auf das Bett und kaue, ohne es zu merken, an der Schale der Zitrone. Was ist passiert, habe ich meinen Auftrag nicht richtig ausgeführt, bin ich zu spät gekommen, oder hat sich sein Zustand plötzlich gebessert und er ist losgelaufen, um mir mitzuteilen, daß alles wieder in

Ordnung ist, und um sich für das zu entschuldigen, was er während seines plötzlichen Anflugs von Blindheit gesagt hat, wir werden unseren Liebesurlaub fortsetzen und sorglos wie Engel in unseren weißen Bademänteln an den Hängen herumtollen. Diese Möglichkeit erfüllt mich mit Glück, ich werde ihm verzeihen, auch wenn er sich nicht entschuldigt, wenn wir nur in Frieden nach Hause zurückkehren, wegen Noga, damit sie nicht im Netz unserer Zwistigkeiten gefangen wird.

Ich stehe auf und gehe zum Fenster, und plötzlich steht der goldene Tag neben mir, vielleicht werden wir uns ja noch anfreunden, ich und die Sonne und die Bäume und die Blumen, jetzt erst bemerke ich sie, Wasserfälle aus Frühlingsblumen in Gelb und Rot und Lila, von weitem sind sie namen- und gattungslos, bestehen nur aus kräftigen Farben. Zweifellos findet dort unten ein Fest statt, ich bin bereit mitzufeiern, mich in das kurze Leben der Frühlingsblumen zu mischen, ein Leben, fast so schnell erloschen wie das eines Streichholzes, und da sehe ich zwischen den Bäumen eine helle Gestalt, die sich tanzend bewegt, sie hüpft von einem Baumstamm zum anderen, bückt sich, senkt das Gesicht zu Boden, als folge sie einem alten Kult, der mir angst macht. Schnell laufe ich hinunter, verlasse das Hotel, eile zu den Bäumen, und dort liegt er ausgestreckt, zwischen den hohen Chrysanthemen und dem glänzenden Hahnenfuß, seine Schultern beben, und röchelnde Töne steigen von ihm auf wie aus den Tiefen der Erde.

Ich falle über ihn her, Udi, was ist passiert, ich knie mich neben ihn, wie geht es deinen Augen, siehst du etwas? Und er stöhnt, die Augen sind in Ordnung, aber ich kann fast nicht atmen, mir ist übel, und ich frage, warum bist du überhaupt aus dem Haus gegangen, warum hast du nicht im Zimmer auf mich gewartet, ich habe dir eine Zitrone gebracht, und er keucht, ich konnte nicht oben bleiben, ich mußte hinausgehen, oben habe ich keine Luft mehr gekriegt. Hilflos schaue ich mich um, die Sonne erwärmt schon meinen Rücken, es ist, als hätte in dieser Nacht eine Revolution stattgefunden und der Sommer hätte die Herrschaft übernommen. Komm, sage ich, gehen wir zurück zum Hotel, ich bringe dir Wasser und etwas zu essen, und er richtet sich auf, lehnt sich lang und schwer an mich, weigert sich aber zu gehen, ich dränge ihn, Udi, du mußt etwas trinken, das wird dir helfen, und er murmelt, aber ich darf nicht mit dir ins Hotel gehen und ich darf nichts essen und nichts trinken, und ich sage, ja, ja, wie man einem kleinen Kind antwortet, und dann kapiere ich es, was hast du gesagt? Wer hat es dir verboten? Und er fährt mit derselben ergebenen Stimme fort, ganz anders als seine aggressive Stimme am Morgen, als ich auf dich gewartet habe, ist mir eine Geschichte aus dem ersten Buch der Könige eingefallen, ein Mann Gottes kam von Juda nach Beth-El, und es war ihm befohlen durch des Herrn Wort: Du sollst kein Brot essen und kein Wasser trinken und nicht den Weg zurückgehen, den du gekommen bist. Was hat das mit dir zu tun, frage ich ihn ungeduldig, und er sagt, ich fühle, daß es mit mir zu tun hat, ich darf hier nichts essen und nichts trinken, und ich muß hier weg, bevor es jemandem gelingt, mich zum Essen zu überreden, wie es bei jenem Propheten gelungen ist, du weißt doch, was mit ihm passiert ist? Ein Löwe hat ihn getötet, und sein Leichnam kam nicht ins Grab seiner Väter. Er wirft mir einen furchtbaren Blick zu, und ich versuche, seine Arme wegzuschieben, die vor Angst an mir kleben, vielleicht ist er wirklich nicht in Ordnung, vielleicht haben die Ärzte recht gehabt, ich hätte zulassen sollen, daß sie ihn in die psychiatrische Abteilung einweisen, wie konnte ich mir nur einbilden, daß ich mit seiner Seele schon fertig würde?

Hilf mir zum Auto, stöhnt er, ich warte dort, bis du gepackt hast, ich darf hier nicht länger bleiben, und ich führe ihn zum Auto, in dem es immer heißer wird, kein Zweifel, der Sommer sitzt schon mit glühenden Arschbacken auf seinem Thron, ich lege Udi auf den Rücksitz und laufe mit schmerzenden Füßen zum Hotel. Warum soll ich packen, warum sollen wir wegfahren, wieder ist alles kaputt, ohne Vorwarnung, mein Kinn senkt sich in einer neuen Bewegung des Verzichts, wie gerne würde ich hierbleiben, in der stillen Lobby einen Kaffee trinken oder mich draußen auf eine Bank setzen, aber eigentlich ist es klar, oder es hätte mir klar sein müssen, daß er um so dringender wegmöchte, je mehr ich mir wünsche hierzubleiben. Vielleicht weigere ich mich diesmal, vielleicht sage ich ihm einfach, ich will bis morgen bleiben, wie ausgemacht, mal sehen, was er dann tut, aber sofort fällt mir seine Krankheit ein, da ist nichts zu machen, ich muß nachgeben, vielleicht ist er deshalb krank, damit man ihm nachgibt, aber das ist schwer zu beweisen. Ich betrete das Zimmer, von Sekunde zu Sekunde bedauere ich mehr, daß ich hier fortgehen soll, ich habe noch nicht mal auf diesem Sessel gesessen oder an dem Tisch vor dem Fenster, und immer trauriger werfe ich die Kleidungsstücke in die Tasche, werfe alle zusammen, seine und meine. Der Schrank ist schon leer, jetzt das Badezimmer, Zahnbürsten und Zahnpasta und Rasierzeug, und da auf der Ablage die Gesichtscreme, das Deodorant, die Haarbürste, und bei ihm das rote Rechteck seines Tanach, wütend blättere ich darin, gelbe Sandkörner fallen heraus, wo, verdammt noch mal, ist diese Geschichte, deretwegen wir hier wegfahren, ein Mann Gottes, der von Juda nach Beth-El kommt, oder umgekehrt, ich habe kaum zugehört, keine Ahnung, wo ich suchen soll, keine Chance, sie zu finden, die Seiten führen mich absichtlich in die Irre, schneiden mir in die Finger, und vor lauter

Wut schmeiße ich das Buch auf den Boden, als wäre es die Ursache für die Verrücktheit, die mein Leben beherrscht, ich schließe schnell die Tasche, bevor es mir leid tun kann, das ist seine Strafe, dieses Buch wird für immer hierbleiben.

Um sicherzugehen, daß ich nichts vergessen habe, schaue ich mich prüfend um, bevor ich das Zimmer verlasse, ich blicke unters Bett und zwischen die Handtücher, und wieder fällt mein Blick auf das rote Rechteck, das Buch, das er am Ende des Gymnasiums bekommen hat, bei der Abschlußfeier, ich sehe ihn noch vor mir, wie er auf die Bühne ging, der Direktor, dem es schwerfiel, sich vom besten Schüler der Klasse zu trennen, drückte ihm die Hand und überreichte ihm feierlich das Buch, ich habe meines längst verloren, er hat seines gehütet, er nahm es mit zum Militär, danach auf alle Ausflüge, er zog es aus der Tasche und las seinen Touristen daraus vor, und schon strecke ich die Hand aus, um es trotzdem zu nehmen, aber der Abstand zwischen uns ist zu groß, denn ich mache schon die Tür zu, erschrokken und fröhlich zugleich, was denkt er sich eigentlich, daß er mir Kummer macht und ich es ihm nicht heimzahle, mir scheint, als hörte ich hinter mir ein leises Wimmern, wie von einem Säugling, der verlassen wird, aber es tut mir nicht leid, soll es ihm doch leid tun.

Hast du nichts vergessen, fragt er, er muß alles beherrschen, sogar von den Tiefen des Rücksitzes aus, ich antworte heftig, wenn du dich nicht auf mich verläßt, geh doch selbst hinauf und schau nach, und er schweigt, seine Wangen sind rot vom Fieber, wie zwei verwelkte Rosen, und ich schiebe die Tasche hinter den Vordersitz und setze mich selbstverständlich auf die Beifahrerseite, doch dann wird mir klar, daß es hier zur Zeit keinen Fahrer gibt, außer mir, daß ich die ganze verdammte Strecke zurückfahren muß, die gewundene Straße über den Berg, und das bei meiner Höhenangst

138

und meiner Panik vor Schluchten. Ich schaue ihn zornig an, er soll sich zusammenreißen und mich retten, aber er liegt erschöpft auf der Rückbank, und der Fahrersitz wartet nur auf mich, wie in dem Alptraum, der mich seit Jahren begleitet, ich fahre ein Auto, an dem fast alles kaputt ist und das trotzdem fährt, ich schaffe nicht, es anzuhalten, neben mir brüllen Autos wie hungrige Löwen, schneiden mich von allen Seiten, und ich habe keine Wahl, ich muß weiterfahren. Mit einer fremden Stimme frage ich, gibt es einen anderen Weg nach Hause, und er murmelt, es muß einen anderen Weg geben, du darfst nicht denselben Weg zurück nehmen, und ich seufze, er weiß schon nicht mehr, was er sagt, ich blicke in die Schlucht unter uns, bei Tageslicht sieht sie weniger beängstigend aus, dafür aber grausamer, sie bewegt ihr breites Becken, rät uns, von vornherein aufzugeben, den einfachsten Weg zu nehmen, der uns augenblicklich die Leiden des Morgen und des Übermorgen erspart, ihre Verführung wächst, sie ist wie eine Frau, deren Selbstvertrauen größer und größer wird, weil sie spürt, daß ihre Werbung erwidert wird.

9 Wie eine urzeitliche Eidechse liegt er bewegungslos im abgedunkelten Schlafzimmer, wie das versteinerte Überbleibsel einer ausgerotteten Spezies aus den ersten Tagen der Schöpfung, zwischen ihm und der Sonne, die er immer so geliebt hat, sind schwere Rolläden heruntergelassen, seine Haut wird blasser und blasser, Staubschuppen bedecken ihn, als wäre er in einem Museum ausgestellt, für das sich niemand interessiert, nur Noga schaut mittags bei ihm hinein, wenn sie hungrig und besorgt von der Schule kommt, ein stummer Blick, um sich zu vergewissern, daß er noch daliegt, auf dem Rücken, und mit offenen Augen vor sich hin starrt.

Sein langer Körper wird kürzer, seine Schultern ziehen sich zusammen, es ist, als nähme er jeden Tag mehr das Aussehen seiner Jugend an, und wenn ich morgens, in ein Handtuch gehüllt, an ihm vorbeigehe und mir etwas zum Anziehen aus dem Schrank hole, bin ich so verlegen wie damals, ein großes breites Mädchen neben dem mageren Jungen, denn je kleiner er wird, um so mehr scheine ich zu wachsen, wir werden wieder zu den alten Jungen, als wäre alles, was uns seither passiert ist, nur vorübergehend und könnte einfach ignoriert werden. Auf einmal entdecke ich, nach Jahren der Magerkeit, die Wunder des Kühlschranks, ich komme von der Arbeit nach Hause und muß mir, bevor ich sein Zimmer betrete, den Bauch vollstopfen, vor allem mit Toast und Butter, hochaufgetürmte Scheiben wie jene, die mein Vater uns früher am Schabbatmorgen gemacht hat, krumme, schwankende Türme aus dünnen Toastscheiben mit Butterstücken, die dazwischen schmolzen, und Noga betrachtet erstaunt die Scheiben, die aus dem Toaster fliegen wie heiße Ohrfeigen, wie kannst du so braunen Toast essen, und ich lächle entschuldigend und schicke sie los, Eis für uns zu kaufen, je süßer, um so besser, vor allem liebe ich das Eis mit Schokoladenstücken, von dem man am längsten etwas hat, und dann sitzen wir uns gegenüber und schlecken wie zwei Schwestern, deren Eltern zu beschäftigt sind, um auf die Ernährung ihrer Kinder zu achten. Er, der Vollkommene, hätte mich sofort zurechtgewiesen, wie könnt ihr nur diesen Mist essen, er hätte das Einwickelpapier genommen und voller Abscheu die Liste der Zutaten vorgelesen, doch jetzt ist er gegenüber allem, was wir tun, vollkommen gleichgültig, auch wenn wir Gift äßen, würde er es nicht merken, nur meine Kleidungsstücke protestieren, nichts paßt mir mehr, die Jeans denken nicht mehr daran, sich zumachen zu lassen, mein neuer Hosenanzug weigert sich, meinen voller gewordenen Körper zu umhüllen, nur eines der weiten, formlosen Sommerkleider, die ich mir vor kurzem gekauft habe, bedeckt meinen verschwitzten Körper, wenn ich das Heim betrete. Die Mädchen betrachten mich erstaunt, erst haben sie gedacht, ich wäre schwanger, so wie sie, und eine neue schwesterliche Verbundenheit entstand zwischen uns, bis sich herausstellte, daß ihre gewölbten Bäuche etwas anderes bedeuten als mein weicher Hängebauch, in dem sich nur leblose Nahrung befindet.

Die neuen Mädchen, die zu uns kommen, glauben, ich hätte immer so ausgesehen, so wäre ich nun mal, nur Chawa und Annat machen manchmal Bemerkungen, was soll das, Na'ama, was tust du dir an, aber dann wenden sie sich wieder ab, denn bei uns gibt es immer etwas Dringenderes, um das man sich kümmern muß. Manchmal bemerke ich, daß Annats Blicke mich mitleidig streifen, fast auffordernd, aber ich ignoriere sie, jetzt bin ich an der Reihe, ihr auszuweichen, um nicht zu hören, wie ihre Gedanken mich anschreien, ohrenbetäubend, ich habe ja gesagt, du sollst ihn verlassen, du hättest ihn schon vor Jahren verlassen sollen, was wird nun aus dir, du siehst ja, wenn man ein Haus auf schwachen Fundamenten baut, schwankt es, hast du wirklich geglaubt, guter Wille und Schuldgefühle reichen, um eine Familie zu gründen, und ich lehne mich innerlich auf, du hast mir nicht zu sagen, was ich tun soll, was weißt du schon vom wirklichen Leben, du hast es ja noch nicht einmal ausprobiert. Aber sie ist nicht die einzige, der ich ausweiche, ich gehe auch verheirateten Freundinnen mit Kindern aus dem Weg, wie könnte ich ihnen in einem Café gegenübersitzen und mir ihre Klagen über Ehemänner anhören, die nichts als ihre Arbeit im Kopf haben, während mein eigenes Leben vor meinen Augen zerfällt und ich keine Möglichkeit habe, die zerbrochenen Teile aufzusammeln, wie die Quecksilberkügelchen, die sich im Haus meiner Kindheit verteilten.

Wenn sich jemand nach Udi erkundigt, beschränke ich mich auf kurze, kühle und möglichst vage Antworten, und glücklicherweise bohrt auch keiner nach, niemand sehnt sich wirklich danach, vom Leiden seiner Mitmenschen zu erfahren. Einige sagen, laß die Zeit das ihre tun, am Schluß wird er aus der Sache herauskommen, andere meinen, je aufopfernder du dich verhältst, um so länger wird sich seine Genesung hinauszögern, du mußt gleichgültiger sein, damit ihm klar wird, daß ihm seine Spinnerei nichts nutzt, wieder andere sagen hingegen, du mußt ihn unterstützen, damit er ein Gefühl der Sicherheit bekommt, er ist dein Mann, in guten und in schlechten Zeiten, und ich höre mir das alles schweigend an, ändere meine Meinung von einem Tag auf den anderen, von einer Minute auf die andere, ich habe schon so viel getan, um ihm eine Freude zu machen, ich habe versucht, ihn mit kleinen Geschenken, mit Freundlichkeiten oder Leckerbissen zu verwöhnen, doch inzwischen bin ich so enttäuscht, daß ich keine Kraft mehr habe, mich weiter zu bemühen. Sein Blick ist feindlich und provozierend, wenn ich das Zimmer betrete, seine Forderungen sind so groß, daß man sie unmöglich befriedigen kann, denn alles, was ich tue, erweckt seinen Groll. Wenn ich ihm vorschlage, mit uns zusammen in der Küche zu essen, lehnt er es ab, wenn wir uns zu ihm setzen, klagt er, das würde ihn stören, wenn ich zur Arbeit gehe, beschwert er sich, ich würde ihn vernachlässigen, und wenn ich einen Tag frei nehme, um bei ihm zu bleiben, ignoriert er mich voller Zorn. Manchmal, wenn ich auf dem Heimweg bin, hoffe ich auf ein Wunder, vielleicht würde er mir ja die Tür aufmachen, gewaschen und wohlduftend, in sauberen Kleidern und nicht in den schmutzigen, stinkenden Lumpen, die er sich weigert zu wechseln, er würde mich umarmen und zum Bett ziehen wie früher, schnell, bevor Noga nach Hause kommt, oder er würde mit einem Buch in der Hand auf dem Balkon sitzen und mir ab und zu einen Abschnitt vorlesen, der ihm besonders gut gefällt, so wie früher, als er mir mit allen möglichen Geschichten aus dem Tanach auf die Nerven fiel, jetzt wünsche ich mir, er möge mich doch beim Kochen stören, alles wäre mir recht, wenn ich nur einen Hauch Leben entdeckte, eine Spur von Interesse, an mir, an Noga, an der Welt um ihn herum, an allem, was sein Leben ausmacht.

Doch wenn ich heimkomme, liegt er immer im Bett, und nur das gelbliche Wasser in der Kloschüssel zeigt, daß er die Toilette benutzt und nicht nachgespült hat, er weigert sich, die Wasserspülung zu drücken, weil der Krach seinen Ohren so weh tut wie die Sonne seinen Augen. Er weigert sich auch zu essen, nur ganz selten bittet er mich, ihm einen Mehlbrei zu kochen, mit geriebener Schokolade darin, den Brei, den er als Kind so liebte und den seine Mutter ihm nur kochte, wenn er wirklich krank war, aus lauter Angst, ihn zu sehr zu verwöhnen. Dies sind zweifellos unsere kurzen guten Momente, wenn ich ihm eine Schüssel mit dampfendem Brei ans Bett bringe, manchmal sitzen Noga und ich dann neben seinem Bett und essen schweigend, und er wirft uns, wie ein krankes Kind, ein triumphierendes, trauriges Lächeln zu und entblößt gelbliche Zähne.

Manchmal vergesse ich zu fragen, wie es ihm geht, weil es schon egal ist, ob sich an einem Tag seine Hände oder Zehen nicht bewegen oder ob er am Tag darauf kaum etwas sieht oder ob ihm Schulter oder Kopf weh tun, es scheint, als ziehe ein und dieselbe Schwäche durch seinen Körper wie eine Wolke über den Himmel und lasse sich mal in diesem, mal in jenem Körperteil nieder, und selbst er, der es anfangs genossen hat, seine Schmerzen in allen Einzelheiten zu beschreiben, hat bereits aufgehört, von ihnen zu sprechen, es gibt nur ein vages Gefühl, das uns alle vereint: ich bin nicht in Ordnung, er ist nicht in Ordnung, Papa ist immer noch nicht in Ordnung.

Aber was hat er denn, fragte Noga in den ersten Tagen, als wir von unserem Urlaub zurückgekommen waren, immer wieder, und ich antwortete, nichts Ernstes, und sie nörgelte, warum liegt er denn dann im Bett, wenn er nichts hat, ist er nun gesund oder nicht? Ich versuchte, sie zu beruhigen, er ist nicht wirklich gesund und nicht wirklich krank, und sie schimpfte, warum bringst du ihn dann nicht zu einem Arzt, warum unternimmst du nichts? Und ich entschuldige mich, er will nicht wieder ins Krankenhaus, er möchte sich nicht untersuchen lassen, ich kann ihn nicht mit Gewalt hinschleppen. Manchmal beschimpfe ich mich auch selbst, mach

was, gib nicht immer nach, dann stehe ich energisch in der
Tür seines Zimmers und sage, Udi, so geht es nicht weiter,
du mußt dich untersuchen lassen, man muß herausbekommen, was dir fehlt, du darfst dich nicht einfach dieser
Krankheit ergeben, und er wirft mir dann einen abweisen-
den Blick zu, ich lasse mich in keine psychiatrische Abteilung einweisen, und wenn ich dich störe, dann geh doch. Ich
drohe mit schwacher Stimme, ich werde wirklich gehen,
merk dir das, wenn du dich nicht um dich kümmerst, werde
ich einfach gehen, glaubst du etwa, du könntest dein ganzes
Leben im Bett verbringen und ich würde dich wie eine
Krankenschwester pflegen? Dann wehrt er sich sofort, ich
brauche deine Pflege nicht, man könnte meinen, du tust wer
weiß was für mich, und ich schaue ihn hilflos an, ich bin ja
auch nicht begeistert davon, ihn wieder ins Krankenhaus zu
bringen, trotzdem muß man eine Lösung finden, es ist doch
unmöglich, daß es keine Medizin für diese Ansammlung
von Symptomen gibt, und immer wieder kommt mir der
deprimierende Name der Krankheit Konversionsneurose
in den Sinn, so wie man sich an den Namen einer anderen
Frau erinnert, einer verführerischen und bedrohlichen Ri-
valin.

Sogar meine Mutter, die sich normalerweise in nichts ein-
mischt, hat angefangen, mich zu bedrängen, was ist los mit
ihm, man muß etwas unternehmen, und an einem Abend
tauchte sie mit ihrer Bekannten bei uns auf, einer Psychia-
terin, wir kommen nur auf einen Sprung vorbei, verkündete
sie mit bedeutungsschwangerer Stimme, wir wollten nur
mal schauen, was es Neues gibt, und Udi war mit einem
Satz aus dem Bett, er saß mit uns im Salon und verteilte sein
Lächeln, er gab sich solche Mühe, zu beweisen, daß nichts
Besonderes los war, bis die Ärztin mich mißtrauisch musterte, als wäre ich die Kranke, und erst an der Tür flüsterte

sie mir zu, er sieht ein bißchen heruntergekommen aus, das
ist alles, und ich fühlte mich ermutigt und versank sofort in
angenehmen Vorstellungen von seiner baldigen Genesung,
doch er war schon zurückgegangen ins Bett, erschöpft von
der Anstrengung, und eine Woche lang weigerte er sich zu
sprechen, er weigerte sich zu essen, und morgens fand ich
den Küchenschrank offen vor und entdeckte, daß der Brot-
laib kleiner geworden war, und so suche ich die Spuren seines Lebens, wie man die Spuren einer Maus sucht.

Manchmal frage ich ihn mit der Stimme einer Kindergärtnerin, was hast du denn den ganzen Tag so getan, und er
antwortet, nichts, angriffslustig, als gäbe es auf der ganzen
Welt nichts für ihn zu tun. Seit dem Verschwinden seines
geliebten Tanach weigert er sich, ein Buch in die Hand zu
nehmen, mir hat es schon am Tag danach leid getan, ich rief
das Hotel an und flehte, man möge das Buch für mich
suchen und es mir bitte schicken, aber vergeblich, und nun
betrachtete ich mit schlechtem Gewissen den leeren Nachttisch neben seinem Bett, wie konnte so etwas geklaut worden sein, wer hat sich für einen alten, abgenutzten Tanach
interessiert, mit Sandkörnern zwischen den Blättern. Den
neuen Tanach, den ich ihm kaufte, schob er sofort in die
Schublade, ohne ihn auch nur aufzuschlagen, dasselbe tut er
auch mit den anderen Büchern, die ich ihm ab und zu mit-
bringe, er wirft keinen Blick hinein, die ganze Zeit liegt er
mit offenen Augen da, auch nachts, seine Leselampe erwärmt die Luft um ihn herum, brennt wie die kleinen Lichter auf den Grabstätten in der Stadt der Toten, Lichter, deren Helligkeit die Dunkelheit nur noch anschaulicher macht.

Jeden Abend, wenn ich Noga ins Bett gebracht habe,
klappe ich mir das Sofa im Wohnzimmer auf, breite ein
Laken darüber und lege mich schlafen wie eine Besucherin,
weit weg vom Schlafzimmer, das zu seinem Krankenzimmer

geworden ist, und es gibt in diesem Meer der nächtlichen Einsamkeit eine gewisse Erleichterung, allein zu schlafen, keine Rücksicht auf ihn zu nehmen, nicht darauf zu warten, daß das Licht ausgemacht wird, nur ich selbst, im Wohnzimmer, das sogar nachts glühend heiß ist, ich rutsche mit dem Rücken in die Vertiefung zwischen den beiden Teilen des Sofas, und erst gegen Morgen wache ich erschrocken auf, was ist mit meinem Leben passiert, erschrocken erinnere ich mich an ihn, was tut er den ganzen Tag lang, an was denkt er, was will er, welche Pläne hat er, was kann er tun, aber wenn ich in sein Zimmer komme, sein düsteres Gesicht sehe und den abstoßenden Geruch wahrnehme, sage ich mir, ebenso aggressiv wie er, nichts, er tut nichts, er denkt nichts, er will nichts, und dann packt mich das Entsetzen, was soll aus mir werden, wie wird der Rest meines Lebens sein, ich bin schon fast wie eine verlassene Frau, und dann versuche ich herauszufinden, was von meiner Liebe zu ihm noch übrig ist, dieser Liebe, die fast so alt ist wie ich selbst, was ist geblieben von dem, was wir in all diesen Jahren getan, gelernt, gesammelt haben, und wieder hallt mir dieses Wort in den Ohren, nichts, es ist nichts geblieben.

Denn so wie gegen jedes Gefühl ein anderes aufsteht und es unterdrückt, nur um selbst vom nächsten unterdrückt zu werden, so wird die Liebe trübe wie stehendes Wasser, ein fauliger Schlamm, in dem es von Insekten wimmelt, und die Anziehung, die ab und zu wie ein Erinnerungsfunken aufflackert, wird vom Widerwillen besiegt, wenn ich ihn da liegen sehe, ausgestreckt auf den Laken, die er mich nicht wechseln läßt, und gegen Mitleid und Erbarmen stehen Wut und Zorn, wie wagt er es, unser Leben zu zerstören, und inzwischen scheint mir auch die Frage bedeutungslos, die mich am Anfang so beschäftigt hat, ob er tatsächlich an einem körperlichen Gebrechen leidet oder ob er sich nur verstellt, denn schließlich bin ich in beiden Fällen vollkommen hilflos, ich kann nichts dagegen tun, gar nichts, ich kann nur zuschauen, wie der Sommer näher kommt, immer schneller und grausamer, wie er seine gelben Fingernägel in die Augen schlägt, Flecken auf meine Haut malt, die nicht mehr weggehen, und mein Blut zum Kochen bringt, bis Dämpfe von mir aufsteigen, Dämpfe von Neid und Haß.

Denn nun beneide ich fast jedermann, ich laufe kochend vor Zorn durch den Supermarkt, halte zwischen den Regalen Selbstgespräche, und jede Frau, die ich sehe, kommt mir glücklich vor, sie füllt ihren Wagen mit Bierdosen, ein Zeichen dafür, daß sie an diesem heißen Abend mit ihrem Mann auf dem Balkon sitzen und etwas Kaltes trinken wird, wie wir es früher immer getan haben, einen Sommer nach dem anderen, manchmal hockten wir auch auf dem Sofa vor einem langweiligen Film, heute abend gibt es etwas Tolles im Fernsehen, hatte er begeistert verkündet, aber nach einer halben Stunde war er schon eingedöst, während ich weiterhin den Bildschirm anstarrte und den Figuren, die ihr Leben vor mir ausbreiteten, meine Aufmerksamkeit schenkte, und am Ende des Films wachte er meistens auf, lächelte entschuldigend, goß uns noch ein Bier ein und streichelte meine nackten Schenkel. Heute beneide ich sogar die Mädchen in unserem Heim, diese jungen Dinger, fast noch Kinder, deren Leben sich beugt wie ihre Leiber, in deren Mitte eine Beule wächst, bedrohlich wie eine Geschwulst. Plötzlich wächst mir eine harte Schale ums Herz, und ich betrachte die Mädchen gleichgültig, natürlich haben sie es im Moment schwer, aber in ein paar Wochen sind sie ihr Problem los, dann wird das Kind geboren, das in ihrem Bauch verborgen ist, es wird den Adoptiveltern übergeben, die schon jahrelang darauf warten, und alles wird wieder gut. Es ist wahr, daß jedes Kind, das sie auf der Straße sehen, ihr Herz erzittern lassen wird, es ist ebenfalls wahr, daß dieses verlorene Kind sie auch dann begleiten wird, wenn sie heiraten und eine Familie gründen, es wird sie nachts mit seinem Schweigen aufwecken, es wird auf den riesigen Rutschen zwischen Himmel und Erde herabgleiten, aber dennoch haben sie die Wahl, ihr Leben ist noch offen, meines schon nicht mehr.

Manchmal, bei unseren Sitzungen, betrachtet Chawa mich prüfend, und ich habe Angst, sie könne vielleicht meine Gedanken erraten, ketzerische Gedanken, die in unserem Beruf nicht erlaubt sind, wie oft haben Annat und ich davon geredet, wie klein die eigenen Probleme seien im Vergleich zu dem Leiden, das man hier sieht, und nun geschieht bei mir das Gegenteil, meine eigenen Probleme verkleinern alle anderen um mich herum, die Probleme, um die ich mich nach besten Kräften kümmern muß, aber ich habe keine Geduld. Ich habe keine Geduld mehr für diese sattsam bekannten Gespräche, ich habe keine Geduld mehr, den Mädchen dabei zu helfen, ihre Situation zu analysieren, ihnen wieder und wieder ihre Möglichkeiten klar vor Augen zu führen und ihnen zu erklären, welche Folgen ihre jeweiligen Entscheidungen haben werden, ich habe keine Geduld mehr, sie im Krankenhaus zu besuchen, wenn sie noch erschöpft und aufgeregt von der Geburt sind, um ein weiteres Mal mit ihnen durchzusprechen, ob es besser ist, das Kind selbst aufzuziehen oder es wegzugeben. Ich habe die Nase voll davon, immer nur zu geben, und mir scheint, daß Chawa das alles mit ihren scharfen Sinnen wahrnimmt und mich deshalb zweifelnd betrachtet, ich bin sicher, daß sie meine Entlassung plant, und ich schaue sie besorgt an, das hätte mir gerade noch gefehlt, Udi arbeitet schon seit Wochen nicht mehr, und mein Gehalt reicht kaum aus, ich überlege zweimal, wenn ich etwas kaufen will, und vor der Kassiererin im Supermarkt stehe ich wie vor einer Richterin, die das Urteil

149

über mich spricht, was ist, wenn ich entlassen werde, wovon werden wir leben? Wenn ich durch den Flur gehe und sehe, daß Chawas Tür geschlossen ist, bilde ich mir sofort ein, daß sie jetzt in ihrem Zimmer Kandidatinnen prüft, potentielle Nachfolgerinnen für mich, dann treibe ich mich in der Nähe herum und klopfe schließlich bei ihr an, aber meine Ausreden führen letztlich nur dazu, daß ihr Mißtrauen und meine Angst wachsen.

Selbst für Noga bringe ich keine Geduld auf, ich kann es nicht mehr ertragen, die Hoffnung in ihren Augen zu sehen, wenn sie von der Schule nach Hause kommt, eine hündische Hoffnung, hündisch wie meine eigene, Noga ist ganz und gar ein Spiegelbild meiner eigenen Not, sie rennt zu seinem Zimmer, aber gleich ist sie wieder da, was gibt es zu essen, fragt sie niedergeschlagen, sie jammert schon nicht mehr, wann ist Papa wieder gesund, wann nimmt Papa mich mit auf seine Ausflüge, und nach dem Essen schließt sie sich in ihrem Zimmer ein, macht den Fernsehapparat an, der so alt ist, daß die Gesichter der Helden unnatürlich rot aussehen. Warum lädst du keine Freundinnen ein, frage ich, und sie murmelt, ich möchte Papa nicht stören, doch ich weiß, daß dies nicht der Grund ist, denn schon Monate vorher haben diese Besuche aufgehört. Ich versuche, sie zu überreden, dann geh du doch zu deinen Freundinnen, früher bist du öfter weggegangen, was ist mit Schira, was mit Meiraw, geh doch zu ihnen, du kannst doch nicht die ganze Zeit vor dem Fernseher sitzen, und sie flüstert, vielleicht braucht mich Papa, aber die Wahrheit will sie mir nicht verraten, und ich will sie nicht hören, nämlich daß sie schon längere Zeit keine Freundinnen mehr hat, daß ihre Welt leer geworden ist. Ich habe die Nase voll davon, mir Sorgen um sie zu machen, ich möchte, daß alles in Ordnung kommt, wenigstens bei ihr, daß sie angerufen wird, daß sie zu Pyjama-

Partys oder ins Kino eingeladen wird, gestern erst habe ich Schira und Meiraw gesehen, wie sie am Kiosk Eis gegessen haben, beide waren fröhlich, dünn in ihren bauchfreien Hemdchen und kurzen Hosen, nur meine Tochter, in Udis riesigem T-Shirt und mit diesem gequälten Blick in den Augen, ist wild und schlampig, ich beobachte sie voller Zorn, warum machst du es mir so schwer, kannst du nicht wenigstens so tun, als wäre bei dir alles in Ordnung, wie soll ich es schaffen, so viele Löcher auf einmal zu stopfen, ich habe nicht genug Finger dafür, du könntest doch wenigstens so tun, als würdest du ausgehen, damit ich ohne dich zusammenbrechen kann, ich habe keine Kraft mehr, mich dir gegenüber zu verstellen, doch sofort tut es mir wieder leid, ich umarme sie und sage ihr, daß sie mein liebster Schatz ist, und sie bewegt sich unbehaglich in meiner Umarmung und weicht vor der Heuchelei zurück.

Manchmal macht sie den Fernseher aus und will weggehen, dann packt mich die Angst, ihr könne unterwegs etwas passieren, wie soll sie es schaffen, mit diesem schlafwandlerischen Blick heil über die Straße zu kommen, und ich versuche, sie dazu zu bringen, zu Hause zu bleiben, komm, essen wir ein Eis, und sie lehnt ab, vielleicht später, und dann schaue ich aus dem Fenster und hoffe, sie würde von der gegenüberliegenden Tür verschluckt, der Tür zur Wohnung Meiraws, die einmal ihre beste Freundin gewesen ist, aber sie geht weiter. Und ich strecke mich auf ihrem Bett aus und weine in ihr Kopfkissen, dann wasche ich mir schnell das Gesicht und fange an zu warten, ich weiß, daß sie zu keiner Freundin gegangen ist, sondern zu meiner Mutter, die nicht weit entfernt wohnt, meine Mutter ist die einzige Person, mit der sie gern spricht, nur ihr erzählt sie von ihren Schwierigkeiten in der Klasse, ich selbst weiche meiner Mutter schon seit Wochen aus, nicht jetzt, Mama, erzähl mir nichts. Wenn Noga abends heimkommt, wirkt sie erleichtert, ich kann mich nicht beherrschen und frage, warst du bei Meiraw, und sie sagt bitter, nein, bei Oma, und dann zahlt sie es mir heim und fragt, wie geht es Papa, und ich sage bitter, nichts Neues, was ist mit deinen Aufgaben, und schon findet die übliche Zeremonie statt, Hefte suchen, das Aufgabenheft, der ganze Inhalt der Schultasche ist schon auf den Teppich gekippt, alte Kaugummis kleben wie Schnecken an Heften und Büchern, ich betrachte Noga enttäuscht, weiß nicht, wo ich anfangen soll, wieder hat sie vergessen, ihre Aufgaben einzutragen, oder sie hat es nicht geschafft, sie von der Tafel abzuschreiben, die Lehrerin wischt die Tafel immer sauber, bevor Noga alles abgeschrieben hat, wir müssen deine Augen untersuchen lassen, sage ich, und sie fängt fast an zu weinen, ich will keine Brille, weil mich sonst alle auslachen.

Manchmal bleibt sie über Nacht bei meiner Mutter, dann schlafe ich in ihrem Bett, auf dem schmalen, harten Bett schlafe ich am besten, und im ersten Augenblick des Tages, noch bevor ich weiß, ob es kalt oder warm ist, gut oder schlecht, habe ich das Gefühl, noch immer ein Kind zu sein, im Haus meiner Eltern, bevor sie sich scheiden ließen, gleich wird mein Vater hereinkommen und mir sagen, wie das Wetter sein wird, ob ich einen Pulli oder einen Mantel anziehen soll, und ich verkrieche mich noch ein bißchen in dem gemütlichen Bett, ich muß Noga nicht drängen und ihr sagen, daß sie endlich aufstehen, sich anziehen und kämmen soll, ich trinke langsam meinen Kaffee, dusche genüßlich und gehe, in ein Handtuch gewickelt, ins Schlafzimmer, um mir was zum Anziehen zu holen, nur meine Kleider sind noch dort, eine Erinnerung an ein früheres Leben, und er liegt wie immer im Bett, mit offenen Augen, ein versteinertes Überbleibsel aus den Tagen der Schöpfung.

Einmal lege ich mich zu ihm ins Bett, direkt nach dem Duschen, an einem überraschend kühlen Sommermorgen, der in mir eine angenehme Erregung weckt, plötzlich scheint mir alles viel einfacher zu sein, als hätte ich alles in der Hand, und ich streichle seinen trockenen Körper, um ein Lebenszeichen in ihm zu wecken, ich lache und weine und flehe, Udi, hör auf damit, Udigi, du sollst gesund werden, komm, machen wir Liebe, und dann trinken wir Kaffee auf dem Balkon und frühstücken, wir haben es in der Hand, Udi, hören wir endlich auf damit, und schon kommt es mir vor, als erwache sein Körper, er umarmt mich mit weichen Armen, ich küsse seine eingefallenen Wangen, streichle vorsichtig sein Glied, überrascht, daß es immer noch existiert, ich habe schon geglaubt, es sei abgefallen und verfault wie die Orangen im Hof, ich ziehe die Decke weg und setze mich auf ihn, wie er es immer gern gehabt hat, drücke mich gegen sein hartes Becken, aber sein Glied erschlafft unter mir, verschwindet zwischen seinen Schenkeln, das erste Mal, daß uns so etwas passiert, und ich flüstere, ist nicht schlimm, Udi, wir versuchen es ein andermal, es wird alles gut, und mir scheint, als jammerten seine Glieder unter mir, als flehten sie um Hilfe, und ich beschimpfe mich selbst, warum habe ich es überhaupt versucht, warum habe ich mich auf ihn gesetzt, jetzt habe ich ihn in seiner Schwäche bloßgestellt, jeder Versuch zu helfen ist eine Katastrophe, nur was von ihm selbst kommt, wird uns retten, falls es überhaupt eine Rettung gibt.

Er reagiert nicht, es ist, als merke er nicht, was vor sich geht, aber als ich mittags nach Hause komme, ruft er mich, Na'ama, komm her, und ich laufe in das Schlafzimmer, endlich ein Lebenszeichen, und er fragt, wo bist du gewesen, seine Stimme klingt dumpfer als die Stimme von Taubstummen. Was soll das, antworte ich, ich war bei der Arbeit, und er sagt, aber es ist schon halb drei, und ich sage, ich bin noch am Supermarkt vorbeigegangen und habe ein paar Sachen eingekauft. Und wo sind diese Sachen, fragt er, und ich verteidige mich, ich habe gesagt, die Sachen sollen geliefert werden, gleich werden sie kommen. An seinem Hals schwellen die Adern, und er schreit mit einer fremden Stimme, ich glaube dir nicht, du Hure, du hast mit jemandem gefickt, du hast dir den Schwanz besorgt, den ich dir nicht geben konnte, und ich betrachte ihn erschrocken, wie kann ich ihm beweisen, daß er sich irrt. Du bist komplett verrückt geworden, murmele ich, ich war den ganzen Tag bei der Arbeit, ich habe kein Interesse zu ficken, und er brüllt, Lügnerin, ich habe doch gemerkt, wie geil du heute morgen gewesen bist, es ist dir egal, daß mich das krank macht, Hauptsache, du kriegst deinen Schwanz, und mich packt das Entsetzen, ich versuche, ihn zu beruhigen, Udi, was ist mit dir, ich wollte mit dir schlafen, weil ich dich liebe, weil wir Mann und Frau sind, ich habe kein Interesse an zufälligem Sex, das weißt du doch, das hatte ich nie, und er knurrt, du hast dich geändert, ich habe gesehen, wie du dich geändert hast, als wir im Hotel waren, habe ich es verstanden, und deshalb bin ich krank geworden, hörst du, das ist es, was mich krank gemacht hat, ich habe gesehen, daß du dich nur fürs Ficken interessierst, und es ist dir egal, mit wem du es treibst, sogar der Bote vom Supermarkt wird dir recht gewesen sein, falls du tatsächlich dort gewesen bist.

Ich starre ihn entsetzt an, meine Zähne klappern, so gekränkt bin ich, Schweiß läuft mir über die Stirn, brennt mir in den Augen, Udi, glaub mir, ich möchte nur, daß du gesund wirst und wir wieder so leben wie früher, das ist alles, und einen Moment lang betrachtet er mich prüfend, als wäge er das Gesagte ab, doch dann platzt es aus ihm heraus, du willst nur, daß ich aus dem Haus komme, deshalb gehst du mir mit diesen Ärzten auf die Nerven, sie haben dir versprochen, daß sie mich ins Krankenhaus einweisen, und darauf wartest du, du willst mich los sein und einen anderen ins Haus bringen, der dich jede Nacht fickt, und ich laufe hinaus und lege mich auf das Sofa im Wohnzimmer, meine Tränen und mein Schweiß mischen sich zu einer stechenden Flüssigkeit, und dann kommen die Einkäufe, gebracht von einem lächelnden Jungen, der verschwindet, bevor ich meinen Geldbeutel aufgemacht habe, und Udi schreit aus seinem Bett, mach mir was zu essen, falls du dich überhaupt noch daran erinnerst, was mir schmeckt.

Ich versuche, mir Mut zuzusprechen, vielleicht kommt er ja doch wieder zu sich, wenn er Appetit hat, und ich beschließe, Spaghetti mit Fleischklößchen zu machen, zwei Stunden lang stehe ich in der Küche, und als das Essen fertig ist, frage ich ihn, willst du im Bett essen oder kommst du an den Tisch? Er wirft mir einen hochmütigen Blick zu, du wirst mit diesem Essen deinen Betrug nicht wiedergutmachen, lieber sterbe ich vor Hunger, und ich gehe still aus dem Zimmer, meine Hände krümmen sich vor Lust, ihn zu schlagen, sich um seinen Hals zu legen, ihm den Schwanz abzureißen. Ich verschlinge das, was ich gekocht habe, direkt aus dem Topf, sogar ohne Gabel, meine Hände werden rot von der Soße aus frischen Tomaten, mein Mund brennt, so heiß ist das Essen, ich schlucke es hinunter, ohne zu kauen, ohne den Geschmack zu spüren, bis ich den Boden des Topfs erreicht habe, mit brennenden Fingern wische ich die Reste heraus, unter meinen Fingernägeln sammeln sich Überbleibsel fetten, roten Fleischs, und dann verstehe ich, daß ich alles verschlungen und nichts für Noga übriggelassen habe, ausgerechnet von ihrem Lieblingsessen, wie konnte ich ihr das antun, zitternd schwanke ich zum Badezimmer und gehe vor der Kloschüssel in die Knie, ich kann es nicht in meinem Magen behalten, ich schiebe zwei Finger in den Mund, glaube, wenn alles herauskommt, werde ich wieder rein sein, aber nichts kommt heraus, ich stoße meine Finger tiefer und tiefer hinein, bis meine Kehle aufreißt und anfängt zu bluten, was habe ich getan, was habe ich getan, ein rotes Weinen rinnt in die Kloschüssel, und ich stehe auf und wasche mir das Gesicht, kaum erkenne ich die schmutzigen Züge, das bin ich nicht, was hat er aus mir gemacht, er hat mich in ein Tier verwandelt, in eine verwundete Bärin, so kann es nicht weitergehen.

Ich werde nicht mehr in sein Zimmer gehen, das schwöre ich, ich werde all meine Kleidungsstücke ins Wohnzimmer bringen, und damit basta, ich habe dort nichts verloren, soll er doch selbst für sich sorgen, soll er sich doch selbst hassen, statt daß er mich haßt, und am Abend kommt er aus seinem Zimmer, an die Wand gestützt, mager und zitternd, ich sehe wieder nichts, sagt er, wo bist du? Und ich flüstere, ich fühle mich nicht gut, Udi, ich kann dir nicht helfen, und er sagt heiser, du zerbrichst so schnell, es gibt Frauen, die sorgen jahrelang für ihre Ehemänner, und du bist schon nach einem Monat am Ende, plötzlich bist du auch krank, jetzt versuchst du noch, mit mir zu konkurrieren, nachdem du mich krank gemacht hast, und ich gebe keine Antwort, meine Sinne sind stumpf, ich höre seine Worte kaum, lose Silben, die irgendwo im Haus zerplatzen, nur nicht mit nackten Füßen auf die Scherben treten, und auch bei ihm läßt der Ausbruch nach, es war, als hätte eine Katze, die auf der Straße überfahren wird, noch ein paar geschmeidige Sprünge gemacht, aber eigentlich ist sie schon ganz tot, und auch ich, unter ihm begraben, erwarte nichts, nur die Angst haucht manchmal noch den Atem des Lebens in meinen Körper, was wird sein, wenn ich entlassen werde, was wird sein, wenn Noga etwas passiert?

Ganz langsam, fast ohne Absicht, wandeln sich die Phantasien von seiner vollkommenen Wiederherstellung in Phantasien von seinem Tod, und ich wache gegen Morgen auf und stehe auf Zehenspitzen vor der geschlossenen Tür, ich sehe mit meinen inneren Augen den mageren Körper vor mir, starr wie ein ausgestopftes Tier, strahlend in himmlischem Glanz, und ein brennender, fast genußvoller Kummer erfüllt mich, ein Kummer, wie er die Anfänge unserer Liebe begleitet hat, die Erleichterung wetteifert mit dem Schmerz des Verlusts, wie leicht ist es, ihn nach seinem Tod zu lieben, und ich stelle mir vor, wie ich, wenn die Trauertage vorbei sind, die Treppen zu der kleinen Dachwohnung hinaufsteigen werde, ich werde mich vor die Reihe meiner Abbildungen stellen und, ohne ein Wort zu sagen, meine Kleider ausziehen, meine farbige Nacktheit wird ein Gefühl der Wärme in mir wecken, und dort, auf dem Sessel, werden alle Gelübde zunichte werden und ihre Gültigkeit verlieren, und ich werde meine Schenkel um seine Hüften schlingen, die Löckchen in seinem Nacken werden sich um meine Finger winden wie silberne Ringe.

Die Tür knarrt leise, als ich sie öffne, unser Doppelbett ist leer, aber da entdecke ich ihn ganz am Rand, fast als würde er von etwas Unsichtbarem hinausgeschoben, das Gesicht zerquält, sein eines Bein hängt in der Luft, er sieht so verloren aus, da auf dem Bettrand, gefangen in seiner Krankheit wie ein unschuldiges Kind, das vom Zaren entführt wurde und nun ins Christentum gestoßen wird, und da flattern seine Lider einen Moment lang, sein Lächeln zeigt sich im Licht des bitteren Mondes, Na'ama, verzeih mir, flüstert er, ich verstehe nicht, was mit mir los war, ich weiß nicht, was ich tun soll, ich brauche Hilfe, und ich lege mich neben ihn, streichle die durchsichtigen Haare auf seiner Brust, Udigi, ich wäre so froh, wenn ich dir helfen könnte, wenn wir nur zusammenhalten würden, könnten wir die Krankheit vertreiben, aber sie stellt sich zwischen uns, sie führt dazu, daß du mich haßt und daß ich dich hasse. Ich weiß, sagt er leise, dir ginge es viel besser, wenn ich stürbe, und ich mache mir nicht die Mühe, es zu leugnen, ohnehin wird der Schlaf dieses Murmeln im Morgengrauen bald überdecken, und auch ich werde nicht wissen, ob diese Worte überhaupt gesagt wurden, morgen, wenn ich müde und besorgt zum Auto eile, begleitet vom Glockengeläut, als weidete da, zwischen den Häusern, eine Herde Vieh, und dann werde ich die Tochter der Nachbarn erkennen, die mir mit vollen Einkaufskörben entgegenkommt, diese Frau, die in Indien gewesen ist, und sie trägt Glöckchen an den Knöcheln und den Handgelenken und in den Haaren, und ich werde sie mit einer unklaren Sehnsucht anschauen, und dann wird es mir einfallen, sag mal, hast du nicht einmal gesagt, daß du eine indische Ärztin kennst? Sie wird lachen, keine indische Ärztin, eine Naturheilerin, und ich werde sagen, das spielt keine Rolle, Hauptsache, sie ist gut, und sie wird sagen, was heißt da gut, sie ist Spitze, sie kann Tote zum Leben erwecken, und ich werde begeistert sagen, gib mir ihre Telefonnummer, ich muß sie unbedingt anrufen, und sie wird fragen, es ist für deinen Mann, nicht wahr, und ich werde antworten, ja, er erholt sich einfach nicht, glaubst du, sie wird ihm helfen können? Sie wird sagen, klar, sie holt ihn da raus, aber du mußt dich in acht nehmen, und ich frage überrascht, mich in acht nehmen, wieso, vor ihr? Und sie sagt, nein, nicht vor ihr, du mußt dich einfach in acht nehmen, weil man bei uns sagt, daß es gefährlich ist, dem Leiden ein Ende zu setzen.

10 Als ich ihr die Tür öffne und sie sehe, jung und mager, mit einem großen Korb in der Hand und einem dunklen, hungrigen Gesicht, halte ich sie für eine Bettlerin, und ich will schon nach meinem Geldbeutel greifen, da sagt sie, ich bin Sohara, und in diesem Moment fängt es in ihrem Korb an zu wimmern, sie zieht ein Baby heraus und legt es im Stehen an die Brust, sie hält es sicher in ihrem dünnen Arm. Ein genußvolles Glucksen kommt aus der Kehle des Babys, und ich staune, wie kommt so viel Milch aus dieser mageren Brust, verwundert und enttäuscht betrachte ich sie, sie soll uns retten? Sie sieht doch aus, als würde sie selbst Hilfe brauchen, genau wie die Mädchen, die zu uns ins Heim kommen, jung und verloren, mit einem viel zu schweren Korb, schade um die Anstrengung, die es gekostet hat, Udi zu überreden, stundenlang habe ich auf ihn eingeredet, bis er bereit war, sie zu sehen, warum willst du es nicht probieren, habe ich gesagt, du hast doch nichts zu verlieren. Ich habe auch nichts zu gewinnen, murrte er, dieser ganze Hokuspokus ist nichts für mich, und ich protestierte, warum denn nicht, es ist eine alte, natürliche Heilkunst, probier's doch mal, und jetzt soll ich dieses dunkle junge Mädchen zu ihm führen, er wird sie auf der Stelle hinauswerfen und sich weigern, jemand anderen zu konsultieren. Ich zähle zornig ihre Schritte, während sie ruhig im Wohnzimmer hin und her geht, sich leise zwischen den Sesseln bewegt, bis das Baby an ihrer Schulter eingeschlafen ist, dann legt sie es wieder in den Korb und fragt mit erstaunlicher Autorität, was ist Ihr Problem?

Dort ist das Problem, sage ich und deute auf die geschlossene Tür, er hat sich schon seit Wochen nicht mehr in der Gewalt, und dann beschreibe ich ihr widerwillig den Verlauf der Krankheit, insgeheim bin ich sicher, daß sie ihm nicht helfen kann, aber sie hört mit erstaunlichem Ernst zu, nickt mit dem Kopf, den Blick auf mein Gesicht geheftet, ich werde zu ihm gehen, sagt sie und läßt ihr lebendiges Bündel auf dem Wohnzimmerteppich liegen, wie Moses in seinem Weidenkorb, und geht, ohne zu zögern, auf die Tür zu, die sofort hinter ihr geschlossen wird. Ich setze mich neben dem schlafenden Baby auf den Teppich, betrachte das rundliche, helle Gesicht der Kleinen, sie sieht ganz anders aus als ihre Mutter, neugierig mustere ich sie, schon lange habe ich kein Baby mehr aus der Nähe gesehen. So seht ihr also wirklich aus, flüstere ich, erregt wie eine Spionin, der es gelungen ist, in feindliches Gelände einzudringen, denn obwohl ich den Mädchen im Heim ununterbrochen in den Ohren liege, es gehe um ein Lebewesen mit eigenen Bedürfnissen, sieht es nun so aus, als hätte auch mich, ohne es zu merken, daran gewöhnt, diese kleinen Wesen im Bauch als etwas Abstraktes, Unwirkliches zu sehen, manchmal furchtbar, manchmal messianisch, eine himmlische Faust, die ihre Jugend in Scherben schlägt. Ich nehme die Kleine behutsam auf den Arm, kaum zu glauben, wie leicht sie ist, ihr Gesicht ist durch einen fadendünnen Hals mit dem schwerelosen Körperchen verbunden, als wäre sie noch immer eine kaulquappenartige Samenzelle, und ich schnuppere an ihr, suche den berühmten beruhigenden Babyduft, doch ich finde einen anderen Geruch, einen salzigen Geruch, der aus tiefster Tiefe aufzusteigen scheint, der mich abstößt, als hätte ich den Geruch meines eigenen Inneren wahrgenommen. Wie ist das möglich, denke ich verwundert, man hat sie noch nicht von den Rückständen ihres geheimen Geburtswegs gereinigt, und wieder steigt Zorn über diese junge Mutter in mir auf, wie kann sie Udi behandeln, wenn sie sich noch nicht einmal die Mühe macht, ihre eigene Tochter zu waschen?

Schnell, bevor sie mir in den Händen zerbricht, lege ich sie in den Korb zurück, und zu meinem Glück schläft sie ruhig weiter, als wäre sie überhaupt noch nicht geboren, und ich gehe hinaus auf den Balkon, heute ist es weniger heiß, vereinzelte Wolken dämpfen die Sonne, es scheint, als wäre der Sommer über seine eigene Kraft erschrocken und habe beschlossen, etwas nachzugeben, beunruhigt schaue ich hinunter auf die kleine Straße, der Paternosterbaum gegenüber winkt mir eine verwelkte Entschuldigung zu, und ich lächle ihn an, das ist in Ordnung, ich habe auch nicht mehr viel zu bieten. Es ist erst ein paar Wochen her, da war er noch von Sternblüten bedeckt, ein Wipfel, bestickt mit violetten Duftfäden, an die nun nichts mehr erinnert, gelblich und gedemütigt sieht der Baum jetzt aus, nackt den Sonnenstrahlen preisgegeben, die mich vom Balkon vertreiben. Auf Zehenspitzen schleiche ich mich zu der geschlossenen Tür, eine seltsame Ruhe geht von ihr aus, als wären die beiden dahinter eingeschlafen, und in mir kräht der Zorn, das dort ist mein Udi, mein Ehemann, früher habe ich meinen Namen auf seine Ohrläppchen geschrieben, was gibt ihr überhaupt das Recht, mit ihm zusammenzusein und mich draußen zu lassen, damit ich auf ihr Baby aufpasse? Husten steigt in meiner Kehle auf, als hätte ich mich an Rauch verschluckt, der Rauch einer beschämenden Eifersucht, die plötzlich aufflackert, ich muß ihre Verbrüderung beenden, und es gibt nur einen Weg, ich gehe zurück zum Wohnzimmer und schüttle den Korb, bis der rötliche Mund aufgeht und schwache, vorwurfsvolle Töne herauskommen, dann laufe ich zum Zimmer, öffne, ohne anzuklopfen, die

Tür und sehe sie auf dem Bettrand sitzen, ihre Finger umschließen sein Handgelenk wie ein Armband, er sitzt aufrecht da, mit verschränkten Beinen, in seinen Armen stecken kleine Nadeln, als habe er sich in einen Igel verwandelt, und oben auf seinem Kopf, da, wo die Haare sich lichten, brennt ein duftendes Räucherstäbchen, wie ein kleines Horn.

Sie läßt seine Hand los und verläßt rasch das Zimmer, wobei sie mir ein Zeichen gibt, ihr zu folgen, und ich gehorche wütend, das ist mein Mann, das ist mein Haus, wieso sagt sie mir, was ich tun soll, beschämt laufe ich hinter ihr her zu dem Korb, der inzwischen wieder still geworden ist, sie hat geweint, stottere ich hinter ihrem Rücken, ich habe gedacht, sie hat Hunger, wie kann ein so junges Mädchen mich so verlegen machen, noch dazu in meiner eigenen Wohnung, und sofort frage ich sie ungeduldig, also, was ist mit ihm, wann wird er endlich wieder gesund, und sie lächelt gelassen, ich hoffe, es wird nicht so bald sein. Ich betrachte sie vollkommen überrascht, was haben Sie gesagt, und sie wiederholt, ich hoffe, die Krankheit wird ihn nicht allzu schnell wieder verlassen, und auch Sie sollten das hoffen, wenn Sie sich Sorgen um ihn machen, und ich frage fast schreiend, warum, das ist doch grotesk, was Sie da sagen, und sie erklärt mir gelassen, die einzelnen Worte sorgfältig betonend, jede Krankheit ist eine Möglichkeit, Na'ama, Ihr Mann hat die Möglichkeit, die ihm hier geboten wird, noch nicht einmal berührt, er darf seine Krankheit nicht verpassen, denn es wird lange dauern, bis er eine weitere Möglichkeit bekommt. Erstaunt betrachte ich sie, es fällt mir schwer, ihre Worte zu schlucken, mit welchem Recht dreht sie alles um, seit wann ist eine Krankheit etwas Gutes und Gesundsein etwas Schlechtes, und plötzlich kommt sie mir wie ein Ungeheuer vor, mit diesem spitzen Gesicht und dem vorstehenden Kinn, warum habe ich sie in unsere Wohnung gebracht, und ich flehe sie an, als hänge es von ihr ab, hören Sie, Sohara, wir halten das nicht länger aus, diese seltsame Krankheit zerstört unser Leben, unsere Tochter wird depressiv, ich bin vollkommen kaputt, ich schaffe meine Arbeit nicht mehr, so geht es nicht weiter, und schon bricht meine Stimme, ich schäme mich, vor diesem fremden jungen Mädchen zu jammern, aber sie hört mir mit ihrer erstaunlichen Ernsthaftigkeit zu, bewegt die Lippen, als messe sie die Worte mit dem Lineal ihrer Zunge, und sagt nachdrücklich, aber das ist vollkommen überflüssig, Sie müssen nur Ihre Haltung zu dieser Krankheit ändern, auch für Sie und Ihre Tochter bietet sich hier die Chance zu einer Entwicklung, auch für Sie und Ihre Tochter kann diese Krankheit zu einer Quelle der Bereicherung und der Befreiung von Leiden werden. Wovon reden Sie da, bricht es aus mir heraus, was für eine Bereicherung liegt in einem Menschen, der ganze Tage in seinem Bett verfault und nur klagt und anderen die Schuld gibt, und sie schaut mich gönnerhaft an, Sie müssen verstehen, sagt sie, Sie beide klammern sich zu stark aneinander. Um einen Nutzen aus der Situation zu ziehen, müssen Sie loslassen, freigeben, stellen Sie sich zwei Erdblöcke vor, die von geballten Händen zerschlagen werden, nichts wird von ihnen übrigbleiben, und ich protestiere, wir reden kaum miteinander, das ist doch kein Festklammern, oder, und sie sagt, klar, schauen Sie nur, wie heftig Sie reagieren, es ist Ihre Entscheidung, so zu reagieren. Was soll das heißen, heftig reagieren, frage ich, halb verächtlich, halb erstaunt, jede Frau, deren Mann sich so verhält, würde genauso reagieren wie ich, und sie schaukelt ihr Baby und sagt, sind Sie sich da so sicher? Und diese direkte Frage weckt plötzlich Zweifel in mir, ich sage, hätten Sie etwa nicht so heftig reagiert, hätten Sie etwa ein Fest gefeiert, wenn bei Ihnen zu Hause so etwas passiert wäre?

Ich spreche nicht davon, ein Fest zu feiern, sagt sie, aber man kann einfach weiterleben, man muß nicht zusammenbrechen, man kann das akzeptieren, was geschieht, ohne Zorn, ohne Schuldgefühle, man kann daran glauben, daß alles Schwere dazu bestimmt ist, uns stärker zu machen, und ich koche vor Zorn, das ist unmenschlich, was Sie da vorschlagen, wie kann man ohne Zorn reagieren, wenn einem das Leben zusammenbricht, und sie sagt, die Tibetaner glauben, daß derjenige, der dich verletzt, dein größter Lehrmeister ist, dabei betrachtet sie ihr Baby, als gälten ihre Worte mehr dem Kind als mir, und dann fügt sie mit leidenschaftlicher Stimme hinzu, manchmal hängen wir an unseren schlechten Gewohnheiten, und wenn sich eine Veränderung anbahnt, zittern wir vor Angst, ohne zu merken, daß dies unsere einzige Chance ist, und ich widerspreche, das sind leere Phrasen, es gibt Veränderungen zum Guten und zum Schlechten, Sie können mich nicht davon überzeugen, daß jede schlechte Sache eigentlich gut ist, alles hängt von den Umständen ab.

Aber was heißt das denn, Umstände, Na'ama, sagt sie erregt, als habe sie genau auf diese Frage gewartet, wie weit müssen wir uns von den Umständen abhängig machen, wie ein Sklave von seinem Herrn, heute sind Sie glücklich, weil einstweilen alles in Ordnung ist, morgen werden Sie unglücklich sein, weil irgend etwas schiefgegangen ist, und das Glück wird zu einer fernen Erinnerung. Aber was ist unser Grundcharakter, unsere eigentliche Natur, wie können wir leben, wenn sich alles von einem Moment auf den anderen ändert wie das Licht? Was schlagen Sie also vor, frage ich, und sie antwortet schnell, ich schlage vor, daß Sie zu Ihrem inneren Kern vordringen, der unveränderlich ist, der nicht von den Umständen abhängt, und von dort Ihre Kraft nehmen, Sie können nicht immer die Sklavin einer trügerischen

Realität sein, Sie müssen sich auf Ihre innere Stärke stützen. Und ich frage, was soll das sein, was in mir ist, ich glaube nicht, daß ich so etwas überhaupt habe, und sie öffnet weit die Augen, natürlich haben Sie es, das ist Ihre wahre Existenz, Ihre eigentliche Natur, die Erleuchtung, die Vollendung, und ich sage erstaunt, wirklich, und wie gelangt man dahin?

Das erkläre ich Ihnen das nächste Mal, sagt sie lächelnd, und ich freue mich, zu hören, daß sie noch einmal kommen wird, daß sie uns noch nicht allein läßt mit all ihren erstaunlichen Botschaften, daß sie mir etwas anbietet, auf das ich warten kann, und ich erkundige mich bereitwillig, was ich ihr zu bezahlen habe, und sie sagt, vorläufig nichts, darüber sprechen wir am Ende, und ich frage mich, was dieses Ende sein wird, es scheint, als habe sie vor, tief in unser Leben einzudringen. Am Ende der Krankheit, frage ich unverhohlen hoffnungsvoll, und sie korrigiert mich, am Ende des Prozesses, als handle es sich hier um eine wichtige verbale Unterscheidung, und dann geht sie wieder zurück in sein Zimmer. Diesmal verzichtet sie von vornherein auf meine Babysitterdienste, sie trägt ihre Tochter auf dem Arm, und ein paar Minuten später kommt sie mit einem erleichterten Seufzer heraus, wie eine Hebamme nach einer schweren Geburt, die gut verlaufen ist. Ich komme morgen bei Sonnenaufgang wieder, verkündet sie mir, es gibt ein paar Untersuchungen, die ich mit euch allen machen möchte, und wieder staune ich, was soll das heißen, bei Sonnenaufgang, wirklich bei Sonnenaufgang oder einfach nur früh am Morgen? Wirklich bei Sonnenaufgang, sagt sie, zu diesem Zeitpunkt sind die Energien im Zentrum des Körpers am stärksten. Um welche Uhrzeit wird das sein, frage ich, und sie zuckt ernst mit den Schultern, keine Ahnung, und sie hält mir ihr dünnes Handgelenk hin, uhrlos, als sei die Uhr noch nicht erfunden worden, ich spüre es, wenn die Sonne aufwacht, sagt sie, und ich höre ihr beschämt zu, plötzlich bin ich zur Repräsentantin eines gefühllosen Fortschritts geworden, erschrocken und hilflos gegenüber der Natur.

Ehud wird Sie wecken, er weiß, wann die Sonne aufgeht, sagt sie, sie sind sich also schon nähergekommen, haben ein konspiratives Verhältnis. Sie legt die Kleine vorsichtig in den Korb, und ich kann mich nicht beherrschen und frage, wie alt ist sie? Genau dreißig Tage, antwortet sie stolz, und ich staune, daß sie die Zeit in Tagen angibt, genau wie die dreißig Trauertage. Und Sie haben schon wieder angefangen zu arbeiten, sage ich mit einer versteckten Kritik in der Stimme, und sie sagt, nein, nicht wirklich, die meisten Anfragen verschiebe ich, aber als Sie angerufen haben, konnte ich nicht ablehnen, und ich sage verwirrt, Sie behandeln also jetzt nur ihn? Ja, antwortet sie, nur ihn. Seltsam bedrückt bringe ich sie zur Tür, aber es berührt sie nicht, vom Treppenhaus aus schickt sie mir ein Lächeln voller guter Absichten zu und sagt, es ist wichtig, in der Nacht vor der Untersuchung gut zu schlafen, leichte Nahrung zu sich zu nehmen und sich alle Aufregung vom Leib zu halten, versuchen Sie wenigstens diese Nacht, sich zu entspannen, bemühen Sie sich nicht so sehr, das festzuhalten, was nicht zum Festhalten bestimmt ist.

Ich laufe zu seinem Zimmer, versuche, den Auftrag auszuführen, mich zu entspannen, und es scheint, daß auch er einen Auftrag bekommen hat, denn auch er sieht ruhiger aus, und ich frage, wie fühlst du dich, und er sagt einfach, es ist mir leichter. Was hat sie mit dir getan, erkundige ich mich, und er sagt, das weiß ich nicht genau, sie hat an meinem ganzen Körper den Puls gefühlt, sie hat meine Zunge untersucht, sie hat mir an alle möglichen Stellen magnetische Nadeln gesteckt, er fährt sich mit der Hand über den

Kopf, und dieses Räucherstäbchen, das war beruhigend, und ich denke an all meine Versuche, ihm zu helfen, diese erschreckenden, beschämenden Versuche, die alle umsonst waren, und da kommt dieses Mädchen und steckt ein seltsames Feuer an, und schon ist er ruhig. Gereizt frage ich, und was war noch, hat sie mit dir über deine eigentliche Natur gesprochen? Nein, sagt er, sie hat mir vor allem Fragen gestellt, sie hat nicht viel geredet, und ich sehe, daß er keine Lust hat, viel zu erklären, ich setze mich ruhig auf den Bettrand, besetze den Platz, auf dem sie gesessen hat, und ich habe das Gefühl, als hätte sich etwas im Zimmer verändert, ein seltsamer Geruch geht von den Wänden aus und verwischt den Gestank der Vernachlässigung, sogar sein trockener Körper verströmt auf einmal einen angenehmen Duft, als hätte er sich ganz und gar in ein friedlich glühendes Räucherstäbchen verwandelt.

Weck mich bei Sonnenaufgang, bitte ich ihn am Abend, aber zur Sicherheit stelle ich noch den Wecker, mit welchem Stolz sie ihr uhrloses Handgelenk gezeigt hat, als wäre ich die Primitive und nicht sie, ich klappe das Sofa im Wohnzimmer auf, schon wieder wird ein Nachtfalter an der Insektenlampe geröstet, ein grausamer Altar, der jeden Abend seine Opfer fordert, und die Falterleiche gesellt sich zu der Reihe der alten Insektenleichen, füllt das Zimmer mit dem Gestank verbrannten Fleischs. Kein Lufthauch kommt, um diesen Geruch wegzuwehen, er bleibt über mir hängen, als ich einschlafe, er umhüllt mich wie eine Decke aus schlechten Gedanken, und noch während ich mich unter ihr winde, klingelt der Wecker, fünf Uhr morgens, ich stöhne haßerfüllt, stehe aber sofort auf, wie eine gehorsame Schülerin. In der Wohnung herrscht noch vollkommene Dunkelheit, aber auf dem Balkon empfängt mich ein feuchtes Blau mit einem kühlen Streicheln, und ich setze mich mit dem Kaffee auf einen der Stühle, wer hätte geglaubt, daß ein Chamsintag so wunderbar anfängt, wie ein Kind, das als Schönheit auf die Welt kommt und innerhalb weniger Stunden häßlich wird. Die dunklen Bäume bewegen sich im Wind, jeder Baum auf seine Art, so wie Menschen sich verschieden bewegen, die Zypressen bewegen sich mit düsterer Schwere, die Pappeln tanzen wie aufgeregte junge Mädchen, noch vor dem Aufgang der Sonne verschwindet die Dunkelheit, sie lugt nur noch aus den Häusern, aus den dunklen Fenstern, dort bedeckt noch schwerer Schlaf die Augen wie ein dunkles Pflaster. Ich wende den Blick zum Osten, ein paar vereinzelte Zweige schweben wie versunkene Arme im blassen Meer der Luft, auf den Dächern ragen die Kreuze von Antennen in die Luft, beherrschen das Königreich des schlafenden Betons, und zwischen ihnen steht der Mond, ein weißlicher Ballon, der noch immer an seinem geliehenen Licht festhält, aber die Sterne, die ihn begleiten, verschwimmen immer mehr, verschwinden wie Zitronenbonbons, die zu Ende gelutscht sind, und nur ein letztes Funkeln bleibt zurück.

Eigentlich ist es schon ganz hell, aber die Sonne habe ich noch nicht gesehen, alle scheinen auf sie zu warten wie auf eine Mutter, ohne die man, trotz ihrer Bosheit, nicht leben kann, die Bäume, die immer heller werden, und die Vögel in den Zweigen, und ich schaue in den Osten und warte gespannt, da erscheinen einige Strahlenbündel auf den glänzenden Blättern der Pappel, aber die Sonne fehlt immer noch, sie versteckt sich hinter dem Laub wie ein großes Auge, das von einem wirren Haarbüschel verborgen wird. Ich warte vergeblich auf sie, was habe ich mir vorgestellt, daß ich mitten in der Stadt die Sonne aufgehen sehe, rund und rot, wie sie früher über den Bergkämmen aufging, die ich so liebte, in unserer leeren Moschawa, als noch nichts zwischen ihr und mir stand, nur das Streicheln der durchsichtigen Luft, und schon werde ich nervös, wozu bin ich so früh aufgestanden, von hier aus kann man den Sonnenaufgang nicht sehen, warum hat sie mir keine genaue Uhrzeit angegeben, da stehe ich allein auf dem Balkon und warte, warte auf die Sonne, warte auf die Heilerin, die an Krankheiten glaubt, und eigentlich hasse ich beide, von beiden bin ich abhängig, und dann sehe ich sie atemlos die Straße unter mir entlangrennen, ein dünnes Mädchen, ganz in Weiß gekleidet, ihre langen Haare sind offen und lassen ihr Gesicht weicher aussehen, in der Hand trägt sie den Korb, als laufe sie zum Markt, vermutlich gibt es keinen Vater, der das Neugeborene versorgen könnte, eine Welle von Mitleid schlägt über mir zusammen, schau nur, statt sich um ihre eigenen Probleme zu kümmern, will sie uns helfen, sie ist nicht wie du, du schaust die Mädchen im Heim mit schiefen Blicken an. Ich neige mich zur Seite, damit sie nicht merkt, daß ich sie beobachte, ihr Körper ist fest und aus einem Stück, nicht wie meiner, der aus verschiedenen Gliedmaßen besteht, von denen jedes einzelne ein Körper für sich zu sein scheint.

Wir haben den Sonnenaufgang verpaßt, sage ich in einem beschuldigenden Ton, und sie lächelt gleichmütig, atmet noch immer schwer vom Laufen, mach dir keine Sorgen, es ist genau die richtige Stunde. Aber bis die Sonne hier über die Dächer kommt, ist sie längst aufgegangen, den Aufgang selbst kann man von hier aus nicht sehen, beschwere ich mich, und sie sagt, verlaß dich auf mich, Na'ama, sie stellt den Korb auf den Teppich und betrachtet mich traurig, als wäre ich die Kranke, sie erkundigt sich nicht einmal nach ihm, und auch ich beeile mich nicht, ihn zu erwähnen, ich setze mich ihr gegenüber und lasse zu, daß sie mich mit ihren langen, dunklen Fingern berührt, als suche sie einen

Schatz unter meiner Haut, sie nimmt meine Handgelenke, jedes für sich, dann beide zusammen, sie kreuzt die Hände, wechselt zwischen links und rechts, und dann tastet sie hinter meinen Ohren, drückt fester und lockert den Druck wieder.

Was machst du, frage ich, und sie erklärt mir willig, ich lausche auf deinen Puls, das Blut fließt durch die Adern und erzählt über den Puls alles, was im Körper passiert, und ich protestiere, aber ich bin gesund, ich bin in Ordnung, du bist doch gekommen, um ihn zu untersuchen, und sie sagt, der Puls der Frau deutet auch auf den Zustand des Mannes hin, die Tibeter glauben, daß man am Puls der Frau erkennen kann, ob ihr Mann leben oder sterben wird. Wirklich, ist die Abhängigkeit so stark, frage ich erstaunt, und sie lächelt geheimnisvoll, ja, und auch am Puls des Kindes kann man etwas vom Zustand der Eltern erkennen, und plötzlich wirft sie mir einen prüfenden Blick zu, untersucht rasch mein Gesicht, öffnet meine Augen weit und betrachtet sie, zieht mir die Zunge aus dem Mund, und die ganze Zeit liegt dieses geheimnisvolle Lächeln auf ihren schönen Lippen, jetzt, wo ich ihr so nahe bin, sehe ich, wie schön sie sind, so nah war er ihnen gestern auch, ihren Lippen und ihrem Geruch, ein seltsamer Geruch ist das, ein unangenehmer Geruch von Intimität, wie der Geruch ihres kleinen Mädchens. Was ist mit meinem Puls, was sagt er, frage ich gereizt, und sie ignoriert meine Frage, drückt meine Finger und lauscht, und plötzlich fragt sie, hast du heute nacht gut geschlafen? Ich bin überrascht, schon lange hat mir keiner mehr eine so freundschaftliche Frage gestellt, ich habe ganz gut geschlafen, sage ich, ich hatte nur die ganze Zeit Angst, ich würde den Sonnenaufgang verpassen. Sie fragt und fragt, und die ganze Zeit bewegen sich ihre Hände über meine Finger, es sind einfache Fragen, so einfach, daß ich die Antworten vergessen habe, so wie man Freunde aus der Kinderzeit vergißt, wenn sie im Lauf der Zeit verschwinden. Diese Fragen erinnern mich an ein fernes, längst vergangenes Leben, als ich mir selbst noch neu war, was meine Lieblingsfarben sind, was ich gerne esse und trinke, welche Gewürze ich verwende, welche Jahreszeit mir die liebste ist, unter was ich mehr leide, unter Hitze oder unter Kälte, und sie hört so aufmerksam zu, daß es, obwohl sie sich keine Notizen macht, scheint, als würde sie meine Antworten bis zum Ende ihrer Tage nie mehr vergessen, und dann fragt sie plötzlich, und was tust du am liebsten? Ich betrachte sie einen Moment lang, als wären mir diese Worte unverständlich.

Sie schaut mich mit erwartungsvollen Augen an, mit schwarzen, samtigen Augen, die von dichten Wimpern umrahmt sind, und ich lache verwirrt, was ich am liebsten tue, ich bin so sehr daran gewöhnt, zu überlegen, was ich tun muß, daß ich ganz vergessen habe, was ich gern tue, und ich zucke mit den Schultern, ich bin gerne mit ihnen zusammen, ich mache mit dem Kinn eine Bewegung zu den geschlossenen Türen hinüber, hinter denen Udi und Noga schlafen, aber Sohara gibt sich mit dieser scheinheiligen Antwort nicht zufrieden, konzentriere dich, sagt sie, es ist sehr wichtig, was tust du gerne, nur für dich, ohne Beziehung zu deiner Familie, ohne Beziehung zu irgend jemandem, und ihre Frage weckt eine traurige Erregung in mir, wie bei einem längst verwaisten Kind, dem plötzlich einfällt, daß es tatsächlich einmal Eltern gehabt hat. Was hast du gern getan, als du ein Kind warst, fragt sie, um mir zu helfen, und ich gebe mir Mühe, mich zu erinnern, ich blättere in dem vergilbten Album, das ich in mir trage, Udi ist so früh in mein Leben eingebrochen, mit seinen Wünschen, die immer stärker waren als meine, mit seinen Vorlieben und seinen Abneigungen, daß ich fast vergessen habe, was es vor ihm gab, und plötzlich trifft mich die Erinnerung wie der erste Windhauch, der den Chamsin bricht, und zögernd, fast beschämt, sage ich, als ich ein Kind war, habe ich am liebsten auf der Wiese gelegen und zu den Wolken hinaufgeschaut.

Sie wird ganz weich bei meiner Antwort, sie betrachtet mich erstaunt, als wäre ich eine Reinkarnation von Buddha, schön, sagt sie, und das hat dich beruhigt? Ja, ich glaube schon, antworte ich. Und wann hast du das zum letzten Mal gemacht, fragt sie, und ich lächle entschuldigend, vor vielen Jahren, noch bevor meine Eltern sich scheiden ließen, danach hat es schon nicht mehr zu mir gepaßt, und sie nickt teilnahmsvoll, und plötzlich habe ich Lust, meinen Kopf in ihren Schoß zu legen und zu weinen, bis zum Abend nur zu weinen, denn mir ist klar, daß sie mich versteht, sogar Annat hat mich nie so tief verstanden, und einen Moment lang möchte ich ihre Tochter sein und im nächsten ihre Mutter, Hauptsache, sie verschwindet nie, nie aus meinem Leben, als wäre der Fluch der Einsamkeit, der dieses Haus getroffen hat, plötzlich ihretwegen aufgehoben.

Und wenn du die Wolken betrachtet hast, fährt sie fort, hast du da manchmal an den Himmel gedacht? Ich bin erstaunt, was heißt das, an den Himmel, und sie sagt, hast du dir überlegt, ob der Himmel die Wolken liebt, und ich stottere, keine Ahnung, daran habe ich nie gedacht. Was macht der Himmel, wenn die Wolken eine nach der anderen über ihn hinwegziehen, fragt sie, manche verschwinden, ohne ein Zeichen zu hinterlassen, andere ändern ihre Form, und ich antworte, was kann der Himmel schon machen, er kann doch nur zuschauen, und sie nickt erfreut, stimmt, und hast du nie daran gedacht, was du vom Himmel lernen kannst? Ich spüre schon, wie Spott in mir aufsteigt, ich höre, wie sie ruhig, aber mit bedeutungsvoller Stimme, als handle es sich um eine wichtige Nachricht, verkündet, so müssen wir leben, Na'ama, wir sind der Himmel und betrachten die vorbeiziehenden Wolken, ohne zu versuchen, sie festzuhalten, ohne sie zu stoppen. Na ja, der Himmel kann sie nicht aufhalten, auch wenn er das wollte, protestiere ich, und sie sagt, das stimmt, genau wie wir unsere Partner oder unsere Freunde nicht zurückhalten können, noch nicht einmal unsere Kinder. Ihr dunkler Blick streift ihre schlafende kleine Tochter, die Möbel im Wohnzimmer, den Fußboden, die Staubflocken, die ihn bedecken, wir müssen frei sein wie ein Quecksilberkügelchen, das auf den Boden fällt und sich nie im Leben mit dem Staub mischt, hast du einmal Quecksilber über den Fußboden rollen sehen, fragt sie, und ich antworte flüsternd, ja, das habe ich, ich wünschte, es wäre nie passiert.

Was wird, wenn du losläßt, fragt sie, wovor hast du Angst, und ich murmele, das ist doch klar, oder? Ich habe Angst, die Herrschaft zu verlieren, ohne alles zurückzubleiben, es gibt doch genug, wovor man Angst haben kann, und sie nickt spöttisch, ja, so meint man im Westen, aber die großen tibetischen Lehrer sagen, wer alles losläßt, gewinnt die wirkliche Freiheit, und dann strahlt aus ihm die göttliche Gnade, wie die Sonne heute über deinem Kopf gestrahlt hat. Sie hat nicht wirklich gestrahlt, sage ich und denke an meine Enttäuschung am frühen Morgen, aber sie betrachtet mich ernst, du hast doch gesehen, wie die Nacht zum Tag wurde, und ich erinnere mich an das dunkle, kühle Hellblau, das mich empfing, als ich auf den Balkon trat, ich habe die Nacht lieber, die Sonne ist für meinen Geschmack zu aggressiv. Sie betrachtet mich ernst, fast flehend, schnell, drängt sie, du mußt mir zuhören, bevor die anderen aufwachen, und wirklich wird mir bewußt, daß alle schlafen, ihr Baby, meine Tochter und Udi, ein Zauber liegt über dem

Haus, es ist eigentlich nicht mehr so früh, fast sieben Uhr morgens, aber noch immer scheint es, als schlafe die ganze Stadt, als seien nur wir beide wach, was hast du so dringend mit mir vor, du bist doch gekommen, um ihn zu behandeln, und sie sagt, und wenn ich jemand auf der Straße liegen sehe, der fast erstickt vor Schmerzen, würde ich dann nicht zu ihm gehen? Dieser Vergleich erschreckt mich, übertreibe nicht, sage ich, und sie, mit ihrer Ernsthaftigkeit, sagt, ich übertreibe nicht, Na'ama, ich habe deinen Mann gesehen und ich sehe dich, ich kann euch beiden helfen, Ehud ist eher in der Lage, sich selbst zu helfen, aber du versuchst ja nicht einmal, dir zu helfen. Warum sagst du das, hast du an seinem Puls gemerkt, daß ich sterben werde? Ich kichere verkrampft, und sie unterbricht mich ohne ein Lächeln, Na'ama, hör mir zu, aber ich habe es nicht so eilig, ich habe immer gedacht, bei Naturheilkunde handle es sich um irgendwelche uralten Arzneien aus dem Himalaja, um Kräuter und um Akupunkturnadeln, protestiere ich, und sie unterdrückt ihren Zorn, fast beleidigt sagt sie, ich habe hier eine Tasche voller Arzneien, dazu kommen wir auch noch, ich möchte erst mit dir sprechen, hör mir zu, bevor alle aufwachen und der Tag beginnt.

Sie kommt mit ihren Lippen näher an meine Ohren, flüstert mir das Geheimnis des frühen Morgens zu, es gibt verschiedene Stufen des Bewußtseins, unser normales Bewußtsein ist wie eine Kerzenflamme auf der Schwelle vor einer offenen Tür, jedem Wind ausgesetzt, ein Opfer aller äußeren Einflüsse, es verursacht Wellen negativer Gefühle und wälzt sich in ihnen, aber im Gegensatz dazu bleibt die wahre Existenz der Erscheinung in uns verborgen, denke noch einmal an den Himmel und die Wolken, der Himmel ist unsere wahre Natur, die Wolken sind unsere normalen Bewußtseinsformen, sie gehören nicht zum Himmel und sie

174

werden nie Spuren hinterlassen. Wie hypnotisiert höre ich ihr zu, um uns herum gibt es geschlossene Türen, es scheint, als wären alle gestorben, aber das stimmt mich noch nicht einmal traurig, die Vorstellung, wir wären allein auf der Welt zurückgeblieben, sie und ich, weckt ein süßes Gefühl in mir, denn plötzlich führen mich ihre Worte in den Zustand einer alten Ruhe, die so tief ist, daß der Tod dagegen klein zu sein scheint.

Schau dir diese Wohnung an, sagt sie, und ich schaue mich um, betrachte die Sessel, die Bücherregale, die grauen Wände. Wie lange wohnt ihr schon hier, fragt sie, und ich sage, fast zehn Jahre, wir sind vor Nogas Geburt hier eingezogen, und sie sagt, aber das ist nicht deine wirkliche Wohnung, und ich protestiere, doch, natürlich ist das meine richtige Wohnung, ich habe keine andere, und sie sagt, aber diese Wohnung kann in fünf Minuten abbrennen, sie kann durch ein Erdbeben zerstört werden, deine wirkliche Wohnung existiert in deinem Bewußtsein, nur dort bist du sicher, nur dort bist du Herrin deines Glücks.

Dann unterbricht das bekannte Knarren der Tür die Stille zwischen uns, Noga stürmt aus ihrem Zimmer, als brennte das Haus, sie schaut sich mit verquollenem Gesicht um, was ist los, fragt sie, ich stehe auf und umarme sie, nichts, gar nichts, ich unterhalte mich bloß mit Papas Ärztin. Mißtrauisch mustert sie Sohara, aber gleich erscheint ein unbefangenes, hoffnungsvolles Lächeln auf ihrem Gesicht, du bist seine Ärztin, fragt sie, ich bin froh, daß er eine Ärztin hat, und in ihrem üblichen zügellosen Eifer fragt sie, wird Papa wieder gesund? Ich zwinkere Sohara zu, sie soll ja nicht damit anfangen, ihr zu erzählen, daß er seine Krankheit noch braucht, aber sie lächelt Noga an, mach dir keine Sorgen, sagt sie beruhigend, natürlich wird er wieder gesund, die Gesundheit liegt in ihm, er muß sie nur finden.

Noga dehnt sich erleichtert, sie setzt sich auf mein Knie, schwer und noch schlafwarm, und Sohara geht zu ihr, wenn wir uns jetzt schon sehen, möchte ich dich auch ein bißchen untersuchen, und Noga erschrickt, warum, ist Papas Krankheit ansteckend? Nein, sagt Sohara, nein, mach dir keine Sorgen, ich möchte nur sehen, welchen Einfluß sie auf dich hat, und mit den Bewegungen, die mir inzwischen schon vertraut sind, berührt sie Noga, drückt und lockert den Druck, und dabei bewegen sich ihre Lippen, als würde sie beten. Noga spannt ihre Glieder, bis die bedeutungsvollen Berührungen zu einem Streicheln der Haare werden, du bist in Ordnung, Süße, mach dir keine Sorgen, alles wird gut, und Noga atmet sichtlich erleichtert auf, so groß war ihre Anspannung, alles, was ich zu verbergen versuche, bricht bei ihr mit solcher Wildheit hervor, daß ich manchmal das Gefühl habe, sie wäre eine Karikatur meiner selbst. Lauf und zieh dich an, dränge ich sie, es ist schon Viertel vor sieben, sie schließt sich im Bad ein, und ich erschrecke, als ich sehe, wie besorgt Sohara mich anschaut. Ihr Zustand ist nicht gut, flüstert sie mir zu, sie ist verkrampft, sie ist schwach, sie ist nicht zentriert, sie kann sich in der Schule und in der Gesellschaft anderer Kinder nicht so verhalten, wie sie es sollte, und ich merke, wie mein Kopf auf meinem Hals schwankt, da ist die harte Botschaft, sie hat endlich ihren Weg zu mir gefunden, und sie ist schlimmer, als ich es erwartet habe, und ich flüstere, was kann man tun? Und sofort füge ich hinzu, ich habe dir ja gesagt, daß seine Krankheit uns kaputtmacht, und du sprichst von einer Chance.

Ich nehme nichts zurück, sagt sie leise, und außerdem bin ich mir nicht sicher, ob das Mädchen vor der Krankheit tatsächlich in einer guten Verfassung war, es gibt da tief im Innersten Dinge, die durch die Krankheit nach außen gewendet werden, vielleicht wirkt sie sich ja sogar günstig aus.

Aber auch für sie mußt du stark werden, wenn sie merkt, daß deine Situation sich ändert, wird es ihr ebenfalls besser gehen, und aus lauter Angst bin ich bereit, mich auf der Stelle zu ändern, sag mir, was ich tun soll, du brauchst es mir nur zu sagen, und sie unterbricht mich, ich habe dir für einen Tag schon genug gesagt, denke über alles nach, was wir besprochen haben. Aber das reicht mir nicht, was wird sein, ich muß mich sofort ändern, ich muß mich ändern, bevor Noga aus dem Badezimmer kommt, ich bin bereit, mich in diesem Moment in einen Frosch zu verwandeln, wenn ihr das was nützt, ich starre die Badezimmertür an, die Scheibe, die seit einem längst vergangenen Streit einen Sprung hat und die wir, wie in Kriegszeiten, notdürftig mit einem Klebestreifen geflickt haben. Was soll ich tun, murmele ich, vielleicht gehe ich heute nicht zur Arbeit und betrachte den ganzen Tag Wolken, aber der Himmel glüht, keine Wolke wagt sich heute hervor, so hell ist der Himmel, daß man ihn nicht mit offenen Augen anschauen kann. Sohara steht auf und legt mir den Arm um die Schulter, beruhige dich, sagt sie, versuche loszulassen, versuche, dir einen Weg zur inneren Gelassenheit zu bahnen, hab keine Angst vor Veränderungen, wir werden von ihnen geformt wie der Felsen von der Welle, versuche es, denn du hast keine Wahl. Da kommt Noga heraus, ihre Augenlider sind geschwollen, und ich bin sicher, daß sie im Bad geweint hat, nervös verfolge ich ihre plumpen Bewegungen, ich sehe, wie sie ihre Schultasche nimmt, ich sehe das viel zu große Hemd, das sie trägt, und sage zu ihr, wie ich es jeden Morgen tue, Nogi, zieh etwas anderes an, so kannst du nicht gehen, das sieht albern aus, und sie widersetzt sich, doch, natürlich kann ich das, und dann erklärt sie Sohara, ich ziehe nur T-Shirts von meinem Vater an, er mag es, wenn ich das tue. Diese unsinnige Erklärung überrascht mich, unmutig betrachte ich ihre Erscheinung, das riesige T-Shirt, unter dem weiße Beine in Turnschuhen herausschauen, und darüber der Kopf mit den blonden Locken, kein Wunder, daß sie keine Freundinnen hat und daß sich alle von ihr fernhalten, und wieder fühle ich die bekannte Angst an meiner Wirbelsäule hochkriechen, aber Soharas Finger folgen der Angst, ich erstarre, spüre ihre Finger, die Wirbel um Wirbel meinen Rücken hinaufwandern. Vergiß nicht, flüstert sie mir zu, ohne Schuldgefühle, ohne Zorn, ohne negative Gefühle, nur unendlich gelassen, wie der Himmel, und ich kann mich schon nicht mehr beherrschen, ich drehe mich zu ihr um und umarme sie, ich drücke mich an sie mit all der Last, die meinen Körper beschwert, mit allen Gerüchen der Nacht, die noch nicht verflogen sind, ich empfinde keine Scham, ich möchte mich nur an ihre dünne, barmherzige Gestalt schmiegen, und sie nimmt mich in die Arme, sie ist fest in der Erde verankert wie ein Baumstamm, dunkel und stark, ich bin nicht mehr allein, sie wird mir helfen, sie wird auf mich aufpassen, ihre Hände streicheln meine Haare, sie ist aus dem Sonnenaufgang gekommen, um mich zu retten, sie strahlt in meinem dunklen Leben, alles war verzerrt, jetzt wird alles gut werden. Ich schmiege mich an sie und sage leise, bitte, Sohara, sag, daß es noch nicht zu spät ist, und sie antwortet, es ist nie zu spät, es gibt immer Hoffnung, auch einen Tag vor dem Tod ist es nicht zu spät, und ich bin bereit, mich sogar davon trösten zu lassen. Schritte sind zu hören, grobe Schuhe drängen sich in mein Blickfeld, Noga umfaßt unsere Hüften, ihre Hände sind warm und klebrig, und Sohara hört nicht auf zu murmeln, ohne Zorn, ohne Schuldgefühle, es ist nie zu spät, immer gibt es Hoffnung, und ich umarme Noga wie damals im Kindergarten, wenn die Eltern aufgefordert wurden, zu ihren Kindern in den Kreis zu kommen, Udi ist immer sitzen geblieben, aber ich bin jedesmal sofort aufgesprungen, um seine Gleichgültigkeit wiedergutzumachen, und zugleich spürte ich seine Augen in meinem Rükken, dieser kindische Eifer war ihm unangenehm, im Wald, im Wald, im Wald werden wir tanzen. Ich drehe mein Gesicht und da steht er, er lehnt an der Wand, blaß und ausgedörrt, wir haben nicht gehört, daß er aus dem Zimmer gekommen ist, er betrachtet unseren engen Kreis, der sich sofort auflöst, und alle drei schauen wir ihn an, verlegen, es paßt zu ihm, uns so zu beobachten, nicht an der Harmonie teilzunehmen, sondern sie sofort zu zerstören, ohne Zorn, ohne Schuldgefühl, flüstere ich und beeile mich, Cornflakes in eine Schüssel zu schütten, komm essen, Nogi, aber sie sagt, ich habe keinen Hunger, schmiegt sich mit einer übertriebenen Bewegung an ihn und wirft ihn fast um dabei, Papa, die Ärztin hat gesagt, du wirst wieder gesund, und er streicht ihr mit schwacher Hand über die Haare und sagt, das freut mich.

Ich laufe ins Schlafzimmer und ziehe mich an, ich nehme das Kleid mit dem albernen Blumenmuster, meine schönen Kleider, die engen, sind alle so tief in den Schrank geschoben, daß man sich schon sehr anstrengen müßte, um sie herauszuzerren, und schon bin ich fertig und ziehe Noga aus der Wohnung, los, ich bring dich zur Schule, damit du nicht zu spät kommst, an der Tür werfe ich Sohara und Udi noch einen Blick zu, sie beugt sich über das noch immer schlafende Baby, ihre Haare ergießen sich in den Korb wie schwarze Wellen, ihr Kleid wickelt sich um ihren Körper, er weicht meinem Blick aus und senkt die Augen, und ich sage, danke, Sohara, auf Wiedersehen, es fällt mir schwer, mit Worten die Liebe auszudrücken, die ich für sie empfinde, sie lächelt, ruf mich heute abend an, vergiß unsere Abmachung nicht, aber als wir die Treppe hinuntergehen, erwacht in mir das bedrückende Gefühl von Fremdheit, als wären die drei dort oben, sie, er und das Baby, die eigentlichen Bewohner der Wohnung, und wir, Noga und ich, wären nur überflüssige, lästige Gäste, nach deren Aufbruch die Gastgeber erleichtert aufatmen.

11 Auf dem Weg zum Heim vergesse ich, die Ampeln zu zählen, ich vergesse plötzlich, Angst zu haben wie an allen anderen Morgen während der letzten Wochen, Angst vor Chawa, der Leiterin, Angst vor dem Weinen, das aus den Zimmern aufsteigt, vor meiner Unfähigkeit zu helfen. Ein neuer Geist begleitet mich von einer Ampel zur nächsten, treibt mein altes Auto vorwärts wie in den Tagen frischer Verliebtheit, wenn das Gefühl noch den Körper einhüllt wie ein geölter Schuppenpanzer und jeden Pfeil abwehrt. Heute morgen bin ich nicht allein, sie ist neben mir, sie stützt mich mit ihrem harten, braunen Körper wie ein Baumstamm, sie schützt mich mit ihrer ruhigen Stimme und ihrer vollkommenen Gelassenheit. Im Seitenspiegel sehe ich ein Stück des strahlenden Himmels, der mich begleitet, und ich weiß, das ist das Zeichen, mit dem sie mich daran erinnert, daß ich so sein soll wie er, weit und voller Erbarmen, niemand wird mich verletzen können, so wie niemand den Himmel verletzen kann.

Als ich mit schnellen Schritten auf die Tür des Heims zugehe, glaube ich Blicke im Rücken zu spüren und drehe mich schnell um, oft genug hat sich hier ein taubstummer Mann versteckt, dessen Freundin bei uns Schutz sucht, er verfolgt sie, droht, sie zu töten, wenn sie das Baby weggibt, und es hat auch schon Eltern gegeben, die hier auf ihre Tochter gelauert haben, doch heute ist niemand zwischen den Büschen zu entdecken, nur etwas weiter überquert ein Mädchen die Straße. Sofort betrachte ich ihre Taille, ob sich dort ein Geheimnis verbirgt, ich sehe nichts, aber das will noch nichts heißen, der Körper versteht es, zu lügen, begeistert schließt er mit der Seele einen Pakt. Ich möchte sie ignorieren, sie treibt sich einfach in der Gegend herum, aber ihr Blick wendet sich an mich, läßt nicht locker, und ich mache einen Fehler und lächle ihr zu, mir ist sofort klar, daß das ein Fehler ist, denn jede, die zu uns kommt, muß diesen Weg aus eigener Kraft gehen, außerdem habe ich es wirklich eilig, ich muß zur Mitarbeitersitzung, aber die göttliche Gnade umhüllt mich, und da kommt sie schon mit schnellen Schritten auf mich zu. Sie ist schwanger, man sieht es an der Vorsicht, mit der ihre Füße die Straße berühren, an dem weinerlichen Lächeln, dem Lächeln einer unglücklichen Schwangerschaft, ganz anders als das fette Lächeln einer herbeigesehnten Schwangerschaft, ich schaue auf die Uhr, schon halb neun, jetzt fängt die Sitzung an und Chawa betrachtet sicher bereits vorwurfsvoll meinen leeren Stuhl, ich aber betrachte die Schritte des Mädchens, die sich auf mich zu bewegen, und mein Herz öffnet sich ihr, sie ist nicht ganz so jung wie die meisten, die zu uns kommen, sie sieht aus, als sei sie mindestens Mitte zwanzig, sie ist gut angezogen, trägt ein kurzes schwarzes Kleid und dazu passende Sandalen mit Absätzen, ihre roten Haare sind sehr kurz geschnitten, fast abrasiert, die vollen Lippen glänzend rot angemalt, im gleichen Farbton wie ihre Haare, was sucht sie bei uns, das ist nichts für sie, sie kommt aus einer anderen Sphäre, ich gehe ihr so natürlich entgegen, als wären wir verabredet, und treffe sie auf halbem Weg, kann ich Ihnen helfen?

Sie sind von dort, nicht wahr, fragt sie drängend und blickt mit sanften Bambiaugen zu unserer Tür hinüber, ja, sage ich, ich arbeite im Heim, und sie atmet schwer, schon seit zwei Tagen treibe ich mich hier herum und kann mich einfach nicht entscheiden, ob ich hineingehe oder nicht, ich habe Angst, daß Sie mich dann, wenn ich das Haus betrete, nicht mehr gehen lassen, und ich protestiere, wieso denn, niemand wird gezwungen, bei uns zu bleiben, das ist doch kein Gefängnis. Und was machen Sie mit den Babys, fragt sie mit einer vor Anstrengung verzerrten Stimme, und ich sage, in den meisten Fällen werden sie zur Adoption freigegeben, aber auch das ist kein Zwang, und sie fragt, und wenn eine Frau das Kind behalten will, darf sie das, zwingt man sie dann nicht, darauf zu verzichten? Ich bin gewöhnt an solche Fragen, aber heute kommen sie mir so neu vor wie die Fragen, die mir Sohara am frühen Morgen gestellt hat, was tust du gerne, welches ist deine Lieblingsfarbe, hast du lieber Hitze oder Kälte, und ich sage, wenn Sie das Kind aufziehen wollen und wir den Eindruck haben, daß Sie es schaffen, gibt es kein Problem, wir werden Ihnen helfen.

Sie weicht zurück, und ihr schönes Gesicht rötet sich, was heißt das, wenn Sie den Eindruck haben, und wenn Sie nicht den Eindruck haben, nehmen Sie mir das Kind dann weg? Ich erkläre es ihr, wir können nur beraten, letztlich entscheidet das Gericht zum Wohle des Kindes, aber soweit kommt es nur in den schlimmen Fällen, und sie sagt, dann ziehe ich es vor, das Haus nicht zu betreten, so bin ich frei, mit welchem Recht werden Sie über mich entscheiden, und ich sage, das hängt von Ihren Möglichkeiten ab, die meisten Mädchen hier haben keine Wahl, sie haben keinen Ort, wo sie während der Schwangerschaft sein können, und sie haben auch keine Möglichkeit, die Kinder selbst aufzuziehen, natürlich ist es besser als alles andere, wenn Sie Ihr Kind selbst aufziehen wollen, wir werden Ihnen dabei bestimmt nicht im Weg stehen, im Gegenteil. Ich werfe einen Blick auf die Uhr, ich muß hinein, sonst ist die Sitzung zu Ende, und ich stehe immer noch hier, Chawa wird nicht wortlos darüber hinweggehen.

Vielleicht sollten Sie lieber nach Hause gehen, schlage ich ihr vor, beruhigen Sie sich ein bißchen, denken Sie über alles nach, wir sind immer hier, die Entscheidung liegt bei Ihnen, aber sie hält mich zurück, nein, warten Sie, gehen Sie noch nicht weg, sie hält mich am Kleid fest, genau da, wo die blöde Chrysantheme aufgedruckt ist, ich muß mich heute entscheiden, ich kann es nicht mehr länger hinauszögern, Sie müssen mir helfen, und ich sage, also kommen Sie mit, reden wir drinnen weiter, und sie zögert, ich habe Angst, daß man mich nicht mehr gehen läßt, und die Wahrheit ist, daß auch ich es angenehmer empfinde, hier draußen zu sitzen, auf dem Gehweg, im Schatten, weit weg von Chawas prüfenden Blicken. Das Mädchen setzt sich neben mich, ich bin schon im siebten Monat, Weinen erstickt ihre Stimme, ich glaube einfach nicht, daß mir das passiert ist, mein ganzes Leben ist zerstört.

Wissen Sie, wer der Vater ist, frage ich, und sie schluchzt, natürlich weiß ich das, wir sind schon seit über einem Jahr zusammen, aber er ist verheiratet und hat Kinder, er ist viel älter als ich, ich arbeite bei ihm, in seinem Architekturbüro. Als ich gemerkt habe, daß ich schwanger bin, hätte ich noch abtreiben können, aber ich habe gehofft, er würde seine Familie verlassen und zu mir kommen, er hat mich verrückt gemacht, einmal so und einmal so, an einem Tag hat er mir das Blaue vom Himmel herunter versprochen und schon einen Namen für das Kind ausgesucht, am Tag darauf hat er mich nicht angeschaut, und dann ist es zu spät für eine Abtreibung gewesen, ich habe immer noch geglaubt, daß ich ihn überzeugen könnte, wenn ich Tatsachen schaffe, aber vor ein paar Tagen hat er mir endgültig mitgeteilt, daß er das Kind nicht will und daß er auch mit mir nicht zusammensein möchte, und jetzt weiß ich nicht, was ich tun soll. Meine Eltern sind fromm, sie dürfen es nicht erfahren, das würde sie umbringen, meine Mutter ist sowieso schwer krank, und ich schaffe es kaum mehr, meinen Bauch zu verstecken, ich hasse ihn, ich verstehe nicht, warum er mir so etwas antut, er zerstört mein Leben, indem er mich im Stich läßt, wie kann ich allein ein Kind aufziehen, ich bin gerade mal zweiundzwanzig, ich bin zu jung, um eine alleinerziehende Mutter zu sein, ich habe noch keinen Beruf, erst dieses Jahr habe ich mit meiner Ausbildung angefangen, ich habe kein Geld und ich habe keinen, der mir hilft.

Ich sitze da und höre ihren atemlosen Worten zu und versinke in ihrem Kummer, und da ist es wieder, dieses altbekannte Gefühl, ich stehe da, und mir wird aller Schmerz meiner Mitmenschen auf die Schulter geladen, Säcke voller Verzweiflung und Kränkung, ich kann die fremden Streitereien hören, ich kann die brennenden Nächte sehen, sie steigen in mir auf wie Erinnerungen, und wieder spüre ich die aggressive Hilflosigkeit, die mich in solchen Momenten überfällt, wie werde ich ihr helfen können, ihre Lage ist wirklich schwer, egal, wie man es auch betrachtet, da gibt es nichts zu erklären, und ich schlage mit weicher Stimme vor, man kann die Identität des Vaters nachweisen und Unterhaltszahlung für das Kind verlangen, aber sie schüttelt weinend den Kopf, ich will nichts von ihm, nach allem, was er mir angetan hat, wenn er fähig ist, mich in so einer Situation im Stich zu lassen, will ich weder sein Geld noch sein Kind. Wütend schlägt sie sich mit den Fäusten auf den Bauch, ich umarme sie, lege den Arm um ihre Schulter, mein Blick fällt auf ihre Füße, die Nägel sind rot lackiert, so rot wie die Lippen und so rot wie die Haare, wie schön können Füße sein, denke ich verwundert, ich bin angetan von ihrem gepflegten Äußeren, ihre Situation ist vermutlich nicht so schlimm, wenn sie noch immer so genau auf alle Details ihres Aussehens achtet, und ich sage, versuche, dich jetzt nicht mit negativen Gedanken zu vergiften, das macht dich nur schwach, und du brauchst deine Kraft, du mußt dich auf die Zukunft vorbereiten, welche Entscheidung du auch triffst, es wird schwer sein, aber es ist zu schaffen, wir helfen dir. Das Problem ist nur, daß jede Entscheidung unmöglich ist, schluchzt sie, ich kann mich mit keiner Entscheidung abfinden, wenn ich das Kind aufziehe, zerstört es mein Leben, meine Familie wird mich verstoßen, kein Mann wird mich wollen mit einem Kind, ich will mich doch selbst nicht mit einem Kind, aber wenn ich es weggebe, werde ich mir das nie verzeihen, die ganze Zeit werde ich an die Sünde denken, die ich begangen habe, indem ich auf mein Kind verzichtete, mein ganzes Leben lang werde ich bestraft sein, und ich werde keine weiteren Kinder bekommen. Um Gottes willen, unterbreche ich sie schnell, wieso solltest du Strafe verdienen? Wenn du auf dein Kind verzichtest, um ihm ein besseres Leben zu ermöglichen, dann ist das eine reife und edle Tat, die keine Strafe verdient, im Gegenteil, sie verdient Anerkennung, und sie zuckt sofort zurück, du findest also, ich müßte es weggeben, du wirst mich dazu zwingen, es wegzugeben. Wieso denn das, sage ich, du triffst die Entscheidung ganz allein, sie liegt in deiner Hand, ich kann dir nur dabei helfen, die Sache als Ganzes zu beurteilen. Müde stehe ich vom Gehweg auf, es ist schon neun, die Sitzung wird gleich zu Ende sein, und da taucht wieder dieser Morgen vor mir auf, der Sonnenaufgang, der keiner war, das hellblaue Licht, die Kühle, Soharas Haare, die auf ihren Schultern hüpften, während sie die leere Straße entlangrannte, und ich frage das Mädchen, wie heißt du, und sie sagt leise, Ja'el. Ich betrachte sie auf die gleiche konzentrierte Art, wie ich an diesem Morgen betrachtet worden bin, hör zu, Ja'el, du mußt die Entscheidung nicht gleich heute treffen, du hast noch mindestens zwei Monate Zeit, aber versuche, deinen Blickwinkel zu ändern, versuche, alles, was passiert ist, als Chance zu sehen, nicht als eine Katastrophe, versuche, etwas Gutes daraus zu machen. Etwas Gutes, ruft sie, genau wie ich gestern, wie kann man etwas Gutes daraus machen? Und ich sage, ich weiß nicht genug von deinem Leben, vielleicht schaffst du es, dich von ungesunden Verhaltensmustern zu befreien, was deine Beziehung zu Männern anbelangt, vielleicht bringt es dich deinen Eltern näher oder es macht dich reifer, jetzt ist es noch zu früh für eine Entscheidung, geh nach Hause, versuche, dich zu beruhigen, und wenn du unsere Hilfe möchtest, wir sind hier, doch sie hält mich wieder am Kleid fest, zerknautscht mit den Fingern die Chrysantheme, die auf ihm blüht, ertränkt mich in einem Schwall von Worten. Ich weiß nicht, wohin ich gehen soll, ich kann die Schwangerschaft schon nicht mehr verbergen, und wenn die Mädchen, mit denen ich die Wohnung teile, es herausbekommen, erfahren es meine Eltern, ich habe niemandem ein Wort davon gesagt, sogar meinen besten Freundinnen nicht, wenn ich das Kind zur Adoption weggebe, will ich nicht, daß irgend jemand etwas davon weiß, und ich nicke, es sollten wirklich sowenig Leute wie möglich etwas davon wissen, aber die Schwangerschaft wird sie nicht länger verstecken können.

Was soll ich machen, sagt sie weinend, ich habe Angst, zu euch zu kommen, ich habe Angst, daß ihr versucht, mich zu überreden, ich habe Angst vor den anderen Mädchen, und ich sage, Ja'el, ich muß jetzt wirklich gehen, denke ein paar Tage darüber nach, sie schaut mich mit nassen Augen an, ihr Mund verzieht sich flehend, aber ich kann wirklich nicht mehr bleiben, ich tippe den bekannten Code ein, die Tür geht vor mir auf, ich schicke ihr noch ein flüchtiges Lächeln zu, das bedeuten soll, jetzt habe ich was zu tun, aber ich bin hier, falls du mich brauchst.

Ihr enttäuschter Blick verfolgt mich, ich habe sie ebenfalls im Stich gelassen, aber ich drehe mich nicht um, obwohl man mich im Heim nicht so dringend braucht, ich hätte bei ihr bleiben sollen, die Sitzung ist sowieso zu Ende, und schon überlege ich, ob ich zu ihr zurückgehe, da kommt mir Annat auf der Treppe entgegen, von weitem sieht sie aus wie ein alternder Junge, mit den engen Jeans und den kurzen grauen Haaren. Wo warst du, fragt sie, Chawa sucht dich, und ich seufze, ich habe mir ja gedacht, daß die Sache nicht kommentarlos vorbeigehen würde, und sie fügt hinzu, du weißt doch, daß Ati gestern ihr Kind bekommen hat, du solltest später mit den Formularen zu ihr gehen, und ich antworte nicht, betrete zögernd das Heim. Jeder, der eintritt, bleibt erst einmal staunend am Eingang stehen, nicht nur die Mädchen, die neu hierherkommen, auch mir geht es noch oft so, so schön ist es hier, sagen alle, ich wünschte, ich hätte so eine schöne Wohnung, und es stimmt, eine Wohnung über drei Ebenen, prachtvoll und großzügig. Aber heute halte ich mich nicht auf, ich gehe direkt zu Chawas Büro, sie liegt in ihrem Liegestuhl, einer Art Strandliege, die sie hergebracht hat, weil ihr der Rücken weh tut und sie schlecht sitzen kann, die Lesebrille vergrößert ihre Augen, aber sie nimmt sie ab, als ich eintrete, und legt den Stapel Formulare auf die Knie.

Was für ein schöner Morgen, verkündet sie feierlich, bist du jetzt erst aufgewacht? Ich denke an diesen Morgen, an seinen blauen Anfang, ganze Jahreszeiten sind seither vergangen, und ich stottere, nein, wirklich nicht, ich bin mit meinem Mann zu einer Untersuchung gefahren, und sie seufzt, wie soll das weitergehen, Na'ama, und ich fange schon an, mich zu verteidigen, aber sie unterbricht mich mit unerwarteter Wärme. Ich sehe, wie schwer du es hast, sagt sie, vielleicht nimmst du ein paar Tage Urlaub, eine Woche oder zwei, nimm dir so viel Zeit, wie du brauchst, pflege ihn, bis es ihm wieder gutgeht, dann komm zurück, damit du nicht die ganze Zeit zwischen uns und ihm hin und hergerissen bist. Ihr weicher Ton verwirrt mich, doch ich schüttele heftig den Kopf, nein, das wäre mir jetzt nicht recht, den ganzen Tag mit ihm eingesperrt zu sein, was soll das heißen, ihn pflegen, bis es ihm wieder gutgeht, ich habe keine Ahnung, was ich mit ihm anfangen soll und wann es ihm wieder gutgehen wird, und ich sage, danke, Chawa, ich würde lieber so weitermachen, und sie spielt mit ihrer Brille, betrachtet mich mit einem großen Auge wie durch ein Vergrößerungsglas, ich weiß, daß du mich für zu hart hältst, sagt sie mit ruhiger Stimme, und vielleicht hast du recht, aber ich habe keine Wahl, wir alle haben keine Wahl, wir dürfen uns nicht allzusehr mit dem Leid um uns herum identifizieren, das wäre zu einfach, wir müssen darüber hinauswachsen. Möchtest du eine Tasse Tee, fragt sie dann, und ich betrachte den großen Körper, der sich jetzt bewegt, und zum ersten Mal bemerke ich seine Verletzlichkeit, was ist mit ihr passiert, mit dieser Chawa, die doch so vollkommen ist, mit einem reichen Mann, einem schönen Haus und gesunden, netten Kindern, und es scheint, als könne sie meine Gedanken lesen, ich habe es im Moment auch nicht leicht, sagt sie, ich hatte alle möglichen Probleme in der letzten Zeit, aber ich lasse nicht zu, daß mich die Schwierigkeiten beherrschen, Na'ama, und du gibst dich deinen hin, und ich sage, danke, ich möchte keinen Tee, und sie seufzt, schiebt mit einer überraschend weiblichen Bewegung eine graue Locke aus der Stirn, sei nur aufrichtig genug, mit mir und mit dir selbst, und hüte dich vor zu großer Identifikation, fügt sie ernst hinzu, denn wenn wir selbst Kummer haben, ziehen wir wie ein Magnet den Kummer der anderen an, und er mischt sich mit unserem, und das ist das gefährlichste.

Verwirrt verlasse ich ihr Zimmer und schaue mich um, versuche, die allgemeine Stimmung dieses Morgens aufzunehmen, hier ist immer alles empfindsam und zerbrechlich, jede Geburt, jedes unterschriebene Formular verändert das Gleichgewicht, sofort drängen sich alle zusammen, wie geht es ihr, was hat sie entschieden, immer gibt es eine, die ihre Mißbilligung ausdrücken muß, wenn ich solche Bedingungen hätte wie sie, würde ich mein Kind aufziehen, und eine andere, die daraufhin sagt, was für ein Glück, daß du sie nicht hast, mir tut das Kind leid, das du aufgezogen hättest. Ich sehe Ilana am Waschbecken stehen, sie spült Geschirr, mit ungeschickten Bewegungen, überall verspritzt sie Seifenwasser, und am Eßtisch sitzt Chani, vor sich ein rosafarbenes Wollknäuel, in der Hand das Strickzeug. Ich muß den Pulli bis zur Geburt fertig haben, erklärt sie mir aufgeregt, ich muß meinem Baby irgend etwas von mir mitgeben, und Ilana klappert verärgert mit den Tellern, sie macht uns schon ganz verrückt damit, mault sie, dabei braucht das Baby diesen Pulli doch gar nicht, das kannst du mir glauben, sie wird in ihrem neuen Zuhause genug Pullover bekommen von ihren Adoptiveltern, die im Geld schwimmen, bestimmt wartet schon ein ganzer Haufen schön zusammengelegter Sachen auf das Kind, in einer Kommode mit einem aufgemalten Schneewittchen.

Aber ich möchte, daß ihr etwas von mir bleibt, zum Andenken, beharrt Chani, es wird ihr Lieblingspullover sein, und Ilana lacht ihr hartes böses Lachen, meine Güte, bist du blöd, sie werden den Pulli sofort in den Mülleimer werfen, habe ich recht? Sie schaut mich mit ihren kleinen trüben Augen an, und ich sage, Ilana, ich verstehe, daß es dir schwerfällt, aber laß Chani in Ruhe, wenn sie etwas für sich tun will, es ist ihr wichtig, etwas für ihr Baby zu machen, und das ist gut so. Wieso denn ein Pullover, sagt Ilana, soll sie ihrer Kleinen einen Brief in die Adoptionsakte legen, das werde ich jedenfalls tun, und wenn sie eines Tages achtzehn ist und sich die Akte anschaut, wird sie zu mir zurückkommen, es ist, als würden die Adoptiveltern sie nur für mich aufziehen, und ich sage, achtzehn Jahre, das ist viel Zeit, mehr Zeit als dein bisheriges Leben, du kannst nicht wissen, was deine Tochter dann empfinden wird, ob sie dich sehen will oder nicht. Deshalb werde ich ihr einen besonders schönen Brief schreiben, sagt Ilana, damit sie mich finden kann, ich werde schreiben, daß ich viel Geld habe oder ein berühmtes Model bin, und ich lächle verwirrt, weil ich nicht weiß, ob ich lachen oder weinen soll angesichts dieses kurzen, schweren Körpers mit dem zerquetschten Gesicht. Ilana, sage ich, ihr Wille, dich zu sehen, wird überhaupt nichts mit Dingen wie Geld oder Ruhm zu tun haben, du mußt die Beziehung auf Wahrheit aufbauen, du mußt ihr erzählen, wie alt du bist und welche Schwierigkeiten dich dazu zwingen, sie wegzugeben, damit sie ein besseres Leben hat, versuche nicht, irgend etwas zu schönen.

Sag mir bloß nicht, was ich zu tun habe, zischt sie am Waschbecken, und ich gehe schnell zum Büro. Chani folgt mir, weißt du, was ich möchte, sagt sie, ich möchte ihr selbst diesen Pullover anziehen, nach der Geburt, und wenn ihre Adoptiveltern dann kommen, um sie zu holen, werden sie sie in dem Pullover sehen, den ich für sie gestrickt habe, ich möchte, daß sie ihr, wenn sie groß ist, erzählen, daß ihre richtige Mutter ihr einen Pullover gestrickt hat. Ich lächle sie an, in Ordnung, Chani, ich verspreche dir, daß es so sein wird, mach dir keine Sorgen, aber sie drängt sich an mich, mit ihren Stricknadeln und der Wolle, ich möchte, daß es ihr erstes Kleidungsstück wird, verstehst du? Und ich sage, klar, beeil dich nur, dein Bauch hat sich schon gesenkt, und du hast gerade erst angefangen, und als ich sie betrachte, wundere ich mich wieder über die grausame Laune der Natur, schwangere Frauen sehen in meinen Augen immer achtunggebietend und stolz aus, sie sind für mich die höchsten Offizierinnen in der Armee der Natur, und doch sind diese hier nur Mädchen, selbst fast noch Kinder, denen eine schwere, ungewollte Last auferlegt wird, und gleich packt mich auch die Wut auf Udi, wie jedesmal, wenn ich Vorwürfe gegen die Natur habe, fällt mir Udi ein, ihr begeisterter Verteidiger, und zornig erinnere ich mich an seinen harten, mit Nadeln gespickten Körper und an das brennende Räucherstäbchen auf seinem Kopf.

Als ich das Büro betrete und die Formulare hole, habe ich wieder einmal die Worte vor Augen, mit denen dieser furchtbare Verzicht zu Papier gebracht wird, emotionslos, als handelte es sich um den Antrag auf einen Reisepaß oder eine Namensänderung, ich stecke die Papiere in die Tasche, nehme aus dem Schrank mit den Geschenken eine Packung mit Seife und Körpercreme, und als ich Annat im Flur treffe, bitte ich sie, Chawa zu sagen, daß ich zur Entbindungsstation gefahren sei, und sie fragt erstaunt, jetzt schon, du bist doch gerade erst gekommen. Ich möchte es hinter mich bringen, sage ich, paß bitte auf Ilana auf, sie ist in einer mörderischen Stimmung, und Annat lächelt, nicht nur sie, und erst an der Tür überlege ich, wen sie mit dieser Bemerkung wohl gemeint haben mag, mich, Chawa oder sich selbst, aber was spielt das für eine Rolle, es ist nur wichtig, daß ich Ja'el nicht begegne, als ich das Haus verlasse, sie hat ihr schreckliches Schicksal in die Hand genommen und ist auf ihren hohen Absätzen verschwunden, sie hat mir keine Möglichkeit hinterlassen, sie zu finden, nur die Schatten glühender Blätter streicheln genau die Stelle, wo wir gesessen haben.

Dieser Ort, an dem das Leben anfängt, dieser neonbeleuchtete Korridor ohne jedes Mysterium, diese schwachen Körper, die nichts verbergen, ihr leidender und trotzdem stolzer Gang wie der von Kriegsverwundeten, die wissen, daß ihre Schmerzen einen Sinn haben, dieser Ort hier zieht mich magisch an, ich bewege mich zwischen den unsicher umherwandernden Frauen und weiß, daß ich nie so sein werde wie sie, nie werde ich gebückt und glücklich durch diesen Korridor schlurfen, ich werde nie wieder ein Kind haben. Ein paar Jahre lang habe ich geglaubt, es würde alles gut werden, Udi würde sich schließlich fügen, aber jetzt ist mir klar, daß es nicht so sein wird, und die Erkenntnis, daß alles vorbei ist, trifft mich hart, nie wird mir eine zweite Chance geboten werden. Ich lasse mich mit letzter Kraft auf eine Bank fallen, erschöpft wie eine Wöchnerin, auch ich habe schmerzhafte Nähte, alte Nähte, die sich entzündet haben und nicht heilen wollen, doch da setzt sich eine Frau im Morgenrock neben mich, einen durchsichtigen Wagen mit sich ziehend, und ich erhebe mich sofort, ihr Blick folgt mir ohne jede Neugier, aber er bedrückt mich, als hätte man mich bei einer Vorspiegelung falscher Tatsachen ertappt. Schnell gehe ich zu Etis Zimmer am Ende des Korridors, ein starres Lächeln auf den Lippen, das ist immer der schwerste Moment, soll man etwa herzlichen Glückwunsch sagen, wenn der Tag der Geburt gleichzeitig der Tag der Trennung ist? Alle Achtung, Etile, sage ich vorsichtig, du warst eine richtige Heldin, hat man mir gesagt, und sie schaut mich mit zornigen Augen an, es war ein Alptraum, frag mich nicht, er hat sich in meinem Bauch festgekrallt wie eine Zecke, und ich streichle ihren knochigen Arm, es ist wirklich schlimm, aber mit der Zeit vergißt man das, und sie sagt, wie eine Zecke hat er sich in mir festgekrallt, sechsunddreißig Stunden lang wollte er nicht raus, trotz Wehenmittel und allem was du dir vorstellen kannst, ich bin fast gestorben, so höllisch waren die Schmerzen, ich weiß nicht, was ich ihm getan habe, daß er sich so festgekrallt hat, und ich frage, hast du ihn schon gesehen, und sie sagt, was fällt dir ein, ich will ihn nie sehen, er ekelt mich an.

Aber Eti, dränge ich, er ist dein Kind, du hast ihn geboren, gerade deshalb ekelt er mich an, sagt sie kalt, wenn du ihn geboren hättest, hätte er mich nicht angeekelt, verstehst du das nicht, er ist ein Nichts, genau wie ich, er ist nichts wert, und sie breitet gleichgültig ihre mageren Arme aus. Ich möchte nur raus aus diesem Loch hier, murrt sie, ich möchte allein sein, ohne eure Aufsicht, und ich frage, was wirst du tun, wenn du allein bist, obwohl ich die Antwort weiß, sie wird sich Heroin spritzen und auf ihrer stinkigen Matratze liegen und sich fühlen, als wäre sie die Königin der Welt. Traurig betrachte ich sie, ihr Gesicht ist dunkel, ihr Hals faltig, dies ist nicht das erste Kind, das sie zur Adoption freigibt, als sie jung war, hat sie ein Kind weggegeben, das jetzt mindestens zwanzig Jahre alt sein muß. Sie behauptet, keine Hure zu sein, nur für das Rauschgift schlafe sie mit Männern, und wenn das zu einer ungewollten Schwangerschaft führe, eine Art Nebenwirkung der Droge, gibt sie das Kind zur Adoption und macht weiter. Ich habe gedacht, ich wäre schon zu alt dafür, kichert sie, und ich halte ihre Hand, sie sieht alterslos aus, geschlechtslos, ich frage mich, ob es einen Spalt in dieser rauhen Haut gibt, einen Zugang zu ihrem Innersten, eine Möglichkeit, sich einen Moment lang nahe zu sein, und ich sage, komm, schauen wir uns das Baby an, du sollst doch wissen, von wem du dich trennst, es ist wichtig, daß du siehst, wie lebendig und süß er ist, kein Ungeheuer, glaub mir, und sie weicht zurück, laß mich endlich in Ruhe, Na'ama, ich möchte diesen kleinen Blutegel nicht sehen. Da opfere ich mich und sage, dann gehe ich allein und beschreibe ihn dir, und sie

zuckt mit den Schultern, tu's doch, wenn du mit deiner Zeit
nichts Besseres anzufangen weißt.

Schweren Herzens betrete ich das Säuglingszimmer, wie
Rekruten sind sie dort aufgereiht, Bett neben Bett, und mir
fällt ein, wie ich Noga immer vom Säuglingszimmer geholt
habe, Noga mit dem herzförmigen Gesicht und den gekräu-
selten Rosenlippen, und einmal kam ich durcheinander,
plötzlich stand ich mitten in der Nacht vor einem anderen
Gesichtchen, erst da schaute ich auf das Namensschild und
entdeckte, daß das Kind gar nicht mir gehörte. Da ist er,
Etis kleiner Junge, ein Irrtum ist ausgeschlossen, er sieht ihr
sehr ähnlich, ein schwarzer, wütender Gnom, seine Fäust-
chen zittern, und nicht nur sie, sein ganzer kleiner Körper
zittert, und die Schwester seufzt hinter mir, er macht eine
Krise durch, der arme Kerl, er ist drogenabhängig geboren,
wir entziehen ihn jetzt. Es wird alles gut, Kerlchen, flüstere
ich ihm zu und streichle seine faltige Wange, wir holen dich
aus diesem Schicksal heraus, wir pflanzen dich in eine andere Erde und du wirst blühen, und plötzlich empfinde ich
Stolz, ich richte mich auf, siehst du, sage ich leise zu Udi,
wir retten Leben, dieser Junge wird bald Eltern haben, die
ihn liebevoll aufziehen, die dafür sorgen, daß er alles bekommt, was ihm fehlt, und statt mitzukriegen, wie seine
Mutter für Geld mit Männern schläft und sich Spritzen
setzt, wird er Zeichentrickfilme sehen und mit Lego spielen
und Bücher lesen.

Und was wirst du tun, wenn er im Gymnasium seinen
Freunden nachläuft und selbst süchtig wird, höre ich Udi
einwenden, stell dir vor, daß er genau im gleichen Loch lan-
det wie seine Mutter, vielleicht wird sie es sogar sein, die
ihm das Zeug verkauft, oder er ihr, und ich werde wütend,
natürlich kann alles mögliche passieren, aber wir geben ihm
die Chance zu einem anderen Leben, wenn er bei ihr bleibt,

ist sein Schicksal entschieden, und ich denke an Noga in ihrem durchsichtigen Bett, was wäre aus dir geworden, wenn andere Eltern dich mitgenommen hätten, vielleicht hättest du einen Vater bekommen, der dich nicht streitlustig und rachsüchtig hätte fallen lassen, vielleicht eine andere Mutter, die dich nicht mit ihren Schuldgefühlen angesteckt hätte, Udi hat recht, das Wissen ist eine lächerliche Illusion, undurchlässige Schleier bedecken die Augen des Menschen. Ich streichle zum Abschied die winzige Hand, da schließen sich plötzlich kleine Finger um meinen großen, unerwartet kräftig, und ein Weinen kommt aus seinem Mund, was möchte er mir sagen, daß er trotzdem bei seiner Mutter bleiben will, die ihn haßt, in kurzer Zeit werde ich die Formulare aus der Tasche ziehen, doch jetzt geht die Schwester mit einer Flasche zu ihm, er hat Hunger, der Arme, sagt sie und hebt ihn hoch, er läßt meinen Finger los, seine Augen sind geschlossen, überhaupt noch nicht aufgegangen, warum habe ich dann das Gefühl, daß er mich anschaut, ich fliehe wie eine Verbrecherin zu Eti, die mich mit geschlossenen Augen erwartet, die Ähnlichkeit zwischen beiden ist wirklich erstaunlich, niemand wird sie übersehen können, wenn sie sich an denselben Plätzen herumtreiben, aber warum sollten sie sich an denselben Plätzen herumtreiben?

Etale, er ist wirklich süß, sage ich, er sieht dir sehr ähnlich, und sie macht eine verächtliche Handbewegung, das interessiert mich nicht, von mir aus kann er dir ähnlich sehen, und ich halte ihr die Formulare hin, ich möchte, daß du sie liest, und sie murrt, laß mich endlich in Ruhe, es ist mir egal, was da drauf steht, ich will ihn nicht, das habe ich dir ja gesagt. Ich bleibe stur, du mußt das lesen, Eti, es ist keine Kleinigkeit, daß du auf ihn verzichtest, du mußt verstehen, was das bedeutet, und sie räsoniert, ich weiß, was das bedeutet, nämlich daß ich euch morgen um diese Zeit los bin, ich gebe nicht auf und lese ihr laut und langsam die Worte vor, dann nimmt sie meinen Stift und unterschreibt, mit fast geschlossenen Augen, blaue Tintenflecken bleiben auf dem Rand des Papiers zurück, die Arbeit ist erledigt, auch wenn sie leicht ist, ist sie schwer. Ich seufze, ihre Gleichgültigkeit stößt mich ab, obwohl sie es mir bequem macht, ich muß nichts erklären und nichts diskutieren, ich muß nicht trösten und nicht Mut zusprechen. Sie holt eine Schachtel Zigaretten aus ihrem Nachttisch und treibt mich an, komm, gehen wir, ich begleite dich zur Halle, da können wir uns hinsetzen und eine rauchen, und als wir am Säuglingszimmer vorbeikommen, wirft sie keinen einzigen Blick hinein, sie geht an den aufgereihten Babybetten ohne jede Neugier vorbei, ohne jedes Schuldgefühl, als wäre es nicht ihr Kind, das dort strampelt und sich nach ihrer Milch sehnt, nach ihrer Liebe, und als wir uns setzen, kann ich mich nicht mehr beherrschen, Etale, meinst du nicht, daß du trotzdem einen Entzug versuchen solltest, schau nur, was für einen Preis du bezahlst, wir könnten dir helfen, meinst du nicht?

Laß mich in Frieden, Na'ama, zischt sie mich an, ich habe nicht vor, aufzuhören, mich interessiert nichts außer dem Stoff, ich lebe nur für ihn, er ist mein Baby, nur er macht mich glücklich, und plötzlich stößt sie ein häßliches Nikotingelächter aus, ich bin schon vergeben, verstehst du, ich bin die Mutter des Rauschgifts. Ihr Lachen bewegt die Falten ihres leeren Bauchs unter dem Morgenrock und verfolgt mich, als ich mich von ihr verabschiede, ich warte auf den Aufzug und schaue zu ihr hinüber, erstaunt, fast neidisch, wie sie ein mageres Bein über das andere magere Bein legt und grauen Rauch vor dem Bild des Kindes aufsteigen läßt, das sie morgen verläßt, vielleicht hat sie recht, morgen wird sie auf ihrer schmutzigen Matratze liegen und die Königin der Welt sein.

12

Die Sonne, die ich früh am Morgen herbeigesehnt habe, verfolgt mich jetzt feindselig, wirft mir aus den Autospiegeln stechende Strahlen entgegen, drei Lichtstreifen wie drei Messer, die mir nicht erlauben, nach rechts oder links zu fahren oder zu wenden, ich kann nicht zurück zum Heim und nicht nach Hause, ich kann nur geradeaus fahren, als würde ich entführt, zu dem Ort, der nur mir gehört, an dem ich für niemanden sorgen muß, und ich fahre schnell, bevor es mir leid tut, stelle mir den Anblick des Himmels vor, der mich durch die Wipfel hinweg anstrahlen wird, während ich entspannt auf der Wiese liege und weder Hunger noch Durst fühle, weder Erwartung noch Kränkung.

Je weiter ich komme, um so schmaler werden die Straßen, und meine Augen werden grüner, sogar mitten im Sommer leuchten hier Orangen im Laub, betrachten mich neugierig, seit dem Tod meines Vaters war ich nicht mehr hier, und auch davor nicht eben häufig, es war mir immer unheimlich, wenn meine Erwachsenenwelt auf die meiner Kindheit traf. Wenn ich meinen Vater besuchte, fing ich immer plötzlich an zu hinken, als wäre mein Bein nach einem Bruch nicht gut verheilt, aber heute komme ich gern, denn das hier ist der einzige Ort, der mir geblieben ist, hier warten mein Vater und meine Mutter mit dem Mittagessen auf mich, sie sitzen sich an unserem großen Tisch gegenüber, werfen ab und zu einen besorgten Blick auf die Uhr, wo steckt sie bloß, warum kommt sie so spät? Hier, ich kehre von der Schule zurück, ihre Trennung hat mir das Leben noch nicht

vergällt, sie steckt noch im verborgenen Käfig der gefährlichen Gedanken, sie schreit manchmal in den Nächten,
aber ich höre noch nichts, nur die Gespräche der Schakale
wecken manchmal bei Nacht eine dumpfe Angst in mir. Das
ist mein Weg nach Hause, zwischen den Orangenplantagen
hindurch, eine dunkle ländliche Straße ohne Autos, zuweilen gehe ich abends barfuß diese Straße entlang, und obwohl sie trocken und fest ist, spüre ich weiche Strömungen
unter dem Asphalt, die Reste einer Hitze, die mir aus der
Tiefe der Erde entgegengeschickt wird, wenn ich die nahe,
immer unter Wolken liegende Eichenallee hinaufgehe, hier
habe ich mich immer am Straßenrand ausgeruht, hier habe
ich Eicheln gesammelt, die harten Früchte herausgeholt,
um sie dann wieder in ihren aufgeplatzten Wiegen zu verstecken.

In der früheren Guavenplantage, die jetzt mit Asphalt bedeckt ist, parke ich das Auto und versuche den Platz zu finden, an dem damals mein Lieblingsbaum gestanden hat, der
mit den rotesten, schwersten und süßesten Guaven, die wie
Laternen in den Zweigen leuchteten, ich renne nach Hause,
wartet auf mich, Mama, Papa, fangt nicht ohne mich an zu
essen, räumt den Tisch nicht ab, stellt die Teller nicht weg,
hier bin ich, aus der Schule zurück, meine Hefte sind ordentlich, meine Bücher sauber, heute passe ich auf Jotam
auf, damit ihr ausgehen könnt. Wie plötzlich war das alles
gekommen, ich hatte keinen Verdacht geschöpft, meine Mutter sah so glücklich aus mit uns, ihrer kleinen Familie, sie
war so schön mittags, mit der karierten Schürze und den
Schweißtropfen auf der Oberlippe, wir haben sie alle drei
geliebt, der kleine Jotam, der immer an ihrem Schürzenzip-
fel hing und weinte, wenn sie auch nur kurz wegging, ich,
die ich sie bewunderte und nicht aus den Augen ließ, und
mein Vater, der viel älter war als sie und alles tat, um sie

zufriedenzustellen, nie zankten sie sich, immer sprachen sie leise und höflich miteinander, und alles sah wunderbar aus, bis sich herausstellte, daß ihr das alles nicht genügte, dieses Leben, es reichte ihr nicht, jeden Tag Huhn mit Püree zu kochen und mittags einem alternden Mann gegenüberzusitzen, der sie langweilte, sie war noch jung, sie wollte leben, sie wollte Schauspielerin sein, singen und tanzen, sie wollte nicht in dieser gottverlassenen Moschawa und in diesem alten Haus verfaulen, ein armseliges Jewish-Agency-Haus, so nannte sie es immer, es ist das Haus, vor dem ich jetzt stehe, alle anderen Häuser haben sich vollkommen verändert, wie Kinder, die erwachsen geworden sind, sie sind in die Breite und in die Höhe gewachsen und nicht mehr wiederzuerkennen, nur dieses Haus ist klein geblieben. Da sind die Überreste unseres kleinen Gartens, ein einsamer Flammenbaum steht in der Mitte, ich habe ihn meinen Geburtstagsbaum genannt, denn an meinem sechsten Geburtstag bin ich um ihn herumgerannt, hielt mich an dem rauhen Stamm fest und tobte, bis mir schwindlig wurde und die Köpfe aller Gäste zu einem einzigen Lächeln voller Zungen und Zähne verschwammen. Ich hielt ein kleines Tuch in der Hand, ein weißes Tuch, das ich von einem der Nachbarn geschenkt bekommen hatte, und es erfüllte mich mit unbeschreiblichem Glück, wieder und wieder winkte ich aufgeregt, als stünde ich auf einem Schiff und nähme Abschied, um eine lange Reise anzutreten, von der keiner sagen konnte, wie sie verlaufen würde.

Jetzt strecke ich mich unter dem Geburtstagsbaum aus, seine Zweige zerteilen den Himmel in blaue Stücke, in bewegliche, ununterbrochen sich verändernde Formen. Wie gerne lag ich hier, wenn es dunkel wurde, die Geräusche aus dem Haus waren wie ein beruhigendes Summen im Hintergrund zu hören, während ich unter dem Baum lag und dem

Gesang der Wolken lauschte, dem weichen, dunklen Chor hoch über mir, eine Melodie ohne Trauer und ohne Freude, ohne Willkommen und ohne Abschied, wir ziehen an dir vorbei, sangen sie, aber wir werden nach dir noch hier sein, wir werden nie geboren werden und nie sterben, wir werden uns an nichts erinnern und nichts vergessen. Hier, da türmen sie sich übereinander, strecken die verwöhnten Arme aus, dehnen sich unter dem Baldachin des Himmels, sie verschlucken den Mond und spucken ihn heil wieder aus, unverletzt entkommt er ihren Griffen, da drücken sie sich aneinander und lösen sich gleich darauf, furchtlos explodieren sie im Reich des Himmels, sie nehmen Formen an und verlieren sie wieder, tiefe und hohe Phantasieformen, Buchten und schneebedeckte Gipfel. Fast jeden Abend ging ich in den Garten, sogar im Winter, streckte mich auf der Wiese aus und starrte hinauf in die Weiten des Himmels, zu den unbeschreiblichen Abenteuern, die sich dort oben ereigneten und die sich meiner Herrschaft entzogen, als hätte ich je die Herrschaft über das gehabt, was sich hier unten ereignete, auf der Erde, in dem kleinen Jewish-Agency-Haus, und ganz langsam senkte sich Gelassenheit über mich, eine verrückte, wunderbare Gelassenheit, die nichts mit dem zu tun hatte, was an diesem Tag geschah oder am nächsten geschehen würde, vermutlich war es das unendliche Bewußtsein, diese nackte und strahlende Einfachheit, und nun, da ich mich an sie erinnere, möchte ich, daß sie zurückkommt, ich versuche, sie mit Worten zu verführen, aber was habe ich schon zu bieten und wie könnte ich ihr Vertrauen schenken, wenn sie mich ausgerechnet in dem Moment, in dem ich sie am meisten brauche, im Stich läßt, wenn sie dieses Haus verlassen hat wie meine Mutter, am selben Tag und zur selben Stunde. Wieder versuche ich, mich an die Worte zu erinnern, die ich heute morgen gehört habe, loslassen, hat sie gesagt, von den Wolken und vom Himmel lernen, die Gelassenheit in sich selbst finden, wie verlockend sich das anhört, ich wäre froh, wenn ich das könnte, aber in mir ist keine Gelassenheit, Sohara, im Gegenteil, manchmal habe ich das Gefühl, als sei in der Welt um mich herum überall mehr Gelassenheit als in mir selbst.

Beschämt stehe ich vor der verschlossenen Tür meines Hauses, jemand hat es vor vielen Jahren gekauft, ist aber nie eingezogen, und solange die Zimmer unbewohnt bleiben, werden unsere zerbrochenen Herzen hier ausharren, die Fußspuren auf den abgetretenen Fliesen, der Abdruck des Barometers an der Wand, der ganze Zorn des verlassenen Hauses, und ich betrachte es von außen, das Haus meiner Kindheit. Da stand der Baum mit den roten Pflaumen, daneben der mit den gelben, Mann und Frau haben wir sie genannt, weil sie so dicht nebeneinander standen und ihre Zweige sich so ineinander verhakt hatten, daß wir sie nur im Sommer unterscheiden konnten, denn nur wenn ihre Früchte reif wurden, sahen wir, welche Zweige zum roten Baum gehörten und welche zum gelben, dann stiegen wir hinauf, pflückten die warmen Früchte und stopften sie uns wie Bonbons in den Mund, und hier, vor meinem und Jotams Fenster, stand einmal die riesige Akazie, die im Frühjahr wie eine Sonne strahlte und unsere Träume gelb färbte. Hier war die östliche Terrasse, mit Blick auf die blauen Berge, die aneinandergereiht sind wie eine Kette aus Saphiren. Hier saß mein Vater nachmittags in seiner kurzen Khakihose, die Beine übereinandergeschlagen und mit zurückgelehntem Rücken, hier aß er dunkle Weinbeeren und prophezeite das Wetter, seine Brillengläser funkelten glücklich, und ich saß vor ihm, auf diesen Stufen, und hielt die kleinen Kätzchen in den Armen. In diesem Gebüsch kamen sie immer auf die Welt, sie tobten zwischen den Farnen herum, und ihre kleinen Schwänze zitterten zwischen Licht und Schatten. Von der Treppe aus belauerte ich sie, wartete auf ihre ersten neugierigen Schritte in die Welt, lockte sie mit einem Schüsselchen Sahne, schnüffelte an ihrem Fell, in dem milchige Wärme hing. Und da ist die westliche Terrasse, hier wohnten, laut und provozierend, die Tauben unter den Dachziegeln und bedeckten den Terrassenboden mit ihren Exkrementen, und meine Mutter schrie, wohin soll das noch führen mit diesen Tauben, sie schleppen Krankheiten an, vertreib sie, bevor sie uns alle anstecken, und mein Vater betrachtete hilflos die Nester, hin- und hergerissen zwischen seinem Mitleid für die Tauben und dem Wunsch, meine Mutter zu beruhigen. Manchmal faßte er Mut und entfernte ein oder zwei Nester, nachdem er heimlich die Eier in ein anderes Nest gelegt hatte, aber nie schaffte er es, die Tauben zu vertreiben, erst als meine Mutter das Haus verlassen hatte, in seiner ersten einsamen Nacht, fiel er zornig über die Nester her, über die Eier und die Jungvögel, es war ein regelrechtes Pogrom, das er veranstaltete, und die Kunde von dieser Schreckensnacht verbreitete sich unter den Tauben, so daß sie es nicht wagten, zurückzukehren, fast dreißig Jahre sind vergangen, und noch immer gibt es hier auf der Terrasse keine Tauben mehr.

Seltsam, niemand lebt hier, und trotzdem ist der Rasen so gepflegt wie ein Grab, um das sich heimlich jemand kümmert, ja, hier liegt der Rest seines Lebens begraben, die Einsamkeit seiner leeren Zimmer, in denen er ohne Bitterkeit ihr Weggehen beweinte, als sei er eigentlich damit einverstanden, als hätte er an ihrer Stelle dasselbe getan. Immer habe ich gedacht, wenn sie ihn wegen eines anderen Mannes verlassen hätte, hätte er das leichter ertragen als so, da sie wegen aller Männer auf der ganzen Welt gegangen war und ihm keinen Angriffspunkt für seinen Zorn gelassen hatte, besiegt in einem Kampf, an dem er nicht teilgenommen hatte, er hatte nichts mit Kämpfen im Sinn, er sehnte sich immer nur nach Ordnung und Gelassenheit, nach einem ruhigen Leben ohne Abenteuer, sogar ohne Überraschungen durch das Wetter, aber sie überraschte ihn trotzdem, ausgerechnet sie, die so froh gewesen war, als er sie vom schweren Leben mit ihren hartherzigen Eltern befreit hatte, von den beiden kleinen Brüdern, die sie aufziehen mußte, und ihr ein eigenes Haus gegeben hatte, wer hätte voraussehen können, daß ihr das alles nicht reichen würde.

Sofort nach ihrem Weggehen tauchten hier auf der schmalen Straße Frauen auf, nicht mehr ganz junge, breithüftige Frauen, die versuchten, ihn davon zu überzeugen, daß dieses Leben ihnen reichen würde, aber er wollte nur seine aufsässige junge Frau, neben ihr war jede andere lästig und so langweilig wie er, und er wollte ja nicht sich selbst, sondern sie, jeden Moment wäre er bereit gewesen, sie wieder aufzunehmen, aber sie kam nicht, obwohl ihr danach nichts gelang, nichts klappte, weder Tanzen noch Singen noch Schauspielerei, sie war nicht jung genug oder nicht talentiert genug, nur bei uns zu Hause war sie der Star gewesen, doch seltsamerweise zerbrach sie nicht, sie war stolz auf ihre Fähigkeiten, beobachtete zufrieden die Trümmer ihres Lebens, als wäre es ihr größtes Verdienst, ihr Versagen zu leugnen. Schon seit Jahren möchte ich sie fragen, wie sie die Erkenntnis erträgt, daß ihr Leben schiefgegangen ist, noch dazu, wo sie einen so hohen Preis bezahlt hat, aber sie ist jetzt ganz anders, so schnell ist ihre Schönheit verblüht, so schnell sind ihre Träume vergangen, sie ist eine andere Frau geworden, es scheint, als wisse diese alte Frau mit dem breiten, bitteren Gesicht nichts mehr von der jungen Frau, die mein Leben zerstört hat, warum sollte ich sie mit alten Geschichten beunruhigen?

Wieder gehe ich an ihrem Schlafzimmer vorbei, versuche, durch die Ritzen des geschlossenen Rolladens einen Blick hineinzuwerfen, schiebe den Vorhang aus Hibiskusblüten, die schlaff vor Hitze herunterhängen, zur Seite, ich habe Lust, den Rolladen zu schütteln, bis er den Mund aufmacht und mir erzählt, was dort in ihrem Schlafzimmer, dem kleinsten Raum des Hauses, passiert ist, zwei Betten gab es dort, sie schlief in dem breiteren, er in dem schmalen zu ihren Füßen, das morgens unter ihres geschoben wurde, damit man überhaupt in das kleine Zimmer eintreten konnte. Hilflos stehe ich vor den Geheimnissen des Rolladens, schon immer hat dieses Zimmer ein beklemmendes Gefühl in mir geweckt, eine Enge im Hals, und jetzt dringt plötzlich ein Wimmern zu mir heraus, ich reiße erstaunt den Mund auf, wie kann das sein, es wohnt doch niemand hier, wie ist dieses arme Lebewesen ins Haus gekommen, die Rolläden sind heruntergelassen und die Türen verschlossen. Wieder gehe ich um das Haus herum, versuche hineinzuspähen, ohne etwas zu sehen, nur aus dem Schlafzimmer dringt wieder das Wimmern einer Katze, schon bin ich überzeugt, daß es meine Schuld ist, ich habe dort ein kleines Kätzchen vergessen, vor vielen Jahren, wunderbarerweise ist es dem Tier gelungen, bis heute am Leben zu bleiben, und jetzt fleht es mich mit letzter Kraft an, es herauszuholen, und vor lauter Schreck laufe ich weg, wieder einmal, ich renne den schmalen Weg entlang, meine Hand tastet schon in der Tasche nach dem Schlüssel, warum bin ich überhaupt hierhergekommen, niemand braucht mich hier, nur zu Hause werde ich gebraucht, Noga macht sich bestimmt schon Sorgen, warum ich noch nicht von der Arbeit zurückgekommen bin, es ist spät, und er schimpft mit ihr, anstatt sie zu beruhigen, und der Gedanke daran, daß sie allein zu Hause sind, ohne mich, bedrückt mich auf der ganzen Rückfahrt.

Der warme, scharfe Geruch nach gebratenen Zwiebeln empfängt mich, als ich ängstlich die Stufen hinauflaufe, meine Muskeln schmerzen, als hätte ich den ganzen Weg rennend zurückgelegt, schon wieder die Nachbarin von gegenüber mit ihrer Kocherei, denke ich, aber nein, der Geruch kommt aus unserer Küche, verbindet sich mit dem Bild, das mir vor kurzem plötzlich vor den Augen stand, Udi rührt mit einem großen Holzlöffel in der Pfanne, in dieser seltsamen Haltung, die er in der Küche immer einnimmt, auf einem Bein stehend, in Unterhose und diesem zerrissenen blauen T-Shirt, schon seit Jahren dränge ich ihn, das Ding wegzuwerfen, aber er lehnt es ab, mit Recht, er sieht darin sehr schmal und jugendlich aus, um Jahre jünger als ich, und er sieht auch sehr gesund aus, die alte östliche Medizin hat ihm offenbar auf der Stelle geholfen. Noga steht neben ihm, über die Anrichte gebeugt, und schneidet Tomaten, sie hat die Lippen vor Anstrengung vorgeschoben, alles macht ihr Mühe, die Tomaten nicht fallen zu lassen, sich nicht in die Finger zu schneiden, aber ihre Augen sind schmal vor Vergnügen. Erstaunt betrachte ich die beiden, es ist, als wäre ich versehentlich bei einer anderen Familie gelandet, so oft habe ich mich nach diesem Anblick gesehnt, jetzt wirkt er lähmend, fast beleidigend, und statt mich zu freuen, fühle ich mich auch hier überflüssig, was soll das bedeuten, da kehre ich fast widerwillig zu ihnen zurück, und es stellt sich heraus, daß sie ohne mich viel besser zurechtkommen.

Noga beschwert sich vergnügt, du bist zu früh gekommen, Mama, wir machen dir eine Überraschung, und ich trete zum Herd und schaue in die Pfanne, dir verbrennt was, Udi, sage ich, kleingeschnittener Knoblauch raucht zwischen geviertelten, noch harten Zwiebeln, wie oft habe ich ihm schon zu erklären versucht, daß man den Knoblauch erst in die Pfanne tut, wenn die Zwiebeln schon angebräunt sind, er will es einfach nicht verstehen, er glaubt wohl, seine Sturheit würde siegen und die Zwiebeln würden sich ebenfalls seinen Wünschen fügen, wie ich, wie Noga, und als ich die verbrannten Knoblauchstückchen sehe, werde ich zornig, er lernt einfach nichts, er steht da in seiner Storchenstellung und rührt in der glühendheißen Pfanne, und statt seinen Irrtum einzugestehen, schimpft er schon mit Noga, immer gibt er anderen die Schuld. Was ist mit den Tomaten, fährt er sie an, wie lange brauchst du noch, siehst du nicht, daß alles gleich verbrennt? Sie hält ihm ergeben die wäßrigen Stücke hin, aber ich kann mich nicht beherrschen und sage, Udi, die Zwiebeln sind noch nicht soweit und der Knoblauch ist schon ganz verkohlt, wie oft habe ich dir schon gesagt, daß man die Zwiebel vor dem Knoblauch anbrät, man darf Zwiebeln und Knoblauch nicht gleich zusammen in die Pfanne tun.

Plötzlich krampft er sich zusammen, als hätte er einen schweren Schlag abbekommen, die Pfanne zittert in seiner Hand, gleich wird er sie schwenken wie einen Tennisschläger, er wird sie auf den Boden schleudern und der fettige Inhalt wird herausspritzen, und schon weiche ich zurück, ziehe Noga mit mir, aber er knallt die Pfanne aufs Feuer, dann koch doch selbst, wenn du alles besser weißt, schreit er, ich habe die Nase voll von deinen ewigen Klagen, nie kann ich es dir recht machen, und schon ist er im Schlafzimmer und schlägt die Tür hinter sich zu, und ich renne hinter ihm her und versuche, seine Worte zu übertönen.

Du bist doch nicht normal, schreie ich, du bist unfähig, ein Wort der Kritik zu hören, was habe ich denn schon gesagt, ich habe doch nur gesagt, daß man erst die Zwiebeln in die Pfanne tut und dann den Knoblauch, und das reicht dir schon, um gleich alles kaputtzumachen? Doch da liegt er bereits im Bett und zieht die Decke über das Gesicht, seine Stimme klingt abgedämpft, ich habe was kaputtgemacht, ich? Endlich geht es mir ein bißchen besser, und ich versuche, dich zu überraschen und zusammen mit Noga was zu kochen, und du kommst mit diesem genervten Gesicht herein, und statt dich zu freuen, daß ich überhaupt auf den Beinen stehen kann, stört es dich, daß ich die Zwiebeln nicht vor dem Knoblauch in die Pfanne getan habe. Man könnte glauben, es handle sich dabei um ein Kapitalverbrechen, schau dich doch selbst mal an, du glaubst wohl, du machst immer alles richtig und die anderen immer alles falsch, aber ich sage dir, in Wirklichkeit ist es ganz anders!

Traurig betrachte ich die Decke, die ihn verbirgt, schwarzrote Karos untermalen seine Worte, und sie haben recht, diese Karos, wieso wollte ich ihm ausgerechnet jetzt, da er zum ersten Mal aufgestanden ist, beibringen, wie man kocht, und schon beuge ich mich zu ihm, möchte ihn besänftigen, aber da kommt ein Schrei aus der Küche, Mama, hier brennt was, und ich renne hin, das Feuer hat schon den Pfannenrand erfaßt, alles verbrennt, jetzt kann nicht einmal ich mehr zwischen Zwiebeln und Knoblauch unterscheiden.

Was ist mit dir, hättest du nicht das Gas ausmachen können, schreie ich sie an, du bist schon fast zehn, andere Mädchen in deinem Alter kochen ganze Mahlzeiten, und sie versucht ungeschickt, den Schalter umzudrehen, reißt ihn fast dabei heraus. Ich hab's schon ausgemacht, hast du nicht gesehen, daß ich es schon ausgemacht habe, brülle ich und renne zum Balkon, man kann hier nicht atmen vor lauter Rauch, sie rennt mir nach, aus ihren Augen treffen mich Strahlen von grünblau gesprenkeltem Haß mit goldenen Pünktchen, warum bist du überhaupt zurückgekommen, fährt sie mich an, es ist uns gutgegangen, bevor du gekommen bist. Noch nie habe ich so etwas von ihr gehört, aber eine seltsame Erleichterung packt mich, als sie die Worte ausgesprochen hat, sie sind zweifellos viel leichter zu akzeptieren als ein Kompliment. Du hast recht, flüstere ich, ich hätte dort auf dem Rasen bleiben und die Wolken betrachten sollen, statt so schnell heimzukommen, niemand braucht mein Opfer, und wieder erfüllt mich ein Gefühl der Schuld, so wie der Rauch die Wohnung erfüllt, ich huste mit einer fremden Kehle, schaue in den warmen Nachmittag auf dem Balkon, schade, daß es noch nicht Nacht ist, was fangen wir mit dem Rest dieses Tages an, wie ein verletztes Bein wird er hinterhergezogen, man muß ihn bandagieren, sich um ihn kümmern, und ich habe keine Kraft mehr.

Mir scheint, als habe das Telefon geklingelt, nur ganz kurz, dann war es wieder still, vermutlich hat er abgenommen, ich höre seine gedämpfte Stimme und bin angenehm überrascht, denn seit dem Tag, als er krank wurde, hat er das Klingeln des Telefons ignoriert. Da kommt er schon auf uns zu, er bahnt sich einen Weg durch den Rauch und setzt sich neben mich, und ich lege besänftigend meine Hand auf sein Knie und frage mit weicher Stimme, wer war das, der gerade angerufen hat, und er sagt, Awner, er soll morgen eine Gruppe durch den Negev führen, aber er hat Grippe und möchte, daß ich mit ihm tausche. Ich bin gekränkt, bei der ersten Gelegenheit flieht er schon wieder vor uns, kaum daß es ihm ein bißchen besser geht.

Aber du mußt dich doch noch ausruhen, Papa, sagt Noga drängend, du bist noch nicht gesund, und er sagt, es wird mir helfen, gesund zu werden, ich muß ein bißchen raus. Ich schaue ihn an, und mir ist klar, wenn wir jetzt zusammen am Tisch gesessen und das Essen gegessen hätten, das er für uns kochen wollte, hätte er Awner eine andere Antwort gegeben, und auch Noga weiß das, sie wirft mir einen vorwurfsvollen Blick zu und sagt, ich habe Hunger, vielleicht gehen wir was essen. Geht ihr beiden nur, sagt er, ich ruhe mich lieber ein bißchen aus, und ich koche vor Wut, wenn du stark genug bist, eine Gruppe durch den Negev zu führen, dann kannst du wohl auch mit uns ins Restaurant gegenüber gehen. Er seufzt, widerspricht aber nicht, ich stelle heute Knospen der Nachgiebigkeit an ihm fest, ihm fehlt sein alter Zorn, vermutlich ist das erstrebenswert, aber es weckt in mir einen seltsamen Abschiedsschmerz, wie am Ende des Sommers, denn trotz aller Klagen über die brennende Sommersonne empfindet man doch Bedauern, wenn sie langsam kühler wird. Los, gehen wir ins Restaurant, ruft Noga, aber ihre Begeisterung erlischt, als sie mein besorgtes Gesicht sieht, ich gehe hinter ihm her ins Zimmer, eine verlegene Frage schaukelt auf meiner Zungenspitze, liebst du mich noch, ich sehe, wie er eine kurze Hose über die Unterhose zieht, wie zwei Fahnen hängen sie über seine schmal gewordenen Hüften, flattern bei seinen Schritten hin und her, angespannt verfolge ich seine Bewegungen, seit Wochen hat er das Haus nicht verlassen, er soll es nur nicht bereuen, er soll bloß nicht hinfallen, damit sich diese festliche Gesundungszeremonie nicht vor unseren Augen in Luft auflöst.

Wo sind meine Sandalen, fragt er, und ich fange an, überall in der Wohnung nach ihnen zu suchen, schon lange hat er sie nicht mehr angehabt, wo können sie stecken, sie sind nicht in der Schublade im Schrank, sie sind nicht unter dem Bett, fieberhaft suche ich, als hinge unser aller Leben davon ab, wie sehen sie überhaupt aus, zwei braune glatte Riemen, er wird schon nervös, barfuß kann ich nicht gehen, er lehnt an der Wand, das Stehen scheint ihm schwerzufallen, wie soll er morgen eine Tour führen? Ich gehe gleich wieder ins Bett, droht er, ich muß mich ausruhen, er fährt sich mit den Fingern durch die fettigen Haare, und Noga fleht, warte, Papa, warte, und läuft in ihr Zimmer, wühlt im Schrank, und ich folge ihr, was machst du da, warum sollten seine Sandalen in ihrem Schrank sein? Sie wird rot, ich habe sie mal versteckt, sagt sie, aber du mußt mir schwören, daß du es ihm nicht verrätst.

Ihre Kleidungsstücke fliegen durch die Gegend, ihr Schrank wird leer, und ich sage leise, bist du komplett verrückt geworden, warum hast du sie denn versteckt? Sie wimmert, ich habe geträumt, er würde uns verlassen, vor ein paar Tagen war das, da habe ich seine Sandalen genommen, damit er nicht weggehen kann, ohne es mir zu sagen, aber ich erinnere mich nicht, was ich mit ihnen gemacht habe, es war mitten in der Nacht, ich habe noch halb geschlafen. Hilflos betrachte ich den Kleiderhaufen, da kann man nichts machen, auf uns dreien ruht ein Fluch, denn das sind wir, drei Personen, keine Familie, wir schaffen es noch nicht einmal, zusammen aus dem Haus zu gehen, erschöpft strecke ich mich auf ihrem Bett aus, beobachte gleichgültig ihre Anstrengungen, auch ich bin plötzlich ruhig, ich bin nicht verantwortlich für das, was hier passiert, sage ich mir, ich bin nur eine von dreien, früher, als Kinder, haben wir unsere schmutzigen Hände aufeinandergelegt und gesagt, drei werden eins.

Unbehaglich rutsche ich auf ihrer Matratze hin und her, versuche, die seltsamen Beulen zu glätten, die aus ihr herauswachsen, was ist los mit dieser Matratze, fauche ich Noga an, sie ist ganz neu, und schau nur, was für Buckel sie hat. Ich setze mich auf und versuche, die Matratze anzuheben, Noga, es ist kaum zu glauben, schau, schau, was du getan hast, unter der Matratze lugen braune Riemen und dicke, grobe Sohlen hervor, wie hast du so überhaupt schlafen können, auf seinen Sandalen, und sie wird rot und murmelt, du darfst es Papa nicht sagen, denk dran, und ich sage, mach dir keine Sorgen. Ich schwenke die Sandalen mit gespielter

Freude, wir haben sie gefunden, Udi, komm, wir können gehen, aber er antwortet mir mit einem Schnarchen, zwei Sägen, die sich gegenseitig zu winzigen Stückchen zersägen, er hört mich nicht mehr, er hört sich selbst nicht mehr, er ist auf dem Wohnzimmersofa eingeschlafen, sein langer, schmaler Rücken blickt uns zweifelnd entgegen, seine schönen Beine schmiegen sich aneinander wie zwei verlassene junge Katzen.

13 Was suche ich hier zwischen den Sträuchern, warum zögere ich vor dem Tor, strecke die Hand aus, um den Code einzutippen, und ziehe sie gleich wieder zurück, ich laufe die Straße entlang zu meinem Auto, als hätte ich etwas vergessen, nur um ihr die Gelegenheit zu geben, mich, falls sie sich irgendwo versteckt, zu rufen, plötzlich aus irgendeiner Ecke zu mir zu stoßen, ja, kein Zweifel, ich warte auf sie, die ganze Nacht habe ich an sie gedacht, nicht an Udi, der auf dem Wohnzimmersofa weitergeschlafen und mir unser breites Doppelbett überlassen hat. Ich konnte kaum einschlafen in dem fremden Bett, als wäre ich in einer vernachlässigten Junggesellenwohnung gelandet, die ganze Zeit dachte ich nicht einmal an Udi und Noga, wie um sie zu bestrafen, sondern nur an die Frau mit den kurzen roten Haaren, an ihren beschämenden Bauch, an ihre gekränkten Blicke, ihr kompliziertes Leben, und je weiter die Nacht fortschritt, um so klarer wurde mir das Ausmaß ihrer Not, bestimmt konnte sie kein Auge zumachen, bestimmt hämmerte der Satz, er hat mich verlassen, in ihrem Kopf, bestimmt spürte sie den Schlag bis in den Bauch, bestimmt wuchs in ihr der Haß gegen ihn, wie konnte er es wagen, ihr gemeinsames Leben fahren zu lassen und sie der grausamen Welt auszusetzen, hoffentlich kommt sie nicht zu mir zurück, habe ich in der Nacht gedacht, ich kann ihr nicht helfen. Aber jetzt warte ich auf sie, spähe wieder die leere Straße entlang, diesen Fluß aus kochendem Asphalt, an dessen Ufern durstige Autos lagern, was wird sie tun, sie hat doch sonst niemanden, an den sie sich wenden kann, und ich habe sie enttäuscht. Ich habe keine Wahl, ich muß hineingehen, ich tippe unwillig den Code ein, die Mädchen räumen schon das Frühstücksgeschirr ab, der Geruch nach Rührei und Salat mit Zitrone dringt aus ihren Kleidern, im Brotkorb entdecke ich ein letztes Brötchen und schnappe es mir sofort, tauche es in die Salatsoße und die Rührreireste auf einem der noch nicht abgeräumten Teller und stopfe es mir gleich in den Mund, es interessiert mich noch nicht mal, wer diesen Teller benutzt hat, als wären alle hier meine Kinder, und da ist Chani und lächelt mich verlegen an, es ist ihr offenbar noch unangenehmer als mir, mich dabei zu ertappen, daß ich mich wie eine Straßenkatze über die Essensreste hermache. War das dein Teller, frage ich, und sie nickt zögernd, aber mir ist klar, daß sie lügt, um mir einen Gefallen zu tun, ich lächle ihr zu und nehme mit Daumen und Zeigefinger ein Stück kaltes Rührei, um ihr zu zeigen, daß ich hinter meiner Entscheidung stehe, genau wie ich es ihnen immer vorbete, man muß hinter seiner Entscheidung stehen, und mir scheint, als glitzere auf dem Ei die Spucke Ilanas, immer spritzt ihr Spucke aus dem Mund, aber ich muß das Ei jetzt hinunterschlucken, der Magen dreht sich mir schon um, und ich frage sie angestrengt, wie kommst du mit dem Pullover voran? Sie winkt stolz mit der rosafarbenen Wolke, in ein paar Tagen bin ich fertig, vorher darf das Kind nicht kommen, und ich sage, sehr schön, und tätschle ihr zerstreut die Schulter.

Von weitem dringt Annats Stimme an mein Ohr, sag bloß nicht, du hättest es vergessen, sie kommt auf mich zu, wir fahren heute zur Entbindungsstation, natürlich hatte ich es vergessen, ab und zu bringen wir die Mädchen hin und zeigen ihnen die Kreißsäle und die Neugeborenen, so wie man mit Kindern in den Zoo geht, und sie laufen dort schwerfällig umher und streichen über ihre runden, aufgeblähten

Bäuche, als würden sie sich bemühen, einen Zusammenhang zwischen den bereits geborenen Babys und dem Geheimnis in ihrem Inneren herzustellen.

Wie war es gestern mit Eti, fragt sie, und ihr sauberer, blauer Blick gleitet über mein Gesicht, und ich sage, es ging alles glatt, kein Problem, und ziehe die unterschriebenen Formulare aus meiner Tasche. Bring sie gleich zu Chawa, schlägt sie vor, sie war sauer, daß du gestern nicht noch einmal zurückgekommen bist, und ich eile zu Chawas Büro, halte ihr ergeben die Formulare mit der kostbaren Unterschrift hin, als handelte es sich um die Opfergabe für eine gierige Göttin, ein Menschenopfer, ein kleines Kind. Gab's Schwierigkeiten, erkundigt sie sich, und ich schüttle den Kopf, nein, es ist ganz leicht gegangen, dann verlasse ich sie sofort wieder, bevor sie mir vom Gesicht ablesen kann, was ich von dieser zweifelhaften Errungenschaft halte. Ich weiß, daß sie mir durch die Gläser ihrer Lesebrille mit düsteren Blicken nachschaut, eine steile Falte zwischen den Augenbrauen.

Na'ama, unten am Tor wartet jemand auf dich, schreit Annat aus einem der Zimmer, und ich frage, wer ist es denn, und versuche, meine plötzliche Freude zu verbergen, keine Ahnung, antwortet sie, sie haben von unten angerufen und gesagt, du sollst hinunterkommen, aber mach schnell, wir wollen gleich los. Ich stolpere die Treppe hinunter, bestimmt ist es Ja'el, die noch einmal meinen Rat sucht, diesmal muß ich ihr helfen, und plötzlich ist mir klar, was das Richtige für sie ist, ich werde es ihr ganz deutlich sagen, ohne zu zögern, manchmal gibt es im Lärm des Zweifels plötzlich diesen Moment, in dem man erkennt, daß man ein Unglück verhindern muß.

Aber am Tor wartet niemand, ich schaue mich erwartungsvoll um, sie ist nicht zu sehen, nur auf dem Randstein gegenüber sitzt ein Mann in einem zerschlissenen blauen T-Shirt, den Kopf auf die Knie gelegt. Wie heiß es plötzlich geworden ist, die Sonne sticht, ich bekomme kaum die Augen auf, halb blind suche ich sie, Ja'el, ich bin hier, flüstere ich in das Schweigen um mich herum, hab keine Angst, ich werde dir helfen, und dann, als ich ihm näher komme, erkenne ich den Mann, erst die beiden braunen Riemen, die ich gestern noch durch die Luft geschwenkt habe, und dann sein T-Shirt, und ich schreie, Udi, was machst du hier, ich versuche, meine Enttäuschung zu verbergen, das Erschrekken, das in mir aufsteigt, was ist mit deiner Reise in den Negev?

Er hebt sein graues, verschwitztes Gesicht zu mir, alles ist aus, flüstert er, ich habe mich an nichts erinnert, und ich setze mich neben ihn auf den Gehweg, an was hast du dich nicht erinnert, ich verstehe nicht, aber mir ist bereits klar, daß es sich um etwas Schlimmes handelt, noch nie hat er eine Tour einfach abgebrochen. Ich habe sie nach Lachisch geführt, sagt er heiser, die ganze Zeit, während ich krank war, habe ich mich nach dem Tel Lachisch gesehnt, ich wollte der Reisegruppe von der Geschichte des Ortes erzählen, von den Briefen, die man dort gefunden hat, ich kenne sie doch auswendig, und plötzlich hatte ich alles vergessen.

Aber Udi, das passiert doch jedem mal, sage ich, lege den Arm um seine Schulter und versuche, den Geruch zu ignorieren, den sein Körper verströmt, man muß einfach abwarten, bis das Ganze vorbei ist, und er sagt, du glaubst wohl, ich hätte nicht abgewartet, wir haben eine Pause gemacht, und sie haben sich hingesetzt und gegessen, und ich bin allein herumgelaufen und habe versucht, mich zu erinnern, wo ich bin, aber als sie sich dann um mich versammelten, war wieder alles weg, ich hatte keine Ahnung mehr, was ich ihnen sagen sollte. Er senkt den Kopf, nie wieder werde ich eine Tour führen, Na'ama, du hast ja keine Ahnung, wie beschämend das ist, und ich spüre, wie mein Bauch fast platzt vor Anspannung, was wird aus ihm werden, was wird aus uns werden, wovon sollen wir denn leben, doch sofort sage ich mit entschiedener Stimme, das ist nicht der richtige Zeitpunkt für Entscheidungen, Udi, du mußt dich beruhigen, vermutlich bist du zu früh aufgestanden, und er fährt hoch, du weißt ja gar nicht, was das heißt, eine Tour zu versauen, du hast nicht gesehen, wie sie mich angestarrt haben, wie soll das bloß alles weitergehen, No'am, was sollen wir tun?

Schwerfällig stehe ich auf und halte ihm die Hand hin, ich ziehe ihn hinter mir her wie ein widerspenstiges Kind, das nicht in den Kindergarten will, die Reste des Rühreis, das ich heimlich verschlungen habe, brennen in mir, als würden sie in meinen Eingeweiden von der Sonne weitergebraten, schon steigt mir die Übelkeit in der Kehle hoch. Diesmal ist er wirklich am Ende, ich spüre seine weiche Hand in meiner, was wird mit ihm sein, er hat sich doch immer so viel auf sein Gedächtnis eingebildet, mit welchem Stolz hat er immer Jahreszahlen und Ereignisse heruntergerasselt, Namen und Orte, was bleibt ihm jetzt noch, wir werden mit ihm in seiner Bitterkeit versinken, schon sehe ich Noga und mich, wie wir darin zappeln, wir werden darin untergehen und es gibt nichts, an dem wir uns festhalten könnten, und ich versuche mit letzter Kraft, Nogas Hand festzuhalten, Nogi, geh nicht unter, aber ihre Hand ist glitschig und entgleitet mir, ein Finger nach dem anderen rutscht mir aus der Hand. Er zieht seine Hand aus meiner, du tust mir weh, Na'ama, und ich schüttle mich, helfe ihm ins Auto und setze mich schwerfällig auf den Sitz daneben, ich habe keine Kraft, hinaufzugehen und Bescheid zu sagen, Annat wird bald merken, daß ich verschwunden bin und daß sie bei dieser Hitze allein mit den Mädchen losziehen muß, ohne mich, noch ein Arbeitstag, der sich verkürzt hat, erst seiner, jetzt auch meiner, beide stehen wir schon draußen, außerhalb der gesunden Welt. Eingeschlossen in das fahrende Auto, wollen wir nur zu Hause ankommen, aber was sollen wir dort tun, was bleibt uns zu tun, das wir nicht schon versucht hätten, wer wird uns helfen? Was würde die Heilerin mit dem Baby jetzt sagen, sind das etwa auch gute Nachrichten, soll das etwa auch eine Chance sein? Erbittert denke ich an sie, als wäre sie an allem schuld, und dann, mit einem plötzlichen Aufblitzen von Hoffnung, das ist es, was wir tun werden, wir rufen sie an, sie wird sofort kommen und die Wohnung mit Räucherstäbchenduft füllen, um wenigstens einen Anschein von Geschäftigkeit zu wecken, und ich sage zu Udi, wenn wir zu Hause sind, werden wir gleich Sohara anrufen. Ich hätte erwartet, daß er sich wehrt, doch er nickt zustimmend, das habe ich auch gerade gedacht, und sein Gesicht wird wach, als er sagt, denn wir werden Aseka nicht sehen.

Wen, frage ich, und er sagt, Aseka, das war eine große befestigte Stadt in Juda, das sind die Zeilen, die ich in den Briefen von Lachisch am meisten liebe, den ganzen Morgen habe ich versucht, mich an sie zu erinnern, und jetzt fallen sie mir ein. Es möge Gott meinen Herrn eine Nachricht des Friedens hören lassen, jetzt heute, jetzt heute. Und er möge wissen, daß wir auf die Signale von Lachisch achten entsprechend allen Zeichen, die mein Herr gibt. Denn wir können Aseka nicht sehen. Ich höre widerwillig zu, was nützen mir jetzt die antiken Briefe, ich will nur, daß Sohara Zeit hat, daß sie bald kommt und bei ihm bleibt, damit ich zur Arbeit zurückkehren kann, so geht es nicht weiter, einen Tag nach dem anderen. Sie hat wirklich Zeit, sie hört mir zu, bestätigt meinen erschrockenen Bericht, als habe sie genau diese Entwicklung erwartet, als passiere alles zu ihrer vollkommenen Zufriedenheit, und dann verspricht sie mir, sofort zu kommen, und er seinerseits läuft zum Badezimmer, murmelt wieder und wieder die Zeilen vor sich hin, die ihm nun eingefallen sind, wie ein Junge vor seiner Bar-Mizwa, der die Haftara vor sich hin murmelt, er wäscht sich die beschämende Vergeßlichkeit vom Leib, und ich betrachte ihn, wie er mit angezogenen Knien in der Badewanne sitzt, knochig lehnen sie aneinander, und als er die Augen aufmacht und mich bemerkt, breitet sich ein verlegenes, hilfloses Lächeln auf seinem Gesicht aus. Mir fällt auf, daß irgend etwas an ihm fehlt, ich betrachte ihn besorgt, so, wie man eine Wohnung nach einem Einbruch mustert, um zu entdecken, was fehlt. Was fehlt ihm, die Anzahl der äußeren Teile ist doch gering, das meiste ist im Inneren verborgen, unter der schützenden Hautschicht, seine Glieder sind da, wo sie hingehören, und trotzdem fehlt etwas, etwas, was alles andere zusammengehalten hat, es ist die Sexualität, die ihn zu einem energischen Ganzen gemacht hat, und plötzlich ist sie aufgeweicht, die Sexualität hat die Herrschaft über ihn verloren, und ohne sie ist er zu einem unbedeutenden, ziellosen Geschöpf geworden, das nicht weiß, was es will. Wenn ich früher das Badezimmer betrat und er darin war, hat sein Körper sich immer geregt, als wäre er von einem Wind gestreift worden, während er jetzt gleichgültig und mit schweigendem Körper zuschaut, wie ich mich ausziehe. Ich gehe gleich raus, sagt er, aber ich hebe das Bein und setze mich zu ihm in die Wanne, der Platz reicht für uns beide, sage ich, hast du das vergessen, Udi?

Mein weißes, breiter gewordenes Becken berührt die Ränder der Badewanne, sperrt das Wasser ab wie eine Schleuse, es staut sich hinter meinem Rücken, spottet über meinen Speck, früher hat es ihm gefallen, wenn ich etwas dicker war, aber jetzt scheint er mich nicht mehr wahrzunehmen, was will er, was treibt ihn einem Ziel entgegen, vielleicht die Sehnsucht nach Genesung, vielleicht etwas anderes, es gibt keinen Willen mehr, der mich bedroht, denn ich habe keinen Anteil an dem, was die plötzliche Leere füllt.

Er seift sich sorgfältig ein, hebt die Füße und wäscht sich jeden Zeh, sogar zwischen den Zehen, als wäre er durch Schlamm gewatet, dabei murmelt er irgend etwas vor sich hin, er ist ganz in sich selbst versunken, jetzt erinnere ich mich, verkündet er triumphierend. An meinen Herrn Ja'usch. Es möge Gott meinen Herrn eine Nachricht des Friedens hören lassen, jetzt heute, jetzt heute. Wer ist dein Knecht wenn nicht ein Hund, daß mein Herr seines Knechts gedenkt, und er möge wissen, daß wir auf die Signale von Lachisch achten entsprechend allen Zeichen, die mein Herr gibt. Denn wir können Aseka nicht sehen.

Er lächelt mich entschuldigend an, früher habe ich mal gewußt, was auf jeder Tonscherbe stand, jetzt mischt sich alles in meinem Kopf, und ich frage, was sind das überhaupt für Tonscherben, und er sagt, die Ostraka von Lachisch, das sind die ersten persönlichen Zeugnisse in hebräischer Sprache, die man in diesem Land gefunden hat, sie stammen etwa aus der Zeit des Propheten Jeremias. Ich versuche, interessiert zu wirken, und frage, und warum sehen sie Aseka nicht? Und willig erklärt er, Aseka war eine befestigte Stadt, nicht weit von Lachisch, auf dem Weg nach Jerusalem, vermutlich war sie schon von den Babyloniern erobert worden, und es war deshalb unmöglich, dort Leuchtfeuer zu entzünden, der Dichter muß also auf die Leuchtfeuer von Lachisch hoffen, und schon fuchtelt er begeistert mit den Armen und malt mir eine Karte in den dünnen Schaum zwischen uns, da ist Lachisch, und da ist Aseka, und da ist die kleine Festung, von der aus die Briefe geschickt wurden, und hier ist

Jerusalem, das auch bald zerstört werden wird. Er sitzt in dem lauwarmen Badewasser und doziert so begeistert, als stünde er oben auf dem antiken Hügel, alles, was er seinen Touristen heute morgen vorenthalten hat, erfahre ich jetzt, eine private Führung, um die ich nicht gebeten habe, ich zwinge mich zum Zuhören, obwohl ich nicht die geringste Lust dazu verspüre, es gibt viel wichtigere Dinge, an die ich denken muß, wesentlich dringendere Dinge als jene, die sich vor zweitausendfünfhundert Jahren ereignet haben, aber er bemerkt meine Gleichgültigkeit nicht, hingerissen erzählt er von einem Propheten aus Kiriat-Je'arim, dessen wilde Voraussagen die Hände des Volkes und des Heeres schwächten, in den letzten Monaten des Reiches Juda, und der König und seine Leute wollen ihn töten, und Hoschajahu, der Briefeschreiber, fleht seinen Herrn an, das Unheil zu verhindern. Das Badewasser wird schon kalt, draußen ist es so heiß, aber hier in der Wanne zittere ich vor Kälte, als würde ich krank, und ich frage gleichgültig, und was ist am Schluß mit ihm passiert, mit diesem Propheten, und er sagt, er wollte wohl nach Ägypten fliehen, aber sie haben ihn geschnappt und umgebracht, stell dir vor, sie haben geglaubt, wenn sie ihn vom Erdboden verschwinden lassen, sind seine Prophezeiungen unwirksam, und ich sage, er ist also gestorben, ohne zu erfahren, daß er recht gehabt hat und daß seine schrecklichen Prophezeiungen eingetroffen sind. Udi nickt, ja, erst nach der Zerstörung des Reiches Juda war es möglich, zwischen wahren und lügnerischen Prophezeiungen zu unterscheiden, alle, die Frieden vorausgesagt hatten, hatten sich geirrt, nur dieser Prophet Jermijahu, dem keiner ein Wort geglaubt hat, hat recht behalten.

Warum interessierst du dich so sehr für tote Propheten, beklage ich mich, und er sagt, ich interessiere mich für die Vergangenheit, und die Vergangenheit ist voller Toter, sowohl toter echter Propheten als auch toter falscher Propheten, ihre Knochen mischen sich, erinnerst du dich an die Geschichte des Gottesmannes, der von Juda kam und den der alte Prophet aus Schomron in die Irre schickte?

Meine Zähne schlagen schon aufeinander, aber er merkt es nicht, sein Blut wird von der Vergangenheit erhitzt, nicht von den Brüsten, die vor seinen Augen wie dicke tote Fische im Wasser schwimmen, immer ist er meiner Nacktheit durch die ganze Wohnung gefolgt und hat die Hände nach mir ausgestreckt, immer wenn ich mich wusch, ist er ins Badezimmer gekommen und hat sein Glück versucht, bis ich nervös wurde und klagte, kann man sich in diesem Haus denn nicht ein einziges Mal ausziehen, ohne daß es als Einladung mißverstanden wird? Freu dich doch, daß es so ist, hat er dann gekränkt gesagt, hättest du es denn lieber, daß ich dir gegenüber gleichgültig bin? Insgeheim sagte ich ja, aber jetzt weiß ich schon nicht mehr, was ich lieber hätte, meine Zähne schlagen aufeinander, nein, es sind nicht meine Zähne, jemand klopft an die Wohnungstür, es hört sich so nahe an, fast als klopfte jemand an die Badezimmertür. Ich springe aus der Wanne und ziehe den Bademantel an, mir ist, als sei ein Fremder im Haus und belauere uns heimlich in unserer Nacktheit, da geht auch schon quietschend die Wohnungstür auf, und eine dunkle Gestalt erscheint in der Öffnung, ich habe ganz vergessen, daß ich sie eingeladen habe, auch mein Gedächtnis taugt nichts mehr. Wie schnell sie gekommen ist, denke ich erstaunt, hat sie denn nichts anderes zu tun, und ich laufe zur Tür, komm rein, Sohara, danke, daß du gekommen bist. Neidisch betrachte ich sie, ihr Kleid schmiegt sich eng um den dünnen Körper, man sieht ihr überhaupt nicht an, daß sie gerade erst ein Kind geboren hat, ich bin es, die wie kurz nach einer Geburt aussieht, in dem schäbigen Bademantel, mit den Fettwülsten, aber sie trägt den Beweis auf dem Arm, ein helles Baby, dessen Umrisse immer deutlicher werden, wie eine alte Schrift, die nur schwer zu entziffern ist, und noch einmal sage ich, danke, daß du gekommen bist, ich wäre bei dieser Hitze nicht bereit gewesen, mit einem Kind auf die Straße zu gehen, egal für wen. Eine versteckte Kritik liegt in meinen Worten, und die ganze Zeit bohrt in mir der Zweifel, womit wir wohl verdient haben, daß sie sich so bereitwillig um uns kümmert, und ob mein Mann wirklich so krank ist.

Er sieht überhaupt nicht krank aus, er steht im Wohnzimmer, das Handtuch wie einen Rock um die Hüften geschlungen, und sie betrachtet uns neugierig, ihr ist klar, daß sie uns aus dem Bad geholt hat, aber wir sehen nur sehr sauber geschrubbt aus, mit frisch gewaschenen Haaren, ohne den Glanz körperlicher Begierde. Ihre schwarzen Augen mustern uns mit distanziertem Mitleid, sie legt das Baby aufs Sofa und baut aus Kissen einen kleinen Wall, ihre langen Haare streicheln über die Kleine, lange Seile, die ihr bis zu den Hüften reichen, heute ist sie fast schön, noch immer zu spitz, aber es fällt einem schwer, den Blick von ihr zu wenden, jede ihrer Bewegungen wird aus der Ruhe der vorhergegangenen geboren. Sie scheint unbeeindruckt zu sein von meiner versteckten Kritik, auch von meiner Dankbarkeit, und plötzlich verstehe ich, sie denkt überhaupt nicht an sich selbst, sie denkt nicht daran, was jedes meiner Worte für sie bedeuten könnte, sondern was jedes meiner Worte über mich aussagt, sie ist nicht gekommen, um beurteilt zu werden, sie ist gekommen, um zu helfen.

Das ist kein Versagen, Ehud, sagt sie ruhig zu ihm, während sie in ihrer Tasche wühlt und einige Stoffsäckchen herauszieht, sie legt sie in einer Reihe nebeneinander auf den Tisch, du sollst kein Versagen oder keine Strafe in der Krankheit sehen, alles, was dir jetzt passiert, macht nur die

Vergangenheit durchsichtig, er hebt die Hand, streicht sich nachdenklich über die Haare und fragt mit einem verlegenen Lächeln, was heißt das? Du bist heute das, was du einmal warst, antwortet sie, und was du in der Zukunft sein wirst, ist das Ergebnis dessen, was du heute tust, verstehst du, die Ergebnisse unserer Handlungen reifen langsam, sie hängen noch an uns, nachdem wir sie längst vergessen haben, jede schlechte Tat kehrt zu uns zurück und zieht einen Schatten von Selbsthaß hinter sich her, aber diese Schatten gehören zur Vergangenheit, Ehud, der Schmerz, den du jetzt empfindest, ist die Vollendung des Ergebnisses, die Reifung der Frucht, und es ist eine Erleichterung zu wissen, daß dies schon das Ende des Prozesses ist.

Was heißt das, Ende des Prozesses, sagt er, vielleicht ist es ja auch der Anfang, und sie lächelt, das hängt nun von dir ab, wenn du deine Bedingungen in der Gegenwart änderst, änderst du auch die Zukunft. Schau deinen Körper an, sagt sie, ihre Augen gleiten über seine nackte Brust und bleiben an dem roten Handtuch hängen, negative Gefühle sammeln sich in den Energiezentren des Körpers, die Wurzeln der Hölle befinden sich auf den Fußsohlen, dort sammelt sich der Zorn, die Wurzeln der Lüste befinden sich an der Wirbelsäulenbasis, dort wohnt die Begehrlichkeit, die Wurzeln der Gier verstecken sich im Hals. Wir werden daran arbeiten, diese Bereiche bei dir zu reinigen, verspricht sie ihm, es ist zwar eine Übung, die man normalerweise erst nach dem Tod eines Menschen vornimmt, aber wir ziehen sie vor.

Wie fängt man so etwas an, stoße ich aus, ich habe das Gefühl, schon seit Stunden nicht gesprochen zu haben, und meine Stimme kommt verzerrt aus meiner Kehle, was soll das heißen, reinigen, verändern, das sind doch nur Wörter, und sie wirft mir einen beruhigenden Blick zu, man verändert sich nur durch Leiden, das Leiden spornt unsere geistigen Fähigkeiten an, es provoziert uns, zwingt uns dazu, das Wunder freizulassen, das sich in uns verbirgt. Je weiter man auf seinem geistigen Weg voranschreitet, um so mehr lösen sich unsere alten Bilder von der Welt und von uns selbst auf, und es entwickelt sich ein vollkommen neues Verständnis. Sie wendet sich mit einem feinen Vorwurf in der Stimme an ihn, du hast vielleicht angefangen, gesund zu werden, aber du hast dich nicht verändert, du bist heute morgen aus negativen Gefühlen heraus zu der Tour aufgebrochen, du mußt dich jetzt ändern, sonst wirst du in der Zukunft den Preis dafür bezahlen. Übertreibst du nicht ein bißchen, sagt er grinsend, wer ist denn frei von negativen Gefühlen, und sie reißt die Augen in gespielter Überraschung auf, ich übertreibe? Weißt du, was für einen Einfluß jeder Gedanke hat, den du irgendwann einmal gedacht hast, jedes Wort, das du einmal gesagt hast, jedes Gefühl, alles hat einen Einfluß auf das Wetter, auf Tiere und Pflanzen, auf die Erde und die Luft, nicht nur auf deinen Nächsten, und er schweigt beschämt, mit leicht geöffnetem Mund, seine Finger lassen das Handtuch los, das er um die Hüften geschlungen hat, und ich beobachte gespannt das weiche Tuch, ob es gleich zu Boden fällt, doch dann blicke ich von ihm zu ihr, nur zu ihr, denn schließlich sind wir alle nackt vor ihr.

Ich habe Zorn in deiner Stimme gehört, Na'ama, ihr Tadel gilt jetzt mir, du hast dich über ihn geärgert, weil er dich bei deiner Tagesarbeit gestört hat, du bist wütend wegen all der Wochen, die er schon hilflos ist, du mußt dich von diesem Zorn reinigen, du mußt Erbarmen in dir wecken, kein Mitleid, denn das ist ein hochmütiges Gefühl, das aus der Angst erwächst, und ich verteidige mich sofort, schaue unbehaglich zu ihm hinüber, ich bin doch bloß so erschrocken, als ich ihn heute morgen dort gesehen habe, es ist nicht einfach, wenn fast jeden Tag etwas schiefläuft.

Aber du mußt verstehen, daß du keinen Grund hast, zornig auf ihn zu sein, im Gegenteil, du solltest ihm dankbar sein, sagt sie, durch sein Leiden weckt er bei dir Erbarmen und macht dir damit das größte Geschenk, weißt du, in Tibet sagt man, daß der Bettler, der um eine milde Gabe bittet, oder die kranke alte Frau, die Hilfe benötigt, vielleicht nur eine Reinkarnation Buddhas sind und dir in den Weg treten, um dein Erbarmen zu wecken und dir geistigen Wandel zu bringen.

Ich betrachte ihn zweifelnd, ein knochiger Buddha in einem roten Frotteerock, ein Buddha ohne Erleuchtung, der versucht, meinen Blicken auszuweichen, früher haben wir heimliche Blicke des Einverständnisses getauscht und uns zugelächelt, doch nun sind wir einander fremd, als hätten wir uns nie gesehen, zwei Schüler, die sich zufällig bei der gleichen Nachhilfelehrerin treffen und nur durch deren Anwesenheit verbunden werden.

Wie weckt man denn Erbarmen, frage ich, und sie antwortet sofort, auf jede Frage hat sie eine Antwort parat, ohne auch nur einen Moment zu zögern, du solltest versuchen, ihn so zu sehen, wie du dich selbst siehst, nicht in seiner Funktion als Ehemann oder Vater, sondern als freien Menschen, nimm ihn ganz wahr, mit seiner Sehnsucht nach Glück und mit seiner Angst vor Leid. Versuche dir jemanden, den du sehr liebst, in dieser Situation vorzustellen, vielleicht deine Tochter, und überlege, was du ihr gegenüber empfinden würdest, und dann nimm dieses Gefühl und übertrage es auf ihn, aber ich höre schon nicht mehr zu, Gott bewahre, ich möchte mir auf gar keinen Fall Noga in solch einer Situation vorstellen, und Sohara sagt beruhigend, du irrst dich, Na'ama, ein solcher Gedanke kann sie nur befreien und ihr helfen, du verstehst noch immer nicht, wie die Krankheit funktioniert, wie gewaltig und wunderbar sie ist, sie segnet jeden, der an ihr Teil hat, den Menschen, der sie hat, denjenigen, durch dessen Hilfe er sie bekommen hat, und auch denjenigen, gegen den sie gerichtet ist.

Wieder betrachte ich sie erstaunt und mißtrauisch, sie sitzt aufrecht vor uns, reckt den Hals, weil wir beide stehen, ihre eine Hand liegt auf dem Rücken des Babys, ihre Haare bewegen sich im heißen Nachmittagswind, der durch die Balkontür hereindringt, ihre Stimme kommt weich und zitternd aus ihrem Hals, mir ist, als könne ich ihr bis in alle Ewigkeit zuhören. So hatten sicher die besorgten Bewohner Judas den tröstenden und ermutigenden Offenbarungen gelauscht, war es ein Wunder, daß sie den düsteren Propheten zum Schweigen bringen wollten, der ihr Glück mit seinen Drohungen störte, Tochter meines Volkes, hülle dich in Sack und Asche, klage und trauere, denn der Tod dringt durch die Fenster in unsere Schlösser, und mir scheint, als müsse ich es für sie tun, als müsse ich mich mit der Krankheit strafen, und ich versuche mir Noga vorzustellen, wie sie gelähmt im Bett liegt, geschlagen von einer geheimnisvollen Krankheit. Nein, es ist nicht Erbarmen, das in mir aufsteigt, sondern Angst, große Angst, und schon schaue ich auf die Uhr, heute kommt sie früher nach Hause, es ist besser, wenn sie Udi nicht so sieht, weil sie dann sofort kapiert, daß wieder etwas schiefgegangen ist, sie war heute morgen so erleichtert, als sie sah, daß unser verhaßter Alltag zurückgekehrt war, ich muß sie erwischen, bevor sie in die Wohnung kommt, ich kann einen kleinen Spaziergang mit ihr machen, und plötzlich flackert Zweifel in mir auf, wie die Sonne, die im Winter zwischen Wolken aufblitzt und die Landschaft abwechselnd verdunkelt und erhellt, genau so taucht der Zweifel in mir auf und ändert meine Farben, und ich betrachte mißtrauisch die Säckchen, die sie in den Händen hält, sehe, wie sie braune Kügelchen herausnimmt, wie

Kotkugeln von winzigen Lebewesen, der Dalai Lama hat diese Kügelchen gesegnet, erzählt sie, und Udi betrachtet sie neugierig. Ich wende ihnen den Rücken zu und gehe ins andere Zimmer, um mich anzuziehen, ich höre, wie sie sich leise unterhalten, die Gegenkraft ist groß, warnt sie ihn, das heißt, daß du bald einen Feind treffen wirst, oder es gibt bereits einen Feind in deinem Leben, und er sagt, Feinde gibt es immer, das Problem ist nur, sie zu erkennen, denn nur durch einen Blick zurück kann man sehen, wer das Königreich Juda wirklich bedroht, in Babylon oder in Ägypten.

Ich werde Noga von der Schule abholen und mit ihr etwas essen gehen, ich will nicht, daß sie dich jetzt hier sieht, mit deiner Heilerin, und gleich anfängt, sich Sorgen zu machen, sage ich zu ihm, und er schaut mich mit gerunzelter Stirn an und weicht zurück, als wäre ich der Feind, und Sohara sagt, ich kann gehen, wenn du willst, obwohl ich nicht glaube, daß man dauernd alles vor ihr geheimhalten sollte. Jetzt hat sie mir also den Stich zurückgegeben, von dem ich gedacht habe, sie würde ihn gar nicht spüren, und ich sage, das ist nicht dauernd, ich möchte sie nur nicht beunruhigen, auch das ist eine Art Erbarmen, oder nicht?

In Gruppen kommen sie durch das Tor, in Wellen, sogar durch das geschlossene Autofenster höre ich ihren Lärm, da und dort erkenne ich die bekannten Gesichter von Kindern, die früher einmal, es mag ein oder zwei Jahre hersein, bei uns ein- und ausgegangen sind, sie haben mit Noga vor dem Fernseher gehockt, sind ab und zu herausgekommen, um etwas zu trinken, und haben Spuren von klebrigem Himbeersaft hinterlassen. Ich betrachte sie und habe Lust, sie anzuhalten und zu fragen, warum kommt ihr nicht mehr, warum meidet ihr sie, kehrt zu uns zurück, ich werde euch ganze Tabletts voller Himbeersaft ins Zimmer bringen, Cola, Limonade, was ihr wollt, Hauptsache, ihr kommt wieder.

Sie erkennen mich nicht, sie sind wie versunken in ihre eigene glitzernde Welt, auch wenn ich ausgestreckt am Straßenrand läge, würden sie mich nicht bemerken, und schon werden es weniger, da sind Schira und Meiraw, die Unzertrennlichen, in fast den gleichen kurzen Kleidern, aber wo ist Noga, warum fehlt ausgerechnet sie? Vielleicht ist sie vor allen anderen herausgekommen und ich habe sie verpaßt, und schon will ich wenden und nach Hause zurückfahren, als ich sie von weitem sehe, was für eine Erleichterung, fast Glück, sie ist nicht allein, sie spricht mit jemandem, es gibt einen Menschen, der sich für das interessiert, was sie zu sagen hat, die Gestalt ist ein bißchen größer als sie, mit einer runden Brille und dünnen Haaren, wer ist das überhaupt, er sieht nicht aus wie ein Kind, es ist ein Erwachsener, mit wem geht sie da? Er spricht und spricht, bewegt leidenschaftlich die Hände, und sie schweigt mit gesenkten Augen, nicht weit von mir bleiben sie stehen, ich sehe, wie sie ihm zum Abschied zulächelt und dann weitergeht, und er steigt in ein Auto, ich schaue ihr nach, dann schüttle ich mich, drehe das Fenster herunter und schreie, Nogi.

Der Ranzen hüpft auf ihrem Rücken, als sie sich zu mir umdreht, Mama, ruft sie erstaunt, was machst du hier, bist du nicht bei der Arbeit? Die gleiche Frage habe ich Udi vor ein paar Stunden gestellt, wir haben heute offenbar eine ganze Reihe von Überraschungen füreinander bereit, er hat mich überrascht, ich überrasche sie, so ist das in einer Familie, alles, was passiert, führt zu Kettenreaktionen, und ich antworte mit gespielter Fröhlichkeit, ich habe heute früher aufgehört, deshalb hole ich dich ab, vielleicht essen wir was im Einkaufszentrum, wir könnten dir auch ein Kleid kaufen, du kannst nicht immer in diesen Lumpen herumlaufen. Aber sie läßt sich von meiner Fröhlichkeit nicht anstecken, hartnäckig fragt sie, ist was passiert, warum hast du früher aufgehört? Ihr Blick ist ungläubig, und ich beeile mich mit der Antwort, nein, es ist nichts passiert, Annat ist mit den Mädchen im Auto weggefahren, um Babys anzuschauen, und ich war überflüssig. Sie setzt sich neben mich ins Auto, und ich kann mich nicht beherrschen und frage, wer war das, und sie sagt, Rami, unser Geschichtslehrer, ich habe dir doch von ihm erzählt, und ich nicke, sie hat ganz nebenbei von ihm erzählt und ich habe nicht zugehört, es ist so schwer, immer zuzuhören. Er ist so jung, sage ich erstaunt, er sieht fast so jung aus wie du, was hat er von dir gewollt? Sie wehrt unbehaglich ab, nichts Besonderes, aber ich bleibe stur, Nogi, ich habe doch seine energischen Handbewegungen gesehen, jetzt bin ich dran, ihr nicht zu glauben, und ich frage, was war es denn, was er dir so begeistert erzählen mußte?

Nichts Besonderes, zischt sie wütend, er hat das Gefühl, als würde ich mich nicht wirklich für den Stoff interessieren, deshalb hat er versucht, mich dafür zu begeistern, so als hätte alles, was wir lernen, mit unserem Leben zu tun. Ja, und wie meint er das, frage ich und erinnere mich an Udis Vortrag, den er mir über dem weißlichen Badeschaum gehalten hat, sie weicht mir aus, keine Ahnung, sagt sie, ich habe kein Wort von dem verstanden, was er gesagt hat. Ich betrachte sie zweifelnd, wir glauben einander nicht wirklich, ich hoffe nur, daß sie sich nicht plötzlich in diesen jungenhaften Geschichtslehrer verliebt, bei ihrem Bedürfnis nach einem Vater kann alles passieren. Nun, was willst du essen, frage ich, und sie sagt, ich habe keinen Hunger, ich möchte nach Hause gehen, und ich werde nervös, aber ich habe Hunger, ich bin auch ein Mensch, und das Ende meines Satzes klingt schon nach Jammern, ich bin in die Falle getappt, überflüssigerweise, Sohara hat recht, warum soll man es vor ihr verbergen, sie merkt ja, daß etwas vorgeht, aber mir ist klar, daß ich jetzt nicht mehr nachgeben darf, ich trete aufs Gas, schiele heimlich zu ihr hinüber, sie hält den Kopf gesenkt, ihre Lippen schieben sich vor, als müsse sie sich gleich erbrechen, aber ich lasse nicht locker, ich parke vor dem Einkaufszentrum.

Früher ist sie gern mit mir hierhergekommen und hat versucht, kleine Geschenke aus mir herauszuschlagen, was ist plötzlich mit ihr los, sie ist doch noch nicht in der Pubertät, ich versuche, den Arm um sie zu legen, aber sie weicht mir aus, was ist mit dir, Nogi? Nichts, antwortet sie, ich bin müde, ich möchte nach Hause, aber ich ziehe sie hartnäckig durch die Masse der Menschen, die vor der Hitze hierhergeflohen sind, und gebe ihr die Hand, damit sie mir nicht verlorengeht. Vor dem Imbiß warten hoffnungslos lange Schlangen, nur in der Pizzeria an der Ecke gibt es noch Platz, erschöpft lasse ich mich auf einen Plastikstuhl fallen und ziehe einen für Noga näher, dann kaue ich auf einer harten, lauwarmen Pizza herum, also deshalb gibt es hier keine Schlangen, nichts ist zufällig, auch nicht Nogas feindseliges Schweigen. Nun, was war heute in der Schule, frage ich, und sie antwortet mechanisch, alles in Ordnung, und ich frage stur weiter, was machst du in den Pausen? Sie senkt den Blick, trinkt Cola aus der Flasche, nichts Besonderes, ich gehe hinunter auf den Hof oder ich bleibe in der Klasse. Ich habe Schira und Meiraw gesehen, sage ich, und sie, mit dumpfer Stimme, na und, was ist mit ihnen? Ihr wart mal zu dritt, sage ich leise, erinnerst du dich noch, ihr wart unzertrennlich, warum hat das aufgehört? Sie zuckt mit den Schultern, versucht, gleichgültig auszusehen, ich erinnere mich nicht mehr daran, sagt sie, ich hatte genug von ihnen, sie interessieren mich nicht mehr. Ich höre es ja gerne, daß sie es war, die die Entscheidung getroffen hat, aber so ganz kann ich ihr nicht glauben, ich frage, habt ihr euch gestritten oder ist es ganz allmählich passiert? Ich weiß es nicht mehr, sagt sie und senkt den Blick unter den dichten, wilden Augenbrauen, und ich frage weiter, hast du andere Freundinnen, ja, die eine oder andere, antwortet sie, und ich weiß nicht, ob sie mich oder sich selbst belügt, doch ein plötzliches Gefühl der Traurigkeit bringt mich zum Schweigen, ich weiß nicht mehr, was ich sagen soll, am liebsten würde ich weinen, ich möchte den Kopf auf den Tisch legen und mich unerlaubt den Tränen hingeben. Was ist das alles gegen wirkliche Sorgen, nichts, es ist nur meine Nogi, meine einzige Tochter, die gelangweilt auf einer Pizza herumkaut, ihr Gesicht milchig und weich, ein paar neue Sommersprossen sind auf ihrer Stupsnase aufgetaucht, die blonden Locken umgeben ihren Kopf wie ein Heiligenschein, Nogi, die mir nichts zu sagen hat, die ihre Einsamkeit vor mir verbirgt, die mir nicht erlaubt, ihr näherzukommen, als hätte ich eine ansteckende Krankheit oder sie. Früher waren wir uns so nah, sie wollte aussehen wie ich, sprechen wie ich, sich anziehen wie ich, sie war mein kleines Double, wir sind Hand in Hand gegangen, hier, in diesem Einkaufszentrum, wir haben vor den Schaufenstern gestanden, und sie hat ausgesucht, was ich anprobieren sollte, manchmal habe ich sie alle drei mitgenommen, sie und Schira und Meiraw, es hat mir Spaß gemacht, für sie Geld auszugeben, ihnen Sticker zu kaufen, Haarbänder, Eis, ich habe es genossen, wenn sie vor Vergnügen gestrahlt haben.

Doch plötzlich überfällt uns das Heulen einer Sirene, es ist so nah, als rase ein Krankenwagen direkt durch das Einkaufszentrum und würde die Läden zerstören und die Menschen überfahren. Ich springe auf, um Schutz zu suchen, aber da entfernt sich das Heulen auch schon wieder und wird kurz darauf vom Lärm der Schnellstraße verschluckt. Noga schaut mich an, es stimmt doch, daß ich mal im Krankenhaus war, als ich klein war, oder? Und ich sage betont gelassen, ja, das ist lange her, du warst zwei, erinnerst du dich überhaupt daran? Ich erinnere mich ganz dunkel an etwas, sagt sie, ihr habt mir auf dem Rasen ein Eis gekauft, und ich habe es dann ausgekotzt. Ja, das ist möglich, sage ich mit einem angestrengten Lächeln, obwohl ich mich genau an jenen Tag erinnere, an jede Einzelheit, und sie fragt, was hatte ich eigentlich, und ich stottere, nichts Ernstes, nur so, und sie beharrt, warum habt ihr mich dann ins Krankenhaus gebracht, wenn es nichts Ernstes war? Ich brauche eine Ausrede und sage schnell, weil es am Anfang ernst ausgesehen hat, erst hat man gedacht, es sei eine Gehirnhautentzündung, aber dann hat sich herausgestellt, daß es nur ein Virus war, und sie schaut mich enttäuscht an, komm, gehen wir heim, ich habe einen Haufen Hausaufgaben für Geschichte auf.

Noga, warte einen Moment, rufe ich dem Rücken nach, der sich mir bereits zugewandt hat, Noga, komm, ich würde dir gerne ein Kleid kaufen, und sie sagt böse, ich hasse Kleider, aber ich betrete schon ein Geschäft und fange an, zwischen den Kleiderbügeln zu suchen, nur probieren, sage ich, was macht es dir aus, ich fände es schön, wenn du so aussehen würdest wie die anderen. Hier, ich ziehe ein blaues Kleid mit gelben Chrysanthemen hervor, das würde gut zu deiner Augenfarbe passen, du mußt es unbedingt anprobieren, und sie sagt, es sieht haargenau aus wie deins. Dann laß uns doch Zwillinge sein, dränge ich, früher hat es dir gefallen, so auszusehen wie ich, und sie verzieht das Gesicht, kommt aber mit schweren Schritten näher, nimmt mir gleichgültig das Kleid aus der Hand und verschwindet in einer Umkleidekabine, ich schaue ihr nach, früher habe ich sie in die Kabine begleitet und ihr beim Ausziehen geholfen, aber das wage ich jetzt nicht, sie macht mir angst. Da geht die Kabinentür auf, und ich betrachte sie mitleidig, das Kleid steht ihr nicht, warum habe ich sie überhaupt gezwungen, es anzuprobieren, ihre Beine sind zu dick, ihre Schultern hängen, sie sieht einfach anders aus als Schira und Meiraw, es reicht nicht, daß man ihr ein Kleid überzieht und hofft, sie würde so aussehen wie die beiden.

Wie sehe ich aus, fragt sie begeistert, plötzlich hat sie Lust zu gefallen, und ich beeile mich zu sagen, du siehst toll aus, aber sie stellt sich vor den Spiegel, ich sehe ekelhaft aus, ich bin dick und häßlich, damit flieht sie in die Umkleidekabine. Eine Verkäuferin kommt zu mir, das Kleid steht ihr besonders gut, sagt sie, und ich betrachte sie entsetzt, wie weit ist es mit mir gekommen, so wie ich ihr kein Wort glaube, glaubt auch Noga mir nichts, ich lüge wie eine Verkäuferin in einem Modegeschäft, und als Noga mißmutig aus der Kabine kommt, den Körper unter Udis viel zu großem T-Shirt versteckt, sage ich, das Kleid hat dir wirklich nicht gestanden, und sie platzt heraus, nichts steht mir, ich habe eine ekelhafte Figur. Ich nehme sie in den Arm, du fängst nur an, erwachsen zu werden, dein Körper hat sich noch nicht geformt, es dauert einige Jahre, bis der Körper seine Formen annimmt, aber insgeheim bin ich wie sie, ich denke an Schira und Meiraw, wie schlank und braungebrannt sie sind, mit glatten Haaren und Ohrringen, die ihnen wie süße Geheimnisse an den Ohrläppchen baumeln.

Jetzt sehne auch ich mich schon nach zu Hause, ich kann nicht mehr warten, hier sind wir schutzlos, nur zu Hause sind wir in Sicherheit, aber plötzlich verdunkelt sich das Einkaufszentrum, als wäre die Sonne mitten am Tag untergegangen, und jemand schreit, Stromausfall, vor lauter Klimaanlagen hat es einen Kurzschluß gegeben, die Menschen drängen sich zu den Ausgängen, so groß, wie das Verlangen war, hier Schutz vor der Hitze zu suchen, so groß ist jetzt ihr Verlangen, von hier zu fliehen, im Eckladen unseres Stockwerks sind plötzlich Flammen zu sehen, ein Feuer ist ausgebrochen und macht sich gierig über die italienischen Schuhe her, der Gestank von verbranntem Leder erreicht uns in dicken schwarzen Rauchschwaden, ich packe Noga am Arm und ziehe sie hinter mir her, hustend und keuchend, vor meinen Augen verwirklicht sich mit Zeichen und Wundern die tibetische Warnung, wieviel größer als unsere Worte ist die Kraft eines Wortes von ihr, jede kleine Lüge kann die Welt in Flammen setzen.

Als wir endlich am Auto sind, atmen wir erleichtert auf, ich sage zu ihr, Papa ist schon heimgekommen, seine Tour war doch kürzer, und sie hebt den Kopf, fragt nicht einmal, warum, so klar ist ihr, daß sie keine befriedigende Antwort bekommen wird, sie murmelt nur, toll, er kann mir bei meinen Hausaufgaben in Geschichte helfen.

Völlig erschöpft nach unserem gemeinsamen Ausflug, steige ich hinter Noga die Treppe zur Wohnung hinauf, als ich sehe, wie ihre Beine in der Wohnungstür erstarren, was für ein Schreckensszenario ist vor ihren Augen aufgetaucht, ich nehme die letzten fünf Stufen im Rennen und sehe Udi, der im Wohnzimmer hin und her läuft, ein helles Baby mit halb geschlossenen Augen in den Armen, aus dem kleinen Mäulchen ist Milch auf sein Hemd gelaufen, er wiegt die Kleine und murmelt beruhigend, still, ganz still, ist ja gut, ist alles gut.

Sie ist eingeschlafen, ich habe es geschafft, sie zu beruhigen, verkündet er uns mit einem dümmlichen Lächeln, als hätte er etwas ganz Besonderes vollbracht, ich schaue mich um, wo ist ihre Mutter, und Noga schreit, und wo ist ihr Vater, hat sie überhaupt einen Vater? Udi faucht uns grob an, seid doch ruhig, ich habe eine Stunde gebraucht, bis sie eingeschlafen ist. Ich sehe, wie Nogas Lippen sich verziehen, ich will den Arm um Noga legen, aber sie weicht mir aus und rennt in ihr Zimmer, knallt die Tür hinter sich zu, als würde weit und breit niemand schlafen, doch dann kommt sie sofort wieder herausgerannt und schreit, was soll denn das heißen, in meinem Bett liegt jemand und schläft!

Ich habe dich gebeten, ruhig zu sein, nicht wahr?, schimpft er, kannst du nicht mal ein bißchen Rücksicht nehmen? Du bist wirklich maßlos verwöhnt! Ich beschütze sie sofort, du bist so unsensibel, Udi, wie redest du mit ihr, und das Baby bewegt das kahle Köpfchen, der Mund öffnet sich, und schreckliche Schreie, die sich in dem kleinen Körper verborgen haben, brechen einer nach dem anderen heraus, laut wie aus einem Widderhorn, und Udi wirft uns wütende Blicke zu, weil wir ihm alles kaputtgemacht haben, er murmelt beruhigende Worte in das kleine Ohr, aber es ist zu spät, sie wird nicht weiterschlafen, auch ihre Mutter nicht, mit wirren Haaren taucht sie in der Tür zum Wohnzimmer auf, was ist los, fragt sie, zum ersten Mal sehe ich sie ohne ihre übliche Gelassenheit, und Udi beschwert sich, sie war mir schon auf dem Arm eingeschlafen, aber als die beiden gekommen sind, ist sie aufgewacht. Sohara geht auf ihn zu und nimmt ihm das Baby aus dem Arm, das war nicht nötig, sagt sie, wir haben abgemacht, daß du mich rufst, wenn sie weint, bestimmt hat sie Hunger, und er sagt, mir gefällt es, ihren Hunger zu besiegen, auch mit Noga bin ich immer stundenlang herumgelaufen, damit Na'ama schlafen konnte, und Noga schaut mich fragend an, stimmt das, Mama? Natürlich, sage ich, all seine Hemden hatten weiße Flecken auf den Schultern, und sie senkt die Augen, als vergrößere diese Auskunft ihren Kummer nur noch.

Du hast Hunger, meine Süße, Sohara setzt sich schnell auf das Sofa und nimmt eine glatte Brust aus ihrem Ausschnitt, eine braune Brust mit einer schwarzen Warze, absichtlich schaue ich hin, ohne mich zu genieren, erschrecke vor dieser Schwärze, aus der ein weißer Strahl bricht, und auch er betrachtet sie wie hypnotisiert, als habe er noch nie im Leben eine stillende Frau gesehen, sogar Noga schaut zu, alle drei beobachten wir sie konzentriert und ohne Scham, wie im Theater, wo man nicht versucht, unauffällig hinzuschauen, sondern so intensiv wie möglich, und sie sitzt auf der Bühne des Sofas als Amazone, den Träger ihres Kleids hinuntergeschoben, eine einzige muskulöse Brust entblößt, den Blick auf den Babymund gerichtet, die glänzende Stirn mit Schweißtropfen bedeckt. Du hast doch bestimmt Durst, sage ich zu Sohara und hole ihr ein Glas kaltes Wasser, sie trinkt schweigend, und wieder empfinde ich Mitleid für sie, wie durstig ist sie gewesen und hat nicht gewagt, um Wasser zu bitten, dabei habe ich sie doch eingeladen, sie ist gekommen, um uns zu helfen, und das hat sie wohl auch getan, Udi macht jedenfalls einen gefestigten Eindruck. Sie legt das Kind über ihre Schulter, lächelt mich entschuldigend an, die Behandlung braucht so viele Energien, ich mußte mich ausruhen, ich konnte mich fast nicht mehr auf den Beinen halten, und ich bin sofort auf ihrer Seite, mein ganzer Groll ist wie weggewischt, natürlich, Sohara, du brauchst dich nicht zu entschuldigen, ich bin dir so dankbar dafür, daß du uns hilfst, und sie schaut ihn an, du fühlst dich doch besser, Ehud, nicht wahr? Er strahlt, ja, sehr viel besser.

Später, als ich sie an der Tür stehen sehe, den Korb auf der Schulter, habe ich Angst, sie könnte schon aus unserem Leben verschwinden, ich versuche, sie zurückzuhalten, möchtest du nicht zum Abendessen bleiben, schlage ich vor, obwohl es bis zum Abend noch lange hin ist, und sie sagt, ich habe es jetzt sehr eilig, vielleicht ein andermal, und nun kommt auch Udi zur Tür und schaut sie mit einem sanften, dankbaren Blick an. Sie lächelt, werde ja nicht zu schnell gesund, vergiß nicht, daß deine Krankheit einen Sinn hat, man darf sie nicht vorantreiben, und ich schaue ihr nach, wie sie die Treppe hinuntergeht, und kann mich nicht zurückhalten, wann kommst du wieder, frage ich, und sie antwortet, nächste Woche, aber die nächste Woche geht vorbei, ohne daß sie kommt, auch eine weitere Woche, Hilflosigkeit packt mich, wenn ich an ihr Wegbleiben denke, als habe mir jemand ein Rätsel aufgegeben und würde mich zum Narren halten.

14 Als ich morgens hinausgehe, klebt die Hitze an mir wie ein enger Pelzmantel, den ich nicht ausziehen kann, und erinnert mich an Nogas Hasenkostüm, das sie an einer Purimfeier von der Fußsohle bis zum Kopf eingehüllt hatte, und als ich sie nach der Feier auszuziehen versuchte, erwies sich, daß der Reißverschluß kaputt war, sie war dazu verurteilt, ihr Leben lang ein kleiner Hase zu bleiben, sie tobte herum, ich bin kein Hase, ich bin ein Mädchen, ich will wieder ein Mädchen sein, bis ihre Haare schweißnaß waren und ich schließlich das geliebte Kostüm aufschneiden mußte, die Pelzstücke fielen vor unsere Füße wie die Fellteile eines erbeuteten Tieres. Aber die dicke Luft um mich herum läßt sich nicht aufschneiden, ich hänge abends Wäsche auf und nehme sie morgens glühendheiß ab, Udis Unterhosen brennen mir in den Händen, ebenso seine Hemden und seine Hosen, und plötzlich fällt mir auf, daß die meisten Wäschestücke ihm gehören, nachdem er wochenlang die Kleidung nicht gewechselt und nicht zugelassen hat, daß ich seine Sachen wasche, hat ihn jetzt ein Anfall von Reinlichkeit gepackt, und die Waschmaschine füllt sich Tag für Tag, als wäre ein neues Baby im Haus, ich wasche gern, es gibt kein ermutigenderes Geräusch als das Rattern der Waschmaschine, ein intensives Gebet der Reinheit und Sauberkeit, durchgewalgte gute Absichten.

Abends setze ich mich auf den Balkon, zwischen die Wäsche, ab und zu streicht mir ein glattes Laken oder der Zipfel eines Kleides im leichten Wind über die Haare und begleitet meine Einsamkeit, denn Udi schläft schon, jeden Tag geht er früher ins Bett, gleich nach Noga, beide sammeln sie ihre Sorgen ein und verschwinden in ihren Zimmern.

Schweigend essen wir zu Abend, kalte Joghurtsuppe und Salat, dazu hartgekochte Eier aus dem Kühlschrank, sogar auf die Toasts habe ich verzichtet, um die Hitze nicht noch schlimmer zu machen. Wie kann man bei dieser Hitze essen, klagt Udi, aber er bleibt bei uns sitzen und schaut zu, wie wir die Eier schälen, wie wir schweigend die Suppe löffeln, er beobachtet uns mit konzentrierten Blicken und gerunzelter Stirn, als sammelte er weitere Details für eine unbekannte wissenschaftliche Arbeit, und Noga wirft ihm vorsichtige Blicke zu. Manchmal bittet sie ihn um Hilfe bei den Hausaufgaben, und ich versuche dann natürlich, heimlich mitzuhören, ich drücke mich an der Tür herum und horche, ob dort, zwischen den Büchern und Heften, noch etwas anderes gesagt wird, etwas, worauf ich schon seit Jahren warte, aber ihre Gespräche verlaufen sachlich, überhaupt ist alles zwischen uns trocken und sachlich geworden.

Na und, tröste ich mich, das ist doch ganz gut so, Hauptsache, es wird nicht schlimmer, wir haben uns genug aneinander aufgerieben, es ist besser, ein bißchen Distanz zu wahren, auch wenn ich manchmal, wenn ich allein auf dem Balkon sitze, zugeben muß, daß uns schon nichts mehr verbindet außer einer drohenden Gefahr, es ist, als befänden wir uns alle schon lange in einem Bunker und würden, wenn alles vorbei ist, wieder jeder seiner Wege gehen, und wenn wir uns dann auf der Straße träfen, würden wir noch nicht einmal mit den Lidern zucken, denn keiner hätte Lust, sich an die beschämenden Tage im Versteck zu erinnern. Selbst die Blutsbande scheinen sich bei dieser Hitze aufzulösen, sie kochen und brodeln unter der dünnen Hautschicht, und sogar Noga betrachte ich manchmal erstaunt, was habe ich mit ihr zu tun, sie sieht mir nicht ähnlich, sie verändert sich immer mehr, als wollte sie mich ärgern, vor meinen Augen wächst ihr Körper wild und geheim, und eines Nachts ruft sie mich erschrocken, die Brust tut mir weh, unter der Brustwarze. Ich komme nur schwer zu mir, betaste ihre Brust mit verschlafenen Fingern, was ist das, da verbirgt sich eine Nuß, rund und hart, ein Alptraum, und ich flüstere ihr zu, das ist nichts, Nogi, schlaf, und ich versuche, meine Sorge zu verstecken, aber ich kann schon nicht mehr schlafen. Meine Kehle ist voller schmerzender Nüsse, ich kann nicht schlucken, Panik schlägt an Panik. Ist das etwa das Ding, dessen Namen ich nicht zu nennen wage, kann es eine Geschwulst an einer Brust geben, die noch keine Brust ist, ich muß sie untersuchen lassen, und gegen Morgen halte ich es nicht mehr aus, ich wecke Udi und setze mich zitternd an seinen Bettrand, und er murmelt schlaftrunken, Blödsinn, bestimmt wächst ihr der Busen, und ich streiche über meine Brüste, sie fühlen sich anders an als Nüsse, ich kann mich gar nicht erinnern, daß es mit solchen Schmerzen anfängt, und am Morgen stürze ich zu Noga, kaum daß sie die Augen aufgemacht hat, und befühle sie, ja, es kann sein, daß er recht hat, ich atme erleichtert auf, mir scheint, daß auch auf der anderen Seite eine kleine Nuß wächst, die Warzen sind geschwollen, ich teile ihr erfreut mit, das ist nichts, Nogi, du brauchst dir keine Sorgen zu machen, dir wächst bloß der Busen, doch zu meiner Überraschung bricht sie in untröstliches Weinen aus, als sei das die allerschlimmste Nachricht, schlimmer als eine tödliche Krankheit. Sie trampelt gegen das Bett, ich will keinen Busen, kein Mädchen in meiner Klasse hat einen Busen, wofür brauche ich einen Busen, sie werden mich noch mehr auslachen als bisher, und ich streichle sie bedrückt, es ist wirklich noch zu früh, ich war in ihrem Alter noch vollkommen flach, jetzt wird sie noch etwas haben, um es unter den T-Shirts zu verstecken, und die Erleichterung, die ich empfunden habe, löst sich auf, ich warne Udi, sag ihr, daß das ganz natürlich ist, sag ihr, daß ein Busen was Schönes ist, befehle ich ihm, und er antwortet kühl, natürlich ist das etwas Schönes, und mir ist klar, daß wir beide in diesem Moment an die muskulöse, glatte Brust mit der schwarzen Brustwarze denken.

Aber die Tage gehen vorbei, und sie kommt nicht, mit heimlicher Sehnsucht warte ich voller Hoffnung auf sie, es ist seltsam, immer wenn sie tatsächlich vor mir steht, packt mich Zorn, aber wenn ich an sie denke, liebe ich sie fast, in meinen Gedanken ist sie barmherzig und warm und klug, ich sehe sie vor mir, wie sie dasitzt und stillt, und das leise Schmatzen des Babys mischt sich mit dem Zwitschern der Vögel und dem Jaulen der Katzen, ein untrennbarer Teil der Geräusche des Universums. Der Gedanke an sie weckt eine angenehme Sicherheit in mir, wenn irgend etwas wieder schiefläuft, wird sie kommen und uns retten. Aber weil sie nicht kommt, fange ich an, mir Sorgen zu machen, vielleicht haben wir sie gekränkt, vielleicht ist ihr etwas passiert, ich habe nicht gewußt, wie abhängig ich von ihr bin.

Was ist mit Sohara, frage ich Udi an einem Abend, und er sagt, alles in Ordnung, sie hat vor ein paar Tagen angerufen, ich habe ihr gesagt, daß alles gut läuft. Deshalb kommt sie also nicht, frage ich enttäuscht, und er sagt, ich glaube nicht, sie hat viel zu tun mit ihrem Baby, und wir brauchen sie nicht mehr, stimmt, sage ich, wir brauchen sie wirklich nicht mehr, und trotzdem fühle ich mich betrogen, im Stich gelassen, und ich frage mit einer Verbitterung, die sogar mich überrascht, hat dieses Baby überhaupt einen Vater? Er zuckt gleichmütig mit den Schultern, keine Ahnung, was spielt das für eine Rolle, und ich sage, für mich nicht, aber für sie bestimmt, und er sagt, sei dir da nicht so sicher, ich habe schon immer gesagt, daß deine Ansichten über Familie verstaubt sind, und schon packt mich der alte Zorn, aber ich bezwinge ihn, mit Udi kann man in diesen Tagen nicht streiten, es scheint ihm an Begeisterung und Interesse zu fehlen, und vielleicht auch an dem Maß an Liebe, von dem sich ein Streit nährt. Er ist schweigsam, ruhig, beklagt sich über nichts und bittet um nichts, und wir verhalten uns vorsichtig, ganz anders, als wir es unser ganzes gemeinsames Leben lang getan haben, brennend vor Kränkung und Beleidigung, frustriert, und ich, die ich immer um Harmonie bemüht war, versuche, mich über diesen Zustand zu freuen, obwohl von Zeit zu Zeit so etwas wie Angst in mir aufflammt, doch dann beruhige ich mich sofort, er versucht, sich zu ändern, sich von alten Lebensmustern zu befreien, vielleicht gibt es dabei ja eine Stufe, auf der man keine Gefühle hat, wie bei der Transplantation eines Organs, es dauert nicht mehr lange, da wird die Empfindung in ihm wachsen und alles wird wieder gut.

Diese Stumpfheit hüllt auch mich ein, wenn ich morgens zum Heim komme, die Mädchen hocken auf den Sofas, die geschwollenen Beine vorgestreckt, und schauen mir gleichgültig entgegen. Nur einmal empfängt mich Chani ganz begeistert, ich habe den Pullover fertig, ruft sie und schwenkt ein kleines rosafarbenes Fähnchen. Wie schön, sage ich bewundernd, er ist ja wirklich fertig, und sie streicht über ihren Bauch, auch mein Baby ist fertig, der Pullover wird ihr stehen, denk dran, daß ich ihn ihr nach der Geburt selbst anziehen will, und sie holt aus ihrer Rocktasche rosafarbene Samtgummis, und mit diesen Gummis mache ich ihr Zöpfchen oben auf dem Kopf, und Ilana, die bisher schweigend zugehört hat, fängt jetzt an zu lachen, die ist ja blöd, die weiß noch nicht mal, daß Kinder fast ohne Haare geboren werden, was für Zöpfchen, kauf ihr eine Puppe, Na'ama, das ist es, was sie braucht, eine Puppe, die sie kämmen und anziehen kann, kein Baby, und ich sage zu Ilana, hör auf, sie zu kränken, jede sucht nach einem eigenen Weg, um eine Beziehung zu halten, und Chani schmiegt sich an mich, ja, daran werde ich sie erkennen, an dem Pullover, ich werde auf der Straße jedes Baby anschauen, das ich treffe, und nach diesem Pullover suchen. Sie wird noch tausend andere Pullover haben, spottet Ilana, deine Kleine wird reich sein, das Ding da wird ihr armseligster Pulli sein, und Chani weint fast, der ist doch nicht armselig, oder findest du ihn etwa armselig? Sie schwenkt den Pullover über den Kopf wie einen Sühnehahn, ich wünschte, ich hätte so einen Pullover gehabt, als ich ein Baby war, ich habe nie im Leben ein neues Kleidungsstück gekriegt, nur die abgelegten Fetzen von meinen Schwestern, doch Ilana läßt nicht locker, du bist ja selbst noch ein Baby, du solltest dein Baby zu deiner Mutter bringen, damit sie es aufzieht, als wäre es deine Schwester, aber Chani weicht zurück, wie kommst du denn dadrauf, meine Mutter hat keinen Funken Geduld, sie schreit und schlägt auch ganz schön zu, ich möchte eine gute Mutter für mein Kind.

Woher weißt du, daß die Adoptivmutter eine gute Mutter sein wird, faucht Ilana sie an, glaubst du etwa, nur weil sie Geld hat, hat sie auch ein gutes Herz? Ich mische mich ein, mach dir keine Sorgen, wir prüfen die Eltern sehr genau, es sind Leute, die sich nach einem Baby sehnen, sie haben viel Geduld und viel Liebe, und Ilana verzieht ungläubig das Gesicht, sie täuschen euch, sagt sie, ihr habt keine Ahnung, wie sie wirklich sind. Warum gibst du dein Kind überhaupt weg, wenn du ihnen nicht glaubst, fragt Chani, und Ilana verkündet triumphierend, weil mich dieses Kind nicht interessiert, deshalb, es hat sich einfach bei mir eingeschlichen, ohne daß ich es wollte, und mir die Figur versaut, seinetwegen kann ich kein Model werden, und ich versuche, ein

Grinsen zu unterdrücken, sie hat also endlich einen Sündenbock gefunden, aber Chani platzt damit heraus, du und Model? Mit deiner Figur und deinem Arschgesicht? Sie erstickt fast vor Lachen, klopft sich auf den Bauch, und Ilana schreit, halt's Maul, du Schlampe, es wird dir noch leid tun, daß du mich ausgelacht hast.

Ich dränge sie, hinaufzugehen zur Geburtsvorbereitung, und mache mich auf die Suche nach der Neuen, die gestern angekommen ist, ihre Eltern haben sie hergebracht, sie war grün und blau geschlagen, sie wollten nichts mehr von ihr hören, haben sie gebrüllt, nichts von ihr und nichts von dem arabischen Bankert in ihrem Bauch. Ich finde sie schlafend in ihrem Bett und betrachte sie traurig, die ersten Tage hier sind die schwersten, der Verlust der gewohnten Umgebung, das schmerzliche Ende des Ableugnens, manchmal denke ich, es wäre wirklich besser, sie herzubringen, wenn sie schlafen. Ich gehe hinauf zum Büro und erledige ein paar Schreibarbeiten, und langsam, ganz langsam senkt sich eine neue Gelassenheit über mich, es scheint, die Dinge haben sich ein wenig beruhigt, ich kann aufatmen. Schau an, ich kann mich konzentrieren, ich achte auf die richtige Distanz, was für ein Glück, daß Ja'el nicht gekommen ist, ihre Geschichte hat mich zu sehr mitgenommen, wer weiß, was ihr das Schicksal bringen wird, vielleicht ist der Mann schließlich doch zu ihr zurückgekommen und sie werden das Kind gemeinsam aufziehen, und schon treten mir Freudentränen in die Augen, ich spüre sogar einen gewissen Neid, wie gut sie es haben werden, wie gut wir es hatten, ausgestreckt auf dem Doppelbett und Noga zwischen uns, wir beugten uns über den kleinen Körper, knabberten an ihren Füßchen, weich und duftend wie zwei frische Weißbrotzöpfe für Schabbat, sie strampelte uns ins Gesicht, lachte und krähte vergnügt. Und als ich nach Hause komme, betrachte ich feindselig ihre Füße in den dicken Strümpfen und den Turnschuhen, und sie fragt sofort, wo ist Papa? Ich zucke mit den Schultern, keine Ahnung, bestimmt macht er einen Spaziergang. Von Zeit zu Zeit geht er ein wenig laufen, um seine Beine zu trainieren, immer seltener beklagt er sich über Schmerzen, es wird Zeit, daß ich Sohara anrufe, sie hat ihn tatsächlich gerettet. Als er später zurückkommt, sage ich zu ihm, komm, rufen wir Sohara an, um uns bei ihr zu bedanken, es ist nicht schön, daß wir uns nur melden, wenn wir sie brauchen, und er runzelt die Stirn, wofür sollen wir uns bei ihr bedanken? Ich bin erstaunt, was soll das heißen, wofür, schau doch, wieviel besser es dir geht, wie gut du laufen kannst, hast du schon vergessen, daß du wochenlang im Bett herumgelegen hast? Und er sagt kalt, aber das ist nicht wegen ihr, glaubst du, daß mir das geholfen hat, ihre Moralpredigten und die Segenssprüche des Dalai Lama?

Seine Undankbarkeit ihr gegenüber weckt Abscheu in mir, ich hole das Telefon, wo ist ihre Nummer, sie war hier am Kühlschrank, aber ich glaube, ich weiß sie noch auswendig, zögernd wähle ich sie, Sohara, hier ist Na'ama, und sie antwortet, wie geht es dir, aber ihre Stimme klingt kühl und kurz angebunden, vielleicht ist sie gekränkt, weil ich erst jetzt anrufe. Uns geht es gut, teile ich ihr aufgeregt mit, ich wollte mich bei dir bedanken, Udi ist wieder ganz der Alte, und sofort weiß ich, was sie sagen wird, daß er nämlich nicht wieder ganz der Alte werden sollte, sondern sich ändern, aber sie schweigt, sie möchte das Gespräch nicht fortsetzen, das ist klar, nur ich klammere mich noch daran, es fällt mir schwer, auf sie zu verzichten. Wie geht's der Kleinen, erkundige ich mich, und sie sagt, gut, alles in Ordnung, und ich schlage verlegen vor, vielleicht magst du mal mit ihr bei uns vorbeikommen, du hast versprochen, daß du uns mal zum Abendessen besuchst, und sie unterbricht mich fast rüde, wartet das Ende der Einladung kaum ab, ja, danke, ich komme bei Gelegenheit mal vorbei, und ich trenne mich enttäuscht vom Hörer, ich weiß nicht, wie ich ihre Kälte interpretieren soll.

Ich habe dir ja gesagt, es bringt nichts, sie anzurufen, zischt Udi mich an, und ich reagiere gereizt, du bist wirklich kein Beispiel für höfliche Umgangsformen, ich hatte das Bedürfnis, mich bei ihr zu bedanken, und wenn ihr das nicht angenehm ist, so ist das ihre Sache, nicht meine, und ich öffne wütend den Kühlschrank, wieder haben wir keinen Salat mehr, er lungert den ganzen Tag zu Hause herum und kommt nicht auf die Idee, etwas einzukaufen, ich muß alles allein machen, nach der Arbeit, und ich fauche ihn an, warum bist du nicht mal beim Laden vorbeigegangen, wenn du schon stundenlang draußen herumgelaufen bist, es gibt nichts zum Abendessen, und er sagt, ich habe sowieso keinen Hunger. Und da platze ich wirklich, großartig, daß du keinen Hunger hast, und was ist mit uns? Du kannst nicht nur an dich selbst denken, du bist Teil der Familie, ob du willst oder nicht, und er murrt, ich soll also hungrig sein, wenn ihr Hunger habt?

Du mußt an uns alle denken, fahre ich ihn an, abends braucht man etwas zu essen, das ist doch nicht so schwierig, oder, und er bellt zurück, du mit deinen bürgerlichen Grundsätzen, jetzt fange ich schon fast an zu schreien, was hat das mit bürgerlichen Grundsätzen zu tun? Kinder brauchen etwas zu essen, Leute, die den ganzen Tag arbeiten, haben abends Hunger, und er brüllt, dann eßt doch euer beschissenes Abendessen, halte ich euch etwa vom Essen ab, mit diesen Worten verläßt er die Wohnung, er knallt die Tür hinter sich zu, und ich setze mich bedrückt auf einen Stuhl in der Küche, was habe ich schon gesagt, ist das zuviel verlangt, hoffentlich hat Noga uns nicht gehört, ihre Zimmertür ist zu, dahinter hört man den Fernsehapparat plärren. Auch mir ist nun der Appetit vergangen, man kommt auch ohne Abendbrot aus, ich lehne mich mit dem Rücken an den Kühlschrank, plötzlich fängt er an zu vibrieren, wieviel Zeit habe ich noch, bis Noga in die Küche kommt und fragt, wann wir essen, nicht viel, aber diese Zeit brauche ich, um einfach dazusitzen und in aller Ruhe dem Surren des Kühlschranks zu lauschen, und als er ein paar Minuten später mit den Tüten hereinkommt, freue ich mich, als hätte ich ein wunderbares Geschenk bekommen, sofort bin ich versöhnungsbereit, so schlimm ist er ja gar nicht, vermutlich hat ihn irgend etwas anderes verärgert, vielleicht mein Telefonat mit Sohara, er wollte nicht, daß ich mit ihr spreche, sinnlos, ihn zu fragen, warum, Hauptsache, daß er schon Tomaten und Gurken schneidet, statt sich zu entschuldigen. Gut, daß er zurückgekommen ist, gut, daß ich jetzt nicht allein Noga gegenübersitzen muß, sie ist noch immer traurig und er noch immer angespannt, seine Kieferknochen bewegen sich kräftig, während er kaut und dabei ein unangenehmes knirschendes Geräusch erzeugt, ich warte schon auf den Moment, da beide ins Bett gehen, sosehr bedrücken sie mich, ich stelle mir vor, wie ich mich auf den Balkon setzen werde, die duftende Wäsche um mich herum, ab und zu wird ein leerer Ärmel über mein Gesicht streichen, denn er stopft auch die Winterkleidung in den Wäschekorb, Kordhosen und langärmlige Hemden, ein paar Pullover.

Zwischen den feuchten Wäschestücken atme ich erleichtert auf, wie angenehm ist diese leere abendliche Stille, wenn es schon nichts mehr gibt, was einen enttäuschen könnte, da sehe ich ein Hemd und eine Hose näher kommen, als wären ihnen Arme und Beine gewachsen, ja, es sind seine Arme und seine Beine, er steckt in seinen Kleidungsstücken, ich bin so daran gewöhnt, um diese Uhrzeit leere Hosenbeine und leere Ärmel zu sehen, daß ich ihn anstarre wie ein Wunder, und in diesem Moment läutet das Telefon, noch bevor ich ihn fragen kann, warum er nicht schläft. Ein kindliches Weinen dringt aus dem Hörer, Na'ama, jammert sie, und ich frage, Chani, was ist passiert? Sie weint, ich habe das Kind schon bekommen, man hat mich ins Krankenhaus gebracht, nachdem du weggegangen bist, und ich schreie, herzlichen Glückwunsch, wie war die Geburt? Aber sie reagiert nicht darauf, sie weint nur, der Pullover ist kaputt, Ilana hat ihn kaputtgemacht. Bist du sicher, frage ich erschrocken, woher willst du das wissen? Und sie sagt, ich habe ihn gerade aus meiner Tasche genommen, um ihn meiner Kleinen anzuziehen, und er ist aufgetrennt, nur Fäden sind übriggeblieben, ich bringe sie um, diese Hexe. Chani, beruhige dich, sage ich, ich bringe dir morgen so einen Pullover, ich gehe von Geschäft zu Geschäft, bis ich so einen gefunden habe, so einen gibt es nicht, schreit sie, ich habe ihn selbst gestrickt, ich gebe mein Baby ohne diesen Pullover nicht her, noch nie habe ich irgend etwas Eigenes besessen, ich verzichte nicht auf sie, und ich flehe, beruhige dich, Chani, ich komme gleich zu dir, und wir sprechen darüber, wir werden eine Lösung finden, Hauptsache, du bist in Ordnung und alles ist gut abgelaufen. Verwirrt betrachte ich Udi, der neben mir steht, ein Mädchen hat einem anderen einen Pullover kaputtgemacht, den dieses andere Mädchen selbst für ihr Baby gestrickt hatte, unbeholfen versuche ich, ihm das Drama zu erklären, diese Ilana, ich habe gewußt, daß man auf sie aufpassen muß. Ich fahre zur Entbindungsklinik, sage ich, aber er stellt sich mir in den Weg, ein angenehmer Geruch geht von ihm aus, geh nicht fort, sagt er, ich muß mit dir reden.

Mein Herz fängt an zu klopfen, er muß mit mir reden, er hat mir noch was zu sagen, ich habe mich abends hier, vor seiner verschlossenen Tür, schon so überflüssig gefühlt, vielleicht setzen wir uns ja auf den Balkon, wie früher, trinken ein kaltes Bier und rauchen eine Zigarette, und er wird mir über die Schenkel streicheln und eine kühle Hand unter mein Kleid schieben, ich werde seine schöne Stirn küssen, ich habe mich so nach dir gesehnt, Udi, werde ich in seinen Mund flüstern, und die Worte werden seine Zunge süß machen und feucht zu mir zurückkehren, ich auch, ich auch, und trotzdem sage ich, ich muß gehen, ich bin bald wieder da, es dauert keine Stunde, aber er läßt nicht locker, ich gehe gleich weg, sagt er, wir können miteinander sprechen, wenn du zurückkommst, sage ich, und er antwortet ruhig, aber ich komme nicht zurück.

Warum, frage ich erstaunt, ist etwa ein Krieg ausgebrochen, aus dem man nicht mehr heimkehrt? Ich betrachte ihn wie ein Mädchen den Vater, der mitten in der Nacht einberufen wird, und er sagt, Na'ama, ich gehe weg, und ich betrachte ihn, ich verstehe immer noch nicht, was soll das heißen, du gehst weg, und er sagt, ich verlasse die Wohnung, ich verlasse dich, ich kann so nicht weitermachen, und ich fange vermutlich an zu zittern, denn er packt mich an den Schultern und sagt, beruhige dich, Na'ama, es wird auch für dich besser sein, du wirst schon sehen, so ist es für uns beide doch nur eine Qual, und ich stottere, aber warum, ist es wegen des Salats, wegen des Abendessens? Das ist nicht wichtig, hören wir eben auf, zu Abend zu essen. Es ist nicht deswegen, sagt er, ich sinke auf einen Sessel, er zieht sich einen Klappstuhl heran und setzt sich mir gegenüber, einen Moment lang sieht es aus, als würde auch er zittern, aber nein, er sieht kaltblütig aus, blaß, aber entschlossen, noch nie habe ich diesen Ausdruck auf seinem Gesicht gesehen, seit über zwanzig Jahren kenne ich ihn, und da zeigt er mir ein Gesicht, das ich noch nicht kenne, zart und trotzdem böse, das Gesicht eines besonders grausamen Verbrechers, sein Unterkiefer bewegt sich knirschend, während er spricht, was sagt er, ich verstehe ihn kaum, er hat sich alles genau zurechtgelegt, vermutlich hat er schon lange geübt, im abgeschlossenen Zimmer vor dem Spiegel, aber ich habe mich verheddert in all den Wollfäden, die von dem grausam aufgetrennten Pullover übriggeblieben sind, sie streicheln meinen Hals, wie hat sie ihr das antun können, wochenlang hat Chani daran gearbeitet, die Ärmste, und jetzt ist alles aus, das ist nicht wiedergutzumachen, und er schreit, hörst du mir überhaupt zu, Na'ama, und ich versuche, ihn anzuschauen, aber mein Kopf kippt, als wäre das Genick gebrochen, sinkt nach unten, nur seine Knie sehe ich, wie große runde Nüsse sehen sie aus und stehen dicht nebeneinander. Was spielt es für eine Rolle, ob ich zuhöre, soll er seine Rede doch vor jemand anderem halten, soll er durch die leeren Straßen laufen und den Bäumen und Steinen predigen, und er sagt, hör zu, Na'ama, ich muß etwas ändern, er hebt mir mit einer zarten Bewegung das Kinn, mein Kopf ist voller Stahlnägel, wie schafft er es mit seinen schmalen Händen, ihn zu heben, ich weiß, daß diese Krankheit ein Zeichen ist, sagt er, ich habe eine Warnung empfangen, eine Warnung mit einer tieferen Bedeutung, ich habe lange gebraucht, sie zu verstehen, aber jetzt habe ich keinen Zweifel mehr, ich muß mein Leben ändern.

Aber woher weißt du, was du ändern sollst, flüstere ich, jedenfalls habe ich das Gefühl zu flüstern, aber er sagt, schrei nicht, und läßt mein Kinn los, das sofort wieder nach unten sinkt, und ich murmele seinen weißen Knien zu, warum ausgerechnet diese Veränderung, vielleicht solltest du das Gegenteil tun, und er sagt, ich denke schon seit Monaten darüber nach, ich weiß, daß ich keine Wahl habe, so, wie wir leben, werden wir krank, zwischen uns gibt es nur Streit, nur negative Gefühle, ich kann in dieser Atmosphäre nicht mehr existieren, ich enttäusche dich die ganze Zeit, ich enttäusche Noga, ich kann so nicht weitermachen, ich bin nicht bereit, die nächsten vierzig Jahre im Schatten deines Zorns zu leben, und da hebe ich plötzlich den Kopf, als würde mein Hals wie durch eine Feder gespannt, und schreie, also um uns nicht zu enttäuschen, gehst du weg, das ist es, was du tust, statt zu versuchen, etwas zu reparieren? So stellst du dich der Aufgabe?

Es gibt Dinge, die nicht zu reparieren sind, sagt er, damit muß man sich abfinden, schließlich handelt es sich nicht um einen aufgetrennten Pullover, den man neu stricken kann, zwischen uns ist etwas zerbrochen, und wir haben es nicht geschafft, es wieder zusammenzusetzen, ich gebe dir nicht die Schuld, wir sind beide schuld, aber du kannst so weiterleben und ich nicht, und plötzlich reißt er den Mund auf und gähnt, entblößt seine spitzen Zähne, und ich verfolge die Bewegung seines Mundes, der mein Leben zermalmt, und ausgerechnet dieses Gähnen bringt mich zum Weinen, wie kann er jetzt gähnen, er zeigt mir durch dieses beschämende Verhalten den Wert, den ich in seinem Leben einnehme, ich war doch der Mittelpunkt seines Lebens, fünfundzwanzig Jahre lang, ein Vierteljahrhundert. Du liebst mich nicht mehr, schluchze ich, und er sagt, ich liebe unser Leben nicht mehr, ich liebe mein Leben nicht mehr, ich muß etwas ändern, und ich sage, aber was ist mit mir, was ist mit deiner Liebe zu mir? Und er sagt leise, ich fühle sie nicht, schon seit ich krank wurde, habe ich sie nicht mehr gefühlt, und ich weine, was werde ich ohne seine Liebe anfangen, wie kann ich ohne sie leben, ich bin nicht bereit, auf sie zu verzichten, ich muß versuchen, sie wiederzuerwecken. Warum ausgerechnet solch eine Veränderung, warum aufstehen und weggehen, vielleicht fahren wir alle drei weg, lassen das alles hinter uns, versuchen, irgendwo neu anzufangen, das ist die Veränderung, die du brauchst, Udigi, laß uns die Wohnung verkaufen und weggehen, du mußt keine Reisegruppen mehr herumführen, du kannst in Ruhe deine Dissertation zu Ende schreiben, und schon klammere ich mich an diese glückliche Vorstellung, ermutige mich, er wird es nicht ablehnen, ich werde es schaffen, ihn zu überzeugen. Udi, verstehst du nicht, sage ich nachdrücklich, jetzt fast gelassen, das ist wie eine Prophezeiung, du hörst Stimmen, du weißt nicht, wem du glauben sollst, du weißt nicht, welchen Weg du einschlagen mußt, erst wenn etwas vorbei ist, weiß man, wer der wahre Prophet war und wer gelogen hat, es stimmt ja, wir haben Probleme, aber wie kommst du nur darauf, daß dies die Lösung sein könnte, alles im Stich zu lassen und wegzugehen, vor den Problemen zu fliehen, was für eine armselige Lösung wäre das, so bringt man Dinge in Ordnung? Wie kommst du überhaupt auf die Idee, daß es dir freisteht, zu gehen? Ich habe nie das Gefühl gehabt, mir würde so etwas freistehen, ich habe noch nicht einmal über diese Möglichkeit nachgedacht, mir war klar, daß man diesen Konflikt nur von innen lösen kann, und auch du wirst sehen, daß du nur so gesund werden kannst. Du hast dich nie dem gestellt, was mit Noga passiert ist, fahre ich erregt fort, nun ganz überzeugt von der Richtigkeit meiner Argumentation, du hast es vorgezogen, dich im Schlamm deiner Schuldgefühle zu wälzen, statt die Beziehung zu ihr neu aufzubauen, und das trifft auch auf mich zu, das ist es, was du jetzt tun mußt, Udi, glaub mir, ich kenne dich am besten, laß dich nicht auf den Weg der Zerstörung locken, das könnte zu einer Katastrophe führen, Noga hält das nicht aus, ich will mir gar nicht vorstellen, was mit ihr passieren wird, und ich umklammere seine Hand, es macht mir nichts aus, ihn anzuflehen, mich vor ihm zu erniedrigen. Udi, ich weiß genau, daß du dich irrst, probiere meinen Weg aus, die Veränderung muß innerhalb der Familie geschehen, gib uns ein paar Monate Zeit, weggehen kannst du immer noch, und er nimmt meine Hand und schiebt sie von sich weg, seine Kaltblütigkeit verläßt ihn, siehst du, warum ich nicht mehr mit dir leben kann, bricht es aus ihm heraus, ich halte deine Herrschsucht nicht aus, nur du weißt, was zu tun ist, du glaubst, daß du immer recht hast und alle anderen sich irren, jetzt fängt er an zu schreien, ja, vielleicht irre ich mich, aber dann ist es wenigstens mein eigener Fehler, und ich werde dafür bezahlen.

Du wirst dafür bezahlen?, schreie ich, ich wünschte, es wäre so, was ist mit mir, was ist mit Noga, du hast doch gar nicht kapiert, was das bedeutet, eine Familie, alle bezahlen den Preis, alle gehören zusammen, du glaubst, man kann das einfach ignorieren? Und er sagt, hör endlich auf, mich zu erziehen, und hör endlich auf, Noga zu mißbrauchen, um mich zu bestrafen, du kannst mich nicht durch Schuldgefühle an dich ketten wie mit Handschellen, ich bin nicht bereit, mein ganzes Leben dieser hungrigen Göttin zu opfern, die Familie heißt, niemand hat was davon, wenn ich leide, ganz bestimmt habt ihr nichts davon, du und Noga. Ich fühle, daß mein Leben in Gefahr ist, fährt er fort, ich muß es retten, woher, glaubst du, kommt diese Krankheit, nichts passiert einfach so, ich bin vor lauter Wut auf dich krank geworden. Weil ich nicht wagte, wütend auf dich zu werden, wurde ich wütend auf mich, ich habe mich bestraft, denn wie ist es möglich, auf eine Heilige, wie du eine bist, wütend zu werden? Ich traue meinen Ohren nicht, auf mich bist du wütend? Du hast noch die Frechheit, wütend auf mich zu sein? Ich habe mein Leben für dich und Noga hingegeben, seit Jahren decke ich deine Versäumnisse, wenn es wahr wäre, daß man aus unterdrückter Wut krank wird, wäre ich längst unter der Erde. Ich habe dich nie darum gebeten, sagt er, ich habe dich nie gebeten, dich für mich aufzuopfern, und du wirst mich nicht dazu bringen, daß ich den Rest meines Lebens für dich aufopfere und hier in einem Gefängnis aus Schuldgefühlen verfaule, ich muß weg, fort von hier, wenn es so weitergeht, werde ich sterben. Meine Stimme ist heiser, ich schreie, wie kannst du dich von deiner Tochter trennen? Er sagt, schon seit Jahren habe ich nichts mehr mit meiner Tochter zu tun, und das alles wegen dir, du hockst auf ihr wie eine Henne, ständig beobachtest du mich, du hast keine Ahnung, wie sehr du der Beziehung zwischen ihr und mir geschadet hast, und ich brülle, ich habe euch geschadet? Ich habe nur versucht, etwas zu retten.

Ich zweifle nicht an deinen guten Absichten, sagt er seufzend, aber es ist nun mal schlecht gelaufen und ich weiß nicht, wie man es wiedergutmachen könnte, Noga ist schon groß, sie braucht mich nicht mehr jeden Tag, ich brauche Zeit, um darüber nachzudenken, wie es mit ihr und mir weitergehen soll, ich schaue ihn gespannt an, plötzlich habe ich nichts mehr zu sagen, aber ich habe Angst zu schweigen, damit er nicht aufsteht und weggeht, solange er hier ist, habe ich noch die Hoffnung, ich muß ihn mit Worten festnageln, dann schläft er vielleicht hier ein, und wenn ich mich zu ihm lege und ihn fest in den Arm nehme, wird er mich vielleicht schlaftrunken lieben, wie damals, als wir aus dem Krankenhaus gekommen sind, und morgen früh wird er verstehen, daß er bei uns bleiben muß, weil es der einzige Platz ist, wo er hingehört. Seine Augäpfel bewegen sich unruhig im Gefängnis ihrer Höhlen, seine blassen Lippen sind zusammengepreßt, befriedigt stelle ich fest, daß ich Zweifel in ihm geweckt habe, doch dann richtet er sich auf und beginnt rasch die Wäsche vom Ständer zu nehmen, laß uns das morgen machen, sage ich, die Sachen müssen noch trocknen, und dann sehe ich, daß er nur seine eigene Wäsche abnimmt, Pullover und langärmlige Hemden, er bereitet sich auf den Winter vor, er wird nicht zurückkommen, und ich fühle, wie dickes Blut durch mein Gesicht strömt, schwer wie Lava, ich reiße die noch feuchten Wäschestücke herunter und werfe sie ihm ins Gesicht, jetzt verstehe ich, brülle ich laut, von mir aus soll doch die ganze Nachbarschaft wach werden, du hast mit dem Weggehen noch gewartet, bis ich dir die Wäsche gewaschen habe, du Dreckskerl, du mieser Feigling, den ganzen Schrank habe ich dir gewaschen, und jetzt, wo ich fertig bin, willst du abhauen, und er zischt durch die zusammengepreßten Lippen, hör endlich auf, so kleinlich bist du, das ist es also, was dir etwas ausmacht, der Verschleiß der Waschmaschine? Und ich brülle weiter, es ist meine eigener Verschleiß, der mir was ausmacht, all die Jahre, die ich für dich vergeudet habe, seit meinem zwölften Lebensjahr sind wir zusammen, und jetzt fällt es dir ein, wegzugehen, jetzt, da ich fast vierzig bin? Als ich jünger war und gut ausgesehen habe, hast du das nicht gewagt, und jetzt hast du plötzlich den Mut dazu? Du Egoist, du Ausbeuter, schreie ich und reiße immer mehr Wäschestücke vom Ständer, wenn mir welche aus der Hand fallen, trample ich darauf herum, wie kannst du mir das antun, wer gibt dir das Recht dazu, plötzlich kommst du auf die Idee, daß du ein neues Leben willst? Glaubst du etwa, das hier wäre eine Sommerfrische, in der jeder tun kann, wozu er Lust hat? Du weißt ja, es hat Dinge gegeben, die ich tun wollte und nicht getan habe, du weißt doch, auf was ich für diese Familie verzichtet habe.

Nun, jetzt hast du die Gelegenheit, fährt er mich an, und ich schreie, jetzt? Vielen Dank, für mich ist es schon aus, ich habe keine Kraft mehr, ein neues Leben anzufangen, und du wirst es nicht ohne mich machen, hörst du, bis jetzt haben wir alles zusammen gemacht, du kannst jetzt nichts ohne mich machen, und schon sind meine Hände an seinen Schultern, nähern sich seinem Hals, ich könnte ihn erwürgen, vor lauter Wut bin ich fähig dazu, aber er hält meine Hände fest, beruhige dich, sagt er kalt, und ich weiß, daß dieser Ausbruch ihn abstößt, aber es ist mir egal, ich hätte ruhig dasitzen müssen, mit übergeschlagenen Beinen, um mir höflich seine einstudierte Rede anzuhören und mich dann vornehm von ihm zu verabschieden, dann hätte er vielleicht Lust gehabt, zu mir zurückzukommen, aber ich tobe wie ein wildes Tier, ich trete um mich, fluche, genau wie die Mädchen im Heim, wenn man ihnen ihre Babys wegnimmt, sie schreien, es gehört mir, es gehört mir, und auch ich schreie, du bist mein Mann, du kannst mich nicht verlassen, und plötzlich, zwischen den Funken meiner Schreie, erstrahlt ein Bild vor meinen Augen, vergilbt vom Alter, zwei Kinder mit kurzgeschnittenen Haaren, Hand in Hand in einem kleinen Zimmer, und ich erinnere mich, wie ich meinen Namen auf sein Ohrläppchen schrieb, und jedesmal wenn sich die Buchstaben verwischten, erneuerte ich sie mit einem blauen Stift, und er lachte, du mußt das nicht tun, ich gehöre dir für immer.

Seine Finger tun mir so weh, daß ich seinen Hals loslasse, wie ein Hund folge ich ihm ins Schlafzimmer, folge dem Wäscheberg, er holt seinen Rucksack aus dem Schrank und fängt an, auf seine ungeschickte Art die Wäschestücke zusammenzulegen, immer habe ich schließlich nachgegeben und ihm geholfen, auch jetzt gehe ich zum Bett und fange an, Sachen zusammenzulegen, ein Hemd, noch ein Hemd, und er wirft mir einen verlegenen Blick zu, er hat sich wohler gefühlt, als ich geschrien und geflucht habe. Wohin gehst du, frage ich, und er sagt, ich weiß es noch nicht, ich fahre erst mal Richtung Süden, dann werde ich schon sehen, ich muß in Ruhe über alles nachdenken, allein sein, und ich versuche, mir einzureden, das ist alles nicht wahr, er macht einfach einen Ausflug, nach ein, zwei Tagen wird er zurückkommen, und alles wird gut werden, ich werde noch nicht einmal Noga davon erzählen, doch in diesem Moment sagt er, als habe er meine Gedanken erraten, ich habe einen Brief für Noga dagelassen, ich habe versucht, ihr einiges zu erklären.

Einen Brief? Wieder fange ich an zu kochen, wieso einen Brief, du wirfst eine Bombe auf sie, und ich kann mich mit den Trümmern beschäftigen. Du mußt mit ihr reden und hiersein, wenn sie darauf reagiert, du kannst nicht einfach einen Brief schreiben und verschwinden, aber er sagt, ich kann nicht hierbleiben, das geht nicht, ich tue es auf meine Art, und ich schreie, das gibt es nicht, daß man das nicht kann, reiß dich zusammen, du mußt es können, und er zischt, wenn du einmal abhaust, kannst du es ja auf vorbildliche Art erledigen, ich bin in deinen Augen doch so unvollkommen, ich weiß noch nicht mal, wie man richtig abhaut. Das ist ja gerade der Unterschied zwischen uns, schreie ich, ich würde nicht abhauen, ich kann nicht plötzlich alles abschütteln und weggehen, als gäbe es keine Verantwortung, du sagst ja noch nicht mal, wohin du gehst, man kann dich nicht erreichen, wenn etwas passiert, und er sagt, ich werde in ein paar Tagen anrufen und dir Bescheid sagen, wo ich bin.

Ich schaue zu, wie die Kleidungsstücke im Rucksack verschwinden, die Kordhose, die ich ihm im Geschäft gegenüber gekauft habe, das schöne Jeanshemd, das Noga und ich ihm zum letzten Geburtstag geschenkt haben, der gestreifte Pullover, den er an jenem Morgen getragen hat, unter der aufbrechenden Wolke, wie kann er weggehen, wenn all seine Sachen gezeichnet sind, und wieder steigt Zorn in mir auf, nie werde ich dir verzeihen, verkünde ich, und sofort spüre ich, wie lächerlich das klingt, es ist ihm doch egal, was ich empfinde, das ist es ja, ich bin schwächer als er, wenn es ihm etwas ausmachen würde, würde er nicht weggehen, und wie erwartet, läßt er sich von meinen Worten nicht beeindrukken, er fährt fort, seine Sachen in den Rucksack zu stopfen, den neuen, staubigen Tanach, den er noch nie aufgeschlagen hat, läßt er hier, er soll bei mir verfaulen, und ich denke hektisch darüber nach, was ich noch sagen kann, ich muß etwas finden, was Zweifel in ihm weckt und ihn dazu bringt, noch eine Nacht hierzubleiben, und dann wird mir plötzlich klar, daß die Worte ihre Kraft verloren haben, daß ich meine Kraft verloren habe, nichts, was ich sage, wird etwas an seinem grausamen, herzlosen Entschluß ändern, den ich nie erwartet hätte, der mir selbst nie eingefallen wäre. Nach all den Jahren, in denen ein einziges Wort von mir Ärger, Angst oder Freude in ihm geweckt hat, kann ich jetzt, in dieser Nacht, drohen, anklagen, flehen, ohne daß sich das geringste ändert. Mit dieser Erkenntnis überfällt mich eine mörderische Müdigkeit, die Müdigkeit einer Todkranken, der es sogar an der Kraft fehlt, Mitgefühl für sich selbst aufzubringen, ich schiebe die Kleider weg, die nicht in den Rucksack gepaßt haben, sinke neben ihnen nieder und schließe meine vom Weinen geschwollenen Augen, ich scheine zu schlafen, doch zugleich achte ich auf seine Schritte, das bekannte Geräusch, das ich bald nicht mehr hören werde, das so einzigartig werden wird wie das der Schritte eines ausgestorbenen Tieres, wer erinnert sich an die Schritte von Dinosauriern auf dem schweigenden Erdball, und es kommt mir so unvorstellbar vor, daß man hier bald nur noch meine oder Nogas Schritte hören wird, daß ich Lust habe, ihn an dieser erstaunlichen Entdeckung teilhaben zu lassen, ich hebe den Kopf und flüstere, Udi, aber als Antwort höre ich, wie sich der Schlüssel im Schloß dreht. Ich springe vom Bett auf und keuche, es kann nicht sein, daß er so geht, ohne einen Kuß, ohne eine Umarmung, wenn er für eine Woche wegging, haben wir uns immer mit einem Kuß voneinander verabschiedet, was ist denn jetzt, da er für immer weggeht, ich renne zur Tür, versuche sie zu öffnen, aber sie ist abgeschlossen, mein Schlüssel ist bestimmt irgendwo in meiner Tasche vergraben, ich kann ihm nicht ins Treppenhaus hinterherlaufen und ihn in die Wohnung zurückzerren, wie ich es manchmal nach Streitereien getan habe, ich renne zum Balkon, versuche zu schreien, warte noch, warte einen Augenblick, aber nur ein heiseres Flüstern kommt aus meiner Kehle, warte einen Augenblick, die wichtigste Sache habe ich noch nicht gesagt.

Er geht unten über die Straße, groß und stur, den riesigen Rucksack auf dem Rücken, wie ein unermüdlicher Tourist, noch einen Moment, und ich werde ihn nicht mehr sehen, selbst wenn etwas passiert, kann ich ihn nicht erreichen, ich muß ihn aufhalten, aber meine Stimme ist ein leises Krächzen, als ich dem sich entfernenden Rucksack mit seinen Kleidungsstücken hinterherschreie, und auf einmal wird mir das Ausmaß der Katastrophe klar, was wird Noga anziehen, sie will doch nichts anderes tragen als seine T-Shirts, ich schreie, laß ein paar T-Shirts für Noga da, warum habe ich nicht eher daran gedacht, aber er ist nicht mehr zu sehen, seine energischen Schritte sind nicht mehr zu hören, nur die Bäume stehen noch da, die Silhouetten der Zypressen, des Paternosterbaums, der Pappeln, die nachts erleichtert aufatmen, für kurze Zeit der Herrschaft der Sonne entkommen. Ich schaue die stille Straße entlang, und Schmerz packt mich, wohin geht er um diese Uhrzeit, wie will er überhaupt in den Süden kommen, die einfachsten Sachen sind mir verborgen, plötzlich weiß ich nichts mehr von ihm, nachdem ich daran gewöhnt war, alles über ihn zu wissen, diese Änderung ist so extrem, so unerwartet, als wäre mir das Blut ausgesaugt worden, ich lehne mich an das Geländer, Schluchzen zerreißt mir die Kehle, wie das Jaulen eines getretenen Hundes, Udi, geh nicht weg, jaule ich auf die leere Straße hinunter, komm zu mir zurück, ich kann ohne dich nicht leben, Udi, mein Udigi, komm zurück.

Hier habe ich gesessen und auf den Sonnenaufgang gewartet, hier habe ich gesehen, wie Sohara angelaufen kam, in ihrem weißen Kleid war sie zu uns geeilt, um uns zu retten, warum habe ich mir solche Mühe gegeben, ihn gesund zu bekommen, es wäre doch besser, wenn er krank geblieben wäre, und als ich an den Sonnenaufgang denke, der nicht zu verhindern ist, wird mir schwindlig, Noga wird am Morgen aufwachen, was soll ich ihr sagen, wie werde ich ihr gegenüberstehen, ich muß seinen Brief finden und ihn vor ihr verstecken, bis ich mich wieder gefangen habe. Ich habe mich so lange über das Geländer gebeugt, daß es mir schwerfällt, aufrecht zu gehen, wie ein Vorzeitmensch in seiner Höhle schleppe ich mich in ihr Zimmer, trete auf die Kleider und Hefte, die unordentlich auf dem Teppich herumliegen, wo ist dieser verdammte Brief? Ich höre, wie sie im Schlaf seufzt, sich umdreht und mir das Gesicht zuwendet, ein ruhiges, schönes Gesicht, die Augen geschlossen, die Lippen zu einem geheimnisvollen Lächeln verzogen, das Gesicht der Unschuld. Sie weiß noch nicht, daß ihr Leben morgen früh zerbrechen wird, und diese Gewißheit, daß ich die ganze Wahrheit, die ihr Leben bedroht, kenne, sie aber nicht, erschüttert mich so sehr, daß ich das Gefühl habe, über ihr zu schweben wie Gott über den Sterblichen, nicht nur wissend, sondern auch schuldig, denn ich hätte es verhindern können und habe es nicht getan, mit zitternden Fingern taste ich über ihren Tisch, so viele Papiere, wo ist der verfluchte Brief, ich muß ihn verstecken, ich will, daß sie am Morgen aufsteht und zur Schule geht, so wie immer, ich kann es mindestens eine Woche in die Länge ziehen, ohne daß sie etwas merkt, und vielleicht bereut er es ja in der Zwischenzeit, aber es ist so dunkel, daß man kaum etwas sieht, ich gehe in die Küche und suche eine Taschenlampe, oder eine Kerze, aber heute ist es mein Schicksal, nichts zu finden, nur eine Schachtel Streichhölzer, ein Streichholz nach dem anderen flackert in meinen Händen auf und fällt schwarz und gewichtslos auf den Teppich, gleich werde ich das ganze Zimmer in Brand stecken, damit keine Erinnerung zurückbleibt. Nein, der Brief liegt nicht auf dem Tisch, vielleicht auf dem Teppich, zwischen den Kleidungsstücken, hat er sich die Mühe gemacht, ihn in einen Umschlag zu stecken, oder handelt es sich nur um irgendein Blatt Papier, ich krieche über den Teppich, taste in der Dunkelheit, und plötzlich setzt sie sich im Bett auf, was ist los, Mama, und ich richte mich auf, nichts, Nogi, schlaf. Was machst du hier, fragt sie, und ich sage, ich bin nur gekommen, um dich zuzudecken, und sie legt sich wieder hin, es riecht nach Feuer, sagt sie leise, ich habe geträumt, daß unser Haus abbrennt, und ich sammle meine Streichhölzer auf und murmele, schlaf nur, schlaf.

Mir bleibt keine Wahl, als auf das erste Licht zu warten, mit dem Morgengrauen werde ich wieder in ihr Zimmer gehen und den Brief sofort finden, beruhige ich mich, als würde sich damit das ganze Unheil in Nichts auflösen, ich gehe zum Bett, lege mich zwischen seine zurückgelassenen Kleidungsstücke, gekrümmt, zitternd, als hätte man mir die Haut vom Körper geschält, ich brenne vor Kälte, ein verkohltes Streichholz zerbröselt unter meinem Bein, ich taste um mich, suche seine langen Gliedmaßen, seine Haare, die im Luftzug des Ventilators flattern, all die Tage hat er hier gelegen, mit dem Kopf auf diesem Kissen, und insgeheim böse Pläne geschmiedet. Erschöpft vor Haß, schlage ich auf die Matratze ein, Udi, wie konntest du mir das antun, dich zu hassen heißt, mein eigenes Leben zu hassen, Noga zu hassen, mich selbst zu hassen, wir sind doch alle unlösbar miteinander verbunden, und du erklärst uns für tot und verstreust die Leichen unseres Lebens wie abgerissene Körperteile nach einem Verkehrsunfall, so daß man nicht mehr wissen kann, welcher Teil zu wem gehört, das ist es, was du mir hinterlassen hast, hier, in deinem Krankenbett, wütend zerre ich an dem Kissen, schlage meine vor Kälte klappernden Zähne hinein, rieche den Geruch seiner Wangen und seiner Haare, den Geruch der Spucke, die ihm im Schlaf aus dem Mund gelaufen ist, und plötzlich sehe ich Ge'ulas kleinen Daniel vor mir, wie wir ihn ihr damals weggenommen und zum Kinderheim gebracht haben, er hat uns angefleht, ihm jeden Morgen das Kissen zu bringen, auf dem seine Mutter geschlafen hat, und dann schmiegte er sich an den Stoff wie ein Kätzchen, lutschte daran, als saugte er Milch, und plötzlich überfällt mich Hunger, ein mörderischer Hunger, ich springe aus dem Bett und renne zur Küche, mache die Kühlschranktür auf. Da sind die Tomaten, die Gurken und die Paprikaschoten, die er mir zur Erinnerung dagelassen hat, aber sie sind nicht für mich, sie stehen auf seiner Seite, ich brauche etwas Warmes, Tröstliches, das mich von innen umhüllt, ich nehme die Milch, suche Haferflocken und mache mich daran, mir einen Brei zu kochen, müde rühre ich in dem Topf, der immer heißer wird, ich bin erschöpft, aber der Haß wird mich nicht schlafen lassen, er wird mich jede Stunde aufwecken wie ein schreiendes Baby, mir ist jetzt klar, daß ich nie wieder richtig schlafen werde, nie wieder werde ich die Augen zumachen, so werde ich einen Tag nach dem anderen vom Rest meines Lebens verbringen.

Über dem dampfenden Topf versuche ich zu erraten, wie lange es wohl noch dauert, bis ich mich von diesem Leben verabschieden kann, das so schwer geworden ist, drückend wie eine Strafe, mit der ich mich abfinden muß, mindestens zehn Jahre, denke ich enttäuscht, bis Noga zwanzig ist, und dann werde ich wieder zornig auf sie, weil ich ihretwegen weiterleben muß, noch eine Nacht und noch eine Nacht ohne Schlaf, ohne sie hätte ich meinen Magen schon mit Tabletten füllen und dieser Qual ein Ende bereiten können, wie kann man leben, wenn einem die Liebe weggenommen wird, das ist es doch, was er tut, er schält mir die Haut seiner Liebe vom Körper, und auch wenn sie nicht immer fühlbar war, so war ihre Existenz doch lebenswichtig, schließlich spüren wir auch nicht die Erdumdrehungen.

Wieder dringt mir der Geruch verbrannter Streichhölzer in die Nase, vielleicht habe ich eines in Nogas Zimmer vergessen, und es geht jetzt in Flammen auf, aber nein, es ist der Brei, der im Topf schon anbrennt, sogar Brei kann ich nicht kochen, ich versuche ihn, er schmeckt ekelhaft schwarz, als wäre er aus Kohle zubereitet, aber es ist mir egal, Hauptsache, mein Bauch füllt sich, ich esse direkt aus dem Topf, ich atme die bitteren Dämpfe, mein ganzer Mund ist eine große Brandwunde, vor lauter Schmerz kann ich den Schmerz nicht fühlen, erst wenn ich aufhöre, werde ich ihn fühlen, aber ich höre nicht auf, ich kratze den Boden sauber, bis schon nichts mehr zum Kratzen da ist, dann gehe ich ins Bett, vielleicht läßt mich das Sättigungsgefühl einschlafen, ich muß schlafen, zögernd tasten meine Hände zwischen meine Beine, vielleicht beruhigt mich das, und ich kann schlafen, aber eine Welle von Übelkeit steigt in mir auf, als ich in das Gewirr meiner Schamhaare greife, eine Art gelocktes Bärtchen, ein haariges, verborgenes Tier, das gekränkt die Lippen verzieht, das gehört ihm, es erinnert mich an ihn, seine Finger, seine Zunge, was habe ich damit zu tun, ich renne zur Toilette, beuge mich über die Kloschüssel, und eine heiße Breiwelle bricht aus mir hervor, als spuckte ein Drache demjenigen, der ihn töten will, das Feuer seines Hasses entgegen.

15 Er wird hier nicht mehr stinken, erzähle ich mit schriller Stimme dem aufgerissenen Mund der Kloschüssel, die sein Wasser immer verschluckt hat, Tag für Tag, Jahr für Jahr, die ihn demütig betrachtet hat, wenn er mit herausgezogenem Glied vor ihr stand und ihren Porzellanrand mit gelblicher Flüssigkeit bespritzte, er wird eine andere Kloschüssel haben, in die er pinkelt, und schon vermischt sich die Kränkung der Kloschüssel mit meiner eigenen, sie lassen sich nicht mehr trennen, die Kränkung des Porzellans, das den Abfluß umgibt, der Scheibe in der Tür, die bei einer der Streitereien zerbrochen ist, des notdürftig mit einem Klebestreifen reparierten Sprungs, der Handtücher, die an den Haken mit den gereckten Hälsen hängen, die Kränkung dieser ganzen verlassenen Wohnung, der Möbel, die ich seit Jahren auswechseln will, der staubigen Teppiche, der zahllosen Gegenstände, nützlichen und überflüssigen, die sich im Lauf der Jahre angesammelt haben, und weit, weit über allem ragt die Kränkung Nogas. Wie ein Orchester, das die leiseste Bewegung eines fordernden Dirigenten beobachtet, so schauen wir alle hinüber zu dem dunklen Zimmer, aus dem Brandgeruch kommt, als krümmte sich dort ein sterbender Bär und drohte damit, sich in seinem Schmerz zur vollen Höhe aufzurichten und alles zu zerstören.

Mit fast geschlossenen Augen schiele ich zur Uhr, es ist gerade mal eine Stunde vergangen, seit er das Haus verlassen hat, wenn diese Stunde sich so lange hinzieht, wie lange wird dann die ganze Nacht dauern, die kommenden Nächte, das ganze Leben, ich richte mich mühsam auf, wie werde ich diese Nacht verkürzen, wie werde ich den Schlaf finden, der mich trösten kann, vielleicht hilft eine heiße Dusche, aber der heiße Wasserstrahl erschlägt mich, ich kann kaum auf den Beinen stehen, ich lehne mich schwankend an den Plastikvorhang, wie habe ich es immer genossen, hier im Dunkeln zu duschen, wenn wir miteinander geschlafen hatten, wenn er dann hereinkam, schenkte er mir ein Lächeln, das ich im Dunkeln nicht sehen konnte, ich fühlte es nur mit meiner nackten Haut, und jetzt wasche ich angewidert meinen Körper, diesen Körper, der abgelehnt worden ist, was habe ich mit ihm zu tun, es war Udi, der immer zwischen mir und ihm vermittelt hat, er war es, der ihn geliebt hat, und jetzt, ohne seine Vermittlung, ist er mir fremd geworden, ich weiche sogar davor zurück, ihn einzuseifen, die stachelige Achselhöhle, die sich zur schweren Brust hinuntersenkt, den Bauch, der einmal straff war und jetzt weich geworden ist, die vollen Oberschenkel und das große Grauen zwischen ihnen, und schließlich die platten Füße, breit wie die einer Ente, Füße, die immer zum Streit zwischen ihm und mir geführt haben, weil ich langsam ging und er vorwärts stürmte, ich richte den fast kochendheißen Wasserstrahl auf sie, und sie zucken in die Höhe, wie sie es auf heißem Sand tun, aber das ist mir egal, ihr Schmerz ist nicht meiner, und auch das Brennen gehört zur Kehle, nicht zu mir, und zwischen dem Schmerz ganz unten am Körper und dem oben gibt es nur ein wackliges Gerüst mit rostigen Nägeln, der Schmutz der Erniedrigung, den keine Seife abwaschen kann, wie konnte das passieren, er ist einfach aufgestanden und mit seinem Rucksack weggegangen, als wäre er frei, als wäre ich ein Ort auf einer verstaubten Landkarte, von dem man einfach weggehen kann, ein trockener Wadi, den man besser hinter sich läßt, und er hat alles mitgenommen, was einmal mir gehört hat, alles, von dem ich annahm, es gehöre mir. Wenn ich nur wüßte, wo er jetzt ist, ich würde hingehen, ohne mich auch nur abzutrocknen, ich würde ihn überreden, ich würde ihm drohen, das ist doch eindeutig ungesetzlich, was er da tut, für weniger als das wird man ins Gefängnis geworfen, es ist verboten, eine Frau und eine Tochter nach so vielen Jahren zu verlassen.

Manchmal hat er mich mit einem ausgebreiteten Handtuch erwartet, hat mich eingehüllt wie ein Baby, es wäre mir nie eingefallen, daß das zu Ende gehen könnte, ich dachte nicht, daß mir dieses bißchen Luxus genommen werden könnte, und wieder springt mir das Weinen aus der erschrockenen Kehle, es schien schon verschwunden zu sein, da ist es plötzlich wieder da, hat sich zwischen den Laken verborgen, lauert mir auf, weil ich allein bin, hilflos und ohne Schutz, eine leichte Beute, eine Schnecke ohne Haus, eine schleimige Nacktschnecke, und ich decke mich mit dem feuchten Handtuch zu, der Schlaf wird nicht kommen, er wird mir keinen Moment der Gnade schenken, aber vermutlich ist er schließlich doch gekommen und sogar zu lange geblieben, denn plötzlich taucht Nogas blasses Gesicht über mir auf, Mama, es ist schon spät, sagt sie, und ich fahre hoch, schlage mit meinem Kopf fast gegen ihren.

Ich erschrecke, was ist mit dem Brief, ich habe ihn nicht verschwinden lassen können, prüfend betrachte ich ihr Gesicht, was weiß sie, sie sieht besorgt aus, aber so sieht sie in letzter Zeit immer aus, ihre Augen stehen weit auseinander, wie zwei Trauben, die auf einem Teller auseinandergerollt sind, ohne jede Verbindung, und sie wendet den Blick von mir ab und läuft zurück in ihr Zimmer. Schwerfällig stehe ich auf, mein ganzer Körper tut weh, als hätte ich die Nacht mit Ringkämpfen verbracht, mein Gesicht ist geschwollen, mein Mund trocken, mit einem bitteren Geschmack, ich will nur weiterschlafen, sie in die Schule schicken und zurückgehen ins Bett, aber sie ist noch nicht angezogen, sie sitzt im Pyjama auf dem Bett, ein großes Mädchen, umgeben von Stofftieren und Clowns, ich frage tastend, ist alles in Ordnung, Nogi? Aber sie antwortet mir nicht, bestimmt weiß sie es schon, sie hat diesen verdammten Brief vor mir gefunden, ich schleppe mich in die Küche und koche mir einen Kaffee, betrachte die leere Wohnung, Udi ist nicht da, das läßt sich nicht verbergen, die Sonne scheint schon auf den Balkon, kreuzigt ihn mit spitzen Strahlen, dringt in alle Ecken der Wohnung, offenbart sein Fehlen.

Noga, komm zum Frühstück, rufe ich, stelle den leeren Teller an ihren Platz, und da kommt sie, noch immer barfuß, du weißt, daß es nicht so ist, flüstert sie, und ich frage, was ist nicht so, und sie sagt, nichts ist in Ordnung, und ich sage, zeig mir den Brief, ich schaffe es kaum, meine Erregung zu verbergen, aber sie senkt widerspenstig den Kopf, ich habe ihn weggeworfen. Was hat er geschrieben, frage ich, gieße mir mit zittrigen Händen Kaffee ein, und sie murmelt, ich habe es nicht genau verstanden, daß er woanders gesund werden muß, daß er sein Leben ändern muß, daß er mich liebt, und plötzlich wird mir ihr Vorteil klar, und schrecklicher Neid packt mich, sie liebt er, zwar auf seine eigene, mangelhafte Art, aber er liebt sie, mich nicht, mich liebt er nicht mehr, und sofort platze ich, warum hast du den Brief weggeworfen, wenn du ihn nicht verstanden hast, ich hätte ihn dir erklärt, und sie sagt, ich habe ihn absichtlich weggeworfen, damit ich ihn dir nicht zeigen muß. Aber warum, schreie ich, was hätte es dir ausgemacht, ihn mir zu zeigen? Weil er für mich ist, zischt sie, nicht für dich, mit dem gleichen gekränkten Stolz, der gleichen armseligen Wichtigkeit, wie ich sie gestern abend fühlte, als er sagte, geh nicht weg, ich möchte mit dir reden, und ich dumme Kuh sagte zu ihm, wir können später reden, ich habe nichts verstanden, und auch sie versteht wohl nichts, gibt sich mir gegenüber noch feindseliger, statt daß wir Schicksalsgenossinnen sind, zanken wir uns um das letzte Stück Brot, aber seltsamerweise finde ich es leichter, ihre Feindseligkeit auszuhalten als ihre Liebe, ich sage, iß, es ist schon spät, ich verzichte leichten Herzens auf ein vertrauliches Gespräch mit ihr, und sie kaut mit einem seltsamen Appetit an einem Brötchen, immer wieder gießt sie sich Milch nach, alles, was sie tut, kommt mir heute morgen seltsam vor, aber ich denke nicht weiter darüber nach, ich möchte nur, daß sie geht und ich ein paar Stunden habe, um wieder zu Kräften zu kommen. Er muß woanders gesund werden, wiederholt sie mit Lippen, die weiß sind von der Milch, und das ist doch die Hauptsache, daß er wieder gesund wird, nicht wahr? Natürlich, sage ich und bin ihm fast dankbar für die verschwommenen Formulierungen, und nun macht sie schon die Tür auf, verabschiedet sich kühl von mir, tschüs, Mama, und ich küsse sie auf die Stirn, schließe schnell die Tür hinter ihr zu, drei geräuschvolle Umdrehungen des Schlüssels, sie soll es sich ja nicht anders überlegen, sie soll ihrer Wege gehen und mich allein lassen.

Ich lasse schnell die Rolläden herunter, wische die letzten Lichtspalten weg und werfe mich aufs Bett, ein feuchtes, schwarzes Loch empfängt mich dort, und in seinen Tiefen kann ich ausruhen und meine schmerzenden Glieder ausstrecken, den ganzen Tag will ich hierbleiben, ohne mich um irgend jemanden zu kümmern, alles, was ich will, ist mein Spielplatz, nur hier bin ich sicher, und außerhalb des Spielplatzes ist die tosende, gefährliche Straße, Mama und Papa erlauben mir nicht wegzugehen, wenn niemand auf mich aufpaßt, jetzt paßt niemand auf mich auf, niemand sieht das Ungeheuer, das sein Maul aufsperrt, das meine

Handgelenke auf das Bett drückt, meinen Körper unter seinem zerquetscht und mir seinen ekelhaften Atem in den Mund bläst. Was wird mit mir sein, noch nie bin ich allein gewesen, immer war ich mit ihm, gegen ihn, für ihn, unter ihm, über ihm, hinter ihm, immer sah ich mich im Verhältnis zu ihm, und nun, da er das Bild verläßt, fängt alles an zu wackeln, gleich wird das Bild vor meinen Augen zerspringen, und mein ganzes Leben wird nicht ausreichen, die kaputten Scherben zusammenzufügen, es ist wie mit dem Barometer meines Vaters, wie bin ich damals, an meinem Hochzeitstag, auf dem Boden herumgekrochen, unter den Betten, und habe die Quecksilberkügelchen gesucht. Ich hätte die Hochzeit absagen sollen, das war ein Zeichen, ich hätte einen anderen Mann heiraten sollen, einen, der mich nicht mitten im Leben verläßt, zu einer Zeit, da ich schon nicht mehr jung genug bin, um eine neue Familie zu gründen, und noch nicht alt genug zum Sterben.

Ich versuche, mich an andere Männer zu erinnern, aber es gelingt mir nicht, verschwommene Schatten tauchen vor mir auf, ich habe ja nie gewagt, einen anderen wirklich anzuschauen, ich habe immer nur ein Auge aufgemacht, mein ganzes Leben lang, das andere war entzündet vor Haß, zugeklebt mit gelbem Eiter. Was war es, das anzuschauen ich mich so fürchtete, der Glanz der Welt oder ihre Düsternis, ich habe auf Freunde verzichtet, auf Freundinnen, auf ein zweites Kind, und einen Moment lang bin ich sicher, wenn ich jetzt ein zweites Kind hätte, wäre alles anders, dann wären wir zu dritt, Noga und ich und der Kleine, drei sind eine Familie, während zwei nur ein verdammter Trost sind, und schon spüre ich neben mir das Kind, das nicht geboren wurde, seine runden, weichen Arme und Beine, mit seiner kindlichen Kraft klettert es auf mich, streichelt mir die Haare, legt sich auf meine Brust, und ich drehe mich um, ich habe das Gefühl, als lägen wir am Strand und angenehm warmer Sand würde mich bedecken, und Udi kommt aus dem Wasser, schüttelt seine salzigen Haare über mir und lacht, schau mal, was ich dir mitgebracht habe, er hält mir die Hand hin, aber die Sonne blendet mich, und ich sehe nicht, was er mir zeigen will, was ist es, frage ich vollkommen blind, und er sagt, du siehst es nicht, du siehst nicht, wie sehr ich dich liebe, und ich schreie, das Baby, paß auf das Baby auf, daß es nicht ins Meer läuft, es hat keine Angst, und Udi lacht, was für ein Baby, hier gibt es kein Baby, nur dich und mich, denn ich liebe dich für immer, glaub mir nicht, wenn ich dir einmal sage, daß es nicht so ist, und ich ersticke fast vor Glück, wälze mich im Sand wie eine riesige Katze, es ist mir egal, daß ich blind bin, Hauptsache, daß ich für immer geliebt werde. Wie gut es tut, das zu hören, flüstere ich, den Mund voll Sand, ich habe nämlich gerade geträumt, daß du aufgehört hast, mich zu lieben, du kannst dir nicht vorstellen, wie ich geweint habe, der Meeresspiegel ist angestiegen von meinen Tränen, und er lacht verächtlich, sein Lachen klingt mir in den Ohren. Hör auf zu lachen, das ist überhaupt nicht lächerlich, sage ich, aber er hört nicht auf, durch die geschlossene Tür klingelt es, ich wache erschrocken auf, es ist schon zwölf, das Telefon hört nicht auf zu klingeln, ich habe vergessen, bei der Arbeit Bescheid zu sagen, bestimmt suchen sie mich, es ist besser, nicht zu antworten, aber vielleicht ist es Udi, vielleicht kommt er aus meinem Traum zu mir, wie konntest du nur glauben, daß ich aufgehört habe, dich zu lieben, wird er lachend sagen, und ich nehme den Hörer auf, fast gelähmt vor Erwartung, und eine laute, unbekannte Stimme schallt mir entgegen, hören Sie, Ihre Tochter ist krank, kommen Sie schnell, um sie heimzuholen. Wer spricht, was ist mit ihr los, ich beiße fast in den Hörer, und die Stimme schreit, ich rufe aus dem Sekretariat an, sie hat fast vierzig Fieber, ich habe ihr Paracetamol gegeben, aber das Fieber geht nicht runter, wir versuchen schon seit einer Stunde, Sie zu erreichen, und ich werfe mir ein abgetragenes Hauskleid über und renne los, wie ich bin, ohne mich zu kämmen und ohne mir das Gesicht zu waschen, naß vom Schweiß des Traumes, und fahre mit fast geschlossenen Augen durch die blendenden Straßen.

Sie kauert in einem Sessel im Sekretariat, ihre Wangen sind glühend rot, und ihre Augen glänzen, als wäre sie liebeskrank, ihr großgewachsener Körper hat sich plötzlich zusammengezogen, ich nehme sie in den Arm, küsse sie auf die heiße Stirn, ich habe ihr eine zweite Tablette gegeben, aber es hilft nichts, berichtet die Sekretärin aufgeregt, so wenig wie Schröpfgläser bei Toten, lächelt sie mit dunkelrot gemalten, fast schwarzen Lippen. Hat jemand sie untersucht, frage ich, gibt es hier keine Krankenschwester? Sie sagt, leider ist sie gerade heute nicht im Haus, einfach Pech, sie betrachtet mich mißtrauisch, wir haben Sie überall gesucht, bei Ihrer Arbeit haben sie gesagt, Sie wären heute nicht gekommen, und bei Ihnen zu Hause ging niemand ans Telefon. Ich hatte etwas zu erledigen, murmele ich, aber ihr wachsamer Blick mustert zweifelnd meine wirren Haare, das abgetragene Kleid, meine geschwollenen Augen, und ich krümme mich unter ihrem Blick, so klar ist es, daß ich diese Nacht verlassen worden bin, daß ich eine Frau ohne Mann bin, eine Frau ohne Daseinsberechtigung, jeder kann mich demütigen.

Komm, Nogi, gehen wir nach Hause, sage ich leise, mit vielversprechender Stimme, als wäre unser Zuhause ein sicherer, heilsamer Ort, und sie hebt die Augen zu mir und fängt an zu weinen, ich kann nicht gehen, ich kann nicht auf den Beinen stehen, und die Sekretärin sagt, sie war die ganze Zeit wirklich heldenhaft, aber wenn die Mama kommt, will man gleich weinen, stimmt's, Süße, es gefällt uns, der Mama Sorgen zu machen. Ich bücke mich und versuche, sie hochzuheben, nur weg von da, sie legt mir die Arme um den Hals, schwach wie die Läufe eines gejagten Rehs, ihr Körper ist heiß und schwer, ich halte sie fest, komme aber kaum vorwärts, jeder einzelne Wirbel meines Rückens scheint unter dem Gewicht zu zerbröckeln, so schwer ist sie, und ich jammere, Udi, schau nur, was passiert ist, hilf mir, ich breche gleich zusammen, ich kann nicht mehr.

Im Korridor stehen Kinder an der Wand und schauen uns schweigend an, machen uns den Weg mit einer beängstigenden Höflichkeit frei, was denken sie, daß Noga tot ist, daß sie nie mehr wiederkommt? Er ist unendlich lang, dieser Korridor, diese Einsamkeit nimmt kein Ende, nur ich und meine kranke Tochter, unser großes Unglück, wir gehen gebückt wie Tiere, das Unglück wischt alles Menschliche weg, früher war es mir wichtig, wie ich aussehe, wie ich mich anhöre, jetzt stöhne ich laut, Rotz und Wasser läuft mir über das Gesicht, nichts interessiert mich, ich will nur das Auto erreichen und den kranken Körper auf den Rücksitz legen, aber ich schaffe es nicht, meine Füße zittern unter unserem gemeinsamen Gewicht, gleich werde ich zusammenbrechen, ein einziger Haufen Gliedmaßen, die ihre Lebenskraft verloren haben, und dann höre ich kurze Schritte, die rasch auf mich zukommen, ein glatzköpfiger Junge kommt angerannt und ruft, warten Sie, ich helfe Ihnen, ich habe noch nicht einmal die Kraft, mich umzudrehen, er ist kein Junge, er ist einfach klein gewachsen, ich erinnere mich, es ist ihr Geschichtslehrer. Er greift nach ihren Beinen, er hält schon den unteren Teil ihres Körpers, er zieht sie, als wäre sie eine Schubkarre, und als ihr Gewicht leichter wird, spüre ich um so stärker den Schmerz in meinem Körper, ich halte ihre Arme fest, folge seinen schnellen Schritten, damit ihr Körper nicht entzweigerissen wird. Als wir am Auto ankommen, bin ich schon fast erstickt vor Anstrengung, er rutscht schnell auf den Rücksitz und zieht sie hinter sich her, und zu meiner Überraschung bleibt er da sitzen, ihre Füße liegen auf seinen Knien, ich lege ihren Kopf auf den Sitz, streichle ihr noch einmal über die Stirn, sie atmet schwer, und sie hat die Augen geschlossen, als habe sie jedes Interesse an dem verloren, was geschieht. Danke, sage ich zu ihm und warte, daß er geht, ich kann seine Gegenwart schlecht ertragen, aber er bleibt sitzen, wie wollen Sie sie zu Hause die Treppe hochtragen, und ich sage noch einmal, danke, ich habe nicht daran gedacht, und unterwegs überlege ich erstaunt, woher weiß er, daß es bei uns eine Treppe gibt, woher weiß er, daß ich niemanden habe, der mir helfen könnte, und er, als fühle er mein Erstaunen, sagt ganz ruhig, Noga hat es mir heute morgen erzählt, was hat sie erzählt, frage ich aggressiv, und er sagt, daß ihr Vater weggegangen ist, und als ich diese Worte aus dem Mund eines völlig Fremden höre, wird mir ihre Gültigkeit klar, als hätte ich sie gerade jetzt im Radio gehört, eine Neuigkeit, die durch meinen Kopf galoppiert, Nogas Vater ist weggegangen.

So hat er sie früher hinaufgetragen, als sie ein Baby war und immer einschlief, wenn wir mit dem Auto wegfuhren, sie legte die Arme um ihn, mit einer Art verschlafenem Stolz, und wir gingen die Treppe hinauf, schweigend, damit sie nicht aufwachte und wir ein bißchen Zeit für uns hätten, er legte sie auf ihr Bett und ich zog ihr die Schuhe aus, dann schlossen wir sofort ihre Tür und machten erst dann Licht in einem der Zimmer an, und wenn wir dann nicht gleich ihr süßes Weinen hörten, atmeten wir erleichtert auf, wir waren wie Zwangsarbeiter, denen man unerwartet eine Pause gestattet hatte, wir schenkten uns ein Glas Wein oder Bier ein und gingen auf den Balkon, oder wir setzten uns eng umschlungen ins Wohnzimmer und sehnten uns insgeheim nach ihr. Doch jetzt wird sie von diesen haarlosen, kurzen Armen hinaufgetragen, er sieht aus, als wiege er nicht mehr als sie, aber ich kann heute nicht wählerisch sein, ich gehe hinter ihnen die Treppe hinauf, um sie aufzufangen, falls sie ihm aus den Armen rutscht, seine Beine schwanken auf den Stufen, aber er hält durch, sein Gesicht ist rot vor Anstrengung. Ich dirigiere ihn rasch zu Nogas Zimmer, dort läßt er seine glühende Last aufs Bett fallen, wischt sich den Schweiß von der Stirn, an seiner Hand glitzert ein Ehering, der funkelnagelneu aussieht, als habe er gerade gestern geheiratet, und ich beuge mich über Noga, wir sind zu Hause, sage ich leise, und sie stöhnt, mir tut der Kopf weh, ich möchte schlafen.

Schlaf, ich küsse sie auf die rote Wange, wenn du aufwachst, wird es dir besser gehen, ich ziehe ihr die Schuhe aus und breite eine dünne Decke über sie, es ist nur eine Grippe, versuche ich mir einzureden, was kann es sonst schon sein? Er verläßt mit mir das Zimmer, nimmt in der Küche ein Glas, füllt es mit Wasser aus dem Wasserhahn, ich habe vergessen, ihm etwas anzubieten, aber er kommt zurecht, ich werde das Gefühl nicht los, daß er schon einmal hier war, er schaut sich ohne jede Neugier um mit seinen runden, kindlich hellen Augen, ich biete ihm an, sich zu setzen, es ist mir unangenehm, ihm gegenüberzustehen, weil er kleiner ist als ich und ich gezwungen bin, die Lider zu senken, doch er sagt, ich muß los, gleich fängt die Stunde an, aber er zögert, etwas hält ihn zurück, und mir wird plötzlich klar, daß er Mitleid mit mir hat, er hat einfach Mitleid mit mir, ich bin eine, mit der man Mitleid hat, und ich habe keine Kraft mehr, so zu tun, als wäre ich nicht so eine. Er geht mit seinen kurzen Schritten auf die Tür zu, legt schon die Hand auf die Klinke und sagt leise, als verrate er mir ein

Geheimnis, Noga ist ein ganz besonderes Mädchen, und ich sage müde, danke, als hätte er mir ein Kompliment gemacht, dann schüttle ich mich und frage, was so Besonderes an ihr sei, und er sagt, in ihrer Seele verbergen sich große Schätze, wie untergegangene Luxusschiffe, man muß ihr nur helfen, sie zu heben, und ich frage, was ist, wenn niemand da ist, um ihr zu helfen, und er sagt, dann geht alles verloren.

Also das ist es, was Sie tun wollen, sage ich und betrachte ihn mit einem säuerlichen Lächeln, und er sagt, nein, nicht wirklich, ich unterhalte mich nur manchmal in den Pausen mit ihr, wenn ich sehe, daß sie allein ist, ich versuche, sie zum Sprechen zu bringen, sie tut mir leid, sie ist so verschlossen, die ganze Zeit verbirgt sie etwas, und ich sage, vielleicht verbirgt sie ihre inneren Schätze, damit niemand sie ihr wegnehmen kann, aber seine Worte vergrößern nur noch meine Angst, ich möchte, daß er samt seiner übertriebenen Sorge verschwindet, soll er sich doch um seine neue Frau Sorgen machen, nicht um meine Tochter, danke für die Hilfe, sage ich, und er nickt, rufen Sie an, wenn Sie etwas brauchen, Noga hat meine Nummer, und ich sage, klar, obwohl es mir nie einfallen würde, ihn anzurufen, ich fühle mich unbehaglich neben ihm, als kenne er Noga besser als ich, und das bedrückt mich und macht mir Schuldgefühle, aber als er die Treppe hinuntergeht, fühle ich mich schon wieder verlassen, allein gelassen mit einem Mädchen, dessen Vater weggegangen ist, was für eine Mutter bin ich, ich schaffe es nicht, den Vater bei uns zu halten, ich treibe ihn davon und weiß noch nicht einmal, wohin. Ich habe keine Möglichkeit, ihm eine Nachricht zukommen zu lassen, damit er sich ans Bett seiner kranken Tochter setzt, ihre Stirn streichelt, ihr in den Hals schaut und mit mir berät, was man tun soll, unglücklich gehe ich zurück in ihr Zimmer, ihre blonden Locken bedecken das Kissen, schlaf gut, meine Süße, sage ich leise, und wache gesund wieder auf, sage ich, aber plötzlich richtet sie sich auf, deutet mit einem zitternden Finger auf die Tür, als sähe sie einen Geist, wer ist das, schreit sie und reißt den Mund zu einer verzerrten Grimasse auf, wer ist gekommen, und ich umarme sie, hier ist niemand, Nogi, was siehst du da, und sie sinkt wieder auf das Kissen, stößt unverständliche Silben aus, als wäre sie wieder ein Baby, das noch nicht sprechen kann.

Das sind Fieberphantasien, sage ich mir, ich muß etwas tun, damit das Fieber sinkt, ich schiebe ihr zwei Paracetamol in den Mund, lasse sie Wasser nachtrinken, und sie schluckt gehorsam, mein Kopf platzt, murmelt sie, ich sehe nichts, und plötzlich wird mir klar, daß das nicht einfach eine Grippe ist, krampfhaft überlege ich, welche Symptome gehören zu einer Meningitis, irgend etwas mit dem Nacken, versuche den Kopf zu beugen, sage ich leise zu ihr und streichle ihren Nacken, und sie schreit, das kann ich nicht, ich kann den Kopf nicht bewegen, und ich, betäubt vor Sorge, renne zum Telefon, murmle wie ein Gebet Soharas Nummer, sie ist die einzige, auf die ich mich verlassen kann, nur sie wird mir helfen.

Antworte schon, flehe ich und presse den Hörer, und schließlich meldet sie sich mit einer dumpfen Stimme, als hätte ich sie aus dem Schlaf geweckt, sie klingt ganz anders als die heitere Stimme, die ich kenne, Sohara, schreie ich, Noga ist krank, ich bitte dich dringend, komm her und schau sie an, und sie zögert, ihre Stimme ist leise und seltsam, fast unhörbar. Im Moment ist es mir ein bißchen schwer, sagt sie, aber ich lasse nicht locker, ersticktes Weinen bricht aus meiner Kehle und umhüllt den Hörer, Sohara, ich habe Angst, daß sie etwas Schlimmes hat, bitte komm her und sag mir, was ich tun soll, und sie schweigt, was ist mit ihr, sonst ist sie immer so schnell bereit gewesen zu kommen, als hätte sie nur auf eine Einladung gewartet, und jetzt windet sie sich unwillig, in Ordnung, ich versuche zu kommen, sagt sie, als wäre der Weg von ihrer Wohnung plötzlich lang und gefährlich geworden. Verwirrt kehre ich zu Noga zurück, die Tabletten haben kaum eine Wirkung gezeigt, ich lege ihr ein feuchtes Tuch auf die Stirn, die Ärztin ist gleich da, sage ich leise, und sie jammert, Papa soll kommen, ruf Papa an, und ich spüre, wie mein Herz starr wird vor Schmerz, spitze Eisstücke rutschen über meinen Körper, Papa ist unterwegs, sage ich, man kann ihn nicht erreichen, bestimmt ruft er später an, und sie stöhnt, ihr Atem ist voller abgeschnittener, geschwollener Silben.

Ich sinke neben sie auf das Bett, drücke mich voller Trauer an sie, wie habe ich glauben können, daß es so leicht vorbeigehen würde, daß sie in die Schule geht und die Sache damit erledigt ist, daß ich mich meiner eigenen Kränkung hingeben kann, meinem eigenen Verlust, es ist doch egal, was mit mir geschieht, ich biete mich freiwillig an, bis an mein Lebensende allein zu bleiben, sie soll nur gesund werden, das ist alles, was ich will. Ihre fiebrige Hitze geht auf mich über, bis ich das Gefühl habe, selbst vor Fieber zu glühen, unter der dünnen Decke schmiege ich all meine Ängste an sie, all meine Gelübde, ich krümme mich in ihren Flammen, als wäre ich auf einen Scheiterhaufen gestiegen, so werden wir beide sterben, verloren und verlassen, wir haben kein Leben ohne ihn, das hätte ich von Anfang an wissen müssen, so haben wir gelebt, als gäbe es für uns kein Leben ohne ihn, ich schmiege mich in ihre Arme, als wäre sie meine Mutter und ich die Tochter, sie die Sonne und ich der Mond, ich bin bereit, einzuschlafen und nie mehr aufzuwachen, doch da sind auf einmal schnelle Schritte zu hören. Er ist zurückgekommen, denke ich freudig, er hat ihre Schreie gehört und ist zurückgekommen, er ist nicht fähig, uns wirklich im

Stich zu lassen, auch er hat kein Leben ohne uns, wir sind die kranken Glieder eines einzigen Körpers, aber da taucht die schmale Silhouette auf, immer überrascht sie mich mit ihrer Ankunft, auch wenn ich sie erwartet habe.

Wie geht es ihr, fragt sie, ihre Stimme ist noch immer kühl, und ich steige aus dem Bett und flüstere, sie hat hohes Fieber und starke Kopfschmerzen, ihr Nacken ist steif, sie ist nicht in Ordnung, ich stocke und füge mit erstickter Stimme hinzu, nichts ist in Ordnung, gar nichts, Udi hat uns verlassen, Noga hält das nicht aus, ich halte es nicht aus, er ist einfach aufgestanden und weggegangen, er hat noch nicht einmal gesagt, wohin er geht, alles wegen dieser verdammten Krankheit, ich schluchze, verzichte auf den letzten Rest meines Stolzes, ich möchte mich nur in ihren Armen verstecken, sonst nichts, ich möchte dort liegen wie ihr Baby. Sie betrachtet mich mit einem konzentrierten Blick, nicht im geringsten überrascht, es ist natürlich, daß du es so empfindest, sagt sie, aber man kann es auch anders sehen. Wie denn, ist es etwa auch eine Chance, bricht es aus mir heraus, fragend und aggressiv, und sie sagt, natürlich ist es eine Chance, denn in jedem Verlust liegt auch eine Erleichterung, stell dir vor, du kommst eines Tages nach Hause, und alles ist gestohlen, buchstäblich alles, du besitzt nichts mehr, es lohnt sich noch nicht einmal, aufzuzählen, was du nicht mehr hast. Ganz plötzlich werden deine Gedanken ruhig, du spürst eine tiefe Gelassenheit, fast so etwas wie Gnade, und du verstehst auf einmal, daß es keinen Kampf mehr gibt, weil es sinnlos geworden ist, zu kämpfen, daß du nachgeben mußt, weil du keine Wahl hast, du verlierst alles, aber du gewinnst eine tiefe Gelassenheit. Schau dich um, Na'ama, sagt sie leise, die Wände der Wohnung sind zusammengebrochen, aber das ermöglicht es dir, die Landschaft zu sehen, die in all den Jahren vor dir verborgen war, und ich höre ihr mit wachsender Verzweiflung zu, wie wagt sie es, mir jetzt ihre dummen Beispiele vorzubeten, was habe ich damit zu schaffen?

Schau erst, was mit Noga ist, schlage ich ihr vor, ich kann es kaum glauben, daß ich einmal durstig ihre Worte getrunken habe, sie geht zum Bett und atmet schwer, ihr Blick ist verschlossen, nicht von der Lebhaftigkeit, die ich so geliebt habe, ihre Hände tasten ernst über den schlaffen Körper, versuche, dich vorzubeugen, sagt sie, beuge den Kopf vor, ohne die Beine anzuziehen, und Noga schreit, laß mich, du tust mir weh, und Sohara läßt sie plötzlich los, ich kann sie unter diesen Umständen nur schlecht untersuchen, sagt sie, es könnte tatsächlich Gehirnhautentzündung sein, nach dem starren Nacken, aber ich habe keine Möglichkeit, die Untersuchung vorzunehmen, du mußt sie ins Krankenhaus bringen, oder zum Notarzt, und ich betrachte sie enttäuscht, so sehr habe ich an sie geglaubt, ich bin sicher gewesen, sie brauche Noga nur die Hand aufzulegen, schon würde sie gesund, wo sind ihre Wunderkräfte geblieben, der Duft des brennenden Räucherstäbchens, die beruhigenden Erklärungen, ohne das alles ist sie wie jeder andere Mensch, leer, dunkel, hilflos.

Es tut mir leid, sagt sie leise und verschwindet mit raschen Schritten aus dem Zimmer, ich folge ihr, hoffe aus Gewohnheit auf ein segnendes Wort, ihr spitzes Kinn ist mir so nahe, daß es mich gleich verletzen könnte, die Geburt des Menschen ist der Anfang seines Schmerzes, sagt sie langsam und ruhig, ich muß näher treten, um sie zu verstehen, es gibt eine alte tibetische Geschichte, von einer Frau, deren einziger Sohn krank wurde und starb, sie irrte durch die Straßen, trug seine Leiche auf den Armen und bat jeden, den sie traf, ihr zu helfen, ihn wieder zum Leben zu erwecken. Schließlich begegnete sie einem Weisen, der sagte, der einzige auf der Welt, der solch ein Wunder vollbringen könne, sei Buddha. Deshalb ging sie zu Buddha, legte die Leiche ihres Sohnes vor ihn auf die Erde und erzählte ihm, was passiert war. Buddha hörte ihr zu und sagte, es gibt nur einen Weg, dein Leiden zu beenden, gehe in die Stadt und bringe mir ein Senfkorn aus jedem Haus, an dessen Tür der Tod noch nie geklopft hat. Sofort rannte die Frau in die Stadt und ging von Haus zu Haus, aber sie fand kein einziges Haus, an dessen Tür der Tod noch nie geklopft hatte. Nachdem sie jedes Haus besucht hatte, verstand sie, daß sie die Forderung Buddhas nicht erfüllen konnte. Was hat sie dann getan, frage ich feindselig, und Sohara antwortet, sie nahm ruhig Abschied von der Leiche ihres Sohnes, ging zurück zu Buddha und bat ihn, sie die Wahrheit zu lehren, sie hatte verstanden, daß das Leben für uns alle nur ein Meer aus Leiden ist, und der einzige Weg der Rettung ist der Pfad, der zur Freiheit führt.

Was willst du von mir mit deinen schrecklichen Geschichten, fahre ich sie an, nachdem ich eine Weile angespannt geschwiegen und auf ein gutes Ende gewartet habe, was für eine Freiheit ist das, wenn meine Tochter krank ist und mein Mann uns verlassen hat, und sie sagt, aber das sind die wichtigsten Momente im Leben, die Momente, in denen sich ein Tor zur Erleuchtung öffnet, du bist aus großer Höhe herabgefallen, aber nun stehst du auf dem festen Boden der Wahrheit, und dein Sturz ist keine Katastrophe, sondern eine Chance, die Rettung in dir selbst zu finden, zu verstehen, daß letzten Endes nichts gut und nichts schlecht ist und es sich nicht lohnt, sich allzusehr aufzuregen. Wir müssen ohne Bindung und ohne Zorn leben, sagt sie feierlich, wir müssen das vollkommene Gleichgewicht erreichen, wir dürfen nicht alles von glücklichen Ereignissen abhängig machen oder vor unglücklichen zurückweichen, wir dürfen stürmischen Gefühlen keine Herrschaft über uns verleihen, weder guten noch bösen, und ich höre ihr ungeduldig zu, meine Erbitterung wächst, bis ich sie nicht mehr ignorieren kann. Ich unterbreche sie, aber was bleibt dann noch von mir, ohne meine Gefühle, das ist doch alles, was ich habe, willst du, daß ich starr und gefühllos bin wie eine Statue? Das geht doch nicht, das ist doch ungeheuerlich, was du da sagst, nun bricht es aus mir heraus, warum habe ich das nicht vorher gemerkt, was soll das heißen, sich nicht binden, willst du, daß ich meine Tochter dem Tod überlasse, daß ich die Wolken betrachte, während sie leidet? Was ist deine ganze Gelassenheit wert, wenn sie jedes andere Gefühl verdrängt? Das ist einfach ein weiterer Schritt auf den Tod zu, deshalb freut ihr euch über das Sterben, weil ihr keinen großen Unterschied zwischen Leben und Tod kennt, aber zu mir paßt das nicht, verstehst du, ich bin bereit, Leid zu empfinden, denn sonst könnte ich keine Freude fühlen, ich will nicht darauf verzichten, nie werde ich das wollen.

Sie betrachtet mich mit offenem Mißfallen, ihre Samtaugen verdunkeln sich, du irrst dich, Na'ama, ich sage dir nicht, daß du deine Tochter vernachlässigen sollst, ich spreche mit dir über etwas ganz anderes, über innere Freiheit, tibetische Mütter schicken ihre Kinder nach Indien, wo sie erzogen werden sollen, sie trennen sich für Jahre von ihnen, manchmal sogar für immer, aber sie tun das freiwillig, denn ihrer Ansicht nach ist die physische Anwesenheit der Kinder nebensächlich, das wichtigste ist die seelische Nähe, und in seelischer Hinsicht gibt es keine Trennung, und ich frage sie, was willst du mir damit sagen, sprichst du jetzt über Noga oder über Udi, und sie sagt, reden wir ein andermal weiter, du bist jetzt zu erregt, und ich muß nach Hause zu meiner Kleinen, sie braucht etwas zu trinken, und ich betrachte ihre verhüllten Brüste, die sich unter der Bluse mit

Milch füllen, und schäme mich meines Ausbruchs, jetzt habe ich es geschafft, auch sie zu vertreiben, sie läßt mich mit meiner kranken Tochter allein und eilt zu ihrem gesunden Baby zurück, mir ist noch nicht mal aufgefallen, daß sie ohne das Kind gekommen ist, plötzlich hat sie jemanden, der darauf aufpassen kann, ich bringe sie zur Tür und bleibe auf der Schwelle stehen und betrachte das heiße Wohnzimmer, es ist, als würde die Sonne oben über das Dach kriechen und die ganze Hitze auskotzen, die sie seit jenem Morgen gesammelt hat. Es ist erst ein paar Wochen her, daß Noga und ich hier eingetreten sind und Udi gesehen haben, wie er sanft umherging, das helle Kind in den Armen wiegte und flüsterte, still, still, und mir fällt wieder ein, wie unsere Beine auf der Schwelle gezittert haben, und dann verstehe ich alles.

16 Werde wach, werde wach, steh auf, Jerusalem, die du getrunken hast von der Hand des Herrn den Kelch seines Grimmes! Den Taumelkelch hast du ausgetrunken, den Becher geleert. Es war niemand von allen Söhnen, die sie geboren hat, der sie leitete, niemand von allen Söhnen, die sie erzogen hat, der sie bei der Hand nahm. Dies beides ist dir begegnet: – wer trug Leid um dich? – Verwüstung und Schaden, Hunger und Schwert – wer hat dich getröstet? Denn der Herr hat dich zu sich gerufen wie ein verlassenes und von Herzen betrübtes Weib; und das Weib der Jugendzeit, wie könnte es verstoßen bleiben!, spricht dein Gott. Ich habe dich einen kleinen Augenblick verlassen, aber mit großer Barmherzigkeit will ich dich sammeln. Ich habe mein Angesicht im Augenblick des Zorns ein wenig vor dir verborgen, aber mit ewiger Gnade will ich mich deiner erbarmen, spricht der Herr, dein Erlöser.

Ich krümme mich auf dem Teppich vor ihrem Bett, ich bin verzweifelt, eine erschöpfte Hündin, tröste mich mit alten Versen, Versen aus einem Buch, das er zurückgelassen hat, ein gemeinsames Schicksal verbindet uns hier in dieser heißen Nacht, wir werden nicht mehr gebraucht, nicht das Buch, das sich auf den Wellen von Zorn und Erbarmen bewegt, nicht das kranke Mädchen, in dessen Tiefen Schiffe untergegangen sind, und auch ich nicht, das verlassene Weib der Jugendzeit. In Ephraim ist allenthalben Lüge wider mich und im Hause Israel falscher Gottesdienst, wer hätte geglaubt, daß dies das Ende unserer Liebe sein würde, das

Ende, das sie vom Tag ihres Entstehens an begleitet hat. Plötzlich ergießt sich grausames Licht über die Welt, läßt kein einziges Geheimnis mehr zu, jetzt verstehe ich die Bedeutung seines häufigen, ziellosen Herumwanderns, die Bedeutung seiner zusammengezogenen Augenbrauen, wenn wir abends am Tisch saßen und er uns mit unruhigen Augen beobachtete, oder wenn er sich zwischen den Zimmern bewegte wie ein Spion im Feindesland, ich verstehe die Bedeutung seiner Zimmertür, die so früh abends schon hinter ihm zuging, und einen Moment lang tröste ich mich, vielleicht ist es besser so, es ist doch gar nicht so schwer zu verstehen, er war krank, sie hat ihn gerettet, auch ich habe mich fast in sie verliebt, in ihre dunkle Ruhe, in ihre erstaunliche Vernunft, auch ich hätte sie mir vorgezogen, Verstehen bringt Erleichterung, aber sofort rebelliere ich, was hat er mit ihr zu tun, sie ist eine vollkommen fremde Frau, und wir sind zusammen aufgewachsen, er ist nicht nur mein Mann, er bedeutet meine ganze Familie, meine Erinnerungen, ich habe nichts ohne ihn. Warum hat er mir nicht die Wahrheit gesagt, wochenlang hat er sie vor mir geheimgehalten, was sind die Worte wert, die wir während der ganzen Zeit miteinander gewechselt haben, Millionen von Worten gehen von einer Hand in die andere wie Münzen bei einem zweifelhaften Geschäft, auch wenn man im wichtigsten Augenblick alles verbirgt. Ich hätte es verständnisvoll akzeptiert, ich hätte zu ihm gesagt, es ist nur natürlich, daß zuweilen eine neue Liebe erwacht, sogar mir ist das passiert, all die Jahre habe ich es abgeleugnet, jetzt bin ich bereit, es zuzugeben, aber trotzdem ist es mir doch nicht eingefallen, dich zu verlassen, mir war klar, daß ich auf ihn verzichten mußte, sogar ohne große Schwierigkeiten, von dir erwarte ich gar nicht, daß du verzichtest, du sollst nur hierbleiben, bei uns, und uns nicht im Stich lassen. Vielleicht räumen wir hier ein

Zimmer für sie und das Kind frei und leben alle zusammen, erziehen die Kleine gemeinsam, nur damit wir uns nicht trennen müssen, aber sofort komme ich wieder zu mir und denke, was wünschst du dir da, die ganzen Jahre verzichtest du und verzichtest, und jetzt bist du sogar bereit, auf seine Liebe zu verzichten, Hauptsache, er bleibt bei dir, aber weinet nicht über den Toten und grämt euch nicht um ihn; weint aber über den, der fortgezogen ist; denn er wird nicht mehr wiederkommen und sein Vaterland nicht wiedersehen.

Noga schluchzt im Schlaf, und ich richte mich auf, streichle ihr über die Stirn und spüre ihren heißen Atem, ihre Krankheit lastet schwer und schrecklich auf mir, am Morgen werde ich keine Wahl haben, ein weißer Krankenwagen wird vor unserem Haus halten, mit weitgeöffneten Türen, Männer in strahlendweißen Anzügen werden ihren Körper auf eine Trage legen, erst vor wenigen Monaten, zu Beginn des Sommers, habe ich ihn so begleitet, es war eine schreckliche Übung für das, was mich morgen früh erwartet, aber heute nacht gehört sie noch mir, ich verzichte noch nicht auf sie, mit der Kraft meiner Liebe versuche ich, sie gesund zu machen, mit der Kraft seiner Liebe, er muß mir diese Nacht helfen, wenn er heute nacht nicht zurückkommt, kommt er nie mehr zurück, diese Wohnung wird nicht mehr sein Zuhause sein, dieses Mädchen wird nicht mehr seine Tochter sein, mein Körper wird nicht mehr sein Körper sein, da, wo ich ihn liebte, werden häßliche Narben entstehen. Für immer werden wir getrennt sein, wenn er heute nacht nicht zurückkommt, da sie von der Krankheit gequält wird, ich lege meinen Kopf auf ihr Bett, weine in ihre glühendheiße Schulterbeuge, bis zum Morgengrauen wird er mich dreimal verleugnen.

Sie streckt eine verschwitzte Hand nach mir aus, fährt mir grausam über das Gesicht, wo ist Papa, flüstert sie, Papa soll kommen, ein schlechter Geruch kommt aus ihrem Mund, ein Geruch nach angebranntem Brei, und ich sage, Papa wird kommen, sobald er kann, wird er kommen, und dann verlasse ich schnell das Zimmer, sie wird sterben, wenn er nicht kommt, sie hält das nicht durch, ich taste im Dunkeln nach dem Telefon, ich werde dort anrufen, ich werde Sohara sagen, daß er sofort kommen muß, sonst stirbt das Kind, und schon fange ich an zu wählen, von mir aus kann die ganze Welt aufwachen, Hauptsache, meine Tochter wird gerettet, doch in dem Moment, als mir ihre verschlafene Stimme antwortet, lege ich auf, meine Wörter füllen die Wohnung, ich kann ihn nicht zwingen zurückzukommen, sie muß ohne ihn gesund werden, sie darf nicht so abhängig von ihm sein, ich setze mich auf den Balkon, kühle Wolken dämpfen die Hitze, die Vorstellung ist aus, ich verstehe es plötzlich, der Vorhang ist gerissen, die Bühne zusammengebrochen, mir sind meine Grenzen offenbart worden, ich kann ihretwegen nicht die Welt verändern. All die Jahre schon vergeude ich meine Kräfte bei diesen vergeblichen Versuchen, strecke meinen Körper in ganzer Länge, um die Risse zu verdecken, von einem Jahr zum anderen wird das schwerer, und jetzt ist der Moment gekommen, vor dem ich mich gefürchtet habe, der Moment, da nichts mehr zu verstecken ist, denn die Wahrheit ist heftig und aggressiv wie Feuer, und sie zerstört mit ihrem Atem die Beete, die ich voller Angst angelegt habe. Schwerfällig stehe ich auf und gehe zurück in ihr Zimmer, die Dunkelheit in der Wohnung ist tief und bedrückend und bedeckt Nogas weißes, schlafendes Gesicht, die Haare, die schlaff auf dem Kissen liegen, und mit zerbrochener Stimme flüstere ich ihr zu, bevor es mir leid tun kann, er hat uns verlassen, Noga, er kommt nur dann, wenn er es will, er ruft nur dann an, wenn es ihm paßt, es wird Zeit, daß wir aufhören zu warten.

Doch früh am Morgen, als ein himmelblaues, künstliches Licht das Zimmer noch einhüllt, meine ich heftiges Klopfen an der Tür zu hören, ich schüttle den unruhigen Schlaf ab, siehe, ich will sie aus dem Lande des Nordens bringen und will sie sammeln von den Enden der Erde, auch Blinde und Lahme, Schwangere und junge Mütter, daß sie als große Gemeinde wieder hierherkommen sollen. Sie werden weinend kommen, aber ich will sie trösten und leiten. Ich will sie zu Wasserbächen führen auf ebenem Wege, daß sie nicht zu Fall kommen; denn ich bin Israels Vater und Ephraim ist mein erstgeborener Sohn. Die tröstlichen Verse, die ich die ganze Nacht gelesen habe, treten vor und jubeln wie Tote am Tag ihrer Wiedergeburt, laß dein Schreien und Weinen und die Tränen deiner Augen, mein Rücken ist steif, als ich versuche, vom Teppich aufzustehen, ich eile gebückt, mein Herz klopft wie verrückt, er ist zu mir zurückgekommen, mein Udi, er kann uns nicht verlassen, wir sind ein Volk, wenn auch mit zwei Königreichen, ein neuer Bund wird zwischen uns geschlossen, denn ich werde ihm verzeihen und seine Sünden nicht mehr erwähnen. Warum hat er geklopft und nicht aufgeschlossen, in einer Nacht ist er vom Bewohner zum Besucher geworden, wo ist sein Schlüssel, und ich nähere mich der Tür, voller Glück, seit meiner Wöchnerinzeit gab es nichts, was ich mir so sehr gewünscht habe, nur daß er am Morgen bei Sonnenaufgang käme, um Noga aus ihrer Krankheit zu retten und mich aus meinem Kummer, daß er zurückkäme und wir wieder eine Familie wären, und absichtlich ziehe ich die Zeit in die Länge, in der er an die Tür klopft, nur leise, aus Reue und Trauer. Tu mir auf, liebe Freundin, meine Schwester, meine Taube, meine Reine! Denn mein Haupt ist voll Tau und meine Locken voll Nachttropfen, bis das Klopfen aufhört und ich schnell den Schlüssel umdrehe, damit er es sich ja nicht anders überlegt und geht, und meine müden, brennenden Augen ziehen sich zusammen beim Anblick des alten Rückens, der langsam die Treppe hinuntergeht, beim Anblick des Gesichts, das sich zu mir umdreht, ein dunkles, faltiges Gesicht, halb verdeckt von einer schwarzen Sonnenbrille, und ich öffne den Mund zu einem enttäuschten Weinen, mir scheint, als öffnete er sich immer weiter, bis meine Lippen reißen wie bei einer Geburt, so groß ist die Enttäuschung, die mich zerreißt, sein Nichtkommen erschüttert mich noch mehr als seine Abkehr von uns, mein ganzer Körper wird gespalten von einem Schrei, Mutter, was machst du hier?

Ich bin gekommen, um dir zu helfen, sagt sie, die Stufen bringen sie wieder zu mir, und ich packe ihre Arme, ich umklammere ihre Knie in kindlichem Entsetzen, Mama, geh nicht weg, bleib bei uns, Mama, warum ziehst du dich an, warum ziehst du Schuhe mit hohen Absätzen an, warum machst du dich schön, ihre Knie bewegen sich von Zimmer zu Zimmer, und ich bin dazwischen, umfasse sie, versuche, sie zum Stolpern zu bringen, Mama, bleib da, Papa ist so traurig ohne dich, auch wir sind so traurig, bleib bei uns, und da ist ihre Hand auf meinen Haaren, ich muß, ich habe keine Wahl, sagt sie, alles wird gut, allen wird es besser gehen, aber niemandem ging es besser, vor allem ihr nicht, ob auch in ihren Ohren damals die teuflische Lüge widerhallte, eine Stimme ruft, du sollst aufstehen und gehen, und jetzt ist ihre Stimme heiser vom Rauchen, ihre Hände fahren mir durch die Haare, du mußt anfangen, sie dir zu färben, sagt sie, schau mal, wie viele weiße Haare du plötzlich hast.

Das ist nicht plötzlich, sage ich, du hast mich einfach schon lange nicht mehr gestreichelt, und ich halte mich an ihr fest und rapple mich mühsam hoch, ein krummer Schnabel öffnet sich mit einem hungrigen Lächeln, vor meinen

Augen breiten sich schwarze Flügel aus, und ich schlage um mich, um diese Flügel zu vertreiben, ich bin noch nicht ganz tot, schreie ich, laßt mich in Ruhe, ich darf nicht sterben, noch darf ich nicht sterben, und meine Mutter umarmt mich, genug, hör auf zu weinen, ich hatte überhaupt nicht gemerkt, daß ich weine, und dann dringt ein Schrei aus der Wohnung, ein Schrei, der mit seiner Düsternis das düstere Flügelschlagen um mich herum noch verstärkt, Papa?

Es ist nicht Papa, sage ich und laufe zurück zu ihrem Zimmer, in dem mir der Dunst einer schweren Krankheit entgegenschlägt, aber sie sitzt im Bett und deutet mit einem verzerrten Lächeln auf die Tür, ihre Augen sind rund und stumpf wie die Augen einer Puppe, Papa ist zurückgekommen, ruft sie und legt sich sofort wieder hin, als habe sie ihre eigene Stimme erschreckt, sie legt ihren Kopf auf das Kissen, atmet schwer und döst gleich wieder ein. War ein Arzt da, fragt meine Mutter mit ernster Stimme, und ich sage, nein, nicht wirklich, und sie schreit, was versuchst du zu beweisen, warum hast du keinen Arzt gerufen, willst du, daß ihr Zustand sich verschlimmert, nur damit du zeigen kannst, daß er auch ein Mörder ist? Du sollst mir keine Moralpredigt halten, schreie ich, ich brauche deine Hilfe, du hast doch gesagt, daß du gekommen bist, um mir zu helfen, und erst dann fällt es mir ein zu fragen, woher weißt du es überhaupt?

Udi hat mich angerufen, sagt sie mit einem Hauch von Stolz in der Stimme, und ich frage gespannt, von wo aus hat er angerufen, und sie antwortet, er hat gesagt, er wäre im Süden, in der Arava, glaube ich, er hat mich gebeten, mich um euch zu kümmern, und ich hebe wieder meine Stimme, er hat gewußt, daß Noga krank ist, hat er darüber etwas gesagt? Sie zuckt mit den Schultern, keine Ahnung, ich habe ihn kaum verstanden, aber ich betrachte sie zweifelnd, mir scheint, sie weiß mehr, als sie zugibt, und ich stehe vor ihr, begierig nach jedem bißchen Wissen.

Ich stolpere ihr nach in die Küche, starre die Fliesen an, nur nicht sie anschauen, schon seit Jahren weichen meine Blicke ihr aus, ignorieren, wenn sie mich ansieht, es gibt so viel, was man verbergen muß, den unendlichen Zorn auf sie und die Schadenfreude, die Trauer über ihre Schönheit und die Trauer über ihr Leben, die Angst, so zu sein wie sie, und die Angst, so zu sein wie er, wie mein Vater, und mir scheint, in dieser Nacht ist endlich die Entscheidung gefallen, das Pendel über meinem Kopf hat ausgeschlagen, ich bin wie er, auf der Seite derer, die verlassen werden, auf der Seite derer, die Schläge einstecken müssen, nicht auf der Seite der anderen, ich gehöre zu den Verlierern, nicht zu denen, die gefährlich werden können, hier ist mein Platz, an den muß ich mich gewöhnen. Anfangs sah alles anders aus, Udi hat immer meine Gene verleumdet, du bist genauso treulos wie deine Mutter, hat er mich angeschrien, am Schluß wirst du mich wegwerfen, so wie sie deinen Vater weggeworfen hat. In jahrelanger Anstrengung versuchte ich ihm zu beweisen, daß ich nicht so bin, daß ich treu bin, und jetzt ist die Wahrheit ans Licht gekommen, er, der immer über jeden Verdacht Erhabene, hat sich als treulos erwiesen und ich habe gesiegt, aber eigentlich habe ich verloren, ich muß mich vor ihr schämen, daß ich so besiegt worden bin, meine Minderwertigkeit ihr gegenüber ist auffallend, sie ist die schöne Frau, die Herzensbrecherin, und ich bin die Tochter mit dem gebrochenen Herzen, ich kann die Schande nicht mehr länger verstecken, ich lege meinen Kopf auf den Küchentisch, ich schäme mich so sehr, Mutter, bestimmt findest du mich jetzt so armselig wie Papa, und sie sagt mit weicher Stimme, da irrst du dich aber sehr, No'am, ich bin fast neidisch auf dich, es ist besser, auf der Seite der Verlas-

senen zu stehen, ich hebe überrascht den Kopf, alte Brot-
krümel kleben an meiner feuchten Wange, du redest Un-
sinn, Mama, sage ich, ich wünschte, ich wäre es gewesen, die
ihn verlassen hat, es tut mir um jeden Tag leid, den ich bei
ihm geblieben bin, wie konnte ich ihm erlauben, für mich
zu entscheiden, das ist es doch, was den Unterschied ausmacht, und sie sagt, manchmal ist es viel einfacher, wenn ein
anderer für dich entscheidet, und ich widerspreche, wieso
denn, du weißt nicht, was du da sagst.

Glaub mir, Na'ama, fährt sie eindringlich fort, derjenige,
für den entschieden wird, erholt sich viel schneller als derjenige, der die Entscheidung trifft, du wirst schnell darüber
hinwegkommen und dir ein besseres Leben erlauben, aber
er wird mit der Verantwortung sitzenbleiben, mit Schuldgefühlen, mit Zweifeln, er weiß noch nicht, was ihn erwartet, du wirst schon sehen, daß du viel eher wieder zu Kräften
kommst als er, aber mir kommt ihre Prophezeiung unwirk-
lich vor, ich habe ihn doch gesehen, ich habe ihn gehört, er
ist stark und berechnend, während ich in tausend Stücke
zerbrochen bin, und trotzdem überraschen mich ihre Worte,
und ich luge unter gesenkten Lidern zu ihr hinüber, schon
immer hat sie es geschafft, mich zu verwirren, bis ich ent-
schloß, sie nicht mehr verstehen zu wollen, bei ihr ist alles
anders, verdreht, wenn sie glücklich ist, scheint sie unglücklich zu sein, und umgekehrt, seit Jahren weiche ich ihr aus,
und jetzt hat er sie zu mir geschickt, an diesem verzweifel-
ten Morgen versucht er, mein Leben auch aus der Ferne zu
dirigieren, damit ich ihr in der Küche gegenübersitze, mit
Brotkrümeln im Gesicht, verlassen und wütend wie ein
kleines Kind, und zu ihr sage, warum hast du mir das angetan?

Ihre hellen Augen hängen einen Moment lang an der Tür,
als erhoffte sie sich von dort Rettung, aber sofort fängt sie

sich wieder, ich habe dir nichts angetan, sagt sie, es war nicht gegen dich, es war für mich, auch Mütter dürfen ein eigenes Leben führen, das ist kein Verbrechen. Auch wenn man seine Kinder liebt, fährt sie mit Mühe fort, als versuche sie, sich selbst zu überzeugen, muß man sich doch nicht ihretwegen umbringen, ich merke, wie mein Gesicht weiß wird, genau wie das Gesicht meines Vaters, wenn sie ihm etwas beweisen wollte, und ich frage, es wäre also wie Selbstmord gewesen, bei Papa zu bleiben? Übertreibst du nicht ein bißchen, wie kann man so einen Mann verlassen? Und sie sagt, hör auf, Na'ama, es hat keinen Sinn, jetzt über deinen Vater zu sprechen, aber ich bleibe stur, nun, da ich schon gewagt habe, zu fragen, werde ich nicht zulassen, daß sie mir die Antwort verweigert. Natürlich hat es einen Sinn, sage ich, ich will verstehen, wie du es dir erlauben konntest, einen Mann zu verlassen, der dich so geliebt hat, der nichts anderes wollte, als dich glücklich zu sehen, der nur mit dir und euren gemeinsamen Kindern zusammensein wollte, der mit vollen Einkaufskörben von der Arbeit zurückkam und sofort das Geschirr gespült hat, der das Essen gemacht und Geschichten vorgelesen hat, ein Mann, der nie wütend war, nie vorwurfsvoll, er war ein Engel, hast du dir etwa eingebildet, du verdientest etwas Besseres als das, hast du gewollt, daß Gott höchstpersönlich in dein Bett steigt?

Glaubst du, es ist ein besonders großes Vergnügen, mit einem Engel zu leben, zischt sie wütend, wer mit einem Engel lebt, wird zum Ungeheuer, verstehst du das nicht? Er war zu gut, sein Gutsein war schon nicht mehr menschlich, immer hat er nachgegeben, immer verzichtet, man konnte einfach nicht böse auf ihn sein, das konnte man gleich aufgeben, er hat immer versucht zu beschwichtigen, es war zum Verrücktwerden, es war schrecklich, als würde er ein Verbrechen sühnen, verstehst du? Ich schüttle den Kopf, nein, das verstehe ich wirklich nicht, warum war es so schwer, das Gute einfach zu akzeptieren, warum glaubst du nur an das Böse, und sie redet auf mich ein, hör zu, Na'ama, ich habe auch Jahre gebraucht, um es zu verstehen, anfangs ist es mir schwergefallen, an mein Glück zu glauben, aber dann habe ich immer mehr gefühlt, daß ich anfing, verrückt zu werden, er hat mich mit seiner Gerechtigkeit gequält, und ich protestiere, er hat dich gequält? Was redest du da, er war nicht imstande, einer Fliege etwas zuleide zu tun, erinnerst du dich, wie er Mitleid mit diesen armen Tauben gehabt hat? Und sie sagt, ich spreche von den versteckten Dingen, jeder Heilige wird schnell zum gefolterten Heiligen, und das ist es, was auch mit ihm geschah, das ist es, was mit mir geschah, ich fand mich bald in der Rolle des Folterknechts, er war so rein, daß ich schmutzig wurde, und ich schüttle noch einmal ablehnend den Kopf, ich verstehe es nicht, wie kannst du ihn beschuldigen, du bist wie jene Männer, die ihren Frauen ihre eigenen Versäumnisse vorwerfen.

Weißt du eigentlich, was es bedeutet, mit einer Leiche schlafen zu gehen, mit einer Leiche Liebe zu machen, fährt sie mich an, er war so leblos, daß ich keine Wahl hatte, ich habe ganz woanders das Leben gesucht, und sogar das hat ihn nicht wütend gemacht, im Gegenteil, manchmal kam es mir vor, als genieße er es, durch mein Leben am Leben teilzunehmen. Weil er dich so geliebt hat, sage ich leise, er war so glücklich mit dir, wir alle waren so glücklich, bis du unser Leben kaputtgemacht hast, und sie nimmt meine Hand, klammert sich mit aller Kraft an dieses Gespräch, das sie mit dem gleichen Widerwillen begonnen hat, mit dem man ein schmutziges Zimmer betritt, hat man aber erst einmal angefangen, es zu putzen, kann man gar nicht mehr aufhören. Wie glücklich er war, wenn es mir schlechtging, er war in seinem Glück eingekapselt, er hat mich überhaupt nicht gesehen, und ich war armselig und zugleich schuldig, weil ich es ja war, die alles kaputtgemacht hat, weil ich diejenige war, der nichts gereicht hat, und dabei wollte ich doch nur leben, ich wollte doch nur ein Mensch sein. Weißt du, was das ist, ein Mensch? Das ist beides, gut und schlecht, und er hat sich all das Gute genommen und mir das Böse aufgeladen, aber das war nicht wirklich, alles war irgendwie falsch, sowohl seine Rolle als auch meine. Ich senke den Kopf und mache die Augen zu, ich stelle mir vor, man würde mir vor dem Einschlafen ein Märchen erzählen, eine besonders schöne Geschichte, mein Kopf schwankt, ich habe das Gefühl, im Hof unseres alten Hauses zu stehen, ihr gegenüber, ich halte zwei neugeborene Kätzchen in den Händen, sie sind noch blind und verschmiert, und sie schreit mich an, laß die Kätzchen in Frieden, jetzt will ihre Mutter sie nicht mehr, so kleine Kätzchen darf man nicht anfassen, deinetwegen werden sie sterben, und ich lasse sie entsetzt fallen, und dann schreie ich sie an, ich nehme dir diese Geschichten nicht ab, deine kleinen Kinder haben es ja auch geschafft, mit einem zu guten Menschen zu leben, so schlimm ist das nicht, und sie senkt den Blick, ihre Lider zittern, ich habe gedacht, euch würde es ohne mich besser gehen, ich habe gedacht, ich schade euch nur, er war doch so ein wunderbarer Vater.

Aber nachdem sie weggegangen war, hörte er auf, unser Vater zu sein, er versank so tief in seinen Schmerz, daß er uns gar nicht mehr wahrnahm, all seine Hingabe versank in einem Meer von Kummer, als hätte es sie nie gegeben, sie hat recht, das war nicht wirklich, und ich war all die Jahre nur wütend gewesen auf sie, und sogar jetzt fällt es mir schwer, auf diesen Zorn zu verzichten, ich betrachte ihre gekrümmten Finger, als sie sich eine Zigarette anzündet, die Falten über ihrer Oberlippe ziehen sich zusammen, ihre Be-

wegungen sind noch immer würdevoll, als hätte sie ständig
Dutzende von Zuschauern um sich, trotz ihres Alters und
trotz ihrer Magenbeschwerden ist sie in ihrem bestickten
Kleid noch immer beeindruckend, wie schön sie damals war,
sie überfiel uns mit feuchten Küssen wie der Winterwind,
verschwand und kam zurück, böse Pläne schmiedend.

Vielleicht war ich ebenfalls zu gut, ich habe mir doch immer Mühe gegeben, zu beweisen, daß ich nicht so bin wie
sie, um Udi zu beruhigen, doch nach jenem Morgen war das
nicht mehr möglich, ich war verdammt zur unablässigen
Sühne für ein Vergehen, das nicht begangen worden war,
und als ich jetzt daran denke, an diesen schönsten Morgen
meines Lebens, wage ich zum ersten Mal, mich an seinen
Einzelheiten zu erfreuen, ich verstehe nicht, warum ich nicht
dort geblieben bin, am Fenster, als der erste Regen fiel, warum habe ich mich so beeilt, Udi hinterherzurennen, ein
überflüssiges Hinterherrennen, das fast acht Jahre gedauert
hat, nur um ihn zu beschwichtigen und zu besänftigen, ich
hätte dort bleiben sollen, hätte ihn seine Kriege mit sich
selbst ausfechten lassen sollen, mein Hinterherrennen war
eine Demonstration von Schuld, Schwäche, Hilflosigkeit,
alles das, was es ihm gestern abend erlaubt hat, mich zu verlassen. Weißt du, er hat eine andere, sage ich, weißt du, daß
er mich wegen einer anderen verlassen hat? Ich sage es leise,
und sie zieht die Schultern hoch, ihre blauen Augen blin-
zeln in dem dunklen Gesicht, das ändert nichts, wirklich
nicht, er ist wegen sich selbst weggegangen, und ich sage,
weißt du, ich wollte ihn vor ein paar Jahren verlassen, aber
ich bin dageblieben, weißt du, daß mich jemand geliebt hat?
Sie streichelt meine Schulter, man wird dich noch lieben,
Na'ama, das verspreche ich dir, aber ich kann kaum noch
glauben, daß es einen Mann gegeben hat, mit krausen Haaren auf der Schulter, der mich genug liebte, um mich loszu-

lassen. Ich weiß noch, wie er sich über meine Schenkel gebeugt hat und ich ganz kurz seine Schulter berührt habe, und da hob er den Kopf zu mir, er hatte ein blaues Auge und ein graues, und beide waren traurig, was hat er mir damals versprochen, was hat er mir zu sagen versucht, und ich jammere, statt bei ihm geblieben zu sein, statt seine Liebe zu genießen, wollte ich Udi besänftigen, Noga festhalten, alle zusammenkleben, aber danach stimmte nichts mehr.

Auch davor hat nichts gestimmt, sagt sie, und ich protestiere, was redest du da, weißt du nicht mehr, wie gut es uns gegangen ist, als Noga geboren wurde, wir waren so glücklich, bis ich alles kaputtgemacht habe, und sie lacht, glaubst du das wirklich? Er war neidisch wie ein kleines Kind auf die Aufmerksamkeit, die du ihr geschenkt hast, er wollte, daß du dich nur um ihn kümmerst, erinnerst du dich nicht mehr, wie krank er war, als sie geboren wurde, und ich erschrecke, wieso denn, er hat sich sofort in sie verliebt, stundenlang hat er sie herumgetragen, er hat sie gewaschen, ist nachts für sie aufgestanden, und sie sagt, aber auch das war ein Teil seines Machtspiels, er wollte dich erniedrigen, er wollte dir zeigen, daß er sogar auf diesem Gebiet besser ist als du. Du übertreibst, Mutter, sage ich, und sie bekennt, gut, vielleicht übertreibe ich ein bißchen, ich war schließlich nicht viel bei euch, aber trotzdem war ich oft genug hier, um zu sehen, daß es auch vor dem Unfall Probleme gegeben hat, und ich höre seltsam verwirrt zu, so wie man guten, aber zweifelhaften Nachrichten lauscht, und plötzlich habe ich das Gefühl, daß es im Haus brennt, ich atme mit offenem Mund ein, eine Welle von Hitze kommt mir entgegen, eine schwache Stimme ist zu hören, was für ein Unfall, und noch einmal, was für ein Unfall? Und ich atme erleichtert auf, Noga wird gesund, da steht sie auf ihren eigenen Beinen, lehnt an der Wand, ihr Blick ist klar, aber wie lange steht sie schon da, was von dem, was wir gesagt haben, hat sie gehört? Meine Mutter senkt die Augen, und mir ist klar, daß sie Noga längst gesehen und trotzdem weitergeredet hat, ich strecke die Hand aus und ziehe Noga zu mir, setze sie auf meinen Schoß, ihr Körper ist weich, der Körper eines kleinen Kindes, und ich spüre plötzlich ein angenehmes Stechen in den Brüsten, als schieße mir die Milch für sie ein, gleich werde ich meine Bluse aufknöpfen und sie stillen, und ich drücke sie an mich und flüstere, du bist Papa aus der Hand gefallen, du warst zwei Jahre alt, eine Plastikwanne voller Wasser, die das Hausmädchen der Nachbarn draußen vergessen hatte, hat dir das Leben gerettet.

17 Wie in Kriegszeiten, wenn die Männer eingezogen worden sind, um ihr Leben an der Front zu riskieren, und nur noch Frauen und Kinder zurückgeblieben sind, so leben wir, drei Frauen in einer Wohnung, die sich vollkommen verändert hat und aussieht, als wäre sie noch nie von einem Mann betreten worden. Zum Schlafen überlasse ich meiner Mutter das Doppelbett, dessen Anblick mich ohnehin traurig stimmt, und klappe wieder einmal das Sofa im Wohnzimmer auf, es streckt mir seine samtigen Arme entgegen, zieht mich in eine weitere qualvolle Nacht, mir ist, als würde die Sonne noch immer auf die Betondecke über mir knallen, ihre grauen Strahlen verbrennen mich, tätowieren mir Zeichen der Eifersucht in die Haut. Dort liegt er, in ihrem Bett, sein Körper, der in meinen Armen herangewachsen ist, bewegt sich brünstig mit ihrem geschmeidigen Körper, lang und schmal wie der Körper einer Schlange, und ich trommle ihm auf die Schulter, ich will bei euch sein, laßt mich nicht allein hier zurück, ich verspreche auch, daß ich nicht hingucke, laßt mich nur neben euch schlafen, aber er ist in sie versunken, er spürt mich überhaupt nicht, ich kann mir nur schwer vorstellen, wie er in diesem Moment aussieht, denn ich war ihm immer zu nahe, habe die Augen zugemacht. Ich kann ihn kaum von der Seite sehen, ich kann nur die Zartheit spüren, die er in Momenten der Nähe ausstrahlt, eine wunderbare, einzigartige Wärme. Ich versuche, mich zu erinnern, wie er Liebe macht, ich lege seinen Körper neben mich auf das Sofa, wie macht man Liebe, ich strecke die Hände aus, wie spaltet

man Lippen, wie öffnet man einen Körper, der sich zusammenkrümmt, wie passiert dieses Wunder, ich bin so weit von Liebe entfernt, daß ich sie mir kaum mehr vorstellen kann, ganze Nächte habe ich hier allein gelegen, während er im anderen Zimmer schlief, hinter der verschlossenen Tür, warum habe ich mich nicht mitten in der Nacht in sein Bett gestohlen, wie ein Kind nach einem schlimmen Traum ins Bett seiner Eltern kriecht, warum habe ich mich nicht in seine Arme gedrängt, wie sie es jetzt macht, die ihm die dunkle Brust, prall von Milch, in den Mund drückt, und er saugt und saugt, ich trommle auf das Bett, er gehört mir, er gehört mir, er darf nicht an einer anderen Frau saugen, und da ändert sich das Phantasiebild und wird nur noch schlimmer, jedesmal wenn ich die Augen zumache, sehe ich sie auf einem großen Bett liegen und zwischen ihnen das Kind, und dann mache ich schnell das Licht an, zitternd vor Wut, das kann nicht sein, er wird nicht mit einem fremden Baby in einem Bett liegen, er wird seine Tochter nicht betrügen, und wieder sehe ich ihn im Wohnzimmer umhergehen, das helle Baby im Arm, still, still, still.

So waren die Schritte meines Vaters, damals, in jenen schwarzen Nächten, immer wieder hatte ich seine Schritte im Haus gehört, wenn ich einzuschlafen versuchte und den Schlaf an einem dünnen Faden zu mir heranzog, so wie man einen Drachen zieht, komm schon, komm herunter, und wenn er endlich fast bei mir war, hatten die nachlässigen Schritte meines Vaters den Faden zerrissen. Nacht um Nacht hatte ich meine Mutter verflucht und ihr alles mögliche an den Hals gewünscht, daß sie bis an ihr Lebensende allein bleiben möge, daß sie früh altern, daß sie verunstaltet sein möge. Oft wachte Jotam auf und weinte, Mama soll kommen, dann machte ich in meinem Bett Platz für seinen rundlichen Körper, der von Tag zu Tag mehr zusammenschrumpfte, niemand außer mir merkte, daß er aufgehört hatte zu essen und auch nicht mehr lächelte, nicht weinen, sagte ich immer zu ihm, morgen gehen wir zu Mama, aber als sie kam, um uns zu holen, floh ich in die Orangenplantagen, ich wollte mich an die neue Wohnung in der Stadt nicht gewöhnen, ich konnte meinen Vater nicht allein zurücklassen, obwohl er so sehr in seinen Kummer versunken war, daß er uns ohnehin kaum wahrnahm. Abends rief ich ihn zum Essen, ich sah, wie er trockenes Brot in Sauermilch tauchte und langsam, wie im Schlaf, kaute, gehst du nicht zu deiner Mutter, fragte er mich, und ich sagte, ich bleibe bei dir, obwohl er mich nicht darum gebeten hatte und obwohl meine Anwesenheit vielleicht eine Last für ihn war. Als ich endlich zu ihr kam, kühlte mein Haß ab, es fiel mir leichter, sie aus der Ferne zu hassen als aus der Nähe, und auch jetzt, da sie im Nebenzimmer schläft, strahlt eine seltsame Ruhe von ihr auf mich aus, die Ruhe weicher Gefühle, die in Kellern versteckt gewesen sind, in Taubenschlägen, auf Dachböden, und plötzlich hervorzukommen wagen. Jahrelang habe ich der Verführung widerstanden, habe mich geweigert, sie zu lieben, die Mörderin meines Vaters, sogar nach seinem Tod weigerte ich mich, ich war nur bereit, ihr Noga zu überlassen, nicht mich selbst, befriedigt sah ich zu, wie sie ihre Abende schlafend vor dem Fernseher verbrachte, vor jenen Schauspielerinnen, die sie früher an Schönheit übertroffen hatte, das sagte jeder, und nun, zum ersten Mal, ist ihr ein Spalt geöffnet worden und sie hat sich sofort hineingedrückt, sie hat nicht lange gewartet, sie hat sich eine neue Rolle erfunden, eine Mischung aus Trauer und Ergebenheit, Stolz und Zurückhaltung, als wäre sie eine traurige, geachtete Witwe, keine grausame Mörderin, aber mein Zorn auf sie läßt nach, verglichen mit meinem Zorn auf Udi, und selbst der verblaßt und wird müde.

Ich zwinge mich, in kleinen Schritten zu denken, ich konzentriere mich vollkommen auf Nogas Schwäche, langsam und mit großer Mühe trennt sie sich von der Krankheit, es ist wie die Trennung Liebender, deren Körper sich aneinanderschmiegen und nicht voneinander lassen wollen. Die meiste Zeit schläft sie, und selbst wenn sie wach ist, wird sie noch vom Schlaf begleitet, er sitzt neben ihr in der Küche, wenn sie ein paar Löffel Hühnersuppe ißt und ein bißchen heißen Tee trinkt, und er begleitet sie, wenn sie wie eine Schlafwandlerin ins Bett zurückkehrt. Hypnotisiert vor Angst, beobachte ich sie, als wäre sie ein verdächtiger Gegenstand an einer Bushaltestelle, ich betrachte das fiebrige Durcheinander von Laken und Decken, als würde irgendwann ein völlig anderer Mensch aus dem Bett steigen. Ihre verschlafene Schweigsamkeit ist mir bequem, ich habe Angst, sie könnte mich an ihrem Schmerz teilhaben lassen, und wundere mich über meine Mutter, die das Fieber und die wenigen Schlafpausen gelassen hinnimmt. Eines Nachts, als ich ein Laken über das Sofa breite, kommt meine Mutter mit einer brennenden Zigarette zu mir, du schadest dem Kind, sagt sie, du darfst nicht so viel Mitleid mit ihr haben, vor lauter Mitleid weichst du vor ihr zurück, und ich nicke schweigend, ihre Worte treffen mich, weil sie wahr sind, aber was kann ich tun, wie soll ich aufhören, mir Sorgen zu machen, wie kann ich mein Mitleid überwinden, wenn man aufhört, sich Sorgen zu machen, hört man auf zu lieben, nicht wahr? Das ist es doch, was Liebe bedeutet.

Liebe braucht sie, fährt meine Mutter fort, sie braucht weder Schutz noch Mitleid, niemand muß sich vor ihr fürchten, kannst du sie nicht einfach liebhaben? Ich krümme mich, ihre Augen in dem ernsten, harten Gesicht sehen jung aus und ärgern mich mit ihrer erstaunlichen Lebhaftigkeit, ich blicke zu der Wand hinter ihrem Rücken, dort hängt ein altes Bild in einem verstaubten Rahmen, Jotam und ich erstarrt in einer ungeschickten Umarmung, ich bücke mich zu ihm und halte ihm einen Keks hin, er lächelt, und hinter uns ist unser altes Haus mit dem roten Ziegeldach zu sehen, und ich sage, vielleicht kann ich wirklich nicht lieben, Liebe ist ein Luxus, nur wenn alles andere in Ordnung ist, kann man lieben. Traurig betrachte ich meinen kleinen Bruder, sein Gesicht ist ausdrucksvoll wie Nogas, es kommt auf mich zu, ihn habe ich wirklich geliebt, wie einen Teddybär habe ich ihn geliebt, und er hat gebrummt in meinen Armen, ich war der Wolf und er der Bär, und wir tobten im großen Bett unserer Mutter herum, bis es zum Bett unseres Vaters wurde und unter seinem Gewicht immer tiefer sank. Jotam verschwand fast in seinem Knochengerüst, und niemand sah es, nur ich versuchte, ihn zu retten, und vielleicht verwandelte sich damals die Liebe in einen Schreckensschrei, fast bin ich schon soweit, es ihr vorzuwerfen, glaubst du etwa, daß du lieben kannst, aber es ist sinnlos, so hat Udi mir immer den Ball zurückgeworfen, als würde er brennen, ohne einen Moment lang nachzudenken, was er damit anrichtet, und plötzlich ergreift mich Staunen, als ich an ihn denke, früher war Udi hier, aggressiv, nervös, mit schmalen, unruhigen Augen in dem dreieckigen Gesicht, und jetzt ist er nicht hier, und einen Moment lang ist es mir egal, wo er sich jetzt aufhält. In mir hat sich eine seltsame Ruhe ausgebreitet, denn ich habe hier eine Tochter, und ich muß lernen, sie zu lieben, weit weg von seinem spitzen Schatten, weit weg von seiner Eifersucht und seiner schlechten Laune, und wieder blicke ich zu dem Bild hinüber, wir haben nicht gewußt, was sich unter dem roten Dach verbarg, aber was ist Schlimmes daran, wenn man die Augen zumacht, warum muß man Kindern die Wahrheit ins Gesicht schleudern und verlangen, daß sie damit zurechtkommen.

Die Jahre der Lüge waren um vieles besser als die Jahre der Wahrheit, sage ich zu meiner Mutter, du siehst doch, wie gut es uns ging, war es wirklich unmöglich, noch ein paar Jahre auszuhalten? Sie senkt den Kopf, noch immer trägt sie ihre dunklen Haare zu einem Pferdeschwanz zusammengebunden, so fest, daß ihre Gesichtshaut nach hinten gezogen wird, glaubst du, ich hätte es nicht versucht, sagt sie, nichts ist leichter, als zu lügen, aber das stimmt nicht, auch ein Kind kann nicht ewig in einer vorgegaukelten Wirklichkeit leben. Ich widerspreche, Jotam hätte es gekonnt, schau dir seine Existenz doch an, er hält es in der Realität nicht aus, er zieht durch die Welt wie ein Geisterschiff, vielleicht ist Noga ja wie er, vielleicht schafft sie es auch nicht, und sie sagt, Noga wird es schaffen, sie hat eine gute Mutter, besser als die, die du hattest, und mir läuft ein Schauer über den Rücken, ihr trauriges Kompliment ist mir nicht angenehm, komm, schlafen wir, sage ich, und sie zieht mich an sich und streichelt mir langsam über das Gesicht, als wäre sie blind, ihre Finger verströmen den Duft von Parfüm und Zigaretten, und als ich mich auf das Sofa lege, denke ich, daß er mein Gesicht nie mit diesem Ernst gestreichelt hat, mit dieser vollkommenen Aufmerksamkeit, und vielleicht hätte ich auch darauf nicht zu verzichten brauchen.

Und das ist nur der Anfang einer heißen, trüben Welle, die aus den Tiefen aufsteigt und mich überschwemmt, schwer vor Groll laufe ich in der Wohnung umher, spüre, wie die Wut in mir klopft und herauswill, wie habe ich nur zulassen können, daß er mein Leben besetzt, nichts davon blieb mir allein, wie konnte ich mein Studium aufgeben, nur wegen seiner blöden Eifersucht, du hast doch schon einen Abschluß, hatte er gesagt, warum mußt du dich dann in der Universität herumtreiben, als hättest du kein Baby zu Hause, wie konnte ich auf meine Freundinnen verzichten, er war überzeugt, sie würden mich gegen ihn aufhetzen, und wenn ich mit ihnen verabredet war, war ich immer mit Tränen in den Augen angekommen, wegen eines Streits, allmählich gewöhnte ich mich an diese Einsamkeit, nur er und ich und dann Noga, und meine Arbeit, die er allerdings auch zweifelnd betrachtete, es war eine Art Hausarrest, mit dem ich mich abgefunden hatte, der mir fast angenehm geworden war, ein Leben ohne Verlockungen, ohne Gefühle, und allmählich glaubte ich, wenn es mir so leicht fiel, auf alles andere zu verzichten, war es wohl wirklich nicht wichtig. Warum war es mir so bequem, meine eigene Kraft zu verleugnen, mich seinen Wünschen zu unterwerfen, die immer stärker waren als meine, noch vor jener Schuld, die er unbarmherzig auspreßte, Tropfen für Tropfen, auch dafür mußte ich mich ständig entschuldigen, ich versteckte meine Schönheit, statt sie zu genießen, und jetzt ist nicht mehr viel davon geblieben, jedenfalls nicht genug für den Rest meines Lebens. Der Gedanke an den Rest meines Lebens wirkt so bedrohlich, daß ich mich wild gegen ihn wehre, das braucht mich jetzt nicht zu kümmern, ich möchte doch nur, daß die nächste Stunde vergeht und dann die übernächste, und sie soll ihre Vorgängerin sofort verwischen, jede Stunde verwischt die vorangegangene, nur dafür kommen sie doch. Es sind Tage ohne Wünsche, denn da ist unsere abgeschlossene Wohnung, keiner geht und keiner kommt, nur meine Mutter kauft manchmal ein, das Geräusch ihrer Schritte im Treppenhaus läßt mich erzittern, ebenso das Drehen des Schlüssels in der Wohnungstür, das Rascheln der Plastiktüten auf dem Küchentisch, aber ich schaue sie nur an und schweige, wir schweigen die meiste Zeit, alle drei, nur die notwendigsten Worte kommen aus dem trockenen Mund wie Korken aus dem engen Hals einer Weinflasche, Korken, die eher zerbröckeln, als daß sie sich herausziehen lassen. Sogar die Waschmaschine schweigt, auch das Telefon klingelt selten, und wenn einmal jemand anruft, meist von der Arbeit, verkündet meine Mutter mit fester Stimme, ich sei krank, sie überzeugt sogar mich, ich lege mich schlafen mit dem dumpfen Gefühl, eine Krankheit auszubrüten, die sich noch nicht für den Hals oder den Kopf entschieden hat, für den Bauch oder den Rücken, Udi wird zurückkommen, murmele ich, Udi wird zurückkommen, und gegen Morgen kommt er dann immer, er überrascht mich, tritt in das dunkle Zimmer, weckt mich aus meinem schweren Schlaf und wirft Geschenke auf mich, im allgemeinen sind es Schuhe, drei Paar Sandalen, völlig identisch, und zwei Paar Hausschuhe, alle für ihn, nicht für mich, und wenn ich ihn frage, wofür brauchst du das ganze Zeug, ich habe dir doch gerade erst Sandalen gekauft, lacht er nur glücklich, er ist so glücklich, daß ich ihm nicht die Freude verderben will, ich lache mit ihm über diesen Witz, fünf Paar Schuhe in einer Nacht, was für ein Jux, und am Morgen wache ich enttäuscht auf, aber meine Enttäuschung läßt langsam nach, löst sich allmählich in der Wohnung auf, verschwindet durch die Ritzen der Rolläden, bis ich mich manchmal von der Freude des Weckers anstecken lasse, endlich störe ich niemanden mehr.

Und als ich nachts schnelle Atemzüge auf meinem Gesicht spüre, denke ich, er ist zurückgekommen, er ist zurückgekommen, aber trotzdem wende ich das Gesicht zur anderen Seite, noch nie habe ich einschlafen können, wenn wir uns gegenüberlagen und uns mit geschlossenen Augen ansahen, aber dann höre ich Noga flüstern, ich kann nicht mehr schlafen, ich habe so viel geschlafen, ich mache ihr Platz, und sie schmiegt sich an mich, der Geruch nach Krankheit umgibt mich, obwohl ihre Stirn nicht mehr heiß ist, und für einen Augenblick kommt es mir vor, als bebe die Erde, bis ich verstehe, daß ihr an mich gedrückter Körper vom Weinen geschüttelt wird, und ich werde nervös, warum läßt sie mich nicht in Ruhe, woher soll ich die Kraft nehmen, sie zu beruhigen, aber dann überkommt mich plötzlich eine seltsame Gelassenheit, vielleicht ist es gar nicht meine Aufgabe, sie zu beruhigen, vielleicht muß ich nur bei ihr sein, ich lege meine Arme fester um sie, mein Weinen trifft auf ihres, wir schluchzen gemeinsam wie zwei verlassene Waisenkinder.

Aber wir haben eine Mutter. Morgens werden wir von Kaffeeduft geweckt, wir bekommen Rührei und Tomaten, und nachdem wir ein paar Tage kaum etwas gegessen haben, stürzen wir zum Tisch, kichernd wie Freundinnen, die sich nachts ihre Geheimnisse erzählt haben, und meine Mutter betrachtet uns mit einem zweifelnden Blick, so wie sie früher manchmal Jotam und mich angeschaut hat, und mir fällt auf, wie die beiden sich ähnlich sehen, nicht in den Farben, aber sie haben die gleichen feinen Gesichtszüge, die gleichen hohen Wangenknochen und den fein gezeichneten Mund, wie schön sie ist in ihrem bunten Pyjama und den lose zusammengebundenen Locken, wie angenehm ist es, ihre Schwester zu sein, anstatt die schwere Aufgabe einer Mutter zu übernehmen, und nach dem Frühstück lasse ich für sie Wasser in die Badewanne, sitze neben ihr, auf dem Klodeckel, und betrachte ihren Körper, der sich in dieser Woche verändert hat, ihr Babyspeck ist durch das hohe Fieber geschmolzen und hat sie länger und dünner zurückgelassen, mit zwei kleinen Wölbungen auf der knochigen Brust, sie macht sich die Locken naß, bis sie sich in die Länge ziehen und ihr über den Rücken hängen, und sagt, komm doch auch rein. Nein, sage ich, wieso, ich habe mich gestern abend gewaschen, aber schon ziehe ich das Nachthemd aus und steige zu ihr ins Wasser, auch mein Körper ist leichter geworden, Knie an Knie sitzen wir da, versunken in eine angenehme Verlegenheit, fast ohne uns zu berühren, ihre Anwesenheit schenkt mir eine ungekannte Ruhe, ich bin nicht allein, ich habe eine Tochter, und diese Erkenntnis mildert die Einsamkeit, statt sie zu verschärfen. Es ist mir angenehm, zu spüren, wie sich das Wasser zwischen uns bewegt, wie es auf ihre Bewegungen reagiert, und in der Küche spült meine Mutter Geschirr, wie früher am Schabbat, im alten Haus, gleich wird sie uns in große Handtücher wickeln, und ich höre, wie sie einen Telefonanruf beantwortet, ja, sie ist wieder gesund, sagt sie und kommt ins Badezimmer, das Telefon in der Hand, mit einer feierlichen Bewegung hält sie es Noga hin, und ich tauche mit dem Gesicht unter Wasser, als wäre ich in der Mikwa, bis über den Kopf versinke ich, es bekommt mir nicht, Bruchstücke von ihrem Gespräch aufzufangen, nur gedämpft höre ich ihre Stimme, wie sie aufgeregt von ihrer Krankheit erzählt wie von einer Heldentat, für die man sich von Minute zu Minute mehr begeistert.

Also, wann sehe ich dich, Papa, fragt sie schließlich, als erwarte sie eine Auszeichnung, dann nickt sie und hält mir den nassen Hörer hin, und er sagt mit einer weichen Stimme, Na'ama, es tut mir leid, ich habe nicht gewußt, daß sie krank war, und ich seufze erleichtert, ich habe das Gefühl, daß dies das einzige war, was ich hören wollte, eine entschiedene Aussage, die jedes Mißtrauen zerstreut, wenn er es gewußt hätte, wäre er gekommen, und ich freue mich, daß er sich so weit entfernt anhört, als würden uns viele, viele Kilometer trennen, er hat uns nicht verleugnet, er war einfach nicht in der Nähe, er hat sich nicht in ihrer Wohnung vor uns versteckt, hat uns vielleicht nicht einmal ihretwegen verlassen. Hauptsache, es geht ihr wieder gut, sage ich, und was ist mit dir, wo bist du, und er sagt, ich bin noch im Süden, ich komme in ein paar Tagen zurück, dann möchte ich Noga treffen, und ich sage, in Ordnung, kein Problem, ich lächle den Hörer an, aber plötzlich weiche ich zurück und lasse ihn aus der Hand fallen, ich sehe, wie er kippt und langsam auf den Boden der Badewanne sinkt. Mir war, als hätte ich neben seiner weichen Stimme, die in mir das Gefühl weckte, etwas verpaßt zu haben, als hätte ich im Hintergrund das Weinen eines kleinen Kindes gehört.

18 Am achten Tag beenden wir die Trauerzeit und gehen hinaus in die Welt, die sich bis zur Unkenntlichkeit verändert hat, ein steiler Krater hat sich aufgetan, unmittelbar vor unseren Füßen, uns erwartet ein riesiger Rachen, erstarrt in einem furchtbaren Gähnen, noch ein kleiner Schritt, und wir stürzen in die Tiefe. Hand in Hand gehen wir die Treppe hinunter, hinaus in die provozierende Morgensonne, meine Mutter winkt uns aufgeregt und mit übertriebenen Bewegungen nach, als würden viele Jahre vergehen, bis wir uns wiedersehen, Noga stützt sich auf mich, ihre Schritte sind unsicher, das einzige T-Shirt, das er zurückgelassen hat, flattert um ihren Leib und hüllt ihre Bewegungen ein wie eine warnende schwarze Fahne.

Am Schultor verabschiede ich mich von ihr, umarme sie mit klopfendem Herzen, als wäre dies ihr erster Schultag, und dann drehe ich mich um, und mit jedem Schritt, mit dem ich mich weiter von ihr entferne, wächst in mir das Gefühl, ausgehöhlt zu sein, es kommt mir vor, als gäbe es von mir nur noch eine dürftige Hülle. So sah das Schwimmbad in unserer Moschawa immer aus, wenn am Ende des Sommers das Wasser abgelassen worden war, und einmal ist Jaron, der Sohn unserer Nachbarn, kopfüber in die harte Leere gesprungen, danach lag er ein ganzes Jahr lang bewegungslos im Bett, den Hals fest geschient, und alle sagten, nur ein Wunder könne ihn wieder auf die Beine bringen. In mondhellen Nächten schlich ich manchmal hin, kletterte aufs Tor und betrachtete von oben das vollkommen veränderte

Schwimmbad, wie die Ruine einer alten, kanaanitischen Stadt lag es da, in der Erde versunken, umgeben von dunklen Zypressen strahlte es in düsterer Pracht, als hätte es die hellen Schreie der Kinder im klaren Wasser vergessen, das goldene Glitzern zwischen ihren Händen, die Röte der Wassermelonen, die auf den Zaun geschlagen wurden, damit sie zerbarsten. So habe ich das beruhigende Murmeln vergessen, kurz bevor mir die Augen zufielen, die angenehme Ruhe am Schabbatmorgen, wenn das Familienprogramm seinen Lauf nahm. Noch die armseligste Bewegung, das Geräusch, das entsteht, wenn ein Mann leicht auf die Matratze klopft, die Anwesenheit eines anderen Menschen, auch eines feindlichen, kommt mir jetzt kostbarer vor als das Verheiratetsein an sich, denn wenn ich mitten in der Nacht im Badezimmer ausrutschen würde, wäre immerhin jemand da, der den Aufprall hört. All das wird im Lauf der Zeit in Vergessenheit geraten, ich werde mich in einen kalten Grabstein verwandeln und das Grab einer kleinen Familie bewachen, die es einmal, vor langer Zeit, gegeben hat.

Eine junge Frau rennt an mir vorbei, die Hände zum Hals gehoben, das Gesicht verschwitzt, und ich versuche zu erraten, ob sie einen Mann hat oder nicht, denn im Moment habe ich die Vorstellung, als müßte eine Frau, die einen Mann hat, von einer glänzenden Aura umgeben sein und eine Königskrone tragen. Mir war die Krone schon so sehr Teil meines Lebens geworden, daß ich sie vergessen habe, doch nun spüre ich ihren Verlust, ich spüre, daß sie mir vom Kopf gerissen wurde. Mit schmerzenden Fingern taste ich über meinen Schädel, schleppe mich die Treppe zum Heim hinauf, gleich wird mich Chawa zu sich rufen, ich werde ihr alles erzählen müssen, sie wird alles aus mir herauslocken und es gegen mich verwenden, daran gibt es keinen Zweifel, sie wird einen weiteren Grund haben, mich zu verachten, eine Frau, die von ihrem Mann sitzengelassen wurde. Leise, wie ein Dieb, schleiche ich mich hinein, die Mädchen sind mit dem Frühstück beschäftigt, sie bemerken mich nicht, einige kenne ich gar nicht, eine Woche ist vergangen, und schon herrscht hier ein ganz anderes Leben. Chani ist bereits gegangen, zu meiner Freude auch Ilana, und beim Gedanken an die beiden fällt ein Schatten auf mich, ich erinnere mich an jenen Abend, an dem der rosafarbene Pullover und mein Leben aufgetrennt wurden, fast stürze ich, ich halte mich am Geländer fest und ziehe mich hinauf zum zweiten Stock, ich will mich im Büro verstecken, ich will keine lebende Seele sehen, doch da höre ich ein unterdrücktes Weinen, ich bewege meine Lippen, um sicherzugehen, daß es nicht aus meiner eigenen Kehle kommt, so vertraut ist es mir, es ist, als hörte ich mich selbst in der Ferne weinen. Verwirrt gehe ich von Zimmer zu Zimmer und schaue in jedes einzelne hinein, bis ich auf einem Bett am Fenster nackte Gliedmaßen um einen spitzen Bauch sehe. Der gesenkte Kopf ist von kurzen roten Haaren bedeckt, erschrockene Bambiaugen blicken mir entgegen, ich setze mich aufgeregt neben das Bett und flüstere, Ja'el, was tust du hier, wann bist du gekommen, ich hatte keine Ahnung, daß du hier bist.

Ich bin vor einer Woche gekommen, schluchzt sie, ich werde hier verrückt ohne dich, ich hatte schon Angst, du würdest nie wiederkommen, und ich nehme ihre Hand, ich habe viel an dich gedacht, sage ich leise, ich habe gehofft, die Sache hätte sich erledigt, ich habe gehofft, er hätte sich um dich gekümmert, und sie seufzt, nichts hat sich erledigt, er ist nicht bereit, seine Familie zu verlassen, und ich kann das Kind nicht allein aufziehen, ich werde nicht mit zwanzig eine alleinerziehende Mutter, wenn es niemanden gibt, der mir hilft, und plötzlich höre ich mich selbst mit klarer Stimme sagen, ich werde dir helfen, Ja'el, ich werde dir helfen, das Kind aufzuziehen. Sie richtet sich langsam auf, schaut mich erstaunt an, verlegen erwidere ich ihr Lächeln, ich kann mein Versprechen jetzt nicht mehr widerrufen, es gibt keinen Grund, es zu widerrufen, denn auch Udi zieht jetzt ein kleines Kind auf, warum sollte ich dann nicht diesem Mädchen helfen, das mich vom ersten Augenblick an fasziniert hat, und schon denke ich daran, wie begeistert Noga sein wird, wie wir uns alle für dieses Kind opfern werden, wir werden es im Wagen spazierenfahren, wir werden im Winter die Wohnung für es heizen, wir werden es im Wohnzimmer mitten auf den Teppich legen, und es wird lachen und strampeln, und so werden wir vergessen, daß uns Udi fehlt, wir werden überhaupt nicht mehr an ihn denken, denn vor uns wird dieses kleine Leben heranwachsen. Rühme, du Unfruchtbare, die du nicht geboren hast! Freue dich mit Rühmen und jauchze, die du nicht schwanger warst! Du wirst die Schande deiner Jugend vergessen und der Schmach deiner Witwenschaft nicht mehr gedenken. Doch da sinkt sie schon auf das Bett zurück, verwirrt, genau in dem Moment, als Chawas autoritäre Stimme den Flur erfüllt, und ich stehe schnell auf und sage, ich habe eine Sitzung, wir sehen uns nachher.

Am Sitzungstisch bin ich schweigsam und innerlich beunruhigt, wie eine Doppelagentin, nervös lausche ich, wie sie Ja'els Situation einschätzen, es scheint, als ziehe sich die Zukunft ihres ungeborenen Kindes in zwei Bahnen über den Tisch, parallel wie Eisenbahnschienen, wer kann schon wissen, welcher Zug sein Ziel schneller erreicht, mein Finger fährt unruhig über die Holzplatte, warum denkt niemand an den Mittelweg, niemand kommt auf die Idee, daß ich das Kind zusammen mit ihr aufziehen könnte, alles wird immer in den düstersten Farben gezeichnet, als könnten die Mäd-

chen zwischen einer schweren Krankheit und einem Auto-
unfall wählen. Der Finger, der über den Tisch gleitet,
kommt sauber zu mir zurück, bei Chawa gibt es nicht das
kleinste Staubkörnchen, überraschenderweise wendet sie
sich jetzt an mich und fragt, was meinst du dazu, Na'ama,
und ich stottere, es ist noch zu früh, etwas zu entscheiden,
ich werde mich bis zur Geburt um sie kümmern, dann wird
man schon sehen. Ich versuche ruhig zu sprechen, obwohl
es mir plötzlich vorkommt, als sei ich verrückt geworden,
oder ich war vorher verrückt und bin jetzt gesund, aber
Chawas Augen lassen mich nicht los, alles in Ordnung,
fragt sie ungeduldig und fügt sofort hinzu, komm nach der
Sitzung zu mir.

Mit zusammengepreßten Lippen gehe ich hinter ihr her,
nur nicht weinen, ich muß meine Selbstachtung bewahren,
und sie fragt, also, was ist passiert, du hast etwas Schlimmes
erlebt, und ich sage, Noga war krank, wir hatten Angst, es
wäre eine Gehirnhautentzündung, mit Absicht sage ich, wir
hatten Angst, obwohl mir die Pluralform nicht leicht über
die Lippen geht, sie bleibt zwischen meinen Zähnen hängen,
als würde ich einen Titel benutzen, der mir schon längst ab-
erkannt wurde, aber Chawa macht eine wegwerfende Handbewegung, was ist noch passiert, Na'ama?

Udi hat das Haus verlassen, sage ich, zu meiner Überraschung fange ich nicht an zu weinen, es ist, als hätte ich
gesagt, der Chamsin hat aufgehört, und sie erhebt sich feierlich von ihrem Stuhl, auf den sie sich gerade erst gesetzt hat,
herzlichen Glückwunsch, sagt sie strahlend und drückt mir
die Hand, als hätte ich ihr meine bevorstehende Hochzeit
mitgeteilt, das ist das Beste, was dir passieren konnte, das ist
das Beste, was jeder Frau passieren kann, aber vor allem dir,
ich habe befürchtet, daß er es nicht wagen würde, aber jetzt
bin ich wirklich angenehm überrascht, sie strahlt und setzt

sich wieder auf ihren wackligen Liegestuhl, rückt ihn ein wenig zurecht. Ich betrachte sie verwirrt, sie ist nicht rücksichtsvoll genug, um mir das alles nur zum Trost vorzuspielen, vermutlich glaubt sie an das, was sie sagt, und ich frage mit leiser Stimme, was ist daran so gut, und sie sagt, siehst du das nicht? Du kannst dich endlich um dich selbst kümmern, viele Jahre lang bist du nur um ihn herumgehüpft, hast Rücksicht auf ihn genommen, hast dir seine Probleme aufgeladen, es ist Zeit, daß das endlich vorbei ist.

Aber was bin ich denn, Chawa, meine Stimme zittert, wie kann es mir gutgehen, wenn sogar er mich verlassen hat, wie kann ich mich selbst in den Mittelpunkt stellen, wenn ich mich verstoßen fühle und gedemütigt? Sie winkt ab, schon wieder unterwirfst du dich seinen Maßstäben, ohne einen Funken Verstand, wenn er dich verlassen hat, bedeutet das etwa, daß du nichts wert bist? Vielleicht ist ja das Gegenteil der Fall, vielleicht hat er deinen Wert nicht ausgehalten, vielleicht hat er sich neben dir schuldig und mangelhaft gefühlt, vielleicht hat er in ständiger Furcht davor gelebt, daß du ihn verläßt, es ist so einfach zu sagen, er hat mich verlassen, das ist ein Zeichen, daß er mich nicht mehr liebt und ich nichts wert bin, dabei ist die Sache in Wirklichkeit sehr viel komplizierter. Du weißt ja, daß ich nicht versuche, dich zu trösten, mir fällt es nicht schwer, die Wahrheit zu sagen, wenn es nötig ist.

Bestürzt betrachte ich ihr Gesicht, das schon nicht mehr jung ist und noch nie schön war, wie sehr ich sie plötzlich liebe, vielleicht hat sie recht, hoffentlich hat sie recht, im allgemeinen hat sie recht, Chawa, die Kluge, die Überraschende, ich habe erwartet, siebenfach gedemütigt ihr Zimmer zu verlassen, doch nun bin ich fast stolz, mit leichten Schritten laufe ich zu meinem Büro, auch wenn ich das alles nur eine Minute am Tag glauben könnte, wäre das schon eine große

Wandlung, und vielleicht würde der Samen, den sie in mich gesenkt hat, ja anfangen zu keimen und zu wachsen, bis ich es den ganzen Tag lang glauben könnte, und sogar die ganze Nacht, dann wäre ich glücklich. Ich stelle mir vor, wie glücklich ich sein werde, vor meinen Augen tanzt der Schmetterling der verschwommenen Erinnerung, ich muß ihn einfangen, ich brauche nur die Hand auszustrecken, schon habe ich ihn, und habe ich ihn erst einmal erwischt, entkommt er mir nie mehr. Diese Gewißheit breitet sich als Lächeln über meinem Gesicht aus und verschwindet auch nicht, als ich das Klopfen an der Tür höre, ein fremder Mann steht auf der Schwelle, vor meinen erstaunten Augen. Nur selten kommen Männer hierher, Väter mit zerbrochenen Herzen oder die jungen Freunde, wild und gekränkt, aber einen Mann wie ihn habe ich hier noch nie gesehen, mit schwarzen, zurückgekämmten Haaren und einem weißen Hemd, und ich versuche, mein dummes Lächeln loszuwerden, aber es verschwindet nicht von meinen Lippen, dieser Mann glaubt bestimmt, daß er eine glückliche Frau vor sich hat, die allein im Zimmer sitzt und sich an sich selbst freut, ich muß ihm seinen Irrtum klarmachen. Doch sofort stellt sich heraus, daß ein noch größerer Irrtum zwischen uns steht, denn er betrachtet mich mit einem verlegenen Blick und sagt, Sie sind Chawa, und da wird mein Lächeln zu einem offenen Lachen, so lächerlich kommt es mir vor, daß mich jemand für sie halten könnte, und ich kichere und sage, ich wünschte, ich wäre Chawa, mein ganzes Leben lang habe ich mir gewünscht, Chawa zu sein, und er sagt mit erstaunlicher Sanftheit, und ich bin sicher, daß Chawa Sie sein möchte.

Wieso denn, wehre ich vergnügt ab, wenn Sie sie erst kennengelernt haben, werden Sie verstehen, wie sehr Sie sich irren, sie ist zufrieden mit sich selbst, sie möchte niemand anderes sein, und er sagt, wenn Sie mir verraten, wo ich sie finde, verspreche ich Ihnen, daß ich die Sache überprüfen werde. Ich führe ihn beschwingt bis zu ihrer Tür, schiele unterwegs heimlich zu dem Gesicht des Mannes neben mir, im Profil ist er ein bißchen weniger schön, seine Nase und sein Kinn haben etwas Adlerhaftes, trotzdem gehe ich nicht zurück in mein Zimmer, sondern zur Toilette, nervös schaue ich in den Spiegel und bin angenehm überrascht, der rote Pulli schmeichelt mir, die Farbe verleiht meiner Blässe einen hübschen rosigen Ton, und meine Haare, die ich am Morgen gewaschen habe, glänzen wie goldene Fäden. Vielleicht hat Chawa recht, vielleicht ist es nur gut für mich, ich sehe sehr viel besser aus als vor einer Woche, und dann fällt mir ein, daß sie diesem Mann jetzt gegenübersitzt, was will sie von ihm, was will er von ihr, er ist zu jung, um der Vater eines der schwangeren Mädchen zu sein, was hat er an einem so traurigen Ort verloren, aber eigentlich hat auch er ein bißchen traurig und beschämt ausgesehen, er ist nicht umsonst hergekommen. Ich kehre in mein Zimmer zurück und lasse die Tür offen, damit ich sehe, wann er aus ihrem Zimmer kommt, vielleicht kann ich ihn ja aufhalten, angespannt sitze ich da, schiebe ein paar Formulare auf dem Schreibtisch umher, bis ich ihn herauskommen höre. Er geht ein bißchen gebeugt, das Adlerprofil gesenkt, als habe er eine traurige Nachricht bekommen, aber als er mir das dunkle Gesicht zuwendet, lächelt er und sagt, ich ziehe Sie jedenfalls vor. Ich danke ihm mit übertriebener Begeisterung, als hätte ich nie im Leben ein größeres Kompliment bekommen, und sofort fühle ich mich gedrängt, sie zu verteidigen, sie ist eine harte Frau, aber sie ist klug, Chawa ist unser einziges Gesprächsthema, ein anderes haben wir noch nicht, wir haben nur diese einzige gemeinsame Bekannte, die er heute zum ersten Mal getroffen hat, der Himmel weiß, in welcher Angelegenheit.

Hinterher ist man immer klüger, sagt er, und ich beeile mich zu antworten, aber wir stecken doch immer zwischen hinterher und vorher, oder, und er schweigt, lehnt sich an den Türpfosten, er sieht aus, als falle es ihm schwer, sich auf den Beinen zu halten. Was führt Sie zu uns, frage ich, schon bereit, mir seine mannigfaltigen Probleme aufzuladen, wie ein Mülleimer, der, frisch geleert, auf die nächste Ladung wartet, und er seufzt, eine große Dummheit oder Pech, das läßt sich manchmal nur schwer unterscheiden. Ich werfe ihm einen ermutigenden Blick zu, schließlich ist es auch bei mir so, es war eine große Dummheit oder Pech, was mich mitten im Leben zu einer verlassenen Frau gemacht hat. Zu meinem Bedauern setzt er sich nicht auf den freien Stuhl mir gegenüber, er läßt sich auch nicht auf meine Frage ein, er begnügt sich mit einer allgemeinen Antwort, aber er geht auch nicht weg, er läßt seinen Blick nachdenklich durch mein Zimmer wandern, dann schaut er zu mir, ich habe noch immer einen erwartungsvollen Ausdruck im Gesicht, vermutlich ist er nicht weniger erstaunt als ich, daß er sich an solch einem Ort befindet, nun macht er den Mund auf, gleich wird er etwas zu mir sagen, etwas, was mein Leben verändern wird, doch in diesem Moment kommt das bekannte Weinen aus einem der Zimmer, es rollt die Treppe herauf bis zu unseren Ohren, und sein Gesicht wird blaß, als wäre sein Leben in Gefahr, er fängt an zu rennen, ohne sich von mir zu verabschieden. Ich stehe erschrocken am Fenster und sehe, wie er in großer Eile durch das Tor läuft, er rennt mit weiten Schritten, bis er vor einem silbernen Auto stehenbleibt, er wendet sein Gesicht noch einmal unserem Gebäude zu, ein Gesicht, auf dem sich Entsetzen abzeichnet, als habe das Haus mit all seinen Zimmern gedroht, über ihm zusammenzubrechen.

Ich kann mich nicht länger zurückhalten, ich laufe zu

Chawas Zimmer, betrete es, ohne anzuklopfen, mache die Tür hinter mir zu und lehne mich schwer atmend an den Pfosten, sie nimmt langsam ihre Lesebrille ab, Na'ama, sagt sie nachdrücklich, was ist denn nun schon wieder passiert, du siehst aufgeregt aus, und ich verstehe schon, daß ich mich gar nicht zu bemühen brauche, es zu verbergen, schade um die Anstrengung, und mit dem Lächeln eines pubertierenden Mädchens frage ich, wer war das? Sie seufzt, du willst das doch nicht wissen, du hast schon genügend Schwierigkeiten, und ich sage, du irrst dich, ich muß es wissen. Es ist der Vater von der Neuen, von Ja'el, und ich sage, er sieht überhaupt nicht aus, als wäre er Ja'els Vater, und sie macht eine wütende Bewegung mit der Hand, ich habe nicht gesagt, er sei ihr Vater, sagt sie, sondern der Vater ihres Kindes, und wenn der Vater bekannt ist, brauchen wir auch seine Unterschrift für eine Adoption, bist du jetzt zufrieden?

Nein, das bin ich nicht, sage ich und mache mir noch nicht mal die Mühe, die Tür hinter mir zu schließen, wie könnte ich zufrieden sein, wenn er doppelt verloren für mich ist, enttäuscht kehre ich in mein Büro zurück und versuche, mich an alles zu erinnern, was Ja'el mir von ihm erzählt hat, aber nur an eines erinnere ich mich genau, er wird seine Frau nicht verlassen, er wird seine Frau nicht verlassen, nur ein Mann hat leichten Herzens seine Frau verlassen, und das war ausgerechnet meiner, das läßt sich nicht beschönigen, da helfen auch Chawas Theorien nichts. Vielleicht schicke ich sie zu diesem Mann nach Hause, damit sie ihm sagt, er sei verpflichtet, seiner Frau diesen Gefallen zu tun, das wäre das Beste, was er für sie tun könne, aber selbst wenn das passierte, würde sich nur Ja'els Leben ändern, nicht meines, mein Leben gehört jetzt mir, ich kann darüber verfügen, zum Guten oder zum Schlechten. Und doch war da etwas zwischen uns, vorhin, als er an meine Tür gelehnt dastand, es kann nicht sein, daß ich mich so irre, meine Trauer hat seine geküßt, auf halbem Weg, zwischen der Tür und dem Tisch ist es passiert, und wir haben es beide gesehen. Wir hatten beide dieses Zeichen auf der Stirn, das Zeichen der Trauer, die plötzlich über uns hereingebrochen ist, überraschend, obwohl wir beide unser Leben lang darauf gewartet haben und insgeheim schon nicht mehr glaubten, daß es passieren würde, und hofften, es durch tausend kleine Anstrengungen herbeizwingen zu können, und diese Überraschung verband uns so stark, daß ich jetzt noch seinen Atem im Zimmer spüre, und wieder gehe ich zum Fenster, stelle mir seinen Blick vor, sehe sein silbriges Auto, nur weg von hier, und der Schmerz, etwas versäumt zu haben, brennt mir in der Kehle, und als ich mich wieder zum Zimmer umdrehe, steht sie da, ihr Bauch verdeckt fast das Gesicht, und sie flüstert, er war hier, nicht wahr?

Ja, sage ich, er war bei Chawa, du weißt doch, daß seine Zustimmung zur Adoption nötig ist, und sie setzt sich seufzend auf den Stuhl mir gegenüber, mit vor Kränkung rotem Gesicht, und sagt, warum ist er dann nicht auch zu mir gekommen? Er weiß doch, daß ich hier bin, und ich sage, das ist wirklich beleidigend, aber vermutlich fällt es ihm schwer, und sie platzt heraus, es fällt ihm schwer? Was soll ich da sagen? Ich habe alles verlassen müssen, um hierherzukommen, ich muß mich verstecken wie eine Aussätzige, ich muß mich monatelang mit dieser Schwangerschaft plagen, er hat einen Fehler gemacht, und ich bezahle den Preis, das ist nicht gerecht. Was für einen Fehler, sage ich mit weicher Stimme und versuche, mein heftiges Interesse an jedem Detail zu verschleiern, und sie kocht vor Zorn, du weißt doch, was für einen Fehler, er hat versprochen aufzupassen, er hat gesagt, ich soll mich auf ihn verlassen, und jetzt benimmt er sich, als hätte ich ihm das mit Absicht angetan, und ich stelle mir diesen dunklen Mann mit den strahlenden Augen vor, stelle mir vor, wie sich seine Brauen im Zorn zusammenziehen, sein Gesicht, das zwischen Wärme und Ernst schwankt, und eine seltsame Sehnsucht packt mich, als ich denke, sie hat mit ihm geschlafen, sie hat ihn ohne das weiße Hemd und die gebügelten Hosen gesehen, er hat sie geküßt und gestreichelt, hat es mit ihr gemacht, und schon bin ich bereit, sie zu beneiden, obwohl sie mit ihrem Bauch das Zimmer ausfüllt.

Ich verstehe ihn nicht, schluchzt sie, er hat mich geliebt, ich weiß, daß er mich geliebt hat, diese Schwangerschaft hat alles kaputtgemacht, ich verstehe nicht, warum er seine Frau nicht verlassen hat, um mit mir zu leben, warum kann er dieses Baby nicht lieben, wie er seine anderen Kinder liebt, um die kümmert er sich, warum kann er die Frau nicht verlassen, die ihm nur auf die Nerven geht, und ich fühle, wie jedes ihrer Worte mich trifft, jedes Wort beweist mir, wie hoch dieser Mann über meinem Udi steht, wie glücklich seine Nervensäge von Frau sein kann, daß er nicht bereit ist, sie zu verlassen, ich stehe jetzt auf ihrer Seite, auf der Seite des Weibes der Jugendzeit, nicht auf der Seite der jungen Geliebten, und ich sage leise zu ihr, ich darf das nicht zu dir sagen, und wenn Chawa es erfährt, werde ich sofort rausgeworfen, aber es ist gerade eine Woche her, da hat mich mein Mann verlassen.

Sie schaut mich erstaunt an und legt sich die Hand auf den Mund, als müsse sie ihr Erstaunen zurückhalten wie einen stechenden, surrenden Mückenschwarm, die andere Hand legt sie auf ihren Bauch, konzentriert sich mit stiller Enttäuschung auf das Ungeborene, als sei es das einzige, was ihr geblieben ist, ich gehe zu ihr, lege meine Hand neben ihre, es tut mir leid, flüstere ich, meine Geschichte spielt wirklich keine Rolle, du sollst nur verstehen, daß in dieser Phase des

Lebens jeder Schritt, den man macht, zugleich auch etwas zerstört. Ich will nicht die ganze Zeit Rücksicht auf ihn nehmen, faucht sie, ich will nur an mich denken, das darf ich doch, auch mein Leben wird nie mehr so sein, wie es einmal war, und ich sage, ja, das ist richtig, aber du mußt realistisch sein, er wird seine Frau vermutlich nicht verlassen, die Frage ist, was kannst du trotzdem von ihm erwarten? Ihr Blick ist naiv, vermutlich hat sie nie an so etwas gedacht, ihr Kopf bewegt sich wie beim Gebet, ich möchte, daß er das mit mir durchsteht, murmelt sie, daß wir gemeinsam beschließen, was mit dem Kind sein soll, statt dessen ignoriert er mich, er beantwortet meine Anrufe nicht, stell dir vor, er war hier und ist noch nicht mal zu mir gekommen, und ich erinnere mich an seine überstürzte Flucht, als er das Weinen hörte, und schäme mich für ihn. Ich senke den Kopf und schließe die Augen, die Nähe ihres Bauchs, der Leben trägt, weckt Sehnsucht und Wehmut in mir, und ich höre ihre Stimme wie von weitem, du mußt mir helfen, Na'ama, hilf mir, bitte. Dafür bin ich hier, sage ich, es braucht Zeit, weißt du, und sie flüstert, ich will, daß du mit ihm sprichst, du sollst ihm klarmachen, daß er mich nicht einfach wegwerfen kann, daß er verantwortlich ist für das, was passiert ist, ich halte es nicht aus ohne ihn, es ist die schwerste Entscheidung meines Lebens, allein schaffe ich das nicht, und ich erkläre, du bist nicht allein, wir sind bei dir, aber sie läßt nicht locker, bitte, Na'ama, ruf ihn an, versuch's doch wenigstens, ich habe das Gefühl, daß er auf dich hört, und ich denke erstaunt, es ist kaum zu glauben, das Mädchen ist verrückt geworden, sie drängt mich regelrecht in seine Arme. Entschlossen steht sie auf, nimmt ein Blatt von meinem Tisch und schreibt schnell etwas darauf, das ist seine Nummer bei der Arbeit, bitte, versuch's, sie verläßt sofort das Zimmer, und ich bleibe mit einem weißen Fleck auf dem Tisch zurück, ich trete näher, Micha Bergmann, steht da, und sieben Ziffern flimmern neben dem Namen.

Ich werde nicht anrufen, das ist unüblich, ich muß ihr helfen, stark zu sein, ich darf nicht für sie um Gnade bitten, und trotzdem zieht mich der neue Name hypnotisch an, Micha, ein viel zu heller Name für ihn, ein fremder Name, ich kenne keinen einzigen Micha. Ich nicke, du hast dich in Schwierigkeiten gebracht, Micha, ich sage leise die Nummer vor mich hin, ein böswilliges Ungeborenes bedroht dein Leben, und nun bist du zu Tode erschrocken, und noch während ich vor dem Telefon stehe und innerlich mit mir kämpfe, läutet es. Ich nehme den Hörer auf und erkenne im ersten Moment seine Stimme nicht, die Stimme, die mir am vertrautesten von allen ist, sie ist rauh und düster, mit einem neuen, entschuldigenden Unterton, Na'ama, ich bin's, sagt er, wie geht es dir?

Wieso habe ich Udi nicht erkannt, es ist, als hätte ich meine eigene Stimme nicht erkannt, ich bin wieder da, sagt er und fügt sofort erklärend hinzu, ich bin von meiner Tour zurück, damit ich ja nicht glauben könnte, er wäre in meine Arme zurückgekehrt, aber ich kann mich gar nicht irren, in meinen Ohren hallen die Verse nach, die ich an Nogas Bett gesprochen habe, deine Sonne wird nicht mehr untergehen und dein Mond nicht mehr den Schein verlieren; denn der Herr wird dein ewiges Licht sein, und die Tage deines Leidens sollen ein Ende haben, wie sehr habe ich damals darum gebetet, seine Stimme zu hören, doch jetzt bin ich so leer wie das alte Schwimmbecken, er wird sich den Hals brechen, wenn er in mich hineinzuspringen versucht.

Wo bist du, frage ich, und er sagt, nicht weit, Awner ist für einen Monat weggefahren und hat mir den Schlüssel für seine Wohnung dagelassen, und ich schlucke erleichtert diese Worte, obwohl mir klar ist, daß es sich nur um eine eingebildete Erleichterung handelt, an jenem Tag ist mir die Wahrheit aufgegangen, und nichts kann sie wegwischen, auch wenn er nicht bei ihr und dem Baby wohnt, gehört er zu ihnen, und er fragt, wann ist Nogas letzte Stunde, ich möchte sie von der Schule abholen, und ich sage, gleich, um Viertel vor zwei, und er sagt, ich bringe sie am Abend nach Hause, in Ordnung? In Ordnung, murmele ich, gut, in Ordnung, und behalte den Hörer in der Hand, obwohl seine Stimme nicht mehr zu hören ist, ich kann mir ihre Freude am Schultor vorstellen, ihre Ungläubigkeit, das Lächeln, das ihren Mund ganz weich werden läßt, die stürmische Umarmung, und ich habe keinen Anteil an ihrer Freude, obwohl ich diesen beiden alles gegeben habe, was ich besaß, fast mein ganzes Leben, und jetzt gehen sie zusammen essen, vielleicht ins Kino, seit Jahren habe ich ihn gebeten, einmal allein mit ihr wegzugehen, ihr ein bißchen Zeit zu widmen, aber ich habe nicht geahnt, daß mein Wunsch auf diese Art in Erfüllung gehen würde.

Mein Kopf sinkt schwer auf den Tisch, ich habe also einen freien Nachmittag, bis heute abend braucht mich niemand, jahrelang haben mich die beiden dringend gebraucht, sie haben mich zwischen sich zerrissen wie einen alten Lumpen, und jetzt bin ich überflüssig, und weil ich mich inzwischen so daran gewöhnt habe, gebraucht zu werden, weiß ich nicht, was ich mit dieser unerwarteten freien Zeit anfangen soll, das ist etwas Neues, das muß ich erst lernen, so wie man eine Fremdsprache lernt, und ich überlege mir, was ich bis zum Abend machen könnte. Mein Blick fällt wieder auf den weißen Zettel, eine helle Wolke auf dem düsteren Tisch, und ich kann mich nicht beherrschen, ich wähle die Nummer, schnell, bevor es mir leid tun könnte, und zu meiner Überraschung ist er selbst am Telefon, Micha Bergmann, frage ich, und er verkündet fast stolz, ja, das bin ich, seine

Stimme ist sachlich und energisch. Hier spricht Na'ama, sage ich, wir haben uns heute morgen im Heim kennengelernt, und erleichtert höre ich, wie seine Stimme sich mir öffnet, ach, er lacht, Sie sind nicht Chawa, und ich stimme lächelnd zu, genau, ich bin nicht Chawa, und er sagt, was kann ich für Sie tun?

Ich schnaufe unbehaglich in den Hörer, ich bin also so durchsichtig für ihn, denn eigentlich wird ja von mir erwartet, daß ich etwas für ihn tue, ich beeile mich, einen offiziellen Ton anzuschlagen, ich möchte mich gerne mit Ihnen über die Situation unterhalten, ich kümmere mich um Ja'el, und er seufzt leise. Was soll ich tun, wenn er nein sagt, doch er sagt, okay, Nicht-Chawa, ich werde mich freuen, mich mit Ihnen über die Situation zu unterhalten. Wann, frage ich sehnsüchtig, und er fragt, haben Sie heute nachmittag Zeit? Ja, antworte ich sofort, denn das ist es, was ich gewollt habe, eine Beschäftigung für heute nachmittag, und er sagt, ich würde lieber nicht noch einmal ins Heim kommen, treffen wir uns doch in einem Café, es gibt ein ganz nettes gleich in Ihrer Nähe.

Wir werden so tun, als würde ich ein Haus für Sie bauen, sagt er, als er hereinkommt, noch bevor er sich hingesetzt hat, sein Lächeln ist warm und verschmitzt, als würden wir uns einfach amüsieren, als würden nicht offene Schicksale auf dem Tisch zwischen uns liegen, er zieht ein großes Stück Papier heraus, auf dem mit geraden Linien Rechtecke und Quadrate gezogen sind, und ich betrachte sie neugierig, Wohnzimmer, steht da, Gästetoilette, Arbeitszimmer, Kinderzimmer, Schlafzimmer, alles ganz klar, geordnet, beruhigend, was für ein hübsches Haus Sie mir bauen, sage ich seufzend, ich wünschte, ich wäre tatsächlich eine Dame in geordneten Verhältnissen, die nichts anderes zu tun hat, als sich mit ihrem wunderbaren Architekten über die Größe der Gästetoilette zu beraten, und er fragt erfreut, es gefällt Ihnen, und ich sage, sehr sogar, mein Blick wandert zum Schlafzimmer, er folgt mir, zieht einen Bleistift aus der Tasche und malt in die Ecke des Zimmers ein großes Bett und gegenüber einen Schrank, präzise und sicher, als benutze er ein Lineal, und neben das Bett stellt er einen kleinen Toilettentisch, noch nie habe ich einen Toilettentisch besessen, meine wenigen Schminkutensilien liegen verstreut auf der Waschmaschine herum und hüpfen beim Schleudergang wild durcheinander. Über den Toilettentisch malt er einen ovalen Spiegel, ist der groß genug für Sie, fragt er, und ich sage, ja, und er fragt, was ist mit dem Fenster, bestimmt mögen Sie große Fenster, und ich nicke, er reißt ein großes Fenster in die Wand, es reicht fast bis zum Bett, und dann mustert er das Zimmer zufrieden, fehlt Ihnen noch etwas, fragt er, und ich sage, nein, nichts, und dann sage ich, alles, denn mir fällt ein, daß es ja nicht wirklich ist.

Wie sieht Ihr Schlafzimmer aus, fragt er interessiert, und ich denke an unser schäbiges Schlafzimmer, an den Kleiderschrank an der Wand und an den roten Teppich, der noch aus meiner Kinderzeit stammt, mit den verblichenen Herzen, und an das Bild unseres früheren Hauses mit dem roten Ziegeldach und den Wolken darüber, unter dem Bild das Bett, das wir vor Jahren einem Paar abgekauft haben, das sich scheiden ließ, und auf dem Bett liegt Udi, das Gesicht verzerrt von einem schamerfüllten Seufzer, die langen Beine still, wie an jenem Morgen, als er sich nicht mehr bewegen konnte, und als ich an jenem Morgen denke, habe ich das Gefühl, als sei ich es, die an einer unheilbaren Krankheit leidet, und alle wissen, daß es unmöglich ist, zu genesen, und auch ich weiß, daß es sich nur um eine Atempause handelt, um eine beschränkte Zahl von Tagen, und trotzdem tun wir alle so, als würde ich genesen, bis schon nicht mehr deutlich ist, wer wen betrügt, und ich habe Angst, daß er fragen könnte, wer mit mir das Schlafzimmer teilt, aber er schweigt, er betrachtet meine Hände, ich trage noch immer den Ehering, er ist schmal und ohne Glanz, und dann fragt er, haben Sie einen großen Spiegel in Ihrem Schlafzimmer, und ich sage, nein, auch keinen kleinen, und er nickt nachdenklich, jetzt verstehe ich alles. Was verstehen Sie, frage ich, und er lächelt, als ich Sie heute morgen gesehen habe, habe ich gleich gedacht, daß Sie keine Ahnung haben, wie schön Sie sind, jetzt verstehe ich, warum es so ist, Ihnen fehlt einfach ein Spiegel, und ich muß kichern, genau das gleiche hat damals der Maler gesagt, vor Jahren, alle zehn Jahre taucht ein Mann in meinem Leben auf, sagt, wie schön ich bin, und verschwindet wieder. Wie leicht einem das Atmen fällt, wenn man ein Kompliment bekommen hat, es scheint, als hätte ich mich in einer Sekunde verändert, sogar mein Kummer sieht plötzlich schön aus, ich dehne mich auf dem Stuhl, schließlich gibt es keinen großartigeren Anblick als eine schöne und traurige Frau, höchstens vielleicht ein schöner und trauriger Mann wie der, der mir gegenübersitzt, und eigentlich müßte ich böse auf ihn sein, schließlich stehe ich auf ihrer Seite, aber ich möchte ihn, das ist mir klar und das ist auch ihm klar, und es ist sinnlos, es zu verbergen.

Als der Kaffee kommt, wenden wir uns vom Tisch und den schönen Zimmern ab, in denen wir nie leben werden, und er sagt, bitte, sprechen Sie, er steckt sich eine Zigarette an und betrachtet mich mit zornigen Augen, eigentlich sind sie dunkel, fast schwarz, aber im Hintergrund strahlt ein dumpfer Glanz, als brenne eine Kerze in seinem Schädel und beleuchte sie von innen, sogar aus seinem offenen Mund dringt ihr beruhigendes Licht, er deutet auf seine Ohren, ich höre, ich kann sogar gut zuhören, und mir fällt auf, wie erstaunlich klein seine Ohren sind, wie zwei erschrockene kleine Schnecken schmiegen sie sich an seinen Kopf, endlich habe ich einen Fehler an ihm gefunden. Nervös nehme ich eine Zigarette aus der halbvollen Schachtel, die er mir hinhält, was geschieht mit mir, ich schaffe es nicht, etwas zu sagen, und er lächelt, was ist mit Ihnen, Na'ama, Chawa wäre das nie im Leben passiert, ich bin sicher, daß Chawa immer weiß, was sie zu sagen hat, und ich lache verwirrt, da ist sie wieder, unsere einzige gemeinsame Bekannte, aber eigentlich haben wir noch eine, die nämlich, in deren Namen ich hier bin, und von ihr muß ich jetzt sprechen. Ich kämpfe innerlich mit mir, was soll ich ihm sagen, daß er seine Frau verlassen soll, so wie mich mein Mann verlassen hat, daß er seine Kinder verletzen soll, wie Udi Noga verletzt hat? Er seufzt, lassen Sie mich Ihnen helfen, Na'ama, im allgemeinen bin ich nicht so, aber Sie wecken meine Hilfsbereitschaft, ich werde an Ihrer Stelle über die Situation sprechen, Sie müssen mir sagen, daß ich mich wie ein Schwein verhalte, daß ich Ja'el in diesem Zustand nicht allein lassen darf, daß ich die Verantwortung für das trage, was ich getan habe, daß ich zu ihr stehen und mit ihr dieses Kind, das ich nicht gewollt habe, aufziehen soll, und ich antworte Ihnen dann, daß Sie recht haben, aber daß ich es trotzdem nicht tun kann.

Was heißt das, Sie können es nicht, sage ich plötzlich hart, ihr Männer seid ja so verwöhnt, wer fragt euch denn, was ihr könnt, es gibt Dinge, die man einfach tun muß, die keine Frage des Könnens sind, und er senkt den Kopf, ich war sicher, er würde sich energisch verteidigen, wie Udi es immer tut, aber sein Temperament ist anders, ich fühle mich so schuldig, daß ich ihr nicht in die Augen sehen kann, sagt er ruhig, so ein schönes, süßes Mädchen, ich habe ihr Leben zerstört. Ich betrachte ihn und stelle mir Udi und Noga am Schultor vor, hinter meinem Rücken, vor lauter Schuld hat er sich von ihr entfernt, und ich, statt ihn zu besänftigen, habe seine Schuldgefühle noch weiter angeheizt, und seltsam neugierig frage ich, aber wie wollen Sie vor dieser Sache fliehen, sie wird Sie verfolgen, auch wenn Sie Ja'el nicht mehr sehen, und er sagt, Sie werden sich wundern, man kann sich distanzieren. Warum schaffe ich es dann nie, mich zu distanzieren, frage ich kindlich erstaunt, doch sofort schweige ich, decke den Vorwurf mit einer weiteren Frage zu, einer ernsteren, warum haben Sie und Ja'el diese Sache nicht auf die übliche Art geregelt, frage ich, warum haben Sie sie nicht zu einem Arzt gebracht, damit sie abtreibt, und er seufzt, Sie haben ja keine Ahnung, wie ich sie angefleht habe, wie ich ihr gedroht habe, aber nichts hat geholfen, wir haben immer wieder einen Termin ausgemacht, und sie ist nicht gekommen, sie hat geglaubt, sie würde mich auf diese Weise dazu bringen, meine Frau zu verlassen.

Was soll das heißen, ist sie etwa absichtlich schwanger geworden, frage ich erschrocken, und er sagt, nein, natürlich nicht, aber als es passiert ist, hat sie auf diese Chance nicht verzichten wollen, ich mache ihr keinen Vorwurf, sie hat es aus Liebe getan, aber ich muß Ihnen nicht erklären, was für ein Fluch die Liebe sein kann, ich lächle bitter, es interessiert mich nicht, woher er weiß, daß ich es weiß, doch das, was zwischen ihnen war, interessiert mich sehr, ich bewege vorwurfsvoll den Finger in seine Richtung, sie hat mir erzählt, Sie hätten sich nicht entscheiden können, Sie hätten so lange gezögert, bis es zu spät war für einen Schwangerschaftsabbruch, und jetzt ist er an der Reihe, bitter zu lächeln, das ist eine glatte Lüge, ich habe ihr von Anfang an gesagt, daß ich das Kind nicht will und nie im Leben meine Frau verlassen werde, ich habe ihr gesagt, wenn es nicht anders geht, werde ich die Vaterschaft anerkennen und Unterhalt für das Kind bezahlen, aber ich würde nie mit ihr zu-

sammenleben, ich schwöre Ihnen, Na'ama, ich habe nicht
eine Sekunde gezögert. Glauben Sie mir, fährt er mit fast
flehender Stimme fort, ich habe alles versucht, die Sache zu
beenden, als es noch ging, einmal, als ich mit ihr zu einem
Arzt gefahren bin, ist sie aus dem Auto gesprungen, Sie
können sich gar nicht vorstellen, was das für ein Theater
war, ich bin ihr durch die Straßen hinterhergerannt, wir sind
fast überfahren worden, ich hätte nie geglaubt, daß mir so
etwas passiert.

Ich höre ihm mit geschlossenen Augen zu, es fällt mir
schwer, ihn anzuschauen, so heftig sehnt sich mein Herz
nach ihm, ich habe mich so sehr daran gewöhnt, auf der Seite
der Frauen zu stehen, aber jetzt scheinen sich die Grenzen
zu verwischen, der Schmerz ist der gleiche, auch wenn man
ihn anders formuliert, es ist das ganz normale menschliche
Unglück, das nicht zwischen Frauen und Männern unter-
scheidet, und wieder denke ich an Udi, was hätte er in solch
einer Situation getan, doch sofort fällt mir ein, was er schon
getan hat, er hat mich verlassen, für eine Frau mit einem
Kind, das nicht seines ist, und als ich die Augen aufmache,
sehe ich, wie er mich neugierig betrachtet. Er fährt sich mit
der Zunge über die Lippen und fragt leise, woran haben Sie
jetzt gedacht? Plötzlich ist mir alles klar, sage ich zögernd,
ich habe verstanden, wie alles zusammenhängt, es hätte uns
näherbringen müssen, aber es entfernt uns voneinander. Er
lächelt, mich entfernt es nicht, ich habe mich Ihnen vom
ersten Moment an nahe gefühlt, seit ich Sie in Ihrem Büro
gesehen habe, als Sie mich mit ihren traurigen Augen an-
gelächelt haben, und täuschen Sie sich nicht, im allgemeinen
komme ich niemandem so leicht nahe, und ich sage, wir haben nicht über Sie und über mich gesprochen, sondern über
die Menschheit im allgemeinen, und er verkündet mit ge-
spieltem Pathos, aha, die Menschheit im allgemeinen, das ist

doch Ihr Territorium, aber davon verstehe ich nichts, ich kann nur Häuser bauen.

Oder sie zerstören, sage ich, und sofort tut es mir leid, er verzieht die Lippen und holt mit einer raschen Bewegung eine Brieftasche aus seiner Tasche, ich habe ihn in die Flucht geschlagen, er wird bezahlen und gehen, aber statt eines Geldscheins nimmt er ein Foto heraus und hält es mir hin, ein seltsames Familienfoto, normalerweise stehen alle zusammen in der Mitte des Bildes, im Hof, vor dem Haus oder um einen Tisch herum, vor leer gegessenen Tellern, doch hier sind alle in Bewegung, als würden sie Verstecken spielen. Aus einer Ecke des Bildes lächelt mich ein dunkler Junge mit Grübchen in den Wangen an, und nicht weit von ihm sehe ich ein Mädchen in einem Samtkleid und mit vielen dünnen Zöpfchen auf dem Kopf, und in der anderen Ecke versucht eine Frau, sie zu finden, eine große, kräftige Frau in kurzen Hosen, mein Interesse richtet sich natürlich auf sie, sie streckt ein gebräuntes Bein vor, ihr Gesicht mit den großen blauen Augen sieht hübsch aus, aber ihre breiten Schultern und die kurzgeschnittenen Haare machen einen unangenehmen Eindruck, ich hätte mir seine Frau ganz anders vorgestellt. Ich bin schöner als sie, stelle ich erstaunt fest, und trotzdem hat sie ihn und ich habe niemanden, und wieder betrachte ich das Bild, die energische Bewegung ihres Beins, das so hoffnungslos aussieht, nie wird sie die Kinder erreichen, aber was spielt das für eine Rolle, es ist nur wichtig, daß alle zufrieden aussehen, nur er, der Fotograf, ist nicht zufrieden, er steckt sich nervös eine weitere Zigarette an und sagt, verstehen Sie jetzt, und ich frage, was genau soll ich verstehen?

Unser Leben ist frei, sagt er, es ist die einzige Art, wie man zusammenleben kann, sie erkundigt sich nie, wo ich war, und ich frage sie nicht aus, wir haben beide gelernt, uns sowohl von der Wahrheit als auch von der Lüge zu befreien, sie weiß, daß ich nach Hause zurückkomme, weil ich sie und die Kinder sehen will, nicht weil ich es tun muß, und das reicht ihr, und mir reicht es auch, wir haben gelernt, an die Handlungen zu glauben, und so leben wir, ohne Schuldgefühle, ohne uns die ganze Zeit gegenseitig in der Seele herumzustochern, und so erziehen wir unsere Kinder in einer Familie, in der es für jeden Platz genug gibt, und je länger er spricht, um so beschämter fühle ich mich, als hielte er einen Spiegel in der Hand und zeige mir mein eigenes, falsches Leben, erstickt von Schuldgefühlen und Zorn, bewegungslos in alten Fesseln, Gefängnis und Folterkammer zugleich, und ich Gefangene und Wärterin, Gepeinigte und Peiniger. Fremdheit breitet sich plötzlich zwischen uns aus, was habe ich mit ihm zu tun, was habe ich mit dieser brillanten Wahlrede zu tun, für einen Moment war die Trauer in sein Leben getreten, gleichzeitig mit mir, aber innerhalb kürzester Zeit wird er seine Trauer verjagen und zu seinem bequemen Leben zurückkehren, das von der Vernunft regiert wird, und ich kehre zu meinem zurück, und er fährt sich mit der Zuge über die Lippen, es tut mir leid, sagt er, ich habe Sie nicht verletzen wollen, und ich senke den Kopf, nicht Sie sind es, es ist die Wirklichkeit, sie ist so vernünftig, wissen Sie. Er streckt die Hand aus, berührt mein Kinn und hebt mein Gesicht zu sich, er dreht es in seine Richtung, wie man einen Spiegel dreht, ich weiß nicht, was ich tun soll, sagt er, die Zunge gleitet ihm über die Zähne, ich hätte nicht damit anfangen sollen, aber sie war so süß, sie ist absichtlich länger im Büro geblieben, als die anderen schon weg waren, sie hat mich bei allen möglichen Gelegenheiten um Rat gefragt, sie hat mich provoziert, ich habe meinen Spaß mit ihr gehabt und nicht damit gerechnet, daß die Sache so kompliziert wird.

Sie hatten wohl die Tatsachen des Lebens vergessen, fauche ich ihn an, und er seufzt, tun Sie mir einen Gefallen, Na'ama, wissen Sie, jede Nacht versuche ich, diese Situation zu rekonstruieren, ich verfluche mich, weil ich mich nicht beherrschen konnte, ein einziges verdammtes Mal, den ganzen Tag ist sie in ihrem kurzen Kleid ohne Höschen herumgelaufen, und als die anderen weg waren, hat sie sich sofort auf meinen Schoß gesetzt, ich habe in der Schublade nachgeschaut und gesehen, daß wir keine Kondome mehr hatten, am Schluß habe ich gesagt, egal, machen wir es eben wie damals, als ich jung war, und Bingo, es ist passiert, es gibt keine Nacht, in der ich nicht daran denke, und ich schnaufe zornig, wie kommt er dazu, mich in diese Details einzubeziehen, als wäre ich seine Vertraute, aber schon versuche ich, die Situation zu rekonstruieren, es hört sich so aufreizend an, trotz des traurigen Ergebnisses, und dann verstehe ich plötzlich, warum er es für richtig gehalten hat, mir das alles zu erzählen, nicht wie einer Vertrauten, sondern, um mich aufzugeilen, er versucht, mir anzudeuten, daß er eigentlich immerzu bereit ist, und wenn ich ohne Höschen herumliefe, könnte es passieren. Einen Moment lang bin ich gereizt, bildet er sich etwa ein, daß es das ist, was mir gerade fehlt, doch sofort schaue ich ihn besänftigt an, man kann einfach nicht böse auf ihn sein, er ist so offen, das ist großartig, und eigentlich warum nicht, ich bin jetzt frei, ich bin nicht nur verlassen, die Sache hat auch eine zweite Seite, eine aufregende und unbekannte Seite.

Mit einer offensichtlichen Bewegung schaue ich auf die Uhr, er grinst, haben wir noch Zeit, die Situation zu besprechen? Ich nicke, ich bin so aufgeregt wie seit Jahren nicht, er schiebt sein Gesicht zu mir, aus der Nähe ist seine Haut grob und blank gerieben, genau wie das Leder seiner Brieftasche, die zwischen uns auf dem Tisch liegt, wollen Sie die

Situation hier besprechen oder woanders, fragt er, vielleicht fahren wir zu dem Ort, an dem alles angefangen hat, und ich flüstere, in Ordnung, plötzlich habe ich keine Lust, mir alles gründlich zu überlegen und zu zögern, wie verzaubert folge ich ihm, zum ersten Mal in meinem Leben, ohne zu überlegen, was passieren, wie hoch der Preis sein wird, ich gehe hinter einem Mann her, den ich heute morgen zum ersten Mal gesehen habe, und mein Körper erwacht, neues Leben durchströmt ihn, dieser Körper, der nur Udi gehört hat, wird mir vielleicht durch einen anderen Mann zurückgegeben, ich denke nicht an Noga und nicht an Udi und nicht an Ja'el, nur an den aufreizenden Charme, der in jeder seiner Bewegungen liegt. Fahren Sie hinter mir her, sagt er, es ist nicht weit, und ich steige in mein Auto und folge ihm, als wären wir durch ein dickes Seil verbunden, als zöge er mich und ich säße in dem kaputten Auto und könnte mir keine Zweifel erlauben.

Neben einem kleinen, gut gepflegten Gebäude halten wir an, im Treppenhaus empfangen mich zwei Blumentöpfe wie bunte Farbtupfer, ich steige hinter ihm die Treppe hinauf zu einem schönen und vor allem menschenleeren Büro. An diesem Tag wird bei uns nur bis mittags gearbeitet, sagt er, das war unser fester Tag, und ich lache, alles kommt mir plötzlich aufregend vor, alles, was mich jahrelang abgestoßen hat, sogar der Gedanke an den Speck, den er unter meinen Kleidern entdecken wird, beschämend wie Diebesgut, an die bis zur Verzweiflung privaten Körpergerüche, an alles, was nur Udi lieben kann, es stört mich nicht mehr, was alle anderen in ihrer Jugend erleben, probiere ich eben etwas später aus, und es ist weniger erschreckend, als ich gedacht habe, und sehr viel einfacher.

Seine Hand gleitet über meine Schulter, dreht mich zu seinem Zimmer, in dem roter Teppichboden liegt, genau das gleiche Rot wie meine Bluse, und seine Stimme raunt in mein Ohr, als ich dich heute morgen gesehen habe, weißt du, was ich da gedacht habe? Ich nicke, mir ist klar, was er sagen wird, ich habe gedacht, wie gern ich dich hier auf diesem Teppich liegen sehen würde, mit deinen schönen blonden Haaren, und er drückt sich an mich und streicht über meine Haare, er ist so nah, daß seine Lippen meine Wangen berühren, und ganz kurz weiche ich zurück, gleich wird sich sein Mund auf meinen legen, und die Spuren aller Dinge, die wir heute gegessen haben, und aller Wörter, die wir heute gesprochen haben, werden sich mischen, seltsam, daß ein einziger kleiner Körperteil so vielen Zwecken dient, man hätte einen Körperteil nur fürs Küssen schaffen müssen, was habe ich mit den Resten seiner Nahrung zu tun, seiner Silben. Seine Lippen öffnen sich an meinem Ohr, lauf mir nicht weg, Na'ama, flüstert er, mach dir keine Sorgen, wenn du Angst hast, machen wir nichts, ich möchte dich nur auf diesem Teppich sehen. Verwirrt betrachte ich den Teppich, wie werde ich zu ihm gelangen, aber er setzt sich hin und zieht mich mit, er legt meine Arme hin, meine Beine, mit präzisen Bewegungen, als würde er zeichnen, er breitet meine Haare um meinen Kopf aus, eine unschuldige Begeisterung geht von ihm aus, wischt meine Distanz weg, sein Staunen über mich kommt mir übertrieben vor, aber es ist so beruhigend, es ist bestrichen mit der Süße eines Traums im Wachzustand, so wie ein Kuchen mit Buttercreme, eine Süße, über die man nicht streiten kann, weil sie ohnehin nicht wirklich ist, man kann sie nur lecken, bis die Buttercreme verschwindet und nur noch der Kuchen da ist, nackt und armselig, aber es ist mir egal, ich habe mir lange genug Sorgen um die Zukunft gemacht, ich habe mit ihr alle möglichen geheimen Abkommen geschlossen, die schließlich nur ich eingehalten habe, jetzt soll die Zukunft für sich selbst sorgen.

Ich frage dich nichts, sagt er, betrachtet mich mit leuchtenden Augen, doch wenn du willst, kannst du mir alles erzählen, und ich versuche zu lächeln, aber eine kleine Träne fällt auf den Teppich, als ich sage, mein Mann hat mich vor genau einer Woche verlassen, ich war noch nie mit einem anderen zusammen, es ist eine beschämende Mitteilung, aber er weicht nicht zurück, er streichelt mein Gesicht mit den Fingerspitzen und flüstert, er wird zu dir zurückkommen, du wirst sehen, ich verspreche dir, daß er zu dir zurückkommt, und ich bin bereit, ihm zu glauben. Ich berühre sein schönes Gesicht, es ist sogar aus der Nähe schön, wenn auch weniger jung, ich habe nicht gewußt, wie tief die Falte zwischen seinen Augenbrauen ist, aber sein Lächeln ist warm und voller Gefühl, es drückt sich auf meine Lippen, laß mich dich lieben, flüstert er mir in den Mund, in den Abend, der sich auf das Zimmer senkt, es ist eine weiche sommerliche Dämmerung, ein Duft nach frischen Früchten geht von ihm aus, warme Pflaumen, gerade frisch gepflückt, die im Mund schmelzen wie Bonbons. Mit süßem Erbarmen schält er mir die Kleider vom Körper, du bist so weiß, sagt er, deine Haut ist so weich. Ohne Hemd sieht er ganz anders aus, meine Hände, gewöhnt an Udis knabenhaften Körper, messen erstaunt die Breite seines Rückens, aber seine Berührung ist angenehm, keine Distanz vergiftet mich. Ich wundere mich, wie einfach das ist, mit einem völlig Fremden Liebe zu machen, ohne die ganze Last und den Groll des gemeinsamen Lebens, warum bin ich nie darauf gekommen, daß nur ein Fremder wirklich lieben kann?

Sein herausfordernder Finger wandert über meinen Körper, ich habe das Gefühl, daß meine Haarwurzeln vor Lust erschauern, sie spalten mit ihrer Bewegung die trockene Erde des Schädels, du brauchst dich nicht zu schämen, flüstert er, zeig mir, wie du wirklich bist, und ich werde leichter und leichter, als hätte ich gerade eine große Last abgeworfen, Säcke voller Proviant, einen Moment bevor das Schiff untergeht, werfe ich alles von mir, was ich habe, und jetzt bin ich allein auf dem Schiff, in der Sicherheit, daß mir alles fehlt, folge ich der Fahrt seines Fingers, einen Moment lang hält er in meinem Mund, und ich lecke ihn wie eine Katze, die einen saftigen Knochen erwischt hat, und nun versteckt er sich vor mir in den Tiefen meines Körpers, und seine rauhe Zunge gleitet an meinem Hals hinunter, und schon ist er ganz nackt, kniet über mir, kurzbeinig wie ein Zwerg, und zieht mich zu sich, und ich flattere um sein warmes Glied, gleich wird es zerbrechen, es wird in Stücke springen wie das riesige Barometer meines Vaters, ich höre, wie er schreit, wie er atmet, lauf nicht weg, Na'ama, ich fühle, daß du wegläufst, und ich sage, ich bin hier, bei dir, und er schüttelt mich enttäuscht, nein, du bist nicht hier, und sofort beeile ich mich, ihn zu befriedigen, zu beweisen, daß ich hier bin, mein Körper krümmt sich, um ihn zu beschwichtigen, ein Kreis in einem Kreis, wie bei einer Schießscheibe, und in der Mitte steckt sein hypnotisiertes Glied und nichts wird etwas daran ändern, weder die Trauer meines Vaters noch Udis Verrat, auch nicht Nogas Kränkung, das ist die einzige Tatsache, eine andere gibt es nicht, und befreit werfe ich meinen Kopf zurück, öffne die Schranken für die verzuckerten Waggons der Lust, und da kommen sie, einer nach dem anderen, wie der Kuchenzug, den ich Noga zum zweiten Geburtstag gebacken hatte, drei Waggons, überzogen mit Schokolade, von denen sie noch nicht einmal ein Stück versuchen konnte, bevor sie hinunterstürzte.

Das ist es, was ich dir zur Situation zu sagen hatte, verkündet er plötzlich mit einer so lauten Stimme, daß ich erschrecke, das weiße Hemd hat schon den Weg zurück zu seinen Schultern gefunden, sein Gesicht zeigt den Ausdruck eines Jungen, der ein Geschenk bekommen hat, um ihn über ein Unglück hinwegzutrösten, und nun nicht weiß, ob er sich wegen des Geschenks freuen oder wegen des Unglücks traurig sein soll. Du verstehst mich, nicht wahr, fragt er und zuckt mit den Schultern, ich habe dreimal mit ihr auf diesem Teppich geschlafen, viermal auf diesem Stuhl, zwei-, dreimal auf dem Tisch, ich würde mich freuen, dir bei Gelegenheit alles zu demonstrieren, das eine oder andere Mal habe ich vielleicht vergessen, aber bedeutet das schon, daß wir, ich und sie, Mann und Frau sein können, daß ich meine Kinder verlassen und meine Familie, die ich liebe, zerstören muß, nun, was meinst du, sag schon, was für einen Preis muß ich für dieses Vergnügen bezahlen, ich habe sie nicht vergewaltigt, ich habe sie noch nicht einmal verführt, und als es passiert ist, habe ich alles getan, um es ungeschehen zu machen, sie ist es, die sich geweigert hat, ich habe ihr gesagt, daß ich bereit bin, die Vaterschaft anzuerkennen oder meine Unterschrift für eine Adoption zu geben, was wollt ihr noch, daß ich sie liebe? Es tut mir leid, dazu könnt ihr mich nicht zwingen, über meine Gefühle habt ihr keine Gewalt, und ich bin überrascht von dem scharfen Übergang, aber nicht erschrocken, es ist etwas Weiches an ihm, das meine Existenz nicht bedroht, und ich betrachte sein Hemd, das er mit seinen breiten Händen zuknöpft, wie ist es den ganzen Tag über so weiß geblieben, er hält mir die Hand hin, ich küsse seine Fingernägel, mir scheint, als habe jeder Nagel sein eigenes Gesicht, und jeder lächelt mich beschämt an, genau wie sein Gesicht, das sich meinem nähert, und ich lege seinen Kopf an mich, seine dichten, duftenden Haare bedecken meine Brust, mach dir keine Sorgen, sage ich leise, mach dir keine Sorgen, alles wird gut.

Als ich in der Dunkelheit nach Hause fahre, lache ich laut vor mich hin, denn direkt am Auto hat er zu mir gesagt, weißt du, daß Chawa das nie im Leben getan hätte, deshalb habe ich gesagt, daß ich dich vorziehe, und ich kicherte, die arme Chawa, sie hat ja keine Ahnung, was sie versäumt hat, im Spiegel habe ich gesehen, wie er mir nachsah, ein großer Mann, dankbar, weil ihm unerwartet verziehen worden ist, aber je näher ich meiner Straße komme, um so mehr zwinge ich mich, an die arme Ja'el zu denken, ich habe ihr nicht genützt, ich habe nur mir selbst genützt, auf eine seltsame und unerwartete Art, niemand hätte das von mir geglaubt, auch ich kann kaum glauben, was passiert ist, daß es mir endlich gelungen ist, das zu vollenden, was damals abgebrochen worden war, in der Dachwohnung, am Tag des ersten Regens, als wäre das damals meine wirkliche Sünde gewesen, und dafür bin ich bestraft worden, und jetzt, wo die Sünde vollendet worden ist, wird sie endlich ausgelöscht.

Zu Hause finde ich sie im Wohnzimmer vor, sie warten auf mich, meine Mutter, Udi und Noga, als wären sie besorgte Eltern und ich die ausschweifende Tochter. Mama, wo warst du, nur Noga wagt es, die Frage zu stellen, und ich antworte leichthin, ich hatte ein paar Verabredungen, Udi schaut mich an, ich weiß, daß es ihm jetzt sehr schwerfällt, mich nicht auszufragen, wie er es sonst immer tat, eine Woche lang habe ich ihn nicht gesehen, mir kommt es vor, als sei sein Körper geschrumpft und seine Last angeschwollen, seine Augen sind rot, als habe er die ganze Zeit nicht geschlafen, und meine Mutter sagt, du siehst so strahlend aus, Na'ama, und schielt herausfordernd zu ihm hin, und fast antworte ich, genauso hast du früher ausgesehen, wenn du von deinen Verabredungen zu uns nach Hause gekommen bist, du hast uns so erstaunt angeschaut, als wüßtest du nicht mehr, wer wir sind und was wir von dir wollen, doch ich betrachte sie schweigend, sie scheinen sich gegen mich verbündet zu haben, um mir diese bescheidene Freude zu verderben, aber das lasse ich nicht zu, das darf ich nicht zulassen. Noga, hast du deine Aufgaben gemacht, frage ich, energisch das Thema wechselnd, und sie schüttelt, wie erwartet, den Kopf und zieht sich in ihr Zimmer zurück, meine Mutter zischt, ich werde etwas zu essen machen, und verschwindet in der Küche, Udi erhebt sich langsam, dann steht er vor mir, die Glieder gefesselt im Gewirr seiner Gedanken, ich habe dir ja gesagt, daß es dir guttun wird, flüstert er scheinheilig, sein Blick huscht über mein Gesicht, und ich genieße seine Ohnmacht und merke, das ist Glück, jahrelang habe ich es vergeblich im Mitleid gesucht, und jetzt stellt sich heraus, daß es sich hier versteckt, in den Ritzen zwischen dem Sieg und der Niederlage, in den Fugen zwischen der vollkommenen Leere und der Erinnerung, die unaufhörlich nachhallt, das ist das Glück, einen alten Feind in Fesseln zu sehen, er darf nicht fragen, wo ich gewesen bin und was ich getan habe, er darf nicht nach verdächtigen Hinweisen suchen, nur seine Schritte, als er die Treppe hinuntergeht, ziehen eine fordernde Frage hinter sich her, eine Frage, deren Antwort schon seit ewigen Zeiten in ihr lauert.

19 In der Nacht steht sie plötzlich neben meinem Bett, eine schweigende, schwer atmende Statue, ich mache die Augen auf, schließe sie gleich wieder und drehe mich auf die andere Seite, dann schiebt sich das gebräunte Bein seiner Frau in mein Bett, tritt mir fest mitten in die Leistengegend, das ist es, was Frauen tun, um ihre Männer zu behalten, nur du verzichtest einfach, du wagst es nicht, um ihn zu kämpfen, aber vielleicht findest du es auch nicht lohnend, um ihn zu kämpfen, genau das hat er immer gesagt, wenn wir mal wieder in die trügerische Falle intimer Gespräche geraten waren, du willst mich nicht wirklich, du denkst, daß du etwas Besseres verdient hast, du bleibst nur aus Angst vor dem Alleinsein bei mir, nicht aus Liebe, aber nie habe ich ihm wirklich zugehört, ich habe nur darauf gewartet, daß ich an die Reihe kam, um seine Behauptungen wie Holzstückchen im Strom meiner Anklagen wegzuschwemmen, und jetzt erinnere ich mich an seinen gekränkten Blick auf der Treppe, kaum eine Woche ist vorbei, und schon hast du mich betrogen, du hast mich beiseite geschoben, schneller, als ich gedacht habe.

Kalte Luftströme ziehen durch mein Bett, streichen zögernd über meine Gliedmaßen, wie nach dem Duschen, wenn das Wasser noch heiß ist, aber die Haut schon die drohende Kälte wahrnimmt, die hinter dem Dampf lauert, so fühle ich zum ersten Mal das mögliche Ende dieses schrecklichen Sommers, und ich stehe auf, um die warme Decke zu suchen, und wieder sehe ich sie vor mir, ihre Augen sind geschlossen, sie ist im Stehen eingeschlafen, beim Aufpassen eingeschlafen, was bewacht sie mit dieser Mischung aus Treue und Nachlässigkeit, Nogi, du bist ja ganz kalt, komm ins Bett, und sie sagt, Papa hat mich nicht lieb. Dir ist kalt, sage ich, du hast nicht gemerkt, daß es heute nacht kalt geworden ist, und sie sagt, ich weiß, daß er mich nicht liebhat, ich ziehe sie zornig zu mir, da kann ich endlich einmal wieder schlafen, und schon muß sie mich stören, was habe ich ihr getan, daß sie mich so quält? Erst dann verstehe ich, was sie gesagt hat, aber ich antworte nicht, weil ich nichts zu sagen weiß, vielleicht hat sie recht, ich habe keine Ahnung, wen er liebt. Er hat kaum mit mir geredet, fährt sie fort, er hat mir kaum zugehört, er hat nur die ganze Zeit auf die Uhr geguckt, als würde jemand auf ihn warten, und ich umarme sie mit gezwungenen Bewegungen, statt einer Welle von Mitleid überschwemmt mich wilder Zorn, Zorn auf sie und auf ihn, ich möchte vor ihnen davonlaufen, vor beiden, ich möchte, daß sie mich in Ruhe lassen, sollen sie doch ihre Probleme ohne mich lösen. Noga, laß mich schlafen, fauche ich, ich kann nicht auch noch für deinen Vater verantwortlich sein, ich habe keine Ahnung, was mit ihm los ist, ich weiß nur, daß ich dich liebhabe, aber als sie wütend schweigt, steigen plötzlich Zweifel in mir auf, ob das stimmt, was er gesagt hat, als er das weiße Hemd zuknöpfte, zur Liebe könnt ihr mich nicht zwingen, und ich drücke mein Gesicht ins Kissen, ich bin es leid, zu lieben, ich gebe es zu, ich will nur selbst geliebt werden, ohne daß jemand etwas dafür von mir fordert.

Aber am Morgen, als ich sie neben mir schlafend vorfinde, streichle ich ihre salzigen Wangen, auf denen ihre nächtlichen Tränen durchsichtige Spuren hinterlassen haben, und da macht sie die von langen Wimpern eingefaßten Augen auf, ich bin seine Tochter, sagt sie, er muß mich liebhaben, und ich unterbreche sie, wir müssen aufstehen, Nogi, es ist schon spät, denk nicht die ganze Zeit daran, denk lieber an etwas andères, und als sie von mir wegrückt, die Lippen enttäuscht zusammengezogen, atme ich erleichtert auf, sie genießt es so sehr, mir zu erzählen, was für ein armes Kind sie ist, aber ich muß sie von mir wegschieben, damit ich sie lieben kann, wenn ich mir ihre Schmerzen auflade, schwächt mich das, und mir bleibt keine Kraft, sie zu lieben, nur eine Handvoll Mitleid. Wir stehen schon an der Tür, als er anruft, du bist noch zu Hause, fragt er mit trockener Stimme, als hätten wir uns schon immer und ewig morgens am Telefon unterhalten, als hätten wir nicht Nacht um Nacht nebeneinander geschlafen, und ich sage, ja, ich bin noch hier, obwohl ich schon im Weggehen war, ich gebe Noga ein Zeichen, sie soll zu Fuß gehen, ich habe das Gefühl, er möchte zurückkommen, mit triumphierender Freude gehe ich durch die Zimmer, lächle die Gegenstände an, die mich in meiner Schmach gesehen haben, wenn schon Rückkehr, dann zu einem ganz anderen Leben, werde ich ihm sagen, zu einem Leben von unabhängigen Erwachsenen, die sich für dieses Leben entschieden haben, nicht zu dem Leben erschrockener Kinder, die voller Haß aneinander hängen, aber als er hereinkommt, spüre ich die scharfen Nägel des Verlusts in meinem Fleisch, er hat dir mal gehört, jetzt gehört er dir nicht mehr, weinet nicht über den Toten, im Jeanshemd und den dicken Kordhosen steht er vor mir, mit steinernem Gesicht, ohne jedes Mitleid. Ich will ein paar Sachen abholen, sagt er, ich fahre weg, und ich verfluche ihn mit gierigen Lippen, wieder bin ich besiegt worden, immer war er wagemutiger und grausamer als ich, ich habe gedacht, ich hätte dich mit einem einzigen glücklichen Tag besiegt, jetzt wirst du mich für Wochen erniedrigen, ich habe gedacht, ich könnte Bedingungen stellen, jetzt stellt sich heraus, daß ich noch nicht einmal jemanden habe, dem ich sie vortragen

könnte. Ich habe das Gefühl, daß mein Gesicht zusammen-
fällt, die Erdanziehung wirkt ungeheuer, sie zieht meine
Mundwinkel nach unten, meine Schultern, meine Brüste in
dem verschwitzten Büstenhalter, meine zitternden Knie,
nach unten, nach unten, denn er verläßt mich wieder, nun,
da ich schon geglaubt habe, er käme zurück, diese dumme
Chawa, wie konnte sie mir sagen, es wäre zu meinem Besten, wieder folge ich ihm von Zimmer zu Zimmer, die Zähne zusammengepreßt vor Kränkung, weinet nicht über den
Toten und grämt euch nicht um ihn; weint aber über den,
der fortgezogen ist; denn er wird nicht mehr wiederkommen und sein Vaterland nicht wiedersehen.

Tastend versuche ich mein Glück, wohin fährst du, auf eine
Tour, und er zischt, etwas Ähnliches, und ich bin erstaunt,
so plötzlich, gestern hast du nichts davon gesagt. Er unterbricht mich, ich habe mich heute nacht erst entschlossen zu
fahren, ich kann nicht länger hierbleiben, und ich versuche
zu spotten, ist das auch eine Prophezeiung? So etwas Ähnliches, sagt er, aber ich weiß, daß es eher eine Strafe ist, er
hat gefühlt, daß ich mit einem anderen Mann zusammen
war, und will mich bestrafen, was für eine Frechheit von
ihm, mit was für einem Recht tut er das, und ich verkünde
seinem Rücken, ich weiß, daß du nicht allein fährst, aber er
antwortet nicht, er holt die Leiter vom Balkon und klettert
hinauf zum oberen Schrankfach mit den Wintersachen.
Feindselig betrachte ich seine kräftigen Füße, ein Zeh neben
dem anderen schauen sie unter dem braunen Lederstreifen
heraus, direkt vor meiner Nase, für einen Moment kommt
es mir vor, als würde er nicht wirklich weggehen, er hilft
mir doch nur, die Winterkleidung herunterzuholen, dieser
Sommer wird bald vorbei sein, endlich, heute nacht habe ich
es zum ersten Mal gespürt, wir bereiten uns nur ein bißchen
früher auf den Winter vor als gewöhnlich, aber er nimmt mir

gleich wieder die Illusion, wo hast du meine blaue Windjacke hingetan, murrt er, als wäre es noch immer meine Aufgabe, ihm zu helfen, und seine Aufgabe wäre es, zu verschwinden, ohne zu sagen, wohin und mit wem. Ich flüstere zu seinen Füßen, die auf der letzten Sprosse der Leiter stehen, du fährst mit Sohara, stimmt's? Seine Zehen krümmen sich plötzlich, verstecken sich unter dem Lederstreifen, bekennen sich schuldig.

Ich fahre mit ihr, aber es ist nicht so, wie du denkst, sagt er schnell in den Schrank hinein, und ich lege meine Hand auf die Leiter, gleich werde ich sie schütteln, wie man einen Ast schüttelt, damit die Frucht herunterfällt, er wird verletzt zu Boden stürzen und mit niemandem wegfahren, nirgendwohin, aber das ist ja alles schon passiert, er hat hier schon verletzt gelegen, alle haben wir darunter gelitten, ich muß ihn seiner Wege gehen lassen, wie gering ist meine Macht über ihn und wie leicht wendet er sich gegen mich, je schneller ich aus dem Bild seines Lebens verschwinde, um so eher kann er es so sehen, wie es wirklich ist. So viele Jahre lang habe ich zugelassen, daß er mich benutzte, um sich vor sich selbst zu verstecken, um aus allem einen persönlichen Kampf zwischen uns beiden zu machen, damit er seine Wut gegen mich wenden konnte, Hauptsache, er mußte sich nicht selbst anschauen, aber das ist vorbei, das schwöre ich, und um aus dem Bild zu verschwinden, verschwinde ich sofort aus dem Zimmer. Ein paar Minuten später taucht er auf, er hat die Windjacke in den Händen, dazu eine Wollmütze und ein Paar dicke Strümpfe, und ich sage kein Wort, denn plötzlich ist mir klargeworden, daß man um so mehr sagt, je weniger man tatsächlich zu sagen hat, ich schaue zu, wie er eine Plastiktüte hinter dem Kühlschrank hervorholt und seine Sachen einpackt, seltsam, daß er weiß, wo die Tüten sind, und auch den Hahn findet er problemlos, gießt sich ein Glas Wasser ein und setzt sich zu mir. Es ist nicht so, wie du denkst, sagt er, ich liebe sie nicht so, wie ich dich geliebt habe, es ist etwas ganz anderes, sie läßt mich einfach leben, sie akzeptiert mich so, wie ich bin, sie erwartet von mir nichts, sie versucht nicht, mich zu erziehen.

Es fällt mir schwer, mich mit diesen Feinheiten zu trösten, vor allem da die Vergangenheitsform in meinen Ohren dröhnt, ich habe dich geliebt, ich habe dich geliebt, und je mehr er es zu erklären versucht, um so mehr distanziere ich mich, ich sitze schon nicht mehr neben ihm auf dem Sofa, sondern betrachte ihn aus riesigen Entfernungen, Entfernungen, die ich in den letzten Monaten zurückgelegt habe, ohne es zu merken, ich sehe, wie er wieder einen Fehler begeht, wie er vor allen Auseinandersetzungen flieht, die einfachsten Lösungen anstrebt, und das nennt er Veränderung? Wieder richtet er sich nach dem, was ein anderer sagt, eigentlich ist er sehr schwach, mit der Kraft seiner Schwäche hat er mich jahrelang beherrscht, aber ich darf nichts sagen, ich kann ihn nicht retten, und er kann mich nicht retten, jeder hat sein eigenes Schicksal, obwohl wir viele Jahre in einer Wohnung gelebt haben, mit unserem gemeinsamen Namen und unserer gemeinsamen Tochter, und aus unendlicher Ferne strecke ich die Hand aus und streiche ihm über die Haare, ein Gefühl überkommt mich, als wäre er mein Sohn, ich meine eigene Tochter, nur so kann ich ihn lieben, und aus irgendeinem Grund ziehe ich es vor, ihn zu lieben, und für einen Moment sehe ich die andere Seite der Medaille, je weiter er flieht, um so weiter entfernt er sich von einer Heilung, aber ich habe keine Möglichkeit, ihn zurückzuhalten, er ist wie ein mondsüchtiger Junge, der über eine dünne Stange balanciert, wenn ich versuche, ihm zu helfen, wird er herunterfallen. Und ich mustere ihn neugierig, er ist nicht mehr mein Mann, er ist nicht Nogas Vater, er ist ein nicht mehr ganz junger, nicht sehr glücklicher Mann, der sein Leben besser in den Griff bekommen möchte, die Haare hängen ihm dünn und glatt um den Kopf, seine Augen liegen dunkel in ihren Höhlen, die Lippen verzerrt, sogar seine hohen Wangenknochen, um die herum sein ganzes Gesicht geordnet ist, scheinen sich unter der Haut gesenkt zu haben, die Hände umklammern die Plastiktüte mit den Strümpfen, der Wollmütze und der blauen Windjacke, als wäre das sein einziger Besitz, und ich betrachte seine trockenen Hände und sehe, wie sie auf dem Bauch der kleinen Noga liegen, die kleinen Rippen kitzeln, und sie erstickt fast vor Vergnügen, und ich schimpfe mit ihm, laß sie, das ist gefährlich, zu sehr zu lachen. Was ist mit dem Baby, frage ich ruhig, er antwortet ebenso ruhig, ich gebe mir Mühe, und lächelt entschuldigend, sie ist so klein, und ich senke den Kopf, wie leicht ihm das Geben fällt, wenn er nicht dazu verpflichtet ist, mein Widerstand schmilzt, sie ist so klein, sie hat keinen vorwurfsvollen Blick, man muß vor ihren Augen nicht ans Ende der Welt fliehen, nur mit einem fremden Mann kann man leicht Liebe machen, nur ein fremdes Baby kann man leicht aufziehen, und was ist mit all den Jahren, in denen wir das Gegenteil glaubten?

Kaltblütig deute ich seine Worte, noch nie habe ich das gekonnt, so sehr war ich damit beschäftigt, mich zu verteidigen, seine Worte auf mich zu beziehen, und plötzlich kann ich es, nur ein paar Monate zu spät, es nützt schon nichts mehr, jedenfalls uns beiden nicht, ich betrachte die Streifen seiner Kordhose, und ich erinnere mich daran, wie wir sie im letzten Winter gekauft haben, an seinem Geburtstag, zu dritt sind wir zwischen den Kleiderständern herumgelaufen, und dann fällt mir ein, daß Noga bald Geburtstag hat, Ende des Monats wird sie zehn, ich möchte ihn daran erinnern, damit er ihr schreibt oder sie anruft, um ihr zu gratulieren, doch aus meiner Kehle kommt ein trockenes Husten, das geht mich überhaupt nichts an, das ist eine Sache zwischen ihm und ihr. Hast du was gesagt, fragt er, und ich flüstere, nichts, ich wünsche dir eine gute Reise, schnell streiche ich über seine Wange, er riecht ein wenig nach Rauch, nach einem einsamen Brand in der Wüste, und er umklammert seine Tüte, schenkt mir ein schiefes Lächeln, und als ich ihn die Treppe hinuntergehen sehe, denke ich, wie ist es möglich, daß das ganze Leben ein Machtkampf zwischen den Menschen ist, und wenn einer sich aus dem Kampf zurückzieht, mit zaghafter Stimme, als habe er nie ein bestimmtes Ziel gehabt, ist alles zu Ende, und ich habe immer geglaubt, der Kampf wäre stärker als ich, daß er nach uns weiter andauern würde, daß wir für immer Söldner in einer nie endenden Schlacht wären.

An der Ecke ist noch sein schmaler Rücken zu sehen, er scheint innezuhalten, einen Moment zu zögern, aber ich rufe ihn nicht, wir befinden uns noch in derselben Straße, aber unsere Wege haben sich für immer getrennt, ich kämpfe nicht um ihn, ich lasse los, wie der Himmel losläßt, erstaunt schaue ich den dahinschwebenden Wolken nach, so viele Jahre habe ich versucht, unsere Risse zu flicken, ich habe sie mit ungeschickten, zitternden Fingern geflickt, mit groben Fäden, so daß die Risse nur noch tiefer wurden, und jetzt wird mir klar, daß dies alles nur dazu diente, zu lernen, mit den Mängeln zu leben, sich mit dem Unvollkommenen anzufreunden, nichts zu beschönigen, sich von oben über die Langeweile des Lebens zu beugen und Vergnügen daran zu finden, denn was bleibt schon nach dem Verzicht auf den Kampf, ein Verzicht, der schwerer zu sein scheint als der Verzicht auf die Liebe, nur eine Trostlosigkeit, die einen in Angst und Schrecken versetzt, und jeder Versuch, diese Trostlosigkeit nachts zu mildern, verstärkt sie nur noch am

Morgen, damit muß man leben, und als er um die Ecke verschwunden ist, bleibt mir für einen Moment die Luft weg, es ist zu Ende, kaum zu glauben, daß es zu Ende ist, bevor unser Leben zu Ende gegangen ist, aber es ist passiert, aber daß es so passiert ist, heißt noch nicht, daß es so hat passieren müssen, nicht einmal damit kann man sich trösten, wahrscheinlich hätte es verhindert werden können, wie die meisten Katastrophen, doch jetzt ist es zu spät.

Sie wartet vor dem Heim auf mich, am Tor, ihr nach unten gesenkter Bauch drückt sich gegen die Eisenstäbe, Na'ama, ruft sie mir entgegen, wie hast du das gemacht? Erschrokken frage ich, wie habe ich was gemacht, und sie sagt, wie hast du es geschafft, ihn zu überreden, und ich frage zögernd, überreden wozu, und sie sagt, mit mir zusammenzusein, mir zu helfen, er hat heute morgen angerufen und versprochen, mich später zu besuchen. Ich seufze erleichtert, schön, Ja'el, aber erwarte nicht zuviel davon, du wirst nie das von ihm bekommen, was du willst, du wirst dich immer nur auf dich selbst verlassen müssen, und sie sagt, das stimmt nicht, ich glaube, er wird sich ändern, und ich mache das Tor auf und sage, nein, du wirst ihn nicht ändern, du kannst nur dich selbst ändern, und auch das gelingt kaum, und sie betrachtet mich enttäuscht, er wird also nicht mit mir zusammensein? Er wird das Kind nicht mit mir zusammen aufziehen? Und ich sage, nein, er wird manchmal kommen, um dich zu besuchen, und er wird dir so gut gefallen, daß du es nicht schaffen wirst, dich in einen anderen zu verlieben, aber auch das wird nur vorübergehend sein, du mußt dein Leben ohne ihn planen. Aber er wird doch kommen, wenn das Kind Geburtstag hat, fragt sie, und ich denke an Nogas Geburtstag, vielleicht hätte ich ihn doch daran erinnern sollen, doch was nützt das schon, was er nicht freiwillig zu geben bereit ist, soll er lieber für sich behalten, ich kauere mich neben Ja'el auf die Stufe, diese verdammten Geburtstage, wer braucht sie überhaupt, aber auch wenn sie das Kind weggibt, werden diese Tage sie verfolgen, was wird sie jedes Jahr an seinem Geburtstag machen, einen Kuchen backen und ihn selbst essen, einen Bärenkuchen, einen Hasenkuchen, einen Kuchenzug mit Schokoladenglasur, sie wird selbst die Kerzen ausblasen, sie wird langsam mit ihm zusammen älter werden, in verschiedenen Häusern, in verschiedenen Städten.

Den ganzen Morgen strampelt es schon wie verrückt, sagt sie und legt die Hand auf den Bauch, mein Baby will mir etwas sagen, und ich verstehe nicht, was, wenn ich nur wüßte, was gut für es ist, und ich sage sehr leise, damit niemand meine ketzerischen Worte hört, ich kann selbst nicht glauben, daß sie aus meinem Mund kommen, du weißt doch, was gut für es ist, du mußt stark sein und das auch zugeben, es hat überhaupt nichts mit Micha zu tun, nur mit dir und deinem Baby, ich warne dich, wenn du es weggibst, wirst du dich nie davon erholen, und sie seufzt, ich denke so viel darüber nach und komme zu keinem Entschluß, ein Glück, daß ich noch zwei Wochen habe, um es mir zu überlegen, doch als wir aufstehen, stößt sie einen lauten, tiefen Schrei aus, vermutlich hat sie das Ungeborene in ihrem Leib getreten. Schau, sagt sie, und blickt entsetzt an sich hinab.

Das Wasser läuft an ihr herunter, als hätte sie in ihren Kleidern gebadet, sie steht da und weint, ich bringe sie schnell hinauf ins Heim, die Fruchtblase ist geplatzt, sage ich keuchend zu Annat, ich fahre gleich mit ihr zum Krankenhaus, und Annat packt schnell die Tasche, bist du wirklich sicher, daß du dabeisein willst, fragt sie, im allgemeinen ist es ihre Aufgabe, und ich sage, ja, kein Problem, und versuche, mein regelwidriges brennendes Interesse zu verbergen. Muß man jemanden anrufen, fragt sie, und ich wühle in meiner Tasche und ziehe den weißen Zettel heraus, sag ihm Bescheid, sage ich, noch immer keuchend, ich bin so aufgeregt, als wäre ich es selbst, die auf einmal eine neue Familie gründet, jenseits meiner eigenen Familie, die mich so enttäuscht hat.

Sie streckt sich auf dem Rücksitz aus, genau wie Noga vor einer Woche, als sie krank wurde, und mein kleines Auto wird zu einer Behelfsambulanz, voller Schmerzen und Seufzer, immer stöhnt da hinten eine andere, ich komme vorwärts, obwohl ich langsam fahre, fast im Schrittempo, und ich sage zu ihr, wir kommen gleich an, Ja'eli, alles wird gut sein, ich helfe dir, und sie jammert, mir ist kalt, ich bin ganz naß. Trotz der strahlenden Sonne mache ich die Heizung an, das Auto scheint zu brennen, aber sie zittert noch immer, ihre Zähne klappern aufeinander, ich kriege kaum Luft, Schweiß strömt mir über die Stirn in den trockenen Mund, ich schlucke ihn verzweifelt, Durst packt mich, wird immer größer, und ich reiße den Mund auf und habe das Gefühl, als würde mir eimerweise Wasser vom Himmel hineingegossen, lauwarmes, trübes Fruchtwasser, ich trinke es dankbar, meine Augen zerfließen vor Hitze, es ist, als würde sich die Stadt immer weiter von uns entfernen, ich fahre mitten durch die Wüste, ich suche Udi, ich weiß, daß er sich dort versteckt, ich muß es ihm sagen, bevor es zu spät ist, ein neues Baby klopft an die knarrenden Türen unserer Herzen, was werden wir ihm sagen und wie werden wir es empfangen, aber um uns herum gibt es keine Menschenseele, nur brennende Feuer zu beiden Seiten der Straße, gelbliche Feuerblumen in der Wüste, die nach verbranntem Fleisch riechen, ein Geruch nach Menschenopfer.

Als wir fast ohnmächtig die Entbindungsstation betreten, fällt mir ein, wie die Schwester damals fragte, können wir Ihnen helfen, und Udi antwortete, holen Sie nur das Baby heraus, dann werden wir Sie nicht länger stören, diesmal sind

Fragen unnötig, alles scheint so klar, der gesenkte Bauch und die nasse Kleidung, sie übernehmen sie sofort und bitten mich, draußen zu warten, ich gehe im Korridor auf und ab, Glocken eines unerwarteten Glücks läuten in mir, die ganze Welt scheint mit angehaltenem Atem auf die Geburt des kleinen Geschöpfs zu warten, sie breitet ihre riesigen Arme aus, um ausgerechnet dieses Kind zu empfangen, das keiner gewollt hat. Mit geschlossenen Augen stehe ich am Fenster, hinter dem Anblick der Stadt, der mir bis zum Überdruß bekannt ist, spüre ich wieder die einsame Landschaft um mich herum, kahle Bergspitzen schießen wie seltsame Gewächse aus der Erde, ihre Nasen sind lang und adlerförmig und voller Staub, und die Oasen zu ihren Füßen betonen nur noch die endlose Verlassenheit. Eine himmlische Hand spannt die Berge mit starkem Arm, Salzberge glitzern wie Eis, Udi, wo sind wir, wohin fahren wir, aber der Fahrersitz ist leer, das Lenkrad steuert sich selbst zwischen den Bergketten hindurch, die sich nebeneinander erheben und die Wüste abschließen, und aus den blassen Staubpflanzen steigt seine Gestalt auf, was für eine Einsamkeit, flüstert er, du hast keine Ahnung, wie einsam ich bin, du hast das noch nie erlebt.

Eine schwere Hand faßt mich an der Schulter, wir haben uns erst gestern kennengelernt, und schon warten wir auf ein Baby, flüstert er mir ins Ohr, sein Lachen kitzelt meine Wange, Micha, sage ich erstaunt, du bist aber schnell gekommen, und er nickt, ich habe beschlossen, alles zu tun, was du sagst, und ich lache, wirklich, warum? Einfach so, sagt er, weil es mir angenehm ist, dir eine Freude zu machen. Aber Micha, schimpfe ich, du bist doch nicht zu mir gekommen, sondern zu Ja'el, und er murrt, sei doch nicht so ernst, das ist doch kein Widerspruch, kann man nicht zwei Frauen gleichzeitig eine Freude machen? Wieder muß

ich kichern, wir sind so verschieden, daß es fast lächerlich
ist, er würde nie zulassen, daß man ihm das Leben zerstört,
während ich opferbereit darauf warte, ein Leben mit ihm ist
sicher sehr angenehm, und dann fällt mir auf, daß er sich
noch nicht einmal nach ihr erkundigt hat, es macht ihm
nicht wirklich etwas aus, daß sie hinter der Wand Wehen
aushalten muß, seine Liebe ist charmant und ohne Gewicht,
sie geht vorbei, und ich stelle mir den angespannten, ernst-
haften Udi neben ihm vor, aber auch seine Liebe geht vorbei,
was spielt es schon für eine Rolle, ob sie nach zweieinhalb
Tagen vorbeigeht oder nach zweieinhalb Jahrzehnten?

Die Schwester, die aus dem Saal kommt, wirft einen neugierigen Blick auf uns, die wir Arm in Arm am Fenster stehen, Sie können jetzt zu ihr gehen, sagt sie zu mir, aber ich
ziehe es vor, ihn zu schicken, geh du zuerst, das wird ihr
mehr helfen, und als er verschwindet, mit zögernden Schritten, ist der Korridor leer, ich setze mich auf einen wackligen
Plastikstuhl, ich meine, das Gewirr ihrer Stimmen zu hören,
ihre Schmerzensschreie, seine Stimme, die sie zu beruhigen
versucht, und dazwischen das Echo der schnellen Herztöne
des Kindes, wie ein himmlisches Orakel, man spricht in der
Weite des Raums Fragen aus, wer wird dieses Kind aufziehen, wer wird seinen Wagen schieben, wer wird nachts aufstehen, wenn es weint, ich bestimmt nicht, was hänge ich
mich an ihr Leben, ich habe das meinige getan, ich habe ihn
hierhergebracht, und jetzt kann ich gehen, jetzt muß ich gehen. Ich versuche aufzustehen, aber Müdigkeit sinkt auf
mich, als hätte ich seit Jahren nicht geschlafen, ich lehne
mich zurück, an die Wand, und mache die Augen zu. Die
Nähe des neues Lebens, der neuen Familie, die dort in
Schmerzen vereint ist, versetzt mich in eine kindliche Ruhe,
als würde jemand meinen Schlaf bewachen, ich, die ich Nacht
für Nacht in meinem Bett mit dem Einschlafen kämpfe, ver-

sinke hier auf dem Plastikstuhl, in diesem lauten Korridor, in einen tiefen Schlaf, trotz der Gesprächsfetzen und der Schreie, die an mein Ohr dringen, trotz der eiligen Schritte und der Freudenrufe, trotz des Weinens und des Stöhnens, und nichts stört mich so, wie mich früher Udis Atemzüge neben mir gestört haben, oder das Licht seiner Leselampe, ich fühle mich wie ein kleines Mädchen in einem großen Haus, ein nachgeborenes, verwöhntes Kind mit vielen Brüdern und Schwestern und mit vielen Müttern und Vätern, und alle sind gierig und lebendig und freundlich und gut.

Da kommt einer meiner geliebten Brüder und streichelt mir die Haare, er legt seine Lippen auf meine und schiebt mir eine süße Marzipanzunge in den Mund, verteilt ihre Süße in meiner Mundhöhle, und ich lutsche und sauge langsam an der Zunge, ganz langsam, damit sie nicht so schnell zu Ende ist, und ich spüre, wie mein Körper sich öffnet, hier auf dem Stuhl, vor aller Augen, hätte ich mit ihm geschlafen, wir sind doch alle eine Familie, aber Schritte nähern sich uns, er löst seinen Mund von meinen feuchten Lippen, setzt sich neben mich und senkt den Kopf, und ich lege meine Hand auf seine Schulter, wie geht es ihr, frage ich, als handelte es sich um unsere gemeinsame Tochter, und er sagt, es geht ihr gut, es ist ein Junge.

Herzlichen Glückwunsch, sage ich aufgeregt, und er wirft mir einen zweifelnden Blick zu und seufzt, du bist wirklich stur, und ich frage, wieviel wiegt er, wem sieht er ähnlich, und er kichert, er sieht mir ähnlich, aber er wiegt ein biß-chen weniger, wenigstens vorläufig, und ich lache glücklich, alle Schranken sind gebrochen, von dem Moment an, als meine kleine, geschlossene Familie zerbrach, scheint mich alles anzugehen, alles gehört mir, dieses Baby ist auch mein Baby, dieser Mann ist auch mein Mann, die junge Frau dort im Zimmer gehört mir, und ich bin bereit, auch Noga in diese Gemeinschaft einzubringen, von mir aus kann sie auch ihm gehören, so erleichtert man das Leid der Welt, so heilt man die Wunden, nur meinetwegen hat er ihr bei der Geburt beigestanden, wie kann er auf das Kind verzichten, bei dessen Geburt er anwesend war. Einen Moment lang steigen Zweifel in mir auf, was würde Chawa zu diesen Neuigkeiten sagen, doch sofort dränge ich sie aus meinen Gedanken, wer kein Leid kennt, weiß nicht, wie man es erleichtert, schwerfällig stehe ich auf, meine Finger auf seinem Kopf, sie fahren ihm durch die Haare, eine angenehme Nähe, ich gehe hinein, zu ihr und dem Kind, sage ich, und er lächelt, nur bleib nicht für alle Ewigkeit dort, wir haben noch viel Arbeit vor uns, und ich frage verwundert, was für eine Arbeit? Er sagt, das Haus, das ich für dich baue, wir haben den Plan noch nicht ganz durch, und das Lächeln, das ich ihm schenke, begleitet mich in das Zimmer, ein glückliches Lächeln, erstaunt über die eigene Bereitschaft zum Glück.

Herzlichen Glückwunsch, Ja'eli, ich beuge mich über sie und küsse sie, ein feuchter Geruch steigt von ihr auf, der lebendige Geruch von Blut aus der Tiefe ihres weichen geschundenen Unterleibs, er erinnert mich an den Geruch, der von Sohara ausging, ein Geruch, der jetzt Udi begleiten wird. Sie wirft mir einen müden Blick zu, ist dein Mann zurückgekommen, fragt sie, und ich sage, nein, wieso denn, und sie sagt, nur so, du siehst so strahlend aus. Ich freue mich einfach für dich, sage ich schnell, ich freue mich, daß alles gutgegangen ist, und sie schluchzt, es war furchtbar, ich habe gedacht, ich muß sterben, es war schlimmer, als ich es mir vorgestellt habe, und ich streichle ihren Arm, zu dem der druchsichtige Plastikschlauch der Infusionsflasche führt, aber es war kurz, sage ich, kaum zwei Stunden, manchmal dauert es ganze Tage, weißt du. Vielleicht ist es leichter auszuhalten, wenn man das Kind will, sagt sie leise, für mich war das wirklich überflüssig, und ich schaue mich um, wo ist der Kleine, ich muß ihn sehen, und sie sagt, sie haben ihn für irgendeine Untersuchung mitgenommen, er kommt gleich wieder. Hast du ihn schon gestillt, frage ich begeistert und werfe einen Blick auf ihren Brustansatz, der unter dem Morgenmantel herauslugt, und sie sagt, nein, nicht richtig, das ist nichts für mich, und legt schützend ihre Hand auf die Brust. Am Anfang ist es schwer, sage ich, aber nach ein paar Tagen gewöhnt man sich daran, du mußt es wenigstens probieren, und sie seufzt, ihre Augen sind noch rot von der Anstrengung, ihr Gesicht rosig und weich, genau wie der Morgenmantel, den sie trägt, sie erinnert mich an eine Blume, die ich einmal gesehen habe, eine Blume, die aussah wie ein Mensch.

Aber woher soll ich wissen, ob dies der Anfang oder das Ende ist, bricht es plötzlich aus ihr heraus, ich bin überhaupt nicht sicher, ob er noch ein paar Tage bei mir bleibt, ich weiß nicht, ob ich mich dafür entscheiden soll, ihn zu stillen, oder ob ich es besser bleiben lasse, verstehst du? Ich habe noch nicht beschlossen, ob ich ihn überhaupt behalte, sagt sie, und ich erschrecke, sie wird mir nicht meine neue Familie kaputtmachen, ich streiche mit sicherer Hand die kleinen Fragezeichen, die zu setzen ich ausgebildet worden bin, und sage in nachdrücklichem, fast zwingendem Ton, was redest du da, ich habe geglaubt, es wäre jetzt alles klar, Micha war bei der Geburt dabei, er wird der Vater des Kindes sein, auch wenn er nicht bei euch lebt, wird er doch finanziell für euch sorgen, und ich werde dir auch helfen, du wirst nicht allein sein, meine Tochter kann manchmal auf ihn aufpassen, auch deine Eltern werden sich schließlich an den Gedanken gewöhnen, es wird schwer sein, aber glaub mir, es wäre viel schwerer, den Kleinen wegzugeben, die

Sache würde dich dein Leben lang verfolgen. Ich weiß nicht, schluchzt sie, ich kenne ihn noch nicht, ich würde ihn im Babyzimmer noch nicht mal erkennen, ich kann morgen weggehen, als wäre nichts gewesen, ein bißchen Diät, und das war's, ich kann meine Ausbildung fortsetzen und die Sache vergessen, und in ein paar Jahren, wenn die Umstände passender sind, kann ich eine richtige Familie gründen, ich habe jetzt keine Kraft, ein Kind aufzuziehen, es paßt mir nicht. Ich bleibe stur, ich kann mich einfach nicht beherrschen, mir ist klar, daß ich hier den schlimmsten Fehler verhindern muß, es kommt dir jetzt nur so vor, als hättest du keine Kraft, sage ich, du bist noch geschwächt von der Geburt, du wirst schon sehen, das Baby gibt dir Kraft, du wirst deine Ausbildung fortsetzen können, du wirst zurechtkommen, bedenke die Alternative, stell dir vor, daß jedes Baby, das du auf der Straße siehst, deines sein kann, und später jeder kleine Junge, jeder junge Mann, es wird dich bis an dein Lebensende verfolgen, und wenn du eine Familie gründest, wird es dir noch mehr Schmerzen bereiten, denn dann wirst du verstehen, worauf du verzichtet hast, und du wirst es dir nicht verzeihen können, und wenn du Micha siehst, wird euch jedesmal der Gedanke an euer Kind quälen, das ihr hättet lieben können.

Ich habe nicht vor, Micha weiterhin zu sehen, verkündet sie mit Nachdruck, und ich werde blaß, warum denn nicht, schließlich ist er doch gekommen, um dir während der Geburt beizustehen, wie du es gewollt hast, ich bin nicht bereit, auf meine Errungenschaft zu verzichten, und sie sagt, ausgerechnet hier sind mir die Augen aufgegangen, ich habe gesehen, daß er sich vor mir ekelt, sein ganzes Wesen lehnt mich ab, immer habe ich gedacht, bei ihm sei es schwer, zu wissen, was er wirklich fühlt, aber heute habe ich verstanden, daß er einfach nicht fähig ist, etwas zu fühlen, er will sich nur amüsieren, er war nicht wirklich hier bei mir, er hat nur gespielt, ich habe genug von ihm. Ich höre ihr erstaunt zu, mir ist, als hörte ich die Beurteilung meines Sohnes bei einer Elternversammlung, eine ernste Warnung, die auch mich bedroht, während ich noch seinen Marzipangeschmack im Mund habe, und in diesem Moment kommt ein Arzt herein und bittet mich, den Raum zu verlassen, ich ziehe einen Zettel aus der Tasche und schreibe meine Telefonnummer zu Hause drauf, ruf mich an, wenn du etwas brauchst, sage ich, ich besuche dich heute abend oder morgen noch mal.

Schnell verlasse ich den Raum, ich sehe ihn am Rand des Korridors stehen, mit einer Tasse Kaffee in der Hand, verdammt, flucht er, ich habe mich verbrannt, sie servieren den Kaffee in Plastikbechern, die einem in der Hand schmelzen, ich strecke die Hand aus, wie in einer seltsamen Zeremonie reicht er mir den heißen Becher, ich genieße die plötzliche Wärme, die mich an die Fahrt hierher erinnert, diese schreckliche, diese feierliche Fahrt, ich trinke einen Schluck, und er sagt, laß das Zeug, komm, gehen wir einen richtigen Kaffee trinken, ich betrachte ihn mit kühlem Blick, ich habe keine Zeit, Micha, ich muß zur Arbeit zurück, es ist schon fast Mittagszeit, das Urteil, das sie über ihn gesprochen hat, tropft weich und eklig von seinem Kopf wie Taubendreck. Wir haben uns noch nicht über die Situation geeinigt, versucht er es noch einmal, schenk mir eine Stunde von deiner Zeit, für das Baby, und ich gebe nach, gehe schweigend neben ihm her, hin- und hergerissen zwischen ihr und ihm, verwirrt folge ich ihm wieder in meinem Auto, so schnell ist bereits die Harmonie in meiner neuen Familie geplatzt. Es sieht aus, als hätte ich ihn verloren, und ich schwanke zwischen Trauer und Erleichterung, aber an der Kreuzung wartet er auf mich, er winkt mir zu und wird sofort von einer völlig neuen Straße verschluckt, die aussieht, als sei sie gerade erst angelegt worden, Asphaltteppiche erstrecken sich vor uns, ein alter Mann mit einem Farbeimer in der Hand malt mit großem Eifer die weißen Striche eines Zebrastreifens. Wo sind wir, noch nie bin ich hier gewesen, auf beiden Seiten der Straße werden blasse Häuser gebaut, einige von ihnen tragen schon Mützen aus roten Ziegeln, aber die meisten sind barhäuptig, mit aufgerissenen Augen, kahle Rohbauten, er ist verrückt geworden, warum bringt er mich zu diesem nackten, schattenlosen Baugelände, nirgendwo ein Baum, nur umgegrabene, besiegte Erde, Gerüste auf Gerüsten, riesige Kräne, und drum herum felsige Hügel, die darauf warten, daß sie an die Reihe kommen.

An der Ecke einer noch nicht geteerten Straße bleibt er stehen, neben einem halbfertigen Gebäude, ich kurble das Fenster auf und frage, ist das eine Entführung, und er lacht, so etwas Ähnliches, und er zieht mich aus dem Auto, zieht mich hinter sich her auf das Gebäude zu, ein riesiger Hund kommt mit lautem Gebell von hinten, und ich weiche zurück, ich krümme mich bereits jetzt vor Schmerzen wegen meines Knöchels, in den er gleich beißen wird, es geschieht dir ganz recht, sage ich mir, es geschieht dir ganz recht, aber blitzschnell streckt er sich vor Michas Füßen aus, gierig danach, gestreichelt zu werden. Beruhige dich, Elijahu, sagt er und wirft mir einen schrägen Blick zu, er genießt es, zu demonstrieren, daß er die Situation beherrscht, wie kann man einen Hund bloß Elijahu nennen, ich trete hinter ihm in das noch ungestrichene Treppenhaus, schmale Bretter führen die Stufen hinauf, und wir halten uns an Seilen, die sich nach einiger Zeit in Geländer verwandeln werden, und einen Moment lang bin ich bereit, zu glauben, daß wir ein junges Paar sind, das die Baustelle seiner neuen Wohnung besichtigt und sich um jede einzelne Fliese viele Gedanken macht. Am Ende der Treppe ist eine prächtige Tür, er nimmt ein

Schlüsselbund aus der Tasche, dreht einen Schlüssel im Schloß und macht die Tür weit auf. Erstaunt schaue ich mich um, hier, mitten in dieser Einöde, steht ein prächtiges, ein perfektes Puppenhaus, wunderbar eingerichtet, auf dem Wohnzimmertisch steht sogar eine Schale mit roten Äpfeln. Was ist das, frage ich, wer wohnt hier, du? Er lacht, lebst du auf dem Mond, das ist eine Musterwohnung, hast du noch nie eine Musterwohnung gesehen? Ich schüttle den Kopf und wandere in den Zimmern umher, die mir ihre Schönheit zeigen, hier ist Nogas Zimmer und da das Schlafzimmer, daneben noch ein möbliertes Kinderzimmer, für wen soll das sein, ich habe kein Kind für dieses Zimmer, und plötzlich bin ich deprimiert, die Anwesenheit des Kindes, das nie geboren wurde, drückt auf meine Seele, was tue ich in dieser perfekten Wohnung, während ich so weit von jeder Art der Perfektion entfernt bin, ich kehre in den Salon zurück, von dem aus man die Hügel sehen kann, dort sitzt er und raucht stolz eine Zigarette, gefällt es dir hier, fragt er, das habe ich gebaut, ich nicke schweigend, mir fällt wieder ein, daß sie ihn nicht mehr will, er ist nicht fähig, etwas zu fühlen, er will sich nur amüsieren. Nun, und was tun wir hier, frage ich, ein Blutgerinnsel aus Haß bahnt sich einen Weg durch meinen Körper, und er sagt, glaubst du nicht, daß wir in unserem Alter das Recht auf ein bißchen Nähe haben, oder macht es dir vielleicht mehr Spaß, vor dem Schwesternzimmer herumzuknutschen? Ich weiß nicht, ob ich überhaupt herumknutschen möchte, sage ich, ich kann dieses Wort nicht leiden. Laß doch die Semantik, sagt er, laß mich doch deinen Körper lieben, und er steht auf und zieht mich hinter sich her in das riesige Schlafzimmer, Elterneinheit nennt er es, was für ein bedrohliches Wort, fast militärisch. Hast du es schon mal in einer Musterwohnung gemacht, fragt er, und ich sage, noch nie, und ich werde es wohl auch nicht tun. Er kichert, spiel dich nicht so auf, ich kenne dich schon, du weißt gar nicht, wozu du fähig bist, du müßtest nur einen Monat mit mir verbringen, und du würdest dich nicht wiedererkennen, und ich stehe verloren vor dem prächtigen Bett, eine dünne Staubschicht bedeckt es wie samtenes Bettzeug, verleiht dem Zimmer eine weiche Stimmung, sogar seine schwarzen Haare sind schon von hellen Staubkörnern überzogen, sie machen ihn um Jahre älter.

Micha, sage ich ruhig und wische den Staub von seinen Haaren, du hast heute einen Sohn bekommen, kapierst du das überhaupt? Er grinst, habe ich eine Wahl? Natürlich kapiere ich das, und du bist mein Geschenk, es steht mir doch ein Geschenk zu, nicht wahr, und ich sage, du bist selbst ein Baby, dir steht gar nichts zu, jetzt ist es an der Zeit, daß du etwas gibst, du hast schon genug bekommen. Aber ich habe während der ganzen Geburt nur an das hier gedacht, murrt er, ich habe daran gedacht, wie ich dich hierherbringe und du mir ein Geschenk machst, du weißt doch, daß ich nur deinetwegen dort war, und ich seufze, sie hat recht gehabt, sie hat recht gehabt, nur ich habe mich getäuscht. Niedergeschlagen setze ich mich auf den Bettrand, ich sehe, wie seine Schultern sich dehnen und breiter werden, sein Gesicht wird größer, je näher er mir kommt, sein Lächeln ist riesig, entblößt starke Zähne, ich habe das Gefühl, gleich dringt ein Bellen aus seinem Mund, das schreckliche Bellen des Hundes Elijahu. Ich schiebe ihn weg, laß mich, und er ist gekränkt, was hast du denn, ich habe geglaubt, wir feiern gemeinsam die Geburt des Kindes, mit wem soll ich denn sonst feiern, mit meiner Frau etwa, und mir fällt das braune Bein wieder ein, in den Unterleib hat sie es mir gestoßen. Warum weinst du, fragt er erstaunt, ich verspreche dir, alles wird gut, ich werde das Kind besuchen, ich werde Unterhalt zahlen, ich bin sogar bereit, ab und zu mit ihr zu schlafen, wenn du darauf bestehst, was willst du sonst noch von mir? Ich schaue hinaus, die kaum wahrnehmbare Bewegung eines welken Zweigs erfüllt mich mit Trauer, es ist überhaupt kein Zweig, es ist eine spitze, mit Rost überzogene Eisenstange, direkt lebensgefährlich, ich weiß nicht, was ich will, aber das ist etwas ganz anderes, etwas Schweres, Dumpfes senkt sich zwischen uns, das bedauernswerte Schicksal des Neugeborenen, das keiner will, das Schicksal der zu jungen Mutter, das Schicksal des Beines, das nie zum Rand des Bildes vordringt, und ich sage zu ihm, alles ist schief, Micha, findest du nicht? Ich hätte nicht mit dir hierherkommen dürfen, ich hätte gestern nicht mit dir schlafen dürfen, nie im Leben bin ich so abgestürzt.

Er weicht vor mir zurück, ein unangenehmer Zug zeigt sich in seinem Gesicht, hör auf mit dieser Scheinheiligkeit, sagt er, wer bereit ist, den Preis zu bezahlen, der darf alles, ich bezahle den Preis, wenn meine Kinder erfahren, daß sie einen Bruder von einer anderen Mutter bekommen haben, wenn meine Frau es herausfindet, das ist nicht einfach, aber ich beklage mich nicht, ich ziehe es vor, so zu sein, wie ich bin, Hauptsache, ich langweile mich nicht, und als ich dich gestern mit diesem durstigen Lächeln gesehen habe, habe ich gedacht, du wärst wie ich, ich habe nicht gedacht, daß du so schnell abfallen würdest. Micha, sage ich ruhig, ich habe keine Ahnung, ob ich so bin wie du, ich habe keine Ahnung, ob ich so bin wie ich, ich habe so viele Jahre mit einem einzigen Mann zusammengelebt, ich war eingeschlossen in unserem Leben, alles ist immer mehr zusammengeschrumpft, ich konnte mich nur in Beziehung zu ihm sehen, nicht als eigenständige Person, du kannst dir gar nicht vorstellen, wie viele Fragen ich mir noch nicht einmal selbst gestellt habe. Er schaut mich zweifelnd an, weißt du, sagt er, gestern, als du mir erzählt hast, daß dein Mann dich verlassen hat, dachte ich, was für ein Idiot, aber jetzt verstehe ich ihn. Ich fühle, wie meine Wangen brennen, als stünden sie in Flammen, du verstehst ihn, frage ich, was soll das heißen? Hör zu, bevor du beleidigt bist, fährt er mich an, und ich hoffe auf seine Worte, als hinge mein ganzes Leben davon ab, aber er zögert, macht den Mund auf und schließt ihn gleich wieder, sperrt seine Wörter hinter den Zähnen ein, schau doch, wie du versuchst zu herrschen, bringt er mit Mühe heraus und deutet um sich, als läge da der Beweis, in dieser Wohnung, in der niemand lebt, du hast irgendein scheinheiliges Modell im Kopf und versuchst, uns alle darin einzuordnen, sogar mich und Ja'el, Menschen, die du kaum kennst, du hältst dich selbst für beispielhaft und glaubst, daß dir zum Lohn dafür ein beispielhaftes Leben zusteht, aber so etwas gibt es nicht, so etwas wird es nie geben, und trotzdem steht es uns zu zu leben, sogar das Leben zu genießen, mir und dir, und sogar dein Mann darf leben, ohne sich die ganze Zeit schuldig zu fühlen, weil er kein beispielhafter Ehemann oder kein beispielhafter Vater ist, oder Gott weiß, was du von ihm gewollt hast, denn auch du bist nicht vollkommen, und das kann man sogar als Vorteil sehen, du darfst neidisch sein, hassen, betrügen, stehlen, du darfst sogar manchmal deinen scheinheiligen Beruf schwänzen, alles darfst du, alles, solange du nur mit dir selbst aufrichtig bist und dich nicht als Heilige hinstellst, verstehst du, was ich sage? Er schaut mich an und grinst, na, wie mache ich mich als Sozialarbeiter? Und jetzt wollen wir mal sehen, was du mit so einer Wohnung anfängst.

Ich betrachte den Staub, der zwischen uns schwebt, bald wird er uns bedecken wie antike Möbelstücke in einem verzauberten Schloß, Möbelstücke, die einmal Menschen waren, beschädigte Menschen, und eine Welle von Stolz auf Udi überschwemmt mich, daß es mir schwerfällt zu atmen, mir kommt es vor, als habe sich eine Faust tief in meinem Inneren plötzlich entspannt und verkünde die Befreiung von Pflichten, ganze Hefte voller eng beschriebener Seiten werden vor meinen Augen in einem gesegneten, erschütternden Moment ausradiert, ich stehe schnell auf, als erwarte er mich zu Hause, damit ich ihm etwas ganz Wichtiges erzähle, etwas, was ihn sehr glücklich machen wird, wo habe ich meine Tasche gelassen, aber als ich sie finde, bleibe ich stehen, mein Haus ist leer, meine guten Neuigkeiten werden warten müssen, und inzwischen stehe ich da mit den schlechten, mit einem fremden Mann, der sich unbehaglich auf dem Bett bewegt, plattgedrückt und hilflos wie ein Krüppel, den jemand umgestoßen hat, genau wie Udi an jenem Morgen. Gib mir die Hand, bittet er, und ich strecke die Hand aus, um ihm beim Aufstehen zu helfen, aber er zieht mich mit Gewalt zu sich aufs Bett, möchtest du den perfekten Fick? Er sagt es heiter, als würde er diese Worte zum ersten Mal aussprechen, und ich sage, lieber nicht, er grinst, ich sehe, daß er gekränkt ist, laß dich entschädigen, und ich sage, du wirst mich nie entschädigen können, und er schnauft mir heiße Luft ins Ohr, das vor Vergnügen erzittert, ich entschädige dich dadurch, daß ich dich sündigen lasse, du mußt sündigen, damit du dir selbst verzeihen kannst.

Ich habe gestern schon gesündigt, murre ich, und er sagt, aber gestern hast du es noch nicht gewußt, und ich fange schon an zu kichern, sein Charme besänftigt die harten Worte, die hier noch nachhallen, und machen die Wohnung geschichtslos, wie Adam und Eva sind wir die ersten, die hier lachen, das Lachen verwandelt sich in Seufzer der Lust, schon zieht er mir den langen Rock aus und bahnt sich seinen Weg, kurz und gezielt diesmal, als habe er nur einen Punkt zu klären, und ich halte seine Schultern, er ist ein Gast in meinem Leben, das verstehe ich auf einmal, er ist zu einem kurzen Besuch gekommen, man darf ihn nicht aufhalten, warum sollte ich ihn aufhalten? Was ist passiert, fragt er und dreht mich mit einer kräftigen Bewegung um, ich betrachte sein Gesicht, das sich vor meinen Augen vernebelt, wir werden uns nicht wiedersehen, flüstere ich, und er sagt, warum nicht, es hängt nur von dir ab, und ich schüttle den Kopf, Tränen fließen mir aus den Augen, ich schaue ihn an, ich muß weitergehen, allein, kein Mann wird die Leere ausfüllen, es ist nicht die Leere, die Udi zurückgelassen hat, sondern die Leere, die ich selbst in mein Leben gebracht habe, ich, die ich ihn gewählt habe und nicht mich, als wir beide sehr jung waren, ich habe ihn gewählt, um ihm meine eigenen Kräfte überzustülpen, um mich von meinen eigenen Erlebnissen abzulenken, von allem, was ich an Lebendigem und Flehendem in mir vergraben habe. Es ist kein Wunder, daß er mich verlassen hat, denn ich habe mich ja selbst aufgegeben, vor vielen Jahren schon, eine nicht weniger grausame Handlung, die eigentlich die Ursache für seine eigene war. Ich betrachte den offenen Mund vor mir, die weißen Zähne, die Falten zwischen den Augen, schräg eingeritzt, präzise wie alte hebräische Schriftzeichen, nie werde ich versuchen, mein Schicksal in diesem Gesicht zu entziffern, die Bewegungen meines Lebens in den Wellen der Lust, die es überfluten, diese Falle ist nicht für mich bestimmt. Er lacht und versucht, mich von sich abzuschütteln, ich muß dich hungrig lassen, damit du wiederkommst, sagt er, aber ich lasse ihn nicht los, ich reiße ihm das Hemd herunter, die Zufälligkeit des Augenblicks weckt klebrige, laute Lust in mir, seine Schokoladenschultern zerfallen zu lauter Würfeln, es lohnt sich nicht, einen Turm zu bauen, jeder Turm zerfällt letztlich, je höher er ist, um so bedrohlicher wird sein Sturz, ich bin froh, daß ich mich mit süßen Würfeln zufriedengeben kann, schon das ist mehr, als mir zusteht, nichts steht mir zu, und das ist gut so, wie angenehm ist es doch, die bedrückende Sehnsucht nach Gerechtigkeit aufzugeben, wie angenehm ist es, die Hände zu heben, in völligem Einklang mit dem Zerfall der Realität.

Mit plötzlichem Appetit lecke ich seinen Bauch, sein Fleisch ist warm und brünstig, unsere Zähne treffen sich in einem langen Biß, ein Zahn unter dem anderen, warum soll man sich verstellen, nur der Schmerz tröstet, seine Zähne wandern über meinen Körper, über den schmalen Knöchel, da habe ich mir eingebildet, den Biß des Hundes zu spüren, jetzt spüre ich den Wonneschauer, der mir über den Rücken läuft. Seine Hände drängen zwischen meine Oberschenkel, machen Platz für seine Finger, für seine Zunge, es ist, als wollte er meinen Körper in zwei Hälften spalten, warum schläfst du mit mir, fragt er plötzlich, seine Hand zögert, bringt das Tier der Unzucht zum Schweigen, rede schon, er drängt mich, ich habe nicht den ganzen Tag Zeit, ich habe ein neues Baby, ich habe eine Frau und Kinder, und ich flüstere, einfach so, ich schlafe einfach so mit dir, ohne Grund, und er lächelt zufrieden, stopft mir mit seinem Schwanz den Mund, der vor Vergnügen stöhnt, ich habe das Gefühl, ich müßte in Weinen ausbrechen, aber ein wildes Lachen erfüllt mich, noch nie im Leben habe ich mir erlaubt, etwas einfach so zu tun, immer hatte ich ein Ziel vor Augen, und er keucht über mir, das Gesicht zu den nackten Hügeln gewendet, und sie werfen ein seltsames Licht zurück, das schwache und irritierende Licht eines Mondes am Mittag, einfach so, flüstert er mir in den Mund, ich liebe diesen Ausdruck, und dann erstarrt er plötzlich, Blässe breitet sich auf seinem Gesicht aus, wie Udis Blässe in den Tagen seiner Krankheit, und dann sinkt er mit einem erleichterten Seufzer auf meine Brüste. Nicht schlecht, keucht er, du lernst schnell, Na'ama, du hast noch Chancen.

Gleich werden wir aufstehen und unsere Knochen sammeln, wie man Gegenstände einsammelt, die in einer Wohnung herumliegen, wir werden das Musterlaken vom Bett ziehen und es mit vier Händen ausschütteln, wir werden unsere Kleidungsstücke entwirren, die sich zu einem bunten Haufen vermischt haben, und dann werden wir das neue Viertel der Gnade der Planierraupen und dem Schlagen der Hämmer und den langen Schatten der Baukräne überlassen, und an der Tür wird er zu mir sagen, wenn dein Mann zurückkommt, solltet ihr in eine neue Wohnung ziehen, ich werde sie gerne für euch planen, schau nur, was für ein Schlafzimmer ich dir herrichten werde, und ich werde sagen, er kommt nicht zurück, warum sollte er zurückkommen?

20

Entweder wartet sie auf mich, oder sie steht nur zufällig in der Tür zum Heim, ich weiß es nicht, eine mütterliche Torhüterin, den schwerfälligen Körper umhüllt von einem feierlichen schwarzen Kleid, die Augen von der Brille vergrößert, Na'ama, sagt sie schnell, als wäre ihr mein Name widerwärtig geworden, Na'ama, man muß das neue Mädchen dazu bringen zu unterschreiben, und ich antworte mit scharfer Stimme, wen, Ja'el? Warum soll sie unterschreiben, sie hat doch beschlossen, das Kind selbst aufzuziehen!

Wirklich? Chawa verzieht in gespielter Überraschung die Lippen, woher weißt du das? Ich stottere, sie hat es mir gleich nach der Geburt gesagt, ich war doch mit ihr dort. Ihre Stimme springt mich an, prallt gegen meinen Körper. Sie hat es dir also gesagt? Oder vielleicht hast du es ihr gesagt?

Wir haben darüber gesprochen, weiche ich aus, es war ziemlich klar in ihrem Fall, meinst du nicht, und sie unterbricht mich, ihre herabhängenden Wangen zittern wie die Lefzen einer hungrigen Bulldogge, es ist wirklich egal, was ich meine, Na'ama, aber es ist auch egal, was du meinst, unsere Aufgabe ist es, den Mädchen verstehen zu helfen, was sie selbst meinen, hast du das vergessen?

Ich habe es nicht vergessen, ich wollte ihr nur ein bißchen mehr helfen, stottere ich und rücke meine Sonnenbrille zurecht, gleich werden meine betrügerischen Tränen sich gegen mich erheben wie durchsichtige Verräter und boshaft alles offenlegen, was ich verbergen möchte. Ein bißchen mehr helfen ist weniger helfen, sagt sie entschieden, in eine Identifikation einzutreten, ohne sie wieder zu verlassen, ist zerstörerisch, hast du unsere Aufgabe vergessen? Hinein und heraus, sonst kann man nicht behandeln, deine Identifikation mit ihr war zerstörerisch, denn sie geschah aus falschen Motiven, du hast versucht, über sie deine eigenen Probleme zu lösen, du hast nicht versucht, ihr zu helfen, sondern dir selbst.

Bestürzt betrachte ich ihr erstaunliches Dekolleté, das sich direkt vor meinen Augen ausbreitet, weiß und mit rötlichen, kindlichen Sommersprossen übersät, eine Haut, die im verborgenen alt geworden ist, ohne einen Sonnenstrahl gesehen zu haben, ganz anders als das Muster ihrer Sommersprossen auf den Armen und im Gesicht, und mit brüchiger Stimme sage ich, auch wenn du recht hast, darf sie trotzdem nicht auf ihr Baby verzichten, ich muß zu ihr gehen und versuchen, den Schaden wiedergutzumachen. Aber Chawa streckt die Hand aus und versperrt mir den Weg, es tut mir leid, Na'ama, sie hat ausdrücklich darum gebeten, daß du nicht zu ihr kommst, sie will dich nicht mehr sprechen, sie hat verlangt, daß ich komme. Sie wirft zufrieden einen Blick auf ihre blitzende goldene Uhr, nun, ich bin spät dran, warte hier auf mich, ich habe noch ein paar Dinge, die ich dir sagen muß, und schon ist sie weg und läßt mich mit brennendem Gesicht zurück, und ich schaue ihr feindselig nach, dafür hast du dich so rausgeputzt? Wie eine Gans watschelt sie auf ihren hohen Absätzen, hat ihr Fett in ein Abendkleid mit einem lächerlichen Ausschnitt gepreßt, nur um zu sehen, wie Ja'el den Fehler ihres Lebens begeht, ein junges, kapriziöses Mädchen, das sich das nie verzeihen wird.

Ich höre, wie Chawa den Motor anläßt, vielleicht soll ich ihr nachfahren, ich habe schon nichts mehr zu verlieren, ich lasse nicht zu, daß Ja'el die Formulare unterschreibt, aber mir ist, als streckte Chawa noch immer die Hand aus und versperrte mir den Weg, unerbittlich wie eine blinkende Schranke, sie wirft mich auf die Treppe. Ich bin es, denke ich, ich habe den Fehler meines Lebens begangen, wie konnte ich solche Sachen zu Ja'el sagen, ihr meine Meinung aufdrängen, so habe ich sie doch nur gegen mich aufgebracht, auch durch das, was ich getan habe, vor allem durch das, wovon sie noch gar nicht weiß, daß ich es getan habe. Alle meine guten Absichten haben sich zum Schlechten gewendet, und vielleicht habe ich es noch nicht einmal gut gemeint, vielleicht wollte ich sie nur aufhetzen, damit auch sie nichts hat, so wie ich nichts habe, ich wollte zugleich ihr Leben leben und es leer machen, ich habe ihr den Mann genommen und auch noch die Hand nach ihrem Kind ausgestreckt, nur meinetwegen gibt sie den Kleinen weg, heute unterschreibt sie die Formulare, und morgen kehrt sie zu ihrem früheren Leben zurück, wie hat sie es doch formuliert, ein bißchen Diät, und das war's. Ich hätte Noga auch weggeben können, so schwer hatte ich es mit ihr in den ersten Monaten, Tag um Tag, Nacht um Nacht hat sie geschrien, ein Stück nach dem anderen mußte ich von mir aufgeben, bis von mir nichts blieb als eine leere, trockene Hülle, und manchmal stellte ich mir in all der Müdigkeit und Langeweile und Schwermut die Freiheit vor, freundliche Menschen kamen und streckten mir die Hände entgegen, gib sie uns, sagten sie, gleich bist du frei, und sie wird glücklich sein, und ich legte ihnen den kleinen strampelnden Körper auf die Hände und hoffte auf Ruhe, auf göttliche Stille, nur schlafen, ich wollte nur schlafen, aber bevor ich es noch bedauern konnte, weckte mich ihr forderndes Geschrei wieder, sie ging nirgends hin, sie war für immer da, eine schwere Last auf meinem Herzen, von Tag zu Tag wurde sie schwerer, und unsere Streitereien wehten über ihren Kopf hinweg, als wären wir Fremde. Sei doch ein bißchen sensibler ihr gegenüber, habe ich immer gesagt, widme ihr mehr Zeit, und er hat sich sofort gewehrt, sag mir nicht, was ich tun soll, du bist keine Heilige, daß du mir Moralpredigten halten kannst, und sie hat dabei nur verloren. Du hast recht gehabt, Udi, ich bin keine Heilige, warum wollte ich unbedingt, daß du sie liebst, wenn nicht darum, daß du mit deiner Liebe meine ersetzt, meine zögernde, erloschene Liebe, denn vor ihr bin ich damals in die Wohnung ganz oben unterm Dach geflohen, vor ihren unaufhörlichen Forderungen, vor ihren Armen, die sich um meinen Hals legten, ich wollte dort sitzen, umhüllt von seiner Bewunderung, mich berauschen an meiner Liebe zu mir selbst und sie ganz vergessen.

Ich kann kaum noch stehen, stütze mich an den Torstangen, hier habe ich Ja'el zum ersten Mal gesehen, mit ihren Bambiaugen hat sie mich vertrauensvoll angeschaut, ich habe ihr nicht schaden wollen, ich wollte nur, daß sie ihr Kind liebt, weil ich es nicht geschafft habe, meines zu lieben.

Ein Auto fährt schnell an mir vorbei, und ich atme tief auf, es ist nicht Chawa, noch nicht, aber gleich wird sie zurückkommen, sie wird schwungvoll durch das Tor kommen, die unterschriebenen Formulare in der Hand, ein unfruchtbarer Mann und eine unfruchtbare Frau werden ein großes Glück erleben, warte auf mich, wird sie zu mir sagen, ich habe einiges mit dir zu besprechen, aber ich werde nicht warten, Chawa, ich habe vorher noch selbst etwas mit mir zu besprechen, jeden Tag erwarten mich entsetzliche, herzzerreißende Nachrichten, als wäre ich von Propheten umgeben, und die Worte Gottes, die sie in ihrem Mund tragen und zu vielen neuen Wahrheiten formen, blecken mir mit entblößten Zähnen entgegen, ich wünschte, ich könnte sie

beruhigen, wie Micha den Hund Elijahu in dem stillen Neu-
baugebiet beruhigt hat.

Zögernd mache ich die Tür zum Heim auf, Annat wirft
mir einen besorgten Blick zu, sie führt gerade ein Gruppen-
gespräch mit den Mädchen, heute morgen sind alle sehr
still, auf dem schwarzen Brett flattert ihr Tagesplan, was
habe ich mit diesem Tagesplan zu tun? Ich gehe schnell an
ihnen vorbei und laufe hinauf zu meinem Büro, die süßlichen
Bilder umgeben mich provozierend, stechen mir in die
Augen mit ihrer Buntheit, es sind die Bilder von schönen
schwangeren Frauen, die ihren Bauch umarmen und gelassen aus dem Fenster schauen, wie konnte ich diese Frauen
die ganze Zeit aushalten, und mit einer einzigen wilden Bewegung leere ich die Wand und zerreiße die Bilder, und auf
einen der Fetzen schreibe ich eine Nachricht für Chawa und
bringe ihn schnell, bevor es mir leid tun kann, in ihr Büro
hinüber.

In einem der Schränke finde ich eine Plastiktüte und kippe
den Inhalt der Schubladen hinein, wie wenig hat sich hier
im Lauf der Jahre angesammelt, ein paar Briefe, die ich von
Mädchen bekommen habe, nachdem sie das Heim verlassen
hatten, süße Fotos von Babys auf den Armen ihrer stolzen
Mütter, nur deinetwegen bin ich Mutter, hat eine von ihnen
hinten auf das Bild geschrieben, ich erschrecke vor diesen
eindeutigen Worten und vor dem Gegenteil, das sich dro-
hend in ihnen verbirgt. Ohne ein Wort des Abschieds gehe
ich zur Tür, werfe einen letzten Blick auf die Mädchen, die
um Annat herumsitzen und sie mit ihren dicken Bäuchen
bedrohen, und sie mitten unter ihnen, knabenhaft, kinder-
los, und plötzlich fühle ich scharf, wie den Stich einer Lanze,
meinen Zorn auf sie, du hast mich als erste verlassen, zische
ich, wer bist du, daß du mich so hart verurteilen kannst, nie
warst du meine Freundin, auch wenn du so getan hast, als

wärst du es, weit mache ich die Tür auf, wie Udi verlasse ich mein Haus, nur mit einer kleinen Plastiktüte in der Hand gehe ich nach vielen Jahren weg. Voller Panik steige ich ins Auto und fahre los, ohne zu wissen, wohin, ich will nur in Bewegung sein, den allgemeinen Regeln unterworfen, wie alle an einer roten Ampel warten, anhalten, wenn Kinder die Straße überqueren. Da ist der Weg zum Krankenhaus, erst gestern bin ich hier entlanggefahren, kochend vor Hitze, aufgeregt, mit Ja'el auf dem Rücksitz, mit ihr das Baby, das an die Tür klopfte, an die Tür der Welt, und ich kämpfte mit dem Schloß, als wäre ich die Torhüterin, und heute habe ich hier nichts verloren, in ihrem rosafarbenen Morgenmantel sitzt sie dort, unterschreibt die Formulare, verzichtet für immer auf den Jungen, den sie geboren hat, und alles meinetwegen, nur weil ich eine Familie haben wollte.

Über meinem Kopf steigt die Sonne glühend höher, mir ist, als wären ihr flammende Arme und Beine gewachsen, mit denen sie gegen meinen Kopf schlägt und tritt, und ich versuche, mich zu schützen, ich lasse das Lenkrad los, hinter mir hupen ungeduldige Autofahrer, auf der Flucht vor ihnen biege ich in eine Seitenstraße ein, kaum zu glauben, völlig gedankenlos bin ich zu seinem Büro gefahren, sein Auto parkt gemütlich am Straßenrand, alle möglichen Leute sitzen dort im Haus, gehen über den roten Teppich, planen ihre Wohnungen, und er breitet vielversprechende Skizzen vor ihnen aus, ungerührt vom Schicksal des neugeborenen Kindes, in nur einem Tag wird er nicht nur ihn vergessen haben, sondern auch sie und mich. Ich halte nicht an, ich gehe nur etwas mit der Geschwindigkeit runter, dann setze ich meine zermürbende Fahrt durch die Stadt fort, die Straßen sind bekannt und langweilig wie Menschen, die ich irgendwann einmal traf und denen ich heute nichts mehr zu sagen habe, ich fahre schnell weiter, sie sollen mich bloß nicht erkennen, sie sollen nicht sagen, da ist Na'ama. Da ist jene Straße, lang und gebogen, schon seit Jahren habe ich nicht mehr gewagt, hier vorbeizukommen, noch nicht einmal in Gedanken, genau in der Kurve steht sein Haus, krumm wie die Türme, die Kinder auf dem Teppich bauen, ich halte an, betrachte die schwarze Straße, sie ist gerade frisch asphaltiert worden, die Spuren meiner panischen Flucht sind zugedeckt, aber bei mir lebt alles weiter in einem unmöglichen Zwischenzustand, wie in einer Agonie, die kein Ende findet, abgeschnitten von der Barmherzigkeit des Todes.

Ich steige aus dem Auto und schaue am Haus hoch, wo ist das boshafte Fenster, das meine Nacktheit verraten hat, meine Schande, ein scharfer Glanz steigt von dort auf, ein einzelner Sonnenstrahl trifft die Scheibe, lang und dünn wie ein himmlisches Schwert, und ich starre erstaunt nach oben, was kann man überhaupt von der Straße aus sehen, höchstens verschwommene Schatten, was hat er an jenem Morgen gesehen, die Landschaften seines stürmischen Gehirns, die unglaublichen Weiten seiner Seele, und ich, wie ein gut dressiertes Zirkustier, springe durch den brennenden Reifen seines Bewußtseins, werfe mich vor ihm nieder, hoffe auf Strafe, als handelte es sich um einen Preis. Er hat nichts gesehen, er hat nichts sehen können, ich war es, die ihm alles sagte, bevor er eine Frage stellen konnte, ich habe mich vorschnell verraten, ich habe ihm eine ungeheure Kraft übermittelt, weil ich vor meiner eigenen Kraft erschrocken war.

Die Treppen sind so, wie ich mich an sie erinnere, hoch und krumm, sie bringen den aufgeregten Fuß zum Straucheln, ich komme zu dir zurück, Geliebter, mit leeren Händen, vor lauter Angst, mich an dich zu erinnern, habe ich dich nie vergessen, vor lauter Angst, dich zu lieben, habe ich die Kraft zu lieben verloren. Was werde ich zu ihm sagen, wenn er mir die Tür aufmacht, den Pinsel in der Hand und mit halbgeschlossenen Augen, die seine Überraschung verbergen, zeig mir jenes Bild, werde ich ihn bitten, ich möchte mich für einen Moment schön finden.

An seiner Tür bleibe ich stehen, um meinen Atem zu beruhigen, immer war die Tür leer und geheimnisvoll, aber nun ist ein Schild an ihr angebracht, auf dem mit runden Buchstaben *Na'ama* steht, und ich reiße die Augen auf, glaube einen Moment lang, dies sei ein Brief, für mich bestimmt, wer weiß, wie viele Jahre er schon hier wartet, und ich greife aufgeregt danach, versuche, ihn abzureißen, aber das Schild ist herzlos, es verrät nichts, nur den Namen, der darauf steht. Vermutlich ist er ausgezogen, wohnt nicht mehr hier, und irgendeine Na'ama hat seinen Platz eingenommen, meinen Platz, aber ich weigere mich, ihre Existenz anzuerkennen, ich habe das Gefühl, daß ich es sein müßte, und ohne zu zögern, klopfe ich an die Tür, immer heftiger und lauter, als würde dort jemand schlafen und ich müßte ihn aufwecken, aber aus der kleinen Wohnung, die ich so geliebt habe, ist kein Lebenszeichen zu hören, Na'ama macht nicht auf. Enttäuscht stolpere ich die Stufen hinunter, stürze mich auf den Briefkasten, *Na'ama Korman* steht darauf, da kann man nichts machen, ich bin es nicht, einfach ein zufälliges Zusammentreffen, das nichts bedeutet.

Langsam fahre ich nach Hause, die Autoreifen stöhnen unter der Last meines leeren Lebens, was ist schwerer, ein Sack Federn oder ein Sack Eisen, es gibt nichts Schwereres als einen leeren Sack, ich betrete die erstickende Wohnung und laufe sofort ins Badezimmer, als käme ich von einer anstrengenden Reise zurück und wäre völlig verdreckt, ich drehe den Wasserhahn auf und lasse mich in die Badewanne sinken, bis über den Kopf. Er hat mich damals nicht gesehen, alles hätte ganz anders verlaufen können, alles habe ich selbst verursacht, blind vor Schuldgefühlen, wieso habe ich das Offensichtliche nicht gesehen, ich war sicher, wenn ich ihn erkenne, erkennt er mich auch, ich verstand nicht, daß wir zwei getrennte Geschöpfe waren, daß mein Erleben völlig anders war als seines, obwohl wir Mann und Frau waren. Erschrocken vor der Freiheit, die mich zwischen den Farben heraus anschaute, zog ich es vor, unter dem Terror zu leben, ich zog es vor, den Preis des Terrors zu bezahlen statt den Preis der Freiheit, und deshalb lähmte ich ihn mit meinem unendlichen Zorn. Wie gut wir eigentlich zusammengepaßt haben, wer hätte es besser als er geschafft, mich einzusperren, wer hätte es besser als ich geschafft, seine Schwäche zu ertragen, mit vier fleißigen Händen haben wir uns unser Leben zerstört, in erstaunlicher Harmonie, während Noga uns verwirrt von der Seite aus zusah und jede unserer Handlungen mit ihren traubengrünen Augen verfolgte.

Wie habe ich es die ganzen Jahre über genossen, das Unrecht auszubreiten, das er mir antat, ich ermunterte ihn sogar dazu, mich zu verletzen, nur um die volle Intensität seiner reinigenden Kraft zu erleben, ich benutzte Noga, um sein Leben zu verbittern, ich verurteilte ihn, vergrößerte seine Schuld, vergalt seinen Terror mit meinem, versteckt hinter guten Absichten, hör auf, mir Moralpredigten zu halten, sagte er, du bist keine Heilige. Wenn es nur möglich wäre, das Leben von Schuldgefühlen zu befreien, den geheimen, schlauen Beratern aller bösartigen Motive, wenn es nur möglich wäre, nicht unter der Last des Nächsten zusammenzubrechen, sondern jeder für sich aus einer anderen Ecke das Bild zu betrachten! Ich tauche mit dem Kopf unter Wasser, mit offenen Augen, in den Tiefen der Wanne verstecken sich Korallenfelsen, ein unendliches Glück, man braucht den Kopf nicht zu heben, man kann die Lungen boykottieren, die Begierde des Körpers nach dem nächsten Atemzug, das ist die oberste Begierde, stärker als die nach einem Mann, nach der Frucht des Leibes, die Begierde zu atmen, ohne etwas anderes dafür zu bekommen, zu leben, um zu atmen, nicht um zu lieben, nicht um Kinder aufzuziehen, nicht um Erfolg zu haben, nicht um hehre Ziele zu verwirklichen. Ich hebe meinen Kopf aus dem Wasser und atme lange und tief ein, überraschend glücklich, ich spüre die feuchte Luft, betrunken von der Luft, hebe ich ein Bein und betrachte es nachsichtig, fünf kurze, unordentlich angeordnete Zehen, die glücklich sind, mich zu sehen, das ist es, was mir geblieben ist, einfach ein Körper, der es liebt, zu atmen, alles andere ist Luxus, und es spielt dabei keine Rolle, ob irgendein Mann mich geliebt oder mich verlassen hat, so wie die Erde die Schritte, die über sie hinweggehen, kaum wahrnimmt, sie konzentriert sich auf das, was tief in ihrem Inneren vorgeht, auf das Kriechen des kochenden Magmas unter der dünnen Erdschicht, auf seine langsamen Bewegungen und die uralte Sehnsucht der Erdteile, sich wieder zu vereinigen.

In ein Handtuch gewickelt, gehe ich zum Schrank, nehme zerstreut den grauen Hosenanzug heraus, ich habe ihn nur einmal angehabt, als ich Udi ins Krankenhaus gebracht habe, der Geruch jenes Morgens scheint noch an dem Stoff zu haften, der Geruch der Angst, zusammen mit der heimlichen Hoffnung auf irgendeine Veränderung, zu meiner Überraschung paßt er mir wieder, gibt meinem Körper etwas Strenges, macht ihn weniger verletzlich, und ich kämme mir die feuchten Haare, sprühe mich mit Parfüm ein, als ginge ich zu einer entscheidenden Verabredung, allerdings ohne die bedrückende Nervosität. Genußvoll mache ich mich schön, freue mich an dem Körper, der wieder allein stehen kann, und als ich in die Hitze des Nachmittags hinaustrete, ist mir nicht klar, wohin mich meine Schritte führen, und auf einmal stehe ich vor dem Café, jahrelang habe ich nicht

gewagt, es zu betreten, ich bin nur vorbeigehuscht und
habe schnelle Seitenblicke darauf geworfen, und jetzt mache
ich die Tür auf, wie sehr hat sich alles verändert, schwarze
Tische stehen auf einem glänzenden Marmorboden, nichts
erinnert mehr an die schweren, altmodischen Möbel, an die
holzverkleideten Wände, von denen die schmeichelnden,
verführerischen Worte aufgesogen wurden. Ich bestelle mir
ein Glas Rotwein, obwohl ich keinen ersichtlichen Grund
zum Feiern habe, ich habe meinen Mann verloren und jetzt
noch meine Arbeit, Jahre der Anstrengung sind vergeblich
gewesen, und trotzdem pulsiert Freude in mir, pulsiert im
Takt lustvoller Freiheit, schon bestelle ich ein zweites Glas
Wein, mein Kopf ist benebelt, durch die gläserne Wand zur
Welt ist der gewohnte Verkehr zu sehen. Ordnung hat sich
über die Welt gesenkt, eine bescheidene Ordnung, passend
zu unserem kleinen Wohnviertel, und es scheint, als sei sogar für mich ein kleiner Platz darin reserviert. Da bemerke
ich eine bekannte Gestalt, sie kommt näher, ihre langsamen
Schritte stören die Ordnung nur wenig, der Anstieg fällt ihr
offensichtlich schwer, ein Paar, das hinter ihr geht, muß
seine Schritte verlangsamen, und schließlich laufen sie sogar
getrennt außen um sie herum, und sie merkt es gar nicht, sie
ist versunken in ihre komplizierten Weltengebilde, ihr Blick
ist auf die Rinne gerichtet, in der sich Straße und Gehweg
treffen, ihre Lippen scheinen sich zu bewegen, was murmelt
sie dort? Ich stehe auf und trete zu der Glaswand, um sie aus
der Nähe zu sehen, ein großgewachsenes Mädchen, schlampig, der eigenen Schönheit noch nicht bewußt, ihre Füße
treten nachlässig auf die Straße, doch sofort schüttelt sie
sich, tritt zurück auf den Gehweg, und dann sehe ich ihren
sich entfernenden Rücken, ein bißchen gebeugt, kaum zu
glauben, daß wir uns so nahestehen, daß wir zusammen
wohnen, manchmal sogar im selben Bett schlafen, und erst

da kommt es mir in den Sinn, sie zu rufen, ein weinseliger Ruf dringt aus meiner Kehle, ein haltloser Schrei, und sie dreht sich überrascht um, kommt mißtrauisch auf mich zu, Mama, was machst du hier? Bist du nicht bei der Arbeit? Warum bist du so festlich angezogen?

Ich lege den Arm um ihre Schulter und führe sie zu meinem Tisch, du hast heute auch früher aus, oder, und sie sagt, ja, heute war der letzte Schultag, morgen fangen die großen Ferien an. Auch für mich fangen jetzt die großen Ferien an, verkünde ich fröhlich, ich habe heute aufgehört zu arbeiten, und sie fragt, wirklich, warum denn, und sofort erschrickt sie, von was werden wir leben, wir werden kein Geld haben, und ich sage, mach dir keine Sorgen, ich bekomme eine Abfindung, und dann fällt mir schon etwas ein, und sie fragt, aber warum, Mama, und ich seufze, es hört sich abgedroschen an, aber ich muß mich erst mal um mich selbst kümmern, bevor ich mich um andere kümmern kann. Sie streift mich mit einem prüfenden Blick, das klingt logisch, Mama, und ich lache, ja, die abgedroschensten Dinge sind im allgemeinen auch die logischsten, und dann bestelle ich für sie Toast und Cola, es gefällt mir, mit ihr hier zu sitzen, ihr Gesicht ist braun geworden, das läßt die schönen Augen aufleuchten, zwei Flaschen mit farbigem Eilat-Sand, die Nase ist fast lächerlich süß, und ihr Mund ist wunderschön, wenn sie lächelt. Was machen wir in den Ferien, fragt sie, und werde schon unruhig, was habe ich ihr vorzuschlagen, all ihre Freunde fahren bestimmt mit der Familie ins Ausland, nie werde ich mit ihnen konkurrieren können. Wir gehen schwimmen, sage ich zögernd, oder ins Kino, wir lesen Bücher, vielleicht fahren wir zu diesem Hotel im Norden, in dem ich damals mit Papa war, dort ist es sehr schön, und sie sagt, toll, da will ich hin! Und sofort schweigt sie, betrachtet mich ängstlich, die Freude der Armen hat sich an unseren

Tisch gesetzt, und wir gehen beide sehr vorsichtig mit ihr um, mit dieser neuen Besucherin, um sie nicht mit allzu lauten Worten in die Flucht zu schlagen.

Mit Vergnügen beobachte ich ihre Bewegungen, sie ist verwirrt, läßt die Gabel fallen, wirft mir einen schuldbewußten Blick zu, und gleich danach hinterläßt ein Stück Käse einen Fleck auf ihrem Hemd, an ihren Wangen bleiben Toastkrumen hängen, wie lächerlich und wie süß ist sie beim Essen, ihre unschuldige Sicherheit, daß ihr die Nahrung zusteht, daß sie immer etwas zu essen haben wird, sie kaut kräftig, ist ganz dem Essen hingegeben. Ich picke die Reste auf, und danach gehen wir Arm in Arm nach Hause, und unterwegs sagt sie, ich habe bald Geburtstag, und ich sage, stimmt, was willst du machen? Und sie sagt, nichts Besonderes, ich werde die ganze Klasse einladen, wir machen die Spiele, die wir in der Schule gelernt haben, und ich lasse mich von ihrer Begeisterung anstecken, vermutlich geht es ihr inzwischen besser in der Klasse, ich möchte sie nicht danach fragen, um ihr nicht zu zeigen, daß ich mir Sorgen gemacht habe.

Kein Problem, Nogi, sage ich, wir haben noch viel Zeit, aber die Zeit vergeht schnell, manchmal denke ich mit Erstaunen daran, was ich früher an einem Tag alles geschafft habe, denn jetzt gleiten die Tage mit großer Geschwindigkeit davon, sie rutschen mir aus den Händen wie glitschige Aale, lautlos und nicht festzuhalten. Wir wachen spät auf, gewöhnlich bin ich die erste, dann hole ich frische Brötchen und Tomaten aus dem Lebensmittelgeschäft und bereite uns das Frühstück, Noga schaut fern, und manchmal setze ich mich zu ihr und betrachte neidisch die gepflegten Köpfe auf dem Bildschirm, ihre Bekanntheit bewacht sie wie ein Schäferhund, denn jemand, dessen Existenz von so vielen Leuten beobachtet wird, kann nicht einfach verschwinden, so wie wir, ich glaube, wenn wir eines Morgens nicht aufwachen, wird niemand unser Fehlen bemerken. Höchstens vielleicht meine Mutter, die ihr leeres Leben nicht weit von uns entfernt lebt, manchmal lädt sie uns zum Abendessen ein und betrachtet uns schweigend, mit zusammengepreßten Lippen, die von einem Kronenkranz aus Falten umgeben sind, sie läßt zu, daß wir uns miteinander anfreunden, ohne uns dabei zu stören. Nachmittags gehen wir ins Schwimmbad, tauchen eine neben der anderen mit offenen Augen, Sonnengeglitzer zwischen uns und vor uns blaue Teppiche in weichen Wellen, manchmal winkt ein Kind aus ihrer Klasse Noga träge zu, ich sehe, wie sie furchtsam hingeht und versucht, sich an den Spielen der anderen zu beteiligen, aber sie kommt schon bald zu mir zurück, barfüßig, und ich verziehe die Lippen, ich lasse nicht zu, daß sie meine Ruhe stören, die Tore sind geschlossen, die Mauer um mich herum ist dicht, nicht wie früher, als sie löchrig war wie ein Sieb und jede Furcht in meine Seele eindringen konnte, um sich dort einzunisten. Jetzt bin ich beinahe undurchlässig, nur wenn ich ein Kind in einem Kinderwagen sehe, erschrecke ich, als begegnete ich dem Geist eines Toten, und atemlos betrachte ich das Kind, ob es der kleine Micha sein könnte, das adoptierte Baby, Schleier aus Schmerz ersticken mich, und ich verstecke mich hinter einer Zeitung oder einem Buch, wie geht es ihr jetzt, wie wird sie mit diesem Verlust fertig, und als ich an meinen Anteil an ihrer Katastrophe denke, tauche ich wieder unter und versuche mich mit aller Macht zu retten, zu viele Anschuldigungen prasseln auf mich herab, ich darf sie nicht vorschnell annehmen, ich muß sie genau abwägen, denn wie könnte ich sonst existieren?

Wir sprechen eigentlich kaum miteinander, so viele Worte sind schon gesagt worden, man muß sie erst einmal sinken lassen, bevor man neue Steine ins Wasser wirft, wir begnügen uns einstweilen mit dem, was sich zwischen uns bildet, eine ruhige Schwesterlichkeit, ihre Not leuchtet mir den Weg und meine Not leuchtet ihr, und darüber hinaus existieren wir nur, wir springen nicht in die Flammen, um uns daran zu gewöhnen, sondern stehen am Rand des großen Feuers und hüten uns vor den Funken. Manchmal denke ich, daß diese leeren, dumpfen Tage die glücklichsten meines Lebens sind, denn ich fühle fast nichts, als säße ich nach der Betäubungsspritze auf einem Zahnarztstuhl, mit offenem Mund, und wüßte, daß ganze Ladungen von Schmerz in mir explodieren, ohne daß ich ihre Macht spüre, als würden sie, wenn ich sie ignoriere, aufhören zu existieren.

So also lebt ihr alle, das ist das große Geheimnis des Lebens, das, was Sohara mir zu zeigen versucht hat, so versuchte Udi, sich zu retten, ungerührt lauft ihr alle auf der Überholspur, und nur ich war so stur, alles empfinden zu wollen, mit meinen Plattfüßen den nackten Königsweg zu nehmen, keine Nuance zu mißachten, mich an der infizierten Wurzel des Gefühls aufzureiben, und ich frage mich, was Udi dazu sagen würde, zu meiner neuen, verschlafenen Existenz, zu dieser stillen Rebellion im Reich des Gefühls, ich denke an alles, was ich ihm erzählen könnte, wenn er jetzt bei mir wäre, von dem Baby, das durch meine Schuld weggegeben wurde, von dem Tor zum Heim, das hinter mir zugefallen ist, aber natürlich hätte er gar nicht zugehört, denn zwischen uns mündete alles in einen Streit, jeder Fehler von mir bewies, daß er besser war als ich, jede Leistung wurde zum Instrument des Kampfs, nie haben wir uns gegenseitig als selbständige Personen gesehen, mit dem Recht auf ein eigenständiges Leben, alles wurde sofort zurechtgebogen, um in den engen Kreis unserer Verbindung zu passen, wir waren so dicht beieinander, daß wir einander nicht sehen konnten, und trotzdem waren wir auch wieder weit voneinander, er mußte bis Tibet fahren, damit ich das Gefühl hatte, ihm nahe zu sein, und wenn Noga fragt, woran denkst du, Mama, sage ich, ich denke einfach vor mich hin, an nichts Besonderes.

Manchmal fürchte ich, daß dieses Schweigen vielleicht gut ist für mich, aber nicht für sie, vielleicht sollte ich versuchen, sie zum Sprechen zu bringen, es ist seltsam, daß sie aufgehört hat, über ihn zu reden, als hätte sie nie einen Vater gehabt, aber ich kann mich nicht dazu bringen, es stimmt also, so etwas gibt es, ich kann einfach nicht, so viele Jahre dachte ich, daß ich in der Lage wäre, alles zu tun, was ich tun wollte. Doch eines Nachts finde ich sie wach im Bett sitzend, ein zerknittertes Stück Papier auf den Knien ausgebreitet. Was ist das, Nogi, frage ich, und sie sagt, der Brief, den Papa mir dagelassen hat, als er wegging, einmal hätte ich fast das Haus angesteckt, um diesen Brief zu finden, und jetzt ist er mir nichts wert, überflüssig, ich habe gar nicht das Bedürfnis, ihn zu lesen. Glaubst du, daß es Papa gutgeht, fragt sie, und ich beeile mich zu sagen, klar, warum nicht, und sie sagt, es ist seltsam, daß er nicht anruft, vielleicht ist ihm etwas passiert, und ich lege meine Hand auf ihren Kopf mit den wirren Haaren, Nogi, du willst dir lieber Sorgen um ihn machen, statt daß du böse auf ihn bist, du darfst aber böse auf ihn sein. Vielleicht ist ihm wirklich etwas passiert, woher willst du wissen, daß es nicht so ist, beharrt sie und weckt eine dumpfe Angst in mir, es fällt mir schwer einzuschlafen, ich strecke die Hand nach dem Tanach aus, der auf seiner Seite liegt, vielleicht hat er ja auch mir einen Brief hinterlassen, vielleicht verbirgt er sich zwischen den Zeilen, und ich blättere im Buch herum, wo sind die tröstlichen Prophezeiungen, die damals neben mir standen wie ein Chor guter Freundinnen, warum verstecken sie sich vor mir, und plötzlich stürzt sich aus dem Buch ein Chor aus bitterbösen Wörtern auf mich, weckt in mir eine Erinnerung an eine unverzeihliche Kränkung, was sagte er dort, im blühenden Garten des Hotels, in einem der seltenen Momente unseres Glücks, falls man dieses zerbrechliche Etwas überhaupt Glück nennen konnte. Ich darf nicht mit dir hinauf ins Hotel gehen, sagte er, ich darf hier nicht essen und nicht trinken und nicht den Weg zurückgehen, den ich gekommen bin, ich muß hier fort, bevor mich jemand zum Scheitern bringt, wie es jenem Mann Gottes widerfahren ist, und plötzlich steht mir diese Geschichte, die ihn so bedroht hat, in ihrer ganzen Schrecklichkeit vor Augen, die Geschichte vom Mann Gottes, der von Juda nach Bethel kam und den Brand des Altars prophezeite, das Opfer des sündigen Bethel, und Gott gebot ihm, kein Brot zu essen und kein Wasser zu trinken und nicht den Weg zurückzugehen, den er gekommen war, aber ein alter Prophet aus Bethel brachte ihn absichtlich zum Scheitern, ich bin ein Prophet wie du, belog er ihn, und ein Engel Gottes hat mit mir geredet und gesagt, ich soll dich zu meinem Haus führen und dir zu essen und zu trinken geben. Der Mann Gottes, der schon hungrig und durstig war, ließ sich verführen, ihm zu glauben, und während sie noch am Tisch saßen und aßen und tranken, kam das Wort des Herrn zum Propheten, dein Leichnam wird nicht in deiner Väter Grab liegen, weil du dem Mund des Herrn ungehorsam gewesen bist, und als er seines Weges zog, fand ihn ein Löwe und tötete ihn, und der alte Prophet begrub ihn in Bethel und bat seine Söhne, ihn nach seinem Tod neben dem Mann Gottes zu begraben, legt mein Gebein neben sein Gebein.

Zornig lasse ich das Buch sinken, zornig wegen des bitteren Schicksals, das der Mann Gottes ertragen mußte, weil er der Versuchung nicht standgehalten hatte, woher sollte er wissen, daß er belogen wurde, wie konnte er zwischen den Worten Gottes und den Worten der Lüge unterscheiden, vor meinen Augen schärft sich das Bild Udis, der zwischen den Bäumen kniete und prophezeite, er sagte die Opferung unserer kleinen Familie voraus, er wußte nicht, daß die lügnerische Prophetin ihn bereits in der Tür unseres Hauses erwartete, ihre Haare waren giftige Schlangen, ihre ermutigenden und beruhigenden Worte Schmeicheleien, du klammerst dich an ihn, sagte sie zu mir, du zerreibst ihn wie einen Brocken Erde, du mußt loslassen, aber in dem Moment, als ich losließ, ergriff sie ihn und zog ihn hinter sich her und zerrieb uns alle zu grauem Staub. Ich taste über das Laken, für einen Moment kommt es mir vor, als läge er neben mir, mit seinen langen Beinen, schlafversunken, ich darf ihn nicht wecken, doch da richten sich seine Knochen auf und tanzen vor meinen Augen einen Abschiedstanz, und ich unterdrücke einen Schrei, er wird sterben, dort in dem fernen Tibet, sein Gebein wird nicht im Grab seiner Väter liegen, nie werden wir ihn wiedersehen, eine lügnerische Prophetin hat ihn von uns weggelockt, ich muß mein Leben ändern, hat er gesagt, ich habe eine Warnung bekommen, aber wie hätte er wissen können, daß er in Versuchung geführt wurde, ich springe aus dem Bett und gehe hinaus auf den Balkon, schaue hinunter auf die stille Straße, die Badeanzüge tropfen auf mich herab und gaukeln mir den Geruch nach nasser Erde vor, wie nach dem ersten Regen.

Von hier aus habe ich ihn weggehen sehen, den Rucksack auf dem Rücken, mit heiserer Kehle habe ich versucht, ihn zurückzuhalten, ich habe mit Steinen der Wut und der Kränkung nach ihm geworfen, wie hat er sich so plötzlich in meinen eingeschworenen Feind verwandeln können? An jenem Morgen, im blühenden Garten des Hotels, zerstörte er das kleine Glück, das wir gerade wieder gefunden hatten, aber friedlich senkt sich ein Gedanke über mich, er hat nicht gesündigt, er wird nicht bestraft werden, weil er nicht gesündigt hat, er hat kein Brot gegessen und kein Wasser getrunken, und er ist nicht den Weg zu dem schönen Hotel zurückgegangen, zu dem riesigen, verführerischen Bett, er gehorchte dem Wort des Herrn um unser aller willen, um der Reinheit unseres kleinen Königreichs willen, vielleicht war das gerade die Prüfung und er hat sie bestanden, was bedeutet es dann schon, wenn unsere Freiheit in Trauer endet, vielleicht gibt es eine versteckte Logik hinter den Ereignissen, die uns so erschüttert haben, eine tiefere Logik, eine ganz andere, denn wenn er je zurückkehrt, wird er es auf einem anderen Weg tun müssen, wird er ein anderer Mann werden müssen, und ich gehe zurück ins Zimmer und blättere schnell im Tanach, ich will unbedingt die Stelle finden, wo das, was der Mann Gottes prophezeit hatte, Wirklichkeit wurde, sein Gebein liegt zwar in der Erde, aber seine Prophezeiung lebt, hier war der König Josijahu, der die Reste des Hauses Israel um sich sammelte und die Erde von ihrer Unreinheit befreite, er machte auch das Topheth im Tal Ben-Hinnom unrein, damit niemand seinen Sohn oder seine Tochter dem Moloch durchs Feuer gehen ließe, er ließ die Knochen aus den Gräbern holen und verbrannte sie auf dem Altar von Bethel, aber die Gebeine des Mannes Gottes rührte er nicht an, der von Juda gekommen war, und so blieben mit seinen Gebeinen auch die Gebeine des Propheten unberührt, der aus Schomron gekommen war.

Vor meinen Augen zeigt sich das wüste Königreich Israel, übersät mit den Scherben von Altären, den Zeugen ihrer Sünde, ihre Einwohner vertrieben, die harten Nacken den Häusern in ihrem Land zugewandt, den Häusern, die von Fremden bewohnt werden, so wie Udi durch fremde Landschaften wandert, ein fremdes Kind auf dem Rücken, und ich frage mich, ob in ihm ein anderer Udi steckt, den ich nie kennengelernt habe, den ich in all den Jahren verpaßt habe, vielleicht ist er neben mir verwelkt und neben ihr blüht er, und einen Moment lang betrachte ich verbittert sein Blühen, ich sehe, wie er den Kopf zurücklegt und lacht, und sie wirft ihm einen erstaunten Blick zu, aber das Bild ist nicht wirklich, so wie das Glück der Frühlingsblumen, die um das Hotel herum wuchsen, nicht wirklich war, sie gaben sich Mühe standzuhalten, sie wollten sich nicht dem Zweck fügen, für einen Moment Staunen zu erwecken, um sich dann in kleine Knollen in der Erde zurückzuziehen. Mitleid, das mich trifft wie ein Windstoß, läßt mich erzittern, als er hier krank und gequält im Bett lag, habe ich kein Mitleid für ihn aufbringen können, und jetzt, da er gesund ist und weite Strecken mit seinen kräftigen Beinen zurücklegt, eine neue Frau an seiner Seite, erfüllt mich Mitleid, ich sehe, wie sein Herz vergeblich versucht, sich zu dehnen, die Brücke ist zu kurz für die sich voneinander entfernenden Ufer, schon bald werden seine Reste vom tosenden Fluß weggeschwemmt werden, und dann wird ihn seine Schuld anspringen wie eine hungrige Löwin, sie wird sich gierig von der königlichen Mahlzeit nehmen, die für sie angerichtet ist, und nur Reste der Enttäuschung zurücklassen, eine beunruhigende Erinnerung an das, was einmal war und nie mehr sein wird. Du wolltest geliebt werden, Udi, du wolltest besänftigt werden, aber solange du fliehst, wirst du keine Ruhe finden, nur den schnellen Schlaf eines geflohenen Häftlings, nur wenn du dich den Wachtposten deiner Seele stellst, kannst du glücklich werden, oder unglücklich, aber dann wird es dein Unglück und dein Glück sein, nicht das von Noga, nicht das von mir, ich bin schon nicht mehr im Bild, man sieht nicht mal mehr mein Bein hereinlugen, und plötzlich empfinde ich auch Mitleid für Sohara, sie hat die Reste eines zerstörten Königreichs in den Händen und weiß noch nicht, wer ich bin, die ich sie beschuldige, denn auch ich habe gesündigt, ich habe einen zwei Tage alten Säugling aus den Armen seiner Mutter genommen. Ich klappe das Buch zu und lege es auf die andere Seite, die seine war, nie werde ich diese angenehmen, beruhigenden Prophezeiungen finden, aber als ich schon fast eingeschlafen bin, taucht in meiner Erinnerung die letzte Prophezeiung auf, fordernd und verpflichtend wie die letzten Worte eines Sterbenden. Siehe, ich will euch senden den Propheten Elia, ehe der große und schreckliche Tag des Herrn kommt. Der soll das Herz der Väter bekehren zu den Söhnen und das Herz der Söhne zu ihren Vätern, auf daß ich nicht komme und das Erdreich mit dem Bann schlage.

Ich habe das Gefühl, nur eine Minute geschlafen zu haben, aber das Zimmer ist hell, durch einen schmalen Spalt im Rolladen drängt die ganze Sonne herein, und Noga springt in mein Bett, Mama, wach schon auf, morgen habe ich Geburtstag und wir haben noch nichts eingekauft, und ich stehe auf und ziehe mich müde an, das Schicksal des Gottesmannes hilflos hinter mir herziehend, wie hätte er wissen können, daß er angelogen wird, kann doch das Wort Gottes sogar aus dem Maul einer Eselin kommen. Zerstreut kaufe ich Leckereien und Luftballons und Malzeug und alle möglichen Aufkleber, außerdem ein paar CDs, von denen Noga behauptet, ohne sie ginge nichts, und zu Hause hören wir sie uns eine nach der anderen an, unsere stille Wohnung füllt sich mit rhythmischen, dröhnenden Klängen, die mich anfangs stören, mir aber allmählich eine gewisse Erleichterung verschaffen, als wäre dies nicht meine Wohnung und ich wäre folglich nicht für das verantwortlich, was hier passiert. Ab und zu wirft sie einen Blick auf das schweigende Telefon, glaubst du, daß Papa an meinen Geburtstag denkt, fragt sie, glaubst du, daß er morgen anruft, und ich denke an den Mann Gottes, gehe nicht den Weg zurück, den du

389

gekommen bist, die Verpflichtung, sich zu ändern, ist ein Gebot des Himmels, aber wer weiß, von welcher Veränderung die Rede ist und wie hoch ihr Preis sein wird, nur wenn die falsche Prophezeiung ans Licht kommt, kannst du es wissen, nur wenn der Löwe schon die Zähne in dein Fleisch schlägt. Ich stehe am Fenster und schaue hinunter auf die Straße, gelbe Blätter sprenkeln sie und machen sie fremd, gibt es einen anderen Weg, herzukommen, nicht durch diese Straße, in die Wohnung zu kommen, ohne durch diese Tür zu treten, und sie sagt, Mama, warum gibst du mir keine Antwort, und ich murre, ich weiß nicht, ob er von dort überhaupt anrufen kann, aber sie fragt schon wieder, glaubst du, daß er an meinen Geburtstag denkt, wie kann ich wissen, ob er daran denkt? Und ich betrachte sie gereizt und sage, ich gehe davon aus, daß du es erfahren wirst, wenn er daran denkt.

In der Küche umgebe ich mich mit Zucker und Kakao, mit Eiern, Milch und Mehl, schweigend bereite ich den Geburtstagskuchen zu, einen herzförmigen Schokoladenkuchen, wie sie es sich gewünscht hat, und die Wohnung füllt sich mit dem durchdringenden vertrauten Geruch, erst am Abend merke ich, daß ich vergessen habe, Verzierungen für den Kuchen zu kaufen, und laufe schnell zum Supermarkt, aber vor dem Regal kann ich mich nicht entscheiden, was ich nehmen soll, bunte Bonbons oder Marzipanbärchen oder vergoldete Herzchen, aber vielleicht ist das übertrieben, Herzchen auf einem herzförmigen Kuchen. Etwas trifft mich plötzlich hart in den Kniekehlen, so daß ich mit der Stirn ans Regal schlage, ich drehe mich schnell um, um mich bei der jungen Frau zu beschweren, die mich mit ihrem Wagen angestoßen hat, doch dann bemerke ich, daß es sich nicht um einen Einkaufswagen handelt, sondern um einen Kinderwagen, genau in diesem Moment fängt das Baby an zu weinen. Ich senke den Blick schnell zu Boden, ich darf solche Dinge nicht sehen, sonst erinnere ich mich an Ja'el, und sofort schüttle ich mich, kommt es mir nur so vor, oder ist die Frau tatsächlich Ja'el, ihre Haare haben eine andere Farbe, ein sanftes Honigbraun statt des schreienden Rots, an ihrem gebeugten Körper kann ich nicht erkennen, ob sie es ist oder nicht, es könnte ja sein, daß sie ihre Meinung geändert und den kleinen Micha zu sich genommen hat, um für immer seine Mutter zu sein. Ich folge ihr heimlich, spähe aufgeregt zwischen den Regalen hindurch, habe Angst, gesehen zu werden, wohin ist sie verschwunden, ich schaue in alle Gänge, aber sie ist nicht da, ich bin schon enttäuscht, da sehe ich sie an der Kasse, in engen Jeans und einem T-Shirt, so schmal, als hätte sie nie ein Kind geboren, sie stellt nacheinander Milchprodukte auf den Tisch, daneben Babyflaschen, Windeln, Waschmittel, ist sie es oder ist sie es nicht, doch als sie zu mir herschaut, habe ich keinen Zweifel, solche Augen hat nur sie, und ich erstarre zwischen den Regalen, bis sie sich entfernt hat, dann fliehe ich von dort, ich renne den ganzen Weg nach Hause, ich weine, ich flattere in der Sommerluft wie ein Insekt mit zerbrochenen Flügeln, und als ich unsere Straße erreiche, setze ich mich auf die Bank in der Anlage, versuche, mich zu beruhigen, bevor ich hinaufgehe, meine Freude mischt sich mit wilder Angst, als wäre ich gerade knapp einem Verkehrsunfall entgangen, und erst jetzt erlaube ich mir daran zu denken, wie schlimm es hätte sein können. Sie hat das Kind nicht weggegeben, sie zieht es auf, die Katastrophe, die ich fast über sie gebracht hätte, ist verhindert worden, Chawa hat es geschafft, den Schaden wiedergutzumachen und Ja'els Entscheidung zu ändern, aber warum hat sie mir das nicht gesagt, ich hätte einfach ewig so weiterleben können, ohne es je zu erfahren.

Ich schleppe mich die Treppe hinauf, mache die Tür auf und sehe Nogas erstauntes Gesicht, was ist passiert, fragt sie, und ich murmele, gar nichts, dann lege ich mich aufs Sofa und breche in Tränen aus, es ist etwas Gutes passiert, schluchze ich, ich bin durch ein Wunder gerettet worden, aber sie gibt sich nicht zufrieden, Mama, erzähl mir alles, morgen werde ich immerhin zehn, du kannst es mir erzählen. Ich habe ein Mädchen vom Heim nicht richtig beraten, sage ich, ich habe Angst gehabt, ich wäre der Grund dafür, daß sie auf ihr Kind verzichtet hat, und jetzt habe ich sie mit dem Kind gesehen. Sie betrachtet mich erstaunt, fast verächtlich, ich verstehe nicht, warum du dich beschuldigen konntest, auch wenn sie auf ihr Kind verzichtet hätte, wäre es nicht deinetwegen gewesen, diese Entscheidung ist viel zu groß, es kann nicht sein, daß ein anderer sie so sehr beeinflußt, hätte jemand dich davon überzeugen können, mich wegzugeben? Nein, schluchze ich, nein, Nogi, aber das ist etwas anderes, ich war erwachsener, als du geboren wurdest, und ich hatte deinen Vater. Und jetzt, ohne Papa, würdest du mich da hergeben, fragt sie ernst und sachlich, mit einem harten Gesicht, als wäre sie bereit, jede Antwort zu akzeptieren, und ich sage, bist du komplett verrückt geworden, mein Leben bedeutet mir nichts ohne dich.

Hast du wegen dieser Geschichte aufgehört zu arbeiten, fragt sie und verkündet sofort voller Freude, dann kannst du jetzt doch wieder zurück, und ich schüttle den Kopf, ich weiß es nicht, Nogi, ich bin mir überhaupt nicht sicher. Sie fragt, wo sind die Verzierungen für den Kuchen, und ich halte ihr meine leeren Hände hin, vergessen, ich war so durcheinander, daß ich alles andere vergessen habe, und sie legt ihre Hände auf meine, das macht nichts, es geht auch ohne Verzierung, und ich umarme sie, drücke sie fest an mich, Nogi, mein Schatz, ich habe dich so lieb, und sie sagt, ich dich auch, ich bin froh, daß du mich nicht weggegeben hast.

Ich nehme das Telefon mit ins Schlafzimmer und mache die Tür hinter mir zu, eine autoritäre heitere Stimme antwortet mir, was für Kräfte hat diese Frau, sogar am Ende eines Arbeitstages ist sie noch energisch, und ich schluchze, Chawa, ich wollte mich bei dir bedanken, ich bin dir sehr dankbar für das, was du für mich getan hast, du hast mir das Leben gerettet, und sie sagt erstaunt, Na'ama, ich habe gerade an dich gedacht, sie fragt noch nicht mal, wofür ich mich bei ihr bedanke, und ich verstehe, daß wir nie ein Wort darüber verlieren werden. Warum hast du an mich gedacht, frage ich, und sie sagt, gerade hat Chani angerufen, weil sie dich sucht, sie kommt nicht zurecht, sie kommt einfach nicht auf die Beine. Ich bin überrascht, daß sie so etwas zu mir sagt, denn bei uns ist es üblich, die Mädchen nach ihrer Entlassung an eine Sozialstation in ihrem Wohnviertel zu verweisen, um sie von uns gleichsam abzunabeln, von der lebendigen Erinnerung an den Verzicht auf ihr Kind, traurig denke ich an Chani, sie hat mich damals, in jener Nacht, angerufen, in den Händen den aufgetrennten Pullover, den sie gestrickt hatte, ich habe mein Versprechen nicht gehalten, ich habe ihr keinen neuen Pullover gebracht, und plötzlich möchte ich sie unbedingt sehen, es gibt so vieles, was ich ihr zu sagen habe, ich hätte sie auch nach der Trennung von ihrem Kind begleiten müssen. Wie können wir die Mädchen einfach davonschicken und nicht mehr nach ihnen schauen, das Schlimmste erwartet sie doch erst draußen, man muß ihnen ihre Schuldgefühle nehmen, damit sie sich nicht ihr ganzes Leben lang dafür bestrafen, durch Kinderlosigkeit oder eine unglückliche Ehe.

Wie geht es zu Hause, fragt Chawa, wie geht es deiner Tochter, und ich wundere mich, warum ausgerechnet sie, die immer so beschäftigt ist, heute plaudern möchte. Meiner Tochter geht es gut, antworte ich, sie hat morgen Geburtstag, und sie sagt in einem so nachdrücklichen Ton, herzlichen Glückwunsch, als handle es sich um eine große Leistung, dann fragt sie, und was ist mit Udi, und ich antworte, Udi ist im Ausland, ich habe schon eine ganze Weile nichts von ihm gehört, und sie sagt, denk dran, man darf sich nur unter der Bedingung umschauen, daß die Füße vorwärts gehen, und ich sage, mach dir keine Sorgen, Chawa, er wird nicht zurückkommen.

Darum geht es überhaupt nicht, schimpft sie, es geht darum, ob du dir erlauben würdest, zu solchen Verhältnissen zurückzukehren, und ich unterbreche sie, du wirst mir kaum glauben, aber das interessiert mich überhaupt nicht, mir kommt es vor, als sei ich überhaupt noch nicht bereit, ein neues Kapitel aufzuschlagen, und sie seufzt befriedigt, ich habe ja gewußt, daß du stärker bist, als du glaubst, nur merke dir, daß eine Veränderung nie abgeschlossen ist, es ist ein täglicher Kampf, du darfst nicht zulassen, daß irgend jemand dein Leben in Beschlag nimmt, vergiß das nicht, sie spricht die Worte mit einem Pathos, als wolle sie sich für immer von mir verabschieden, und ich spüre plötzlich einen Stich der Sorge, Chawa, frage ich, geht es dir gut, ist bei dir alles in Ordnung?

Ich gehe heute abend ins Krankenhaus, zu einer Operation, sagt sie gelassen, ich werde ein paar Wochen nicht hiersein, und ich schreie fast, ist es etwas Schlimmes? Und sie sagt, du meinst etwas, von dem man vielleicht nicht wieder gesund wird, ich weiß es nicht, ich bin immer optimistisch. Ich presse die Lippen an den Hörer, es tut mir so leid, Chawa, ich habe nicht gewußt, daß du krank bist, und sie sagt, niemand hat es gewußt, es zieht sich schon ein paar Jahre hin, und ich frage, kann ich dir bei irgend etwas helfen?

Ja, sagt sie, ich möchte, daß du zurückkommst, Annat schafft es nicht ohne dich, wir brauchen hier im Heim deine Seele, und ich seufze verächtlich, meine Seele hat mir nur Schwierigkeiten gebracht, ich versuche gerade, sie loszuwerden, und sie ruft, hüte dich vor solchen Ideen und vernachlässige nicht die Gaben, die du hast, auch wenn sie dir Probleme schaffen, und ich schweige, ich sehe das schöne, geheimnisvolle Haus vor mir, traurige Mädchen schweben wie Engel die Treppen hinauf und hinunter, neben ihrem eigenen Herzen klopft ein anderes Herz, wie sehr habe ich mich nach ihnen gesehnt, und mit heiserer Stimme sage ich, ich komme zurück, Chawa, natürlich komme ich zurück.

Am Morgen höre ich ein seltsames Rascheln, als würden mürbe Knochen in meinem Bett zerkrümeln, und ich sehe neben mir auf der Matratze gelbe trockene Blätter, die durch das offene Fenster hereingeweht sind, aufgeregt zähle ich sie, es sind genau zehn, kaum zu glauben, zehn Blätter, eines für jedes Jahr, denn es ist schließlich auch mein Geburtstag, der Geburtstag meines Mutterseins, ich ordne die Blätter um mich und betrachte sie, triumphierende Freude erfüllt mich, als hätte ich mit eigenen Händen den Sommer besiegt und dem Herbst zu seinem Recht verholfen, nicht deshalb, weil ich den Herbst lieber hätte, sondern weil wir nur in diesem hartnäckigen Wandel Trost finden können. Hoffnungsvoll nehme ich den Hörer ab, als es klingelt, ich höre die klare Stimme von Amos, er bittet mich, Noga, die noch schläft, auszurichten, daß er heute mit seinen Eltern nach Eilat fährt und nicht zu ihrem Geburtstag kommen kann, auch Ron und Assaf könnten nicht kommen, fügt er hinzu, sie seien im Ausland, und als Noga aufwacht, ruft Nizan an, sie hat die Grippe. Noga und ich stürzen uns auf die Ballons und blasen sie auf und binden sie aneinander wie gefährliche Gefangene.

Noga ist blaß vor Anspannung, und als sie einen der Ballons berührt, platzt er, beide fahren wir erschrocken zurück, als wäre eine Höllenmaschine in unserem Wohnzimmer explodiert, und als noch einer platzt, verwandeln sich die bunten Ballons in Feinde, wir bewegen uns mißtrauisch zwischen ihnen und wagen kaum zu atmen. Noga wäscht sich schnell und läßt mich ihre Haare kämmen, dann steht sie vor dem Spiegel, probiert ein Kleidungsstück nach dem anderen an, ihr ganzer Schrank ist schon ausgeräumt, und schließlich kommt sie in der Unterhose zu mir, ihre Brustwarzen schwellen wie Blumenknospen in der Sonne, ich habe nichts anzuziehen, sagt sie und weint fast, hat Papa all seine Sachen mitgenommen? Vermutlich schon, sage ich seufzend, schau bei ihm im Schrank nach, und sie knallt wütend mit den Türen, warum hat er nicht an mich gedacht, wie hat er mir das antun können, sie setzt sich auf den Boden und weint, und ich bücke mich zu ihr, vielleicht hast du trotzdem etwas Hübsches bei dir im Schrank, es kann doch nicht sein, daß dir alles zu klein geworden ist, aber ich gehe sofort wieder in die Küche, ich darf sie jetzt auf keinen Fall anziehen oder ihr irgendwelche Vorschläge machen, das ist ihre Angelegenheit. Ich mag aber nur seine Sachen anziehen, jammert sie, hebt den Fuß und tritt gegen das Sofa, das ihr sofort mit einer dichten Staubwolke antwortet, ich tue, als wäre ich sehr beschäftigt, öffne und schließe den Kühlschrank, bis es still wird. Fast eine Stunde später verläßt sie ihr Zimmer, sie trägt die blaue Samtbluse, die ich ihr mal gekauft habe, und hat die wilden Locken mit einem Gummi zusammengebunden.

Du siehst toll aus, sage ich erstaunt, schau nur, wie diese Farbe deine Augen betont, schau nur, wie schön du bist, wenn dein Gesicht frei ist, und ich sehe, daß sie zufrieden ist, zusammen räumen wir die Zimmer auf, wir legen Scheren, Klebstoff, Buntpapier, Perlen und Stoffreste bereit, im Kühlschrank wartet das dunkle Schokoladenkuchenherz, ohne Verzierungen, zehn plus eine Kerze stehen mitten auf dem Tisch, drum herum Flaschen mit Getränken und Teller mit Leckereien, eine der CDs spielt schon so laut und fröhlich, daß das Telefon fast nicht zu hören ist, ich beiße mir auf die Lippe, hoffentlich ist es keine weitere Absage, doch ich höre, wie Noga beruhigend in den Hörer sagt, mit einer erloschenen Stimme, das macht doch nichts, wirklich, vielleicht ein andermal, als hätte sie morgen noch einen Geburtstag. Marwa hat ein Fußballtraining, das sie auf keinen Fall versäumen darf, flüstert sie, und ich denke an die anderen, die sich nicht die Mühe machen anzurufen, die sicher sind, daß alle anderen kommen und ihr Fernbleiben deshalb gar nicht auffällt, und je näher der Zeitpunkt rückt, um so fester presse ich die Lippen zusammen, soll ich etwas sagen oder nicht, was würde Chawa an meiner Stelle tun, wahrscheinlich gar nichts, ich habe nichts, womit ich sie trösten könnte. Sie versucht, ein ruhiges Gesicht zu zeigen, aber ich sehe, wie angespannt sie ist, ihre Augen funkeln nervös, sie schaut auf die Uhr, und ich gehe mit einer Zigarette hinaus auf den Balkon, ich setze mich an das Geländer, trotz der Hitze, von da aus habe ich den Überblick und kann alles sehen, kurz bevor sie es sieht.

Unten höre ich Lachen, ich beuge mich vor, da sind Schira und Meiraw, Nogas Kinderfreundinnen, heiter plappernd kommen sie näher, ich seufze erleichtert, wenigstens sie kommen, aber zu meinem Entsetzen gehen sie an unserem Haus vorbei und laufen weiter, fast schreie ich ihnen hinterher, kommt zum Geburtstag, enttäuscht sie nicht so sehr, aber sie sind schon unten am Hang verschwunden, vielleicht wollen sie ja nur noch ein Geschenk kaufen und kehren gleich zurück, ich versuche, mich zu trösten, und wieder sind auf der Straße Kinderstimmen zu hören, ich beuge mich vor, um besser sehen zu können, es sind einfach kleine Kinder, die uns nicht retten werden, und schon fange ich innerlich an, mich zu beschimpfen, was hast du dir eingebildet, daß ein Geburtstag alle Probleme auslöscht, er macht sie nur noch deutlicher, schon seit einem Jahr ruft keiner an, um sie einzuladen, schon seit einem Jahr kommt keiner zu ihr, hast du etwa gedacht, sie würden aus Mitleid kommen, aus Höflichkeit, so etwas gibt es bei Kindern nicht, und vielleicht ist es ja gut, daß es das nicht gibt, ich drehe mich um und sehe sie in der Balkontür stehen, sie beobachtet meine Nachforschungen, niemand kommt, sagt sie so leise, daß keiner ihre Niederlage hören kann, es ist schon halb fünf.

Warum kommen sie nicht, Noga, frage ich mit einem traurigen Lächeln, und sie senkt die Augen, weil sie mich nicht mögen, und ich frage, aber warum? Ich weiß es nicht, sagt sie, was sie interessiert, interessiert mich nicht, was sie komisch finden, finde ich nicht komisch, und ich trete zu ihr, was findest du komisch, Nogi? Sie sagt, das da finde ich komisch, und deutet auf die aufgeräumte Wohnung, auf die erwartungsvoll aufgeblasenen Luftballons, auf die Teller mit den Leckereien, und schon verwandelt sich ihr Lachen in einen trockenen Husten, ich hole ihr ein Glas Wasser, helfe ihr beim Trinken, weil ihre Hände zittern, und sie stöhnt, ich fühle mich nicht wohl, ich möchte ins Bett. Schweigend führe ich sie zu ihrem Bett, lege sie zwischen die Scheren und Buntpapierrollen, gebe ihr einen Kuß auf die hohe Stirn, die jetzt mit Schweiß bedeckt ist, und da wird plötzlich an die Tür geklopft, sie zuckt zusammen, versteckt sich unter ihrer Decke, mach nicht auf, Mama, fleht sie, es ist besser, daß niemand kommt, statt daß zwei oder drei kommen und sehen, daß außer ihnen niemand da ist.

Eigentlich stimme ich ihr aus vollem Herzen zu, wer hat

jetzt schon genug Kraft, um vor einem oder zwei Kindern ein fröhliches Gesicht zu zeigen, aber das Klopfen läßt nicht nach, es wird immer stärker, jemand ist überzeugt, daß wir zu Hause sind, ich nehme ihre Hand und ziehe sie hoch, komm, machen wir auf, Nogi, du hast keine Wahl, du hast eingeladen, du kannst nicht mittendrin zurück, und sie folgt mir zögernd, sag doch, ich wäre krank, fleht sie mich an, sag, daß alles abgesagt ist und wir nur vergessen haben, Bescheid zu geben, das kann dir doch egal sein, aber ich bleibe stur, sag du, daß du krank bist, ich kann es dir nicht abnehmen.

Hand in Hand gehen wir auf die Tür zu, Noga öffnet sie langsam, und die Ballons, die wir draußen an der Klinke festgebunden haben, spähen herein wie eine Horde neugieriger Kinder, und zwischen ihnen leuchten uns sandfarbene Augen entgegen, und dann ist ein braungebranntes nervöses Gesicht zu sehen, und Noga nähert sich ihm langsam und ungläubig, als fürchte sie, sein Gesicht könne zerplatzen wie ein Luftballon, doch da erscheint ein Lächeln auf ihren Lippen und wird langsam breiter. Ich betrachte den schmalen Türrahmen, der sich mit seinem Körper füllt, und hinter seinen hohen, spitzen Schultern, hinter ihrer langen, schweigenden Umarmung, die vor meinen Augen immer inniger wird, zwei Wachspuppen, die ineinander verschmelzen, dringt das einfache Licht eines Sommernachmittags herein, das Licht des gewöhnlichen Alltags, ohne Pracht, ohne Hoffnungen, den Abend verkündend, der schon auf dem Weg zu uns ist und an seinem Ende das Zepter der kühlen Nacht trägt und die goldenen Blätter der Pappeln bewegt, und abgesehen davon gibt es nichts, was man mit Sicherheit wissen kann, es scheint, als wären keine Versprechen mehr nötig, weder vom Himmel noch von der Erde, Papa, sagt sie mit fester, erstaunlich erwachsener Stimme, du hast daran gedacht, ich habe gewußt, daß du daran denken würdest.